KB173339

생각하는 힘을 기르는

문장력 향상의 길잡이

서정수

생각하는 힘을 기르는
문장력 향상의 길잡이

지은이 | 서정수
펴낸이 | 최병섭
펴낸곳 | 이가출판사

초판 1쇄 인쇄 | 2017년 7월 5일
초판 1쇄 발행 | 2017년 7월 10일

출판등록 | 1987년 11월 23일
주 소 | 서울시 영등포구 도신로 51길 4
대표전화 | 716-3767
팩시밀리 | 716-3768
E-mail | ega11@hanmail.net

ISBN 978-89-7547-114-8 (03800)

* 책 값은 뒷표지에 있습니다.
* 잘못 만들어진 책은 구입하신 서점에서 교환해 드립니다.

생각하는 힘을 기르는

문장력 향상의 길잡이

서 정 수

이가출판사

머리말

이 책은 사고력과 문장력을 동시에 향상시키는 충실한 "길잡이"가 되도록 마련해 보았다. 곧 글을 쓰는 과정을 통하여 생각하는 힘을 기르도록 함과 동시에, 글을 펼치는 구체적인 절차와 방법을 소상히 이끌어 주는 길잡이가 되도록 하였다.

이런 근본 취지에 따라 우선 생각을 깊이 가다듬는 방법과 그것을 조리있게 나타내는 글의 전개법을 중점적으로 다루었다. 여기서 말하는 "생각"이란 단순히 느끼고 지나치는 감상적인 성질의 것이 아니라, 좀 더 깊은 차원의 이치를 캐고 합리적으로 따지는 논리적 사고 과정을 가리킨다. 우리는 이런 논리적 사고보다는 감성을 바탕으로 단순히 느끼고 행동하는 일이 많다. 흔히 "뛰고 나서 생각하는 사람들" 또는 "가슴으로 사는 이들"이라는 평을 듣기도 한다. 종래의 글이나 문장론서를 보아도 우아하고 아름다운 정서를 표현한 문학적인 글이 가장 훌륭한 글이라고 여기는 경향이 짙었다. 이런 글이 가치가 있는 것은 사실이지만, 지성적이고 논리적인 사고력을 깊이 가다듬는 글 또한 그에 못지않으며, 사실상 이런 논리적인 글들이 훨씬 더 큰 비중을 차지하고 있다. 그런데 아직도 많은 글에는 지나친 감성 위주의 표현이나 조리가 서지 않는 서술들이 부지불식간에 드러나고 있다. 그것은 감성 위주의 글쓰기에 치우친 나머지, 논리적인 글을 쓰기 위한 사고력 훈련이 모자란 데서 빚어진 현상이라 할 것이다. 이러한 문제점을 보완하기 위해서 이 책에서는 이른바 "뜨거운 가슴"으로 쓰는 글보다는 "냉철한 머리"를 가다듬어서 쓰는 글에 더 큰 비중을 둠으로써 생각하는 힘을 기르는 길잡이가 되도록 하였다.

이런 사고력 계발과 관련하여 이 책에서는 짜임새 있는 글 곧 단락(문단)이라는 글의 단위체를 바탕으로 내용을 체계적이고 조직적으로 엮어가는 방법에 대하여 역점을 두고 설명했다. 단락은 단순히 형식적으로 갈라놓은 문장들의 무리가 아니고, 글의 내용 일부를 떠맡아 펼치는 "토막글"의 구실을 하는 것임은 현대 문장론의 상식이다. 그런데도 우리의 글은 단락의 개념과 구실을 거의 모르거나 무시하고 쓴 경우가 너무나 많다. 글의 내용과 형식이 일치되지 않고 논리성이 모자라고 짜임새가 없는 글들은 대부분 단락 중심의 전개법을 거의 도외시하고 쓴 것들이라 해도 과언이 아니다. 이런 점에서 이 책에서는 단락의 기능과 그 형성 요령 그리고 그것을 이어서 한 편의 글을 체계적으로 엮어가는 방법을 무엇보다도 자세히 서술하였다.

한편, 문장력 향상의 길잡이 구실을 다할 수 있도록 하기 위해서 이 책은 글쓰기의 기본기를 착실히 닦는 절차와 방법에 대해서 구체적으로 다루었다. 여기 말하는 "기본기基本技"란 글을 펼치는 기초 원리와 방법, 이를테면, 주제를 선명히 드러내는 방법이라든지, 단락 형성을 통하여 짜임새 있는 글을 펼치는 요령 등 기본적인 사항들이다. 이는 글을 쓰는 이는 누구나 몸에 밸 정도로 익혀 두어야 할 상식에 속하는 것이다. 그런데 많은 이들의 글을 보면 이런 기본 요건이 잘 지켜지지 않고 산만하게 펼쳐지고 있다. 이것은 우리의 국어 교육에서 이 기본기를 철저히 다지는 과정이 거의 없었기 때문이다. 이 책에서는 이런 기본기의 중요성을 새삼 강조하고 그것을 바로 익히는 구체적인 방법을 보여 주고자 많은 힘을 기울였다.

이 책에서는 오랜 동안에 걸쳐 수집하여 분석한 예문들을 많이 제시하여 서술과정을 되도록 구체화했다. 내외의 문장론이나 작품과 수필 등에서 약 300편의 예문을 인용하고 설명을 곁들였다. 이 예문들 가운데는 저명한 문필가의 명문이나 미문도 포함되어 있지만, 그보다는 우리에게 더 친근하고 실질적인 도움을 주는 일반 생활인의 글을 많이 예시하였다. 또한 우리에게 값진 지혜와 깊은 사고력을 일깨워 주는 글들도 되도록 많이 예시하여 논리적 전개법의 귀감을 삼도록 힘썼다.

또 세련되고 품위 있는 형식 요건을 갖추는 면에도 충실한 길잡이가 되도록 배려를 하였다. 각 낱말이나 어구 그리고 그것들을 어법과 조리에 맞게 이어서 문장을 이루는 일, 구두점과 괄호 하나라도 통상 관례에 맞게 쓰는 것은 문장의 가다듬기에 필수적인 기본 요건이다. 이런 점을 소홀히 해서는 아무리 내용이 훌륭할지라도 품위 있는 글이라 할 수가 없다. 이런 점에서 이 책에서는 일상의 글에서 학술 논문에 이르기까지의 모든 글에서 각기 갖추어야 할 형식 요건에 관해서도 상세히 다루었다.

끝으로, 이 책에 인용된 많은 글의 필자에게 진심으로 감사를 드리며 아울러 여러 가지 사정으로 사전에 일일이 양해를 구하지 못한 점에 대해서 거듭 송구스럽게 여긴다. 또한 많은 글의 경우에 전문을 인용하지 못하고 앞뒤를 잘라서 예시하게 된 점에 대해서도 너그러운 양해를 빈다. 다만, 이들 글의 출처를 이 책의 말미에 밝혀 놓음으로써 그 빚의 일단이나마 갚고자 하였을 따름이다.

이 저술을 하는 데 여러 가지로 도움을 준 분들에게 이 자리를 빌려 감사의 뜻을 표시한다.

서정수 적음

차 례

제1부

제2부

제1부

글은 누구나 쓸 수 있다. 말을 할 수 있고 글자를 익힌 이라면 누구나 글을 쓸 수 있게 마련이다. 글이란 글자로 적어낸 말이기 때문이다. 말을 하고 싶을 때 상대방을 만나 자신의 생각을 나타낸다는 마음가짐으로 붓을 들고 종이 위에 자신의 생각을 적어 나간다면 글이 된다. 이렇게 글이란 가벼운 마음으로 써버릇하면 누구나 쓸 수 있는 것이다.

그런데 글을 쓰는 데도 좀 더 빨리 잘 쓸 수 있는 지름길이 있다. 이 길은 숱한 선인 문장 이론가나 문필가들이 오랜 세월에 걸쳐 닦아 놓은 것이다. 그들은 수많은 글들을 써보고 분석하고 연구한 끝에 글쓰기의 바르고 빠른 길을 마련해 놓았다. 이런 지름길로 접어들 수만 있다면 우리는 목표에 가장 능률적으로 도달할 수가 있다. 자기 혼자서 터득해 나가는 방법도 좋은 일이지만, 이런 지름길을 따라서 걷는 것은 우리의 글쓰기 솜씨를 훨씬 빨리 그리고 확실하게 향상시킬 수 있다.

여기 1부에서는 이런 지름길로 접어들기 위한 기본 사항을 익히도록 한다. 본격적인 문장력 향상의 이론과 방법은 2부에서 다루기로 하고 여기서는 누구나 반드시 알아 두어야 할 글쓰기 이론의 기초를 마련하도록 하였다. 여기서 다룬 다음 세 가지의 기초 과정은 글쓰기를 새로 시작하는 이는 물론 글을 많이 써본 이라도 그 기본 바탕을 튼튼히 하기 위해서는 익혀 두어야 할 필수과제이다.

문장력 향상의 기초 단계

1 글쓰기의 기본
2 짜임새 있는 글 쓰는 방법
3 글 쓰는 기본 순서 – 글쓰기의 본보기

1
글쓰기의 기본

1. 글을 쓰는 목적과 주제가 드러나게 쓰기

글을 쓰는 목적은 우리의 생각이나 느낌을 나타내어 전달하는 데 있다. 우리가 글을 쓰는 것은 말을 하는 경우와 마찬가지로 마음에서 우러나오는 것을 남들에게 전해 주기 위한 것이다. 사람은 표현의 동물이라고 하듯이, 사물을 보고 듣고 느끼는 일이나 남달리 생각하는 것이 있을 때는 그것을 겉으로 나타내고자 하는 욕구를 지니게 된다. 우리가 가족이나 친구들을 만나 이야기를 하지 않고 못 배기는 것도 그 때문이요, 신문, 잡지, 책 등 숱한 출판물에 글을 써서 발표하는 것도 그 까닭이다. 이런 본능에 가까운 표현의 욕구에 따라 우리 마음을 열어서 남에게 보여주기 위해서 우리는 글을 쓰는 것이다.

이러한 글의 목적에 비추어 볼 때 우리가 간직하고 있는 생각과 느낌을 뚜렷이 드러내는 글일수록 가치가 있다고 할 수 있다. 아무리 아름답고 멋있는 낱말이나 명구를 많이 늘어놓는다 할지라도 우리가 나타내고자 하는 뜻을 잘 드러내지 못하는 것이라면 좋은 글이라 할 수가 없다. 구슬이 서말이라도 꿰어야 보배라 했듯이, 우리 마음에 우러나오는 생각이나 느낌이 아무리 훌륭할지라도 그것이 잘 드러나 독자에게 전달이 되지 못하면 좋은 글이 될 수 없다. 무릇 수단의 가치는 그 목적을 이루는 정도에 따라 평가되듯이 글이라는 표현 수단 역시 표현 전달이라는 목적을 효율적으로 달성하는 것일수록 그 가치는 높아진다.

그러면 표현 전달이라는 목적을 효율적으로 달성하는 글이란 어떻게 쓰인 것인가? 그것은 무엇보다도 요지가 분명히 드러나도록 쓰인 글이다. 필자의 근본 의도, 곧 이야기의 골자가 무엇인지 뚜렷이 드러나도록 엮어진 글이라야 그 목적을 효과적으로 달성할 수 있는 것이다. 이런 글은 전체 내용이 하나의 초점을 향해서 집중되고 있어서 필자가 나타내고자 하는 핵심 내용이 한 마디로 요약되어 파악될 수 있기 때문이다. 이와는 달리 그런 핵심이 없이 이것저것 늘어놓는 글은 필자가 나타내고자 하는 근본 뜻이 뚜렷이 드러나지 못하며, 따라서 독자에게 그 뜻이 확실히 전달되지 못한다. '이건 무얼 말하려고 했는지 종잡을 수가 없군.' 하는 말은 이런 경우에 해당한다. 요컨대 우리의 생각과 느낌을 가장 효과적으로 나타내는 글은 그 요지, 곧 필자의 근본 의도가 선명히 드러날 수 있도록 써져야 한다는 것이다.

글의 요지는 흔히 '주제theme'라 부른다. 한 편의 글을 통하여 필자가 궁극적으로 나타내고자 하는 요지, 즉 핵심 내용을 주제라고 부른다. 따라서 이제 우리가 할 일은 주제가 선명하게 드러나는 글을 엮어 가는 방법을 익히는 일이다. 어떤 순서로, 어떻게 하여야 주제를 뚜렷이 나타내는 글을 이룰 수 있는지 그 요령을 터득하는 것이 우리의 당면 과제가 된다. 그러한 과제는 이 책 전체를 통하여 다루어질 것인데, 우선 다음의 짧은 예문들을 통하여 주제 중심으로 글을 엮는 기본 요령을 터득하도록 한다.

예문 1

나의 친구 진우는 봉사 정신이 빼어나다. 그는 자기의 일은 뒤로 제쳐 두고 남을 위해서 일하는 경우가 많다. 어려운 친구들의 일을 앞장서서 돕고, 다른 아이들이 싫어하는 궂은 일도 마다하는 적이 없다. 이를테면 화장실 청소나 창문 유리 닦기 같은 일도 자기 당번일 때는 물론이고 다른 아이를 대신해 주기도 한다. 그래서 진우의 이런 착한 성품을 이용하려 드는 얄미운 아이도 있을 정도이다. 우리 반에 몸이 불편한 아이가 있는데 어디 갈 때마다 그 애를 거들어 주고 마음을 쓰는 것도 진우가 거의 도맡아 한다. 이렇게 그가 남을 위해서 남달리 애쓰는 성품이 그의 신앙심에서 우러나온 것인지, 아니면 그의 타고난 성품에서 나온 것인지는 알 수 없지만 그 봉사 정신은 몸에 배어 있다고 할 만하다.

윗글의 요지 곧 주제는 '봉사 정신이 빼어남'이라는 것을 금방 알 수가 있다. 글 전체의 내용이 그 한 점에 초점을 맞추어 집중적으로 서술되고 그것과 관계없는 내용들은 제외되고 있기 때문이다. 윗글의 필자는 하나의 주제를 설정하고 그 주제가 분명히 드러나도록 글 내용을 한 방향으로 전개하고 있다. 그 결과 이 글을 읽는 이에게는 필자의 근본 의도가 명확히 전달되고 있다.

〈예문 1〉과는 달리 동일한 내용이라도 다음과 같이 이야기한다면 글이라기보다는 핵심이 없이 횡설수설하는 일상적인 말(조리가 없는 말)에 지나지 않을 것이다.

예문 2

내 친구 중에 진우라는 아이가 있다. 그 애는 남의 일을 잘 돌보아 주기로 소문이 났다. 어떤 때는 제 일을 제쳐 두고 남의 일을 많이 해 주고 공부도 잘하고 성적도 좋다. 우리 반의 어려운 친구들의 일을 앞장서서 돕기도 하고, 청소도 마다 않고 열심히 한다. 그뿐 아니라 우리 반에 있는 몸 불편한 아이도 그 애가 잘 돌보아 주고 있다. 또 놀기도 잘 하고 운동도 잘 해서 인기가 대단하다. 그 애가 아마 기독교 신자라서 그런지 아무튼 봉사 정신이 강하다. 선생님도 그 애를 제일 신임하는 것 같고 나하고도 친한데, 참 착한 아이로 알려져 있다.

위의 예문은 본 대로 느낀 대로 두서없이 언급하고 있다. 그 친구에 관해서 아는 것은 다 조금씩 언급하고 있다. 그가 남을 잘 도와주는 봉사 정신이 강하다는 점을 상당히 강조하고 있지만, 그것만으로 그치지 않고 그의 성적에 관한 일, 놀기 좋아하고 운동 잘 하는 것, 성품 따위도 언급하고 있다. 요컨대 위와 같이 짧은 이야기 가운데서 그 친구의 여러 면에 관해서 이것저것 언급하고 있기에 내용이 산만하여 그 요점이 무엇인지 잘 드러나지 않고 있다. 말하자면 주제가 파악되기 어려운 잡담과 같은 것으로서 글다운 글이라 할 수가 없다.

2. 주제 중심으로 글을 엮는 방법

이상에서 글의 목적은 우리의 생각과 느낌을 표현 전달하는 것인데 그것은 결국 글의 요지 곧 주제를 중심으로 엮어서 서술하는 것임을 확인하였다. 그러면 주제가 선명히 드러나는 글을 쓰려면 어떻게 해야 하는가? 이제 이 과제를 차례로 살펴 나가기로 한다.

(1) 주제를 정하고 글을 시작한다

글을 쓰려면 먼저 주제를 결정하고 붓을 들어야 한다. 필자 자신이 글에서 나타내고자 하는 요점이 무엇인지 스스로 마음에 새기고 나서 쓰기 시작하여야 한다는 것이다. 이를테면 글에서 다루고자 하는 소재를 여러 가지로 생각해 보고 그 중에 가장 중요하다고 생각되는 것을 주제로 삼아서 쓰도록 해야 한다는 것이다. 그래야만 주제가 분명한 글이 될 수가 있다. 필자 자신이 확실히 결정하지 못한 주제가 글에서 잘 나타날 수가 없으며, 더구나 그것이 독자에게 전달될 수 없음은 너무나 당연하기 때문이다. 따라서 글을 쓰려면 일정한 주제를 가다듬는 일이 무엇보다도 중요하다.

주제는 자기 나름의 생각을 가다듬어서 마련한다. 동일한 쓸거리라도 사람에 따라 또는 보는 각도에 따라 여러 가지로 그 의미가 파악될 수 있다. 이를테면, 위의 예문처럼 동일한 친구에 관해서도 어떤 관점에서 어디에 초점을 두고 보느냐에 따라 색다른 주제가 마련될 수 있다. 그의 봉사 정신 이외에 성적이나 능력, 책임감 또는 성실성 등 그가 지닌 다른 특성 가운데 하나를 골라서 주제로 삼을 수도 있기 때문이다. 어느 경우든 필자가 관찰하고 느끼고 발견한 범위 안에서 가장 알맞다고 생각하는 것이면 주제가 될 수 있다. 물론 그 중에는 주제로서의 가치가 더 나은 것도 있고 그렇지 못한 것도 있을 수 있으나 그것은 이차적인 문제이다. 처음부터 기발하고 값진 주제만을 찾으려 하지 않는 이상 조금만 생각을 가다듬으면 웬만한 주제는 어렵지 않게 마련될 수 있는 것이다.

다음 글에서는 필자가 주제를 분명히 인식하고 그것을 핵심으로 삼아 글을 전개하고 있다.

예문 3

사람은 첫째로 사람에게서 배운다. 사람의 스승은 우선 사람이다. 글을 읽는 것, 간접적이긴 하나 내용에 있어서 사람의 말을 듣는 것과 다를 바 없다. 우리는 글을 배운다면 먼저 책을 생각한다. 그러나 그때에도 사람에게서 배우고 있는 것이다. 소크라테스도 인간은 인간 사회에서 배우는 것이 가장 많고 의의 있는 것이라고 하였다. 옛날부터 성현들이 인(仁)을 혹은 사랑을 혹은 자비를 가르쳤음은 한결같이 인간관계를 떠나서 살아갈 수 없음을 의미하였던 것이다. 사람은 사람에게서 배우고 사람에 의하여 구실을 하게 마련이다.

– 박종홍, 「학문의 길」 중에서

윗글의 요지는 첫 문장에 나타난 대로 '사람은 사람으로부터 배운다' 는 것이다. 이런 주제를 미리 정하여, 그것도 맨 앞에 내걸어 놓고 집중적으로 풀이하여 뒷받침하고 있다. 그래서 이런 글을 읽는 이는 누구나 그 요점을 쉽사리 파악할 수가 있다.

다음 글은 필자가 평소에 지니고 있는 인생관이 주제로 되어 있다.

예문 4

이 세상에서 참 뜻있게 산 사람이란 다른 사람을 위해 사는 사람을 가리킨다. 자기의 가진 지식, 경험, 재능, 재물 그리고 시간을 자기만을 위해 쓰지 않고, 자기 것으로 남을 위해 보람 있고 뜻있게 사는 사람들을 우리는 참으로 값있게 산 분이라 말한다. 역사에 이름을 남기고 인류에게 큰 공헌을 한 분들은 언제나 자기 평안과 안전을 떠나 모험적이고 남을 위한 삶을 산 분들이다. 자기 안전과 행복만을 추구하는 삶은 아무도 뜻있는 삶이라 하지 않는다. 그런 삶은 사실상 실패한 인생이다. 사실상 자기를 위해 산 인생은 별다른 재미도 기쁨도 없다. 자기 것을 가지고 자기만을 위해서 쓴다면 아무도 그를 칭찬하지 않을 뿐 아니라, 자기 것을 가지고서 자기를 위해 쓰면 거기에는 자기만의 기쁨으로 끝나기 때문이다. 남과 함께 살고, 남을 위해 사는 삶에서 참된 기쁨과 보람이 있음을 우리는 실감한다. 행복이란 내가 남에게 줄 수 있을 때 더욱 커지기 때문이다. 세상의 누구도 자기 혼자 살면서 나는 행복하다고 말하지 않는다. 아무도 없는 무인고도에서 살면서 나는 행복하다고 한다면 그는 무엇인가 잘못된 사람이다. 사실 사람이란 본성적으로 어떤 관계에서만이 보람을 느끼고 기쁨을 얻고 행복해지는 것이다.

– 조덕현, 「마지막 승자」 중에서

윗글의 주제는 첫 문장에 나타난 대로, '참뜻이 있는 삶은 남을 위한 삶'이다. 이 주제는 필자가 평소에 지니고 있는 소신과 관련된다고 여겨질 만큼 여러 가지 각도에서 그것을 집중적으로 다루고 있다. 글의 모든 내용이 하나의 초점으로 집약되고 있어서 요지가 분명히 드러나고 있다.

다음 예문은 필자가 실제로 겪은 일을 서술한 글인데, 역시 주제를 그 나름대로 정하고 그것을 드러내고자 쓰였다고 여겨진다.

예문 5

나는 신문 배달을 한다. 아침 4시 30분에 일어나 아직 덜 깬 잠으로 눈을 비비고 50~60장의 신문을 돌린다. 걸어서의 배달이라 무척 힘이 든다. 그런데 언제부턴가 내가 신문을 돌릴 시간에 어느 한 집 대문 앞에 우유 한 개가 놓여 있곤 했다. 나는 그것을 보고 단순히 '우유도 참 이른 시간에 배달되는구나'하고 생각했었는데 하루는 그 우유 옆에 쪽지가 붙어 있는 게 아닌가. "학생, 아침부터 수고하는 구먼"이라고. 사실 새벽에 나오다 보면 아침 먹을 시간이 없어 배가 쓰리고 신문을 다 돌리고 나면 그대로 쓰러지기가 일쑤다. 나는 우유를 차마 그 자리에서 마시지 못하고 그 날 신문을 모두 돌릴 때까지 가지고 있다가 집으로 가져 왔다. 그 우유를 머리맡에 놓고 바라보며 세상이 아무리 각박하고 삭막하다고 해도 살만한 정이란 게 있구나 하는 생각을 했다.

– 장금숙, 「끈끈한 인정 살맛 느껴」 중에서

윗글에서는 맨 뒷부분에 주제가 드러나 있다. 앞의 사연들은 모두 이 핵심 내용을 감동적으로 떠올리도록 배열되고 있음을 알 수 있다. 이런 점에서 이 글은 강한 표현 효과를 자아내는 짜임새를 보인다. 만일 이 경우에 '살맛 느끼게 하는 인정'이라는 주제를 드러내려는 의도가 없이 겪은 내용을 생각나는 대로 단순히 늘어놓았다면 글의 효과는 반감되고 말았을 것이다.

다음 글은 백두산에 피어 있는 야생화를 다루고 있는데 역시 하나의 주제를 정하고 그것을 의식하고 펼쳐가고 있다.

예문 6

그토록 원만하던 능선의 경사가 갑자기 급해지면서 천지를 둘러싼 산봉우리 열여섯 개가 드러났다. 그 급작스럽게 솟아오른 비탈에 온통 노랗게 황금색 물결을 이루며 피어나는 꽃이 있는데 이것이 바로 두메양귀비였다. 새끼손가락 한 마디쯤 되는 연노랑 꽃잎 네 장을 마주 달고 십 센티미터쯤 높이 자라나 있다. 그 끝으로 눈길을 두면 두메양귀비는 백두산 정상의 척박한 부석 틈으로 끝없이 이어져 저 멀리 두고도 갈 수 없는 개마고원까지 닿을 듯하다. 때마침 아침 햇살을 받아 더욱 눈부신 이 연노란색 두메양귀비가 우리 국토의 가장 높은 곳에서 바람 따라 가볍게 일렁이며, 홍콩과 북경을 거쳐 백 시간도 넘게 걸려 이 깊은 두메까지 찾아온 우리를 환한 웃음으로 맞이해 주었다. 이 두메양귀비야말로 백두산을 찾는 이에게는 무엇보다도 인상 깊고 가슴 벅찬 환희를 맛보게 하는 선경의 꽃이 아닐 수 없다.

– 이유미, 「백두산의 두메양귀비와 구름 국화」 중에서

'가슴 벅찬 환희를 안겨 주는 두메양귀비'를 주제로 삼고 그것을 중점적으로 드러내기 위해서 여러 아름다운 광경을 서술하고 있다. 그 결과 독자도 필자와 마찬가지로 그런 환희를 맛볼 수 있게 된다. 그러나 만일 이 글에서 이런 주제를 염두에 두지 않고 그저 눈에 들어온 광경들을 늘어놓았다면 글의 짜임새는 산만해졌을 것이고, 따라서 독자의 감흥은 그만큼 줄어들 수밖에 없었을 것이다.

위의 여러 글들은 모두 주제가 갖추어져 있고 그것이 잘 드러나도록 짜여 있다. 그러기에 글의 요지가 선명히 드러나서 독자에게 전달되고 있다. 물론

주제의 내용이나 그 가치 등은 제각기 다르다. 그러나 그것은 별도의 문제이고 우선 주제가 어느 글에서나 존재하고 그 중심을 이룬다는 사실이 중요함을 알 수가 있다. 이런 초점이 분명한 글을 이루는 첫걸음은, 무엇보다도 필자가 글을 준비하는 과정에서 적절한 주제를 그 나름대로 정해 두어야 한다는 점을 우리는 또한 확인할 수가 있다. 잉태하지 않은 아이가 세상에 나올 수 없듯이 필자가 미리 마음속에 품어 놓지 않은 주제가 글에 나타날 수가 없기 때문이다.

(2) 주제에 알맞은 뒷받침 재료를 선택한다 – 통일성의 원리

앞에서 우리는 글을 쓰고자 할 때는 주제를 마련하여야 한다고 했다. 그런데 이 주제는 글의 핵심 또는 정점을 이루게 되므로 그것을 구체화해서 펼쳐야 한다. 이러한 주제의 전개 과정에서는 우리가 알아 두어야 할 몇 가지 요건이 있다. 그 가운데 하나가 여기서 말하는 재료 선택의 요건이다.

재료 선택의 요건은 주제와 관련되고 주제를 발전시킬 수 있는 재료만을 골라야 한다는 것이다. 글에 쓰인 낱말이나 문장들은 모두 주제와 내용적으로 관련되고 그것을 펼치는 데 도움이 되는 것이라야만 한다는 것이다. 이를테면, 주제를 쉽게 풀이하는 설명, 주제를 합리화하고 증거하는 사실, 주제를 실증하는 사례 등만이 선택되어야 하고 주제와 관계없는 이야기는 조금이라도 끼어들어서는 안 된다는 것이다.

만일 주제와 관련 없는 재료가 쓰이게 되면 글의 내용적 통일성에 혼선이 빚어진다. 주제가 나타내는 글의 방향에 맞지 않은 재료가 끼어들어 그 방향감각을 흐리게 하기 때문이다. 그 한 예로, 어떤 여인에 관해서 글을 쓸 경우에 '그녀의 얌전한 행실'을 주제로 삼았다 하자. 이때에는 그 주제와 관련되고 뒷받침할 수 있는 행실만을 서술해야만 글의 초점이 선명해진다. 그러나 만일 그 여자에 관한 일 가운데 그 주제와 관련이 없는 행실이나 그 반대가 되는 행실 따위를 들추어 글에서 다룬다면 어떻게 되겠는가. 그러한 재료는 주제가 지향하는 방향과 어긋나므로 글의 초점을 흐리게 만들 뿐 아니라 그 내용에 혼선을 빚는 역효과를 내고 만다.

이런 선택의 요건에 비추어 볼 때 위에서 살핀 예문들은 합격점을 받을 수 있는 글이라 할 수가 있다. 모든 글은 주제가 있어야 함은 물론 그것을 떠받드는 모든 재료들이 그것과 내용적으로 일치되도록 해야만 살아 움직이는 글이 된다. 다음 예문에서도 이런 선택의 요건이 잘 지켜져서 주제가 뚜렷이 드러나고 있다.

예문 7

성군 밑에 충신 난다고 세종 때 유난히 청백리(淸白吏)가 많았다. 천성이 검소한 황희는 정승의 자리에만 30년 있었지만 검약 생활은 벼슬하기 전과 조금도 다름이 없었다. 좌의정을 지낸 유관도 마찬가지였는데 빗줄기가 방안으로 쏟아져 내리자 우산으로 가리며 부인에게, "우산 없는 집에서는 어떻게 견딜고." 하고 걱정했다 한다. 사육신 중 박팽년, 성삼문, 유응부도 청백리로 명성이 높았는데 모두 세종이 등용해 아끼던 분들이다

– 동아일보의 「횡설수설」 중에서

윗글의 주제는 '유난히 많은 청백리'인데 그 뒤의 모든 재료가 그것을 잘 뒷받침하고 있다. 당시의 청백리와 관련된 사항만이 선택되고 다른 관리 등은 전혀 다루지 않고 있다. 이렇게 되어야만 한 주제만을 날카롭게 떠올릴 수 있어서 초점이 선명하게 된다.

한편, 다음과 같은 글은 어떤가 살펴보자. 주제가 어떤 것이며 그 주제를 얼마만큼 철저히 떠받들고 있는지 자세히 보자.

예문 8

근래에 본받아야 할 청백리로 변영태가 꼽힌다. 그가 47년 1월 정부수립에 대한 필리핀의 승인을 얻기 위해 특사로 임명되었다. 필리핀은 더운 나라이므로 동복과 하복을 가져가라고 외무부에서 권했지만 변영태는 매서운 추위 속에 하복을 입은 채로 떠났다. 매일 운동을 하던 아령도 휴대하지 않았다. 수하물 운송료를 줄이기 위해서다. 마닐라에서도 전차와 버스 편으로 다녔다. 그는 경무대 귀국 보고에서 이승만 박사에게 출장비 10달러를 반납했다. 그는 외무부 장관으로서 국제회의에 참석할 때마다 남은 출장비를 꼬박꼬박 반납했고 직원들에게도 해외에서의 걷기와 버스 타기를 권했다. 그는 6.25 직후 부산 피난 시절 퇴근 후 사택에서도 자정까지는 넥타이를 맨 채 바지만 바꿔 입고 일을 계속했으며 이 대통령으로부터 전화가 오면 꼿꼿한 자세로 받았다. 야인 때는 담담하게 영어 학원에 나가면서 생계를 이었고 논어를 영역하던 중 손수 연탄을 갈다 가스로 숨졌다. 장례도 고인의 뜻에 따라 가족장으로 치렀고 정부에서 나온 부의금 3백만 원은 고려대에 희사했다. 이 대통령이 공무원 부패 일소 방안을 묻자 그는 "사회 운동보다 역사적으로 유명한 청백리의 사실을 수집해 온 국민에게 민족의식을 고취하고 공직자가 본받도록 해야 한다."고 답변했다.

– 동아일보의 「횡설수설」중에서

위의 예문도 거의 모든 재료가 주제를 떠받들고 있다. 다만, 주제를 '본받아야 할 청백리'로 한정할 때, 밑줄 친 부분은 주제에서 다소간 어긋난 내용이다. 그것은 변영태가 훌륭한 관리임을 나타내지만 청백리라는 점과는 직접 관련이 없기 때문이다. 이런 점은 옥에 티라고 할 만하지만 어떻든 모든 재료가 주제와 내용적으로 일치되어야 한다는 요건에는 벗어난다.

이 재료 선택의 요건은 '통일성unity의 원리'라 부르기도 한다. 글에 쓰인 모든 재료는 주제와 내용적으로 일치되어 글 전체가 한 덩이를 이루어야 한다는 뜻에서이다. 이 원리에 대해서는 9장 글을 전개하는 원리에서 다루겠지만, 글을 쓰는 이는 이 선택의 요건을 처음부터 익혀 두어야만 한다.

(3) 주제가 잘 드러나도록 재료를 배열한다 – 연결성의 원리

앞에서 말한 재료 선택의 요건에 따라 마련된 모든 재료들은 주제를 효과적으로 떠받들어 펼치도록 순리적으로 늘어놓아야 한다. 이는 '재료 배열의 요건' 또는 '연결성의 원리'라고 하며, 주제에 알맞게 선택된 재료들이라 하더라도 그것을 순리적으로 늘어놓아야만 한다는 것이다. 이것은 마치 집짓기에서 필요한 재료를 알맞은 자리(적재적소)에 써야 하는 것과 마찬가지 이치이다. 우리가 말을 할 경우에도 먼저 할 말과 나중에 할 말을 가려 차근차근 이야기해야 그 뜻이 잘 드러나게 됨을 흔히 경험한다. 글을 쓸 경우에는 더구나 한 문장 한 문장을 자연스럽게 이어서 서술하지 않으면 안 된다. 그렇지 않으면 주제 중심의 배열을 이루지 못하여 모처럼 선택된 좋은 재료들이 그 빛을 발하지 못한다.

재료의 배열 방식은 일반적으로 시간적 순서, 공간적 순서, 논리적 순서에 따른 배열로 나누어 볼 수 있다. 시간적 순서에 따른 배열이란 시간의 흐름에 따라 진행되는 행동이나 사건 등을 재료로 삼을 때 쓰인다. 공간적 순서에 따른 배열은 일정 공간에 펼쳐진 광경을 서술할 경우에 주로 쓰인다. 논리적 순서에 따른 배열이란 이 두 가지 배열 방식 이외의 모든 경우를 가리키는데, 추상적 개념이나 사물간의 관계를 따지는 경우 등에 주로 쓰인다. 주제를 전개하는 과정에서는 그 재료들의 성격에 따라 이런 배열 방식을 적절히 골라 쓰게 된다.

이들 배열 방식에 관해서는 9장에서 자세히 다루어질 것이다. 여기서는 다음 예문들을 통하여 그 기본 요령을 설명한다. 이것은 어떤 글을 쓸 경우에나 필수적으로 익혀 둘 기본기이다.

다음 글은 주로 시간적인 순서에 따른 배열로 이루어지고 있는 경우이다. 곧 시간의 흐름에 따라 진행되는 이야기를 서술함으로써 주제를 뒷받침하여 떠올리고 있다.

예문 9

그날 저녁 식탁에서 나는 모처럼 자상하고 또 능력 있는 아버지로 인정받을 수 있다는 기대감에 부풀어 나의 콘도 회원 가입 계획을 발표했다. 작년에 경험한 바와 같이 콘도가 없이 남의 것을 빌려 쓰는 것이 얼마나 불편하였던가를 상기시키고, 그것을 하나 마련하게 되면 온 가족이 여러 면에서 편리하고 쾌적하게 지낼 수 있을 것이라는 것을 역설하였다. 나는 가족들이 이 계획에 환호하며 고마워하고 나에게 가장으로서의 합격점을 주리라 믿었다. 그런데 중학생인 막내아들이 먼저 반대 의견을 제시했다. "불필요합니다. 콘도는 여유 있는 돈으로 사는 것입니다. 우리는 부자가 아닙니다." 바로 이어서 고등학생인 큰 딸도 "전셋집 한 칸 못 얻어서 비관 자살하는 사람도 있는데 1년에 겨우 며칠 사용하기 위해서 집 없는 사람들 전세값보다 더 비싼 액수를 묻어 두는 것은 돈에 대한 모독이에요." 하는 것이었다. 항상 내편이었던 아내까지도 "지금이 어느 때인지를 생각해야 합니다. 온 세계 경제가 초긴장 상태이고 또 과소비니 물자 절약이니 하는 말을 수없이 듣는 이 때 그런 계획은 망발일 뿐입니다." 하며 나무라는 것이었다. 그 순간 나의 체면은 말이 아니었다. 그러나 나는 "너희는 먼저 하느님의 나라와 하느님께서 의롭게 여기시는 것을 구하여라."하는 마태복음 말씀을 되뇌면서 곰곰이 새겨 보았다. 결국 나는 사회생활에서나 신앙생활에서나 아직도 철이 덜 든 사람임을 반성하지 않을 수 없었다.

– 이상헌, 「철이 덜 든 아버지」 중에서

윗글은 일상생활에서 일어났던 일을 그 진행 순서에 따라 차근차근 서술하여 그것을 바탕으로 '철이 덜 든 사람'이라는 주제를 이끌어 내고 있다. 이렇게 실제로 겪은 일이나 사건 등은 시간적 순서에 따라 서술하는 것이 상례이다. 사실상 이런 서술법은 우리가 가장 흔히 쓰고 있는 것이기도 하다.

다음 예문은 시간적 순서에 따라 이야기를 서술하면서 군데군데 자기 견해를 곁들여 설명을 덧붙이고 있다.

예문 10

오래 전의 일입니다. 제가 만원 버스 안에서 나이 많은 노인에게 자리를 양보한 적이 있습니다. 그분은 나를 한 번 쳐다보더니 말없이 앉고 말았습니다. 적어도 외견상으로는 저는 당연한 행동을 하였고 그분은 양보 받을 권리가 당연히 있다는 듯이 말입니다. 어떻든 저는 순간적으로 기분이 안 좋았고, 다시는 양보 행위를 않겠다는 속좁은 생각마저 들기도 하였습니다. 이런 경우에 만일 그분이 '고마워요'라고 한 마디 건네주었더라면 그 상황은 달라졌으리라 생각해 봅니다. 우리의 언어 문화적 전통에서는 그런 마음가짐을 가벼이 드러내지 않고 속으로 새기는 은근함이 더욱 소중히 여겨지고 있음을 모르는 바 아니건만, 뭇사람이 부딪치고 사는 현대 사회일수록 천 냥 빚도 갚는다는 그 말 한마디가 아쉬 울 때가 많습니다.

– 서진환, 「우리의 인사말」 중에서

윗글에서는 자기가 겪었던 일을 바탕으로 주제를 암시적으로 드러내고 있는데, 그것은 '고맙다는 표현의 아쉬움'임을 직감할 수 있다. 이 글의 서술과정에서 곁들여진 필자 나름의 생각이나 해석은 주제의 전개에 도움이 되고 있다. 이 부분은 순수한 시간적 배열이 아니고, 뒤에 말하는 논리적 순서에 따른 배열 방식에 속하는 것이다.

다음 글은 주로 공간적 순서에 따른 배열로 이루어지고 있다. 글에 쓰인 재료가 일정한 공간에 펼쳐지고 있는 경우이다.

예문 11

밤은 역시 아름답다. 여기저기 켜진 불들이 불행이란 한 번도 보지 못한 순박한 눈동자처럼 다정한 호기심으로 반짝거리고 멀리 보이는 찻길 위로 몇 대의 버스가 불을 켜고 달려간다. 달려가는 버스의 모습은 마치 신데렐라의 호박마차처럼 신기하고 예쁘다. 가까이서 보면 마침내 먼지나 풀풀 날리고 털털거리며 매연이나 내뿜고 있겠지만 여기서는 먼지도, 매연도, 피곤한 기사의 모습도 어둠에 가려진 채 희망에 찬 불빛만 보인다. 집들도 그렇다. 창마다 발그스레한 불빛이 비치는 것이 한결 따스해 뵈고 어느 순간엔 서로 소곤거리는 것 같기도 하다. 전신주는 비스듬히 어둠에 등을 기대고 있고 낮이면 화안히 드러나는 지저분한 길거리의 모습, 판자벽 같은 것들도 뵈지 않는다.

– 강은교, 「문 앞에서」 중에서

윗글은 '어두움에 가려진 밤풍경의 아름다움'을 주제로 하고 있다. 이 주제를 떠받들고 있는 모든 재료는 공간적인 배치 순서에 따라 차례로 서술되고 있다. 멀리 보이는 차도, 그 위에 달리는 버스의 불빛 모습, 창마다 켜진 불빛 그리고 전신주나 지저분한 것이 가려진 판자벽 등의 순서로 서술이 되고 있다. 유의할 일은 이런 일정한 순서가 없이 눈에 띄는 대로 이것저것 늘어놓으면 주제가 선명하게 부각되지 않는다는 점이다.

다음 예문은 길거리에서 볼 수 있는 모습들을 차례로 열거하는 배열을 보이고 있다.

예문 12

길에서 손이 없는 사람을 만났다. 키가 우리의 절반밖에 안 되는 난장이 아가씨도 보았고, 정신 나간 듯이 혼자서 히죽히죽 웃고 있는 어떤 청년도 보았다. 육교의 난간에서 잘 팔리지도 않는 작은 물건들 앞에서 외로이 쪼그리고 앉은 어느 아줌마도 보았다. 매일 길을 가며 여러 사람들을 만나게 되는데 그 중엔 돌아서도 이내 잊히지 않는 슬픈 얼굴들도 많다. 그들의 아픔 앞에 무력한 나, 돌아와서 내 생활을 반성해 본다. 이웃의 존재는 나를 흔들어 깨우는 종소리와 같은 것임을 깨닫게 된다.

– 이해인, 「일상의 길목에서」 중에서

윗글은 길거리에서 보는 여러 슬픈 모습들을 바탕으로 '이웃이 주는 깨우침'이라는 주제를 순리적으로 부각시키고 있다. 이 글에 쓰인 재료들은 본시 필자가 시간적 순서에 따라 목격한 것이지만, 여기서는 그것들을 단순히 나열하고 있으므로 공간적 순서에 따른 배열로 여겨지기도 한다. 또 글의 뒷부분에서는 필자의 생각을 정리하여 주제를 떠올리는 논리적 서술이 덧붙여지고 있다. 따라서 이글은 시간적, 공간적, 논리적 순서에 따른 배열이 관련된다고 할 수 있다.

다음 글은 주로 논리적 순서에 따른 배열로 이루어지고 있다. 곧 시간적으로 펼쳐지는 사건이나 공간적으로 펼쳐진 일정한 모습의 서술이 아니고, 사물에 대한 필자의 견해나 주장을 순리적으로 펼친 경우다.

예문 13

사람은 바라는 만큼 행복을 얻지 못하고 있다. 곧 누구나 행복하기를 바라지만 행복하게 된 사람은 드물다. 도대체 행복이 이 세상에 있는 것인지도 의문이다. 이솝의 우화에 보면, 행복은 힘이 약하고 불행은 힘이 억세다고 한다. 그 결과 이 세상의 행복은 불행의 힘에 억눌려 견디지 못하고 하늘나라로 모두 올라가고 말았다는 것이다. 이렇게 올라간 행복은 제우스신의 권고에 따라 갈 곳을 미리 정해 두었다가 가끔 내려올 뿐이라고 한다. 다시 말하면 이 세상에는 하늘에서 가려낸 특별한 사람에게나 행복이 가끔 내릴 뿐이라는 것이다. 이 우화는 결국 이 세상에는 행복이 아주 귀한 대신에 불행이 득실거린다는 것을 풍자한다고 할 것이다. 게다가 이 세상에는 행복을 바라는 사람이 너무 많아서 경쟁이 붙기 일쑤다. 나의 행복과 너의 행복이 맞물려서 한 쪽의 행복은 다른 쪽의 불행을 의미하는 경우조차 있다. 그렇지 않아도 귀한 행복을 서로 얻으려고 다투는 동안에 행복은 누구의 차지도 못되고 마는 일이 허다하다.

— 최익철, 「행복은 아주 드물다」 중에서

윗글은 '행복을 얻기 어렵다'는 주제에 대해서 필자 나름의 견해를 펼치고 있다. 이런 견해는 시간적, 공간적 순서와는 관련 없는 추상적 내용이다. 이런 추상적 재료의 전개에는 위의 예문에서처럼 앞뒤 문장의 내용이 순리적으로 연결이 되어야 한다. 이들 서로 이어지는 문장 사이에 끼어든 '곧',

'그 결과', '다시 말하면' 따위의 접속어는 그런 순리적 연결을 돕고 있다. 그러나 만일 앞뒤 문장이 내용적으로 관련이 없거나 서로 모순이 된다든지 하면 그러한 순리적 접속이 되지 않는다. 그런 글은 자연스럽게 읽혀지지 않을 뿐 아니라 그 주제를 효과적으로 드러내지 못한다.

다음 예문도 전체 내용이 순리적으로 이어져서 맨 앞에 제시된 주제를 풀이하여 제시하고 있다.

예문 14

표준어의 가장 대표적인 기능은 통일의 기능이다. 한 나라 안에서의 방언차는 심하면 의사소통이 안 될 정도로 클 수도 있지만, 그렇지는 않더라도 서로 자기들의 방언을 쓴다면 의사소통에 불편을 겪게 되는 것이 일반적이다. 표준어 제정의 일차적 목표는 이러한 불편을 해소하기 위한 것임은 널리 알려진 일이다. 즉, 표준어는 한 나라 국민으로 하여금 공통된 의사소통의 수단을 갖게 해주는 공통어의 구실을 한다. 달리 말하면 한 나라 국민을 원활한 의사소통에 의해 하나로 묶어 주는 일을 하는 것이다. 이것이 앞에서 말한 이른바 표준어 통일의 기능이다.

— 이익섭, 「표준어의 기능」 중에서

윗글은 맨 앞에 제시한 주제를 핵심으로 하여 모든 문장들이 내용적으로 무리 없이 이어지고 있다. 논리적 순서에 따른 배열이란 이처럼 서로 이어지는 앞뒤 문장들이 내용적으로 관련을 가지면서 하나의 초점을 부각시키도록 하는 것이다. 이러한 연결 고리를 더욱 확고히 하기 위해서 '즉', '달리 말하면' 따위의 접속어나 '이러한', '이것이' 따위의 지시어가 쓰이고 있다. 이들은 논리적 순서에 따른 배열에서 이음쇠와 같은 구실을 하는 것이다.

다음 예문도 논리적 순서에 의한 배열을 보이고 있다.

예문 15

자, 그러면 말의 뜻이 깊다는 것은 무엇을 가리키는가? 어떤 낱말이나 글자의 뜻이 깊다는 것은 무엇보다도 오랜 쓰임의 역사를 전제로 한다. 세월의 때가 끼어야 한다고 할까. 오랜 세월 사용하는 동안 여러 가지 의미가 겹쳐진 의미들은 대개 인간 사회의 좋은 면을 찾아가는 과정에서 쓰인 것이기 때문에 긍정적 가치 평가에 관련되어 있다. 다시 말하면 뜻이 깊다는 것은 오랜 역사를 가진 것, 여러 가지 의미가 중복된 것, 인간의 선의지(善意志)와 관련된 것이라는 세 가지 특성을 가지고 있다.

– 심재기, 「뜻이 깊다는 것」 중에서

윗글의 첫머리에는 주제와 관련된 물음을 제기하고 그것에 답하여 풀어가는 방식으로 주제를 향한 배열을 이루고 있다. 많은 글에서는 윗글처럼 물음과 응답의 형식이 표면화되지 않지만, 그러한 생각으로 글을 펼쳐가는 것은 순리적 전개를 더욱 확실하게 하는 면이 있다.

다음 글은 어떻게 이어지고 있는지 눈여겨보자.

예문 16

스승이 이루어 놓은 업적은 제자가 이어받게 마련이다. 스승의 업적이 크면 클수록 제자의 도약대는 더 높아진다. 그러나 제자는 스승의 업적과 가르침에 안주해서는 안 된다. 스승은 학덕으로 제자가 걸어갈 길을 앞에서 닦아 주지만 그 어느 땐가는 길옆에 서서 제자의 추월을 지켜보게 된다. 추월하는 그 시점에서 스승은 스승으로서의 보람을 만끽하게 된다. 왜냐하면 그래야 길은 더 멀리 이어지기 때문이다.

– 무하마드 칸수, 「스승이 걸어야 할 길」 중에서

윗글은 '스승의 참된 구실'을 주제로 한 것인데, 스승과 제자가 하는 구실을 견주면서 자연스러운 서술을 하고 있다.

(4) 주제가 인상 깊게 드러나도록 충분한 뒷받침을 한다 – 강조성의 원리

글의 주제가 독자에게 인상 깊게 받아들여지도록 하기 위해서는 그것을 충분히 뒷받침하여 펼쳐야 한다. 이것을 '강조emphasis의 원리'라 한다. 재료의 선택과 배열의 원리와 함께 글의 주제를 강력하게 떠올리는 데 반드시 필요한 요건이다. 글의 설득력을 강화하는 방식은 여러 가지가 있으나, 무엇보다도 주제와 관련된 재료를 여러 방면으로 수집하여 집중적으로 서술하는 것이 그 효과가 크다. 이 점에 관해서는 9장에서 자세히 다루게 될 것이므로 여기서는 다만 그 기본적인 점만 예를 들어 풀이한다.

예문 17

영수는 우리 반 아이들이 다 좋아하는 반장이다. 다른 힘센 아이들의 말도 잘 안 듣는 귀석이만 해도 반장의 말이라면 두말없이 따라온다. 그것은 그가 선생의 신임을 받는 반장이기 때문만은 아니다. 선생의 총애를 받는 애들을 반 아이들이 오히려 미워하는 일이 많기 때문이다. 그가 이렇게 학생들 간에 영향력이 큰 것은 무엇보다도 모든 아이에게 골고루 관심을 가지고 돌봐 주는 자세 때문이다. 그는 공부를 잘 못하고 힘이 약한 아이들이라도 공부 잘하고 힘센 아이들과 똑같이 대해 주는 고운 성품이 있다. 그뿐 아니라 그는 무슨 일을 결정할 때 여러 사람의 의견을 골고루 들으며, 반대자가 있으면 그 의견을 무시하지 않고 끝까지 설득시켜서 이끌고 가는 태도를 지니고 있다. 그러니 그는 아이들로부터 핀잔을 받는 일이라곤 거의 없다. 남의 앞장을 서서 일을 많이 하는 이는 대개 욕을 먹게 마련이라고 하는데, 그것은 따지고 보면 지도력이 뛰어나지 못한 데서 나온 부작용이라고 할 수 있다. 이런 점에서 볼 때, 영수가 일을 많이 하면서도 핀잔을 받기는커녕 인기를 얻고 있는 것은 그 지도력이 남다름을 말해 준다.

– 다듬은 학생의 글 중에서

윗글은 주제 '남다른 지도력'이 맨 끝에 놓이고 그 앞에 그것을 입증하는 여러 사실 재료들이 배열되어 있다. 무엇보다도 주제를 떠받드는 데 다각도로 수집한 재료들이 서술되고 있어서 상당한 설득력을 드러내고 있다. 이처럼 충분한 서술 또는 입증 재료를 한 주제의 전개에 집중시키는 일이 무엇보다도 강력한 강조수단이다.

다음 예문은 뒷받침문장들이 맨 앞의 주제를 여러 면에서 확대하여 풀이할 뿐 아니라 맨 끝에 가서 다시 한 번 주제를 다짐하고 있다. 이런 되풀이 서술은 독자에게 강한 인상을 남기는 강조법의 한가지이다.

예문 18

우리말을 고스란히 적을 수 있는 글자를 어느 때에 갑자기 만들어 냈다는 사실은 참으로 놀라운 기적이다. 단순하고 불완전한 어떤 기호에서 몇십 년 또는 몇백 년을 두고 조금씩 고치고 다듬어 오는 사이에 차차 완전하게 이루어진 글자가 아니라 한 임금의 이끄심 밑에서 몇 사람의 학자들이 20년도 못 걸려 그처럼 훌륭한 글자를 만들어 낸 것은 하늘 아래 처음 있는 일이었다. 그것도 뜻이나 겨우 나타내고 의미나 전달하는 불완전하고 불편한 것이 아니라 말(뜻과 느낌과 소리를 완전히 갖춘 살아 있는 말)을 고스란히 적을 수 있는 '쉽고도 알뜰한(簡而要)' 글자를 한때에 몇 사람의 지혜로 만들어 냈다는 것은 기적이라 하지 않을 수 없다.

– 김수업, 「배달 문학의 길잡이」 중에서

다음 예문은 주제를 여러 가지 근거를 바탕으로 설득력 있게 뒷받침하고 있다.

예문 19

그런데 침묵의 미덕에 대하여 회의가 생기는 것은 어찌된 것일까. 여기에도 그럴 만한 이유가 있다. 그것은 이 침묵의 미덕을 너무 과대하게 확대하는 데서 알게 모르게 생기는 잘못들 때문이다. 소매치기가 옆자리 여자 핸드백을 터는 것을 보아도 목격자는 침묵의 미덕을 지킨다. 공연히(?) 소란을 피우기 싫어서 일지 모른다. 또 청소년들이 치고받고 하는 싸움을 보아도 그냥 비켜 지나가거나 수수방관한다. 잘못 끼어들다가는 팔이 부러지기 십상일 테니까. 또 요즈음 젊은이들의 문란한 성도덕을 개탄하면서 이상한 짓을 하는 젊은이들을 잡고 훈계하는 어른이 없다. 그건 부모들의 책임이라 믿거나 개인의 프라이버시라고 생각해서일까. 또 친구들 사이에서도 침묵의 미덕이 흐르고 있어 그들의 결정이나 잘못을 터놓고 말해주는 사람이 드물다. 이것 또한 인격을 존중해서일까. 침묵의 미덕은 여기서 그치지 않는다. 발언을 해야 할 회의석상에서도 그냥 듣고 있는 일이 예사다. 교수회의 같은 데서도 공지 사항을 그냥 듣고 있지 발언하는 교수는 거의 없다. 때로는 자문 회의 같은 데를 가도 일반적인 분위기는 마찬가지다. 말을 듣고자 초청한 장소인데도 발언에 조심성이 엿보인다. 특히 공무원의 경우에는 말을 한다기보다는 말을 삼킨다. 상사와 자리를 같이 하는 자리에서는 더욱 그러하다. 이것은 좋게 말해서 자기 위치를 생각한 겸손일 테고, 나쁘게 말하면 자리보전을 위한 조심스런 배려이다. 그런데 때로는 논의되는 문제에 난점 내지 부당성이 훤히 보이는 데도 상사의 의중을 감축하여 동조적인 발언만 하는 것은 또 어찌 봐야 할 것인가. 이쯤 되면 자리보전을 위한 소극적인 우려를 넘어 다분히 아부의 속셈이 내포되어있다. 이렇듯 침묵의 미덕은 어느새 미덕의 범위를 벗어나 알게 모르게 악덕으로 변모되어 가고 있는 것이다.

– 서봉연, 「침묵은 미덕인가」 중에서

윗글은 '변모된 침묵의 미덕'이라는 주제를 여러 가지 실례와 필자 나름의 견해를 통하여 충분히 뒷받침하고 있다. 이처럼 충분한 재료를 가지고 뒷받침할 때 주제는 백만 대군을 얻은 장수처럼 강력히 떠받들어진다.

위에서 우리는 글의 요지 곧 주제가 뚜렷이 드러나는 짜임새 있는 글을 이루기 위한 기본 요건들을 살펴보았다. 주제의 결정, 주제에 알맞은 재료의 선택, 주제를 중심으로 한 재료의 배열, 주제에 대한 충분한 뒷받침 등의 요건은 기본 원리에 속한다. 이들은 주제를 뚜렷이 펼치는 글을 이루는데 반드시 알아 두어야 할 으뜸 요건이다. 따라서 우리는 모든 글을 쓰는 데 무엇보다도 이들 기본 요건을 충실히 따르도록 해야만 한다. 이것이 잘 지켜지지 않으면 수준 이하의 글이 되고 만다. 글의 기본 요건을 갖추지 못하였기 때문이다. 가령, 다음과 같은 예문은 이런 기본을 제대로 알지 못하고 쓴 데서 나온 허술한 글이다.

예문 20

언젠가 만원 버스 안에서 제 구두가 뾰족 구두에 밟힌 일이 있습니다. 차가 떠날 때 비틀거리자 발은 송곳에 찔린 듯이 따끔했습니다. 발이 아프기도 했지만 방금 닦은 신이 엉망이 되어 부아가 날 수밖에 없었습니다. 그런데 나를 더욱 화나게 한 것은 구두를 밟은 아가씨가 나를 보더니 그만 말없이 얼굴을 돌려 버리고 만 태도였습니다. 옆을 돌아보니 딴 사람도 발이 아픈지 얼굴을 찡그렸습니다. 너무하다는 생각이 들었습니다. 운전기사를 향해 야단치는 사람도 있었습니다. 그러나 차가 출발하니 조용해졌습니다. 이런 일은 흔히 있는 일이니 새삼스러이 화낼 일도 아니지 뭡니까? 참는 것이 제일이다. 그러나 늘 참아 주니 우리를 얕본다고도 생각이 듭니다. 아까 일을 생각하니 화가 다시 치밀려는 것을 꾹 참았습니다. '참는 것이 미덕이다.'

윗글에서는 위에 말한 기본 요건이 하나도 제대로 지켜지지 않고 있다. 첫째, 주제가 무엇인지 드러나 있지 않다. 곧 글의 요지가 무엇인지 분명치 않다. 둘째, 쓰인 재료들이 어떤 한 주제를 부각시키도록 선택되지 않고 있어서 통일성이 없다. 여러 가지 이질적인 이야기들이 잡다하게 늘어놓아 있어서 초점이 드러나지 않고 있다. 셋째, 재료들을 배열하는 순서에도 문제가 있다. 가령 화가 났다는 표현만 해도 생각나는 대로 두 번이나 언급하고 있다. 넷째, 글에 쓰인 재료들이 상당한 분량이지만 한 주제를 떠받들기 위한 것들이 아니므로 강조의 초점이 없다. 여러 갈래로 나누어진 단편적인 이야기를 두서없이 모았기에 그 중 어느 것도 강조되지 않고 있다.

3. 주제를 전개하는 방법

글의 주제를 구체적으로 전개하는 방법은 기본적으로 3가지로 나누어진다. 구체화, 합리화, 예시화의 3가지 방식으로 주제를 펼쳐 나가는 것이다. 이 방법은 앞에서 말한 주제가 뚜렷하게 드러나도록 글 쓰는 방법을 구체적으로 실현하는 데 쓰인다. 곧 이 방법은 글의 주제를 구체적으로 전개하여 글의 모습을 갖추게 하는 구실을 하는 것이다.

(1) 주제문의 구체적인 풀이 방식

구체적 풀이 방식이란 주제의 내용을 되도록 알기 쉽게 설명하고 구체화하는 것을 말한다. 주제는 글의 요지를 간추린 것이므로 대개는 추상적이고 포괄적인 개념이다. 이런 개념은 독자가 쉽게 이해하기 어려운 경우가 많다. 따라서 이런 추상적이고 일반적인 주제는 구체화해서 이해하기 쉽게 할 필요가 있다. 이렇게 주제를 우선 알기 쉽게 뜻풀이를 하거나 다른 쉬운 말로 바꾸어 되도록 자세히 해석해 나가는 것이 풀이 방식이다.

풀이 방식은 추상적인 주제문을 구체화해서 풀어가는 것이라 했다. 그러면 추상적 서술과 그것을 구체화한 서술은 어떻게 다른 것인가? 풀이 방식을 익히기 위해서는 먼저 이 두 가지 서술의 차이점을 살펴볼 필요가 있다. 그 차이를 알아야 구체적인 풀이 방식의 요령을 터득할 수 있기 때문이다.

① 추상적 서술과 구체적 서술의 비교

a. 추상적인 서술은 포괄적인 명제인 데 반해서, 구체적인 서술은 부분적인 설명이 된다.

추상적인 서술	구체적인 서술
이 지역은 깨끗한 인상을 준다.	집들이 깨끗하다. 사람들도 깔끔하게 차려 입었다. 길이나 주위환경도 말끔히 정돈되어 있다.

b. 추상적인 서술은 사람이나 사물의 공통된 성질을 나타내는데 반해서, 구체적인 서술은 사람이나 사물 하나하나에 대하여 관찰하거나 파악한 것들을 낱낱이 나타낸다.

추상적인 서술	구체적인 서술
그는 매우 끈질긴 사람이다.	철수는 3년 동안이나 유미를 쫓아다닌 끝에 결혼을 했다. 민수는 대학 입시에 세 번이나 떨어지고도 단념하지 않고 네 번째에 합격하였다. 또 순이는 불량배의 꼬임에 빠진 동생을 6개월 동안이나 밤낮으로 쫓아다니던 끝에 구출하는데 성공했다.

c. 추상적인 서술은 일화나 실화의 뜻을 집약하는 경우도 있다. 이와는 달리 구체적인 서술은 그런 일화나 실화를 들려주기만 한다.

추상적인 서술	구체적인 서술
사람은 죽음의 상징인 무덤 앞에서 희망을 찾을 줄 아는 지혜를 가졌다.	아버지와 아들이 사막을 가고 있었다. 날씨는 타는 듯 뜨거웠고, 길은 지루하기 그지 없었다. 아들이 아버지에게 말했다. "아버지, 저는 힘이 다 빠진데다가 목이 타서 죽겠어요." 그러자 그 아버지는 이렇게 격려를 했다. "아들아, 용기를 내라, 우리의 선조들도 이 고통의 길을 다 걸어갔단다. 이제 곧 마을이 나타날 거야." 아버지와 아들은 계속 걸었다. 이 때 그들의 눈앞에 공동묘지가 나타났다. 이것을 본 아들이 "아버지, 저것 보세요. 우리 선조들도 여기서 모두 죽어 갔지 않았습니까. 도저히 더 이

	상 못 가겠어요."라고 말했다. 아버지는 "아들아, 공동묘지가 있다는 것은 이 근방에 동네가 있다는 표시다"라고 말했다. 이렇게 해서 아버지와 아들은 그 사막을 무사히 지나갔다. – 박신언, 「고통의 의미」 중에서

d. 추상적인 서술은 대개 상위 개념을 나타내나, 구체적인 서술은 그것을 좀 더 하위 개념으로 분석해서 나타낸다.

추상적인 서술	구체적인 서술
그는 많은 덕을 갖춘 사람이다.	그는 정직한 사람이다. 또 인자한 면이 있다. 그뿐 아니라 그는 신의가 두터운 사람이다.

e. 추상적인 서술은 결론이나 결과를 나타내고, 구체적인 서술은 그 밑바탕, 즉 이유나 원인을 드러낸다.

추상적인 서술	구체적인 서술
우리는 건강하고 젊어지려면 웃음에 인색하지 않아야 한다.	웃음이란 생리 현상은 호르몬 분비가 증가되고, 호르몬의 균형이 잡히고, 혈액 순환이 왕성해지고, 혈액의 산도가 알칼리성으로 바뀌고, 신경의 긴장 완화로 호흡이 길어지고, 소화가 잘 되는 따위의 이로운 효과를 낼 수 있다. – 이희영, 「애정생활에 정년이란 없다」

f. 추상적인 서술은 조사 또는 실험의 결과를 간추려 나타내고, 구체적인 서술은 그 바탕이 되는 여러 구체적인 요인을 들어 나타낸다.

추상적인 서술	구체적인 서술
수명은 습관이 좌우한다.	미국 캘리포니아의 주민 6,928명을 대상으로 5년 6개월 동안 다음과 같은 일곱 가

지 생활 습관에 관해 조사했다. 그것들을 잘 실천한 사람과 그렇지 않은 사람 사이에 수명의 차이가 있는지를 알아보았는데, 그 결과 습관을 잘 지킨 사람들이 10년이 넘게 더 오래 살았음이 밝혀졌다. 이 조사 보고는 매우 충격적이었다.

〈7가지의 생활 습관〉

하루에 7, 8시간씩 잠을 잔다, 아침식사를 거르지 않고 먹는다, 간식은 하지 않는다, 적당한 체중을 유지한다, 규칙적으로 운동한다, 담배를 피우지 않는다, 술은 전혀 마시지 않거나 조금만 마신다.

② 구체적 풀이 방식에 의한 글의 전개

풀이 방식은 글을 전개하는 데 가장 많이 쓰이는 기본적인 전개법이다. 주제의 내용을 알기 쉽게 설명하는 것은 거의 모든 경우에 필요한 것이기 때문이다. 설명문을 비롯한 많은 글의 전개에서 이 방식은 거의 필수적이다. 교과서의 글, 신문의 해설 기사, 사전의 뜻풀이 등은 모두 이 풀이 방식으로 이루어진 글이라 할 수가 있다.

풀이 방식으로 글을 전개하는 요령은 주제가 뜻하는 바를 어떻게든 쉽게 풀고자 하는 마음가짐으로 한 문장 한 문장을 이어가는 것이다. 그 한 가지의 요령은 각 문장을 써나갈 때 다음과 같은 접속어를 실마리로 삼는 것이다.

자세히 말하면	또한	특히
구체적으로 말하면	다시 말하면	풀어서 말하면
알기 쉽게 말하면	세부적으로 말하면	

따위의 접속어를 속으로 되뇌면서 문장을 써가는 것이다. 이를테면, 다음과 같은 예문에서는 '세부적으로 말하면'과 같은 말을 속으로 되뇌면서 문장을 써나감으로써 주제문이 세부적으로 나뉘어 구체화되고 있다(물론 실제로 쓰인 글에 위의 접속어가 문장마다 드러나게 할 필요는 없다).

예문 21

옛말에 생즉언(生卽言)이라 하였다. (풀어 말하면) 산다는 것은 곧 말을 한다는 것이다. (더 풀어 말하면) 아침에 눈을 떠서 저녁에 잠이 들 때까지 우리는 수천 마디의 말을 하고 산다. (다시 말하면) 말을 통해서 우리의 생각을 남에게 전하고 또 남의 생각을 듣고 서로 협력하고 사랑하며 사는 것이 인생인 것이다. (다른 말로 말하면) 삶이 있는 곳에는 반드시 말이 있게 마련이다.

윗글에는 첫 문장에 나타난 주제 '산다는 것은 말한다는 것'을 전개하는 문장을 이어 나갈 때마다, '풀어 말하면', '더 풀어 말하면' 따위의 접속어를 실마리로 하고 있음을 볼 수 있다. 이런 접속어를 마음속으로 되뇌면서(가끔 글의 표면에 나타나기도 한다) 그것을 길잡이로 삼아 각 문장을 지어서 이어 간다면, 결과적으로 주제를 여러 각도로 풀이하는 글이 이루어지게 마련이다.

다음 예문도 풀이하는 방식으로 전개한 것이다. 각 문장은 위에 보인 접속어를 바탕으로 이어졌다고 할 만하다.

예문 22

우리의 주변에는 고통의 조건으로 가득 차 있다. (세부적으로 말하면) 내가 스스로 만든 고통이 있는가 하면 남이 가져다주는 고통이 있고, 자연의 변화에서 오는 고통이 있는가 하면 전쟁이 빚는 고통이 있다. (또 세부적으로 말하면) 무지로 말미암은 고통이 있는가 하면 지식 때문에 오는 고통도 있다. (또 세부적으로 말하면) 이 밖에도 경제 때문에 오는 고통, 건강 때문에 발생하는 고통, 가정 문제로 오는 고통,

고독에서 오는 고통 등이 있다

– 박신언, 「고통의 의미」 중에서

다음 예문은 색다른 기사 두 개를 풀이 방식으로 전개한 것이다. 이 글도 각 문장을 이어갈 때마다 적절한 접속어를 속으로 되뇌면서 썼다고 할 수가 있다.

예문 23

얼마 전에 신문에 색다른 기사 둘이 실려 눈길을 끌었다. 그 하나는 부산에 있는 한 고등학교에서 '고유의 것 찾기 운동'의 한 가지로서 가을과 겨울에 다달이 4일은 한복 입는 날로 정하고 실천하기 시작하였다는 기사이다. 지난 11월 28일에는 처음으로 학생 칠팔백 명과 교직원이 한복을 싸들고 와 학교에서 갈아입고 수업을 함으로써 학교 안이 온통 울긋불긋한 꽃동산처럼 보였다고 한다. 또 다른 한 기사는 미국의 이름난 여자 배우인 재클린 비셋이 영화 '오! 인천'을 촬영하려고 우리 나라에 왔다가 경복궁에서 한복을 입고 사진을 찍었다는 내용이다. 그 여배우가 진갈색 갑사에 금박을 수놓은 한복을 입고 찍은 사진이 영화 잡지인 스크린에 실려 한복의 아름다움을 새삼 돋보이게 했다는 것이다.

– 이성남, 「요새 입는 한복」 중에서

다음 예문은 주제문에 나타난 여러 가지 뜻을 구체적으로 풀이한 경우이다. 이 글은 각 문장을 이어갈 때마다 '구체적으로 말하면'과 같은 접속어를 마음속으로 되뇌면서 구체적인 풀이를 한 것으로 볼 수 있다.

예문 24

운동이란 말은 여러 가지 뜻을 가지고 있다. 첫째로 물체가 자리를 바꾸어 움직이는 일을 뜻한다. 이는 물리학 등에서 주로 쓰이는 운동의 뜻이다. 둘째로는 물질의 존재와 불가분의 관계에 있는 온갖 변화를 가리킨다. 이 개념은 만물의 생성, 변화, 섭리 등을 말할 때 쓰이는 것으로 철학에서 주로 쓰인다. 셋째, 체육이나 위생을 위해서 몸을 의식적으로 움직이는 것을 가리킨다. 이 경우는 우리가 매일 쓰는 육체적 운동을 의미한다. 넷째, 정치적, 사회적 목적을 위해 활동하는 것을 말할 때도 이 운동이라는 말을 쓴다. 이에는 선거 운동, 모금 운동, 이웃돕기 운동 등 여러 가지가 있다.

예문 25

다이아몬드에 관해서 그 기본적인 사실을 알아보자. 다이아몬드는 순전한 탄소 결정체이며 여러 가지 모양으로 나타난다. 어떤 것은 8면체이며, 어떤 것은 48면을 지니고 있다. 다이아몬드는 알려진 물질 가운데 가장 강도가 높으며 그 때문에 산에도 녹지를 않는다. 그러나 그것들은 부서지기가 쉽고 쪼개어질 수가 있다. 다이아몬드를 닦기 위해서는 기름과 다이아몬드 가루를 써야 한다. 순수한 빛깔의 것은 드물고 대부분은 흠이나 기포 때문에 흐린 빛이다. 다이아몬드는 세계의 많은 지역에서 발견된다. 예를 들면, 인도, 중국, 말레이시아, 보루네오, 호주, 아프리카, 브라질 그리고 미국 등지에서 발견된다. 거대한 컬리넌(Cullinan) 다이아몬드는 3,025캐럿의 무게를 지닌다. 호프(Hope) 다이아몬드로 알려진 가장 크고 완전한 청석 다이아몬드는 참으로 큰 값어치를 가지고 있다.

– 오스트롬(1968)에서 번역

〈예문 25〉는 첫머리에 나타난 주제를 구체적 서술로 펼쳤다. 관찰, 실험, 조사 또는 연구로 알려진 모양, 성질, 빛깔, 산지 등 세부 사항들을 서술함으로써 다이아몬드가 어떤 것인지를 다각도로 풀이하고 있다. 결국 풀이 방식에 따른 글의 전개는 주제를 되도록이면 알기 쉽고 구체적으로 설명을 해서 독자가 잘 이해할 수 있도록 하는 데 목적을 두고 있다. 이는 흔히 설명법exposition이라 하는 것인데 이에 대한 더 자세한 풀이는 뒤의 10장 설명법과 설명문에서 다룬다.

(2) 주제문의 근거를 제시하는 합리화 방식

합리화는 주장이나 결과에 대해서 그 근거를 밝히고자 할 때 쓰인다. 가령 '소비가 미덕이다'와 같은 주장이 주제문으로 되어 있다면 무엇보다도 그 이유를 밝힐 필요가 있다. 또 '간밤에 큰불이 나서 많은 인명 피해가 있었다'와 같은 결과가 주제문으로 등장했을 경우에는 그 원인에 대해서 알려 줄 필요가 있다. 이처럼 이유나 원인을 밝힘으로써 주제문을 펼치고자 할 때 합리화 방식이 쓰이는 것이다.

이러한 합리화 방식은 풀이 방식과는 그 성격이 다르다. 풀이 방식은 그 내용을 자세히 풀이하기에 그치는 데 반해서, 합리화는 왜 그와 같이 되는지 그 근거를 적극적으로 밝힌다. 이를테면 '요즈음 금연 운동이 활발히 일어나고 있다.'와 같은 주제문이 있다고 하자. 풀이 방식으로 펼치고자 할 때는 그 운동이 어느 정도로, 어떤 양상으로, 어디에서 일어나고 있는지 등을 말해 주면 된다. 그렇지만 합리화로 펼치려면 무엇 때문에, 어떤 동기에서 그런 운동이 일어나게 되었는가를 말하게 된다.

합리화 방식으로 주제문을 펼치는 한 가지 요령은 다음과 같은 접속어를 속으로 되뇌면서 한 문장 한 문장을 이어가도록 하는 것이다.

① 왜냐하면, 그 까닭은, 그 이유는, 그 원인은
② 그러므로, 그래서, 그 결과로, 그리하여

①은 주제문이 앞에서 제시될 경우에 쓰일 수 있으며, ②는 주제문을 합리적으로 유도해서 맨 끝에 보일 때 쓰인다.

다음 예문에서 이유를 나타내는 문장 앞에는 위에 보인 접속어 중에 알맞은 것을 골라서 괄호 안에 표시하고 있다. 또 이들 이유를 나타내는 각 문장을 다시 풀이하는 경우에는 풀이 방식에 쓰이는 접속어를 괄호 안에 표시하고 있다. 이는 전개 과정에서 접속어를 속으로 되뇌면서 문장들을 이어가는 요령을 보이기 위함이다.

예문 26

TV는 바보상자라 할 만한 점이 분명히 있다. (왜냐하면) TV는 우리가 조용히 생각할 수 있는 시간, 곧 고독의 시간을 빼앗는다. (풀어서 말하면) 고독의 시간은 우리를 쓸쓸하게 만들기도 하지만 우리의 독자적인 생각을 많이 할 수 있게 만드는 기회가 된다. 그런데 TV는 여러 오락과 흥밋거리를 가지고 우리를 유혹함으로써 그 앞에 멍하게 앉아 있게 만든다. 또 (왜냐하면) TV는 우리로 하여금 스스로 탐구하고 창조하는 힘을 약화시킨다. (풀어서 말하면) TV는 온갖 지식과 새로운 정보들을 안방에까지 가져다주는 충실한 하인과 같은 구실을 한다. 이런 봉사적인 면은 우리에게 도움이 되기도 하지만, 그로 인해서 우리는 스스로 새로운 지식을 찾고 탐구하는 일에 게을러지게 된다.

윗글에서는 주제문(첫 문장)이 제시하는 주장을 합리화하는 근거를 두 가지로 내세우고, 각기 뒤따르는 문장으로 풀이를 하여 전개하고 있다. 이렇게 합리화의 근거를 다시 풀이하는 것은 독자를 충분히 납득시키는 효과를 낸다. 그래서 합리화 방식으로 전개하는 경우에는 풀이 방식이 흔히 곁들여진다.

위 예문에서 보는 것처럼 합리화 방식으로 글을 전개할 경우란 그런 주제문을 내세우는 근거를 밝혀야 할 경우이다. 이를테면 'TV는 바보상자라 할 만하다.' 라는 주제문을 내걸었을 때, '왜 그러느냐?' 고 하는 반문이 예상될 것이다. 그러한 '왜?'를 말해 주고자 하는 것이 합리화 방식인 것이다.

일반적으로 합리화로 전개되어야 할 주제문의 예문을 든다면 다음과 같다.

① 요즈음 우리 사회가 국어를 경시하는 풍조에 물들어 있다.
② 책은 다독보다는 정독을 해야 한다.
③ 글은 말하듯이 써야 한다.
④ 사람은 먼저 겸손하고 볼 일이다.
⑤ 나는 흘러간 노래를 좋아한다.
⑥ 그는 그 여자를 단념했다.
⑦ 학교는 왜 다니는가?

이런 내용이 주제문으로 나타날 경우는 거의 그 이유를 대주지 않으면 안 된다. 곧 자기 나름대로 옳다고 생각하는 근거를 말해서 독자를 이해시켜야 한다.

다음 예문은 위의 첫째 명제 ①을 주제문으로 하여 전개한 글이다. 주제문을 뒷받침하는 자신의 의견(이유)이 여러 면에서 드러나고 있다.

예문 27

솔직히 말해서 우리 사회가 온통 국어 경시 풍조에 물들어 있다고 해도 틀린 이야기는 아닐 것이다. 왜냐하면 어릴 때부터 국어에 대한 사랑이라고는 찾을 길이 없는 환경 속에서 자라나는 아이들이 학교에서 국어 교육을 받는다고 해서 크게 효험이 있을 것 같지는 않다. 오염된 언어문화 속에서 자라나는 아이들에게는 무엇이 참 국어인지조차 이해되지 않을 것이다. 집안에서부터 일상적인 국어 교육이 이루어져야 하는데, 과분한 탓인지는 몰라도 우리 주변에서 아이들에게 어릴 때부터 바른말을 애써 가르쳐 주는 가정이 그리 흔치 않다. 아이가 잠자는 베개말에서 우리 동요나 동시를 조용히 읽어 주는 자상한 한국적 어머니는 이제 찾기 힘들게 되었다. 또한 국어 교육은커녕 어른들의 일상 언어가 거칠고 외국어를 함부로 입에 담고 올리고 있으니 그 속에서 자란 아이들이 국어를 어떻게 존중하고 사랑할 수가 있겠는가? 게다가 조기 외국어 교육까지 판을 치고 있으니 국어 사랑의 뿌리는 점점 내릴 땅을 잃어 가고 있다

– 김덕, 「우리말 사랑과 정치」 중에서

위의 예문에서처럼 자기 나름으로 타당성이 있다고 여기는 이유를 가지고 주제문을 뒷받침하는 것이 합리화 방식이다. 물론 그 이유가 누구나 공감하고 수긍할 수 있는 것일수록 그 뒷받침의 효과는 커진다. 다음 예문도 자신의 평소 소신에 입각한 견해를 가지고 쓰인 글이다. 말하자면 자기의 주장을 나름의 이유를 가지고 합리적으로 펼친 것이다.

예문 28

어린 아이는 스스로 독자성을 깨닫고 개발하도록 길러져야 한다. 어린 아이는 어느 한쪽 부모의 복사판이 아니다. 그는 부모라는 집에 곁붙여진 방이 아니다. 그의 삶은 자신에게 가장 알맞은 딴 집이다. 이 집은 스스로 설계하고 꾸미고 가꾸어 나가야 한다. 단순히 부모의 취향이나 뜻에 맞는다는 이유로 그에게 맞지 않는 삶의 집이 강요되어서는 안 된다. 부모들은 자기들의 행동을 자식이 얼마나 잘 따르고 있는가, 그들이 중요하게 여기는 것에 자식이 얼마나 관심을 보이는가, 또는 그들이 만들어 준 계획을 자식이 얼마나 열성으로 받아들이는가, 이런 척도에 따라 자식에게 애정을 줬다 뺏었다 해서는 안 된다. 그보다도 부모는 자식이 자신을 발견하는 일을 도와주고, 자아실현을 위한 첫 시도를 긍정적으로 뒷받침해 주고, 자식이 지닌 잠재력을 일깨워 북돋아 주어야 한다. 마침내 자식이 훌륭한 인격체를 스스로 이루도록 여건을 만들어 주는 것에 그쳐야 한다. 이렇게 되어야만 자식은 독립적인 인간이 되고 자기의 삶을 스스로 가꾸고 거두어들이는 보람을 느끼게 될 것이다.

– 설리반(1980)에서 번역〉

윗글도 글쓴이의 의견(이유)만으로 펼쳐지고 있다. 이런 의견은 그 객관적 타당성이 문제시 될 수 있다. 교육관이나 그 밖의 관점에 따라서는 다른 의견도 나올 수 있기 때문이다. 어떻든 자기 나름대로 가장 타당하다고 여기는 견해를 제시하여 뒷받침하면 어느 정도까지는 다른이의 마음을 움직일 수가 있다.

다음 예문도 전체적으로 보면 합리화 방식의 서술이다. 그런데 그 서술 내용을 몇 갈래로 나누어 보인 점에서는 풀이 방식에 따른 전개라고 할 수도 있다. 또 이유를 암시하는 예시도 곁들이고 있다.

예문 29

침묵의 미덕을 지녀야 한다는 데도 그 나름대로의 이유가 있을 것이다. 그 이유를 생각해 보면 첫째로 외관상으로 더 낫다는 점이다. 사실 시끌버끌 말 많이 하는 남자보다 말 없는 남자가 묵직하고 신중해 보여 좋다. 여자의 경우는 앵두 같은 입술을 다소곳이 다문 모습이 재잘대는 여자보다 한결 애교 있고 고상해 보여 좋다. 둘째로는 어쩌면 효용성의 이유를 들 수 있을 것이다. 요즈음 아이들이 쓰는 유행어에 '가만히 있으면 중간은 갈 텐데 괜히 입을 열어 점수 깎인다.'는 말이 있다. 사실 그럴 때가 없지 않다. 그뿐 아니라 가만히 있었으면 무사했을 텐데 공연히 입을 열어 화를 자초하는 경우가 많다. 또 다른 이유로는 도의상의 문제와 관련될 것이다. 믿거니 하고 털어 놓는 사연이나 둘만 알기로 하고 약속한 것을 지키는 것은 도의적 의무에 속한다. 그런데 그런 의무는 입을 가볍게 놀려가지고는 안 된다. 입을 묵직이 다물 수 있는 참을성과 신중성이 바탕 된다. 이렇게 볼 때 침묵은 정말 미덕임에 틀림이 없다고 여겨진다.

– 서봉연, 「침묵은 미덕인가?」 중에서

윗의 예문들처럼 주제에 대하여 충분한 이유를 여러 가지로 들어 보이면서 풀이나 예시를 곁들여 펼쳐가면 설득력 있는 글이 이루어진다. 그렇지 않고 몇 가지 이유만을 피상적으로 내세우고 슬쩍 넘어가서는 깊이 있는 글이 되지 못한다.

(3) 주제와 관련된 예시 방식

예시란 실제로 일어난 사건, 행동, 사태 또는 역사적 사실이나 전설 등을 예를 들어 보여 주는 것이다. 이런 예들은 우리의 주위에서 많이 보고 들을 수가 있다. 자기가 어렸을 때 겪은 사건이나 일들, 주위의 친구에게 일어났던 재미있는 사건 등은 실감 있는 예시거리가 될 수 있다. 자신이 직접 목격한 끔찍한 갖가지 사고나 옛날에 있었던 역사적인 사건 등도 흔히 예시된다. 전설, 설화들에 전해 오는 기인, 현인의 행적 등도 흥미 있는 예시거리로 쓰일 수가 있다.

예시만으로 주제를 펼치려고 할 때는 그 주제와 관련된 사건이나 일화를 골라서 전해 주면 된다. 곧 주제를 직접 분석하거나 설명하는 것이 아니고, 사건이나 일화를 객관적으로 보여 주기만 하는 경우이다. 이런 때는 그 사건이나 행동이 암시하는 의미가 주제 구실을 하게 된다. 다음 예문에서 그런 경우를 볼 수가 있다.

예문 30

철수는 어떤 어린이보다도 정직하다는 것이 드러났다. 그는 얼마 전에 친구들과 함께 학교에서 돌아오다가 길 위에 돈지갑이 떨어져 있는 것을 발견했다. 그것을 주워든 철수는 열어 보려고도 하지 않고 파출소로 달려갔다. 옆에서 그를 지켜보던 친구들이 따라와 철수를 붙잡고 그 지갑을 먼저 열어보자고 졸라 댔다. 그러나 그는 남의 지갑을 열어 보려는 호기심은 벌써 나쁜 마음의 씨라고 대답하고는 친구의 손을 뿌리쳤다.

윗글에서 보는 것처럼 맨 앞줄의 주제문만 필자의 목소리이고 나머지는 모두 일어났던 사건을 그대로 들려주는 것이다. 필자의 설명이나 의견이 아닌 실제 사건이나 행동을 그대로 보여 줌으로써 주제를 뒷받침하고 있다.

다음 예문은 어린 시절에 겪었던 일을 소재로 한 글이다. 경험담을 통하여 주제를 전개한 경우이다.

예문 31

아홉 살 나던 해의 어느 날 겪었던 끔찍한 사건은 나로 하여금 삶의 환희를 맛볼 수 있게 했다. 사건이 난 그 날 오빠와 나는 시골의 목장에서 겨울에 쓸 사료를 높이 쌓아 둔 마른풀 더미 곁에서 놀았다. 풀 더미에는 때때로 굴처럼 구멍이 뚫려 있었는데 우리는 그곳을 들락거리면서 장난을 하곤 했다. 그 날도 나는 깊고 어두운 구멍을 발견하고는 그 속으로 기어들어갔다. 한참 들어가다가 다시 돌아올 수 없다는 것을 깨닫고는 소스라치게 놀랐다. 2, 3미터를 더 들어가자 구멍이 막혀 버려 오지도 가지도 못하게 되었다. 나는 산더미같이 쌓인 풀 속에 갇히고 만 것이다. 안간힘을 다해 구멍을 뚫고 나오려 해 보았으나 허사였다. 있는 힘을 다해 소리를 칠 수밖에 없었다. 오빠와 일꾼들이 달려와서도 한참만에야 어느 지점에서 소리가 나는지를 알 수가 있었던 모양이다. 나는 그 어둡고 답답한 굴속에서 숨을 죽이며 구조를 기다리고 있었다. 얼마 동안의 시간이 지나서야 구조자들의 손길이 와 닿았다. 나는 드디어 그 구멍에서 나오게 된 것이다. 바로 그 순간에 맛보았던 그 신선한 공기와 찬란한 햇빛을 나는 영원히 잊지 못한다.

– 설리반(1980)에서 번역

주제문인 첫 문장 뒤에 겪었던 이야기만이 서술되고, 맨 마지막에 주제를 다시 떠올리는 문장이 나타나 있다.

다음 예문은 옛날의 일화를 가지고 주제를 전개하고 있다.

예문 32

우리는 아이들의 교육에서 가장 중요한 것을 저버리기 쉽다. 옛날 어떤 어머니가 아들의 장래에 관해서 의논하고 조언을 얻기 위해서 그를 데리고 마을의 현자를 찾아갔다. “우리 아들은 누구보다도 열심히 공부를 하고, 하루에도 몇 시간씩이나 책과 씨름을 하며, 무엇을 물어 보아도 모르는 것이 없을 정도로 아는 것이 많습니다.” 어머니는 아들의 공부와 지식에 대해서 이처럼 자연스럽게 말을 했다. 한참 만에 현자는 “아깝게도 바보가 되어 있겠군.” 하고 말하였다. 그 영문을 몰라 어머니와 아들이 서로 쳐다만 보고 있노라니, 현자는 “생각을 할 수 있는 여유가 없이 지식을 얻는 일에만 골몰하고 있으니 바보가 될 수밖에 없지." 하는 것이었다.

— 정원식, 「생각하는 경험」 중에서

윗글에서는 '교육에서 가장 중요한 것'이라는 주제를 일화를 통하여 펼치고 있다. 이처럼 예시는 주제를 인상 깊게 뒷받침할 수가 있다.

다음 예문은 예시, 풀이, 합리화 방식이 한데 얽혀서 주제문을 전개하고 있다.

예문 33

영국의 정치가 벤저민 디즈레일리는 정치인들이 헌신을 다짐하고 맹세할 수 있는 것이 있다면 바로 이성과 상식이라고 갈파하였다. 상식의 정치, 이성을 추구하는 정치야말로 정치의 바른 바탕이며, 바로 이러한 바탕 위에서만 역사는 한걸음 한걸음씩 나아가게 된다는 것이다. 디즈레일리가 그처럼 신봉했던 상식과 이성은 그가 살았던 시대와 1백여 년의 간격을 두고 있는 오늘의 신봉되어야 할 가치인 것만은 분명하다. 바로 이 상식 때문에 정치가들이 때로는 유혹받게 되는 사악한 충동도 억누를 수 있고, 바로 이 상식 때문에 정치가들과 국민은 마침내 하나의 믿음의 끈으로 이어질 수가 있다. 이처럼 의미 있는 이성과 상식에 따라 정권까지도 미련 없이 내어 놓았던 한 사람의 정치인을 우리는 떠올릴 수가 있다. 그가 바로 영국의 전 수상이었던 캘러헌이다. 그는 1979년 하원에서 311대 310이라는 한 표차 불신임되었다. 수상의 불신임은 50년의 영국 헌정 사상 처음 있는 일일뿐 아니라 그것도 한 표 차이라는 새로운 기록을 세운 것이다. 그가 상식을 감행치 않았으며 다수결이라는 민주주의적 상식에 말없이 좇았다. 우리는 여기서 1백여 년 전의 디즈레일리의 상식이 그대로 살아 움직이는 정치를 보게 되는데, 이로써 영국의 정치에는 철의 여재상이라는 대처가 등장하게 되었고 상식을 바탕으로 한 민주대로가 순탄하게 뻗치고 있는 것이다.

— 진덕규, 「상식이 지배하는 정치」 중에서

다음 글에서는 간단한 예시가 풀이 방식을 돕고 있는 경우이다. 곧 풀이를 한 다음에 그것을 좀 더 구체적으로 서술하기 위해서 적절한 예시를 곁들이고 있는 것이다.

예문 34

2치적 사고(二値的 思考)란 어떤 대상을 두 개의 대립된 상황으로 나누어서 한 쪽을 택하고 딴 쪽을 버리는 사고방식이다. 이를테면, 긍정과 부정, 흑과 백, 선과 악 등의 두 가지 대립되는 상황을 설정하여 양자택일을 하고 어떤 중간적 존재도 인정하지 않는 경우이다. 흑백 논리라고도 알려진 이 사고방식은 수학 문제의 풀이에서 그 대표적인 예를 볼 수 있다. 가령, 2+2는 4가 정답이고 4가 아닌 것은 모두 오답이며, 정답과 오답 가운데 하나를 선택하여야 한다. 그 중간치는 인정되지 않는다. 이런 수학 문제의 경우 이외에도 양자택일을 하지 않으면 안 되는 상황에서는 2치적 사고방식이 나타난다. 예를 들면, 전쟁터에서는 이기기 아니면 지기, 곧 살기 아니면 죽기가 되는 2치적 사고가 지배를 한다. 또 자유 아니면 죽음을 달라는 부르짖음도 2치적 발상에서 나온 것이다.

– 서정수, 노대규, 「말과 생각」 중에서

윗글에서는 주요 명제마다 구체적인 예를 들어서 주제를 완전히 이해할 수 있도록 풀이하고 있다. 이처럼 예시는 구체적인 설명의 효과가 크다.

다음 예문은 옛날의 고사를 예시함으로써 인상 깊은 서술을 보여주고 있다. 적절한 예는 그 설명력과 함께 깊은 감명을 주기도 한다.

예문 35

옛날에는 적어도 스승은 부모와 같은 수준으로 대접했다. 스승을 모실 때에는 그림자를 밟는 것도 실례로 생각하였다. 스승이 세상을 떠나면 상복을 입는 것이 통례이기도 했다. 그 한 예로, 율곡 선생은 퇴계 선생보다 35년 아래로 직접 제자는 아니고 다만 도산서원(陶山書院)에 은퇴한 퇴계 선생을 찾아 며칠 동안 가르침을 받았을 뿐이다. 그러나 율곡 선생은 평생 퇴계 선생을 스승으로 받들었고 선생이 세상을 떠나자 3년 동안 내외분이 침실을 같이 하지 않았다고 한다. 요즈음은 도저히 생각도 못할 일이다.

– 동아일보, 「횡설수설」 중에서

2

짜임새 있는 글 쓰는 방법

1. 토막글과 긴 글의 짜임새

위에서 우리는 토막글을 통하여 글을 이루는 기본 요건과 주제를 전개하는 방법을 익히도록 하였다. 이제 그것을 바탕으로 좀 더 긴 일반 글을 쓰는 방법을 살펴보고자 한다. 사실상 대부분의 글은 상당히 길게 쓰는 것이 상례이므로 이제 우리는 본격적인 글을 쓰는 일로 접어들었다고 할 수가 있다. 우선 아래 예문을 주의 깊게 살펴보자.

예문 1

나는 요즈음 책이 우리에게 주는 참된 가치에 대하여 내 나름대로 깨닫게 되었다. 독서의 가치나 보람에 대해서는 많은 이들이 언급해 왔지만 나 자신이 독서에 관심이 없을 때는 그것을 실감하지 못하였다. 그런데 최근에 독서에 취미가 붙어 틈만 있으면 책을 읽다 보니 독서가 우리에게 주는 의미를 알게 된 것이다. 나는 독서를 통하여 새로운 세계를 발견하고, 나의 알고자 하는 욕망을 채울 수 있었다. 또 독서는 나의 안목을 넓혀 주었다. 이렇게 독서는 나로 하여금 정신적인 면에서 큰 성장을 가져다주었다.

윗글을 살펴보면 주제는 '독서를 통한 정신적인 성장'이라 할 수 있다. 이 주제는 '새로운 세계의 발견', '지적 욕망의 충족', '안목을 넓혀 줌' 등의 3가지 근거로 뒷받침되고 있다.

그런데 윗글은 내세운 근거들에 대하여 충분한 서술이 없기 때문에 독자에게 강한 설득력을 발휘하기 어렵다고 여겨진다. 주제를 떠받치고 있는 중요한 근거에 대하여 충분한 풀이나 합리화를 하지 않고 있으므로 그 주제가 독자의 이해나 공감을 사기 힘들다는 것이다. 따라서 위와 같은 경우에는 한 토막글로 그칠 것이 아니라 각 항목을 따로따로 펼치는 과정이 필요하다. 곧 위의 3가지 근거에 대하여 자세히 풀이하거나 합리화함으로써 글의 내용을 보완해야만 그 주제가 확고히 뿌리를 내릴 수 있다는 것이다.

'독서를 통한 새로운 세계의 발견'을 자세히 전개하면 다음과 같은 글이 될 것이다.

예문 2

나는 책을 통해서 새로운 세계를 발견하고 있다. 책의 저자들은 각자가 살고 느끼고 생각한 세계를 보여준다. 옛 책을 읽으면 옛날의 사람들이 살았던 세상을 보게 되고 딴 나라 사람들의 책에서는 그 세상의 모습을 엿볼 수가 있다. 문학 작품에서는 작가가 그리는 미지의 세계가 나에게 펼쳐진다. 특히 근래에 다시 읽어 본 파브르의 곤충기에서 보여주는 벌레들의 세계는 우리가 상상하기 어려운 세계이기도 하였다. 이렇게 나는 책을 읽음으로써 나 자신이 경험할 수 없는 새로운 세계로의 흥미진진한 여행을 한다.

이어서 '지적 욕망의 충족'에 대하여 좀 더 자세히 전개하면 다음과 같은 내용이 될 것이다.

예문 3

책은 알고자 하는 욕구를 채워 준다. 나는 어렸을 때부터 호기심이 많고 세상 돌아가는 사정이나 이치에 대해서 알아보고 싶은 욕망이 남달랐다고 생각된다. 선생님께 질문을 자주 하다가 다른 아이들의 미움을 산적도 많았다. 그런데 요즈음은 많은 경우 책을 통하여 나의 알고자 하는 욕구가 채워지고 있다. 책은 누구보다도 친절하고 자상한 선생이 되고 있다. 수업시간에 미처 알지 못하였던 것도 책을 통해서 알고 정리할 수가 있다. 그래서 나는 방과 후에는 물론이고 공부 시간에도 읽던 책을 몰래 펴보지 않고는 견디기 어려운 때도 있었다. 이처럼 책을 열심히 읽게 되는 것은 오랫동안 마음에 남아 있었던 의문이 책을 통해서 풀리기 때문이다.

'독서를 통하여 안목을 넓힌다'는 점에 대하여도 다음과 같이 상세한 뒷받침 서술을 할 수가 있다.

예문 4

책이 나에게 가져다주는 또 한 가지 선물은 나의 안목을 넓혀준 점이다. 책을 처음 읽을 때는 미처 못 느꼈지만 책을 여러 권 읽고 난 다음부터는 사물을 보고 판단하는 능력이 나도 모르게 향상되고 있음을 깨닫게 되었다. 이를테면 사회, 정치 문제나 국제 정세 같은 것을 좀 더 잘 이해하고 그 문제점도 발견할 수가 있게 되었으며, 어른들과 대화도 곧잘 할 수 있게 되었다. 어떤 문제에 부딪쳤을 때, 그 해결책을 마련하는 데도 책에서 읽은 견식이 활용되기도 한다. 신문이나 TV를 통해서도 물론 세상 돌아가는 형편은 웬만큼 알게 되지만, 책 읽는 것에 비하면 그것은 수박 겉핥기에 지나지 않는다. 사건이나 정세의 심층에 깔린 값진 사연들은 책에서만이 파악할 수가 있다. 따라서 책은 나의 색다른 시국관이나 세계관 같은 것을 이루어 주고 있는 것이다.

이들 3가지 글을 〈예문 1〉에 덧붙이게 된다면 주제의 근거가 되는 3개의 기둥이 튼튼하게 될 수 있을 것이다. 이렇게 근거 서술을 한 다음에는 다시 다음과 같은 마무리를 하는 것이 보통이다.

예문 5

이상에서 보듯이 나는 독서를 통해서 늘 새로운 세계를 발견하여 견문을 넓히고, 알고자 하는 호기심과 욕망을 채울 수가 있게 되었으며, 또한 나의 세상을 보는 안목이 향상되었다. 한 마디로 나는 독서를 함으로써 무엇보다도 정신적인 면에서 뚜렷한 성장을 하고 있다고 자부한다.

이제 위 5개의 토막글을 한데 모아 보면 다음과 같은 짜임새를 지닌 어엿한 글('독서의 보람')이 될 것이다.

예문 6

나는 요즈음 책이 우리에게 주는 참된 가치에 대하여 내 나름대로 깨닫게 되었다. 독서의 가치나 보람에 대해서는 많은 이들이 언급해 왔지만 나 자신이 독서에 관심이 없을 때는 그것을 실감하지 못하였다. 그런데 최근에 독서에 취미가 붙어 틈만 있으면 책을 읽다 보니 독서가 우리에게 주는 의미를 알아차리게 된 것이다. 나는 독서를 통하여 새로운 세계를 발견하고, 나의 알고자 하는 욕망을 채울 수 있었다. 또 독서는 나의 안목을 넓혀 주었다. 이렇게 독서는 나로 하여금 정신적인 면에서 큰 성장을 가져다주었다.

나는 책을 통해서 늘 새로운 세계를 발견하고 있다. 책의 저자들은 각자가 살고 느끼고 생각한 세계를 보여준다. 옛 책을 읽으면 옛날의 사람들이 살았던 세상을 보게 되고 딴 나라 사람들의 책에서는 그 세상의 모습을 엿볼 수가 있다. 문학 작품에서는 작가가 그리는 미지의 세계가 나에게 펼쳐진다. 특히 근래에 다시 읽어 본 파브르의 곤충기에서 보여주는 벌레들의 세계는 우리가 상상키 어려운 세계이기도 하였다. 이렇게 나는 책을 읽음으로써 나 자신이 경험할 수 없는 새로운 세계로의 흥미진진한 여행을 한다.

책은 알고자 하는 욕구를 채워 준다. 나는 어렸을 때부터 호기심이 많고 세상 돌아가는 사정이나 이치에 대해서 알아보고 싶은 욕망이 남달랐다고 생각된다. 선생님께 질문을 자주 하다가 다른 아이들의 미움을 산적도 많았다. 그런데 요즈음 많은 경우 책을 통하여 나의 알고자 하는 욕구가 채워지고 있다. 책은 누구보다도 친절하고 자상한 선생이 되고 있다. 수업시간에 미처 알지 못하였던 것도 책을 통해서 알고 정리할 수가 있다. 그래서 나는 방과 후에는 물론이고 공부 시간에도 읽던 책을 몰래 펴보지 않고는 견디기 어려운 때도 있었다. 이처럼 책을 열심히 읽게 되는 것은 오랫동안 마음에 남아 있었던 의문이 책을 통해서 풀리기 때문이다.

책이 나에게 가져다주는 또 한 가지 선물은 나의 안목을 넓혀준 점이다. 책을 처음 읽을 때는 미처 못 느꼈지만 책을 여러 권 읽고 난 다음부터는 사물을 보고 판단하는 능력이 나도 모르게 향상되고 있음을 깨닫게 되었다. 이를테면, 사회, 정치 문제나 국제 정세 같은 것을 좀 더 잘 이해하고 그 문제점도 발견할 수가 있게 되었으며, 어른들과 대화도 곧잘 할 수 있게 되었다. 어떤 문제에 부딪쳤을 때 그 해결책을 마련하는 데도 책에서 읽은 견식이 활용되기도 한다. 신문이나 TV를 통해서도 물론 세상 돌아가는 형편은 웬만큼 알게 되지만, 책 읽는 것에 비하면 그것은 수박 겉핥기에 지나지 않는다. 사건이나 정세의 심층에 깔린 값진 사연들은 책에서만이 파악할 수가 있다. 따라서 책은 나의 색다른 시국관이나 세계관 같은 것을 이루어 주고 있는 것이다.

이상에서 보듯이 나는 독서를 통해서 늘 새로운 세계를 발견하여 견문을 넓히고, 알고자 하는 호기심과 욕망을 채울 수가 있게 되었으며, 또한 나의 세상을 보는 안목이 향상되었다. 한 마디로 나는 독서를 함으로써 무엇보다도 정신적인 면에서 뚜렷한 성장을 하고 있다고 자부한다.

결국 긴 글은 서로 연관된 토막글을 지어서 연결시킴으로써 이루어질 수 있음을 알게 된다. 모든 글이 꼭 이런 방식으로 이루어지는 것은 아니지만 대개 긴 글은 그것을 분석해 놓고 보면 기본적으로는 위와 같이 토막글이 한데 어울려 이루어진다. 따라서 우리는 앞에서 익히고 다진 토막글 형성의 요령을 바탕으로 좀 더 길고 복합적인 글을 이루어 나갈 수 있다.

2. 글의 일반적인 짜임새

위의 〈예문 6〉과 같은 긴 글은 사실상 여러 개의 토막글을 이어서 이룰 수 있음을 우리는 보았다. 이렇게 여러 토막글이 한 편의 긴 글을 이룰 때에는 각 토막글은 서로 긴밀한 관련을 가지고 어울리게 된다. 이런 경우의 토막글은 독립적인 성격을 잃고 글 전체의 주제를 일부 떠맡는 구실을 한다.

이렇게 글의 일부를 이루는 토막글을 단락 또는 문단이라 부른다. 단락에 관해서는 뒤에 자세히 다루어지지만, 우선 '글의 일부를 전개하는 구실을 하는 토막글'이라고 알아 두기로 한다. 곧 단락은 일련의 문장들로 이루어지는 토막글로서 긴 글의 구성 단위체가 된다고 할 수 있다. 이런 단락은 들여쓰기로 표시가 된다. 들여쓰기란 위 예문에서 보듯이 각 단락이 시작될 때 왼쪽의 한 칸을 안으로 들어가게 하는 것을 말한다. 요컨대 단락은 들여쓰기로써 그 형식적 경계를 이루면서 전체 글의 일부를 전개하는 구성 단위체이다.

단락이라는 글의 단위체를 바탕으로 〈예문 6〉의 짜임새를 분석해 보면 대체로 다음과 같다.

첫 단락은 이 글에서 다룰 내용을 암시하여 독자의 관심을 끌도록 하고 있다. 이렇게 글의 첫머리에 놓인 단락은 본문으로 들어가는 길잡이의 구실을 하는 것이 상례이다. 이런 단락을 도입 단락이라 부른다.

둘째 단락은 '독서가 새로운 세계를 발견하게 한다'는 요지를 첫머리에 내세우고 그것을 뒷받침하여 서술하고 있다. 이 단락은 글 전체 주제의 일부 요지를 전개한 것이다. 셋째와 넷째 단락에서도 같은 방식으로 그 첫머리에 요지를 내걸고 뒷받침함으로써 각기 주제의 일부를 전개하고 있다. 이렇게 글의 본문 내용을 차례로 전개하는 단락은 일반 단락이라 부른다. 글의 주제는 이런 일반 단락이 분담하여 전개하는 것이다.

마지막의 단락에서는 앞의 각 단락에서 다룬 내용을 간추리고 그것을 바탕으로 글의 전체 주제를 이끌어 내고 있다. 이 글의 주제는 '독서를 통한 정신적인 성장'임이 여기서 밝혀지고 있다. 이렇게 본문에서 전개된 내용을 정리해서 글을 끝맺는 구실을 하는 단락은 마무리 단락 또는 종결 단락이라 부른다. 이것도 도입 단락과 함께 특수한 구실을 하는 단락이다.

요컨대, 일반적으로 글은 각 단락으로 나뉘어 주제를 체계적으로 전개하는 짜임새가 되어 있음을 알 수가 있다. 이런 점에서 〈예문 6〉은 글이 갖추어야 할 기본적인 짜임새의 본 예문이 된다.

(1) 단락의 기본적인 구성 요소 - 소주제문과 뒷받침문장

〈예문 6〉에서 첫째와 마지막 단락을 제외한 둘째, 셋째, 넷째의 일반 단락은 그 요지가 있고 그것을 나타내는 문장이 있음을 보았다. 그 요지는 소주제topic 또는 화제話題라 부르며, 그것을 명제 형식으로 나타낸 문장은 소주제문topic sentence이라 한다. 이런 소주제 또는 소주제문은 글 전체의 주제를 일부 떠받드는 기둥 또는 뼈대(골격)의 구실을 한다. 대개의 경우 글 전체의 주제는 소주제로 나뉘어 체계적으로 펼쳐지기 때문이다. 이 점에 대하여는 뒤에서 다시 설명하거니와 일반적으로 글은 단락으로 나뉘고 단락은 그 소주제를 중심으로 이루어진다.

일반 단락에서 그 소주제(또는 소주제문)를 전개하는 문장들은 뒷받침문장supporting sentence이라 한다. 이 문장들은 소주제(문)를 풀이하거나 입증하여 펼쳐서 구체화한다. 말하자면, 뒷받침문장들은 소주제라는 골격에 살을 붙여 단락의 모습을 갖추게 하는 구실을 한다. 이런 점에서 뒷받침문장은 소주제의 발전에 없어서는 안 될 필수 요소이다. 이 문제에 관해서도 7장 단락을 이루어 전개하는 방법에서 자세히 다룰 것이다.

위에서 지적한 바와 같이, 글을 이루는 단락들 가운데는 윗글의 첫째 단락과 마지막 단락처럼 특정한 기능을 드러내는 것들이 있다. 이런 단락은 글의 도입부나 마무리 등의 구실만을 하고 내용을 새로이 전개하는 구실을 하지 않는다. 이런 단락은 특수 단락이라 하여 위에 말한 일반 단락과 구별한다. 특수 단락에 관해서는 8장 특수 단락 및 단락의 형식과 내용에서 다룬다.

요컨대, 글은 기본적으로 그 내용을 본격적으로 전개하는 일반 단락들과 특별한 기능을 보이는 몇 개의 특수 단락으로 이루어지는 짜임새를 이룬다.

아래의 예문 7도 윗글과 비슷한 짜임새를 가진 글이다. 위에서 보인 요령대로 이 글을 분석해 보고 글의 짜임새를 이루는 기본 요령을 더욱 확실히 익히도록 하자. 특히 글 전체의 핵심 내용이 어떤 방식으로 전개되고 있는지를 주의 깊게 살피기 바란다.

예문 7 _ 현재의 삶

① 토마스 울프는 일찍이 "사람은 곧잘 미래를 이야기하고는 그때가 오면 그대로 지나쳐 버린다."고 말한 적이 있다. 이러한 말은 내가 믿고 있는 삶의 원칙과 관계가 있다. 나는 과거에 안주하거나 미래를 걱정하는 일은 헛되다고 보며, 오직 직면한 현재의 삶에 충실하려고 애쓰고 있다.

② 과거에 사는 일은 쓸모가 없다. 지나간 일은 아름답고 매력적으로 여겨져서 지금도 값진 기억을 남길 수가 있다. 그렇지만 과거는 이미 죽은 세계이다. 따라서 그곳은 유령이 차지하고 있는 세계이지 산 얼이 머뭇거릴 누리는 못 된다. 과거는 돌이킬 수 없는 공포와 회한이 남겨진 세계일 수도 있고, 온갖 불행한 행동과 싸움이 벌어졌던 옛 터전일 수도 있다. 더구나 이런 쓰라렸던 나날에 집착하는 것은 공연히

마음의 아픔을 되새기는 일이며 비생산적인 자책일 따름이다. 지난 일은 그것이 벌어졌던 과거의 시점에 머물도록 해야 한다. 우리의 현재 삶 속으로 다시 끌어들여서는 안 된다.

③ 미래를 걱정하는 것도 헛된 일이다. 왜 때가 되기도 전에 하늘로 날아가는가? 미래를 지나치게 생각하는 사람들은 여러 가지 괴로운 환상들에 사로잡힌다. 그들은 지구가 버섯구름(원자탄)으로 덮이고, 방사선으로 얽히며, 인구 폭발로 갈기갈기 파헤쳐질 것 같은 환상을 안고 살아간다. 그들은 스스로의 앞날이 그르쳐질 것으로 상상하는가하면, 약속 시간이 어긋나지 않을까 미리부터 걱정하기도 한다. 모든 경쟁에서 앞자리를 남에게 빼앗길 것을 두려워하기도 하며, 집에 불이 나서 타버리면 어쩌나 하고 쓸데없이 걱정하기도 한다. 사랑하고 있는 사람은 실연당할 것을 걱정하고, 심지어는 그의 삶 전체가 허물어지기라도 할 것처럼 어쩔 줄을 몰라 한다. 이처럼 미래에 초점을 두고 살게 되면 걱정해야 할 재난이 끝이 없다. 더구나 미래에는 우리의 죽음처럼 우리가 미리 조종하거나 손쓸 수 없는 일들이 많다. 그러니 이런 일들을 미리 걱정한다는 것은 아무 쓸모가 없으며, 오히려 삶을 더 망쳐 버릴 뿐이다. 물론 우리의 힘으로 조정할 수 있는 일들도 미래에는 있다. 그러나 그런 일들도 미리부터 앞당겨 걱정하기보다는 현재의 삶에 최선을 다함으로써 좀 더 잘 해결할 수가 있다.

④ 현재 이 순간 우리가 바야흐로 살고 있는 이 시점이야말로 내가 알고 있는 오직 하나의 현실이기에 나는 그것을 결코 놓쳐 버릴 수가 없다. 나는 지금 입속에 기침약을 넣고 있다. 그것은 지금 입속에서 녹지 않고 있으며, 달콤한 맛이고, 기침을 가라앉혀 주고 있다. 나의 칼칼한 목구멍, 아픈 등, 이것들도 다 내게는 현실이라는 의미가 크다. 시원한 밤바람, 화로에서 나는 우지직 소리, 고양이의 하품과 기지개, 이것들은 다 내가 지금 감각으로 알고 있는 현실이다. 이것들은 내 숨소리, 내 머리 위의 뜨거운 전등, 그리고 내가 내려다보는 책상과 함께 이 순간에 존재한다. 이런 나의 현실, 또 다른 이들이 부닥친 현실, 그리고 온 누리의 모든 생명체가 겪고 있는 현실이 모두 나의 최대 관심사이다.

⑤ 나는 모든 사람이 역사적 지각, 특히 자신의 뿌리에 대한 지각이 필요하다고 생각한다. 그렇지만 역사는 그 거리를 두고 바라보아야 한다. 또 미래를 보는 방향 감각, 그리고 앞날을 설계하는 일이 필요하다. 그렇지만 그것에 미리 사로잡혀서는

안 된다. 가장 중요한 것은 현재에 사는 것, 지금 살아 있는 현실이라고 믿는다.

– 설리반(1980)에서 번역

윗글은 5개의 단락으로 이루어져 있다(각 단락에는 설명의 편의상 번호를 붙였다). 윗글이 어떤 짜임새를 가지고 전개되고 있는지를 살펴보기로 한다. 단락 ①은 도입 단락인데, '과거에 안주하거나 미래를 걱정함은 헛되고 현재의 삶이 가장 중요하다'는 명제를 제시하고 있다. 단락 ②에서는 '과거에 안주하는 것이 무익함'을 소주제로 하여 다루고 있다. 단락 ③으로 넘어가 보면 '미래를 걱정함이 헛됨'에 관해서만 서술하고 있다. 단락 ④에서는 '현재의 삶이 가장 중요함'을 집중적으로 펼치고 있다. 마지막 단락 ⑤에서는 앞의 단락 ②③④에서 다룬 내용을 간추려서 종합하고 있다. 즉 '과거, 미래보다는 현재의 삶이 중요하다'는 것이다. 이것은 이 글 전체의 주제로 여겨진다. 이것은 앞의 도입 단락에서 내세운 명제와 내용적으로 일치한다. 따라서 윗글에서는 주제가 첫 단락과 마지막 단락에서 드러나고 있다.

이를 알기 쉽게 그림으로 나타내 보이면, 〈예문 8〉과 같다. 이 그림에서 보듯이 〈예문 7〉은 주제를 정점으로 하고 그것을 일사불란하게 떠받들어 펼치고 있는 짜임새이다. 무엇보다도 주제를 뚜렷이 드러내기 위해서 각 단락이 분담하여 그 소임을 다하고 있음이 이 글에서도 드러나고 있다. 글이란 그 주제가 초점이요 핵심이므로 글의 모든 구성 요소, 이를테면 낱말, 문장, 단락들은 그것을 가장 효과적으로 드러내도록 짜여야만 한다. 이 점은 아무리 강조해도 지나침이 없다 할 것이다.

예문 8 _ 예문 7의 짜임새 분석

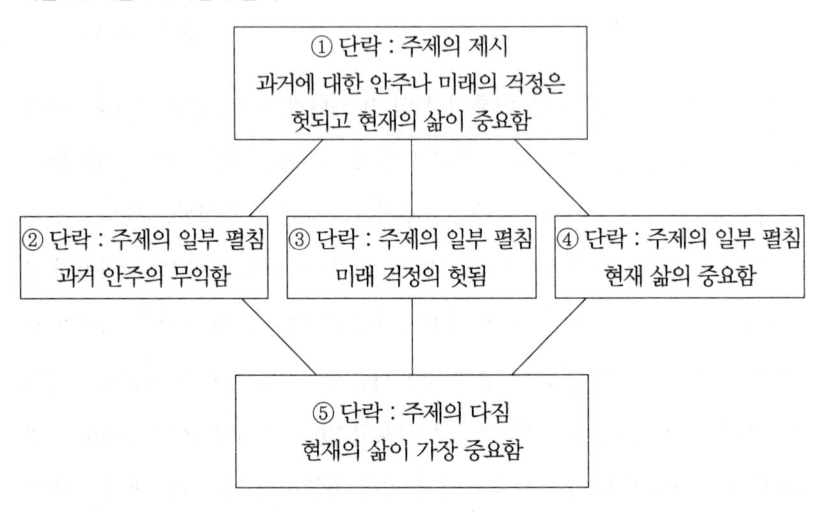

(2) 단락의 소주제문과 뒷받침문장의 짜임새

일반 단락은 소주제가 있고 그것을 펼치는 뒷받침문장들로 이루어짐을 보았다. 소주제는 단락이라는 토막글의 주제로서 가장 핵심적인 요소이며 그것을 떠받들어 펼치는 뒷받침문장은 소주제의 내용을 구체적으로 풀이하기도 하고 합리화하기도 하며, 또 필요에 따라서는 알맞은 예를 들어서 알기 쉽게 하기도 한다.

단락은 소주제문이라는 알맹이와 그것을 차례로 펼치는 뒷받침문장들로 이루어진 구조이다. 단락은 이 두 가지 요소가 제대로 갖추어져야만 온전하게 된다. 소주제(문)가 없이 뒷받침문장만 늘어서 있다면 그런 단락은 노른자 없는 달걀처럼 알맹이가 없다. 한편으로 뒷받침문장이 없거나 빈약하면 뼈만 앙상하게 드러난 몰골처럼 글의 모습이 갖추어지지 못한다. 어느 경우나 제대로 전개된 단락이 못 됨은 말할 것도 없다.

소주제(문)가 어떤 방식으로 뒷받침되고 있는지를 자세히 살펴보자. 아래 글은 〈예문 7〉의 ③ 단락을 소주제(문)과 뒷받침문장으로 분석한 것이다.

예문 9

(소주제문) 미래를 걱정하는 것도 헛된 일이다. (뒷받침문장들) ① 왜 때가 되기도 전에 하늘로 날아가는가? ② 미래를 지나치게 생각하는 사람들은 여러 가지 괴로운 환상들에 사로잡힌다. ③ 그들은 지구가 저 끔찍한 버섯구름으로 덮이고, 방사선으로 얽히며, 인구 폭발로 갈기갈기 파헤쳐질 것 같은 환상을 안고 살아간다. ④ 그들은 스스로의 앞날이 그르쳐질 것으로 상상하며, 약속 시간이 어긋나지 않을까 미리부터 걱정하기도 한다. ⑤ 모든 경쟁에서 앞자리를 남에게 빼앗길 것을 두려워하며, 집에 불이 나서 타버리면 어쩌나 하고 쓸데없이 걱정하기도 한다. ⑥ 사랑하고 있는 사람은 실연당할 것을 걱정하고, 심지어는 그의 삶 전체가 허물어지기라도 할 것처럼 어쩔 줄을 몰라 한다. ⑦ 이처럼 미래에 초점을 두고 살게 되면 걱정해야 할 재난이 끝이 없다. ⑧ 더구나 미래에는 우리의 죽음처럼 우리가 미리 조종하거나 손 쓸 수 없는 일들이 많다. ⑨ 그러니 이런 일들을 미리 걱정한다는 것은 아무 쓸모가 없으며, 오히려 삶을 더 망쳐버릴 뿐이다. ⑩ 물론 우리의 힘으로 조정할 수 있는 일들도 미래에는 있다. ⑪ 그러나 그런 일들도 미리부터 앞당겨 걱정하기보다는 현재의 삶에 최선을 다함으로써 좀 더 잘 해결할 수가 있다.

위의 단락은 소주제문을 맨 앞에 보이고, 그것을 11개의 뒷받침문장들이 떠받들고 있다. 그 뒷받침문장을 간단히 살펴보면 다음과 같다. 문장 ①은 앞의 소주제를 반문 형식으로 암시하고 있고, 문장 ②는 미래를 미리 앞당겨 생각하는 것은 여러 가지 환상에 사로잡힌다고 말하고 있다. 그 뒤 ③에서 ⑥까지의 문장들은 그 예문을 구체적으로 보여 주고 있고, 문장 ⑦은 문장 ②의 내용을 다짐하였다. 문장 ⑧과 ⑨는 손쓸 수도 없는 일을 걱정하는 것은 소용없는 일이라고 말함으로써 문장 ② 이하에서 뒷받침한 내용을 덧붙여 강화하고 있다. 문장 ⑩과 ⑪은 비록 손쓸 수 있는 일들이라도 미리 걱정하는 것보다는 주어진 현실에 충실함이 더 낫다는 것을 덧붙이고 있다.

위와 같이 뒷받침문장들은 소주제문을 여러 가지로 전개해서 독자로 하여금 충분히 이해하도록 돕고 있다. 여기서 우리는 단락의 모든 성분들이 핵심 과제인 소주제를 일사불란하게 떠받들고 있는 점을 특히 유의해야 한다. 소주제와 관련이 있고 그것을 풀이하거나 합리화하는 내용의 뒷받침문장들만이 순리적으로 연결되고 있는 것이다. 그 가운데 한 문장이라도 소주제와 관계가 없거나 거기에 거슬리는 내용이 있으면 안 되는 것이다. 이는 마치 정교한 구조물에 필요 없는 불순물이 섞여서 전체 얼개를 망쳐버리는 경우와도 같이 단락의 내용 전개를 해치거나 허술하게 하고 만다. 앞으로 단락의 뒷받침 방식에 관해서는 뒤에서 자세히 다루겠지만 여기서는 무엇보다도 소주제만을 집중적으로 뒷받침해야 하는 점을 깊이 새겨 두어야 한다. 결국 단락의 전개 요령은 앞에서 본 토막글의 경우와 본질적으로 동일하다는 것을 알 수 있다.

단락의 구조에 관련해서 한 가지 알아 둘 것이 있다. 위에서 살펴본 단락은 모두 소주제문이 단락의 첫머리에 놓이고, 뒷받침문장이 그 뒤에 펼쳐지고 있다. 이런 유형의 단락은 두괄식이라 불리는데, 단락의 핵심 내용이 머리에 오고 그것을 떠받드는 몸뚱이 문장들이 뒤에 놓이는 짜임새인 것이다. 이런 짜임새는 뒷받침문장들이 앞에 놓이고, 마지막에 소주제문이 놓이는 미괄식과는 대조가 된다. 일반적으로 두괄식의 단락은 글쓰기를 처음 익히는 이들에게 손쉽다. 주제를 먼저 보이고 있으니 그 지향점이 선명하여 집중된 뒷받침을 하기 쉽기 때문이다. 목표점을 앞에 보면서 나아가는 걸음처럼 옆길로 벗어날 가능성이 덜한 것이다. 한 단락의 경우뿐 아니라 글 전체의 경우에도 주제를 맨 앞에 내세우면 두괄식의 글이라 한다. 〈예문 6〉이나 〈예문 7〉의 경우는 다 주제가 맨 앞에 제시되었으므로 두괄식이 된다. 글 전체의 경우도 마찬가지 이유로 주제가 맨 앞에 보이면 글을 펼쳐나가기가 편하고 안전하다. 주제라는 등대를 앞에 두고 모든 단락이나 문장들을 그 쪽으로 몰고 나갈 수 있기 때문이다.

위와 같은 점에서 이 책에서는 먼저 두괄식 구조를 익히도록 하였다. 단락의 경우나 글 전체의 경우를 막론하고 두괄식으로 엮어 나가는 방식을 위주로 글쓰기를 익혀 나가도록 하였다. 미괄식 등의 다른 구조 유형은 두괄식을 익히고 글쓰기가 어느 정도 숙달이 된 연후에 써보도록 한다. 이들 구조 유형에 관해서는 7장 단락을 이루어 전개하는 방법에서 자세히 다룬다.

3

글 쓰는 기본 순서 - 글쓰기의 본보기

우리는 앞에서 글의 기본 짜임새를 살펴보았다. 이제 그러한 글의 짜임새를 좀 더 잘 익히고, 또 실제로 글을 쓰는 요령을 터득하기 위하여 간단한 글쓰기를 함께 해 보기로 한다. 이러한 실제 작업 과정을 통하여 우리는 글쓰기의 기본 순서를 효율적으로 익힐 수 있으며, 아울러 글쓰기의 이론을 튼튼히 다질 수가 있다.

글을 쓰는 기본 순서는 대개 다음과 같이 나누어 볼 수 있다.

- 쓸거리 마련하기
- 주제 정하기
- 제목 붙이기
- 줄거리 만들기
- 단락 전개하기
- 다듬어 쓰기

위의 순서는 경우에 따라서는 그 순서가 바뀔 수도 있고 일부 생략될 수도 있다. 그렇지만 기본적으로는 모두 다져 나가야 할 주요 과정들이다.

1. 쓸거리 마련하기

쓸거리(또는 소재)란 글에서 다룰 문제 또는 그 범위를 대체적으로 가리키는 말이다. '무엇에 대해서 쓸 것인가?'라는 물음에 대하여 대답하는 말이 대개 쓸거리를 가리킨다. 이를테면, 사랑에 대하여, 친구에 관해서, 삶의 방식에 관하여 따위 말이 쓸거리를 가리킨다.

쓸거리는 글의 제목(또는 표제)으로 어느 정도까지 표시되는 수가 많다. 제목은 대개 쓸거리를 바탕으로 하여 그 내용과 관련되어 지어지기 때문이다. 예를 들면, 쓸거리가 사랑에 대한 것이라면, 제목은 흔히 '사랑', '사랑의 본질' 또는 '사랑이란 무엇이길래' 따위와 같이 붙여지는 수가 많은데, 이들은 쓸거리를 상당 부분 암시한다. 물론 제목만으로 쓸거리가 충분히 드러나지 않는 경우도 있다. 가령, '홍길동전'이라는 제목은 홍길동이라는 인물에 관한 이야기라는 것 이외에는 별로 암시하지 않는다. 그러나 대개는 쓸거리가 제목에서 어느 정도까지 드러난다.

쓸거리는 글의 주제와도 관련이 많으나 양자는 서로 구별된다. 주제는 쓸거리를 고른 다음에 그것을 여러 각도로 검토하고 분석해서 도달한 핵심적 의미이다. 그런만큼 쓸거리는 주제의 바탕이 되기는 할지언정 그것이 바로 주제는 되지 못하는 것이 보통이다. 어디까지나 쓸거리는 글에서 다룬 문제의 대체적인 범위나 성질을 가리키는 데 쓰이는 말이다.

쓸거리를 찾으려면 우리의 삶과 주변을 깊이 살피고 생각을 많이 해야 한다. 일상 삶에서 겪는 일, 남에게서 듣는 일, 주위에서 보고 느끼는 일, 책을 통하여 읽은 내용들을 무심히 지나치지 않고 늘 관심을 가지고 살핌으로써 좋은 쓸거리를 발견할 수 있다. 특별히 관심이 가는 문제들을 여러모로 뜯어보고 생각을 해 나가는 과정에서 값진 쓸거리가 마련될 수 있다.

이렇게 우리의 삶과 주변을 관심 있게 살피고 생각을 해보면 다음과 같은 쓸거리들을 떠올릴 수가 있다.

① 이성과의 만남에 대하여
② 우정에 대하여
③ 학교생활의 목적에 관하여
④ 약소민족의 서러움에 관하여
⑤ 도시인들이 휴일을 보내는 목적과 방법에 관하여

이들을 다시 검토하고 각자의 관심과 형편에 따라 한 가지를 고를 수가 있을 것이다. 가령, 이성을 만나보고 사귄 경험을 가져 본 사람은 ①과 같은 쓸거리를 골라 볼 수가 있을 것이다. 최근에 친구의 뜨거운 우정을 겪고 감동을 받은 사람은 우정의 가치에 대해서 남다른 관심과 깊은 생각을 하게 될 것이므로 ②와 같은 쓸거리를 으뜸으로 꼽게 될는지 모른다. ③과 같은 쓸거리는 학교생활을 깊이 반성해 보는 사람들이 다룰 쓸거리이다. 또 ④와 같은 쓸거리는 강대국의 횡포를 뼈저리게 느낀 약소민족으로 태어난 사람이 생각해 볼만한 것이다. 마지막으로 ⑤와 같은 쓸거리는 최근의 도시 비대화와 공해 등과 관련하여 도시인들이 휴일을 보내는 목적과 방식이 달라졌음을 관심 있게 보아 온 사람이면 쉽사리 떠올릴 수 있는 쓸거리이다. 여기서는 위의 가능한 쓸거리 가운데 ⑤를 다루어 예문으로 정한다. 우리가 찾은 쓸거리는 '도시인들이 휴일을 보내는 목적과 방법에 관하여'이다.

2. 주제 정하기

쓸거리가 정해졌으면 다음 순서는 주제를 정하는 일이다. 주제는 쓸거리를 여러모로 살피고 생각을 깊이 하여 도달한 핵심 내용이다. 말하자면 쓸거리가 지닌 의미와 가치를 여러 가지로 살펴서 분석하고 그 가운데서 필자가 나름대로 가장 중요하다고 여겨지는 바를 한마디로 집약한 것이 주제이다. 이제 우리의 쓸거리를 살펴서 주제를 정하는 과정을 예를 들어 보기로 한다.

1. 도시인들이 휴일을 보내는 놀이나 방법에서 특색 있는 점들을 찾아 본다.
   ① 도시를 떠나 야외로 가는 경향이 많다. 등산, 낚시, 캠핑, 야외 운동, 여행 등 대부분 야외에서 하는 것들이 많아지고 있다.
   ② 최근에 특히 그러한 경향들이 부쩍 늘었다. 휴일 고속도로 상황만 보아도 그것을 알 수가 있다.
2. 야외로 나가 휴일을 보내는 이유나 목적을 생각해 본다.
   ① 도시는 붐비고 공해가 심해 건강을 해치는 일이 많아졌다.
   ② 야외에서는 맑은 공기를 마실 수 있어 기분이 상쾌하고 정신 건강에도 좋다.
   ③ 맑은 공기를 마시면서 하는 등산, 낚시, 그 밖의 야외 운동이나 휴식은 무엇보다도 건강에 좋다.

이렇게 생각을 해가다 보면 도시인들이 무엇보다도 건강 문제와 관련하여 휴일을 보내는 경향이 두드러지고 있음을 깨닫게 된다. 특히 최근 도시 공해로 인해 건강에 대한 위협이 커지면서 이러한 경향이 더욱 짙어졌다는 점도 알아차리게 된다. 이런 사정과 관련하여 마련될 수 있는 주제문은 다음과 같은 것들이 예상된다.

① 도시인들은 휴일에 건강과 취미생활을 위해 야외에 나간다.
② 도시인들은 휴일에 몸과 마음의 건강을 위해 야외로 나간다.
③ 많은 도시인들은 휴일을 건강의 날로 삼고 있다.

위의 세 문장은 모두 도시인들이 휴일을 건강과 관련시켜 보낸다는 점에서는 일치한다. 그런데 ①과 ②는 야외로 나가는 점에만 국한된 느낌이 있다. 사람들 중에는 야외에 나가지 않고도 건강을 위해서 휴일을 뜻있게 보내는 이들이 있다. 따라서 ③이 좀 더 타당성 있는 주제문으로 여겨진다. 특히 '많은 도시인'으로 한정한 점이라든지, '건강의 날로 삼고 있다'와 같은 강력한 표현을 한 점에서 주제문으로서 적당하다고 생각된다.

- 주 제 : 휴일을 건강의 날로 삼음
- 주제문 : 많은 도시인들은 휴일을 건강의 날로 삼고 있다.

3. 제목 붙이기

이제는 쓸거리와 주제를 바탕으로 해서 제목을 알맞게 붙인다. 제목은 글의 내용이나 성격과 관련을 가지는 것이 상례이다. 그래서 제목은 글의 쓸거리나 주제를 어느 정도까지 암시할 수 있도록 정하면 된다. 또한 제목은 되도록이면 어감이 좋고 인상적인 어구로 하는 것이 바람직하다. 제목은 글의 얼굴이므로 독자의 마음을 끌어당기는 힘이 있을수록 이상적이다.

이런 점에서 볼 때 우리의 쓸거리와 주제에 알맞은 제목은 '도시인의 휴일' 정도면 적당하다. 이 제목은 우선 글의 쓸거리(내용)와 관련된 간결한 어구이며, 동시에 누구에게나 관심을 불러일으킬 수 있기 때문이다. 도시에 사는 대부분의 사람들은 휴일을 정기적으로 맞이하고 있으므로 이 제목은 많은 이들의 관심거리가 될 수 있다. 더구나 휴일을 효과적으로 보내고자 애쓰는 이들로서는 이러한 제목은 더욱 큰 관심거리가 될 수 있을 것이다.

이제까지 결정한 내용을 적어보고 앞으로 할 일에 대한 지표로 삼는다.

• 쓸거리 : 도시인이 휴일을 보내는 방법과 목적에 관하여
• 주　제 : 휴일을 건강의 날로 삼음
• 주제문 : 많은 도시인들은 휴일을 건강의 날로 삼고 있다.
• 제　목 : 도시인의 휴일

4. 줄거리 만들기

위에서 정한 것은 글의 내용 또는 그 핵심과 관련된 것들이다. 이제 그것을 효과적으로 전개해야 글이 될 것이다. 그러자면 그것을 정점으로 하는 줄거리를 마련해야 한다.

글의 줄거리를 만든다는 것은 주제를 효과적으로 전개하기 위해서 관련된 재료들을 늘어놓는 순서를 이루는 것을 말한다. 곧 주제 중심의 짜임새가 되기 위해서는 재료들을 어떤 순서로 늘어놓을 것인가를 대체적으로 결정하는 것이다. 이는 결국 글의 얼개(골격)를 짜는 일이다.

줄거리를 만드는 과정은 다음의 두 단계로 나누어 볼 수 있다.

• 주제와 관련된 재료를 선택하는 일
• 선택된 재료를 순리적으로 배열하는 일

(1) 주제와 관련된 재료 선택하기

첫째로 쓸거리를 마련할 때 살폈던 여러 재료나 이야기 가운데 주제와 관련된 것만을 고른다. 도시인들이 휴일에 하는 휴식, 놀이, 운동, 그 밖에 건강과 관련해서 하는 일들을 모두 모아서 적어 둔다. 다음에는 도시인들이 휴일을 그와 같이 보내는 경향이 늘어난 이유는 무엇인가를 여러 각도에서 생각해 보고 그 요점을 적어 둔다.

둘째로, 새로 얻을 수 있는 자료를 보충해서 되도록 많은 이야기거리를 마련한다. 쓸거리를 마련할 때 미처 생각지 못했던 점, 주제를 정할 때 생각났던 점들을 다시 되새기거나 적어 둔다. 특히, 이 문제와 관련된 다른 사람들의 의견도 들어보고, 신문이나 잡지에도 관련된 글이 있는지를 살펴서 읽어 보도록 한다. 가령, 공해 문제, 도시인들의 건강 문제, 새로이 발달하는 레저 산업들에 관한 글들도 참고 자료로 읽어둘 필요가 있다. 또한 이런 자료들 가운데 중요한 것은 적어 두어서 필요할 때 활용할 수 있게 함이 좋다. 머릿속에만 기억해 두었다가는 잊어버리는 수가 있기 때문이다.

(2) 선택된 재료를 순리적으로 배열하기

선택된 재료를 배열하여 주제를 가장 효율적으로 부각시키는 과정이다. 순서 없이 선택된 자료를 다시 검토하고 정리하여 어떤 순서로 늘어놓는 것이 가장 좋은 글이 될 것인지를 결정하는 것이다. 이런 배열 작업은 글의 성격, 재료의 성질이나 분량 그리고 필자의 의도 등에 따라 여러 가지로 이루어진다. 그런데 대부분의 글은 우선 세 부분으로 나뉘어 배열이 이루어진다. 첫머리(도입부), 본론, 마무리가 그것이다.

첫머리는 글의 도입부로서 대개 그 글에서 다룰 문제점이나 주제 등을 간단히 제시하는 것이 보통이다. 본론에서는 제기된 문제들에 관해서 항목별로 세분해서 본격적으로 설명하거나 논술한다. 글의 대부분은 이 본론에서 이루어진다. 마무리에서는 대개 본론에서 서술된 내용을 간추려서 그 요점을 다시 상기시키거나 다짐하게 된다.

이런 배열 방식은 물론 절대적인 것은 아니다. 다만 전통적으로 일컬어온 기본적인 배열 유형일 뿐이다. 따라서 얼마든지 융통성 있는 배열 방식으로 줄거리를 만들 수 있다. 그러나 글쓰기를 처음 익히는 과정에서는 기본적인 배열 방식을 먼저 숙달하도록 힘쓰는 것이 바람직하다. 무엇보다도 글쓰기의 기초를 튼튼히 해야 하기 때문이다. 이런 기본적인 배열 방식에 따라 우리가 다루는 글의 줄거리는 다음과 같이 세 부분으로 나누어 엮어 볼 수 있다.

- 첫머리 : 현대 도시인의 건강상 문제점을 지적하고 주제를 제시한다.
- 본　론 : 건강을 위한 휴식, 놀이, 운동 등으로 나누어 차례로 다룬다.
- 마무리 : 본론에서 다룬 내용을 간추려서 주제를 다짐한다.

위의 세 부분 가운데 가장 중요한 것은 본론이다. 글의 내용을 본격적으로 다루는 가운데 토막이므로 우선 분량으로도 다른 부분에 비하여 훨씬 많다. 따라서 이 부분은 주요 항목별로 다시 나누어 다루는 것이 바람직하다. 그렇게 한다면 다음과 같은 줄거리를 마련해 볼 수가 있을 것이다.

예문 1

- 제　목 : 도시인의 휴일
- 주제문 : 도시인은 휴일을 건강의 날로 삼는다.

　① 첫머리 : 현대 도시인의 건강상 문제점을 지적하고 주제를 제시
　② 건강을 위한 야외 휴식
　③ 건강을 위한 야외 활동

④ 건강을 위한 적절한 운동
⑤ 마무리 : 내용을 간추려 주제를 다짐

5. 단락 전개하기

이제는 위의 줄거리에 따라 글을 실제로 써가는 단계에 이르렀다. 줄거리의 각 항목을 한 단락 또는 그 이상의 단락으로 펼치는 과정을 밟아 나간다. 우선 ①항의 첫머리는 한 단락으로 펼치기로 한다. 현대 도시인의 건강상 문제점을 간단히 제기하고 주제문을 제시하도록 한다. 그렇게 하면 그 한 예문으로서 다음과 같은 단락이 마련될 수 있을 것이다.

예문 2

① 오늘날 도시인들 중에는 이른바 현대병에 시달리고 있는 사람들이 많아지고 있다. 순환기장애, 비만, 고혈압, 당뇨 그리고 정신과 질환 등이 현대 도시인들에게 늘어나고 있다. 이런 질병들은 과거에는 그리 많지 않았으며 또 농촌 사람들에게는 별로 찾아보지 못하던 것들이다. 이 같은 현상은 무엇보다도 도시 안의 갖가지 공해 요소와 긴장된 생활 분위기, 휴식과 운동의 부족 등으로 빚어진 것이라 할 수 있다. 이런 점에서 뜻있는 도시인들은 휴일을 기다려 맑은 공기를 마시고 휴식을 취하여 심신의 긴장을 풀고 적절한 운동을 함으로써 건강을 지키고자 안간힘을 쓰고 있다. 말하자면, 많은 도시인들은 휴일을 건강의 날로 삼고 있다.

다음에는 줄거리의 ②항을 전개할 차례이다. 그 항목이 나타내고자 하는 내용적 핵심인 '건강을 위한 야외 휴식'을 소주제로 내걸고 펼쳐나가도록 한다. 오늘날 도시인들이 휴식을 취하는 이유나 휴식의 방식 등을 서술함으로써 내용을 전개하도록 한다. 다음과 같은 단락이 마련될 수 있을 것이다.

예문 3

② 도시인들은 휴일에 건강을 위한 야외 휴식을 취하고자 한다. 오늘날 도시 생활은 전보다 훨씬 바삐 돌아가지 않으면 안 된다. 모든 일들이 급속도로 변모하고 발전되어 감으로써 사회 전반이 이른바 고속화 시대의 물결에 휩쓸리고 있다. 얼마 전까지만 해도 많은 사람들은 카페나 오락실에서 한가한 시간을 보내면서 하릴없이 지내는 일이 많았다. 물론 오늘날에도 일부 한가한 계층의 사람들이나 실업자들은 그렇게 한가한 나날을 보내고들 있다. 그렇지만 많은 도시의 직장인들은 그렇게 한가히 지낼 만한 몸과 마음의 여유를 갖지 못한다. 그리하여 그들은 육체적 피로와 정신적 긴장이 축적되어 가고 있는 실정이다. 이러한 피로와 긴장의 연속은 몸과 마음의 건강을 해치는 근본 원인이 됨은 말할 것도 없다. 이러한 위협을 느끼고 있는 도시인들은 휴일을 활용하여 가장 효율적인 휴식을 하고자 안간힘을 쓴다. 그래서 그들은 되도록 야외에 나가 맑은 공기를 마시면서 편안한 휴식을 취함으로써 한주일 동안의 피로와 긴장을 자연 속에서 말끔히 씻고자 한다.

줄거리의 ③항을 전개할 차례이다. 이 ③항의 내용을 암시하는 어구로써 주제문을 지어서 맨 앞에 내걸어 놓는다. 그것을 어떤 순서로 어떤 내용으로 펼쳐나갈 것인지를 생각해 본다. 야외 활동을 해야 하는 이유, 그들이 하는 주된 야외 활동의 간단한 서술, 그리고 그것들이 건강에 이로운 점 등을 나타냄으로써 단락을 전개하면 아래 예문과 같다.

예문 4

③ 도시인들은 휴일에 건강을 위한 야외 활동을 즐긴다. 앞에서도 지적한 바와 같이 현대 도시는 공해로 찌들어 가고 수많은 사람들이 북적거리면서 치열한 생존 경쟁을 벌이고 있다. 이러한 살벌한 분위기 속에서 매일 시달리다 보면 사람은 삶의 재미를 못 느끼게 마련이다. 말하자면 억지로 마지못해서 살아가는 삶이 되고 만다. 이런 삶의 연속은 마침내 심신의 활력을 상실케 하며 끝내는 건강을 해치고 만다. 따라서 뜻있는 사람들은 우선 하루라도 지겨운 도시 생활에서 벗어나 맑은 공기를 마시면서 야외에서 활동하고자 한다. 낚싯대를 메고 강가를 찾기도 하며, 친구들과 어

울려 등산, 캠핑 등으로 하루를 자연 속에서 보내고자 한다. 이처럼 모든 것을 잊어 버리고 마음 내키는 대로 하루를 즐겁게 지내는 것은 뜻이 깊다. 무엇보다도 그들의 삶에 재미와 활력이 되살아날 계기가 될 수 있기 때문이다. 이렇게 해서 그들은 휴일을 그들의 삶과 건강을 위한 활력소로 이용하게 되는 것이다.

줄거리의 ④항을 펼칠 단계에 이르렀다. 이것도 역시 한 단락으로 다루기로 하고 소주제문을 작성하여 내세운다. 소주제문은 '도시인들은 휴일에 적절한 운동으로 몸을 단련한다'와 같은 모습으로 하면 될 것이다. 이 소주제문을 펼치기 위해서 여러 가지 방식이 쓰일 수 있다. 그 한 예로서 운동이 건강에 필요하다는 것, 도시 생활에서는 그것이 어렵다는 것, 대부분의 사람들은 휴일을 이용하여 필요한 운동을 하지 않을 수 없다는 점 등을 서술함으로써 글을 전개할 수 있다. 실제 예는 다음의 〈예문 5〉에서 볼 수 있다.

예문 5

④ 많은 도시인들은 휴일에 적당한 운동을 즐긴다. 우리의 건강을 위해서는 맑은 공기, 적당한 휴식과 함께 적절한 운동이 필수 요건임은 상식에 속한다. 그런데 도시 생활 속에서는 운동의 기회를 갖기 힘들다. 바삐 돌아가는 도시의 물결 속에서 그들은 걷는 시간보다는 차를 타야 하는 시간이 많다. 좁은 사무실이나 가게 따위에서 온종일 앉아서 격무에 시달리게 되는 그들에게 운동 부족 현상이 일어남은 당연하다. 하기야 도시 안에서도 운동 부족을 메우려고 아침저녁으로 애를 쓰는 이들이 있다. 헬스클럽, 조깅, 조기 축구회 등을 통하여 운동에 힘쓰고들 있다. 그러나 그것은 시간적으로나 경제적으로나 그래도 여유가 있는 일부 사람들에 한정되어 있다. 숱한 도시인에게는 이런 운동 기회는 그림의 떡처럼 여겨지고 있다. 이런 점에서 수많은 사람들이 휴일의 많은 시간을 그들의 건강을 위한 운동, 특히 야외에서의 운동에 바치고 있는 것이다.

앞에 든 줄거리에 표시된 대로 이제는 글을 마무리하는 시점에 이르렀다. 마무리하는 방법도 여러 가지가 있겠으나 대개 본론에서 다룬 바를 간추려서 전체 주제를 상기시켜 다짐하면 된다. 그 밖에 미진한 점 등을 지적하거나 필자의 소망 또는 전망 등을 덧붙일 수도 있다. 이 글의 마무리는 다음 〈예문 6〉에서 그 한 예를 볼 수가 있다.

예문 6

⑤ 요컨대 현대 도시인들은 도시의 이상 비대와 산업화로 인한 공해와 갖가지 질병을 예방하려고 휴식을 가뭄의 단비처럼 활용하고 있다. 특히 야외에서의 활동이 운동 등을 통하여 맑은 공기를 마시면서 그들의 삶과 건강에 활력소를 불어 넣는 일에 마음을 쏟고 있다. 이런 점에서 오늘날 야외 활동과 운동은 단순한 놀이라기보다는 심신의 활력을 불어넣는 기회가 된다고 할 것이다. 앞으로도 이러한 추세는 늘어날 전망이다. 요즈음 각종 레저 산업이 활발히 일어나고 있는 것도 이와 관련이 있다. 이런 도시인들의 생활 모습은 점차 하나의 필수적 생활양식으로 되어 가고 있다.

위의 각각의 단락을 한데 모아 연결하고 제목을 붙이면 한 편의 글이 된다. 결국 글은 각 단락을 차례로 연결하여 이루는 것임을 확인할 수 있다.

6. 다듬어 쓰기

다듬어 쓰기는 글의 초고를 작성한 다음에 다시 바로잡거나 고쳐서 좀 더 나은 글로 만드는 과정이다. 종래에 퇴고 또는 추고推敲라 하는 것에 해당한다. 이런 다듬어 쓰기는 글 전체의 짜임새, 각 단락, 각 문장, 각 낱말 또는 구두점 등에 이르기까지 모자라고 잘못된 점을 바로잡고 고치는 것이다. 그 요령에 관해서는 15장 다듬어 쓰기에서 다루어질 것이다.

제2부

제2부는 문장력 향상의 이론과 방법을 본격적으로 익히는 단계이다. 여기에서는 앞에서 익힌 기본 과정을 바탕으로 글솜씨를 더욱 세련되게 가다듬는 요령과 구체적인 순서를 터득하게 된다.

우리가 가다듬고 터득하게 될 주요 과제를 세 단계로 나누어 열거하면 다음과 같이 여러 장이 된다. 장 부호는 1부에 이어서 붙인 것이다.

문장력 향상의 본격적 단계

4

쓸거리를 마련하는 방법

1. 쓸거리란 무엇인가

앞의 1부에서 다룬 기초 과정에서 쓸거리는 글에서 다루는 재료를 가리키는 말이라 했다. 이 글은 무엇에 관하여 다룬 것이냐 하는 물음에, '사랑에 관하여', '독서에 관하여', '소나무에 대하여' 또는 '이순신 장군에 관하여' 다루었다고 말하면 그것은 쓸거리를 대체로 가리킨다. 곧 쓸거리는 글이 어떤 테두리의 문제 또는 분야를 다루고 있는지를 말해 주는 것이다.

쓸거리라는 말은 글의 소재 또는 제재題材를 통틀어 가리키는 데 쓰인다. 쓸거리가 '사랑에 관한 것'이라면 그것은 '사랑'과 관련된 모든 사항들을 가리킬 수 있다. 사랑에 관한 이야기, 사건, 관련 인물, 사랑에 관한 여러 견해 등 모든 것이 일단 쓸거리로 고려될 수 있다. 이런 경우에 쓸거리라는 말은 넓은 의미로 쓰인 것이다.

그런데 쓸거리는 경우에 따라 그 가리키는 범위가 얼마든지 달라질 수 있다. '사랑에 관한 것'이라 해도 실제로는 모든 관련된 사항이 다 포함되기는 어렵고, 필자가 아는 범위 또는 조사하여 알 수 있는 범위의 재료들만이 다루어질 수 있다. 이런 경우의 쓸거리는 적절히 한정된 쓸거리가 되며, 이는 필자가 어디에 초점을 맞추느냐에 따라 결정될 것이다. 따라서 쓸거리는 실제로는 필자가 일정한 각도에서 사물을 바라보고 생각하여 글감으로 마련하였거나 마련될 수 있는 사실이나 견해들을 가리킨다고 할 수가 있다.

쓸거리는 뒤에 말하는 주제의 터전이 된다. 주제는 쓸거리가 지닌 핵심적 의미를 가리키기 때문이다. '사랑에 대하여'라는 쓸거리가 있다면, 그 의미를 분석하고 따져서 가장 크게 관심과 흥미를 끄는 점을 집약해 내면 주제가 된다. 가령, 사랑의 속성을 비타산성, 포용성, 자기 희생 정신, 감화성 따위로 분석하고 그 중 하나를 골라내면 주제가 될 수 있다(주제에 관해서는 뒤의 5장 참조).

쓸거리는 대개 글의 제목과도 관련이 있다. 많은 경우에 제목 자체가 쓸거리를 암시한다. 가령, '인생의 허무', '행복의 조건', '젊은 날의 모험' 따위의 제목은 그것만으로 쓸거리를 거의 짐작할 수 있게 한다. 흔히 어떤 글의 쓸거리를 알고 싶으면 '제목이 무엇이냐'고 묻는 것은 이 때문이다. 그러나 때로는 제목이 쓸거리와 직접적인 관련이 없는 듯이 보이는 수도 있다. '저 흙 속에 바람 속에', '나에게도 날개가', '마음의 종소리' 따위는 제목만 보아가지고는 쓸거리를 얼른 짐작하기가 어렵다. 그렇지만 이런 경우도 깊이 따져 보면 쓸거리를 암시하는 것이 있게 마련이다.

2. 쓸거리의 마련과 사고력 계발

우리 주변에는 값진 쓸거리의 샘이 철철 넘쳐흐른다. 문제는 그 샘물을 퍼내는 방법인데, 다음 3가지는 그 두레박의 구실을 할 수 있다.

- 남다른 관심을 가진다.
- 견문 지식을 넓힌다.
- 생각하는 힘을 기른다.

기본적으로 이 3가지 두레박을 활용하도록 힘쓴다면 쓸거리가 메말라서 곤란을 겪지는 않을 것이다. 특히 생각을 많이 하는 힘 곧 사고력을 길러 나간다면 틀림없이 뜻깊고 알찬 쓸거리를 많이 마련할 수가 있다. 이런 점에서 여기에서는 생각하는 힘을 기르는 방법에 대하여 중점적으로 다룰 것이다.

(1) 남다른 관심은 쓸거리 마련의 첫걸음

쓸거리를 마련하는 첫째 요건은 사물에 대한 남다른 관심을 가지는 일이다. 우리가 일상적으로 보고, 듣고, 겪는 일에 대하여 무심히 지나치지 말고 관심을 가져야 한다는 것이다. 우리는 날마다 사물을 보고, 남의 말을 듣고 있지만 거기에 아무런 관심이 없다면 그것들은 공중에 뜬 구름이나 귓전을 스쳐가는 바람 소리와도 같다. 우리가 관심을 가지고 보고 들을 때, 그 일은 비로소 우리 마음의 거울에 비쳐지고 새겨지게 된다. 이처럼 의식적인 입력으로서 받아들여야만 그것이 의식적인 출력으로 표출되는 쓸거리로 활용될 수가 있다.

'보는 눈을 가진 자에게만 세계는 열린다'는 말이 있다. 보는 눈이란 단순한 감각적인 눈을 뜻하지 않는다. 단순한 시각적인 바라봄의 단계에서는 사물을 본다고 말하기보다는 사물이 눈에 비친다라고 말함이 옳을 것이다. 이런 감각적인 바라봄에 그치지 않고 사물을 마음에 새겨 그것이 과연 어떤 것인가를 살피면서 바라볼 때, 우리는 마음의 눈을 가지고 본다고 할 수 있다. 이런 경우에는 사물의 깊은 면을 꿰뚫어 보게 되며 거기에서 새로운 세계를 발견하게 되는 것이다.

이렇게 마음의 눈을 가지고 사물을 바라볼 때는 같은 사물이라도 마음속에 훨씬 새롭게 비치게 마련이다. 일찍이 느끼지도 못하고 생각지도 못하고 지나쳤던 새로운 면이 떠오르게 된다. 따라서 마음의 눈은 감각의 눈으로 보지 못하는 사물의 심층적인 측면 또는 감추어진 새로운 면을 보게 되는 것이다. 우리가 글로 써서 남에게 들려 줄만한 가치가 있는 것은 적어도 이런 새로운 면이 있어야 한다. 감각의 눈으로도 흔히 볼 수 있는 것이라면 누구나 이미 보고 알고 있는 진부한 일일 것이니, 그런 것은 구태여 글로 쓸 만한 거리가 못 된다. 남이 흔히 못 보고 느끼지 못한 면을 찾아서 보여주고 들려 줄 수 있을 때 쓸거리로서의 가치가 인정되는 것이다. 이것은 사물을 마음의 눈으로 바라볼 때만 가능해지는 것이다.

다음 예문의 쓸거리는 '비각의 조각'들에 대하여 남다른 관심을 가지게 됨으로써 마련된 것이다. 흔히 아무도 관심을 가지지 않고 지나쳐 버린 거리의 조각들에 대하여 일단 관심을 가지고 바라보았을 때 훌륭한 면을 발굴해 낼 수가 있었던 것이다.

예문 1

많은 사람들이 바쁘게 광화문 거리를 지나간다. 나도 그 무리 속에 끼어서 걷는다. 자칫 한눈을 팔다가는 밀릴 지경이지만 그러나 나는 나를 스치는 바람 한 점, 낙엽 하나에도 소홀할 수가 없다. 그것은 내 영혼과의 대화이기도 하니까.

출입구가 넷으로 뚫린 지하도에서 비각 방향의 출구를 나설 때마다 나는 은근히 마음 저 밑바닥에서 일어나는 흥을 느낀다. 그것은 훌륭한 작품과 격식 없이 만나게 되는 기쁨이 있기 때문이다. 비각을 에워싸고 있는 십여 개의 석조, 석상이 바로 그 주인공들이다. 수많은 세월을 그저 웅크리고 앉은 자세로 모진 풍상을 견뎌 온 모습, 그 중에서 호랑이의 목덜미에서 허리를 지나 엉덩이까지 흐른 곡선은 그야말로 기막히다고 표현할 수밖에 없다 둥글게 굽어 내린 허리의 유연성은 바로 우리네의 고향을 연상케 한다. 외국의 어떤 작품에서도 찾아보기 힘든, 어머니의 따뜻한 젖가슴처럼 부드럽고 둥근 선.

우리들의 선조들은 이러한 민족의 넋을 일찍이 돌에다 새겼다. 그 숭고한 작업은 돈 많은 양반들의 손이 아니라 쟁이의 가난한 손끝으로 이루어졌다. 오늘도 나는 그 앞을 지나며 다시금 가난한 선인들의 숨결을 느꼈다. 그런데 이상한 것은 지나가는 그 많은 사람 중에 석상을 눈여겨봐 주는 사람이 없다는 점이다. "이봐 김 형, 밤낮 그런 것만 찾아보니까 궁하지." 친구의 말대로 내가 지금 그래서 궁하다 하더라도 나는 이 생활에 불만이 없다.

– 김정, 「쟁이의 숨결」

다음 예문은 우리가 흔히 듣고 넘어 가는 속담에 대해서도 관심을 가지고 바라보면 좋은 쓸거리가 마련될 수 있음을 보여 준다.

예문 2

속담에 '울고 먹는 씨아'라는 말이 있다. 희미한 등잔불 밑에서 '씨아(목화씨를 빼는 틀)'를 돌리는 저 여인들의 가슴에는 얼마나 많은 눈물이 맺혀 있었던가? 그러기에 여인들은 씨아의 삐걱거리는 소리를 목멘 울음소리로 들었고, 그렇게 울면서도 여전히 목화를 타야만(먹어야) 하는 씨아의 모습에서 그들 자신의 운명을 보았던 것이다. 그리하여 울면서도 하라는 일은 어쩔 수 없이 해야 되는 것을 '울고 먹는 씨아'라고 한다.

– 이어령, 「울음에 대하여」 중에서

(2) 견문과 지식은 쓸거리의 밑감

쓸거리를 마련하는 데 또 한 가지의 필요한 요건은 사물에 대한 견문과 지식을 넓히는 일이다. 우리 주위에는 이야기를 잘하는 사람이 가끔 있다. 그런 사람은 대개 보고 들은 것이 많으며 남보다 아는 것이 많다. 그것을 바탕으로 그는 듣는 이에게 즐거움을 맛보게 할 수 있으며, 새로운 지식을 전해줄 수가 있다. 이는 글을 쓰려는 이에게도 마찬가지이다. 더 넓고 더 새로운 견문과 지식들이 쌓일수록 쓸거리가 풍부해지기 때문이다.

여기 가령 난초가 있다 하자. 난초에 관심이 없는 사람은 더 말할 것도 없지만 관심을 가지고 늘 눈여겨보는 사람이라도 막상 난초를 소재로 글을 쓰려면 그 꽃에 대한 얼마쯤의 지식이 필요함을 느낄 것이다. 그 꽃에 대한 생물학적인 지식, 다른 꽃과 다른 점, 그 종류나 기르는 데 관계되는 일, 그 꽃을 길렀던 사람들의 이야기, 관련된 일화, 나아가서 그 꽃을 대상으로 한 그림, 난초 그림으로 이름난 화가, 이를테면, 대원군과 같은 사람을 알고 있다면 쓸거리는 쉽사리 마련될 것이다. 물론 난초에 대한 글이라도 어떤 주제의 글을 쓰느냐에 따라 그러한 지식들은 취사선택이 되겠지만, 그런 것들은 넉넉하면 넉넉할수록 어떤 성질의 글을 쓰더라도 좋은 쓸거리를 쉽사리 마련해 줄 수가 있을 것이다.

다음 글은 난초 기르기로 이름난 가람 이병기 선생의 '건란建蘭'이라는 글의 일부이다. 난초에 대한 많은 지식과 조예를 통하여 쓸거리가 마련된 것임을 알만하다.

예문 3

수선을 기르기 까다롭다 하지만 한 달쯤 공을 들이고 보면 꽃을 볼 수 있지마는 난은 한 해 또는 몇 해를 겪어도 꽃은커녕 잎도 내기가 쉽지 않다. 난은 싱싱하고 윤이 나는 그 잎이 파리똥만한 반점도 없이 제대로 한두 자 이상을 죽죽 뻗어야 한다. 난은 종류에 따라 대엽, 중엽, 세엽과 입엽, 수엽이 있다. 대엽, 입엽인 이 건란은 다른 난에 비하여 퍽 건강한 편이고, 보통 소심란 보다는 윤이 덜하고 더 푸르되, 대한춘란같이 질지는 않다. 난은 잎만 보아도 좋다. 순수하고도 곱고 능청맞고도 조촐하고 굳세고도 보드라운 그 잎이 계고, 창포, 야차고와는 같은 듯해도 전연 다르다. 이걸 모르고 난을 본다든지 그린다든지 하면 난이 아니요, 잡초다.

– 이병기, 「건란」 중에서

어떤 종류의 글도 견문과 지식이 넓고 많아야 그 쓸거리를 쉽게 마련할 수가 있다. 인물, 사건, 역사적인 사실 그리고 추상적 문제 등에 관하여 글을 쓰려고 하면 견문, 지식이 풍부해야 한다. 이를테면, 이순신, 신사임당, 주시경, 김구 선생 등의 역사적 인물에 관해서 글로 쓰려면 일반 상식으로 알고 있는 것보다는 훨씬 더 많은 사실을 알고 있어야 한다. 되도록이면 세상에 알려지지 않은 사실까지도 알아보는 노력이 있어야 좋은 쓸거리가 마련된다. 그렇지 않고 막연하고 평범한 지식 또는 자기의 불확실한 상상을 가지고는 쓸거리가 좀처럼 마련되지 않는다. 인물의 출생, 경력, 업적, 사상, 인간 관계들을 소상히 알고 있어야만 쓸거리를 찾을 수가 있다.

예문 4

서재필은 고종 3년(1886) 10월 28일 전라도 보성군 문덕문 가천리에서 그곳 군수 서광언의 둘째아들로 태어났다. 고향은 충남 논산이었으나, 아버지가 그곳으로 부임하게 되어 그곳에서 태어났다. 그의 집안은 예부터 인물이 많이 나왔고, 선대의 서종제라는 분의 딸이 영조 대왕에게 출가한 인연으로 왕가와 외척 관계에 있는 명문 귀족이었다.

그는 일곱 살 때 서울로 올라왔다. 아버지가 넓은 곳으로 보내야 견문이 넓어져 훌륭하게 자랄 수 있다고 생각한 때문이다. 그리하여 서재필은 외삼촌인 김성근의 집에서 글을 읽게 되었다. 그때 김성근은 판서에 있는 정계의 거물이었다. 그는 이

외삼촌의 집에서 그 집 친척으로 자주 집에 온 김옥균을 만나게 됐고, 그에게서 많은 감화를 받게 되였다.

그는 외삼촌 집에서 「동몽선습(童蒙先習)」, 「사기(史記)」, 「사서삼경(四書三經)」을 전부 암송하다시피 배웠다. 6년 후에 열세 살 되던 해에 그는 과거에 응시, 장원급제를 했다. 나이 불과 13세로 장원급제를 했으니 세상 사람들은 모두 놀랐고 왕께서도 칭찬이 대단했다.

– 송건호, 「개화의 선각자 '서재필'」 중에서

윗글은 우리나라 개화기의 인물인 서재필의 출생, 집안, 어릴 때의 사귐, 13세 때 장원급제한 사실들을 서술하고 있다. 이는 모두 서재필에 대한 여러 견문 지식으로 이루어졌다. 그런 지식이 없이는 도저히 마련될 수 없는 쓸거리인 것이다. 더구나 서재필에 관한 어릴 때의 일화 등을 더 자세히 알면 알수록 더욱 더 실감나고 흥미 있는 글이 될 수 있을 것이다.

다음 예문은 페스탈로치의 생애와 성경 구절들에 관한 평소의 견식을 바탕으로 마련되었다. 이 글에서는 그러한 견문 지식이 이미 필자의 피와 살이 되어 쓸거리로 우러나오고 있다. 말하자면 외부에서 얻어들은 지식에 머무르지 않고 양식으로 승화되어 쓸거리로 활용되고 있다.

예문 5

취리히의 빈민굴 뒷골목에 한 늙수그레한 노인이 두리번거리며 무엇인가 소중히 주워 모으고 있었다. 한 줌이 되면 소중한 듯 주머니에 넣고 다시 길바닥을 살피는데 여념이 없어 보였다. 이 수상쩍은 모습을 조금 전부터 지켜보던 경찰은 필시 그 노인이 소지품이라도 노리는 파렴치한이라고 생각했다. 경찰은 노인의 곁으로 다가서서 "여보시오, 무얼 하는 거요?" 멋쩍은 듯이 웃고 있는 노인의 주머니를 뒤져 보았다. 그런데 그것은 깨어진 유리 조각이었다. 어이없는 경찰은 "이것들을 도대체 무엇에 쓰려는 거요?" 하고 물었다. 노인은 거리를 뛰어 놀고 있는 아이들의 맨발을 가리키며 "저 아이들의 발이 상할까 해서." 하고는 여전히 길바닥을 살피고 있었다. 이 노인이 근세 교육의 아버지인 스위스의 페스탈로치 그분이었다.

이 위대한 교육자는 그 생애가 모두 이렇게 유리 조각을 줍는 모습 같았다. 그분의 생애를 전하는 기록 속에는 군중 앞에 서서 열렬히 호소하는 모습도, 추대와 영광을 받는 모습도 없다. 다만 고아들과 함께 있는 인자한 노인, 거리를 헤매는 남루한 노인의 모습이 고작이다. (중략)

그러나 그는 인간 속에 내재하는 무한한 사랑의 능력을 신뢰하고 있었다. 그래서 하느님을 알고 인간을 사랑할 수 있는 능력을 키워 주려는 교육 이념을 버리지 못했다. 그는 사랑 때문에 실패를 두려워하지 않는 삶을 살아갔을 뿐이다. (중략)

이 숭고한 사랑의 교육이, 비록 그가 한 사업은 실패했어도, 그가 가장 위대한 교육자의 한 사람임을 의심할 수 없게 하였다.

– 김길수, 「실재하는 사랑」 중에서

다음 글은 반딧불에 관한 해박한 지식을 쓸거리로 해서 이루어진 글의 일부이다.

예문 6

형설(螢雪)의 공(功)이라는 말이 있다. 진나라의 차윤(車胤)이 기름 살 돈이 없어 반딧불 모아 등불을 삼았으며, 역시 손강(孫康)은 창변의 눈을 등불삼아 책을 읽었다는 고사에서 비롯된 말이다. 신문 읽을 정도의 조명을 반딧불로 얻으려면 2천 마리가 필요하다는 실험이 있다. 하지만 진나라 차윤의 고향은 복건성이요, 그 땅에는 강력한 발광을 하는 대만 반딧불이 있어 20마리만으로 글자를 읽을 수 있다 한다. 중미(中美)의 반딧불은 길이가 4cm나 돼 단 한 마리만으로 책을 읽을 수 있으며 파나마 운하 건설 때 이 반딧불로 위급 환자의 수술을 한 기록도 있다. 남미의 해안 지방에서는 이 반딧불을 사육하여 집어등(集魚燈)을 만들기도 한다는 것이다. (중략) 이처럼 많은 역사와 민속과 문학을 지닌 반딧불이 농약, 화학 폐수 등 환경 공해로 멸종 위기에 처한 희귀 동물이 되고 말았다.

'청량리 숫(雄)반디가 왕십리 암(雌)반디에 반해서 청계천 쌍(雙)반디가 되었네' 하는 동요가 있었을 만큼 서울의 50대 성인들에게 향수의 명물이었다. 반딧불이 없는 냇물은 먹어서는 안 된다는 전통적 공해 판단의 기준이 되었던 반딧불이기도 하다. 따라서 반딧불의 멸종은 우리 금수강산에 먹을 물이 없다는 상징적 사건이 되기도 한다. 이에 환경처는 반딧불을 찾아 헤맨 끝에 경기도 가평군 조종천(朝宗川) 상류에서 서식지를 발견, 이를 생태계 보전 지역으로 지정키로 했다 한다. 전설의 벌레로 묻혀 버릴 뻔한 반딧불의 가슴조이는 명맥이 아닐 수 없다.

– 이규태, 「반딧불」 중에서

이처럼 이 필자는 동서고금의 고사와 일화 등 숱한 지식을 바탕으로 쓸거리를 마련하고 있다. 그래서 그의 글은 독자에게 늘 새롭고 값진 일깨움을 준다.

(3) 생각하는 힘은 쓸거리의 어머니

쓸거리를 마련하는 데는 깊이 생각하는 힘을 기르는 일이 가장 중요하다. 사물에 대하여 남다른 관심을 가지는 일, 견문 지식을 넓히는 것이 중요한 일이지만, 여기에서 한 걸음 더 나아가 스스로 깊이 생각함으로써 더욱 알차고 깊이 있는 쓸거리를 가다듬을 수가 있다.

생각을 깊이 하는 것은 흔히 느끼고 알 수 있는 낮은 차원을 넘어서서 고차원의 쓸거리를 마련하는 길이다. 생각한다는 것은 독자적인 견해나 깊이 있는 사상을 창조하는 일이기 때문이다. 위대한 철인이나 사상가는 모두 깊은 사색을 통하여 위대한 글과 저서의 쓸거리를 마련한 사람이다. 따라서 우리도 값진 견해나 깊은 사상을 쓸거리로 하려면 생각하는 힘을 길러야만 한다. 이제 생각하는 방법에 관해서 자세히 살펴보기로 한다.

① '생각하다'의 뜻과 지성적 사고력

우리가 일상적으로 쓰는 '생각한다'라는 말은 대개 다음과 같이 몇 가지 뜻으로 나눠볼 수 있다.

ⓐ 나는 가끔 우리가 왜 살고 있는지에 대해서 여러 가지로 생각을 해 본다.
ⓑ 나는 오늘이 어제보다 춥다고 생각해.
ⓒ 그 여자가 나를 끔찍이 생각한다고 이걸 사주었어.
ⓓ 나는 가끔 그 때 그 사람을 생각하게 되지만 잘 생각나지 않을 때가 많다.

ⓐ와 같은 경우의 생각하다는 깊이 따지고 드는 '이성적 사고 또는 생각'에 해당한다. ⓑ와 같은 경우의 생각하다는 흔히 '느끼다'라는 뜻으로 해석된다. 이런 쓰임의 생각하다는 이성적으로 따지고 사고하는 것이 아니라 감각적으로 느껴지는 것을 나타내는 정도에 머물고 있다. ⓒ와 같은 경우의 생각하다는 '특별히 마음을 쓰는 것'을 나타내고, ⓓ는 '회상하다 또는 기억하다' 정도의 뜻으로 쓰인 것이다. 이런 여러 경우를 분석해 볼 때, ⓐ와 같은 경우만이 사물에 대하여 그 원인이나 이유 등을 따지고 사리를 캐기 위해서 사색하는 것, 곧 지성적 또는 논리적 사고 작용임을 알게 된다.

여기에서 우리는 이런 지성적 사고력이 어떤 것인지를 좀 더 명확히 하기 위해서 ⓑ와 같은 경우의 감각적 사고와 대비를 해보고자 한다. ⓒ, ⓓ와 같은 쓰임은 사실상 ⓑ에 포괄될 수 있다고 볼 수 있으므로 ⓑ의 경우를 대표로 하여 ⓐ와 비교해 본다.

우선, ⓑ에서와 같은 감각적 사고는 사물을 대하였을 때 직감적으로 갖게 되는 느낌이나 생각이 주가 된다. 이런 사고 유형에서는 주체인 '나'가 사물에 대하여 갖는 느낌, 연상, 기분 등이 주요소가 된다.

• 그것 참 멋있다. 그것 참 괜찮은데.
• 나는 어쩐지 그게 이상한데. 나는 그 사람이 마음에 들어.
• 너는 그 남자가 싫으니? 나는 괜히 짜증이 나고 불쾌해.

• 이것이 저것보다 좀 나은 것 같아. 나도 그런 것 같다.

이런 식으로 사물에 대하여 우리가 직감적으로 느끼는 인상 따위를 위주로 하는 것이다. 이 사고 유형은 감정이입적이고 주관성이 농후하다. 주체의 감성이 사물에 이입되어 나타나는 인상이나 견해가 중심이 된다. 곧 사고가 주체 위주로 이루어진다. 따라서 주체를 떠나 대상을 객관적으로 파고들어서 사실을 사실대로 헤아리려는 태도가 모자란다. 주체와 대상과의 관계에서 주관적인 감성 요소가 중요시되고 있을 뿐이다. 이 경우에도 '나는 인생은 허무하다고 생각한다', '우리는 적과 싸워야 하다고 생각한다'와 같이 생각한다는 말을 쓴다. 그렇지만 이 때의 생각한다는 '생각된다' 또는 '느낀다'의 뜻에 지나지 않는다. 이는 사물을 합리적으로 따지는 적극적인 사고 작용이 못 된다.

이와는 달리 '지성적 사고'는 사물의 합리적이고 객관적인 관계를 중시한다. 주관적인 느낌이나 견해를 멀리하고, 대상 간의 객관적인 관계를 엄정히 헤아리려는 태도를 유지한다.

• 삼각형의 세 각의 합은 180° 이므로 정삼각형의 한 각은 60°이다.
• 물은 섭씨 0°에서 얼고 물이 얼면 부피가 커진다. 따라서 수도관의 물이 심하게 얼면 관이 터진다.
• 갑은 힘이 세나 꾀가 모자란다. 을은 힘은 모자라나 꾀가 많다. 따라서 을이 갑을 물리친 것은 꾀가 힘을 이긴 결과가 된다.
• 사람은 사회적 동물이다. 따라서 자기 혼자서 살아가기 힘들다. 서로 기대고 도우면서 살 수밖에 없다.

위와 같이 객관적인 사실을 바탕으로 판단하거나 추리하는 것이 지성적 사고 유형이다. 따라서 이 유형은 사물에 대하여 수동적으로 느끼는 것이 아니라 적극적으로 따져서 생각하려는 경향이 짙다. 이른바 합리적이고 기하학적인 사고 유형인 것이다.

이 두 사고 유형은 일장일단이 있다. 감각적 사고 유형은 우리의 정감과 정서의 발달 그리고 따뜻한 인간관계의 바탕이 된다. 모든 사물을 다루는 데에 우리의 아름다운 정감과 정서를 바탕으로 하기 때문에 따뜻하고 부드러운 삶의 분위기를 이룬다. 이런 점에서 이런 사고 유형은 예술 문화의 꽃을 피우는 밑바탕이 되며, 따스한 인간애가 넘치는 삶의 밑거름이 된다. 그런데 이 유형은 주관적이고 편파적인 판단 또는 감상적이고 즉흥적인 판단 결과를 낳기 쉽다. 그뿐 아니라 얕은 생각과 느낌만으로 그치고 사물의 본질에 파고들려는 탐구심이 모자란다. 아니 오히려 깊은 논리적 탐구는 딱딱하고 까다로운 느낌이 든다하여 기피하기까지 한다.

한편으로, 지성적 사고 유형은 우리의 정감과 따뜻한 삶의 분위기보다는 오히려 차갑고 날카로운 느낌을 주기 때문에 달갑지 않은 면이 있다. 어떻게 보면 매정하고 비정한 느낌이 들기까지 한다. 그렇지만 이 유형은 객관적이고 정확한 판단을 위한 바탕이며, 사물의 심층적인 면을 파고들어 사리를 분명하게 밝히려는 경향이 짙다. 주관적이고 즉흥적 기분에서 나올 수 있는 편견과 속단을 되도록 멀리함으로써 바르고 기하학적인 사리 추구에 알맞은 사고 유형이다. 그런 만큼 이 사고 유형은 과학적이고 탐구적인 모든 작업의 밑받침이 된다. 오늘날 대부분의 과학과 학문은 모두 이 사고 유형으로 길러진 인류 문화의 열매라 할 수가 있다.

② 왜 우리는 지성적 사고력을 길러야 하는가?

앞에서 우리는 두 가지 사고 유형을 살펴보았는데, 이제 왜 감성적 사고보다는 지성적 사고력을 적극적으로 길러야 하는지를 분명히 밝힐 필요를 느낀다. 그 까닭은 여러 가지로 생각해 볼 수가 있겠지만 무엇보다도 좋은 쓸거리를 마련한다는 관점에서 볼 때 이 문제에 대하여 좀 더 뚜렷한 인식이 있어야 한다.

우리는 주위의 사람이나 사물을 대할 때 여러 가지 느낌을 받게 된다. 단순히 감각적인 자극에서부터 큰 감동이 따를 만큼 깊은 정서에 이르기까지 가지각색이다. 또 이런 여러 가지 느낌을 우리가 받아들이고 대응하는 방식도 갖가지로 나타난다.

ⓐ 그냥 지나쳐 버릴 경우
ⓑ 잠깐 마음이 움직였다가 그만두는 경우
ⓒ 오랫동안 마음에 두어 새기고, 그것에 대하여 더 깊이 생각하는 경우

대개는 ⓐ와 ⓑ에 그친다. 사실상 우리가 대하는 사람과 사물이 하도 많으므로 그렇게 되기 쉽다. 그런데 처음에 가지는 느낌의 정도나 관심도에 따라서는 ⓒ의 경우처럼 마음에 두어 깊이 생각하는 단계까지 이르게 된다. 때로는 그와 같이 해야 할 필요성을 느끼기도 한다.

우리가 좀 더 알뜰한 쓸거리를 마련하는 경우에는 ⓒ의 과정이 중요한 몫을 한다. ⓐ, ⓑ처럼 단순한 느낌, 즉 감각적 사고에 그치지 않고 그것을 지성의 거울에 비추어 새기고 따지며 파고들어가야만 좋은 쓸거리가 마련될 수 있기 때문이다. ⓐ나 ⓑ의 감성적 차원에 머물게 되면 대개는 피상적이거나 겉핥기식의 이야기밖에는 할 수가 없다. 흔히 말하는 얕은 생각에 머물게 될 뿐이다. 여기에 예지의 빛을 번득여 그런 얕은 느낌이나 겉으로 나타난 모습의 밑바닥에 도사린 참모습 곧 사물의 올바른 이치를 파고들었을 경우에만 깊이 있고 무게 있는 쓸거리를 퍼 올릴 수가 있다.

이상과 같은 이유로 우리는 지성적 사고력을 길러야만 한다는 판단을 하게 되는 것이다. 요컨대 피동적으로 느끼는 얕은 단계에 머물지 않고 좀 더 능동적으로 사물의 이치를 캐고 들어가야만 하기 때문에 그런 지성적 사고의 비수를 갈고 닦아야 한다는 것이다.

여기에 덧붙여 우리나라 사람은 본시 이성적 사고력을 기를 기회가 많지 않다는 점이다. 혹자는 우리의 체질 문제와도 관련이 있다고 말하기도 한다. 다음과 같은 지적은 짚고 넘어갈 만한 대목이 아닌가 한다.

예문 7

흔히 미국 사람들을 저온 체질이라고 말한다. 우리 한국인, 좀 넓게는 동양인을 고온 체질로 전제하고 하는 말이다. 저온 체질이라는 말에는 타산적, 이기적, 개인주의적이라는 서양 사람들의 생활태도와 사고방식이 암시된다. 주로 부정적인 의미이다. 그러나 나는 이런 생각이 미국 사람, 서양 사람들에 대한 피상적인 이해의 견본이라고 생각한다. 저온 체질인 서양 사람들은 머리로 사는 사람들이기 때문이다. 고온 체질인 우리가 가슴으로 사는 것과는 대조적으로 그들은 냉철한 사고방식을 주무기로 하여 사는 것이다. (중략)

한국인과 미국인이 어떤 문제로 격론을 벌일 경우 대개는 한국인의 완패로 끝난다. 미국인의 논리가 옳은 쪽에 가까워서가 아니다. 머리 대신 가슴으로 사고하는 우리는 우선 흥분부터 하며, 하고 싶은 말을 한꺼번에 폭포처럼 쏟아낸다. 미국인은 침착하게, 가슴으로가 아니라 머리로 듣고 있다가 상대가 있는 화살을 다 쏘고 나면 차근차근 자기 논리를 전개하기 때문이다

– 김영희, 「가슴으로 사는 사람들」 중에서

곧 우리는 먼저 머리를 쓰는 이성적 사고보다는 가슴으로 느끼고 행동하는 면이 비교적 강하다는 것이다. 이런 우리의 일면이 반드시 나쁘다고는 할 수 없겠지만, 냉철한 사고력이라는 일면도 동시에 갖추는 일이 필요할 때가 많음을 저버릴 수가 없다.

③ 지성적 사고력을 기르는 구체적인 순서와 쓸거리

a. 생각하는 길잡이 '왜'와 쓸거리

어떤 상황이 우리에게 어떤 느낌을 주거나 관심을 끌 때, 왜 그런가를 따지고 들어가는 것은 사고 작용의 시작이 된다. 가령, 어떤 사물이 멋있고 마음에 든다라는 느낌을 받을 때 그것으로 그쳐 버리면 감성적 사고에 머물 뿐이다. '왜 그것이 멋있는가', '그것이 멋이 있는 까닭은 어디에 있는가'를 추구해 가는 노력이 따를 때 본격적인 사고 작용의 발동이 걸리게 된다.

'왜'라는 물음은 보통 '원인'을 물을 경우와 '이유'를 따질 경우로 나뉜다. 여기서 우리는 이 두 가지 말의 차이에 대하여 간단히 살펴보기로 한다. '원인cause'은 '결과effect'에 대응하여 쓰는 말이다. 어떤 결과가 나타났을 때 또는 결과를 전제로 할 때, 그것과 결부되는 것을 원인이라 한다. 한편으로 '이유reason'는 대개 의도적으로 한 행동의 근거를 가리킨다. 우리가 왜 그 일을 하느냐고 물을 경우에, 그 '왜'가 바로 이유를 묻는 것이다. 이 두 가지의 차이를 구체적인 예로 들어 보면 더 잘 알 수가 있다. 가령, 화재 사건의 까닭을 말할 때는 원인이라 하고 이유라 하지는 않는다. 그러나 방화의 까닭에 대해서는 이유라 하지 원인이라 하지는 않는다. 의도적인 행동이기 때문이다.

우리가 '왜'를 추구하여 사고 작용을 한다는 것은 결국 원인이나 이유를 따져 나가는 일이 된다. 어떤 사태가 얼어났을 때 그 원인을 여러 각도에서 분석하고 그것을 좀 더 깊이 있고 짜임새 있게 뚫고 들어가면 일찍이 아무도 발견할 수 없었던 진리를 캐낼 수가 있다. 또한 우리의 행동에 대하여 그 타당한 이유를 밝히는 것은 대개 추리적이고 합리적인 사고 작용이 된다. 우리가 어떻게 해야 할 것인가에 대하여 해답을 마련해 주는 것은 대개 이유(근거)가 된다.

우리는 주위의 사태나 행동들에 대하여 그 원인이나 이유를 추구하는 사고 과정에서 얼마든지 좋은 쓸거리를 마련할 수가 있다. 그 결과로 아무도 미처 드러내지 못하였던 사실을 캐낼 수도 있다.

예문 8

왜 우리는 산에 가는가? 산이 우리를 부르기 때문이다. 산은 무언의 표정으로 우리에게 정다운 손짓을 한다. 봄의 산은 연한 초록빛의 옷을 입고 수줍은 처녀처럼 우리를 부른다. 여름의 산은 풍성한 옷차림으로 힘 있게 우리를 유혹한다. 가을의 산은 단풍으로 성장하고 화사하게 우리를 초대한다. 겨울의 산은 순백의 옷차림으로 깨끗하게 단장하고 우리에게 맑은 미소를 던진다.

산은 언제나 우리를 부르고 있다. 산에는 산의 언어가 있다. 산은 몸짓으로 말한다. 큰 바위는 억센 형태로써 말하고, 잔잔한 샘물은 밝은 그림자로써 말하고, 흰 폭포는 힘찬 운동으로써 말하고, 푸른 초목은 빛깔로써 말한다. 나무 사이를 스쳐가는 바람은 소리로써 말하고, 아름다운 꽃은 향기로써 말한다. 산속의 모든 존재는 저마다 제 언어가 있다.

– 안병욱, 「산의 철학」 중에서

윗글에는 감성적 요소가 상당히 짙게 풍기는 표현들이 있지만, 산의 여러 이채로운 모습들이 사람의 마음을 끌기 때문에 우리는 산에 오른다는 논리가 전체적으로 흐르고 있다. 그만큼 이 글의 필자는 산을 단순히 피상적으로만 보지 않고, 여러 방면으로 그 특징을 깊이 살피고 생각하였던 것이다. 즉, '왜'를 여러 각도에서 제기함으로써 마련된 쓸거리이다.

다음 글은 외국어의 범람이 왜 심각한 문제를 제기하는지를 따져 봄으로써 마련된 것이다. 이렇게 우리 주위의 일에 관해서 그 까닭을 파고들어 생각을 가다듬으면 좋은 소재가 얼마든지 얻어질 수 있다.

예문 9

외국어와 외래어가 범람하는 현실은 특히 문화적인 차원에서 매우 심각한 문제를 제기한다. 이러한 현실은 자라나는 청소년들의 문화적 주체성을 잠식한다. 외국말을 그토록 많이 쓰는 풍조는 청소년들로 하여금 부지불식간에 제 나라말을 경시하게 하고, 나아가 제 것을 업신여기는 정신을 심어 주게 된다. 이러한 현상이 계속되다 보면 우리 국민이 문화적 사대주의 또는 식민주의에 떨어질 가능성이 짙다. 외국어를 그렇게 자주 쓰는 버릇이 생기면 그 나라를 은연중에 존경하게 되고, 그 나라말로 표현된 사물을 숭상하는 정신이 뿌리를 내리게 마련이기 때문이다. 이러한 언어적인 사대주의가 얼마나 무서운 결과를 낼 것이냐 하는 것은 역사적인 사실에서 그 예를 얼마든지 볼 수 있다. 그 한 예로 금나라와 청나라를 세움으로써 중원을 제패했던 만주족이 제 겨레의 말을 경시하고 한나라 말, 나아가 그 문화를 숭상하다가 그 겨레 자체가 지상에서 자취를 감추어버렸다는 사실을 우리는 기억한다. 이런 점에서 볼 때 오늘날 외국어의 범람으로 나라말이 어지러워지고 있는 현상은 매우 중대한 문제가 아닐 수 없다.

– 서정우, 「나라말 누가 지킬 것인가」 중에서

다음 예문은 우리가 '왜 사는지'에 관해서 의문을 제기함으로써 이루어진 글이다. 매우 어려운 철학적 근본 문제이지만 자기 나름으로 생각을 해보면 쓸거리가 마련됨을 알 수 있다.

예문 10

'왜 우리는 살고 있는 것일까요, 우리 인생이 가는 목적지는 어디에 있을까요' 하는 물음은 자고로 철학의 근본 문제이며 무릇 종교가 가르치는 중심 과제이기도 합니다. 말하자면 이 문제는 자못 거창한 문제입니다. 다만 우리가 지금 어느 방향으로 가고 있는지를 점검하고 반성해 본다는 뜻에서 한번쯤 짚고 넘어갈 필요는 있다고 봅니다.

우리가 살아가는 목적은 가지각색이며 사람에 따라 매우 다양합니다. 그런 목적 따위를 별로 생각하지 않고 사는 이들의 말을 들어 보면 삶의 목적은 대략 다음과 같다고 판단됩니다. 먹고 살기 위해서 산다, 자식 때문에 산다, 일을 하기 위해서 산다, 죽지 못해 산다, 더 잘 살기 위해서 산다, 행복하게 되기 위해서 산다, 즐기기 위해서 산다는 등 갖가지로 나누어집니다.

좀 더 목적의식이 뚜렷한 삶도 많이 있습니다. 자신이 목표하는 사업을 성취하여 가정과 사회에 이바지하기 위해서 사는 사람, 학문이나 예술 곧 인간 문화 발전에 공헌하기 위해서 사는 사람, 사회나 나라 또는 세계 평화 등 공동체의 발전과 번영을 위해서 헌신하기 위해 사는 사람, 가난한 이나 병약자를 위한 사랑의 사업을 위해서 몸 바치기 위해 사는 사람, 인류 구원이라는 종교적 차원에서 인생을 바치는 신부 수녀 등 종교인 등도 있습니다. 이런 이들은 자신의 사생활이나 행복보다는 공동선에 목표를 두고 산다는 점에서 그 삶의 목적이 뚜렷하고, 따라서 많은 이들의 존경을 받기도 합니다.

그러면 우리는 지금 어떤 목적으로 살아가야 할까요? 사람에 따라 다르겠지만 기왕이면 좀 더 보람 있고 가치 있는 삶을 살아야 하지 않을까요? 다시는 못 사는 인생이니 말입니다. 그러한 좀 더 나은 삶이란 그저 물결치는 대로 뚜렷한 목적의식 없이 살아가는 것은 결코 아닙니다. 아무도 그것을 가치 있다고 보지 않는다는 것이 그 첫째 이유입니다. 이와는 달리 자기나 남의 공동선을 위해서 산다는 뚜렷한 목적의식을 가지고 나아가는 삶은 동서고금을 막론하고 누구나 좀 더 고귀한 삶이라고 여기고 있습니다. 비록 자기는 그런 삶을 못살고 있는 사람일지라도 어떤 본성적인 동경심을 갖는 것만은 틀림이 없습니다. 요컨대, 본능적인 차원의 무의식적인 삶보다는 뚜렷한 의식을 가전 정신적인 차원의 평화스런 삶, 또한 나만의 이기적 행복이 아니고 이웃과 더불어 공동선을 이룩하는 삶을 지향하는 것이 최선의 길이라고 생각해 봅니다.

– 서지암, 「삶의 목적」 중에서

b. 생각하는 길잡이 '어떤 것'과 쓸거리

우리의 지적 사고 작용을 이끌어 가는 또 하나의 길잡이는 '어떤 것'이라는 물음이다. 이 물음은 '왜'와 함께 날과 올로 얽혀서 우리의 사고 작용을 일으키고 또 심화시킨다. '어떤 것'은 구체적으로 다음과 같이 나누어 볼 수가 있다.

- 어떤 모양인가? (유형의 사물)
- 어떤 성질, 기능인가? (유형, 무형의 사물)
- 어떤 뜻인가? (추상적인 말 따위)

우리의 관심을 끌만한 인물이나 사물 또는 추상적인 개념에 대해서 위와 같은 물음을 던지면서 좇아갈 때, 우리의 사고력은 왕성하게 움직이게 된다. 우리의 일상생활에서 늘 대하는 사물이나 사람 또는 말에 대해서도 그것을 무심코 지나치지 않고 일단 위와 같은 질문을 던지고 보면 새로운 것이 떠오르게 마련이다. 더구나 그것을 더 깊이 따져 가면 새롭고도 값진 것을 캐낼 수가 있다. 또한 비록 널리 알려진 인물이나 역사적 사실 등에 대해서도 다시금 뜯어보고 생각을 해보면 미처 깨닫지 못한 바를 발견하는 일이 많다.

사실 견문 지식으로 마련된 쓸거리도 필자의 독자적인 생각을 통하여 다시금 가다듬어지지 않고는 좋은 쓸거리가 되지 못한다. 이를테면, 〈예문 4〉에서 다룬 서재필과 같은 역사적 인물의 경우만 하더라도 그분에 대한 견문 지식만으로 그 쓸거리가 다 마련되는 것은 아니다. 필자 나름으로 그런 견문 자료를 토대로 해서 추리하고 판단하여 독특한 견해들을 걸러 내야만 필자의 독자적인 쓸거리로 가다듬어질 수가 있다. 다시 말하면, 아무리 잘 알고 있는 사물이나 역사적 사실이라도 좋은 쓸거리로 만들려면 '어떤 것'이냐는 집요한 물음을 통해서 필자 나름의 분석과 견해를 심화시켜야만 한다는 것이다. 그렇지 않고는 자기 자신의 글이 되지 못하고 한낱 기존 지식의 전달에 지나지 않는다.

다음 예문은 이 같은 사고 작용으로 '침실'이라는 평범한 사물에서 쓸거리를 마련하고 있음을 보여 준다.

예문 11

침실은 무엇보다도 먼저 잠자는 장소다. 그런데 이 잠자는 장소는 처음부터 자연적으로 만들어진 것은 아니다. 아무 데서나 자고 먹고 했던 저 태고적 유랑하는 인류에게는 침실이 따로 있을 수 없었을 것이다. 인류가 일정한 장소에 정착하고 그러기 위해서는 주택이 필요했던 그 다음부터 침실이 생겨난 것은 아닐까. 최초의 침실은 그것이 침실이기보다는 잠자는 동안의 자기를 방위하는 보루였고, 그 보루가 주택으로 발전된 그 최초에 있어서도 주택은 바로 침실이었고, 침실은 바로 주택이었을 것이다. 주택 속에 침실이 따로 생겨난 것은 휴식과 수면에 대한 인간의 관심과 이해가 상당히 발전된 뒤의 일은 아니었을까. 이렇게 생각하면 침실은 주택보다는 훨씬 더 문화적인 산물이 된다.

– 조연현, 「침실의 사상」 중에서

윗글은 침실의 본래 모습과 기능이 어떤 것인지를 논리적으로 추정한 내용을 담고 있다. 이처럼 깊이 따지고 들면 아무리 평범한 사물에 대해서도 우리에게 무엇인가 새로운 것을 느끼게 한다.

다음 예문은 일본말과 관련된 세 가지 차원의 논리를 분석해 봄으로써 마련된 쓸거리의 일부이다.

예문 12

논리에 대해서 우리는 세 가지 차원을 생각할 수가 있다. 그 중에 하나는 논리학에서 문제 삼는 형식 논리이다. 많은 일본 사람은 이 논리를 하나의 지식으로 여기고 있을 뿐이고, 생활 속에서는 활용하지 못하고 있다. 어딘가 매우 차가운 것으로 느끼고 있다. 그것에 의하여 사물을 생각하고 표현하는 일은 매우 드물다. 다른 하나는 일본말과 관련된 논리인데, 일본말을 쓸 때에는 그것이 의식되지 않은 채로 조금은 작용을 한다. 구태여 집어 말한다면 형식 논리와는 다른 부정형(不定形)으로서, 부드러운 맛이 풍기는 도리 또는 이치라고 일컬을 수 있는 것이다. 이 딱딱하고 부드러운 두 가지 논리의 사이에 일본말 번역문의 논리가 있다. 이것은 외국어와 모국어를 견주어 외국어의 발상과 표현이 모국어와 매우 다르다는 실감에 바탕을 둔 것으로서 비교 논리라고도 말할 만한 논리 의식이다.

– 外山滋比古, 「日本語の論理」 중에서 번역

c. 생각하는 길잡이 '무슨 가치'와 쓸거리

우리의 생각을 이끌어 가는 또 하나의 길잡이는 대상이 지니는 가치價値를 추구하는 것이다. 주위에서 벌어지는 일, 사물의 여러 성질, 인과관계들이 우리에게 끼치는 것이 무엇이냐를 생각하는 것이다. 이 길잡이는 넓게 보면 앞에서 살핀 '어떤 것'에 포함될 성질의 것이다. 그러나 이 가치추구 행위는 좀 더 심층적 차원에서 사물의 본질적 문제를 캐고 드는 점에 역점이 놓이므로 그 중요성을 감안해서 여기 따로 다룬다.

사실 따져 보면 우리에게 무관한 일들이란 세상에 하나도 없을지 모른다. 하늘, 지구, 세계의 모든 사람들, 모든 민족의 문화, 바깥 세계와 이 사회에서 벌어지는 일들, 과거와 미래의 모든 일들은 다 우리와 직, 간접적으로 관련이 있다. 그런데 그 가운데는 우리에게 더 큰 영향을 주고 더 밀접한 관계를 보이는 것들이 있다. 이렇게 우리에게 더 큰 영향을 주고 더 큰 흥미를 끄는 것들은 한 마디로 우리에게 가치가 있다고 한다.

가치라는 것은 우리가 본성적으로 좋아하고 바라는 것들이다. 그것은 기본적으로 다음과 같은 것들을 포괄하여 가리킨다.

- 참된 것 (진리, 도리, 바른 이치)
- 선한 것 (착한 행위 등)
- 아름다운 것 (보기 좋은 것, 감흥을 주는 것)

참된 것은 우리의 인간 본성에서 추구하는 가치이며, 우리에게 만족을 주는 원천이다. 우리는 본성적으로 거짓보다는 진실을 추구하고 사물의 바른 이치를 알고자 한다. 그것은 우리를 만족케 하는 것이기 때문이다. 우리는 누구나 모르는 것에 대하여 늘 궁금해 하고 알고자 애를 쓴다. 이것은 우리가 사물의 이치를 바로 알려는 욕망, 곧 진리를 구하는 욕구를 본성적으로 지니고 있기 때문이다. 학자들이 일생을 바쳐 학문을 탐구하는 것도 각기 분야에서 바른 이치, 곧 진리를 캐기 위한 것이다. 종교인이 사람이 걸어야 할 바른 길을 깨닫기 위해서 온 정성을 다하는 것이나 그것을 지키기 위해서 순교를 하는 것도 다 진리가 우리에게 얼마나 중요한 것인지를 증명한다.

다음 글은 우리의 속담이 진리를 나타내는가를 생각해 봄으로써 얻어진 쓸거리에서 비롯되었다.

예문 13

우리가 일상으로 만나는 세상사를 비유의 수법으로 표현하는 데 쓰이는 속담은 오랜 세월 많은 사람들이 즐겨 사용해 왔다는 이유 하나만으로 그것은 엄정한 진리를 말하는 것이라고 생각하는 사람들이 있다. 만일에 진리라고 하는 것이 시대와 장소와 형편에 따라 융통성 있게 해석되는 무엇이라면, 속담이 그러한 의미의 진리를 말한다고 해서 틀린 것은 아니다. 그러나 우리가 진리라고 여기는 것은 시대와 장소를 초월하여 언제 어디서나 영구불멸의 값을 지니는 명제여야 한다. 이처럼 만고불변의 값을 지니는 것이 진리라면 속담은 결코 진리를 나타낸다고는 말할 수 없다. 잠시 서로 상반된 주장을 하는 속담들을 살펴보기로 한다.

애비는 애비, 자식은 자식 / 그 애비에 그 자식
빛 좋은 개살구 / 개살구도 맛들일 탓
병신자식 고운 데 없다. / 병신자식 효도한다.
부부 싸움은 칼로 물배기 / 부부는 돌아누우면 남남

이렇게 서로 정반대의 주장을 하는 한 쌍의 속담을 놓고 어느 것이 옳고 어느 것이 그르냐를 판정하려 한다면 어떻게 될 것인가?

– 심재기, 「속담은 진리인가」 중에서

다음 글은 사랑의 본질, 곧 사랑의 참모습이 무엇인가를 밝히려는 노력에서 얻어진 쓸거리가 밑바탕이 되었다.

예문 14

사랑이란 본질적으로 '가치를 향한 마음의 세찬 운동'이라고 할 수 있다. 사랑은 여러 가지로 뜻매김하고 있지만 무엇보다도 가치, 곧 진, 선, 미의 가치를 발견하였을 때 그것을 향하여 우리 마음이 움직이는 것이 사랑이라는 것이다. 참된 것을 보았을 때 우리는 그것을 바라고 얻고자 한다. 이것은 진리에 대한 사랑이다. 착한 행위나 거룩한 것을 발견하였을 때 흐뭇해하지 않는 사람은 없다. 우리는 그런 선을 본성적으로 바라고 있기 때문이다. 이는 선행에 대한 사랑이다. 아름다운 대상을 보았을 때 거기에 마음이 끌리지 않는 사람은 없다. 이런 미적 가치를 찾아 우리 마음이 움직이는 것이 또한 사랑의 일면이다. 우리가 하는 갖가지 사랑은 본질적으로 이런 가치를 향해서 마음이 세차게 움직이는 데서 나타나는 것이다

– 서정수, 「사랑의 본질」 중에서

이처럼 우리의 관심사에 대하여 본질적인 참모습을 찾아 밝히려는 노력은 진리를 향한 우리의 본성적 욕구에서 비롯되는 사색이며 이런 사색의 결과로 깊이 있는 쓸거리가 마련된다. 다음 글은 지식 가운데 '산지식'이 무엇이냐 하는 것을 밝히고자 하는 데서 나온 것이다.

예문 15

지식 자체를 놓고 가만히 생각해 보면 여기에도 여러 가지 문제가 있습니다. 그것은 지식에도 죽은 지식과 산지식이 있기 때문입니다. 가령 어떤 개인이 가진 지식이 그의 일상생활에 아무런 활용이 되지 못한다면 죽은 지식으로 화하고, 반대로 지식이 일상생활에 십분 활용된다면 산지식으로 화할 것입니다. 모처럼 배운 지식을 매일 매일의 생활에 충분히 활용하는 것은 바람직한 일이지만 그렇지 못한 경우에는 안 배움만 같지 못합니다.

옛날 철학자들은 지행합일론(知行合一論)을 역설한 일도 있고, 또 공자는 행유

여력(行有餘力)이어든, 즉 이학문(以學文)이라 해서 행하고 남는 힘이 있거든 곧 학문을 배우라고 했습니다. 그리고 순자는 '군자의 학문은 귀로 들어와 마음에 붙어서 온 몸으로 퍼져 행동으로 나타난다…. 소인의 학문은 귀로 들어와 입으로 나온다. 입과 귀 사이는 4치(4寸)밖에 안 되니 어찌 7자(7尺)나 되는 몸을 아름답게 할 수 있을 것인가?'라고 하였습니다. 이것은 지식과 행동이 일치되어야 함을 역설한 것입니다. 귀로부터 들어온 지식이 마음을 통해서 온몸으로 퍼져서 행동으로 나타나면 군자이지만, 귀로부터 들어온 지식이 불과 4치 거리밖에 안 되는 입으로 직통을 해서 흘러나가 버린다면 소인밖에 안 된다는 비유입니다.

귀로부터 흘러들어온 지식이 마음속에 완전히 녹아서, 그것이 약기운처럼 전신에 퍼져서 행동으로 나타날 때, 그의 전신은 아름답게 화할 수 있고, 그것이 바로 산 지식의 구실을 할 수 있다는 것입니다.

– 곽종원, 「사색과 행동의 세월」 중에서

요컨대, 진리를 찾는 것이라고 해서 반드시 만고불변의 명제만을 추구하는 것은 아니다. 사실상 그런 절대적 진리는 쉽사리 탐구되는 것도 아니다. 주변의 일상사에서 그 참모습 또는 본질적인 요소가 무엇인가를 찾아 밝히려는 노력은 모두 진리 탐구의 길이라고 할 만하다. 그런 과정을 거쳐 불변의 근본 진리에 가까워질 수가 있기 때문이다. 우리는 이런 참된 것을 찾는 사고력을 늘 갈고 닦음으로써 사고 능력을 향상시킬 뿐 아니라 진주알 같은 훌륭한 쓸거리를 뽑아 낼 수가 있다.

선한 것은 온갖 선하고 착하고 거룩한 것들을 말한다. 윤리 도덕적으로 착한 일, 종교적으로 거룩한 일, 자비로운 행위 등은 선적 가치가 있는 것이다. 이를테면, 죄가 없이 깨끗한 마음이나 행동, 남을 위한 희생적 사랑 행위 등은 모두 이 범주에 든다. 동서고금을 막론하고 인간은 온갖 악과 간사하고 추잡한 행동을 본성적으로 배척하는 반면에 온갖 착하고 깨끗한 마음가짐과 행동을 바라며 또 좋아한다. 따라서 이런 선적 가치를 찾고 얻으려는 적극적인 노력에서 우리는 가치 있는 쓸거리를 마련할 수가 있다.

다음 글은 '소나무'라는 자연물이 상징하는 가치를 쓸거리로 삼아 이루어진 글이다. 이런 자연물의 미덕도 윤리적 관점에서 바라보았을 때는 선한 것 가운데 한 가지로 여겨질 수가 있을 것이다.

예문 16

우리 할아버지 할머니는 소나무를 사랑하셨습니다. 삼천리금수강산의 대표적 나무는 뭐니 뭐니 해도 늘 푸른 소나무입니다. 깊이 뿌리내리고 비가 오나 눈이 오나 한자리 내 땅 내 흙을 지켜 사는 소나무야말로 만고불변의 지조를 보여줍니다. 정몽주의 임 향한 일편단심이나 성삼문의 독야청청이 다 이 소나무에서 나왔습니다. 청태종 오랑캐 앞에 무릎을 꿇을 수 없다는 홍익한, 윤집, 오달제의 지조와 순국정신, 왜놈이 주는 물 한 모금도 마실 수 없다고 한 연암 최익현 대감의 그 꿋꿋한 나라사랑, 일본은 망한다 망하고야 만다고 외치다 돌아간 순국 소녀 유관순 등의 횃불 같은 지조가 다 이 소나무의 기상에서 나왔습니다. 우람한 솔바람 소리 들어 보셨습니까? 아름드리 솔숲이 우는 소리는 태평양 성난 파도보다 더 큰 벼락이었습니다. 바람에 쏴아 우는 솔바람 소리에 온갖 잡념이 다 사라지고 일념으로 타오르는 정의의 신념이 샘솟았습니다. 소나무는 아침저녁으로 변하는 잡목이 아닙니다. 소나무는 이 겨레 기상과 지조의 상징입니다.

– 오동춘, 「짚신 정신」 중에서

아름다운 것은 온갖 미적 가치를 뜻한다. 자고로 아름다운 것을 싫어하는 사람은 없다. 인류 문화의 많은 부분은 아름다움을 좇는 우리의 본성에서 나왔다고 할 수 있다. 아름다움은 음악, 미술, 문학 따위의 온갖 예술의 목표가 되고 있다. 아름다움은 우리에게 호감, 흐뭇함, 희열, 감흥과 감동을 주는 가치 요소이기 때문이다.

우리는 이런 아름다움을 도처에서 발견할 수 있다. 그런 아름다움을 그냥 지나치지 않고 마음에 두어 그 참모습을 파고들면 알찬 쓸거리를 마련할 수가 있다.

다음 글은 '무궁화의 아름다움'을 다각도로 깊이 추구하는 데서 나온 쓸거리를 바탕으로 쓰인 것이다.

예문 17

오늘에 있어도 우리 국화로는 꼭 무궁화라야 하겠다고 생각하는 것은 아니겠지만 국화 대접을 하여 부끄러운 꽃이라고는 생각이 되지 않는다. 그리고 생각하면 우리의 선인들이 무궁화를 소중하게 여긴 뜻과 연유는 충분히 알 수 있을 것 같고, 또 꽃 자체도 여러 가지 미덕을 가져 결코 버릴 수 없는 아름다운 꽃의 하나라고 생각된다. 앵두꽃이 피고 살구, 복숭아가 피고 져도, 무궁화는 아직 메마른 가지에 잎새를 장식할 줄도 모른다. 잎새가 움트기 시작하여도 물 올라가는 나무뿌리 가까운 그루터기에서부터 시작되는 것이어서 온 뜰이 푸른 가운데 지난해의 마른 꽃씨를 달고 있는 나뭇가지가 오랫동안 눈에 거슬린다. 라일락이 피고, 황매가 피고, 장미가 피고 나야 비로소 잎새를 갖춘다. 잎새는 자질구레한 것이 나무 그루터기에서부터 가지의 끝까지 달리는 것이어서, 말하자면 온 나무가 잎새가 된다. 꽃피는 것도 무척 더디다. 봉오리가 맺기 시작하여도 한두 주일을 기다려야 꽃이 피는 데, 첫 꽃이 피는 것은 서울에서는 대개 여름 방학이 시작되는 7월 초순이다. 오래 기다리던 나머지요 또 대개의 꽃이 한봄의 영화를 누리고 간 뒤의 뜰이 다소 쓸쓸한 탓도 있을 터이지만, 하루아침 문득 푸른 잎새 사이로 보이는 한 송이의 흰 무궁화는 – 무궁화는 흰 무궁화라야 한다. 우리의 선인이 취한 것도 흰 무궁화임에 틀림이 없다. 백단심이라는 말이 있을 뿐 아니라 흰빛은 항상 우리가 몸에 감는 빛이요, 화심의 빨강은 또 우리의 선인들이 즐겨 쓰던 단청의 빨강이다. – 감탄 없이는 바라볼 수 없는 것이다. 꽃은 수줍고 은근하고 겸손하다. 그러나 자신은 없지 아니하다. 왜 그러냐 하면 피기 시작하면 꽃 한 송이 한 송이는 대개 그날 밤 사이에 시들어 말라 버리고 말지만, 다음날 새 송이가 잇대어 피고 하는 것이 8월이 가고 9월이 가고 10월에 들어서도, 어떤 때는 아침저녁 산들바람에 흰 무명 바지저고리가 차가울 때까지 끊임없이 핀다. 그 동안 피고 지는 꽃송이를 센다면, 대체 몇천 송이 몇만 송이 될 것일까? 그 중 많은 꽃을 피우는 때는 8월 하순경인데, 이때면 나의 키만한 나무에 수백 송이를 셀 수가 있다. 형제가 번성하고 자손이 자자손손 백대 천대 이어가는 것을 무엇보다 큰 복으로 생각하던 우리의 선인들은 첫째 이러한 의미에 있어서 아마 무궁화를 사랑하였을 것이다. 그리고 꽃으로서도 이만큼 무성하고 이만큼 오래 보면 그것만으로도 한 덕이라고 할 수 있지 아니할까? 이와 관련된 의미에 있어 우리 선인들은 또 무궁화의 수수하고 부접 좋은 것을 좋아하였을 것이다. 무궁화는 별로 토지의 후박을 가리지 아니하고, 청송오죽처럼 까다롭게 계절을 가리지 아니한다. 동절을 제하고는 어느 때 옮겨 심어도 자라고, 또 아무데 갖다놓아도 청탁 없이 잘 자란다. 밭기슭에서 자라고, 집 울타리에다 심으면 집 울타리에서 자라고, 사랑 마당에 심으면 사랑 마당에서 자란다. 아니, 심어서 자란다느니보다 씨 떨어진 곳에 나서 자라는 것이 보통이다. 그리고 이 꽃은 벌레를 타는 법이 없다. 혹시 진딧물이 끼고 거미가 줄을 치는 법은 있어도 벌레 때문에 마르는 법이라곤 없다. 이렇게 너무도 까탈 부릴 줄을 알지 못하고, 타박할 줄 모르는 것이 이 꽃이 사람의 귀여움을 받지 못하는 이유의 하나가 될는지도 모른다. 그러나 이렇게 해도 부접이 좋고 까탈이 없고 보니, 사람이 비록 소중히 하지 아니한다 하여도 멸종되거나 희소해지거나 할 염려는 조금도 없다. 그냥 내버려 두어도 어디까지든지 퍼지고 자라고 번성할 운명을 가졌다. 여기 우리는 무궁화를 사랑하는 우리 선인의 마음 가운데 다시 자손의 창성과 국운의 장구를 염원하는 마음을 읽을 수 있겠다.

– 이양하, 「무궁화」 중에서

사물을 이만큼 꾸준히 깊이 관찰하고 사색하는 필자의 진지한 태도에 놀라움을 금치 못한다. 날마다 보고도 지나쳐 버리는 무궁화에 대하여 이처럼 밀도 있고 철저하게 가치 분석을 한 경우는 이 필자의 글이 아니고서는 얻어 보기 힘들 것이다. 우리는 이 필자의 진지한 사색의 본을 받음으로써 훌륭한 쓸거리를 찾을 수 있다고 본다.

d. 생각하는 길잡이 '어떻게'와 쓸거리

'어떻게'라는 물음이 또한 지적 사고 작용의 길잡이가 된다. 이 물음은 다음과 같은 사항을 밝히는 사고 작용을 이끌어 간다.

• 어떻게 하나? (방법, 태도)
• 어떻게 작용하나? (기능, 과정)

이러한 물음들을 속으로 되뇌면서 생각의 실마리를 풀어 가는 것이다. '어떻게'라는 물음은 대개 '왜'나 '어떤 것'이라는 물음과 함께 어울려 생각의 골을 파가게 된다. 가령, 앞의 3장에서 다룬 '도시인들의 휴일'이라는 글도 사실은 이런 물음에서 얻어진 쓸거리가 바탕이 되어 있다. 도시인들이 휴일을 어떻게 보내고 있는가를 여러모로 살피고 그 행동들의 공통 요소를 종합함으로써 글이 이루어진 것이다. 이처럼 주위의 사람이나 사물의 움직임을 만날 때 어떻게, 어떤 방법이나 태도로 하고 있는가를 뜯어보고 따져 본다면 많은 쓸거리를 얻을 수가 있다.

다음 글은 우리나라 사람들이 너무 서두르는 경향이 있음을 여러모로 관찰하고 들은 것을 바탕으로 쓴 것이다. 글 중에는 이렇게 행동이나 사건을 쓸거리로 삼아서 주제를 부각시키는 일이 많다.

예문 18

"우리 중국 사람들은 성격이 너무 느리고, 한국 사람은 너무 급하니 두 나라 사람들이 서로 그 장단점을 보완하면서 같이 일하면 좋은 결과가 있을 것이오." 일전에 만난 한 중국 사람이 이런저런 이야기 끝에 이렇게 말하자, "나도 그렇게 생각하오." 하고 엉겁결에 맞장구는 쳤지만 나중에 가만히 생각하니 궁금하였다. 그 사람이 도대체 왜 우리나라 사람들의 성격이 조급하다고 말했을까. 그 이유를 당사자에게 미처 물어보지 못했으나 그 사람 직업이 한국 관광객들의 중국 가이드인 것으로 미루어 볼 때 우리나라 사람들을 안내하면서 혹시 그렇게 느끼게 된 것은 아니었을까.

누군가에게서 들은 바에 의하면, 우리나라 관광객들이 태국의 식당에 들어가서 한국에서 왔다고 하면, '빨리 빨리' 하고 한국말로 크게 외치면서 식탁에 쌀밥 그릇부터 먼저 가져다 놓는다는 것이었다. 직접 본 것이 아니라 그 진위는 알 수 없으나 아주 맹랑한 거짓말은 아닐 성도 싶다.

신문에도 났었지만, 우리나라 엘리베이터를 타보면 문 닫힘 버튼 위의 글자만이 유독 많이 지워져서 잘 보이지 않는다. 가만 놔둬도 1초면 저절로 닫히는 것을 그 순간을 미처 못 참아 빨리 문이 닫히라고 그것도 한 번이 아니라 두세 번씩 누르고 두들겨대니 그 글자인들 온전할 수 있을 것인가.

– 차배근, 「급할수록 돌아가라」 중에서

3. 쓸거리를 알맞게 고르는 실제 요령

쓸거리는 우리를 에워싸고 있는 모든 사람과 사물에서 찾을 수가 있다. 우리는 크게 보면 우주 안에 살고 있으며 작게는 가정의 한 사람으로 생활하고 있다. 우리는 하늘과 바다, 산과 들을 바라볼 수가 있으며, 주위의 사람이나 여러 가지 사물과 끊임없는 교섭을 하고 지낸다. 때로는 현실뿐 아니라 과거의 역사적 사실에도 생각을 돌리며 미래를 내다보기도 한다. 우리를 에워싸고 있는 이런 모든 것들은 쓸거리의 풍부한 밭이요 샘이다. 우리는 쓸거리의 원천을 다음과 같은 여러 범주로 나누어 볼 수 있다.

- 자연물 : 하늘, 구름, 산, 바다, 강, 물, 돌 등
- 인물 : 부모, 친척, 교사, 친구, 아는 이, 역사적 인물 등
- 주변의 일 : 체험, 질병, 신변에 일어난 일 등
- 사회의 일 : 보도되는 사건, 부조리, 도덕, 가족, 단체 등
- 취미 오락 : 취미, 좋아하는 오락, 운동 등
- 과거 사실 : 과거 체험, 역사적 사건, 일화 등
- 추상 세계 : 진리, 가치, 민주주의, 자유, 이상, 사랑 등
- 문화계 : 교육, 학문, 예술, 종교, 풍속 등

우리 주위의 경험 세계는 위와 같은 범주 외에도 얼마든지 있을 수가 있다. 또 이들 범주는 얼마든지 더 잘게 쪼개거나 더 크게 묶을 수도 있다. 우리는 대체로 위와 같은 범주 분류를 바탕으로 하여 쓸거리를 찾는 실마리를 잡을 수가 있다. 가령, '자연물' 또는 '인물' '주변의 일' 따위를 살펴나가면서 그 가운데 한 범주를 정하고 그 범주를 다시 쪼개면서 마땅한 쓸거리를 찾아본다. 이렇게 해보면 막연히 생각하는 것보다는 훨씬 손쉽게 실마리를 풀 수 있게 된다.

이제 쓸거리의 범주를 정하는 과정을 구체적으로 살펴보자. 먼저 자연물, 인물, 주변의 일 따위의 큰 범주를 속으로 되뇌면서 그 가운데 한 가지를 정한다. 이에는 말할 것도 없이 자신의 취향, 흥미 그리고 그 방면에 관한 견문지식 등을 따져 보아야 할 것이다. 이러한 여러 가지를 헤아려 '자연물'이라는 범주를 골랐다고 하자. 다음에는 그 범주에 속하는 하늘, 나무, 꽃들을 살핀 끝에 그 중 하나인 '나무'를 다루기로 했다고 하면 글을 쓸 수 있는 단계에 이른 셈이다. 그런데 나무라고 해도 그 종류가 많고 나무에 관련된 이야기나 사실도 셀 수 없이 많다. 따라서 나무라는 대상을 더 잘게 쪼개어 자신의 뜻에 맞도록 조정할 필요가 있다. 그리하면 나무에 관한 쓸거리는 다음과 같이 여러 가지로 한정하여 다룰 수가 있다.

가령, 나무 전체를 쓸거리로 잡을 수가 있다. 그리하면 일반적이고 개념적인 설명문이 되기 쉽다. 다루는 범위가 넓기 때문이다. 이와는 달리 나무의 어느 하나 또는 나무에 얽힌 자신의 경험, 견해, 느낌들을 쓸거리로 잡을 수 있다. 이를테면, 소나무, 소나무와 나, 잣나무와 밤나무, 우리 마을의 느티나무, 나무에 맡긴 나의 생애, 꽃나무, 우리 정원의 나무들, 목련화 그늘, 오동나무, 고목 따위로 쓸거리를 좁혀 다룬다.

다음 예문은 나무 전체를 쓸거리로 한 수필의 일부이다. 나무가 지닌 장점, 우리 인간에게 주는 기쁨과 위안들에 비중을 두고 있다. 즉 나무에 대한 평면 지식을 늘어놓기보다는 나무가 지닌 가치에 치중했기에 쏠쏠한 재미를 주고 있다.

예문 19

돌과 흙과 쇠 같은 것들은 그 깨임 없는 깊은 잠에 주검처럼 굳어진 자들이다. 일깨워 우리와 사귈 수 없고, 조수충류(鳥獸蟲類)들은 생로병사에 사람의 아픈 바를 지니되 그 신령함을 갖추지 못하니, 또한 더불어 살기에 나름 기를 것이 없다.

수목은 이와 달라, 돌, 흙, 쇠같이 깨임 없는 장으로 굳어진 자 아니요, 꽃으로 잎으로 또는 열매로 그 생명의 다채롭고 다양한 변화가 사람의 얼굴에서처럼 발랄하되 저 생로병사에 신음 없이 의젓함은 조수충류에서도 멀다. 깨어 있으되 소란하지 않고, 삶을 누리되 구차하지 않음이 사람에서도 지인달사(至人達士)의 풍모를 생각하게 한다.

우리가 수목에서 가장 경외를 금할 수 없는 것은 그 장수라 할지니 느티나무, 은행나무, 밤나무, 녹나무, 숙대나무, 홰나무, 편백나무 따위들은 그 수명이 천년이요, 소나무, 잣나무, 히말라야시다 따위 등 대체의 송백류가 수천 년에 이르는 자 많고, 떡갈나무, 이깔나무, 벚나무, 감탕나무 따위들은 그 연연하게 물들어 화사한 꽃과 같은 잎새들을 달고도 견디기를 오히려 오백 년에 지난다. (중략)

우리가 또한 수목에서 그 장수와 더불어 찬양하지 않을 수 없는 것은 그 청춘이라 하겠다. 수목은 어리거나 늙거나 잎을 달고 꽃을 피우는 이상 언제나 청춘이다. 그 잎은 푸르고 그 꽃은 붉다. 붉지 않으면 희거나 누르거나 푸르거나 하더라도 꽃이란 꽃은 다 잎보다도 더 곱고 아름다운 얼굴이다. 이렇게 청청한 잎새와 잎새보다도 더 젊은 꽃을 가진 모든 수목은 우리에게 언제나 희망과 용기와 위안을 준다. (중략)

생각해 보라. 수목이 없는 세상에 아름다움이 있겠는가. 수목이 없는 세상에 평화가 있겠는가. 수목이 없는 세상에 기쁨과 위안과 희망이 있겠는가. 수목이 없는 세상에 오히려 행복을 생각할 수 있겠는가. 우리가 수목에서 받는 이 형언할 수 없는 그윽한 기쁨과 위안과 마음의 안정은 어디서 연유하여 오는 것일까. 그것은 흡사 기독교를 신봉하는 이들이 신에게서 받는 그것과도 같은 것이 아닐까. 신의 이름은 사람이 절박하여 부르면 응하고, 수목의 부드러운 숨결은 우리의 허심한 눈빛과 잠든 얼굴을 어루만지되, 그 가슴 속에 반드시 돌아갈 고향과 영원한 내일의 여유를 마련케 하나니, 놀랍다 수목이여, 이는 진실로 동양인의 혈관 속에 맥맥이 흐르는 원시같이 소박한 또 하나 신의 숨결이라 하겠다.

– 김동리, 「수목송」

다음 예문은 '한 그루의 고목'을 쓸거리로 한 글이다. 골목 어귀에 서 있는 고목에 대한 정감, 그리고 그것이 도시 개발로 인해서 사라진 뒤의 허전함 따위를 다루고 있다.

예문 20

고목 한 그루가 골목 어귀에 서 있었다. 작은 나무들이 부근에 더러 있지만 고목과 같은 큰 나무는 오직 하나뿐이었다. 키가 우뚝해서 먼 곳에서도 보이고, 길을 묻는 사람이 있으면 그 고목을 표준으로 설명을 했다. 봄이 되면 잎이 피고, 여름이 되면 무성한 가지가 풍만하게 움직였다. 인심이 후한 할아버지처럼 고목은 길을 지키면서 일렁거리고 있었다.

사람들은 그 나무 밑에서 장기판을 벌이기도 하고, 빵을 굽는 아주머니는 고목을 의지해서 수레를 세워 놓고 장사를 했다. 조무래기들이 몰려와서 빵을 사가지고 나무 밑에서 재롱을 부렸다. 그래도 고목은 커다란 품을 벌리고 그들을 내려다보고만 있었다.

나는 밤이 되면 그 고목을 근거로 집을 찾았다. 근처에는 비슷한 골목이 많은데, 3, 4년을 살면서도 때로 골목을 잘못 들어갈 때가 있다. 출근 때는 고목을 쳐다보면서 하루의 여유를 잡는다. 초조하기 쉬운 현대의 생활에서 나무를 쳐다본다는 것은 여유를 배우는 시간이 된다. 퇴근을 할 때는 더욱 조용하게 나무 밑을 지나온다. (중략)

그러던 어느 날, 퇴근을 하다가 고목이 인부에 의해서 끊기고 있는 것을 발견했다. 몇 사람의 인부가 커다란 톱으로 서그렁 서그렁 끊고 있었다. 고목은 그래도 무심한 듯, 밑둥치를 맡겨 놓고 그 강대한 체구를 일렁일렁 흔들고만 있었다. 참으로 안타까운 정경이었다. (중략)

문명과 자연의 대결이라고 할까? 원시와 현대의 싸움이라고 할까? 영원과 순간의 대조라고 할까? 그보다도 고향을 잃은 허전함이라고 할까? 그런 착잡한 감정으로 나는 공사의 진행을 바라보고 있었다.

고목이 섰던 자리에는 지금 많은 차량이 질주한다. 버스, 택시, 자전거 등 숨을 쉴 틈도 없이 속도를 낸다. 옛날의 그 조용했던 고목을 둘러싼 분위기는 상상조차 어렵다. 소음과 긴장만이 감돌고 있다. 세월은 물줄기처럼 그 위를 흐르고, 고목에의 기억은 점점 멀어져 간다. (중략)

– 김시헌, 「고목」

위의 〈예문 20, 21〉을 견주어 볼 때, 〈예문 20〉은 나무 전체를 쓸거리로 하고 있으므로 일반적이고 추상적인 면이 있다. 여러 가지 나무가 공통으로 지닌 장점과 특성 따위를 개괄해서 다루고 있다. 이와는 달리 〈예문 21〉은 한정해진 고목을 대상으로 하고 그것과 얽힌 정감, 사건 그리고 생각 따위를 구체적으로 다루었다. 따라서 이 글은 개성적이며 인상적인 느낌을 독자에게 심어 준다. 두 예문이 저마다 쓸모가 다르기는 하지만, 개성 있는 글(수필 따위)에는 〈예문 21〉과 같이 되도록 한정된 쓸거리를 대상으로 하는 편이 낫다.

이제 쓸거리의 범위를 한정하는 구체적인 사례를 하나 보기로 한다. 다음 예문은 어떤 학생이 쓴 글의 일부인데, 상당히 넓은 범위의 소재를 다루고 있다. '운동'과 관련된 문제 전체를 소재로 삼고 글을 쓰기 시작한 것이다.

예문 21

나는 매우 어렸을 때부터 운동을 해 왔다. 친구들과 뛰고 노는 것이 다 어떤 운동이 된다. 운동을 좋아하셨던 아버지를 따라 등산도 하고 배드민턴도 하고 운동 구경을 하였다. 아버지는 공휴일에는 나를 데리고 야구장이나 축구장에 가시기를 좋아하였다. 그래서 나는 운동을 퍽 좋아하게 된 것 같다. 학교에 들어가서도 운동부에 들어가려고 했을 때 어떤 부에 들어갈지 망설인 것도 내가 여러 가지 운동을 좋아하고 즐겼기 때문이다. 아마도 한 가지 운동만 열심히 하였더라면 벌써 상당히 이름난 선수가 되었을 텐데….

위의 예문처럼 자기 힘으로는 감당하기 어려운 소재를 다루다가는 얼마 못 가서 벽에 부딪치게 된다. 더구나 힘에 부친 소재를 다루게 되면 글의 짜임새가 허술해지고 글이 어느 방향으로 초점을 두고 나아가는지 알 수 없다. 글쓰는 이 자신도 그 글의 내용이 어떻게 될 것인지 확실히 모르고 이것저것 늘어놓는 꼴이 되기 때문이다. 따라서 이런 경우에는 다루고자 하는 쓸거리의 범위를 알맞게 한정할 필요가 있다.

위의 '운동'과 같은 소재를 다룰 경우라면 다음과 같이 그 범위를 되도록 좁혀서 어떤 일부 측면에 한정하는 것이 바람직하다.

- 좋아하는 운동과 얽힌 이야기
- 어떤 선수의 숨은 이야기
- 가장 인상적이었던 운동 경기
- 매일 하는 운동의 가치
- 어렸을 때의 교내 운동회
- 운동선수의 기질

따위로 그 범위를 좁히고 그 가운데 하나를 선택하도록 한다면 다루기가 쉬울 뿐 아니라 글의 내용도 훨씬 흥미 있는 것이 될 수 있을 것이다.

요컨대, 쓸거리를 선택하는 경우에 일차적으로는 다소 막연하고 넓은 것으로 잡을 수 있다. 그런 다음에 그것을 여러모로 살피고 따져서 알맞게 가다듬어 흥미 있는 것으로 한정하는 노력이 필요하다. 그래야만 다루기도 쉽고 또 구체적이고 실감 있는 글이 될 수 있다.

그런데 쓸거리의 범위를 좁히다 보면 주제와 겹칠 수가 있다. 가령, 나무를 다루는 데 '고마운 나무'를 쓸거리로 잡고, '나무의 고마움'을 주제로 쓴다면 쓸거리와 주제는 사실 일치한다. 그렇지만 앞에서 지적한 바와 같이 대개는 쓸거리를 아무리 좁혀도 주제는 따로 설정할 수가 있다. 가령, 위에서 쓸거리의 범주를 '운동선수의 기질'로까지 좁혔다고 하자. 그렇더라도 그 기질 가운데 하나를 주제로 선택하여 다룰 수가 있다. '끈기', '악착같은 승부욕' 따위로 주제를 삼을 수가 있는 것이다. 이렇게 볼 때 주제 설정 문제와 관련 없이 쓸거리는 쓸거리대로 얼마든지 알맞게 좁혀도 무방한 것이다.

5

주제, 목적 및 제목을 마련하는 방법

1. 쓸거리를 바탕으로 한 주제의 마련

주제란 글의 핵심 또는 초점이라 했다. 주제는 소재의 내용 중에서 필자가 특별히 강조하여 드러내고자 하는 글의 요지이며, 어떠한 글에서도 그것이 분명히 드러나야만 한다는 것을 되풀이 강조하였다. 그러면 주제는 어떻게 마련하는 것인가? 이제 그 구체적인 방법을 알아보고 익히도록 한다.

주제는 우선 쓸거리 또는 소재의 의미를 여러 관점에서 살펴보고 분석하여 결정한다. 소재는 글에서 다룰 문제의 윤곽만을 보여 주고 있으므로 그것을 바라보는 관점에 따라 여러 가지 의미로 분석될 수가 있다. 이를테면, '연극과 관중'이라는 제목으로 글을 쓴다고 하자. 이 글과 관련될 수 있는 소재는 연극과 관중의 관계에서 예상되는 모든 문제들이다. 이러한 소재는 어떤 면에 중점을 두고 바라보느냐에 따라 여러 가지 의미로 분석될 수가 있다. 다시 말하면, 의미 해석의 관점에 따라 여러 가지 주제를 설정하여 다룰 수 있다는 것이다. 가령, '관중이 연극에 미치는 영향', '연극이 관중에게 주는 영향', '관중을 의식하지 않는 연극' 또는 '관중에 영합하는 연극' 등의 주제를 설정하여 그것에 초점을 맞추어 글을 쓸 수 있는 것이다. 이렇게 어떤 정해진 소재를 여러 관점에서 바라보고 가능한 주제들을 생각해 본 다음에, 그 가운데 가장 알맞다고 여기는 것을 고르면 된다.

소재를 바탕으로 자기 나름의 관점에 따라 주제를 정한 실례를 살펴보기로 하자. 다음의 예문은 한 주부가 자기 가정에 일어난 일(소재)을 그저 지나치지 않고 유심히 살핀 끝에 하나의 주제를 정하고 그것을 중심으로 전개한 글이다.

예문 1

"엄마, 난 전에 살던 집이 더 좋아." 올해 여섯 살 난 막내가 싫증난 얼굴로 하는 말이다. "왜 이 집엔 목욕탕도 있고 방도 더 큼직하고 엘리베이터까지 있는데…. 이 집이 전에 살던 집보다 몇 곱이나 살기 좋은 걸?" 하고 엄마는 대꾸했다. 막내 녀석은 "나도 처음엔 그랬어. 그렇지만 집만 크면 뭘 해. 이 동네엔 친구가 없잖아. 그래서 너무 심심해서 그래." 하고 대답하는 것이었다.

신림동 변두리에서 살던 우리가 이곳으로 이사를 온 것은 두어 달 전의 일이다. 신림동 일대는 비록 성냥갑만한 크기의 옹색한 서민 주택들이 대부분이었지만 그 작은 집에서 살고 있는 사람들의 마음씨는 더할 나위 없이 부드럽고 따뜻해 이웃끼리의 정이 무척이나 두터웠었다. 동네꼬마들 역시 첫새벽부터 우리 집 대문 앞에 몰려와 "훈아, 노올자" 하고 불러, 막내 녀석은 잠이 덜 깬 눈을 쓱쓱 비벼가며 아이들을 따라나서곤 했다. 끼니만 먹고 나면 가까운 놀이터로 또는 골목쟁이로 같은 또래끼리 어울려 시간가는 줄 모르고 어울려 놀다 다음 끼니때가 되어서야 집에 돌아오던 우리 훈이였다.

그러다 이 동네로 이사 온 뒤 새 친구를 사귀겠다고 밖에 나간 훈이가 잔뜩 풀죽은 얼굴로 돌아왔다. "엄마 이 동네 아이들은 다들 자기네 집안에서만 노나 봐. 아무도 나하고는 안 놀아줘. 집안에 별 게 다 있어 안 심심한가 봐." 남의 집 대문 앞을 몇 십 분씩 서성거리다 그냥 왔다는 훈이는 친구 사귀는 것을 포기한 모양이다. 오늘도 집안에만 틀어박혀 종일 방안에서 뒹굴다가 뛰어 보다가 제대로 읽지도 못하는 동화책을 뒤적여 보는 등 별의별 짓거리를 다해 본다.

'아기 어머니 이것 좀 먹어 보슈.' 라며 철따라 오이지며 상추 같은 걸 보내 주던 옆집 할머니가 문득 그리워진다. 또한 나도 '할머니께서도 이 부침개 좀 잡숴 보시지요.' 하며 조금만 새로운 것이 생겨도 서로 권하던 옛일이 소중한 추억으로 떠오른다. 집채가 클수록, 담이 높을수록 인심은 반대로 이렇게 야박해져야만 하는지 안타까운 생각과 함께 같은 서울이면서도 이사 온 뒤로 흡사 이국땅에라도 던져진 듯 한 외로움을 떨치지 못하고 있다.

– 김애자, 「나의 옛집」

윗글의 주제는 '인정의 소중함'이라 할 수 있다. 모든 사건과 서술들이 그것을 중심으로 펼쳐지고 있기 때문이다. 필자는 물론 이 주제가 아닌 문제에 더 관심을 가지고 글을 쓰려고 작정했다면 그 주제가 달라질 수 있었을 것이다. 가령, '새로운 집의 편리함', '새로운 동네의 특색' 등을 주제로 할 수도 있었을 것이다. 이런 가능한 주제 가운데서 이 주부는 '인정의 소중함'을 고른 것이다.

다음의 예문은 역사적 사실을 소재로 한 글인데, 동일한 소재라도 그 관점의 차이에 따라 다른 이에게서는 볼 수 없었던 독자적인 주제가 마련되고 있음을 알 수가 있다.

예문 2

승자에게는 박수와 후한 성원을 보내지만 패자에게는 냉담하게 등을 돌려 버리는 경향이 있다. 운동 경기의 경우가 그렇고, 정치의 경우도 예외가 아니다. 여론도 이긴 편을 중심으로 형성되고, 후세에 남는 기록도 진 쪽에 대해서는 가볍게 다뤄버리고 만다. 그러나 나는 황산벌의 옛 싸움에서 승자가 된 신라의 흠순과 품일보다는 패자가 된 백제의 계백에게 훨씬 뜨거운 인간적인 박수를 보낸다. (중략)

자신의 처자식을 먼저 죽이고 전쟁에 나선 그가 그를 죽이러 온 적군의 아들을 살려 보내는 금도와, 목을 베더라도 말안장에 매달아 되돌려 보내는 그 아량은 무엇을 뜻하는가? 그가 관창을 단번에 죽이고 한 마리의 말이라도 더 활용하려 했더라면, 그가 전사하고 그의 군사들이 크게 패하는 최후의 시간이 그렇게 빨리 뒤쫓아 오지는 않았을지도 모르는 일이다. 나라의 운명을 짊어진 장군으로서만 보면 계백은 지나치게 인도적이요, 스스로 무덤을 파는 어리석은 행위를 한 것인지 모른다. 그러나 한 사람의 인간으로서 보면 그렇게 도량이 넓고 여유로울 수가 없는 것이다. 어떻게 보면 승리를 위해 16세의 어린 자식을 적진에 희생으로 던진 흠순이나 품일은 비정하고도 살벌한 인간 파탄자가 아니겠는가? 희랍 신화에 보면 탄탈로스는 아들을 죽여 요리를 만들어 신에게 바쳤다가 도리어 영겁의 형벌을 받지 않았던가? 장군 흠순과 품일은 스스로 적진에 뛰어들지 않고 어린 자식을 적진에 던졌던 것이다. 이들과 견주어 계백 장군은 그야말로 살신성인이라는 인간 최고의 경지에 다다라 있지 않은가?

— 신상철, 「승자와 패자」

윗글에서는 신라의 반굴과 관창의 용감성에 초점을 맞추어 왔던 종래의 글들과는 반대로, '계백 장군의 위대한 인간성'을 주제로 부각시키고 있다. 이처럼 그 관점을 달리 함으로써 매우 값지고 독특한 주제를 설정할 수가 있는 것이다.

2. 참신한 주제를 정하는 방법

주제는 참신하고 독창적인 내용일수록 좋다. 주제는 어떤 소재를 필자 나름으로 분석하여 얻는 것이라 했는데, 그 내용이 이미 알려진 것으로서 아무 새로운 것이 없는 것이라면 어떻게 되겠는가? 그런 주제는 독자의 관심을 끌지도 못하고 별다른 가치도 지니지 못할 것이다. 소재는 흔히 볼 수 있는 일상에서 얻은 것일지라도 그것을 보고 해석하는 관점에 따라서는 얼마든지 새롭고 재미있는 주제가 나올 수 있다. 주제를 정할 때에는 무엇보다도 이 점에 관심을 두고 남과 다른 관점에서 소재를 바라봄으로써, 무엇인가 참신하고 흥미를 끌만한 주제를 찾도록 특별히 힘써야 한다.

이런 참신한 주제를 마련하는 구체적인 과정을 예를 들어 보기로 한다. 가령, '사랑'에 관한 것을 소재로 하는 글을 쓴다고 하자. 이런 경우에는 흔히, '애끓는 마음', '헌신적 마음가짐', '서로 위하는 마음', '이성간의 열정', '불우한 이에 대한 보살핌' 따위의 관점에서 주제를 택하는 것이 보통이다. 그러나 그러한 주제는 별로 새로운 맛이 없기 때문에 진부한 것이 되기 쉽다. 따라서 좀 더 색다른 관점에서 '사랑'에 관한 소재를 살펴보도록 하는 것이 바람직하다. 이를테면, '사랑은 땅덩이를 동이는 끈이다', '사랑은 가치를 향한 마음의 운동이다', '사랑은 나눔이다', '사랑은 훌륭한 인생의 교사다' 따위로 사랑의 색다른 면을 발견하도록 하여야 참신한 주제가 떠오른다.

참신한 주제를 찾는 과정에서 유의할 일은 그 근거와 뒷받침이 주어질 수 있는 내용의 주제라야 한다는 점이다. 참신하고 독창적인 견해를 나타내는 주제라야 함과 동시에 그 타당성이 인정될 수 있어야 한다는 것이다. 아무리 기발한 견해일지라도 아무도 납득할 수 없는 것이라면 주제가 될 수 없다. 그것을 합리적으로 뒷받침할 수가 없는 허황된 내용의 글이 될 수밖에 없기 때문이다. 가령, 다음과 같은 예문을 보자.

예문 3

가장 높은 자리에 있는 사람은 가장 외롭다. 그 사람의 주위에는 유능한 부하도 많고 하는 일도 많으므로 얼핏 보아 가장 외롭지 않은 사람일 것처럼 생각된다. 그러나 모든 중대사를 최종적으로 결정하는 순간에는 오직 자기 혼자라는 것을 실감하게 된다. 또 일에 대한 마지막 책임의 문제에서도 그는 고독감에 휩싸이게 된다.

위와 같은 서술에서 첫 문장과 같은 내용이 주제라고 한다면, 누구나 얼른 예문을 납득하기 어려울 것이다. 일반적인 견해와는 반대가 되기 때문이다. 그런데 그 뒤의 일부 뒷받침은 어느 정도 수긍이 갈 만한 근거를 보여주고 있다. 이렇게 타당한 근거가 마련될 수 있을 때는 그 내세운 바는 독자적인 주제로 인정될 만한 것이다.

또 한 예를 들어, '가을'에 관한 글을 쓸 경우를 생각해 보자. 가을을 쓸거리로 하는 글은 대개, 슬픈 계절, 천고마비의 계절, 결실의 계절, 독서의 계절 따위 가운데 한 가지를 주제로 생각하는 것이 보통이다. 그러나 이런 것들은 자고로 숱한 사람들의 입에 오르내린 것이기에 참신한 맛이라곤 전혀 없다. 그러나 그런 진부한 것들 대신에, '기쁨과 희망의 계절'을 주제로 삼으면 어떻게 될까? 우리는 봄을 희망의 계절이라 하고 가을은 그 반대로 생각하는 것이 상식이다. 그러한 상식을 벗어난다는 점에서 이 주제는 한결 새로운 면이 있다고 생각된다. 케케묵은 것이 아니고 다소라도 새 맛이 더 풍기는 것이기 때문이다.

위에서 지적하였듯이 이 경우에도 유의해야 할 것은 새로운 것일수록 좋기는 하되 그것이 누구에게나 수긍될 만한 주제이어야 한다는 점이다. 다시 말하면 그것이 '가을'이라는 쓸거리의 한 특성을 나타낼 수 있는 것이어야만 참신하면서도 타당성 있는 주제가 될 수 있다는 것이다. 그런데 그것은 다음 예문에서 볼 수 있는 바와 같이 가을의 한 특성을 드러낸다고 여겨진다.

예문 4

가을은 자고로 슬픔과 조락의 계절이라 노래하는 이들이 많았다. 그러나 나는 가을이 감상에 젖고 죽음과 조락을 연상케 하는 철만은 아니라고 생각한다. 나는 오히려 가을을 희망의 계절이라 본다. 가을은 봄부터 애써 가꾸었던 오곡백과가 무르익어 우리의 식탁과 곡간에 그득 쌓이게 되니 여유를 준다. 수고한 보람을 만끽하는 때가 가을인 것이다. 또한 가을은 푸름 일색으로 단조롭기만 하던 산과 들이 형형색색으로 아름다운 단풍으로 수를 놓는 계절이다. 이런 자연의 풍경화는 누구에게나 낭만적 흥취를 돋우어 주며 삶의 기쁨을 안겨 준다. 이윽고 숲이 낙엽 되어 우수수 떨어지는 광경이 주는 쾌감 또한 이를 데 없다. 이런 낙엽들이 조락을 상징한다고 해서 서글픔과 절망으로 여기는 이가 많았다. 그러나 어찌 그런 어두운 면만 보고 감상에 젖을 것인가? 이 가을에 떨어지는 낙엽이 있음으로써 오는 봄의 새싹을 기약하는 것이 아니겠는가? 모든 나뭇잎들이 떨어지지 않고 마냥 매달려 있다고 생각해 보라. 새 봄의 삶, 새 희망은 우리 앞에 펼쳐지지 못할 것이다. 이런 뜻에서 가을의 낙엽은 새로운 희망을 기약하는 전주곡이라 할 것이다.

주제의 참신성은 반드시 새로운 사실이나 사물 또는 기발한 착상 등에서만 얻어지는 것은 아니다. 비록 겉보기에 낡고 오래된 사물과 관련된 것일지라도 우리에게 새삼스러이 일깨움을 줄 만한 것이 드러날 수 있으면 참신한 주제로 인정될 수 있다. 우리는 흔히 이미 다 알만한 것인데도 가끔 그것을 미처 깨닫지 못하고 지내는 수가 많다. 이런 것을 꼬집어 주는 구실을 하는 것도 참신한 주제가 될 수 있다. 또 우리의 의식 밑바닥에 잠재되어 있는 것을 일깨워서 깨닫게 해 주는 주제도 참신한 맛을 낸다. 물론 그것은 우리가 다시금 음미할 필요가 있을 만한 가치가 있는 것이어야 한다. 예를 들면, 다음 예문에서 그런 의미의 참신한 주제를 엿볼 수가 있다.

예문 5

예수는 자기와 같이 십자가에 못 박힌 한 강도를 향해 "오늘 네가 나와 함께 낙원에 있으리라."고 말하면서 그 흉악한 강도를 용서하였다. 분명히 용서는 한 죽어가는 사람을 살린다. 그런 까닭에 우리는 죄지은 사람을 용서할 줄 알아야 한다. 그것은 죽어가는 한 생명을 살리는 일이기 때문이다. 이 세상에서 한 죽어가는 생명을 소생시키는 일보다 더 위대한 일이 또 어디에 있겠는가.

그러나 우리가 여기서 명심해야 할 일이 있다. 그것은 용서는 주는 것이 아니라 스스로 얻는 것이라는 점이다. 강도를 용서한 것은 분명히 예수였다. 그러나 이 용서를 받기 전에 강도는 '우리는 우리의 행한 일에 상당한 보응을 받는 것이니 이에 당연하다'고 자기가 저지른 죄, 즉 자기가 강도였음을 솔직히 자백하였다는 사실을 우리는 잊어서는 안 된다. 이 뉘우침이 용서를 받은 것이다.

용서는 사랑의 행위이다. 사랑하기 때문에 모든 허물을 용서할 수 있다. 그러나 용서는 잊어버림이 아니다. 죄를 망각하는 행위는 사랑이 아니다. 도리어 사랑하는 이를 망치는 일이다. 이러한 까닭에 우리는 사랑하는 사람일수록 그 사람의 허물을 누구보다도 잘 알고 있다. 그리고 그 허물을 외면하는 것이 아니라 그 사랑하는 사람으로 하여금 철저히 그 허물과 싸우게 한다. 그래서 그 허물을 극복하게 한다. 이것이 사랑이요, 이것이 용서이다.

요사이 국민의 용서를 받아야 할 사람들이 많은 것으로 알고 있다. 본시 우리 국민은 어린 양과 같이 착한 국민이다. 그러기에 그들은 절대로 용서하는 데 인색하지 않다. 그러나 어질고 착한 국민들이라고 해서 용서해야 할 사람들이 지난날의 죄상을 잊고 있는 것은 결코 아니다. 그것은 그 사람을 사랑하는 일이 아니기 때문이다. 그런데 많은 사람들이 용서를 받기 위하여 회개할 줄은 모르고 다만 국민들이 망각의 피안으로 사라져 줄 것을 바라고 있는 듯한 인상을 풍기고 있는 것은 참으로 안타까운 일이다. 착한 국민이기에 그들은 결코 과거의 허물을 잊지 않을 것이다. 그러나 그들은 용서할 줄 알고 있다.

– 김용직, 「용서와 망각」

윗글의 주제는 '회개는 용서받는 필수 조건' 이라고 할 수 있다. 이런 것은 우리의 상식으로 되어 있다. 그러나 우리는 가끔 그것을 의식하지 못하고 있을 때가 있으며, 또 때로는 회개는 없이 용서만 받으려는 몰염치한 태도를 보일 때가 있다. 따라서 이 주제는 이러한 우리에게 특히 최근의 사회상과 관련하여 새삼스러운 느낌을 불러일으키는 구실을 한다.

소설 등의 문예 작품들에서도 우리가 이미 알 만한 내용의 주제를 만나게 된다. 대개 소설은 길고 복잡한 이야기와 사건 등을 통해서 주제를 암시적으로 제시하지만 알고 보면 우리가 일상적으로 느끼는 내용인 것이 보통이다.

이를테면 , 모파상의 단편 소설 「목걸이」나 도스토예프스키의 「죄와 벌」 만해도 따져 보면 주제는 우리가 흔히 경험하는 일이다.

우선 「목걸이」라는 소설의 줄거리를 보면 대략 다음과 같다. 하급 관리의 부인이 무도회에 초청받아 나갈 때 친구에게서 진주목걸이를 빌려 가지고 갔다가 잃어버렸다. 빚을 내어 진짜 진주목걸이를 사서 돌려주고 나서 그 빚을 갚느라고 10년 동안이나 갖은 고생을 하고 나니 다 늙어버리고 말았다. 그러던 어느 날 애초에 빌렸던 목걸이가 가짜이었음을 알게 되었다. 이런 줄거리에서 짐작되는 바와 같이 이 소설은 사소한 또는 순간적인 실수(착각)로 너무나 값비싼 대가를 치르게 되는, '인간 운명의 얄궂음'을 주제로 하고 있다. 이런 일은 실제로 우리 인간 생활에서 흔히 볼 수 있는 일이다. 어렸을 때 나무에 올라갔다가 실족으로 일생을 불구자로 지내는 일을 비롯하여 사람의 운명은 순간적이고 하찮은 사건만으로도 좌우되는 수가 얼마든지 있다. 인간의 이런 면을 모파상은 그 소설을 통하여 우리로 하여금 재삼 느끼고 다시금 음미하게 해 주었다. 여기에서 우리는 주제는 먼 데 있는 것이 아니고 우리 일상생활 안에서 얼마든지 발견할 수 있음을 알 수 있다.

한편, 도스토예프스키의 「죄와 벌」이라는 매우 방대한 소설도 결국 주제는 우리가 흔히 느끼고 생각할 수 있는 것을 다시금 일깨워주고 깊이 느끼게 하고 있다. 이 작품의 주제는 '죄의식에서 오는 고민과 고통은 끝없는 사랑만이 낫게 해 준다'고 요약될 수 있다. 이 작품은 인생의 이런 평범한 면을 주제로 하고 있으면서도 우리에게 많은 감명을 주고 있다.

3. 명확한 주제를 정하는 방법

글의 핵심이며 초점인 주제는 명확한 것일수록 좋다. 글을 읽는 이가 뚜렷하게 느끼고 헤아릴 수 있는 주제가 바람직하다. 글을 읽고 나서도 무엇을 나타내려고 하는 것인지 요점을 알 수 없는 것이면 주제가 분명하지 않다고 할 수 있다. 그런 글은 필자의 의도가 무엇인지 알 길이 없다. 곧 표현과 전달이라는 기능을 다하지 못하는 글인 것이다. 그러면 명확한 주제가 되도록 하려면 어떻게 해야 할 것인가? 이 점에 관해서 알아보기로 한다.

(1) 주제의 단일성

주제는 서로 관련이 없는 둘 또는 그 이상의 개념으로 이루어져서는 좋지 않다는 것이다. 그것은 글의 핵심이나 초점이 둘 이상이 되기 때문이다. 이를테면, '지식'을 쓸거리로 하는 글의 주제라면 '아는 것은 힘'과 같이 할 경우에는 단일 주제이다. 또한 '아는 것은 병'으로 주제를 정했을 경우에도 단일 주제이다. 이렇게 주제가 단일할 때는 글 전체의 서술이 그 한 점으로 집중된다. 그리하여 마치 여러 광선이 한 곳으로 모인 경우처럼 선명하고 강렬한 효과를 낸다. 그러나 위의 두 가지를 한 글에서 다루게 되면 초점은 그만큼 흐려지게 마련이다. '아는 것은 힘이요 병이다'와 같이 주제를 정해 놓고 보면 어느 한 쪽도 명확한 서술이 되기가 어려워진다. 글의 핵심과 초점이 두 갈래로 나누어지기 때문이다. 더구나 이 경우는 두 개념이 서로 상반되어 그 효과를 상쇄시키고 있다. '아는 것이 힘이다'라고 주장해 놓고, 바로 이어서 '아는 것은 병이다'라고 주장하고 있으니 주장하는 바가 서로 모순을 일으킨다. 따라서 이처럼 대립되는 두 개념은 특별한 경우가 아니고는 한 글에서 동시에 다루는 일이 있어서는 안 된다.

다음 예문에서는 주제가 단일하고 한정된 개념으로 되어 있어서 글의 요점이 선명하게 드러나고 있다.

예문 6

한글 창제의 가장 중요한 동기는 세종대왕의 애민사상에 있다. 그분은 한글의 창제 당시에 훈민정음이라 했는데 그 뜻은 백성을 가르치는 바른 소리이다. 이는 그분이 백성을 위하여 그 글을 지었음을 뚜렷이 말해 주고 있다. 더구나 훈민정음의 맨 첫머리를 보면, 이와 같은 애민사상을 확인할 수가 있다. 그분은 '우리 나라말이 중국과 달라 한자로는 서로 의사소통이 잘 되지 아니하므로, 우매한 백성의 딱한 사정을 보아서 쉬운 글을 만든다'고 명백히 밝히고 있다. 이로 보아 한글을 창제한 동기는 무엇보다도 세종대왕의 백성 사랑하는 정신이 가장 큰 동기임을 의심할 여지가 없다.

명확하고 한정된 주제를 향하여 모든 서술이 집중될 수가 있어서 글의 요점이 분명히 드러나고 있다. 이와는 달리 다음 예문과 같이 주제가 막연하면 글의 초점이 흐리게 마련이다.

예문 7

한글 창제의 동기는 여러 가지로 생각해 볼 수가 있다. 훈민정음이라는 이름 그대로 백성을 가르치는 글, 곧 백성을 교화시키기 위한 목적으로 만들어진 글이라 할 수가 있다. 또 훈민정음의 첫머리에서 보면, '어리석은 백성들이 글을 몰라 곤란을 겪는 것을 딱하게 여겨서 쉬운 글을 만들었다'고 했다. 이로 보면 세종대왕의 애민 정신이 그 밑바탕에 깔려 있다고 할 수 있다. 한편 일설에 의하면 동국정운을 짓기 위한 기초 작업으로 한글을 지었다고도 한다.

요컨대 주제가 여러 가지로 흩어진 내용이므로 글의 핵심이 또한 흐릴 수밖에 없음을 알 수 있다. 그런데 주제가 두 개의 개념으로 표현되더라도 둘다 밀접한 관계가 있는 것이면 단일 주제와 같이 볼 수가 있다. 이를테면, '독서'에 대한 글에서 주제를 '재미있고 유익하다'로 삼았다고 하자. 이런 경우는 두 개념이 밀접한 관련성이 있을 뿐 아니라 상호보완적으로 작용한다. 그리하여 그것은 서로 하나가 되어 '가치 있다'와 같은 한 개념으로 표현될 수가 있다. 궁극적으로는 한 개념일 수 있는 것을 더 구체화하는 뜻에서 두 개념으로 나누어 표현한 것이다.

장편 소설과 같이 긴 글에서는 단일한 개념으로는 포괄되기 어려운 복잡한 주제가 설정되는 수가 있다. 예를 들면, 「춘향전」과 같은 작품의 주제는 단일 주제로 보기 어렵다. 이 작품이 뚜렷한 주제 의식이 결여된 옛날 글인 점도 있겠으나, '전통적 정절 관념', '부패 현상의 고발', '계급을 초월하는 사랑의 위력' 따위가 그 작품의 주제로 꼽힌다. 이들은 서로 밀접한 관련이 없는 듯이 보이므로 저마다 동등한 주제 기능을 가졌다고 할 만하다. 그런데 자세히 살펴보면 복합적인 주제가 설정될 경우에는 그들 가운데 어떤 한 가지는 중요도가 가장 크고 나머지는 중요도가 그보다 떨어지는 것이 보통이다. 이런 경우에 전자는 대개 '주주제'(또는 주제)라 하고 후자는 '부주제'라 부른다. 이렇게 볼 때 복합 주제일 경우에도 실질적으로는 단일 주제라 할 만하다. 다만 버금가는 부주제에도 상당한 배려를 한다는 점에서 여느 단일 주제의 글과는 차이가 있다.

여기에서 강조하고자 하는 바는 특별한 경우가 아니고서는 부주제를 설정하는 것이 바람직스럽지 않다는 점이다. 자칫 잘못하다가는 초점을 흐리게 하는 결과를 초래할 가능성이 많기 때문이다. 특히 글쓰기를 처음 배우는 이들에게 그러한 일은 모험에 가깝다. 무엇보다도 단일한 주제를 가지고 집중력 있는 글을 쓰도록 힘쓰는 것이 필요하다.

(2) 주제의 명확성

주제의 말뜻이 흐려서는 그 효과가 줄어들 것은 뻔한 이치이다. 예를 들어, '대원군'을 소재로 한 글에서 주제를 '풍운아風雲兒'라고 정했다 하자. 주제를 표현한 말이 우선 분명치 않다. 그 말뜻을 뚜렷하게 매기기 곤란한 점이 있다. 이렇게 되면 글을 어느 방향으로 끌고 나갈지 망설이게 된다. 이와는 달리 '대원군은 완고하다'로 주제를 잡는다면 말뜻이 분명해져 글의 내용이 어느 방향으로 나갈 것인지 금세 알아차릴 수 있다.

주제가 뚜렷한 개념이 되려면 되도록 외연外延이 좁아야 한다. 이를테면, '대원군은 정치가다'로 주제를 잡는 경우와 '대원군은 쇄국주의 정치가다'로 잡는 경우를 비교해 보자. 전자는 후자보다 외연이 넓으므로 주제의 선명도는 그만큼 약해지게 마련이다. '대원군은 정치가다'라고 할 경우에는 정치가로서의 모든 것을 포괄하기 때문이다. 웬만큼 길게 설명하지 않고는 그런 모든 것을 충분히 다루기 어렵다. 그러니 선명도가 약하게 마련인 것이다. 이와는 달리 '대원군은 쇄국주의 정치가다'라고 할 경우는 정치가의 여러 면 가운데 쇄국주의적인 면만 다루면 되므로 그 선명도가 훨씬 강해질 수 있다.

4. 글의 목적을 정하는 방법

(1) 글의 목적과 주제

글의 목적은 주로 독자와의 관계에서 정해진다. 주제가 필자 자신의 생각이나 느낌을 바탕으로 해서 결정되는 것인데 반해서, 목적은 먼저 독자를 의식하고 무엇인가를 전달하려는 의도에서 정해지는 것이다.

글의 목적은 글의 성격이나 필자의 의도에 따라 여러 가지로 설정될 수 있다. 어떤 글은 그 목적이 더 중요시되고 주제는 그 영향을 받아서 결정되며, 반대로 어떤 글은 주제가 더 중요시되고 목적의식은 별로 두드러지지 않는다. 이를 테면, 선전문, 정치적인 글, 사회적인 계몽이나 교육을 목표로 하는 글은 목적의식이 먼저 결정되고, 주제는 거기에 맞추어 정해지게 된다. 그러나 순수한 문예적인 글이나 수필 따위는 주제가 먼저 결정되고 목적은 이차적인 것이 보통이다. 물론 이런 글에서도 독자를 예상하고 글을 쓰는 이상 목적의식이 어느 정도까지는 개입되게 마련이다.

다음 〈예문 8-1〉은 목적의식이 비교적 강한 글의 경우이고, 〈예문 8-2〉는 주제에 더 중점을 둔 문예적인 글의 경우이다. 두 가지를 견주어 보고 양자의 차이를 음미해 보도록 하자.

예문 8-1

이젠 비어 있던 그 넓은 뜰에도 방학이 끝남과 함께 허공을 두드리는 소리가 맑게 울리고, 미명(未明)이 드리워져 있던 그대들의 눈에도 예지가 호수처럼 일렁이고 있다. 시선 닿는 곳 그 어디든 진리를 캐내려는 눈만이 빛을 내고 있을 뿐 여름의 잔해라고는 티끌 하나 없다.

상아탑 아래 다시 모인 그대들이여, 무엇보다도 학문의 정도를 굳건히 걸어가자. 학문의 길에는 유혹이 많다. 호사다마라고 했듯이 학문의 길에는 우리의 발걸음을 멈추게 하는 온갖 잡초들이 우거져 있다. 물질주의와 쾌락주의의 물결을 타고 넘실거리는 갖가지 오락과 놀이들이 끊임없이 우리의 마음에 파문을 일으키려 한다. 말하자면 숱한 잡길이 정도를 에워싸고 탈선을 재촉한다. 그러나 잡길이 아무리 크고 매력적일지라도 그 길로 들어설 수는 없다. 일찍이 예수는 천국으로 가는 길은 좁고 멸망으로 가는 길은 넓다고 하지 않았는가. 우리의 정도가 아무리 험난하고 고통스러울지라도 그 길을 똑바로 걸어가야만 한다. 오직 그 길만이 마침내 승리의 문으로 들어설 수 있기 때문이다.

– 신영철, 「사랑하는 제자들」

예문 8-2

전등을 끄고 자리에 누우니 영창이 유난히 환하다. 가느다란 벌레 소리들이 창 밖에 가득차 흐른다.

'아!' 하는 사이에 나는 내 그림자의 발목을 딛고 툇마루 아래 마당 가운데 섰다. 쳐다보아도 눈도 부시지 않은 수정덩이가 도시의 무수한 전등과 네온사인에게나 보란 듯이 달려 있다.

저 달이 생긴 뒤로 몇 사람의 마음이 그를 어루만지고 꼬집고 하였을까? 울기는 누구누구며 웃기는 누구누구? 원망인들 오죽 쌓였을라고. 그의 얼굴은 따뜻한 듯 서늘한 듯 쌀쌀하면서도 다정도 하다. 성결한, 숭고한, 존엄한 그의 위력에 나는 다시 내 자리로 쫓겨 들어 왔다.

– 이희승, 「청추수제(淸秋數題)」 중에서

여기서 유의할 것은 목적의식이 너무 강한 나머지 주제를 소홀히 해서는 안 된다는 점이다. 그렇게 되면 글의 내용이 빈약하게 되어 바라는 글의 목적도 달성하기가 어렵다. 이것은 마치 어떤 작품을 만드는데 실용적인 면만 중시하다가 그 예술적 가치나 내용의 충실성을 소홀히 하는 경우와 같다. 목적의식이 강하고 주제가 약한 글은 선전광고문처럼 천박한 것이 되기 쉽다는 것을 기억해야 한다.

(2) 글의 목적을 정하는 순서

글의 목적을 정하는 데는 첫째로, 그 글이 대상으로 하는 독자가 어떤 사람들이 될 것인지를 알아 두어야 한다. 어린 학생들인가, 중고등학생 또는 대학생 이상인가, 일반 성인들인가, 여성 또는 남성에 한정되는가, 아니면 그 밖의 어떤 특정한 사람들인가 등을 먼저 예상해 두어야 한다. 목적은 독자의 차이에 따라 달라질 수가 있기 때문이다. 둘째로, 글의 목적을 정하려면 독자에게 무엇을 전달할 것인지를 결정하여야 한다. 무엇인가 새로운 지식이나 정보를 알려서 도움을 주려는 것인지, 그들을 일깨우거나 설득시켜서 어떤 행동을 하도록 할 것인지, 아니면 단순히 감상을 표현 전달하는 데 그칠 것인지 등을 결정해야 한다. 글의 목적은 필자가 독자에 대하여 어떤 의도를 가지느냐에 따라 결정되는 것이기 때문이다.

5. 제목을 정하는 방법

제목 또는 표제란 글에 붙인 이름이라고 했다. 무릇 사람이나 사물에 이름이 있어서 서로 구별하듯이 글에도 제목을 붙여서 다른 글과 구분을 한다. 그뿐 아니라 제목은 글의 얼굴과 같은 구실도 한다. 제목이라는 얼굴은 그 글에 대한 첫인상을 낳게 하며 그 내용에 대한 암시를 준다. 따라서 제목은 되도록 인상 깊은 말로 표현하고 글의 내용과도 관련이 있는 것으로 정하는 것이 상례이다.

제목은 대체로 다음 세 가지의 부류로 나누어진다.

① 주제와 관련된 제목
② 목적과 관련된 제목
③ 쓸거리 전체 또는 일부와 관련된 제목

①은 글의 내용 면을 강하게 드러내고, ②는 필자의 의도를 직접 나타내는 효과가 있다. ③은 글의 대체적인 윤곽을 암시하는 경향이 있다. 물론 이들 세 가지를 적절히 어울려서 지은 제목도 많다.

(1) 주제와 관련된 제목

글의 주제를 드러내는 제목으로는 다음과 같은 것들이 있다.

- 약이 무섭다 (윤지현)
- 기다리는 용기 (김찬국)
- 어울려서 산다 (조일문)
- 병주고 약주고 (이병복)
- 대지의 씨알이 되어 (가톨릭 주보)
- 끈끈한 인정 살맛 느껴 (장금숙)
- 꾸지람까지도 그립다 (정양완)
- 악수와 절의 범벅 (한창기)

'약이 무섭다'는 약을 소재로 한 글이다. 약의 부작용이 큰 경우가 많아서 함부로 먹기 두려움을 표현한 글인데, 그 내용의 요지, 즉 주제를 제목에서 드러내고 있다. 나머지 글에서도 핵심 주제를 제목으로 직접 나타내고 있다.

이처럼 주제를 제목으로 하는 글은 핵심이 뚜렷이 부각되는 장점이 있다. 그래서 주제를 특별히 강조하고 싶은 경우에는 이런 제목을 택하는 것이 좋을 것이다. 그러나 이는 글의 내용을 너무 훤히 내다보이는 흠이 있다. 그래서 주제를 점진적으로 드러내서 절정감을 이루려는 글 따위에서는 걸맞지 않다. 또한 글의 함축미가 모자란 점도 한 가지 흠이라 할 수가 있다.

(2) 목적과 관련된 제목

글의 목적과 관련된 제목으로는 다음과 같은 것들이 있다.

- 더 잘 먹이자 (조일문)
- 어리석어 봅시다 (오동춘)
- 민주의 기본 질서를 되찾자 (장덕순)
- 남의 나라말과 얼른 친하려면 (니콜라스 밀리)
- 작은 모임을 많이 갖자 (손세일)
- 생명의 잔치에 동참하라 (법정)
- 남의 도움을 바라지 말고 도와주라 (정약용)
- 줄 것은 주고 버릴 것은 버리고 (방혜자)
- 많이 먹고 많이 일하면 건강하다 (김숙희)

이런 목적과 관련된 말을 제목으로 하는 글은 독자에게 무엇인가 일러 주거나 행동으로 유도하려는 경향이 짙다. 물론 그런 글에도 주제는 있게 마련이지만 목적의식이 더 강하게 드러나는 점이 특정이다. 그런데 이는 주제를 제목으로 하는 경우와 마찬가지로 글의 목적이 너무 뚜렷하게 부각되는 면이 있다. 그래서 글의 은근한 맛이 적고 다소 선동적이고 실리적인 면이 두드러진다. 따라서 순수문예 작품에서는 이런 제목은 많이 쓰이지 않는다. 그러나 논술문 등에서는 무방한 제목들이다.

(3) 쓸거리 전체 또는 일부와 관련된 제목

제목이 쓸거리 전체와 관련된 경우는 다양하다. 그 가운데서 대표적인 것들을 예를 들어 보면 다음과 같다.

첫째, 주인공 또는 다루는 사물 명을 제목으로 하는 경우이다.

- 홍길동전 (허균)
- 광개토대왕 (천관우)
- 이순신 (이은상)

• 김옥균과 서재필 (송건호)
• 현진건론 (신현윤)
• 순교자와 증거자들 (한국교회사연구소)
• 지역패권주의 한국 (남영신)
• 백두산의 두메양귀비와 구름국화 (이유미)

이런 제목은 고전 소설이나 인물평, 전기류의 글 또는 지명이나 특정 사물 전체를 다루는 글에서 많이 볼 수 있다. 이런 경우는 제목이 그 글에서 다룰 쓸거리의 범위 전체를 가리키는 것이 상례다. 예를 들어 홍길동전은 홍길동과 관련된 모든 사항을 포함하는 제목이 되는 것이다.

둘째, 쓸거리의 일부와 관련된 제목의 예는 다음과 같다.

• 밀려난 사람들의 체온 (유경환)
• 천하를 주어도 바꿀 수 없는 존재들 (조규철)
• 기다림 끝에 오는 비 (강은교)
• 살아있는 날의 소망 (박완서)
• 축소 지향의 일본인 (이어령)
• 눈물 없는 여자의 눈물 (김성령)
• 말의 가락의 중요성 (이상섭)
• 과학적 사고와 건강관리 (서유헌)

위 제목들은 쓸거리를 한정하는 말이 나타나 있다. 가령 '밀려난 사람들의 체온'은 사람 전체가 아니고 그 가운데 밀려난 사람들만 한정되는 것이다. 이렇게 제목이 한정된 쓸거리를 가리킬 경우에는 다룰 범위가 좀 더 확실해지는 이점이 있다. 그렇지만 너무 지나친 한정은 제목의 함축미가 모자란다는 흠이 있을 수 있다. 따라서 상황이나 필자의 의도에 따라 알맞은 제목을 정하도록 힘써야 한다.

6. 쓸거리, 주제, 목적, 제목의 관계

위에서 설명한 것을 간추려서 쓸거리, 주제, 목적 그리고 제목의 관계를 살펴보자. 다음 표는 이들 4가지가 각기 달리 나타날 경우를 견주어 본 것이다.

쓸거리	주 제	목 적	제목
나의 아버지	나의 스승	훌륭함을 알림	나의 아버지
정서 교육	정서 교육의 빈곤	정서 교육을 강조함	정이 흐르는 교육
동경하는 세계	먼 나라의 그리움	정서 공감을 바람	구름 밖에
가을	기쁨과 희망의 계절	가을의 새로운 면을 보임	가을은 슬픈가
나의 한 친구	유능한 인물	숨은 인재를 소개함	희한한 친구
한 옛 조각 작품	가난한 예술가의 정신	선인들의 작품을 소중히 여기자	쟁이의 숨결
콩나물	볼품없는 것이 오히려 안전함	한가지 생활 지혜를 일깨움	나물과 농약
닭싸움에 대한 고상	예술은 오랜 수련으로 되는 것	예술가의 길을 한가지 밝힘	예도(藝道)
대학 생활	심성의 개발	대학 생활의 목적을 동료에게 일깨움	대학 4년은 무엇 때문에

6

글의 구성법과 개요의 작성법

1. 글의 구성법 – 3단 구성법

글의 핵심인 주제와 목적을 결정한 다음에 할 일은 그것을 가장 효율적으로 전개하는 일이다. 그런데 막상 주제나 목적에 따라 글을 펼쳐 나가려 하면 다소 막연한 느낌이 드는 것이 보통이다. 어떤 것부터 다루기 시작하여, 어떤 차례로 펼쳐 나가야 할지 얼른 갈피를 잡기가 어렵게 느껴진다. 따라서 우리는 글을 써 나가기에 앞서 무슨 내용을 먼저 다루고 어떤 사연을 그 다음에 펼쳐 나갈 것인지 대체적인 줄거리를 만들 필요가 있다. 이것이 글의 구성 작업이다.

글의 구성법 가운데 가장 통상적으로 쓰여 왔던 것은 이른바 3단 구성법이다. 이는 글을 첫머리(beginning, 서두, 들머리, 서론), 본론(body, 본문, 본체), 마무리(ending, 결어, 결론)의 3단계로 나누어 짜는 것을 말한다.

이 구성법은 아리스토텔레스 이래로 구성법의 기본 원리처럼 여겨져 오는 것이다. 마치 동물이 머리, 몸, 꼬리의 세 부분으로 나눠지듯 그리고 모든 일이 시작, 진행, 끝으로 나뉘듯이, 글도 3단계로 이루어져야 마땅하다는 것이다. 이 구성법이 가장 엄격히 지켜지는 글은 논문 따위의 격식적인 글인데 이 경우에는 각 단계의 이름을 특히 서론introduction, 본론main body, 결론conclusion이라 부르고 있다.

(1) 첫머리에서 다룰 내용

3단 구성법에 따르면, '첫머리(서두)' 또는 '서론'은 대체로 예비적 단계 또는 길잡이의 구실을 하는 부분이다. 이 단계에서 언급할 수 있는 것을 열거해 보면 대개 다음과 같은 것들이다.

① 글을 쓰는 동기나 목적
② 다룰 문제의 범위나 성격
③ 문제를 다루는 이론이나 방법
④ 그 밖의 필요한 예비적 사항

이런 사항 가운데 한 두어 가지를 간단히 말하고 들어가는 것이 첫머리에서 하는 일이다. 유의할 일은 이 첫머리에서는 글의 본격적인 내용을 다루지 않는 것이 상례라는 점이다. 물론 첫머리 단계를 두지 않고 바로 본론으로 들어가는 글도 가끔 볼 수 있지만 첫머리를 일단 거쳐서 본론으로 들어가는 글에서는 그 한계가 뚜렷해야 한다. 첫머리에서 본론 부분의 내용까지 다루게 되면 혼선이 오기 때문이다. 또한 첫머리는 전체 글의 분량에 비해서 너무 길어도 안 된다. 대체로 전체의 10분의 1 이내가 알맞다.

(2) 본론에서 다룰 내용

'본론' 또는 '본체'는 글의 내용을 본격적으로 다루어 펼치는 부분이다. 본론은 글자 그대로 글의 가운데 토막이므로 글의 내용을 남김없이 다루어야 하는 부분이다. 이 부분에서는 대체로 다음과 같은 요령으로 글 내용이 전개된다.

① 다룰 내용을 몇 갈래로 나누어서 부문별로 다룬다.

② 각 부문별로 문제를 제시하면서 필요한 풀이, 분석, 예시, 인용, 입증 따위의 방법으로 전개해 간다.

③ 각 부문마다 결론을 짓고 내용을 정리하면서 서술한다.

글에 따라 다르기는 하지만 대체로 이상과 같은 방식으로 본론이 이루어진다.

(3) 마무리에서 다룰 내용

'마무리' 또는 '결론'에서는 본론을 서술하는 과정에서 밝혀진 주요 내용(주로 각 부문별 결론이나 전체적 결론)을 간추려서 다시 상기시키고 다짐하는 것이 상례이다. 이를 좀 더 구체적으로 말하면 다음과 같다.

① 본론에서 다룬 내용 가운데 중요한 것만을 요령 있게 간추린다. 본론의 각 부문별로 요지나 결론을 간추리기도 하고 글 전체의 요점이나 결론을 한 눈에 볼 수 있도록 요약하기도 한다.

② 간추림의 첫째 목적은 본론에서 다룬 요점을 누구나 쉽게 알아볼 수 있도록 하기 위함이다. 따라서 간추린 내용은 본론에서 이미 다루어서 드러난 것에 한정되어야 한다. 새로이 추가되는 내용이어서는 안 된다. 또한 간추

림에서는 가장 중요한 점(또는 요지, 요점, 결론, 주제 따위)만을 간결하게 나타내야 한다. 부연 설명이나 논의 따위는 필요 없다.

③ 간추림의 둘째 목적은 본론에서 다루어진 요점을 마지막으로 다시 한 번 상기시키고 다짐함으로써 글의 표현 강도를 크게 하기 위한 것이다.

④ 이 밖에도 마무리에서는 몇 가지 언급이 있을 수 있다. 이를테면 글에서 미처 다루지 못한 미진한 점 또는 앞으로 그 문제가 어떻게 다루어졌으면 좋겠다는 전망이나 희망들이 덧붙여지는 따위이다. 이런 덧붙임은 필수적인 것은 아니므로 필요에 따라 할 수 있다.

전통적인 3단 구성법이 가장 충실히 지켜지고 있는 글은 논문(주로 학술 논문)이다. 학위논문 등의 논문은 전통적으로 엄격한 격식을 갖추는 글이기 때문이다. 여기에 준하는 일반 논문(논설문) 등에서도 이 3단 구성법이 대체적으로 지켜지고 있다. 그 밖의 설명문 등에서도 기본적으로 3단 구성법이 적용되고 있다. 그러나 비격식적인 수필 따위의 글에서는 엄격한 3단 구성법이 글의 흐름을 딱딱하게 할 수도 있다 하여 그런 형식성에 구애받지 않으려는 경향이 있다. 그래서 필자에 따라서는 첫머리나 마무리 과정을 의식적으로 피하고 자유로운 구성을 이루어 가는 수도 있다. 그렇다 하더라도 모든 글이 시작과 진행과 끝이 있는 이상 모든 글의 바탕에는 이 3단 구성법이 어떤 형식으로든 관련되고 있다고 할 것이다.

전통적인 구성법으로서는 3단 구성법 외에 4단 구성법과 5단 구성법이 있다. 그런데 이 구성법은 한시漢詩나 소설 등 특정한 글의 구성법으로 알려진 것이다. 여기서 참고로 간단히 설명을 한다. 4단 구성법은 본시 절구체絶句體 한시의 서술 체계인 '기구起句, 승구承句, 전구轉句, 결구結句'의 4단계 구성법을 말한다. 기구에서 시사詩思를 제기하며, 승구에서는 그 제기된 내용을 이어 받아 전개시키고, 전구에서는 시의詩意를 한번 돌리어 전환하며, 결구에서는 전체 시의를 종합하여 전편을 거두어서 끝을 맺는다. 이 구성법은 흔히 '기승전결'의 구성법으로 알려져 있으며 일반 글의 구성에서도 활용될 수 있다고 말하는 이도 있다. 그러나 이는 한시라는 특정한 글을 이루는 구성법이므로 일반 산문에는 함부로 적용키 어려운 점이 있다.

5단 구성법은 소설 등 문학 작품의 구성법으로 알려진 것이다. 발단發端, 전개展開, 위기危機, 절정總頂, 결말結末의 5단계로 글을 전개할 경우에 쓰이는 것이다. 이런 구성법은 전통적인 소설 구성법의 본보기로 마련된 것이므로 일반 산문에서는 좀처럼 적용키 어렵다.

2. 재료의 배열 순서에 따른 구성법

앞에서 말한 3단 구성법은 거의 모든 글쓰기에서 고려해야 할 전통적인 구성 원리이다. 그러나 이 원리는 첫머리, 본론, 마무리의 각 단계가 어떻게 이루어지는지에 대해서는 자세히 밝혀 주지 못하는 흠이 있다. 특히 글의 대부분을 차지하는 본론을 어떤 방법으로 전개해야 할 것인지에 대해서 구체적으로 제시하지 못한다. 따라서 이러한 3단 구성의 모자란 점을 채워서 좀 더 구체적인 길잡이 구실을 할 수 있는 구성법이 필요하게 된다.

여기서 다루고자 하는 '재료의 배열 순서에 따른 구성법'은 3단 구성법의 결함을 보완하여 글의 줄거리를 좀 더 구체화할 수 있는 방식이다. 무엇보다도 이 구성 방식은 글의 내용을 이루는 재료를 중심으로 줄거리를 짜는 것이 특징이다. 즉, 재료의 성격에 따라 일정한 배열 순서를 정하고 몇 갈래로 구분하여 체계화하는 것이다. 이를테면, 어떤 재료는 시간적 또는 공간적 순서대로 배열한다든지 또 어떤 재료는 논리적 순서로 배열하도록 줄거리를 짜는 따위이다. 이런 배열방식은 3단 구성법으로 나뉜 각 부분, 특히 본론(본체) 부분을 더욱 세부적으로 펼치는 데 유용한 것이다.

일반적으로 글에 쓰이는 재료(낱말이나 문장)는 시간적 순서, 공간적 순서, 논리적 순서의 3가지 순서에 따라 배열된다.

시간적 순서는 일이 발생하고 진행되고 종결되는 차례를 말한다. 이 순서에 따라 글의 내용을 엮는 방법은 자연 발생적 순서에 따라 줄거리를 만드는 것이다. 공간적 순서는 사물이 일정한 자리에 펼쳐져 있을 경우에 주어지는 거리, 방향들에 따른 순서이다. 필자를 중심으로 멀고 가까움, 앞, 뒤, 옆 등의 위치 관계에 따라 글의 줄거리를 엮으면 공간적 순서에 따른 구성법이 된다. 논리적 순서란 시간적 순서와 공간적 순서에 따른 구성법 이외의 경우를 통틀어 말한다. 즉, 각 개념들 사이의 순리적인 연결 관계에 따라 재료를 늘어놓는 방식이다.

'재료의 배열 순서에 따른 구성법'은 3단 구성으로 나뉜 첫머리, 본론, 마무리의 각 부분을 더욱 세부적으로 구성하는 데 쓰일 수 있다. 그러나 만일 3단 구성을 하지 않을 때에는 글 전체를 통틀어서 이 배열 순서만으로 엮을 수도 있다. 즉, 글의 첫머리부터 시간적 순서, 공간적 순서 또는 논리적 순서에 따라 재료를 배치하여 줄거리를 만들 수가 있는 것이다.

(1) 시간적 순서에 따른 구성법

시간적 순서에 따른 구성법은 일의 발생, 진행 등의 시간적 경과에 따라서 글의 줄거리를 엮는 방식이다. 예를 들어 자신이 겪은 하루의 일과를 기록하는 일지 등을 쓰기 위해서는 시간적인 매듭을 항목으로 세워 나가면 하나의 시간적 구성이 된다.

• 새벽 → 아침나절 → 점심나절 → 저녁

이 시간적 구성법은 전기류의 글에서 많이 볼 수가 있다. 예를 들면, 어떤 이의 전기를 순전히 시간적 기점을 바탕으로 줄거리를 엮는 경우이다.

• 어린 시절 : 유년기, 소년기
• 수학 시절 : 국내 수학 시절, 해외 유학 시절
• 중·장년기 : 교단생활, 사회 활동

일반으로 역사를 서술할 경우에는 큰 줄거리는 시간적 순서로 이루어지게 마련이다. 우리의 국사를 상고사, 중고사, 중세, 근세, 현대의 시대적 구분으로 엮은 것은 시간적 구성이다. 어떤 역사 서술에서는 시대와 왕조들을 섞어 가며 구성을 하는 수도 있다.

한편 기행문, 활동 보고 같은 것도 시간적 구성으로 다루어지는 경우가 있다. 예를 들어 기행문의 줄거리를 다음과 같이 날짜에 따라 엮는 경우이다. 다만 여기서 괄호 안처럼 항목을 정한다면 순수한 시간적 구성은 아니다. 그것은 뒤이어 말하는 공간적 구성이라 할수 있다.

• 1일 (김포의 밤하늘)
• 2일 (동경의 이모저모)
• 3일 (호놀룰루의 낮과 밤)

시간적 구성은 일이 되어 가는 시간적 관계에 따라 엮어 가는 것이므로 시점의 구분만 알맞게 해주면 비교적 손쉽다. 그런데 이 구성법은 자연 시간의 흐름에만 좇아서 글을 이어가므로 단조로운 면이 있다. 심한 경우에는 무미건조한 이른바 연대기적인 서술과 비슷한 것이 될 염려도 있다. 따라서 이 구성법은 특수한 경우 외에는 다른 구성법과 섞어서 그 결점을 보완하도록 하는 것이 바람직하다.

(2) 공간적 순서에 따른 구성법

공간적 순서에 따른 구성법이란 사물의 공간적 배치 관계에 따라 글의 줄거리를 짜는 것을 말한다. 가령 어떤 집의 모습을 서술하는 글이라면 다음과 같은 공간적 구성을 생각해 볼 수가 있다.

대문 → 사랑채 언저리 → 안마당 풍경 → 안채의 이모저모

일반으로 공간적 구성은 시간적인 변화와 무관한 공간적 배치 상황을 글로 표현할 때 쓰이는 구성법이다. 이 구성법은 건물의 내부 구조, 학교 캠퍼스, 공원, 산과 들의 모습 따위를 나타내는 글을 구성할 때 많이 쓰인다. 때에 따라서는 사람의 용모 등을 서술하는 데도 이 구성법이 바탕이 된다.

공간적 구성은 동일한 대상이라도 관점에 따라 몇 가지로 달라질 수 있다. 앞에 보인 구성은 집의 대문에서 점차 안으로 들어가는 순서에 따라 이루어진 구성이다. 그런데 반대로 안쪽에서 나오는 순서에 따라 구성을 할 수도 있다. 따라서 이 구성법에서는 우선 어떤 관점에서 구성을 할 것인지를 생각해야 한다. 이 경우에 유의할 것은 한 관점에 따라 일관성 있게 구성할 일이다. 즉, 대문에서 집 안쪽으로의 순서에 따라 구성하기로 하였으면 그 관점을 계속 밀고 나가야 한다. 도중에 관점을 바꾸어서 집 안쪽에서 대문으로의 순서와 혼합하면 안 된다. 그렇게 되면 독자는 글의 내용을 파악하는 데 혼선을 일으킨다.

공간적 구성은 정지된 공간적 상태를 서술 또는 묘사하는 데 쓰인다고 하

였다. 움직이는 사물이나 인물이라도 일정한 시점에서 정지된 상태로 파악할 수 있을 때에는 이 구성법이 적용된다. 예를 들어, 여행을 하고 있는 사람이 기행문을 쓸 경우를 보자. 그 사람이 출발한 이후 여러 곳을 차례로 돌아다니다가 돌아오기까지의 과정을 시간의 흐름에 따라 서술하면 시간적 구성이 된다. 그러나 그 여행가가 어느 한 지점에 이르러서 그 곳의 상황을 서술할 때는 공간적 구성법이 적용된다. 즉, 풍물, 경치, 지리적 특색 같은 서술에는 공간적 구성법을 써야 한다. 많은 경우에 공간적 구성은 시간적 구성과 서로 어울린다. 특히 기행문과 같은 글에서 이러한 어울림이 이루어지는 일이 많다.

예문 1

1. 아침 : 화엄사 도착
안개 속의 화엄사 경내
화엄사 계곡을 따라서
2. 점심 : 노고단 입구 도착
노고단을 바라보며
산길을 따라서
3. 저녁 : 노고단 정상 도착
뭇 봉우리를 굽어보며
하늘, 해, 푸르름의 조화

위의 예문과 같이 시간적 순서에 따라 큰 줄거리를 잡고 일정 시점에서 벌어진 일들은 공간적 순서로 엮는 것이다.

이상에서 공간적 구성이 시간적 구성과 함께 어울려 좀 더 다양한 구성을 이루게 됨을 보았다. 그런데 이 두 가지는 추상적이고 논리적인 글의 구성에는 적용되지 못한다. 이들은 주로 가시적인 세계를 서술하거나 묘사하는 데 쓰이는 것이다. 따라서 추상적인 세계의 표현을 위주로 하는 글의 구성법, 즉 논리적 구성법은 따로 살피지 않을 수 없다.

(3) 논리적 순서에 따른 구성법

논리적 순서에 따른 구성법이란 글을 이루는 자료들 사이의 논리적인 관계를 바탕으로 줄거리를 엮는 것을 말한다. 즉, 시간이나 공간적인 여건을 따르는 것이 아니고 개념들 사이의 순리적인 연결 관계에 따라 배열하는 것이다. 이 구성법은 사실상 시간과 공간적인 순서에 따른 구성법 이외의 모든 경우를 망라한다.

논리적 순서는 크게 특수화의 순서, 일반화의 순서, 찬반의 순서 3가지로 나누어 볼 수가 있다.

특수화의 순서란 일반 사항을 앞에 내세우고 그 뒤에 그것을 세부적인 사항으로 분석하여 뒷받침하도록 하는 것이다. 일반화의 순서란 특수화의 순서와는 반대로 일반 사항을 마지막에 제시하도록 하고 그 앞에 바탕이 되는 세부적인 사항을 나열하는 방식이다. 찬반의 순서란 서로 엇갈리는 자료를 절충하면서 제시하는 방식이다. 논리적 순서는 모두 이 3가지 가운데 한 가지로 집약될 수가 있다.

① 특수화의 순서에 따른 구성법

특수화의 순서에 따른 구성법은 일반 사항(대개는 글의 주제에 해당함)을 앞부분에 제시하고 그것을 관련된 세부 사항으로 나누어서 줄거리의 소항목을 세우는 방식이다. 먼저 예문을 들어 보기로 한다.

예문 2

주제 : 예술적 지식의 사회적 유용성 —— (일반사항)

1. 교양을 높임 —— (세부사항)
2. 정서를 순화
3. 생활을 즐겁게 함
4. 예술문화의 발전

주제를 관련된 세부 사항으로 나누어 봄으로써 간단한 줄거리를 이루고 있다. 웬만한 글일 경우에는 이 정도의 항목 나눔만 가지고도 좋은 길잡이로 삼을 수 있다.

더 길고 복잡한 내용의 글을 쓰려고 할 경우에는 각 항목을 잘게 나누어서 줄거리를 만들 수도 있다. 거기에 다시 첫머리와 마무리를 앞과 뒤에 덧붙인다면 더욱 잘 갖추어진 줄거리가 될 것이다.

예문 3

주제 : 예술적 지식의 사회적 유용성

1. 첫머리
2. 교양을 높임
3. 정서를 순화
   ① 심미적 측면
   ② 청각적 측변
   ③ 그 밖의 측면
4. 생활을 즐겁게 함
   ① 고독감의 탈피
   ② 즐거움의 창조
5. 예술문화의 발전
   ① 예술 작품의 보편화
   ② 예술인들과의 교류
6. 마무리

이 구성법을 좀 더 구체적으로 익히기 위해서 구성의 실제 과정을 살펴보고자 한다. 가령, 어떤 지방 행정 기관이 예산을 낭비하는 경우를 글로 쓰고자 한다고 해보자. 이때의 주제는 '예산낭비'라고 할 수 있으므로 그것을 몇 가지의 구체적인 사례로 구분하여 다루고자 할 것이다. 먼저 대체로 다음과 같이 여러 사례를 생각나는 대로 순서 없이 적어 보도록 한다.

예문 4

주제 : 예산 낭비

1. 소수인들을 위한 놀이터 시설
2. 비생산적인 위락 시설의 확충
3. 불필요한 도로의 신설
4. 도로의 지나친 확장 공사
5. 임시 직원의 과다 채용
6. 공사 도급자의 임의 지정
7. 지나친 행사비의 지출
8. 사무비의 과다 지출
9. 접대비의 과다 지출
10. 고급 실업자를 위한 취로 사업

위의 사항들을 모두 구성 항목으로 해서는 글의 짜임새가 허술해질 것이다. 이들 가운데 비슷하거나 겹치는 것은 합쳐서 줄이고 또 너무 사소한 것들은 빼버리는 것이 좋다. 이러한 조정 과정을 거쳐 다음과 같은 줄거리를 마련해 볼 수가 있다.

예문 5

주제 : 예산 낭비

1. 불필요한 위락시설	1, 2
2. 석연찮은 도로의 신설과 확장 공사	3, 4, 6

① 불필요한 도로의 신설과 확장

② 공사비의 낭비

3. 인건비의 낭비 5, 10

① 임시 직원의 과다 채용

② 고급 실업자를 위한 취로 사업

4. 그 밖의 낭비 7, 8, 9

① 지나친 행사비 지출

② 과다한 사무비 지출

③ 과도한 접대비 지출

위와 같이 단순한 하위 분석으로 줄거리를 엮을 수 있는 주제는 대개 들짐승이나 가축의 특성, 신입생이 부딪치는 문제점, 여성들의 강점과 약점, 도시와 농촌 생활의 차이점, 시민 정신, 공중도덕, 책의 유용성 등과 같은 것들이 있다.

위의 경우와는 달리 일반 사항을 성립시키는 조건을 세부적으로 분석하여 줄거리를 만들어야 할 경우가 있다. 다음 예문과 같은 경우에는 일반 사항(주제)에 대하여 그 성립 조건을 몇 가지로 나누어 항목을 정한 것이다.

예문 6

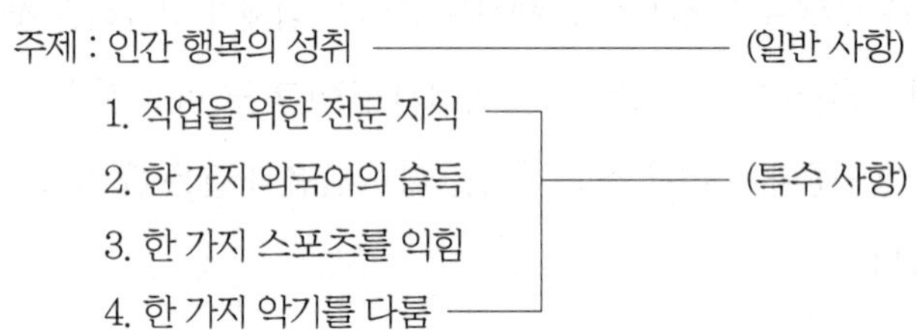

위의 주제는 여러 가지 각도에서 분석이 가능하겠지만, 그것을 성취하는 데 필요한 조건으로 분석해 본 것이다. 이런 경우에는 그런 조건 분석이 더

알맞은 것이다. 또 '민주주의의 실현 가능성'이라는 주제를 다루는 글에서도 '실현 조건' 면에서 분석을 해 나갈 수 있을 것이다. 실제로 시도해 보기 바란다.

다음과 같은 경우에는 인과 관계에 따라 일반 사항을 세부적으로 분석하는 것이 알맞다고 여겨진다. 일반 사항은 결과 또는 결론이 되고 그 원인이 되는 세부 사항을 열거함으로써 줄거리를 짜는 것이다.

예문 7

주제 : 한국은 일본에게 나라를 빼앗겼다. ———— (일반 사항 : 결론)

1. 한말의 쇄국정책으로 근대 문화의 유입이 뒤졌다.
2. 열강 사이에 끼어 국론이 분열되었다. — (세부 사항)
3. 국력 배양이 소홀했다.
4. 위정자들이 우매하고 민족 반역자가 많았다.

위와 같은 경우에 그 원인으로 여겨질 수 있는 사항은 헤아릴 수 없을 만큼 많을 것이다. 가까운 원인, 먼 원인 그리고 여러 관점에 따른 원인이 얼마든지 열거될 수가 있다. 그런데 필자는 자기가 보는 관점에서 가장 중요하다고 생각하는 것 또는 그 가운데 일부를 선정하여 위와 같은 원인 분석을 한 것이다.

다음 예문도 결과를 주제로 삼고 그 원인을 분석하여 줄거리를 만든 경우이다. 결과에 대한 가능한 원인을 내세우고 첫머리, 마무리를 추가하고 있다.

예문 8

주제 : 자전거가 옛날의 영광을 되찾아 가고 있다.

1. 첫머리

2. 기름이 안 든다.
3. 도시 교통에 도움이 된다.
4. 건강에 좋다.
5. 공해가 없다.
6. 마무리

위의 경우처럼 일반 사항이 필자의 적극적인 주장을 나타내는 명제일 경우에는 그 근거를 몇 갈래로 나누어 보여줄 필요가 있다. 필자가 독자에게 내세우는 주장(의견이나 결론)을 일반 사항으로 하고 그 합리적인 근거를 세부적으로 보여주어 뒷받침하는 줄거리이다.

② 일반화의 순서에 따른 구성법

일반화의 순서에 따른 구성법은 일반 사항을 마지막에 제시하도록 글을 엮는 것이다. 글의 마지막 부분에 가서 일반 사항을 순리적으로 이끌어 낼 수 있도록 앞부분에서는 그 바탕을 마련하는 구성법이다. 이런 짜임새는 대부분의 경우에 특수화의 순서와는 정반대 형식이 된다. 세부 사항을 먼저 나열하여 제시하고 끝부분에 일반 사항을 제시하기 때문이다. 간단한 예를 보이면 다음과 같다.

예문 9

1. 대부분의 지상 광고는 물질에 대한 것이다.
2. 대다수의 광고는 건전한 삶과 정신적 성장에 꼭 필요한 것이 아니다.
3. 많은 광고는 저속한 호기심을 일으킬 뿐이다.

주제 : 금성에서 내려오는 손님은 지구에는 물질문명이 극도로 발달했다는 인상을 받을 것이다 (일반 사항).

앞부분에 광고의 몇 가지 특성을 들어보이도록 하여 주제를 이끌어 내는 근거로 삼고 있다. 곧 특수 사항을 바탕으로 한 일반화의 순서를 보이고 있다. 그런데 일반화의 순서에서는 앞의 세부 사항들이 점층적으로 나열되는 수가 많다. 각 항목들이 대등하게 나누어지는 것이 아니라 그 중요도 또는 주제와의 관련성이 점차 커지도록 배열이 된다는 것이다. 그렇게 함으로써 마지막의 일반사항이 제시될 단계에서는 절정을 이룰 수 있게 하는 경우이다.

예문 10

1. 나랏일은 우리 모두의 일이다.
2. 나랏일은 알고 관심을 가져야 한다.
3. 모든 잘잘못은 공개적으로 논의되어야 한다.
4. 최선의 의견들이 교류되어야 한다.
5. 이런 언로가 막히는 것은 혈맥이 막히는 것이다.

주제 : (결론) 언론 자유는 민주주의의 심장이다.

위에서 보듯이 1항에서 5항에 이르기까지의 각 항은 주제와의 관련성이나 중요성이 차츰 커져 가고 있다. 그렇게 함으로써 주제를 제시할 단계에서는 절정감을 조성하도록 할 수 있다. 이런 방식은 '점층법' 또는 '절정의 순서order of climax'로 알려져 있다. 이런 점층적인 방식은 문예적인 글에서 더러 볼 수가 있다. 독자로 하여금 큰 감동을 느낄 수 있게 하는 글의 기법이기 때문이다. 여느 글에서도 주제 제시를 인상 깊게 하려는 목적으로 이 방식이 가끔 쓰이고 있다. 그러나 이 방식으로 글을 엮는 데는 상당히 익숙한 솜씨가 필요하다. 각 항목을 차등 있게 설정하여 점층적으로 내용을 고조시키는 일이 쉽지 않기 때문이다. 따라서 여느 일반화 순서의 방식을 충분히 익힌 다음에 이 방식을 점차 시도해서 숙달하는 것이 바람직하다.

③ 찬반의 순서에 따른 구성법

'찬반의 순서'란 서로 엇갈리는 내용을 절충하면서 제시하는 방법이라 했다. 이 순서에 따라 글을 구성하는 데는 주제를 떠받드는 내용과 그 반대되는 내용을 적절히 나열하여 줄거리를 엮으면 된다. 이제 그 실례를 먼저 보자.

예문 11

주제 : 존댓말은 변하나 없어지지 않는다.

1. 첫머리
2. 존댓말은 변한다.
   ① 존대 의식의 변화
   ② 존대 표현의 변화
   ③ 존대법 체계의 변화
3. 존댓말은 없어지지 않는다.
   ① 존댓말의 사회적 기능
   ② 사회적 기능의 영원성
4. 마무리

곧 앞부분에서 존댓말이 변하고 있음을 제시한 다음에 뒷부분에 가서 그것이 불멸의 성질을 지녔음을 서술하도록 짜여 있다. 결국 서로 대립되는 두 가지 견해를 대비하면서 결론적으로 현대 존댓말의 한 특성을 주제로 내세우고 있다.

다음 예문은 여성의 직업 문제에 대한 일반적 통념과 예측되는 반대 주장을 서로 낱낱이 제시하면서 엮은 줄거리이다.

예문 12

주제 : 여성의 취업 여건은 향상되고 있다.

1. 직업여성에 대한 편견 – 감소되는 추세
2. 여자의 생리적 불리함 – 의지력과 지적 능력으로 극복
3. 여성의 야근과 출장의 어려움 – 사회적 이해로 점차 극복되고 있음
4. 여성의 사무 능력 부족 – 남성들의 편견

각 항에서 주제와 어긋나는 조건이 제시되고 있고 각각 전자를 반박하여 절충함으로써 주제를 떠받드는 방향으로 글 내용을 엮고 있다.

위와 같은 찬반의 순서에 따른 구성은 주제에 대하여 예상되는 반대 의견이 있을 수 있는 경우에 그것이 본질적인 것이 아니라는 점을 미리 반박하는 방식인 것이다. 이런 방식은 자신의 주장인 주제를 좀 더 강력히 내세우는 한 방편이 된다.

3. 개요의 작성법과 줄거리의 형식

개요outline는 글의 구성 내용을 한 눈에 볼 수 있도록 표로 나타낸 것이다. 곧 개요는 구성 내용을 형식화한 것이다. 개요에는 구성 내용의 각 항목 이외에 글의 제목이나 주제 또는 목적 등을 함께 표시하는 수도 있다. 구성 항목만 적어 놓아도 줄거리의 형태를 이루는 것이지만 거기에 제목이나 주제 등을 첨가하여 글의 내용적 성격을 좀 더 자세히 알아볼 수 있게 하는 것이다.

예문 13

제목 : 애국지사 김덕구

주제 : 빛나는 한평생

목적 : 보람 있는 삶을 널리 알려 후대의 귀감이 되게 함

1. 첫머리
2. 어린 시절
   ① 유년기
   ② 소년기
3. 수학 시절
   ① 국내 수학시절
   ② 외국 유학시절
4. 장년기
   ① 교단생활
   ② 사회 활동
   ③ 구국 활동
   ④ 지도자 생활
5. 노년기
   ① 저술 활동
   ② 은퇴 생활
6. 마무리

7
단락을 이루어 전개하는 방법

1. 줄거리와 단락을 전개하는 방법

앞에서 우리는 글의 구성법을 살펴보았다. 그것은 붓을 들고 글을 써나가기에 앞서 글의 줄거리를 짜는 일이었다. 이제 그런 구성 작업을 통하여 이루어진 줄거리에 따라 실제로 글을 써 나가는 일에 관해서 살피기로 한다. 말하자면 뼈대에 살을 붙여서 글의 모습을 완성하는 전개 과정을 고찰하려는 것이다.

우선 다음과 같은 글의 개요에 따라 글을 펼치는 경우를 예로 하여 살펴 나가기로 한다. 다음 〈예문 1〉은 '개의 훈련'이라는 제목의 글을 쓰기 위해서 마련된 것이다.

예문 1

제　목 : 개의 훈련

주제문 : 개의 훈련은 인간 훈련이다.

목　적 : 개의 훈련의 참뜻을 널리 알린다.

1. 첫머리
2. 개 훈련의 요령
   ① 조기 훈련의 중요성
   ② 상과 처벌
   ③ 그 밖의 요령
3. 개 훈련의 참뜻
   ① 육체적인 면
   ② 정서적인 면
   ③ 정신적인 면
      a. 인내성
      b. 일관성
      c. 공정성
      d. 이해성
4. 마무리

위의 개요에는 제목, 주제, 목적들이 명시되어 있고, 이어서 글의 구성 내용이 표시되고 있다. 이제 우리는 위의 개요에 표시된 항목의 순서에 따라 글의 내용을 전개하는 과정을 보기로 한다. 이들 항목은 각기 주제(문)의 하위 과제이므로 이를 하나씩 펼쳐 나가는 것은 결국 주제를 전개하는 일이 되는 것이다. 따라서 이 점을 마음에 새기고 각 항목을 다루어 나가도록 한다.

위 줄거리의 각 항목을 실제로 전개한 글의 예는 〈예문 2〉에 제시되어 있다. 그 줄거리의 각 항목이 어떤 방식으로 전개되어 가고 있는지 유의하면서 아래 글을 자세히 살펴보도록 한다. 이 글의 왼편에는 줄거리의 각 항목이 어느 부분에서 다루어지고 있는지를 나타내고 있다. 이것은 글의 짜임새 있는 전개 과정을 이해하는 데 도움이 될 것이다.

예문 2 _ 개의 훈련

(1) 나의 아버지는 개에 대한 취미가 대단한 분이었다. 아버지는 늘 대여섯 마리의 개를 기르고 훈련도 시켰다. 셰퍼드, 포인트, 불도그, 발발이 계통 그리고 푸들 따위의 여러 종류의 개들이 번갈아가며 우리 집안에 드나들었다. 나는 일찍부터 이런 개들과 함께 뛰놀고 장난을 하며 즐겼다. 이러는 동안에 나는 개의 갖가지 성질을 이해하게 되었고 마침내 훈련을 시키는 문제에까지 관심을 기울이게 되었다.

1. 첫머리
글의 첫머리를 시작하는 도입 단락이다. 첫머리는 (1)(2)단락으로 전개되고 있다. 개의 훈련에 관심을 가지게 되는 동기를 말하고 있다.

(2) 개의 훈련에 관심을 기울이면서부터 더 열심히 아버지를 따라다니면서 훈련 과정을 지켜보게 되었다. 아버지는 개의 훈련에 관해서도 상당한 조예와 경험이 있었다. 아버지는 나에게 개에 대한 이야기를 많이 들려주었으며 훈련의 기초 요령을 설명해 주었다. 또 때로는 직접 실습해 볼 기회를 마련해 주기도 했다. 개의 훈련은 고된 일이기는 하지만 개를 데리고 노는 것과는 견줄 수 없을 만큼 흥미진진한 것임을 점차 알게 되었다.

(2)단락은 개의 훈련에 흥미를 가지게 된 것을 암시하면서 본문으로 인도하는 구실을 한다.

(3) 개의 훈련에서는 조기 훈련이 매우 중요하다. 개의 훈련은 생후 8주에서 12주 사이에 시작함이 이상적인 것으로 알려져 있다. 이 무렵부터 강아지는 생리적으로 신경 계통이 개발되므로 '앉아', '서' 따위의 기본 동작이나 대소변을 일정한 곳에 보도록 길들일 수가 있다. 이

2. 본문 : 개 훈련의 요령
① 조기 훈련의 중요성
여기서부터 본문으로 들어간다.
(3)단락은 개의 조기 훈련의 중요성을 소주제로 한다. 그 소주제문은 첫문장에 나타나 있고 그 뒷받

렇게 어렸을 때부터의 기초훈련은 뒤의 모든 훈련의 바탕이 된다. 주인의 말을 잘 듣는 습성이 처음부터 잘 길들여지기 때문이다. 개가 성숙해진 뒤에는 그러한 친숙한 관계가 이루어지기 어렵게 되어 길들이기가 더 힘이 든다.

침이 따른다.

⑷ 개 훈련의 기본 수단은 상과 벌이다. 상은 개가 바라는 동작을 했을 때 먹이 따위를 줌으로써 격려하는 것이다. 벌은 개로 하여금 어떤 동작을 하지 못하도록 혼을 내주는 것이다. 개는 사람처럼 말을 알아들을 수가 없으므로 이런 원시적인 수단으로 가르칠 수밖에 없다. 이를테면, 한 동작을 길들이려면 정해진 신호와 함께 그 동작과 먹이를 관련시킨다. 이런 일을 여러 번 되풀이하면 개는 그 신호가 날 때마다 먹이 생각이 떠오르면서 반사적으로 동작을 하기에 이른다. 한편으로 개가 침실에 들어가는 것을 막으려면 그곳에 일부러 들여놓고는 벌을 주는 일을 거듭한다. 그렇게 되면 드디어 개는 그곳에 들어가기를 기피하는 습관을 갖기에 이른다.

② 상과 처벌

⑷단락은 상과 처벌의 뜻에 관해서 다룬다.

⑸ 상과 벌은 첫째, 개의 종류에 따라 알맞은 것이 선택되어야 한다. 예를 들어 사냥개 종류의 개는 원하는 동작을 할 때 먹이를 주는 것이 효과적이다. 그러나 어떤 종류의 개는 쓰다듬어 주거나 다른 칭찬을 표시하는 것이 효과적인 상일 수도 있다. 가령, 어떤 사냥개 종류는 사냥 자체가 상으로 여겨진다. 곧 사냥 자체를 본성적으로 즐기기 때문에 먹이 같은 것을 따로 주지 않아도 스스로 익힌다. 벌의 경우에

⑸단락은 개의 종류에 따른 상과 처벌 요령을 다룬다.

도 개에 따라 다르다. 셰퍼드 종은 대개 바라지 않는 동작을 했을 때 가벼운 벌을 주면 효과적이다. 그렇지만 사나운 테리 종은 가벼운 벌이 오히려 저항과 투지를 불러일으킨다. 이와 같이 상과 벌은 개의 종류에 따라 달리 해야 한다.

⑹ 둘째, 상과 벌은 그 때를 잘 맞추어야 효과적이다. 일반적으로 상이나 벌은 개가 동작을 마치고 난 직후에 하는 것이 효과적이다. 그래야만 개는 그 상이나 벌을 그가 방금 한 동작과 연관 지을 수가 있다. 이점은 개의 종류에 관계없이 적용되는 요령이다. 동작을 시켜놓고는 반드시 그것과 얽힌 상이나 벌을 바로 해서 개가 자동 반응을 보이도록 해야 한다.

⑹단락은 상과 처벌의 시기를 다룬다.

⑺ 셋째, 상과 벌은 일관성 있게 실시되어야 효과를 낸다. 특정한 행동에는 늘 동일한 형태와 분량의 상이나 벌이 일정하게 뒤따라야 한다. 거의 기계적으로 일정한 상이나 처벌이 매 동작마다 실시되어야만 한다. 그것도 개가 자동적인 반응을 보일 때까지 일관되게 지속되어야 한다. 만일 그렇지 않으면 개는 상이나 벌에 혼란을 일으키고 제멋대로 반응을 보이게 된다.

⑺단락은 일관성 있는 상과 처벌의 실시에 대해 다룬다.

⑻ 개 훈련의 다른 한 가지 요령은 동작을 단순화하여 길들이는 일이다. 특히 좀 어렵다고 생각되는 동작을 길들이려고 할 경우에는 몇 가지 단순한 동작으로 나누어서 단계적으로 훈련을 시켜야 한다. 처음부터 복잡한 동작으로 바로 들어가면 웬만한 개는 따라오지 못한다. 이런 요령은 오랜 동안의 실제 경험을 바탕으

⑻단락은 동작을 단순화하여 길들이는 법을 다룬다.

로 개의 기질을 잘 살펴야만 해낼 수 있다. 쉬운 예로 두 발을 드는 동작을 길들일 경우라면 한 발씩 들어 올리는 연습을 하는 따위다.

(9) 이밖에 개 훈련에서는 개를 강제로 동작시키는 장치를 마련해야 한다. 상과 벌을 실시하기에 앞서 일정한 동작을 하게 하는 데는 개가 그렇게 하지 않을 수 없는 상황이 되도록 적절한 강제적 장치가 마련되어야 하는 것이다.

③ 그 밖의 요령
(9) 단락은 그 밖의 요령 중 강제장치에 대해 다룬다.

(10) 앞에서 말한 것은 개 훈련의 몇 가지 요령들이었고, 그밖에 실제로 터득해야 할 구체적인 것들이 많다. 어떻든 나는 이 같은 요령으로 개를 길들이는 동안에 많은 것을 느끼고 겪었다. 본격적으로 개 훈련을 해 나가면서부터 한층 더 깊은 뜻을 깨닫기에 이르렀다. 개의 훈련이야말로 단순한 오락이나 취미라고만 생각할 수 없는 매우 중요한 뜻이 담겨져 있음을 체험하게 되었다. 이제 그것에 관해서 말하고자 한다.

3. 개 훈련의 참뜻
(10)단락부터는 전환의 구실을 한다.

(11) 개의 훈련은 우리에게 매우 값진 신체적 운동의 기회를 준다. 개와 더불어 맑은 공기를 마시면서 산과 들로 뛰어다니다 보면 추운 겨울에도 몸이 후끈후끈하다. 그러면서도 몸에 무리가 따르지 않고 자연스럽게 느껴진다. 일부러 일과로 정해 놓고 하는 건강 유지 운동과는 질적으로 다르다. 개의 훈련 과정에서는 마치 마음에 맞는 친구와 흥미 있는 게임을 하는 경우처럼 유쾌한 맛을 준다. 개의 훈련이야말로 흥미 있고 유쾌한 육체적인 운동의 기회를 주는 것이다.

① 육체적인 면
(11) 개 훈련이 육체적 효과가 있음을 다룬다.

(12) 정서적인 면에서 볼 때 개를 길들이다 보면 있는 그대로의 꾸밈없는 개의 행동과 만나게 되는데 이때 우리의 마음은 깨끗해지지 않을 수 없다. 천진난만한 어린이를 대할 때 우리의 마음이 맑아지듯이 사심이나 교활함이 티끌만큼도 없는 개의 자연성에 부딪칠 때 우리의 마음은 저절로 맑은 샘물과도 같이 투명해지는 것이다. 그뿐 아니라 개를 길들이다보면 우리는 희열에 넘치는 순간을 맛볼 수가 있다. 개는 이성도 없고 말도 못하는 동물이기 때문에 그런 동물에게 어떤 행동을 가르친다는 것은 무척 어려운 일이다. 숱한 되풀이 동작과 고심 끝에 한 동작씩 익혀 나가는 것이다. 어떤 경우에는 한 동작을 익히게 하는 데 몇 달씩 걸리는 일도 있다. 그 사이의 지루하고 답답한 역정은 이루 말할 수가 없다. 따라서 이런 숱한 어려움을 겪으면서 개가 한 동작을 완전히 익히고 났을 때 우리의 기쁨은 더할 수 없이 클 것이다. 천신만고 끝에 정상을 정복하는 산악인의 기쁨과도 같은 희열이, 기대하는 동작을 개가 터득하는 순간에 솟구치는 것이다.

② 정서적인 면

(12) 개 훈련이 정서적 효과가 있음을 다룬다.

(13) 개의 훈련은 정신의 면에서도 매우 값진 인간 수련이다. 인내심, 일관성, 공정성 그리고 이해심들의 정신적인 덕목이 개의 훈련으로 닦아진다. 한낱 오락이나 취미 활동처럼 생각되는 개의 훈련에서 그런 높은 정신 수련이 이루어질 것인지 미심쩍어 할 이도 있을 것이다. 그러나 개의 훈련을 진지하게 하는 이에게는 자기도 모르는 사이에 그런 마음 수련이 자연스럽

③ 정신적인 면

(13) 총괄적인 결론을 먼저 내세운 단락이다.

게 이루어짐을 알게 된다.

(14) 첫째, 개를 길들이다보면 인내심이 길러진다. 개를 길들이는 데는 무엇보다도 수없이 반복 과정이 필요하다. 아무리 쉬운 동작이라도 그것을 몇십 번이고 몇백 번이고 되풀이하지 않으면 개는 따라 익히지 못한다. 이성이 없고 언어가 통하지 않는 동물인 만큼 수없이 거듭하여 습관화 또는 반사적인 동작화가 되지 않으면 안 된다. 개가 가려낼 수 있을 만큼 소리나 신호를 되풀이해서 들려주거나 보여 주고 거기에 따라 동작을 수없이 되풀이시켜 나가야 한다. 그 과정에는 말할 것도 없이 상이나 처벌을 거듭함으로써 개가 동작을 몸에 익히도록 해야 한다. 이런 단조롭고 똑같은 동작을 꾸준히 해 나가는 일이란 웬만한 인내심 가지고는 도저히 해낼 수가 없다. 그러므로 이런 과정을 거쳐서 개를 성공적으로 훈련시킨 사람은 자연적으로 인내심이 몸에 밸 수밖에 없다.

a. 인내심

(14) (13)단락의 종속단락이다.

(15) 둘째, 개를 길들이다 보면 일관성을 체득하게 된다. 개를 길들이려면 무엇보다도 어떤 동작을 하도록 명령하는 소리나 신호가 한결같아야 한다. 개가 그것을 알아차릴 때까지는 함부로 바꾸어서는 안 된다. 다음에 신호에 따라 동작을 시키는 방식도 늘 똑같아야 한다. 또 동작이 끝났을 때면 하는 상이나 처벌도 정해진 방식으로 해야 한다. 말하자면, 개가 하나의 동작을 완전히 익힐 때까지는 동일한 유형으로 계속 반복되어야만 한다. 만에 하나라도 그 유형이 중간에 조금이라도 달라지면 개는 혼선을

b. 일관성

(15) 일관성을 다룬 종속단락이다.

일으켜서 딴짓을 하고 만다. 사실 개와 같은 동물의 교육에서처럼 일관성이 요구되는 분야도 없다. 기계로 빼낸 정해진 틀처럼 한결같은 행동이 훈련자에게 요구되는 것이다. 따라서 개의 훈련에 몰두하는 사람에게는 이 일관성이 철저히 몸에 배게 된다.

(16) 셋째, 개의 훈련자는 공정한 마음가짐이 체질화 된다. 앞에서도 말한 바같이 개의 훈련에서는 상과 처벌이 동작마다 뒤따라야 한다. 잘한 동작에는 바로 정해진 상을 주고 잘못한 동작에는 바로 거기에 맞게 벌을 주어야 한다. 이런 일은 조금도 차별이 없어야 하며 또 한결같아야 한다. 말하자면 지극히 공정한 상과 처벌이 계속 이루어져야 한다. 따라서 개의 훈련에 오래 종사해 본 사람은 그러한 공정성이 자기도 모르는 사이에 몸에 배고 만다.

c. 공정성

(16) 공정성을 다룬 종속단락이다.

(17) 넷째, 개를 길들이다 보면 이해심이 풍부해진다. 개를 훈련하는 데는 상대가 동물이라는 것을 잊어서는 안 된다. 우리 인간의 눈으로 개를 평가하고 개가 사람처럼 행동하기를 바라면 안 된다. 개를 이성과 언어를 지닌 사람처럼 여기다가는 개에게 화풀이만 하다가 말 것이다. 개를 효과적으로 길들이려면 개의 편에 서서, 말하자면 피훈련자의 편에 서서 모든 것을 이해하는 자세가 무엇보다 필요하다. 이런 자세는 사람의 교육에서도 필요한 것임은 말할 것도 없다. 특히 아주 어린아이나 정신박약자와 같은 지능이 낮은 이들의 교육에는 이런 이해심이 매우 중요한 구실을 한다. 하물며 지능

d. 이해심

(17) 이해심을 다룬 종속단락이다.

지수가 문제될 수 없는 동물인 개의 훈련에서 이해심이 얼마큼 중요하리라는 것은 짐작키 어렵지 않다. 따라서 개의 훈련을 본격적으로 하다 보면 개의 입장 곧 불쌍한 피교육자의 입장을 너그러이 이해하는 마음의 자세가 깊이 뿌리를 박게 된다.

(18) 이렇게 해서 처음에 일종의 호기심과 취미 활동으로 시작한 개의 훈련에서 나는 위에서 말한 것과 같은 여러 가지 중요한 뜻을 깨닫기 시작했다. 내가 개의 훈련에 손을 대기 시작할 때 아버지는 "개의 훈련은 그 자체로서도 재미있고 좋은 일이지만, 그것보다는 너 자신을 수련하는 데 둘도 없는 기회다."라고 말씀하셨는데 이제 나는 그 말씀의 참뜻을 얼마쯤은 알아차리게 되었다고 생각한다. 더 많은 훈련을 통해서 더 깊은 참뜻을 깨닫고자 오늘도 나는 개와 함께 들로 나가련다.

4. 마무리
(18) 이 글 전체를 마무리하고 있다. 종결단락이다.

이상에서 구성의 개요를 실제 글로 전개하는 과정을 분석했거니와 여기서 무엇보다도 '단락의 중요성'에 관해서 새삼 느끼게 되었다. 흔히 글을 쓴다고 하면 알맞은 낱말을 골라서 매끈한 문장을 짓는 것으로 생각한다. 그래서 낱낱의 문장을 쓰고 다듬는 일에만 관심을 쏟는 일이 많다. 이런 일이 중요한 것은 사실이지만 문장 하나하나가 아무리 매끈하고 훌륭해도 그것이 뿔뿔이 흩어져서 따로따로 놀아서는 안 된다. 위에서 본 바와 같이 문장들은 하나의 소주제로 뭉쳐서 단락을 형성하여야 한다. 그러한 단락들은 다시 하나 또는 그 이상이 모여서 글의 각 항목을 이루고 나아가서 글 전체의 최고 이념인 주제를 떠받들어야만 짜임새 있는 글이 된다. 요컨대 글을 실제로 써 나간다는 것은 단락을 형성하는 일이 무엇보다도 기본 되는 일임을 새삼 확인하게 되는 것이다.

단락의 이런 중요한 구실에 관해서 우리는 너무 소홀히 해왔다. 이제까지의 문장 이론서들은 대부분 단락 문제를 그렇게 중요하게 여기지 않았고, 최근에 들어서 단락을 설명한 문장 이론서가 더러 나타나고는 있으나 그 또한 개념적인 설명 정도에 그친 것들이다. 이제 우리는 단락의 형성 문제를 가장 중요한 과제로 다루어 나가고자 한다. 이 점이 이 책의 가장 두드러진 특징이 될 것이다.

2. 단락의 소주제와 소주제문

여기서 말하는 단락은 물론 '일반 단락'이다. 단락 가운데는 위의 〈예문 2〉에서 보듯이 특수한 기능만을 나타내는 것이 있다. 글의 첫머리, 전환 또는 마무리 등의 목적을 위하여 쓰이는 특수 기능의 단락이 있다. 그러나 대부분의 단락은 저마다 글의 주요점을 펼쳐나가는 구실을 하는 일반 단락이다(흔히 '단락'이라고만 하면 이것을 가리키는 것으로 여긴다.).

단락은 그 핵심 내용인 '소주제小主題=topic'가 반드시 있다. 소주제는 글 전체 주제의 일부를 이루는 요소가 됨과 아울러 단락이라는 토막글의 중심 과제가 된다. 앞에서 여러 번 강조한 바와 같이 그러한 소주제는 단락의 구성 요소 가운데 가장 으뜸가는 노른자위가 된다. 사실상 이런 소주제를 펼치기 위해서 단락이 존재하는 것이라고 할 수가 있다.

소주제는 많은 경우에 '소주제문topic sentence'이라는 명제 형식으로 표현된다. 소주제문은 소주제를 좀 더 뚜렷하게 나타내는 구실을 한다. 따라서 소주제문은 단락을 펼치는 데나 그 요지를 이해하는 데에 중요한 길잡이가 된다. 글을 쓰는 데는 그 소주제문만을 목표로 삼아 펼치면 될 것이요, 글을 읽는 데도 소주제문의 내용을 헤아리면 그 요지가 더 쉽게 파악될 것이기 때문이다.

단락에서 없어서는 안 될 또 한 가지 중요한 요소는 '뒷받침문장supporting sentence'이다. 뒷받침문장은 소주제(또는 소주제문)를 떠받들어 전개하는 문장들로서 단락 안에서 소주제문을 뺀 나머지 문장들이다. 소주제가 머리라면 이들은 몸체의 구실을 한다. 따라서 이들 뒷받침문장들은 단락을 구성하는 필수 요소들이다.

이제 이들 단락의 구성 요소를 차례로 살펴보기로 한다. 특히 그것들이 저마다 갖추어야 할 바람직한 요건들을 중심적으로 고찰한다. 이는 충실한 단락의 형성, 나아가서 훌륭한 글을 이루는 데 무엇보다도 중요한 구성 요소들이기 때문이다.

(1) 소주제의 요건

① 소주제는 글의 주제와 관련된 것이어야 한다.

소주제는 글의 일부를 이루는 한 단락의 핵심 내용이므로 글 전체 주제와 일정한 관계를 가진 것이어야 한다. 소주제가 그 자체로서 아무리 훌륭한 것이라 할지라도 글 전체 주제와 무관한 것이어서는 안 된다. 이는 마치 어떤 기계를 이루고 있는 부품이 그 기계 전체의 기능과 무관해서는 안 되는 것과 같다. 아무리 값진 금속으로 만들어진 정교한 부품이라도 그 기계의 기능과 무관한 것이면 무용지물이다. 아니 오히려 방해 요소가 될 뿐이다. 이와 마찬가지로 소주제도 글 전체 주제와 무관한 것이면 오히려 글을 해친다. 예를 들어 앞의 〈예문 2〉의 각 단락을 보자. 그 소주제들이 모두 글 전체 주제를 떠받들고 있다. 그 가운데 하나도 거기에서 벗어남이 없다. 만일 조금이라도 주제에서 벗어난 소주제를 정한다고 하면 글의 내용을 똑바로 끌고 가지 못하고 만다. 더구나 자칫 잘못하다가는 아주 옆길로 빠져나가 버리고 말 것이다. 따라서 하나하나의 소주제를 정할 때마다 반드시 전체 주제와의 관련성을 으뜸으로 생각해야만 한다.

② 소주제는 알맞은 범주의 개념이라야 한다.

소주제는 적절한 범주의 개념이 되어야 한다. '적절한 범주'란 두 가지 면에서 규정지을 수가 있다. 하나는 글 전체 발전과 관련해서 적절한 것이어야 한다는 것이고, 다른 하나는 단락이라는 토막글의 핵심 과제라는 면에서 적절해야 한다. 이 두 가지 관점에서 소주제가 가장 알맞은 것으로 정해져야만 좋은 글의 터전을 이룰 수가 있다.

우선 소주제는 전체 주제의 일부를 이루는 주요 개념이라는 면에서 볼 때 어느 정도 추상성을 가져야 한다. 사소한 개념을 소주제로 삼아 한 단락을 만들어서는 곤란하다. 예를 들어, 앞의 〈예문 2〉의 단락 (3)에서 소주제는 '조기훈련의 필요성'으로 잡고 있는데, 이 경우에는 한 단락의 소주제로서 알맞다고 생각된다. 그런데 그것을 더 잘게 나누어서 '조기 훈련이란', '조기 훈련의 바탕', '조기 훈련의 방식' 또는 '조기 훈련의 효과' 따위로 정한다고 하자. 그렇게 되면 단락의 수가 많아지고 지나치게 자세하여 따분한 느낌이 들 수가 있다.

물론 글의 성질에 따라 다르기는 하지만 일반적인 글에서는 단락의 소주제는 얼마만큼은 추상적이고 포괄적인 개념이 되는 것이 바람직하다. 그렇지만 소주제가 너무 지나치게 추상적이고 포괄적인 범주이어도 곤란하다. 그렇게 되면 한 단락이라는 짧은 토막글에서 충분히 다루기가 어렵기 때문이다. 이를테면 '독서는 가치가 있다'라는 주제문으로 글을 쓰는 경우에 그것을 하위 개념을 구분하지 않은 채 한 단락의 소주제로 삼는다든지, 또 비록 나눈다 하더라도 독서의 정신적 가치, 윤리적 가치 따위로 나눈다면 각기 한 단락의 소주제로서는 너무 추상적인 범주가 될 것이다. 이제 실례를 가지고 단락의 소주제를 정하는 문제를 생각해 보기로 하자.

예문 3 _ 줄거리

주제문 : 독서는 가치가 있다.

1. 실용적 가치
2. 취미 오락적 가치
3. 교양적 가치

〈예문 3〉과 같은 줄거리를 가지고 글을 쓴다고 생각해 보자. 우선 문제가 되는 것은 1항(실용적 가치)을 한 단락에서 다룰 것이냐, 더 많은 단락으로 갈라서 다룰 것이냐 하는 점이다. 그것을 한 단락으로 다룬다면 소주제문은 '독서는 실용적인 가치가 있다'가 된다. 그런데 이 문제를 대강 훑어 넘어간다면 모르거니와 좀 자세히 다루려 한다면 한 단락으로 전개하기에는 너무 큰 과제이다. 이를테면 독서로 얻은 지식은 전공 지식과 그 밖의 실용적인 지식으로 나눌 수가 있다. 이 두 가지 지식이 독서를 통하여 어떻게 또 얼마만큼 얻어질 수 있으며, 또 그것이 우리에게 어떤 의의를 지니는가를 분석하여 다루다보면 상당히 긴 서술이 될 것이다. 따라서 그것을 일반으로 두 가지 또는 그 이상의 하위 범주로 나누고 그것을 각기 소주제로 삼아 한 단락씩 이루는 것이 알맞을 것으로 여겨진다.

위 줄거리의 2항(취미 오락적 가치)은 대체로 한 단락에서 다룰 소주제로 무방할 것이다. 그런데 3항(교양적 가치)은 얼핏 보기에도 한 단락의 소주제로 삼기에는 너무 큰 범주이다. 교양은 우선 외형적 교양(곧 예의범절, 에티켓 등)과 정신적 교양으로 나누어 볼 수 있는데, 특히 후자는 우리의 인격, 사고방식, 판단력, 비판력 등의 문제와도 관련이 있고, 예술적, 과학적 소양 등의 인생 문제 전반과 얽혀 있다. 따라서 대강 훑어본다 해도 꽤 긴 글이 될 수밖에 없다. 이 과제는 적어도 두세 개의 하위 범주(소주제)로 나누어서 저마다 한 단락으로 펼쳐야 할 것이다. 이렇게 볼 때 위 줄거리는 대체로 〈예문 4〉와 같이 엮어서 각 소항목마다 한 단락의 소주제로 삼는 것이 무난할 것으로 보인다.

예문 4

제　목 : 독서에 관하여

주제문 : 독서는 가치가 있다

1. 실용적 가치
   ① 전문적 지식
   ② 일상 생활상의 지식
2. 취미 오락적 가치
3. 교양적 가치
   ① 외형적 교양
   ② 정신적 교양
   ③ 예술적 소양 등

한편 소주제가 지나치게 추상적인 개념일 경우를 살펴보기로 한다.

예문 5

'Identity'란 말을 우리말로 옮기면 동일성이므로 일치, 주체성 등의 뜻을 지닌다. 속을 들여다보면 분열과 마찰의 요인이 혼재하더라도 겉만은 획일적인 동질성이 있어 다른 것들과 구별이 될 수 있다면 일단은 동일성이 이루어졌다고 보아도 좋다. 표면적이고 형식적 주체성이 서있기 때문이다. 그러나 주체성에는 정신적이고 심층적 동질성이 있어야 민족과 국가를 결속하는 구속력을 갖는다. 그리고 심층적 주체성은 신화를 모태로 서서히 형성된다. 신화가 없는 주체성은 일회성적일 뿐 아니라 표층적이요, 형식적 주체성에 불과하다. "신화는 종교요 철학이요 사상이다. 종교와 철학과 사상 속에 인간 정신을 지배할 수 있는 신비스러운 구속력이 없다면 그것은 이미 신화가 아니다. 신화는 문화를 낳는 온상이다. 기존의 신화가 민족과 국가를 결속할 힘을 잃을 때 그러한 신화를 갖는 민족의 문화는 쇠퇴하여 붕괴한다." 조지프 캠벨의 말이다.

– 이상회, 「주체성과 쇼비니즘」 중에서

위 단락은 소주제가 뚜렷이 드러나 있지 않으나 열심히 찾아보면 '심층적 주체성은 신화를 모태로 하여 형성된다.'라는 문장과 관계되는 듯하다. 그런데 윗글은 이 소주제를 집중적으로 뒷받침한다는 의식이 없이 쓰인 점도 문제지만, 소주제 자체가 너무 지나치게 추상적이다. 한 단락의 토막글로 다루기에는 너무나 거창한 문제이다. 그것은 한 편의 긴 글에서 다루어질 만한 주제이며, 그렇게 해야만 독자에게 좀 더 쉽고 설득력 있는 글이 되리라고 본다. 이를테면 다음과 같이 몇 가지로 나누어 소주제를 정하고 저마다 한 단락씩으로 이루어 보는 것이 훨씬 바람직스럽다.

예문 6

1. 주체성은 표면적 동질성과 심층적 동질성이 있다.
2. 심층적 주체성이… 구속력을 가진다.
3. 심층적 주체성은 신화를 모태로 형성된다.

1에서는 주체성의 표면적인 동질성과 심층적인 동질성을 소주제로 그것을 알기 쉽게 풀이함으로써 한 단락을 이룬다. 2에서는 심층적인 주체성이 민족과 국가를 결속하는 힘이 있음을 설명하고 그 근거나 예증을 제시한다. 3에서는 그러한 심층적인 주체성은 신화를 모태로 하여 형성된다는 근거와 사례 등을 집중적으로 제시한다. 이와 같이 함으로써 필자가 말하려는 의도가 분명해지고 독자의 충분한 이해와 공감을 얻을 수가 있다. 물론 윗글의 필자는 짧은 지면에 그것을 다루려 하였기에 그렇게 되었으리라 여겨지지만 본래 그런 경우에는 그런 복합적인 문제를 다루지 않는 것이 나았을 것이다.

③ 소주제는 단일한 것일수록 좋다.

한 단락의 소주제로서는 단일한 개념이 이상적이다. 단락의 전개 내용은 되도록 하나의 초점으로 모이는 것이 바람직하기 때문이다. 가령 어떤 어린이에 관한 글에서 그 아이의 슬기롭고 부지런한 면을 다루어야 할 경우가 있다고 가정해 보자. 이 경우에 두 가지 방식을 생각해 볼 수가 있다. 슬기로운 면과 부지런한 면을 따로따로 한 단락에서 다루는 방식과 두 가지 면을 한 단락에서 서술하는 방식이 있다. 이 두 가지 방식 중에서 일반적으로 각기 한 개념씩 나누어서 전개하는 것이 바람직스럽다. 이렇게 되면 다음 〈예문 7〉에서 보는 것처럼 소주제가 단일한 개념이 되어서 단락의 모든 서술이 한 구심점으로 집중된다. 말하자면 끝이 뾰족한 봉우리처럼 핵심이 두드러진다.

예문 7

독립신문의 한글 전용은 오늘의 기준에 비추어 보아도 너무나 철저하였다. 제1권에서는 한자가 한 자도 나타나지 않다가 그 마지막 호(8116호)에 '世昌洋行'이 처음으로 나타난다. 그러나 이것은 광고란에 있는 것이요, 본문에는 한 자도 없다. 이 신문의 본문에 나타난 최초의 한자는 2권 68호(1897년 6월 10일) 관보란의 '蔡규석'이었다. 바로 그 다음 호의 논설에는 … 괄호 속에 '大朝鮮苧麻製絲會社'라 쓴 것이 보인다. 이 뒤로 본문에도 한자가 가뭄에 콩 나듯 나타나기 시작한다. 전체로 보아 본문의 한자는 괄호 안에 제한되어 있으며 괄호 없이 쓰인 예는 그 수를 헤아릴 만큼 드물다. 다만 광고란에는 한자가 괄호 없이 노출되어 있다.

– 이기문, 「독립신문과 한글문화」 중에서

윗글의 소주제는 '철저한 한글전용'이며 모든 서술이 그것만을 뒷받침하고 있어서 요지가 선명하게 드러난다.

다음 예문 8에서도 소주제의 단일성이 주는 효과를 보여 주고 있다.

예문 8

그 아이는 슬기롭다. 그는 성적이 우수하여 학교에서 선생님들과 학우들의 칭찬을 한 몸에 받고 있다. 어려운 수학 문제를 비롯한 까다로운 문제들을 재치 있게 풀어나가는 그의 모습에는 슬기가 넘친다. 이런 학업 성적뿐 아니라 매사를 처리하는 면에서 그는 참으로 뛰어나다. 한번은 학교 앞의 철도 제방이 갑작스런 소낙비로 무너진 일이 있었다. 해는 저물어 가고 인근 역에 연락할 수도 없는데 기차가 지나갈 시간이 다가왔다. 그래서 교장 선생님과 여러 선생님들 그리고 동네 어른들이 다 모여 큰 걱정을 하며 묘안을 찾고 있었다. 이때 그 아이가 불쑥 나서서 "철로 위에 모닥불을 피우면 되지요." 했다. 이 말에 좌중은 무릎을 치고 기뻐하였으며 서둘러 모닥불을 철로 위에 피웠다. 그 결과로 교통 참사가 방지되었으며 그로 인해서 그는 교통부 장관의 표창을 받은 일이 있다.

그 아이는 또한 부지런하다. 흔히 머리가 영리하고 슬기로운 사람은 자기 재주를 믿고 가끔 꾀를 부리고 게으름을 피우는 일이 있다. 그런데 그 아이는 누구보다도 부지런하다는 점에서도 평판이 나 있다. 아침 일찍 일어나서 집 마당과 동네 앞을 청소하고 잠꾸러기들을 깨워서 냇가에 나가 아침 체조를 하는 데 앞장서고 있다. 집안일이나 동네일을 앞장서 거들고 어른들의 심부름을 잘 듣기로는 첫손가락에 꼽힌다. 학교에서도 청소 미화작업에는 늘 다른 아이들의 모범이 되고 있다.

위의 예문에서는 '아이의 두 속성'을 각기 나누어 다룸으로써 양자가 다 강조되어 표출되고 있다. 대개 두 가지의 개념이 다 중요한 것이면서도 한데 묶어서 다룰만한 관련성이 없을 경우에는 나누어서 다루는 것이 바람직하다. 또한 각 개념을 충분히 설명하고 논의하여서 깊이 있고 인상 깊은 단락을 마련할 필요가 있을 때에도 그러하다.

이와는 반대로 두 개념을 한 단락에서 다룰 경우를 생각해 보자. 이때의 소주제문은 '그 아이는 슬기롭고 부지런하다'와 같은 모습이 될 것이다. 이처럼 소주제가 두 가지의 주개념으로 이루어지면 단락 안에서 양자를 균일하게 뒷받침하여야만 한다. 어느 한쪽만 뒷받침하고 나머지는 그대로 둔다든지 다른 단락으로 돌린다든지 하면 통일성이 깨뜨려진다. 그 단락에서 내세운 소주제는 그 단락 안에서 충분히 다루어져야만 통일성이 이루어진다. 그래서 소주제문이 두 개의 주개념을 지니고 있을 경우에는 위 《예문 8》의 두 단락에 걸친 내용이 한 단락 형식 안에 들어가야 하며, 그 두 개념이 한 단락 안에서 알맞게 뒷받침되도록 해야 한다. 그렇게 되면 단락이 길어지고 서술 내용이 복잡하게 될 염려가 있다. 그뿐 아니라 두 초점으로 된 정점은 아무래도 한 초점으로 집중된 것보다는 무디게 마련이며 단락을 읽고 났을 때의 인상이 약화될 가능성이 짙다. 그러므로 소주제는 되도록 단일 개념으로 하여 다루는 것이 바람직하다는 사실을 다시금 확인하게 된다.

④ 복합 개념의 소주제는 특수한 경우에만 쓰인다.

앞에서 단일한 개념의 소주제가 이상적임을 보았다. 그런데 경우에 따라서는 단일한 개념이 아닌 소주제문을 한 단락 안에서 다루는 수도 있다. 글의 성질에 따라 또는 소주제를 이루고 있는 개념들의 중요도나 상호 관련성에 따라 복합 소주제가 한 단락 안에서 처리되는 경우인 것이다. 이런 일은 일반적으로 그렇게 바람직스럽지는 못하지만 하나의 특수한 경우로 칠 수가 있다.

다음 예문 9에서는 소주제를 이루는 두 개념의 비중이 그렇게 크지 않을 경우이다.

예문 9

시는 회화성과 음악성을 지닌다. 시의 회화성이란 시어가 생성하는 아름다운 이미지를 말한다. 이는 우리가 시를 읽을 때 마음속에 떠올릴 수 있는 갖가지 심상 곧 마음의 그림이다. 시의 음악성이란 시의 운율을 말한다. 우리는 시를 읽을 때 산문에서는 맛볼 수 없는 음악적인 율동감을 느낀다. 물론 시의 이런 속성이 여느 회화나 음악과는 다른 바가 있으나 그 본질에서는 공통된 면이 있다.

윗글은 소주제의 두 개념을 자세히 다루고 있지 않다. 두 개념이 전체 주제에서 차지하는 비중이 그리 크지 않기 때문이라 여겨진다. 그러나 만일 그것들을 자세히 다루어야 할 필요가 있을 때는 물론 두 소주제로 나누어 각기 한 단락씩 구성해야 할 것이다.

다음 〈예문 10〉에서는 소주제가 서로 비슷한 개념들로 이루어진 경우이다. 이들은 서로 보완적 성격을 띠고 있어서 둘이 합쳐서 한 개념을 이룬다고 볼 수도 있다.

예문 10

그 책의 내용은 재미있고 유익했다. 그 책은 처음부터 나의 혼을 빨아들이는 마력을 지닌 듯했다. 매끈하게 다듬어진 문장의 매력도 대단했거니와 그 이야기의 전개는 숨 돌릴 겨를도 주지 않을 정도였다. 나는 그 책을 읽으면서 전화 받는 것도 짜증스러웠다. 밥을 먹거나 물을 마실 때에도 그것을 손에서 놓지를 않았다. 그 책은 또한 매우 유익한 내용이었다. 흥미 위주로만 엮어 놓은 탐험 소설류와는 판이하였다. 읽는 동안에 숱한 깨달음과 감명을 느끼게 해주었다. 한마디로 근래에 드물게 보는 좋은 책이었다는 깊은 인상을 받았다.

다음 예문 11에서는 서로 연관성을 가진 개념들이면서 복합 소주제를 이루고 있는 경우이다.

예문 11

시인은 음악가와 심리학자라는 두 부류로 나눌 수 있다. 첫 부류는 언어의 음악성을 다루는 자이다. 그들은 소리를 동시에 또는 연이어서 낼 줄 안다. 그들은 소리와 이미지를 조화하기도 하고 정열의 율동과 번개 같은 위트를 구사해서 낡은 재료 속에서 놀라운 효과를 끌어낸다. 키케로류의 시인들, 풍자 시인, 서정 시인, 만가 시인들이 그 보기이다. 한편, 심리학자 부류들은 언어를 본질적으로 다루는 것이 아니고 그것을 사물에 적용함으로써 비상한 효과를 낸다. 극 시인들이 이 부류에 든다. 시인들은 이 두 쪽을 다 지니고 있는 경우가 많지만 대개 어느 한 쪽으로 더 기울어져 있다.

– 오스트롬(1968)에서 번역

윗글의 소주제는 음악가와 심리학자의 두 개념으로 이루어져 있다. 이는 시인의 속성을 갈라서 얻은 두 개념인데 서로 얽힌 것으로 본 것이다.

다음 〈예문 12〉는 서로 맞서는 두 개념이 소주제가 되고 있는데 그 맞서는 면에 초점을 두고 있다.

예문 12

고마우면서도 매우 짜증이 나는 것에 이발이 있다. 시간은 이미 한 시간이나 지났는데도 이발소 아저씨는 그칠 줄 모르는 정성을 들여 머리를 가꿔 주고 있다. 이렇게 소중히 가꿔 주는 고마움이란 이루 말할 수 없을 정도지만 마음 한구석에는 지루함이 억눌린 불평이 금방이라도 폭발할 듯하다. 이미 한 시간하고도 15분이나 지났으니 말이다.

– 김정흠, 「이발 유감」 중에서

윗글의 소주제는 '고마우면서도 짜증이 남'인데 두 개념은 서로 상충된다. 그런데 필자는 그 상충되는 점에 초점을 두고 소주제를 펼치고 있다. 이런 경우에 둘 다 따로 떼어서 다루면 오히려 초점이 흐려질 수 있다.

다음 〈예문 13〉도 두 가지 면을 서로 관련지어 서술한 경우이다.

예문 13

일반 국민의 문자 생활에서는 한글 전용이 가능하고 또 당위성을 갖는 것이 아닌가 한다. 위에서 본 바와 같이 오늘날 신문이 고유명사의 표기를 제외하면 거의 한글 전용으로 되어 있고 대중을 상대한 잡지와 일반 간행물의 경우도 비슷한 경향을 나타내고 있다. 민간과 당국이 조금만 노력을 한다면 한글 전용은 이루어지게 되어 있다. 모든 국민들에게 문화를 고루 나누어 갖게 하기 위하여, 또 능률적인 문자 생활로써 문화 발달을 촉진시키기 위하여 그것은 바람직한 것이다. 노력이란 우선 고유명사의 모든 표기를 한글로 하는 일이다. 벽자(僻字)는 물론 이른바 상용한자까지도 한글로 바꾸어 표기하도록 하여야 할 것이다.

– 안병희, 「한자 문제에 대한 정책과 제설」 중에서

위 단락의 소주제는 '한글 전용의 가능성과 당위성'을 서로 관련지어 다루고 있다. 이 두 개념은 밀접한 관련을 가지고 있으므로 복합적으로 다루어질 만하다. 이렇게 서로 밀접한 관련이 있는 것으로서 같이 강조하고 싶은 개념은 한 단락 안에서 다루어도 무방한 것이다.

(2) 소주제문의 요건

① 소주제문은 간결할수록 좋다.

소주제문은 단락의 소주제를 문장 형식으로 나타낸 것이다. 말하자면 소주제문은 소주제에 문장이라는 형식의 옷을 입힌 것이다. 따라서 소주제문은 실질적으로 소주제와 동일한 것이나 다만 문장 형식으로 단락 표면에 드러나 있다는 점이 다를 뿐이다.

그러면 소주제문은 어떻게 작성하는 것이 좋은가? 이는 마치 우리 몸에 어떤 옷을 입어야 효과적인가 하는 문제와 비슷하다. 소주제문이 알맞게 작성되면 그만큼 소주제가 더욱 효과적으로 드러나고 또 단락을 전개하는 데도 좋은 길잡이가 된다. 이런 점에서 소주제문을 구성하는 요령을 자세히 알아볼 필요가 있다.

소주제문은 소주제를 되도록 간결하게 나타낸 문장이어야 한다. 소주제문은 소주제를 밝히는 것이 첫째 목표이기 때문에 다른 복잡한 수식어 따위를 피하고 소주제만이 가장 잘 드러나도록 하여야 한다. 이를테면, 신사임당을 글로 쓸 경우 그 분이 지닌 '시적 재능'을 소주제로 한다면 다음처럼 간결한 소주제문이 바람직하다.

ⓐ 신사임당은 훌륭한 시적 재능을 지녔다.

윗글과 다르게 다음과 같이 소주제문을 만들었다고 하자.

ⓑ 우리 역사에 가장 위대한 여성의 한 분인 신사임당은 위대한 시적 재능을 지녔다.

신사임당 앞에 기다란 수식어가 붙어 소주제의 표현 효과가 오히려 약화되었다. 또한 신사임당이 '위대한 여성'이라는 점에도 비중을 둠으로써 소주제의 표현강도가 상대적으로 희미해졌다. 소주제문에 대한 수식은 다음의 ⓒ처럼 뒷받침으로 돌리는 것이 바람직하다.

ⓒ 신사임당은 위대한 시적 재능을 지녔다. 신사임당은 우리 역사에 가장 위대한 여성의 한 분이거니와 그 분이 남긴 시를 보면 여성으로서는 가장 훌륭한 시인임을 알 수 있다.

곧 ⓒ에서처럼 소주제문을 먼저 간결하게 내세우고 그 밖에 덧붙이고 싶은 것이 있으면 문장을 달리하여 뒷받침하는 것이 좋다. 그렇게 하면 이중효과가 있게 된다. 소주제가 간결하게 드러남과 함께 그 뒷받침이 자연스럽게 이어지기 때문이다. 요컨대 소주제문은 되도록 간결하게 표현하고 덧붙일 사항들은 다른 문장으로 표현하는 것이 바람직하다. 이것저것을 한 문장에 담아서 표현하려는 데 문제가 있다.

다음 예문에서도 소주제가 정확히 드러나지 않고 있다. 그 까닭은 위의 경우와 비슷하다.

예문 14

욕구 그 자체를 '악(惡, 저열한 것)'으로 보는 금욕주의적 도덕은 양(洋)의 동서를 막론하고 도덕의 영역에서 지배적 전통을 계승해 왔기 때문에 오늘날 사회의 고도 산업화가 초래한 욕구를 충족시킬 수 있는 물질적 풍요성으로 근본적 동요를 면치 못하고 있는 실정이지만 그래도 여전히 깊고 강한 뿌리를 박고 있다 하겠다. 동양에서는 '아집(我執)'을 제거하는 데 구제의 길을 찾는 뜻에서 욕구방기(欲求放棄)를 설파하는 불교가 있고, 노장(老莊)의 철학은 '무욕(無慾)'을, 유교도 역시 '사욕(私慾)'을 떠난 봉공(奉公)을 덕으로 설파하였던 것이다. 이러한 전통적인 멸사봉공주의적(滅私奉公主義的) 도덕 교육을 받아온 구세대는 금욕(禁慾)을 도덕의 대명사인 것같이 착각하게 되었던 것이다. 한편 서양에서도 희랍 이래, 이를테면 플라톤은 감성적 욕구가 구하는 물질적 가치를 버리고 이성적 인식이 구하는 정신적 가치를 강조하였던 것이고, 특히 스토아 학파는 극기(克己)라 일컬을 정도로 일체의 욕구에 마음을 동요시키지 않는 무감동(無感動)을 이상으로 하면 그것이야말로 욕구에 사로잡힌 부자유한 자기를 극복하며 자유인으로서 사는 길이라는 도덕론을 가장 엄격한 금욕주의의 형태에서 전개하였던 것이고, 더구나 이것이 금욕주의의 자기부정의 사상과 결부되어 기독교가 지배적이었던 오랜 역사를 통해서 '금욕, 과욕'을 덕으로 생각하는 도덕의식은 오늘에 이르기까지 면면 되고 있다.

– 김종호, 「욕구(欲求)」 중에서

위 단락의 소주제는 '금욕주의적 도덕의 면면성'이라 할 수가 있다. 이 소주제는 단락의 첫 문장과 마지막 단락에 드러나 있다. 그런데 그것을 규정한 소주제문이 뚜렷하지 않다. 특히 첫 문장이 소주제문이라 할 경우에 그 복잡성은 이루 말할 수가 없다. 그래서 글 내용을 다 읽고도 한참 살펴보아야만 겨우 요지를 파악할 수 있을 정도이다. 그렇지만 만일 앞부분을 다음과 같이 고쳐 본다면 양상은 훨씬 달라질 것이다.

예문 14-1

금욕주의적 도덕은 여전히 깊고 강한 뿌리를 박고 있다. 욕구 그 자체를 악으로 보는 금욕주의적 도덕은 양의 동서를 막론하고 도덕의 영역에서 지배적 전통을 계승해 왔다. 그러기 때문에 오늘날 사회의 고도 산업화가 초래한 욕구를 충족시킬 수 있는 물질적 풍요성으로 말미암아 그 도덕관이 근본적으로 흔들리고는 있지만 그래도 여전히 깊숙이 뿌리를 내리고 있다. 동양에서는….

이상과 같이 소주제문을 간결하게 내세우고 그 밖의 사연들은 그 뒷받침 문장으로 활용하여 소주제를 펼쳐 나간다면 훨씬 초점이 선명히 드러난 글이 될 것이다.

② 소주제문은 확실한 표현일수록 좋다.

소주제문은 되도록 확실한 표현 형식을 지니는 것이 바람직하다. 곧 소주제문은 다음과 같이 단정적인 표현이 바람직하다는 것이다. 막연한 추정이나 불확실한 생각을 나타내는 표현 형식은 되도록 피하는 것이 좋다.

'교양은 고독 속에서 자란다'와 같이 확고한 표현을 소주제문으로 내세우는 것이 바람직하다는 것이다. 이런 확고한 명제는 확실한 지식이나 신념을 가지고 글을 쓸 때 가능하다. 사실상 글로써 자기의 생각을 나타낼 때는 이런 확고한 믿음이 서 있어야 마땅하다. 그래야만 독자에게 강한 설득력을 발휘할 것이기 때문이다. 그런데 이와는 달리 다음과 같은 표현 형식을 소주제문으로 쓰는 경우라면 필자 자신도 아직 확실하다고 믿지 못함을 드러낸다.

'언어는 사람의 품위를 드러내는 듯하다(것 같다, 것같이 생각된다).' 물론 때에 따라서는 이런 추정적인 표현을 할 필요도 있다. 그렇지만 일반적으로 볼 때 필자 자신도 아직 막연한 추정 단계에 있는 내용을 소주제문으로 내거는 것은 문제가 있다. 글 쓰는 이로서는 좀 더 확실한 표현을 할 수 있도록 여러 면에서 검토하여 확신을 가진 연후에 펜을 들어야 한다.

3. 바람직한 뒷받침문장

(1) 소주제와 관련된 뒷받침문장

뒷받침문장은 소주제(문)를 풀이하거나 논술하여 전개하는 것이다. 따라서 이 기능과 무관하거나 반대가 되는 내용의 문장은 뒷받침문장으로 생각할 수가 없다. 만일 이 기능에서 벗어난 내용의 문장이 뒷받침문장 속에 끼어든다면 아군 속에 적군이 끼어드는 것만큼이나 해로운 것이다. 예를 들어, 다음의 두 예문을 비교해 보자.

예문 15

국어 순화는 우리말을 순수하게 가꾸자는 것이다. 순화(純化, 醇化)란 잡것을 걸러서 순수하게 한다는 뜻이며, 우리말을 잡스럽게 어지럽히는 온갖 독소들을 제거하여 깨끗하고 아름답게 다듬고 가꾸자는 것이 국어 순화의 본뜻이다. 우리말의 발달을 해친 외국말, 저속하고 틀린 말, 까다롭고 어려운 한자어 들을 솎아내거나 줄이고, 바르고 쉽고 아름다운 말로 바꾸어 가는 것이 국어 순화인 것이다. 또 토박이말 가운데서도 발음이 까다롭거나 어감이 나쁜 말을 되도록 발음하기 쉽고 듣기 좋은 말로 바꾸고, 동음이의어를 되도록 줄여가도록 힘쓰는 것도 국어 순화의 길이다.

– 김석득, 「국어 순화에 대한 반성과 문제점」 중에서

윗글에서 소주제문인 첫 문장의 내용과 상관없거나 상치되는 말은 찾아 볼 수가 없다. 소주제문을 여러 각도에서 풀이하고 구체화하는 설명과 보기들만이 쓰여 있다. 이런 글을 읽고 나면 소주제(문)가 선명하고 인상 깊게 머리에 떠오르게 된다. 그러나 윗글이 다음과 같은 뒷받침문장들로 이루어졌다면 어떨까?

예문 15-1

국어 순화는 우리말을 순수하게 가꾸자는 것이다. ① 순화란 잡것을 걸러서 순수하게 한다는 것이니 우리말을 어지럽히는 잡것을 제거하고 순수하고 아름다운 말씨로 바꾸어서 다듬어 나가자는 것이 국어 순화이다. ② 요즈음 국어 순화란 말로만 떠드는 것이니 아무 실적이 없다. ③ 국어 순화라고 하지만 실제로 말을 다듬는다는 것은 어려운 일이다. ④ 이런 일은 자고로 많은 나라에서 국가 권력을 동원하여 시도했지만 성공한 예보다는 실패한 경우가 더 많다. ⑤ 우리나라에서도 현 정부와 같은 강력한 힘을 가지고도 이 지경이니 더 말해 뭣하겠는가? ⑥ 그렇지만 우리 스스로가 외국말을 되도록 안 쓰고 단순하고 아름다운 말로 가꾸어 보도록 힘쓴다면 국어 순화가 실현될 수도 있을 것이다. ⑦ 그렇게 될 때 우리 국어도 잘 가꾸어질 것이다.

윗글의 소주제문을 첫 문장으로 볼 때, ①은 내용적으로 보아 무난한 뒷받침문장이다. 그러나 ②는 소주제와 별로 상관이 없는 문장이요, ③은 그 반대를 시사한 문장이다. ④와 ⑤는 국어 순화와 관련된 사례이기는 하나 소주제의 전개에서는 벗어난 것이다. ⑥과 ⑦은 그 중 소주제와 얽혀 있기는 하나 가정과 전망의 형태여서 소주제를 떠받드는 것이므로 좋은 뒷받침문장으로 보기 어렵다. 이와 같은 단락을 읽으면 글쓴이의 의도가 무엇인지 알기 어려우며 오히려 생각에 혼란만 더하게 될 뿐이다. 한편 다음과 같은 문단의

뒷받침문장은 어떤가 살펴보자.

예문 16

그는 부지런한 학생으로 소문이 나 있다. 무릇 머리가 영리한 사람은 자기 재주만 믿고 게으름을 피우는 일이 있다. 그러나 그는 머리가 명석한 편인데도 쉴 새 없이 공부를 한다. 그는 아침에 일찍 등교해서 밤늦게까지 자리를 거의 떠나지 않고 공부를 한다. 반의 청소나 그 밖의 궂은 일을 앞장서서 하는 것도 그의 부지런한 성품을 반영하고 있다. 그런데 그는 성질이 날카로워서 친구들과 가끔 부딪치는 것이 흠이다.

윗글의 소주제는 첫 문장에 나타나 있고 그 뒤의 뒷받침문장들은 대부분 그것을 잘 전개하고 있다. 그런데 마지막 문장(그런데 그는 성질이…)이 군더더기처럼 덧붙어서 앞에서 잘 쌓아올린 탑에 흠집을 내고 말았다. 소주제와 전혀 무관한 내용의 문장이 끼어들어서 단락의 초점을 흐려 놓았기 때문이다. 이처럼 한 문장이라도 무관하고 이질적인 것이 들어가서는 통일적인 뒷받침이 이루어지지 않는다.

글쓰기의 수련이 제대로 안 된 사람은 위의 예문들과 같이 소주제에서 벗어난 뒷받침을 하는 일이 많다. 그것은 첫째로 소주제(문)를 뚜렷이 내세우고 있지 못하기 때문이다. 자기 스스로도 뚜렷이 인식하지 못할 정도로 막연한 개념을 소주제로 내세우면 옆길로 벗어나기 십상이다. 둘째로, 소주제(문)를 뒷받침해야 한다는 의식이 흐리기 때문이다. 소주제(문)로 내세운 것에 대해서는 철저하게 그것을 구체화하거나 합리화해야 한다는 생각이 모자라기 때문에 다른 길로 벗어나는 것이다.

(2) 소주제를 충분히 발전시키는 뒷받침문장

뒷받침문장은 소주제(문)를 충분히 발전시켜야 한다. 곧, 내걸어놓은 소주제를 누구나 이해하고 납득할 수 있게 구체화하거나 합리화해야 한다는 것이다. 소주제(문)는 그 단락에서 가장 중요한 개념(명제)이므로 그것을 필요한 만큼 전개해야 하기 때문이다. 만일 그렇지 않고 소주제문을 내걸어 놓고 한두 마디로 처리하고 넘어간다면, 독자는 그것을 잘 이해하지 못할 뿐 아니라 그 중요성을 인식하지도 못할 것이다. 물론 글 쓰는 이 자신으로서는 소주제(문)를 더 설명할 필요도 없을 만큼 잘 알 것이다. 그렇지만 글을 읽는 사람으로서는 상당한 설명과 합리화가 없이는 일반적으로 소주제(문)를 인상 깊게 받아들이기 힘든 것이다. 따라서 글 쓰는 이는 언제나 독자 입장에 서서 충분히 이해할 만큼 소주제를 발전시켜야만 하는 것이다. 예를 들어 다음과 같은 단락에서 그런 충분한 뒷받침을 볼 수가 있다.

예문 17

한국의 미를 한 마디로 말하면, 그것은 '자연의 미'라고 할 것이다. 자연에도 여러 가지가 있지만 이것은 한국적 자연으로 한국에서의 미술 활동의 배경이 되고 무대가 된 바로 그 한국의 자연이다. 한국의 산수에는 깊은 협곡이 패어지고 칼날 같은 바위가 용립하는 그런 요란스러운 곳은 적다. 산은 둥글고 물은 잔잔하며, 산줄기는 멀리 남북으로 중첩하지만 시베리아의 산맥처럼 사람이 안 사는 광야로 사라지는 그런 산맥은 없다. 둥근 산 뒤에 초가집 마을이 있고, 산봉이 높은 것 같아도 초동이 다니는 길 끝에는 조그만 산사가 있다. 차창에서 내다보면, 높은 산 위에 서 있는 촌동 2, 3인의 키가 상상 외로 커 보이는 곳은 우리나라밖에 없다. 그만큼 우리나라의 산은 부드럽고, 사람을 위압하지 않는다. 봄이 오면 여기에 진달래가 피고, 가을이 오면 맑은 하늘 아래 단풍이 든다. 단풍은 세계 도처에서 볼 수 있으나 미국이나 캐나다처럼 길을 뒤엎고 산을 감추어 버리는 그러한 거대하고 위압적인 단풍은 아니다. 자기 자신을 인식하지 않고 자기 자신을 주장하지 않는 겸손 그대로의 단풍이다. 아니, 겸손하다기보다는 아주 자기의 존재조차 무시하는 천의무봉(天衣無縫), 해탈성불(解脫成佛)한 것 같은 단풍이다. 단풍 든 시절의 한국의 산은 보고 있으면 동심으로 돌아가 산꼭대기서부터 옆으로 누워 데굴데굴 굴러 보고 싶은 그러한 산이다.

이것이 한국의 자연이다. 한국의 산에는 땅을 가르고 불을 내뿜는 그 무서운 화산도 없다. 또한 한국의 하늘에도 구름이 뜨지만 태풍을 휘몰아 오는 그런 암운은 없다. 여름에는 때때로 하늘을 덮고 우렛소리로 사람을 놀라게 하지만 추석이 되면 동산에 떠오르는 중추명월에 자리를 비켜 주는 그런 구름이다. 세상 또 어디에 흰 구름 날아간 뒤의 맑은 한국 하늘의 어여쁨이 있을까! 이 맑은 하늘 밑, 부드러운 산수 속에 그 동심 같은 한국의 백성들이 살고 있는 것이다. 이것이 바로 한국의 미의 세계요, 이 자연의 미가 바로 한국의 미다. 여기에서 어떻게 사색을 요구하는 괴이한 미가 나타나고 인공의 냄새 피우는 추상과 변화가 일어날 수 있을까? 되풀이하지만, 한국의 미를 한 마디로 말하면 그것은 바로 '자연의 미'라 할 것이다.

– 김원룡, 「한국의 미」 중에서

윗글은 얼마나 자세히 소주제를 뒷받침하고 있는가. 이런 단락을 읽고 나면 소주제 곧 그 단락에서 나타내고자 하는 내용을 환히 알게 되고 이해와 공감을 가지게 된다. 단락은 이만큼 풍부한 자료를 가지고 뒷받침되어야만 글의 무게와 깊이가 남다르게 되는 것이다.

그러나 〈예문 18〉과 같은 단락은 위의 예문과는 정반대로 매우 아쉬운 느낌을 가지지 않을 수 없게 한다.

예문 18

근대 소설의 특징은 읽어서 재미있는 사건 기록에 중점이 있는 것이 아니라 인간 탐구와 인간의 인식에 있는 것이며, 나아가서는 새로운 인간형의 발견과 창조에 중점이 있는 것이다. 단편 소설도 또한 이런 범위에서 벗어나는 것이 아니다.

– 최인욱, 「단편 소설의 특질」 중에서

윗글의 소주제문을 첫 문장이라 한다면 뒷받침문장은 하나뿐이다. 그것도 소주제문을 발전시키는 데 아무런 기여도 하지 않고 있다. 이런 단락은 사실상 전혀 발전되지 않고 있는 셈이다. 적어도 근대소설의 특질을 말하는 데 이처럼 간단히 정의만 내리고 만다면 너무나 허술하다. 더구나 고등학생을 위한 국어 교과서에 실린 글인데, 이처럼 한마디로 규정하고 넘어간다면 문제가 아닐 수 없다. 근대 소설의 특질이 새로운 인간형의 창조에 중점을 두고 있다는 것이 상식이기 때문이라고 할지 모른다. 아무리 그렇다 하더라도 어떤 점에서 그러한지 그 근거를 대주고 넘어가는 것이 글의 전개에서는 필요한 것이다. 독자 중에 그 사실(상식화 된)을 모르고 있는 사람이 있을 수 있다고 할 때에 더욱 그러한 것이다.

다음 예문도 소주제문을 충분히 발전시킨 단락이 못 된다.

예문 19

성실성을 가진다는 것은 인간이 인간답게 되기 위해서 갖추어야 할 가장 기본적인 조건이다. 인간의 가장 근본적 특색의 하나는 그가 높은 차원의 사회생활을 할 수 있다는 사실에서 발견되거니와 높은 차원의 사회생활이 가능한 것은 서로가 어느 정도 상대편을 신뢰할 수 있기 때문이며, 인간이 서로 남을 신뢰할 수 있는 것은 인간에게 성실성이 있기 때문이다. 그러나 한 걸음 더 나아가서 도대체 성실이란 무엇이냐는 물음을 제기할 때, 우리들의 상식만으로는 대답하기 어려운 여러 가지 문제가 남아 있음을 본다.

– 김태길, 「인간의 존엄성과 성실성」 중에서

위 단락의 소주제문을 첫 문장이라고 볼 때 뒤의 두 문장이 그것을 뒷받침한다고 할 수 있다. 그런데 그 중 앞 문장은 소주제문을 부연하고 그 근거를 보이려 하고 있으나 그것이 뚜렷하지도 않으며 별로 구체화도 시키지 못했다. 그것을 읽어도 소주제문을 확실히 이해하는 데에 별 도움이 되지 않기 때문이다. 좀 더 쉽고 구체적으로 설명하고 보기를 들어 주었어야 했다. 게다가 이 단락의 마지막 문장은 소주제문의 성실이라는 개념에 의문을 던짐으로써 역뒷받침이 되고 있다. 소주제문을 풀이하고 구체화해서 이해시키는 것이 아니라 독자로 하여금 오히려 의문을 가지게 하기 때문이다. 말할 것도 없이 필자의 의도는 성실이라는 개념을 따로 설명하려고 의문을 던진 것이지만 소주제문을 그 단락 안에서 발전시킨다는 원칙에 비추어 보면 역뒷받침이 된다.

다음 예문은 여러 단락으로 나뉜 형식인데 어느 하나도 소주제문이 충분히 발전되었다고 할 수가 없다.

예문 20

국민 경제란, 개별경제의 주체로서의 가계를 비롯하여 기업 및 정부의 경제까지를 통틀어 일컫는 말이다. 이와 같이 국민 경제는 인체의 세포와 같은 개별경제의 총화로써 이루어진다.

수많은 개별경제를 합쳐서 국민 경제가 되게 하는 요인은 첫째가 분업이며, 둘째가 교환이다.

분업의 기원에 대해서는 자연 발생적 분업과 사회적 분업으로 나누어 생각하고 있는데, 분업은 특히 생산력을 향상시키는 데 있어 주요한 수단이 된다. 그런데 개개인의 경제생활을 향상시키기 위해서나 국부를 증진시키기 위해서 노동 생산력의 향상은 중요하다. 이러한 면에서 국민 경제의 형성 요인인 분업의 중요성이 인정된다.

두 번째의 형성 요인인 교환은 국민 경제의 순환을 좌우한다. 즉 재화와 용역은 개인과 개인 사이에, 기업과 기업 사이에, 개인과 기업 사이에 흘러가고 흘러오는데, 이러한 사실 속에서 교환 현상을 볼 수 있다. 요컨대, 교환 현상이란 소득을 매개로 하여 생산과 소비를 연락하는 현상이라고 말할 수 있다.

이에 분업과 교환과의 관계를 본다면, 분업은 생산력을 높이는 중요한 수단으로서, 이런 전문화를 발달시키려면 그에 적당한 상태가 있어야 되는데, 이런 상태를 교환이라고 한다. 교환은 분업이 발달하는 조건이 된다고 볼 수 있다.

– 최호진, 「국민경제의 발전책」 중에서

윗글의 문단들은 각 문장이 따로 놀 정도로 흩어져 있는 것도 문제이거니와 각 개념에 대한 충분한 설명을 찾아 볼 수가 없다. 한 문제라도 이 글만으로는 충분히 이해할 수가 없다. 이렇게 독자의 충분한 이해를 줄 수 없는 단락은 그 내용이 천박할 수밖에 없다. 이것은 뒷받침이 모자란 데 근본 원인이 있다.

4. 큰뒷받침문장과 작은뒷받침문장

단락의 소주제를 떠받드는 뒷받침문장은 소주제와의 관련에 따라 두 가지로 나누어진다. 큰뒷받침문장major supporting sentence과 작은뒷받침문장minor supporting sentence이 그것이다. 전자는 소주제의 내용 전체나 일부를 직접 풀이하거나 입증하는 내용의 문장이다. 후자는 소주제의 내용에 직접 관여하지 않고 큰뒷받침문장을 떠받들어서 소주제를 간접으로 뒷받침하는 문장이다. 이들의 관계는 다음 예문을 통하여 살필 수가 있다.

예문 21

① 요즈음 국어 순화 운동이 크게 진전을 보이고 있다. ② 한때 외국말을 분별없이 마구 쓰던 사람들이 최근에는 자제를 하고 있다. ③ 특히 대중 매체에 종사하는 사람들이 외국말을 되도록 안 쓰려고 힘쓰고 있다. ④ 운동경기의 중계방송에서도 그런 점이 드러나고 있다. ⑤ 가령 구석차기(코너킥), 길게 차기(롱킥), 짧게 주기(쇼트패스), 옆줄(사이드라인) 따위와 같은 우리말을 새로 만들어 쓰려는 시도를 하고 있는 것이다. ⑥ 또한 어려운 한자어를 쉽고 정다운 토박이말로 바꾸어 쓰려는 기풍이 사회 각층에서 일어나고 있다. ⑦ 한자어가 우리말 속에 오랫동안 뿌리를 박고 있지만 역시 순수한 우리말은 될 수 없는 이질스런 요소임에 틀림없다. ⑧ 더구나 그것들이 순수한 토박이말보다도 더 많다는 점에서 문제가 심각하다. ⑨ 그런데 이런 한자어를 우리말로 바꾸어 쓰는 예가 자꾸 늘어나고 있다. ⑩ 외길(일방로), 건너가는 길(횡단보도), 잘라 말하다(단언하다), 내다보다(전망하다), 밝히다(천명하다) 따위의

말이 많이 생겨나고 있으며 아이차, 맛고만, 만나니, 꽃샘 같은 상품 이름, 다나아 약국, 고우네 의상실, 늘봄 다방 등 토박이말 상호 등이 새맛을 돋우고 있다.

– 나효순, 「국어 순화의 길」 중에서

위 예문의 뒷받침 관계를 분석해 보면 다음과 같다.

소주제문 : ①
첫째 큰뒷받침문장 : ②
작은뒷받침문장 : ③④⑤
둘째 큰뒷받침문장 : ⑥
작은뒷받침문장 : ⑦⑧⑨⑩

첫째 큰뒷받침문장 ②는 소주제문 ①을 직접 뒷받침하고 있다. 외국말을 안 쓰려는 노력을 서술함으로써 국어 순화 운동의 진전 상황의 일부를 펼치고 있다. 그 다음에 이어지는 작은뒷받침문장 ③④⑤는 큰뒷받침문장 ②를 더 소상히 풀이하거나 예시함으로써 소주제문 ①을 간접적으로 떠받들고 있다. 둘째 큰뒷받침문장 ⑥은 한자어를 토박이말로 바꾸어 쓰는 노력에 대해서 언급함으로써 소주제문 ①을 직접 떠받들고 있다. 뒤따르는 작은뒷받침문장 ⑦⑧⑨⑩은 그것을 다시 부연함으로써 결과적으로 소주제문 ①을 떠받드는 구실을 하고 있다.

다음 예문은 '미국의 방위 계획이 진전되고 있었다'는 소주제문을 전개한 단락이다. 큰뒷받침문장과 작은뒷받침문장이 정연하게 어울리면서 소주제문을 떠받들고 있다.

예문 22

① 미국의 방위 계획이 진전되고 있었다. ② 첫째, 그 계획은 적의 공격에 대한 광범위한 반격 수단을 마련하도록 했다. ③ 전략 공군 사령부를 통하여 세계 각지에 수

백 개의 공군 및 미사일 기지를 설치하는 것이었다. ④ 또 해외에 반격 전술용 공군을 배치하고 전략 지역에 항공모함과 폴라리스 잠수함을 배치하는 것도 포함되었다. ⑤ 둘째, 그 계획은 적의 공격에 대한 신속한 탐색 수단을 개선하는 것이었다. ⑥ 레이더 장치를 한 감시 공군기들을 늘 공중에 띄워 놓도록 했다. ⑦ 또 탄도탄 경계 기구를 건조하도록 했다. ⑧ 셋째, 그 계획은 더욱더 성공적인 대륙간 탄도탄을 당장 만들도록 했다. ⑨ 케이프 케너베럴에서는 구천 마일의 사정거리를 가진 미국 최대의 로켓 타이탄이 제2의 발사 단계에 이르렀다. ⑩ 아틀라스 아이씨비엠은 육천삼백 마일을 넘는 거리의 비행 시험에 열일곱 번이나 잇달아 성공했다.

– 오스트롬(1968)에서 번역

윗글을 분석해 보면 다음과 같다.

소주제문 : ①
첫째 큰뒷받침문장 : ②
작은뒷받침문장 : ③④
둘째 큰뒷받침문장 : ⑤
작은뒷받침문장 : ⑥⑦
셋째 큰뒷받침문장 : ⑧
작은뒷받침문장 : ⑨⑩

위와 같이 정연한 짜임새가 아닌 경우도 많이 있다. 큰뒷받침문장과 작은뒷받침문장이 수시로 교차되면서 단락을 이루는 경우가 실제로는 많다. 또 어떤 큰뒷받침문장은 작은뒷받침문장을 거느리지 않는 일도 있다. 어떻든 큰뒷받침문장과 작은뒷받침문장을 적절히 배합하여 단락을 효과적으로 전개하는 것이 중요하다.

우리는 단락이 큰뒷받침문장과 작은뒷받침문장으로 나뉘어 뒷받침되는 예문들을 보았는데 모든 단락이 다 그런 것은 아니다. 큰뒷받침문장만으로 이루어지는 경우도 많이 있다. 이때는 그 내용을 다시 풀이하는 작은뒷받침문장은 나타나지 않는다. 다음 예문에서는 소주제를 직접 서술한 큰뒷받침 문장들만으로 펼치고 있다.

예문 23

그는 자만심의 화신이었다. 오직 한 순간이라도 자신과의 관계를 생각지 않고 세계와 사람들을 바라본 일이 없었다. 그 자신의 세계에서 가장 중요한 사람일 뿐 아니라 그의 눈에는 자신만이 유일한 존재로 비쳤다. 그 자신이 가장 위대한 극작가 가운데 하나요, 위대한 사상가요, 가장 위대한 작곡가라고 믿었다. 그가 말하는 것을 들으면 그는 셰익스피어, 베토벤 그리고 플라톤이 한데 합쳐진 사람이었다.

— 오스트롬(1968)에서 번역

5. 단락의 짜임새 유형

앞에서 단락의 소주제(문)와 그 뒷받침문장들이 갖추어야 할 바람직스런 요건에 관해서 살폈다. 이제 소주제(문)와 뒷받침문장을 어떤 방식으로 어울리게 하느냐 하는 것이 과제가 된다. 곧 소주제를 어느 위치에 두고 뒷받침문장을 배열하느냐 하는 문제이다. 이런 위치 관계에 따라 살펴보면 단락은 이른바 두괄식, 양괄식, 미괄식, 중괄식 그리고 무괄식의 유형으로 나누어진다.

(1) 두괄식 단락(소주제문+뒷받침문장들)

두괄식의 단락은 소주제를 소주제문의 형식으로 명문화시켜서 맨 앞에 내걸어 놓고 그것을 떠받드는 뒷받침문장들을 그 뒤에 늘어놓는 짜임새이다. 첫머리 부분에 단락의 핵심이 놓이고 그 뒤에 그것을 풀이하거나 합리화하는 뒷받침 내용들이 이어지는 꼴이다. 이른바 역피라미드 형식의 짜임새인 것이다. 우리가 이제껏 예문으로 들어왔던 단락은 거의 모두 이 두괄식이었지만, 그 짜임새를 더 자세히 살피기 위해서 예문을 들어 보기로 한다.

예문 24

태풍은 그 마을을 휩쓸어 버렸다. 한 집도 남아 있지 않게 되었다. 울타리와 담도 무너져서 한 자도 남아 있지 않았다. 울퉁불퉁한 오래된 참나무와 포플러도 최근에 심은 자작나무, 단풍나무와 함께 거리 위나 부서진 건물위에 넘어져 있었다.

– 오스트롬(1968)에서 번역

글 전체 내용을 요약한 소주제문이 맨 앞에 제시되어 있다. 그 뒤에는 소주제문이 나타낸 요지(휩쓸어 버림)를 구체적으로 서술한 내용 곧 집, 울타리와 담, 넘어진 나무 등에 관한 서술이 나타나 있다. 따라서 이 글은 두괄식의 구조를 보이는 것이다.

다음 예문도 두괄식의 좋은 예가 된다. 맨 앞에 소주제문이 나타나 있고 그 뒤의 문장들은 그 소주제문의 깃발 아래로 모여서 그것을 한결같이 떠받들고 있다.

예문 25

땅은 우리에게 많은 것을 베풀어 주고 있다. 땅은 우리가 발을 딛고 걸어 다닐 수 있는 길과 집을 짓고 사는 터전을 마련해 준다. 푸르고 아름다운 산과 들 그리고 헤아릴 수 없이 많은 초목과 꽃들을 선사해 주는 것도 땅이다. 그 뿐이겠는가. 온갖 곡식과 과일과 채소를 가꾸어 모든 인류를 먹여 살리는 것도 알고 보면 땅이 말없이 베풀어 주는 은덕이다. 우리 인간에게만이 아니고 숱한 자연의 생명체, 하다못해 벌레 같은 미물까지도 그 가슴에 품어서 추운 겨울에도 온기를 주어 살리는 것도 땅의 미덕이다.

– 장희옥, 「자연의 고마움」 중에서

윗글은 전형적인 두괄식의 문단이다. 소주제문이 맨 앞에 나타나 있고 그 뒤의 모든 뒷받침문장들은 그 소주제문이 집약적으로 나타낸 내용을 구체적으로 풀이하여 보여 주고 있다. 이렇게 소주제문을 앞에 놓아두고 그것을 풀이하고 뒷받침하여 전개하는 것이 두괄식 단락이다.

두괄식 단락을 이루는 데 유의할 점은 뒷받침문장 하나하나를 이어갈 때마다 앞의 소주제문을 염두에 두어야 한다는 것이다. 이점을 소홀히 하면 빗나간 문단이 되어 버리고 말기 때문이다. 다음의 예문은 상당히 긴 문단이지만 모든 뒷받침문장들이 맨 앞의 소주제문을 구심점으로 하여 배열되어 있다.

예문 26

한 마디로 이 도시는 아직 근대화 혹은 서구화의 물결에 크게 휩쓸리지 않은 차분한 도시다. 고층 건물도 교통의 혼잡도 없고, 지나는 사람, 달리는 차량이 한결같이 유순하고 얌전하다. 뛰고 달리고 밀고 닥치는 생존 경쟁의 현장을 방금 벗어난 사람에게는 어쩐지 태엽이 풀린 듯한 완만한 분위기다. 신호등다운 신호등은 전북은행 앞 한 가운데서 볼 수 있다. 그런데 그것이 서울만큼 그렇게 위력이 있어 보이지 않고, 표시판도 교통순경도 없으니 주의하고 경계할 필요가 없다. 중심가에서 조금만 벗어나면 거리는 아주 한적하고 무기력하다. 대포집과 불량소년들도 입에 거품을 물고 악을 쓰는 술집 여자들이 득실거리는 서울의 뒷골목을 보아온 사람에게는 도무지 구경할 것도 없고 할 일도 없다. 여기 사람들은 무엇을 하고 사는 것일까 하고 의심이 날 정도로 사람이 드물고 생업이 눈에 띄지 않는다.

— 이창배, 「전주 초방(初訪)」 중에서

문장력의 기본기를 잘 익히고자 하는 이는 무엇보다도 먼저 이 두괄식 단락을 이루는 방법을 잘 알아 두어야 한다. 그 이유로는 첫째, 이 두괄식은 소주제문을 앞에다 두고 바라보면서 생각하고 전개할 수 있다는 점이다. 이는 마치 목표점을 앞에 두고 전진하는 것처럼 빗나가지 않는 뒷받침을 가능하게 한다. 둘째, 두괄식은 글을 읽는데도 매우 능률적이라는 점이다. 두괄식은 그 요지를 첫머리에서 파악할 수 있으므로 읽기가 편하다. 셋째, 두괄식은 다른 모든 구조 유형의 기본이 된다는 점이다. 사실상 다른 유형의 단락은 이 두괄식을 다소 조정하거나 손질하면 이룰 수가 있다. 이처럼 두괄식은 가장 효율적이고 기본적인 단락 유형이 되므로 글 쓰는 이는 누구나 일차적으로 익혀 두어야 한다.

(2) 양괄식 단락(소주제문+뒷받침문장들+소주제문)

양괄식의 단락은 소주제문을 첫머리에 내걸고 그것을 뒷받침한 다음에 마지막에 가서 소주제문을 다시 한 번 되풀이하는 짜임새이다. 이 단락은 실제로 두괄식의 짜임새와 같은 것인데, 끝에 가서 소주제문이 한 번 더 보이고 있는 점이 다르다. 그러므로 이 유형의 단락은 두괄식의 경우처럼 전개된다. 다만 마지막의 소주제문은 서론의 소주제문과 내용적으로는 일치하되 그 표현 형식이 다소 다른 문장 하나를 덧붙이면 된다. 앞의 〈예문 24〉를 양괄식으로 만들어 보면 다음과 같이 될 것이다. 밑줄 친 부분이 뒤 쪽에 첨가된 소주제문이다.

예문 24-1

태풍은 그 마을을 휩쓸어 버렸다. 한 집도 남아 있지 않게 되었다. 울타리와 담도 무너져서 한 자도 남아 있지 않았다. 울퉁불퉁한 오래된 참나무와 포플러도 최근에 심은 자작나무, 단풍나무와 함께 거리 위나 부서진 건물위에 넘어져 있었다. 이번 태풍으로 그 마을의 옛 모습은 찾아볼 길이 없게 되고 말았다.

또한 〈예문 25와 26〉의 경우를 양괄식으로 만들어 보면 다음과 같이 될 것이다. 각기 밑줄 친 부분이 첨가된 소주제문에 해당한다.

예문 25-1

땅은 우리에게 많은 것을 베풀어 주고 있다. 땅은 우리가 발을 딛고 걸어 다닐 수 있는 길과 집을 짓고 사는 터전을 마련해 준다. … 이처럼 땅은 모든 것을 우리에게 아낌없이 주기만 하는 자연의 어머니가 된다.

예문 26-1

한마디로 이 도시는 아직 근대화 혹은 서구화의 물결에 크게 휩쓸리지 않은 차분한 도시다. … 이 도시야말로 근대화 바람이 와 닿지 않은 안온한 고장인 것이다.

양괄식의 문단은 소주제문을 한층 강하게 드러내는 효과를 보인다. 문단의 첫머리에 소주제문을 보여주고 마지막에 다시 상기시키면서 다짐하기 때문이다. 특히 이 양괄식의 문단은 내용이 복잡하고 길게 전개될 경우에 효과적으로 사용될 수 있다. 그런 경우에는 소주제가 중간에 잊힐 가능성이 예상되기 때문이다.

(3) 미괄식 단락(뒷받침문장들+소주제문)

미괄식 단락은 뒷받침문장들이 앞에 놓이고 소주제문은 맨 끝에 제시된다. 소주제의 위치로만 보면 두괄식과 반대의 짜임새이다. 앞부분에서는 소주제문 대신에 그것을 이끌어 내기 위한 구체적인 서술이 이루어진다. 소주제문을 결론으로 삼아 맨 마지막에 드러내기 위해서 그 전제적인 서술을 앞부분에서 하는 것이다.

이 미괄식의 경우도 따져 보면 두괄식과 마찬가지의 요령으로 전개되는 것이 대부분이다. 두괄식에서 소주제를 뒤로 옮기고 약간의 조정을 하면 미괄식이 이루어진다. 〈예문 24〉의 두괄식 단락을 미괄식으로 고쳐 보면 그 요령을 익힐 수 있다.

예문 24-2

태풍으로 그 마을에는 한 집도 남아 있지 않게 되었다. 울타리와 담도 무너져서 한 자도 남아 있지 않았다. 울퉁불퉁한 오래된 참나무와 포플러가 최근에 심은 자작나무, 단풍나무와 함께 거리 위나 부서진 건물 위에 넘어져 있었다. 한마디로 태풍은 그 마을을 휩쓸어 버린 것이다.

윗글에서 보는 바와 같이 두괄식인 〈예문 24〉를 다소간 조정하면 미괄식으로 만들 수가 있다. 다른 뒷받침문장들은 거의 그대로 두고 다만 소주제문 바로 다음의 문장을 조정하고 소주제문을 뒤로 이동하면서 그 앞에 적절한 접속어(한마디로, 이처럼, 따라서 따위)를 써서 연결시키면 자연스런 미괄식 단락이 되는 것이다.

〈예문 25〉와 〈예문 26〉도 맨 앞의 소주제문을 끝자리로 옮기고 앞부분의 문장을 다음과 같이 조정하면 미괄식이 된다.

예문 25-2

땅은 우리가 발을 딛고 걸어 다닐 수 있는 길과 집을 짓고 사는 터전을 마련해 준다. 푸르고 아름다운 산과 들 그리고 헤아릴 수 없는 초목과 꽃들을 선사해 주는 것도 땅이다. 이와 같이 땅은 우리에게 숱한 것을 베풀어 주고 있는 것이다.

예문 26-2

이 도시는 고층 건물도 교통의 혼잡도 없고, 지나는 사람, 달리는 차량이 한결같이 유순하고 얌전하다. 한마디로 이 도시는 아직 근대화 혹은 서구화의 물결에 크게 휩쓸리지 않은 차분한 도시라 할 것이다.

위에서 본 것처럼 미괄식은 두괄식의 변형이므로 미괄식 단락을 짓는 데도 두괄식 단락의 경우와 같은 요령으로 할 수가 있다. 소주제문을 가상적으로 내걸어 놓고 그것을 두괄식으로 뒷받침하여 전개한 다음에 동일한 소주제문을 마지막에 제시하면서 앞의 가상적인 소주제문을 지우는 것이다. 다음의 예문에서 괄호 안은 가상적으로 내건 소주제문이다.

예문 27

~~(우리 사회의 뿌리 깊은 권력지상주의의 꿈은 언제나 정치적 비극의 불씨가 되어 왔다.)~~

우리 사회에서는 남의 애를 칭찬하는 말로서 '그 놈 대통령감이다', '그 놈 장군감이다'는 말을 흔히 쓴다. 이런 말은 그 애 부모의 마음을 흡족하게 해 주는 말인지도 모른다. 아니 이것은 모든 부모들이 자기 자식에게 거는 꿈인지도 모르겠다. 이 꿈 뒤에 서려있는 것은 이조 오백년 동안 맺혀왔던 모든 백성들의 꿈을 표현한 것이 아닐까 한다. 입신양명하는 것은 과거에 급제하는 것이고, 과거에 급제한다는 것은 관리가 되는 것이고, 관리가 되는 것은 곧 일반 서민을 지배하는 계급이 되는 것을 의미하는 것이다. 이렇게 보면 모든 백성들의 꿈이란 남보다 나은 지위에 오르는 것으로 요약할 수 있다. 이런 꿈은 모든 백성들이 가지고 있을 때 결과적으로 예상되는 것은 권력 투쟁이다. 죽고 죽이고 유배당하는 조선의 피비린내 나는 당쟁이 그것을 실증한다. 우리 사회의 뿌리 깊은 권력 지향의 꿈은 언제나 정치적 비극의 불씨가 되어 왔다.

– 김상태, 「꿈」 중에서

일반적으로 미괄식 단락은 두괄식과는 다른 효과가 있다. 두괄식은 소주제문이 맨 앞에 있어서 단락의 요지 파악에는 간명한 점이었다. 그렇지만 속이 처음부터 너무 뻔히 드러나는 면이 있다. 이와는 달리 미괄식 단락은 소주제문을 이끌어내는 과정을 점층적으로 거친 다음에 마지막으로 극적으로 드러낸다.

(4) 중괄식 단락(뒷받침문장+소주제문+뒷받침문장)

중괄식 단락은 소주제문이 그 중간에 놓여 있고 앞부분과 뒷부분에 뒷받침문장이 나뉘어 있는 짜임새이다. 곧 앞부분에서 다소간의 서술을 한 다음에 소주제문을 보여 주고 그 뒤에 다시 보충적인 서술을 하는 방식이 중괄식이다. 〈예문 25〉를 중괄식으로 고쳐 써보면 다음과 같은 모습이 될 것이다. 밑줄친 부분이 소주제문이다.

예문 25-3

땅은 우리가 발을 딛고 걸어 다닐 수 있는 길과 집을 짓고 사는 터전을 마련해 준다. 푸르고 아름다운 산과 들 그리고 헤아릴 수 없이 많은 초목과 꽃들을 선사해 주는 것도 산이다. 그 뿐이겠는가. 온갖 곡식과 과일과 채소를 가꾸어 모든 인류를 먹여 살리는 것은 알고 보면 땅이 말없이 주는 은덕이다. 땅이야 말로 우리에게 이처럼 수많은 것을 베풀고 있는 것이다. 우리 인간에게만이 아니고 숱한 자연의 생명체, 하다못해 벌레 같은 미물까지도 그 가슴에 품어서 추운 겨울에도 온기를 주어 살리는 것도 땅의 미덕이다.

중괄식은 소주제가 단락의 중간에 묻혀 잘 드러나지 않는 것이 흠이다. 단락을 형성하는 처지에서 보면 편한 점이 있으나, 그 요지 파악이 힘들고 전달 효과가 약화되기 쉽다. 일반적으로 독자의 관심이 집중되는 것은 문단의 첫머리와 끝 부분이기 때문이다.

(5) 무괄식 단락(뒷받침문장들뿐임)

무괄식 단락은 소주제가 소주제문의 형식으로 표면화되지 않고 뒷받침문장들만으로 이루어진다. 모든 일반 단락은 소주제를 전개하는 것이 목표이므로, 이 경우에도 소주제는 있게 마련이고 또 그것이 뒷받침되어 드러나야 하는 점은 마찬가지이다. 다만 무괄식에서는 그것이 단락의 표면 문장으로 나타나 있지 않고 잠재되어 있다는 점이 특징이다.

이런 무괄식 단락은 두괄식이나 미괄식에서 소주제문을 제외하고 뒷받침 문장들만 순리적으로 늘어놓은 경우라고 할 수가 있다. 〈예문 24〉와 〈예문 25〉를 무괄식 단락으로 바꾸어 보면 다음과 같이 될 것이다.

예문 24-3

태풍으로 울타리와 담도 무너져서 한 자도 남아 있지 않았다. 울퉁불퉁한 오래된 참나무와 포플러가 최근에 심은 자작나무, 단풍나무와 함께 거리 위나 부서진 건물 위에 넘어져 있었다.

예문 25-4

땅은 우리가 발을 딛고 걸어 다닐 수 있는 길과 집을 짓고 사는 터전을 마련해 준다. 푸르고 아름다운 산과 들 그리고 …. 우리 인간에게만이 아니라 숱한 자연 생명체, 하다못해 벌레 같은 미물까지도 그 가슴에 품어서 추운 겨울에도 온기를 주어 살리는 것도 땅의 미덕이다.

무괄식 단락에서는 소주제문이 표면에 나타나 있지 않더라도 독자가 그것을 쉽사리 알아볼 수 있어야 한다. 곧 위의 예문에서처럼 그 문단을 읽고 나면 누구나 겉으로 드러나 있지 않은 소주제문을 떠올릴 수 있도록 되어야 한다는 것이다. 그렇지 못하면 소주제가 잘 전개되지 못한 문단이라 할 수밖에 없는 것이다. 무괄식에서는 특히 이점을 유의해서 소주제를 누구나 쉽사리 짐작할 수 있게 서술되어야 한다.

무괄식 단락을 전개하는 한 방법으로는 소주제문을 따로 써 두고 두괄식 단락의 경우처럼 전개해 나가는 것이다. 다음 예문을 살펴보고 각자 익혀 보도록 하자. 괄호 안에는 소주제를 표시하였다. 이것은 물론 실제 글에는 나타나 있지 않다.

예문 28 _ (소주제 : 시골 시부모를 무시하는 며느리)

내가 아는 사람 가운데 균할머니로 통하는 분이 있다. 가난한 농사꾼의 몸으로 아들을 잘 가르쳐서 고시 패스까지 시켜 그 아들로 하여금 서울에서 호화 주택에 자가용까지 놓고 살기에 이르도록 하였다고 한다. 부잣집 따님을 며느리로 맞이한 덕분이기도 했으리라. 어느 날 금이야 옥이야 하는 손자 놈의 돌을 맞아 늙은 내외분이 나의 어머니처럼 보따리를 들고 아들네 집을 찾아갔다고 한다. 행여나 옷에서 먼지라도 떨어지면 어쩔까 싶어 숨을 죽이며 발을 옮겨 딛어야 할 저택, 늙은이들의 어깨가 얼마나 으쓱했을까. 아장아장 손자 놈이 걸어 나왔다. 얼마나 보고 싶던 핏덩이인가. 무심결에 "아이쿠 내 새끼야" 외치는 소리에 앞서 어느덧 손자는 할머니의 품속에 안겨 있었다. 뒤늦게 나오다가 이를 본 며느리가 질겁했다. 시부모님께 대한 인사는 그만두고 "저런, 나쁜 균이라도 옮으면 어쩔라고." 신경질을 부리며 아기를 빼앗아 가더라는 것이다. '닭 쫓던 개'란 이를 두고 한 말이렷다.

– 문도채, 「균할머니」 중에서

윗글은 소주제가 표면에 나타나 있지 않더라도 누구나 그것을 짐작할 수가 있다. 무괄식은 이렇게 소주제를 잠재시켜서 독자로 하여금 스스로 알아차리도록 하는 것이다.

8

특수 단락 및 단락의 형식과 내용

1. 특수 단락의 역할과 구성 방법

우리가 앞에서 살핀 단락은 일반 단락이었다. 주어진 핵심 과제인 소주제를 뒷받침하여 발전시키는 역할을 하는 것들이다. 그런데 거의 모든 글에는 이런 일반 단락 외에 특수한 단락이 한두 개 끼어 있다. 이들 특수 단락은 글의 시작, 끝맺음 등의 특수 목적만을 위해서 쓰이는 것들이다. 특수 단락은 도입 단락, 전환 단락, 종결 단락, 주 단락과 종속 단락 등으로 나누어 볼 수 있다. 이들의 역할과 구성 요령에 관해 살펴보기로 한다.

(1) 도입 단락

① 도입 단락의 역할

도입 단락導入段落은 글의 첫머리에 놓이는 단락으로서 글의 문을 여는 역할을 한다. 글의 첫머리, 들머리, 서두 또는 서론적인 역할을 하는 것이 도입 단락이다. 글에 따라서는 도입 단락이 없이 바로 일반 단락으로 시작될 수도 있다. 그런 글에서는 처음부터 주제와 관련된 문제가 뒷받침되어 전개된다. 그러나 대부분의 글에서는 본격적인 전개에 들어가기 전에 그 예비적인 서술을 하게 된다. 이런 예비적, 입문적 역할을 하는 것이 도입 단락이다.

도입 단락은 글의 운명을 좌우하는 수가 많다. 첫인상은 모든 만남에서 열매 맺음의 관건이 된다. 사람의 만남에서 첫인상이 좋고 나쁨에 따라 중대한 운명의 갈림길을 이루는 수가 많다. 글의 경우에도 글의 첫인상을 좌우하는 첫머리가 매우 중요한 구실을 한다. 글의 내용이 아무리 훌륭할지라도 그 첫머리가 잘못되면 독자의 관심을 끌지 못하여 끝내 글이 간직한 보물이 사장되는 수가 있다. 이런 점에서 도입 단락은 실로 글의 성패를 결정짓는 열쇠의 구실을 하는 것이다.

도입 단락은 무엇보다도 독자의 관심과 흥미를 불러일으켜서 그 글을 읽도록 만드는 기능을 하도록 해야 한다. 이러한 바람직스런 도입 단락이 이루어지려면 우선 가벼운 서술로 독자의 관심과 호기심을 불러일으키도록 하여야 한다. 다음 예문은 매우 짧은 도입 단락이지만 독자의 호기심을 불러일으킨다.

예문 1

이따금 나의 존재를 생각해 본다. 더위에 찌든 나와 추위에 몸을 떠는 나 사이에는 어떠한 차이가 있는 것일까?

– 김상희, 「아집(我執)」 중에서

위와 같은 서두는 누구나 생각해 볼만한 문제이기에 독자의 마음을 붙잡아 끌만하다. 그러나 다음과 같은 도입 단락은 어떨까?

예문 2

글을 쓴다고 생각하면 나는 늘 머리가 무겁다. 오늘도 창가에 앉아서 무엇을 쓸까 고민하고 있는데 친구가 놀러 와서 그만 덮어버리고 말았다. 역시 나는 글재주가 없나보다고 생각하면서.

이런 도입 단락이 있다면 누가 그 글을 읽으려 하겠는가? 이런 자신 없고 매력 없는 내용의 첫머리는 글을 읽으려는 사람을 끌기는커녕 멀리 쫓고 말 것이다. 도입 단락은 되도록 부담 없이 읽힐 수 있는 것이 바람직하다. 처음부터 너무 어렵고 까다로운 표현이나 내용을 쓰는 것은 독자의 마음에 부담을 주기 때문이다. 곧 도입 단락에서는 본문으로 들어가는 가벼운 지팡이의 역할만 하고 본격적인 내용의 전개는 본문의 일반 단락에서 하도록 하는 것이 낫다.

예문 3

사진의 예술적 특성은 일찍이 사실주의를 새롭게 주창하고 나선 프랑스의 화가 쿠르베(Courbet)가 '천사는 보이지 않는다. 그러므로 그릴 수 없다'는 말에서 단적으로 드러난다. 일반적으로 예술이라고 하면 어떤 대상을 상상력을 동원하여 더욱 아름답게 그리고 보다 고상하게 의미화를 시키는 것이 상례이다. 그래서 예술은 대상 그 자체가 중요한 것이 아니라 예술가의 상상력과 감성의 무한한 전개가 무엇보다도 우선한다. 그러므로 눈에 보이는 대상이 있거나 없거나 간에 예술을 창작하는 데 그리 중요한 문제가 되지 않는다.

– 육명심, 「당신도 사진작가가 될 수 있다」 중에서

위와 같은 서술이 도입 단락으로 등장한 것은 문제가 있다. 그 방면의 전문가가 아닌 초입자를 위한 글의 첫머리로서는 상당한 부담을 준다고 여겨지기 때문이다. 다음의 예문은 도입 단락을 두지 않고 곧바로 본문으로 들어가는 방식을 보이고 있다. 요즈음 이런 방식의 글을 쓰는 경향이 더러 눈에 띈다.

예문 4

어릴 때의 방정환은 어떤 마술사가 장난감으로 준 환등기를 이용해서 동네 아이들에게 동화를 그림으로 그려 비춰 주면서 재미있게 이야기하고, 그 이야기를 들으러 오는 아이들에게는 입장료를 받자는 생각을 한다. 이 계획은 큰 성공이어서 방정환이 무대로 정한 서대문 대고모집의 넓은 방안은 성냥 열 개비씩을 내고 구경하러 오는 아이들로 터질 듯했다고 한다. 이와는 달리 마해송은 개성의 부유한 양반집안에서 방정환보다 여섯 해 뒤인 1905년에 태어났다. 자서전의 성격을 지닌 마해송의 「아름다운 샛별」을 보면 마해송이 방정환보다 더 넉넉한 집안에서 태어났다고 해서 그의 어린 시절이 그만큼 더 그늘 없이 밝은 것이었다고 이야기할 수도 없다는 점이 두드러진다.

– 윤구병, 「방정환과 마해송」 중에서

윗글은 곧바로 본론 서술에 들어감으로써 첫머리가 다소 무거운 느낌이 있다. 그러나 본론 내용의 일부에 단도직입적으로 들어가는 장점이 있고, 또 독자의 호기심을 숨 돌릴 겨를 없이 끌어당기는 힘이 있다. 이런 점에서 이 부분은 보통의 도입 단락은 아니지만 독자의 관심을 끌어 들인다는 역할을 하고 있다 할 것이다.

② 도입 단락의 구성 요령

도입 단락을 마련하는 데는 다음과 같은 사항들을 실마리로 삼을 수가 있다. 이들은 여러 글에서 볼 수 있는 방식이므로 참고하면 좋을 것이다. 글솜씨가 향상된 다음에는 자기 나름의 독특한 도입 단락을 마련하도록 힘써야 할 것이다.

a. 문제의 제시

글의 첫머리에서 그 글에서 다룰 문제를 내세움으로써 독자의 관심을 불러일으키는 방식이다.

예문 5

사랑이라는 말처럼 흔히 쓰이면서도 끝내 매력을 잃지 않는 말도 드물다. 그처럼 자주 입에 오르내리고 또는 그것 때문에 마음을 태우면서도 그 본질이 무엇인지 딱 잡아 말하기 어려운 것이 또한 사랑이란 낱말이다. 사랑이란 무엇인가? 어떻게 하는 것이 참사랑인가? 한번쯤 마음에 두어 따지고 넘어가야 하지 않을까? 더구나 사랑의 본질을 잘못 이해한 나머지 불행을 초래하는 젊은이들이 많음을 가끔 볼 때 그 필요성을 더욱 느껴마지 않는다.

– 서정수, 「사랑의 본질」 중에서

b. 주제의 제시

도입부에서 주제를 제시하여 처음부터 독자의 관심을 주제에 집중시키는 경우이다. 이런 경우는 주제의 내용이 상당한 관심거리가 될 만해야 할 것이다.

예문 6

인간의 삶에는 믿음(信念)이라는 줏대가 필요하다. 하느님을 믿든 인간을 믿든 진리나 사상을 믿든 하나의 대상을 믿고 행동한다는 것은 매우 중요하다. 이것은 단지 어떤 추상적인 관념에서 나오는 것이 아니고 나의 오랜 인생 체험에서 우러나온 고백이기도 하다.

위의 예문처럼 자신의 체험을 통해서 느낀 것을 주제로 하고 그것을 서두에 내세워 독자의 관심을 끄는 방식이다.

c. 주제의 구분 제시

도입 단락의 글에서 다루어질 주제를 몇 가지로 구분해 제시하는 경우이다. 이런 도입 단락은 본문에서 다룰 과제를 낱낱이 보여 주는 이점이 있다.

예문 7

치밀한 사업가는 새로운 공장을 건설하기 위해서는 다음 세 가지 문제를 고려한다. 원자재의 공급원에서 가까운 거리에 있는가? 비교적 싼 비용으로 동력 문제를 해결할 수 있는가? 제품을 좋은 시장에 편리하게 수송할 수 있는가?

위의 도입 단락에서 주제(공장 부지의 최선의 조건)를 3가지로 나누어서 제시하고 있다. 뒤따르는 단락에서는 한 가지씩 차례로 다루어 나갈 것을 시사하고 있다. 간결성을 요하는 설명문에서 흔히 볼 수 있는 도입 단락의 유형이다.

d. 사건의 제시

도입 단락에서 어떤 사건을 내세워 독자의 관심을 일으키는 경우이다. 그 사건은 그 글의 주제와 관련 있는 것이어야 함은 물론 되도록 특색 있는 것이어야 한다.

예문 8

꼬마는 마침내 엄마와의 실랑이에서 이겼다. 동전 몇 푼을 엄마 손에서 빼앗듯이 받아 쥐고는 가게로 뛴다.

– 유승삼, 「과자 – 달콤한 폭력」 중에서

예문 9

온 산야를 하얀 눈이 뒤덮었었다. 뿌그덕뿌그덕 소리가 눈부신 들녘으로 뻗어간 신작로를 타고 끝없이 뒤를 따랐다. 문중(門中) 아저씨들이 짐을 지고 나는 앞서거니 뒤서거니 좋아서 따랐다.

– 이유방, 「고향 유감」 중에서

예문 10

누구나 다 잘 알고 있는 이야기겠지만, 옛날 어디선가 들은 이야기가 요즈음 새삼스럽게 자주 머리에 떠오른다. 두 사람의 철학자가 같이 길을 걷고 있었는데, 어떤 집에서 갓난아이가 막 세상에 나오면서 울부짖는 소리가 들렸다. 두 철학자는 발을 멈추고 한참동안 그 갓난아이의 첫소리를 듣고 있었다.

– 김은국, 「갓난애는 왜 우는가」 중에서

위의 예문들은 여러 형태의 사건들을 첫머리에 내세워 독자의 관심과 흥미를 끌고 있다. 대개 사건은 우리의 흥미를 끄는 데 가장 효과적이다. 우리는 사건 뒤에 숨은 원인이나 그 사건의 귀추에 대해서 거의 본능적인 호기심을 가지고 있기 때문이다.

e. 인용문의 제시

도입 문단의 첫머리에 인용문을 제시함으로써 독자의 관심을 끌고자 하는 경우이다. 그 인용문은 글에서 다룰 문제점이나 주제와 관련된 것이라야 하고 되도록 참신한 맛이 있는 명언이나 명구라야 효과가 클 것이다.

예문 11

일찍이 나폴레옹은 "나쁜 장교는 있어도 나쁜 사병은 없다."라고 말한 바 있다. 이 말은 "윗물이 맑아야 아랫물이 맑다."라는 우리의 속담과도 일맥상통하는 것으로서 우리에게 많은 것을 시사한다.

예문 12

"있는 것을 잘 판단하려면 있어야만 하는 것을 알아야 한다."라고 루소는 그의 유명한 「에밀」에서 말하였다. 그의 주장은 우리가 이 글을 전개시키는 데 절대적인 뜻에서의 무게를 지닌 길잡이의 구실을 한다. 밖으로 드러나 있는 사실과 마땅히 있어야 하는 가치를 갈라 봄은 우리가 다루고자 하는 민중의 개념에서도 필요하다. 민중이란 무엇이며, 그것의 올바른 모습은 무엇일까? 이러한 물음은 오늘의 우리에게 주어진 지성의 풍토와 상황에서 적잖은 파문을 일으킬 수 있으리라.

– 김형효, 「민중은 어디에 있느냐」 중에서

(2) 전환 단락

전환 단락은 어느 지점까지의 서술된 내용을 간추리면서 그 이후의 서술 방향을 제시하는 역할을 한다. 이런 전환 목적의 단락은 대개 긴 글의 중간 부분에 놓인다. 독자에게 방향 감각을 일깨워 줌으로써 글 내용의 이정표 노릇을 하도록 하는 것이다. 짧은 글에서는 독자가 글의 방향을 쉽사리 기억할 수 있으므로 전환 단락은 필요치 않을 수 있다. 그런 경우에는 일반 단락의 앞뒤에 덧붙여진 전환 어귀로 충분할 것이다. 그래서 긴 글에서만 한 단락을 따로 써서 전환을 하는 것이 보통이다.

예문 13

이제까지 우리는 이 회의 목적이 무엇이라는 점에 대해서 논의했고 또 그 필요성을 강조해 왔다. 그러면 그 목적 달성을 위하여 우리는 어떻게 해야 할 것인가? 이제

이 점을 바로 중심 과제로 삼고자 한다.

예문 14

이제까지 우리는 건강의 중요성과 그것이 정신 작용에 미치는 영향에 관해서 살폈다. 그러면 건강을 유지하는 구체적인 방법은 무엇인가? 이제 이 점에 대해서 알아보는 단계에 이르렀다.

(3) 종결 단락

종결 단락은 글을 끝맺는 역할을 한다. 연극에서 마지막 막을 내리듯이 글에서도 마지막 마무리를 짓는 종결 단락이 있게 마련이다. 이 종결 단락은 일반 단락처럼 내용 전개나 뒷받침은 필요 없고 다만 맺는말 정도로 그친다. 종결 단락은 대개 다음 몇 가지 요령으로 쓴다.

① 본론 내용을 간추려 주제를 다지는 경우

본론에서 이미 밝혀진 결론을 간추려 되풀이한다. 이런 결론은 글 전체의 주제가 되는 수도 있고 그 주제를 여러 갈래로 하위 구분한 것일 수도 있다. 다음 예문은 글 전체의 결론(주제)을 간추려서 보인 종결 단락이다.

예문 15

이상에서 사람은 여러 가지 대상과 방법을 통하여 배운다는 것을 밝혔다. 첫째로 사람은 사람에게서 배우며, 둘째로 자연을 통하여 많은 것을 배운다. 셋째로, 내면적 사유를 통하여 많은 것을 탐구하고 깨닫는다. 이렇게 해서 인간의 지적 욕구를 충족시켜 진리를 탐구하는 것이 학문의 길이다.

– 박종홍, 「학문의 길」 중에서

② 주제만을 상기시키고 전망을 하는 경우

주제를 마지막으로 상기시켜서 다짐하고 장차 어떻게 될 것인지를 전망하는 것이다.

예문 16

그러므로 은근은 한국의 미요, 끈기는 한국의 힘이다. 은근하고 끈기 있게 사는 데에 한국의 생활이 건설되어 가고, 또 거기서 참다운 한국의 예술, 문학이 생생하게 자라날 것이다.

– 조윤제, 「은근과 끈기」 중에서

③ 글의 주제와 관련된 어구 등으로 여운을 남기는 경우

주제를 뚜렷이 상기시키는 대신에 관련된 표현으로 여운을 남기면서 끝맺는 것이다.

예문 17

1670년경에 네덜란드의 철학자 스피노자는 "비록 내일 세계의 종말이 온다 할지라도 나는 오늘 한 그루의 사과나무를 심겠다."라고 했거니와, 마치 세상이 오늘만으로 끝나는 듯 착각하고 사는 우리들의 조급증은 언제나 사라질 것인가.

④ 본론 내용을 마무리하면서 전망하는 경우

종결 단락은 글을 마무리하면서 남은 문제점을 가리키거나 전망을 곁들이기도 한다. 때로는 본론에서 서술한 내용을 간추리지 않고 독자에게 바라는 점이나 앞으로의 전망만을 적고 끝맺는 수도 있다.

예문 18

한국 사회에 산업화 현상이 진전함에 따라 그것이 뿜어내는 거대한 생산력이 한국 사회와 그 속의 구성원의 성격을 크게 바꾸어야 할 것이며, 정치와 사회의 구별이 더 뚜렷해짐에 따라서 새로운 권력 구조의 형성이 불가피해질 것이다. 정치의 주체자로서의 민중의 힘이 자람에 따라 한국 정치의 미래상도 크게 바뀌게 될 것으로 가늠해 보는 것이 희망적인 관측만은 아닐 것이다.

– 한배호, 「민중이 정치의 주인이 되기까지」 중에서

물론 필자의 바람이나 전망은 글의 주제에 얽힌 것이어야 한다. 전혀 관련이 없는 것이 되어서는 통일성이 결여된다. 종결 단락은 그 밖에도 여러 가지 유형으로 이루어질 수 있다. 글의 성격이나 필자의 의도에 따라 얼마든지 특색 있는 마무리를 할 수가 있는 것이다. 다만 여기서 특히 유의할 점은 글의 주제나 본론의 내용과 동떨어진 마무리를 해서는 안 되며, 또한 새로이 다른 문제를 논의해서 추가해서도 안 된다. 마무리는 끝맺는 일만 해야지 새로운 일을 벌이는 것이 아니기 때문이다.

(4) 주 단락과 종속 단락

주 단락과 종속 단락은 서로 짝을 지어 쓰인다. 주 단락은 일반적으로 그 단락에서 다룰 소주제를 개괄하여 보이고, 종속 단락은 주 단락에서 보인 소주제를 자세히 뒷받침하여 전개하는 역할을 한다. 이처럼 주 단락과 종속 단락의 분할 사용은 대개 소주제가 매우 중요하여 좀 더 깊이 다루어야 할 필요가 있을 경우에 볼 수 있다. 그렇지 않은 경우는 일반 단락 하나로 다루는 것이 상례이다. 곧 주 단락과 종속 단락은 다루는 소주제가 글 전체 주제와 가장 밀접한 관련이 있는 경우에 그것을 강조하기 위한 방법으로 가끔 쓰인다.

예문 19

미국 평화 봉사단의 목적은 두 가지로 볼 수 있다. 하나는 상대 국가에 대한 봉사를 통한 우호의 증진을 꾀하는 일이다. 다른 하나는 미국 젊은이로 하여금 외국 문화권에 대한 접촉을 하도록 하는 일이다. 이 두 가지는 세계에 대한 지도력을 유지하고 발전시키려는 미국이 노리고 있는 일거양득의 목표이다.

'봉사를 통한 우호의 증진'은 미국의 평화적이고 문화적인 원조 계획의 하나다. 2차 대전 뒤로 미국은 세계의 여러 나라에 경제적으로나 군사적으로 원조를 해왔다. 전쟁으로 해를 입은 유럽 여러 나라, 아시아의 이른바 개발도상국들에게 미국은 막대한 경제 원조를 했으며, 공산 세력과 맞서도록 군사 원조도 숱하게 했다. 그런데 1960년대에 접어들면서 그러한 경제, 군사의 원조가 점차 줄거나 끊기면서 나타난 것이 평화 봉사단이다. 우방 여러 나라와 우호를 계속해서 높이고 상부상조가 필요했기 때문이었다.

'외국 문화권에 대한 접촉'은 미국 젊은이로 하여금 경험과 시야를 넓혀서 미래 지도자의 자질을 갖추게 하는 계획의 하나이다. 사람이란 자신을 바로 알고 또 바른 인생관이나 세계관을 세우려면 남을 알고 세계를 두루 경험해야 한다. 그릇은 넓고 깊을수록 가치가 있듯이 앞으로 미국을 짊어지고 세계를 주름잡을 수 있는 인재는 젊어서부터 세계의 문화권들을 이해하고 체험하는 것은 거의 필수적이라 할 것이다. 이런 점에서 미국 정부는 주는 데에 그쳤던 경제와 군사 원조 대신에 미국 젊은이들의 봉사 활동을 선물로 보내면서 그들의 산 경험에서 얻은 과실을 반대급부로 삼고자 한 것이다.

위 예문의 첫 단락은 주 단락인데 그 소주제는 두 가지 점을 보이고 있다. 그런데 이 두 가지 점은 매우 중요한 것이므로 그 단락 안에서 모두 다루자면 단락이 길어질 수 있다. 따라서 주 단락은 소주제를 내보이고 간단히 부연하는 데에 그치고 그 자세한 논의를 종속 단락으로 넘겨서 다루도록 했다. 첫 번째의 종속 단락에서는 주 단락에서 보인 첫 문제를 펼치고 있다. 두 번째의 종속 단락에서도 마찬가지 방법으로 주 단락에서 보인 두 번째 문제를 펼치고 있다.

다음 예문에서도 주 단락과 종속 단락의 관계로 펼치고 있다.

예문 20

이웃 사랑은 적어도 두 가지 면에서 우리를 흐뭇하게 만든다. 하나는 이웃을 기쁘게 하는 일이고, 다른 하나는 자신을 즐겁게 하는 것이다. 여기 이웃이란 우리의 형제자매, 가까이 사는 사람, 아는 사람 나아가서 우리와 공동 운명체를 이루는 모든 이들을 말한다.

'이웃을 기쁘게 하는 일'이란 우리에게 가장 가까운 사람들을 기쁘게 해준다는 뜻이다. 우리는 이웃에게 관심을 가지고 조그마한 사랑이라도 보여 줌으로써 그들을 상상할 수 없을 정도로 즐겁게 해 주는 일이 많다. 가령, 아무도 돌보지 않고 있는 불우한 사람, 외로이 사는 노인들, 부모를 잃은 아이들에게는 우리의 조그마한 성의만으로도 커다란 기쁨의 선물을 안겨 주게 된다.

'자기 자신을 즐겁게 하는 것'이란 이웃을 사랑함으로써 자신에게도 기쁨의 보상이 따른다는 것이다. 우리는 좋은 일을 한다든지 남을 사랑하게 되면 사랑 받는 것 못지않게 흐뭇한 느낌을 지니게 된다. 사랑이란 받는 것보다 주는 것이 더 우리를 행복하게 만든다고 하는 말은 바로 이런 것을 의미한다. 또한 이웃 사랑은 상대방으로 하여금 나를 사랑하게 만들어서 사랑의 수로가 열리는 결과도 낳는다.

대개 종속 단락에서 다루는 과제에는 따옴표를 하여 일반 단락과 구별하는 것이 바람직하다. 물론 종속 단락이 명확한 경우에는 그런 표시가 없어도 되나, 일반적으로 그런 표시를 하는 것이 요지 파악에 도움이 된다.

(5) 그 밖의 특수 단락의 문제점

이상에서 특수 단락에 관하여 살펴보았다. 이 밖에도 강조 단락, 보충 단락, 회화 단락을 내세우는 이가 있다. 그러나 이런 특수 단락은 몇 가지 점에서 바람직스럽지 않다.

강조 단락은 내용의 단조로움을 피하기 위하여 임의로 새 단락을 만들어 그 부분을 시각적으로 강조하는 단락이라고 한다. 내용으로 봐서 앞 단락에 붙여도 좋을 것을 그 부분만 떼어서 따로 단락을 만들어 강조한다는 것이다. 이러한 강조 단락의 정의는 얼핏 보아 타당성이 있는 듯하나, 시각적 강조라는 점에 문제가 있다. 글이란 눈으로 보는 것이라기보다는 마음으로 읽는 것이다. 따로 줄을 바꾸어 한 문장을 써 놓으면 얼른 눈에 띄는 효과는 있겠지만 그것만으로 강조되는 것은 아니다. 오히려 그것을 전후의 뒷받침문장들에서 분리시켜 따로 적어 놓으면 다른 명제처럼 느껴져서 그 강조 효과가 줄어들 수가 있다. 더구나 우리나라의 글에서는 이런 강조 단락이라는 명목으로 줄 바꾸는 일이 너무 잦아서 결국 시각적 강조의 효과도 드러나지 않는다. 그러니 강조 단락의 남용은 단락의 형식과 내용의 관계만 산만하게 만들 뿐이다.

보충 단락은 전 단락에서 빠뜨린 내용을 추가 보충하는 것이라고 정의하는 이가 있다. 그런데 이는 자칫 단락의 형식과 내용의 불일치를 조장할 가능성이 많다. 앞 단락에서 빠뜨린 것이면 거기에서 다시 조정하여 보충할 것이지 새로 단락을 만들어서 할 필요는 없는 것이다. 또 만일 앞 단락에서 다루기에는 너무 분량이 많은 경우라면 종속 단락의 형식을 취하는 것이 좋을 것이다. 그러니 보충 단락이라는 또 다른 개념을 허용해서 글의 짜임새를 산만하게 해서는 안 된다.

회화 단락을 따로 설정하는 것도 문제가 있다. 문장 속의 대화를 각각 하나의 단락으로 본다는 것인데, 그것은 단락 형식으로 처리하기보다는 회화체나 인용문의 특수 형식으로 봄이 타당하다. 이들을 표시하는 데 줄을 바꾸고 들여쓰기를 한다고 해서 단락이라 보는 것은 단락의 개념에 혼선을 야기할 뿐이다. 단락은 형식과 함께 뭉뚱그려진 내용이 담겨질 경우로 한정하는 것이 좋다. 낱낱의 대화 문장은 내용면에서 한 단락이 될 수 없는 것이다.

2. 단락의 형식과 내용

(1) 단락의 형식 표시

옛날에는 글을 쓰는 데 띄어쓰기나 쉼표, 마침표 따위가 거의 쓰이지 않았다. 낱말과 낱말 사이도 띄어쓰지 않았고, 문장과 문장 사이에도 경계 표시가 거의 없었다. 글자가 다닥다닥 붙어 있어서 한참 들여다보아야 낱말이나 문장의 뜻을 구별해서 읽을 수가 있었다. 또한 단락의 표시도 없었다. 낱말과 문장이 구별되어 표시되지 않는데 단락의 형식이 나타나 있기를 기대할 수는 없는 것이다. 이런 사정은 동양이나 서양이나 마찬가지였다. 동서양의 고전을 보면 낱말, 문장 또는 단락의 구분이 되어 있지 않다.

그러다가 점차적으로 낱말을 띄어쓰게 되고 문장이 구분되어 표시되기에 이르렀다. 나아가 문장들이 모여서 이루는 단락을 표시하는 방법도 생겨나게 되었다. 이 단락의 구분 표시는 서양 글에서 비롯된 것으로 보인다. 한 문장 이상이 모여서 이루는 대문의 시작점에 '¶'라는 기호로 표시하게 되었다. 이 기호는 영어의 paragraph를 표시하는 것인데 본디 뜻은 '곁에다 쓰기to write beside'이다. 그 뒤에 이 기호가 사라지면서 단락의 표시 방법은 다음 몇 가지로 나타나게 되었다. '들여쓰기', '내어쓰기' 및 '줄바꾸기'가 그것이다.

들여쓰기는 단락의 시작점을 안쪽으로 들여 넣는 방식이다. 들여쓰기의 원말 indention은 본디 톱니 모양의 자국을 내는 것을 뜻한다. 따라서 들여쓰기는 단락의 시작점을 한 자(또는 두 자) 정도 안쪽으로 들여 넣음으로써 자국을 만들어 단락을 표시하는 것이다. 첫 단락뿐 아니라 뒤따르는 모든 단락의 시작은 모두 이 방식으로 표시하는 것이다.

내어쓰기는 들여쓰기와는 반대로 단락의 시작점을 한 자(또는 두 자) 정도 밖으로 내밀어 놓는 방식이다. 곧 단락 시작점이 왼쪽으로 튀어나오게 하고 다른 줄은 모두 안쪽으로 밀어 넣는 방식이다. 이 방식에서는 단락 표시는 뚜렷하게 되지만 지면의 낭비가 되므로 특별한 경우 외에는 거의 쓰이지 않는다.

줄바꾸기만으로 단락 표시를 하는 경우도 있다. 곧 내어쓰기를 하지 않고 단락을 표시하는 방식이다. 이 방식은 왼쪽 끝이 가지런하여 보기에는 좋으나 단락의 표시가 얼른 눈에 띄지 않는 흠이 있다.

단락 표시 방법으로는 들여쓰기 방식이 가장 일반적인 방법이다. 동서양을 막론하고 거의 모든 글이 이 들여쓰기의 방식으로 단락 표시가 된다. 그것은 이 방식이 글의 외형적 모습에 무리한 변형을 하지 않으면서도 단락의 표시를 손쉽게 할 수 있는 장점이 있기 때문이다. 이런 점에서 이 책에서도 들여쓰기 방식을 단락 표시로 삼고 있다.

(2) 단락의 형식과 내용의 일치

위에서 우리는 단락의 형식은 일반적으로 들여쓰기로 표시되는데, 단락이 제대로 이루어지기 위해서는 그 형식과 내용이 일치되어야 한다. 들여쓰기 만 뻔질나게 하고 거기에 상응한 내용을 갖추지 못한 것은 충실한 단락이라 할 수가 없다. 반면에 내용적으로는 이미 충실한 단락이 이루어졌는데도 새로운 들여쓰기를 하지 않고 다른 내용이 계속 첨가되어서도 안 된다. 한번 들여쓰기를 할 때마다 하나의 소주제가 충분히 다루어지도록 구분이 지어질 때 글의 짜임새는 알뜰하게 된다.

우리의 글에서는 단락의 형식과 내용이 일치되지 못하는 일이 너무나 많다. 들여쓰기는 별 뜻 없는 겉표시이거나 글을 쓰거나 읽는데 호흡을 맞추는 것쯤으로 생각하는 이들이 많다. 어떤 이는 글이 너무 빽빽하게 보이지 않게 하려고 들여쓰기를 하는 경우도 있는 듯하다. 심지어는 원고의 장수를 불리고자 일부러 줄바꾸기와 들여쓰기를 하는 일이 있다는 말도 들린다. 이제 이와 같은 무원칙하고 무질서한 들여쓰기와 줄바꾸기의 예문들을 들어 보기로 하자.

예문 21

그 마을에서는 모두 배나무를 심었다. 집집마다 배나무를 심어 놓고 어서어서 배가 열리기를 기다리고 있었다.

그리고 어느 해 봄 마침내 이 마을 배나무들은 그해부터 열매를 맺기 위해 일제히 꽃망울을 머금었다.

마을 사람들의 기쁨은 이를 데가 없었다. 첫 수확에 대한 기대로 가슴들이 한껏 부풀었다.

헌데 여기에는 수상쩍은 일이 한두 가지 있었다.

윗글은 한두 문장만 쓰고는 무조건 새로운 들여쓰기 곧 형식상 새 단락으로 옮겨 가고 있다. 이런 것은 하나의 소주제를 내세우고 그것을 충분히 뒷받침한다는 단락 본래의 짜임새와는 너무나 동떨어지는 일이다. 단락의 형식과 내용의 일치를 전혀 마음 쓰지 않고 필자의 기분 내키는 대로 줄바꾸기와 들여쓰기를 하고 있을 뿐이다. 그런데 윗글을 다음과 같이 바꾸어 써 보면 어떤가?

예문 21-1

그 마을에서는 모두 배나무를 심었다. 집집마다 배나무를 심어 놓고 어서어서 배가 열리기를 기다리고 있었다. 그리고 어느 해 봄 마침내 이 마을 배나무들은 그해부터 열매를 맺기 위해 일제히 꽃망울을 머금었다. 마을 사람들의 기쁨은 이를 데가 없었다. 첫 수확에 대한 기대로 가슴들이 한껏 부풀었다.

헌데 여기에는 수상쩍은 일이 한두 가지 있었다.

이렇게 해놓고 보면, '배나무의 첫 수확에 대한 기대'로 요약되는 소주제를 중심으로 다룬 한 단락이 이루어짐을 알 수가 있다. 물론 〈예문 21〉의 경우처럼 해도 뜻은 통하겠지만 〈예문 21-1〉처럼 해 보면 훨씬 더 짜임새가 있고 글의 핵심이 뚜렷하게 부각된다. 〈예문 21〉처럼 하면 어디서부터 어디까지가 어떤 문제를 다루고 어디서부터 다른 문제로 넘어가는지 그 경계가 불분명하다. 이는 사소한 것 같지만 어떤 핵심에 대한 집중적 사고력의 훈련과 큰 관련이 있다. 그뿐 아니라 독자의 이해와도 관계가 있다. 독자는 흩어져 있는 문장들을 모아서 핵심에 도달하는 수고를 덜 수가 있기 때문이다. 핵심 사항을 중심으로 문장들이 집중되고 있으니 읽으면서 바로 그 핵심에 이르고 그것을 머릿속에 새기기가 더 손쉬운 것이다.

다음 글도 작가가 쓴 글이다. 이유 없는 들여쓰기가 나타나고 있다.

예문 22

수목이 쌓인 낙엽 뒤에 문득 떨어지는 액체는 빗방울은 아니었다.

고개를 숙인 나의 두 눈에서 쏟아지는 눈물방울이었다. 바삭바삭 낙엽을 밟는 발소리 틈틈이 뚝뚝 떨어지는 액체로 나의 시야는 흐려져 저 맑은 창공도 분간키 어렵다.

– 임옥인, 「눈물의 빛깔」 중에서

윗글에서 처음 한 문장을 쓰고 둘째 문장은 줄바꾸고 들여쓰기를 한 이유가 무엇인가? 이 둘째 문장은 앞 문장의 '액체'를 설명하는 내용으로서 가장 밀접한 관련이 있지 않은가. 이런 경우의 줄바꾸기는 거의 무의식적인 것에 가깝다고 할만하다. 그만큼 많은 글 쓰는 이들은 단락의 형식과 내용의 일치에 대한 관심이 희박하다.

소설 문장이 아닌 글에서도 빈번한 줄바꾸기를 한 경우는 많다. 우리나라의 문장가로 이름난 노산 선생의 글에서도 그러한 예문을 찾아볼 수 있다.

예문 23

우리 속담에 '소문만복래(笑門萬福來)'란 말이 있다. 이것을 우리말로 다시 옮기면 '웃는 집안에 온갖 복이 다 들어온다'라고 말할 수 있을 것이다.

'웃는 집안(笑門)'이란 말은 분명히 혼자 웃는 것을 뜻함은 아니다. 집안 전체 다시 말하면 가족 전원이 웃는 것을 뜻하는 것임은 물론이다.

'온갖 복(萬福)'이란 것도 마찬가지다. 어느 한 가지의 부분적인 행복을 이르는 것은 아니다. 여러 가지의 행복을 말함인 것이다. 그것을 크게 분석해서 말한다면 정신적 행복과 물질적 행복을 아울러 말하는 것으로 볼 수 있다.

웃음이란 실로 가지각색이다. 그러나 내가 말하는 이 가지각색의 웃음이란 것은 방실방실 웃거나 빙그레 웃거나 허허허 하고 웃거나 껄껄대고 웃거나 하는 따위의 웃는 방법과 웃는 모양을 말하는 것은 아니다. 그보다는 웃음의 성격과 웃음의 종류를 말하는 것이다.

웃음이란 참으로 단순한 것이 아니다. 남을 멸시하는 웃음, 비웃는 웃음, 차디찬 웃음, 아양 떠는 도색(挑色) 웃음, 억지로 웃는 가짜 웃음 등 별의별 웃음이 다 있다. 그러나 여기서 말하는 '웃는 집안에 온갖 복이 다 들어온다.'는 그 웃음은 결코 그 따위 불순한 웃음들이 아님은 물론이다.

– 이은상, 「웃음의 철학」 중에서

윗글은 5번의 들여쓰기를 하였는데, 내용적으로 따져 보면 2번이면 된다. 특히 앞쪽의 3번에 걸친 들여쓰기는 하나로 합쳐야 마땅하다. 이들이 서술하는 내용은 모두 '소문만복래'라는 말을 풀이한 것들이므로 한데 묶어 놓아야 마땅한 것이다. 그렇게 중요한 사항도 아닌데 3번이나 들여쓰기를 함으로써 글의 짜임새만 흐트러뜨리고 있기 때문이다.

다음 예문은 유명한 철학자요 수필가의 글이다. 이 글에서 단락의 내용과 형식은 거의 무관하게 전개되고 있다.

예문 24

젊었다는 것은 긴 장래를 갖고 있다는 뜻이다. 어린이들은 더 긴 미래를 갖고 있어도 그 미래의 뜻과 내용을 모르기 때문에 젊음 이하에 머물 것이다.

그러므로 늙어 간다는 것은 장래가 짧아진다는 의미다. 죽음이 점점 가까워진다는 것이다.

우리가 여기에 미래와 장래를 구별하는 이유가 있다. 미래는 앞으로 있을 긴 시간을 가리키나 장래는 우리가 채워 나갈 수 있는 의지와 계획이 동반하는 미래이다.

동물은 미래를 모를 것 같다. 철없는 사람은 막연하게 미래를 느낀다. 그러나 삶의 의미를 깨닫는 사람은 미래를 계획하여 장래로 만든다.

젊다는 것은 스스로 창조하여 가며 건설할 수 있는 미래, 즉 장래를 갖는다는 뜻이다.

– 김형석, 「무엇이 젊음인가」 중에서

윗글은 한 단락으로 묶일 만한 내용이다. 맨 첫 문장 '젊었다는 것은 긴 …'과 맨 마지막 문장 '젊다는 것은 스스로 …'가 비슷한 뜻을 나타냄으로써 양괄식 구성법을 따른 단락이라 할 만하다. 그런데도 그 내용을 4번에 걸쳐서 줄바꾸기와 들여쓰기를 하고 있으니 그 까닭을 알 수가 없다. 특히 '그러므로 …'에서 줄바꾸기를 함으로써 앞의 서술과 형식상으로 격리시킨 이유는 이해가 안 간다.

다음에는 줄바꾸기를 해서는 안 될 곳에서 하고, 해야 할 곳에서는 아니 함으로써 형식과 내용이 일치되지 못한 보기를 들어 본다.

예문 25

위에서 문자, 즉 말이라 하였습니다. 그것은 우리들의 의사를 표현하는 본질적인 면에서 문자나 말이 다를 바 없다는 뜻입니다. 입으로 지껄이면 말이 되고 그것을 물적 기호로써 나타내면 문자가 되는 것입니다. 다시 말하면 문자 표현이란 언어 표현의 연장에 불과하다는 뜻입니다. 그러므로 상대의 귀에 호소하는 말을 청각 언어, 상대의 시각에 호소하는 언어를 시각 언어라 합니다.

즉, 소리를 내어 말로써 나타내면 귀로 들을 수 있으며 그것을 문자로써 기록하면 눈으로 볼 수 있는 문장이 되는 것입니다. 하지만 좁은 의미에서 말과 글이 같을 수 없습니다. 말은 어디까지나 소리로써 나타내는 표현 전달의 수단이요, 그것을 공기의 진동을 통하여 상대의 귀에 울리게 하는 물리적 현상입니다. 즉, '아'하고 표현하면 '어'하고 응해 주는 반응을 보여 주는 것이 말을 통한 표현입니다. 우리가 아무도 없는 곳에서 혼자 지껄이는 독백이 아닌 이상 대체로 우리들의 상대는 말소리가 들릴 수 있는 거리에 있습니다.

상대를 앞에 두고, 서로 응대하기 때문에 화제가 쉽사리 풀릴 수 있으며, 경어를 쓰든 평상어를 쓰든 혹은 어려운 소재를 다루든 쉬운 소재를 다루든 상대의 반응을 살펴가며 표현할 수도 있습니다. 그러므로 우리들의 의사를 표현하는 장면이 신축성을 가지게 되고 그만큼 표현도 쉽사리 이루어집니다.

하지만 문자의 경우는 언어 표현처럼 대체로 표현 자세를 가볍게 취할 수 없고 소재를 다루는 태도도 일방적입니다. 그러므로 편지 한 장을 쓰려 하여도 붓이 쉽사리 내려가지 않고 문장이 풀리지 않습니다.

그 이유를 좀 더 구체적으로 살펴보기로 하겠습니다.

A. 문자의 저항 : 우리가 문장을 쓰려면 붓으로 종이에 기록하게 됩니다. 이 사실은 문자가 우리의 의사를 표현하는 물적인 연장임을 의미합니다. 말하자면 …

– 박목월, 「문장의 기술」 중에서

윗글에서 둘째 들여쓰기를 한 곳, 곧 '즉, 소리를'은 잘못된 줄바꾸기이다. 앞의 서술을 환언하여 풀이하는 내용인 만큼 당연히 이어져야 한다. 내용적으로 그렇게 긴밀하게 연결된 것을 무엇 때문에 줄바꾸기를 해서 다른 단락으로 갈라놓았는지 이해할 수 없다(다른 이들의 글에서도 이런 잘못된 줄바꾸기를 하는 일이 있는데 지양해야 한다). 만일 이 언저리에서 줄을 바꾸어 다른 단락으로 시작하려면 '하지만 좁은 의미에서'가 마땅할 것이다. 거기에서부터는 앞의 서술내용에서 다른 방향으로 전환하기 때문이다. 또한 '상대를 앞에 두고'도 앞 단락에 속하는 내용이므로 들여쓰기를 한 것은 잘못이다. '말'에 관한 부연 설명이므로 앞에 이어져야 할 내용이기 때문이다. 그 다음의 들여쓰기 '하지만'은 무방하다고 생각된다. 문자의 경우로 화제가 전환되기 때문이다. 그런데 그 다음의 줄바꾸기 '그 이유를'의 부분은 불합리한 것이다. 앞의 서술에 대한 이유이기 때문에 이어져야 마땅하다. 또한 뒷부분의 제목 'A 문자의 저항'도 문제이다. 그것이 글의 형식상으로 앞의 이유로 보기 어려운 것처럼 느껴지기 때문이다. 그런 제목보다는 차라리

첫째, 문자의 저항을 이유로 들 수 있습니다.

따위로 하는 것이 앞 단락과의 연결을 자연스럽게 만들 것이다. 이때 줄바꾸기한 것은 종속 단락으로 처리될 수 있기 때문이다.

이상과 같이 분석해 놓고 볼 때 문장론을 쓴 박목월 선생 자신도 단락의 형식과 내용은 전혀 무시하고 있음을 알 만하다. 그러니 여느 사람들 중 그런 의식을 가질 사람이 드물 것은 짐작키 어렵지 않다.

① 단락 표시와 인용문 표시

위에서 단락의 형식과 내용이 일치되지 않는 일이 너무나 많다는 것을 지적하였다. 그런데 그 원인 가운데 하나는 단락 표시와 인용문에 쓰이는 들여쓰기를 혼동하는 데서 빚어지기도 한다. 여기에서는 이 문제에 관하여 살피기로 한다. 단락 표시와 인용문 표시는 구별되어야 한다. 이 두 가지는 다 들여쓰기로 표시되고 있기 때문에 형식상으로는 같아 보인다. 그러나 두 가지는 그 기능이 서로 다르다. 이들을 혼동하여 단락 구조에 대해서 잘못 이해하는 수가 있다. 다음에서 밝혀지는 것처럼 양자는 분명히 구분되어야 한다.

예문 26

현관에 올라온 덕기와 만나서 나란히 돌아서려니까 밖에서 자전거를 버티는 소리가 나며 문을 열고,

"서방님!"

하고 부른다. 원삼이다.

– 염상섭, 『삼대』 중에서

위 예문에서는 인용한 대화를 따옴표로 표시하면서 한 칸 들여쓴 것은 단락의 표시가 아니다. 이런 들여쓰기를 어떤 이는 '인용 단락'의 표시라고 하는데, 그것은 잘못이다. 왜냐하면 낱낱의 대화가 단락을 이룬다고 하는 것은 전혀 사리에 맞지 않기 때문이다. 인용된 대화는 그 자체 독립된 단락일 수가 없다. 위 예문을 다음과 같이 고쳐 써 보면 이 점이 더욱 뚜렷하게 드러난다.

예문 26-1

현관에 올라온 덕기와 만나서 나란히 돌아서려니까 밖에서 자전거를 버티는 소리가 나며 문을 열고, "서방님!"하고 부른다. 원삼이다.

다음의 〈예문 27〉 같이 인용 내용이 상당히 긴 경우도 마찬가지로 인용 부분을 한 단락이라 할 수가 없다.

예문 27

'불나비사랑'이라는 말이 있듯이, 불나비는 불을 보고는 자기 몸을 태우면서 덤벼든다. 말하자면 불이라는 애인을 향하여 자기 몸을 불사르면서 내던지는 것이다. 이런 점에서 불나비는 미물이면서도 우리의 속물근성을 비웃는 정열을 가졌다고 하리라. 이상은 그의 「권태」라는 수필에서 불나비의 이런 속성을 간파하고 있다.

불나비가 달려들어 불을 끈다. 불나비는 죽었든지 화상을 입었으리라. 그러나 불

나비라는 놈은 사는 방법을 아는 놈이다. 불을 보면 뛰어들 줄 알고 …. 평생에 불을 초조히 찾아다닐 줄도 아는 정열의 생물이니 말이다.

– 이상, 「권태」

위 예문에서 뒷부분에 인용된 이상의 글은 그 자체로서 한 단락을 이룰 만한 내용이기는 하다. 그러나 이 경우에는 어디까지나 앞 본문의 뒷받침을 위한 하나의 인용 구절이므로 앞 지문에 첨가되어 단락의 일부를 구성하고 있을 뿐이다.

인용의 형식 문제와 관련된 문제로서 또 한 가지 유의할 점이 있다. 그것은 다음 예문에서 보듯이 인용구 뒤의 형식적 표시 문제이다. 다음 예문은 문단과 인용문의 차이점을 잘 보여주고 있다.

예문 28

오늘 우리 반에서는 '거울'의 공과에 관해서 토론을 벌였다. '거울은 필요악이다'라는 주제를 가지고 의견들을 교환하는 과정에서 여러 가지 색다른 주장이 나왔다.

먼저 거울은 필요하다는 의견을 가진 학생들이 말문을 열었다.

"자기가 남과 다르다는 것을 인식하기 위해서는 거울이 꼭 필요하지요."
하고 한 학생이 말하자,

"그렇지요, 거울이 없다면 자기가 어떻게 생겼는지 몰라 궁금해서 견딜 수가 없을 거예요."
뒤쪽에 앉은 학생이 맞장구를 치고 나왔다. 그러자 다른 한 학생이,

"아마도 그 궁금증 때문에 우리 조상들은 일찍부터 거울을 만들어서 사용했을 것입니다. '나무거울', '쇳경'이라는 말에서 알 수 있듯이 먼 옛날부터 나무나 쇠를 갈아서 거울을 만들었거든요."
이처럼 거울의 기원론까지 들고 나오면서 그들의 주장을 뒷받침했다.

이 시점에서 벌써 무용론자의 목소리는 터져 나왔다.

"인간이 자기의 얼굴 모습을 안 순간부터 비극이 시작되었습니다. 남보다 잘난 사

람은 자만심, 못난 사람은 좌절감이 생기기 때문이지요."
이런 말이 떨어지자 한 편에서는 박수까지 나왔다. 그 뒤를 이어 무용론자의 열띤 발언이 쏟아졌다.

– 학생의 글

위의 예문에서 문단을 표시한 들여쓰기는 첫머리의 '먼저'라는 말로 시작되는 곳과 '이 시점에서'라는 말이 나오는 대목이다. 그 밖의 따옴표가 있는 곳의 들여쓰기는 인용문의 표시이다.

위의 예문에서 특별히 유의해야 할 점은 인용문과 거기에 딸리는 말은 문단의 뒷받침 재료라는 것이다. 이를테면 거울의 필요성을 주장하고 지지한 발언을 인용한 것들은 모두 그 문단의 소주제문 '먼저 거울은 필요하다는…'을 뒷받침한다. 아울러 인용문의 뒤에 딸리는 설명하는 말들 '하고 한 학생이 말하자', '뒤쪽에 앉은 학생이' 따위도 그 문단에 속하는 것이다. 그것들은 인용문에 덧붙여지는 것에 불과하기 때문이다.

이런 점에서 볼 때, 이들 딸림말에는 절대로 들여쓰기를 해서는 안 된다는 것을 확실히 알 수 있다. 이런 경우에 들여쓰기를 하게 되면 새로운 문단을 시작하는 것처럼 되므로 문단의 형식 구분에 혼선이 빚어진다. 우리 주변의 글에서는 이런 잘못을 저지르는 일이 많으므로 본받지 않도록 해야 한다. 위의 예문에서는 그런 그릇된 들여쓰기를 하지 않고 문단이 새로 바뀌는 곳(이 시점에서 벌써 무용론자의 목소리가…)에서 들여쓰기를 하였기 때문에 단락의 내용과 형식이 완전히 일치하고 있다.

위의 예문과는 달리, 〈예문 29〉에서는 불합리한 들여쓰기가 됨으로써 단락의 형식과 내용의 일치에 혼선이 드러나고 있다.

예문 29

덕기는 조금 앉았다가 필순이더러 나가자고 눈짓을 하여 복도로 데리고 나왔다. 아까 필순이가 섰던 유리창 앞에 나란히 서서 덕기는 담배를 붙이며,

"김군 소식 못 들었지요?"

하고 찬찬히 말을 꺼낸다.

"아직 못 들었어요. 왜요? 무슨 일이 있어요?"

필순이는 눈이 똥그래지며 묻는다.

윗글에서 인용문의 뒤에 덧붙여지는 딸림 문장은 어느 경우나 동일한 기능이다. 그런데도 뒤쪽의 문장(필순이는 눈이…)에는 들여쓰기를 하였다. 이 경우는 그 딸림말이 단지 주어로 시작된다는 차이밖에는 없다. 그 기능상으로는 앞쪽의 딸림말 '하고 찬찬히'와 똑같은 것이다. 따라서 이 뒤쪽의 딸림말에 들여쓰기를 하는 것은 불합리한 것이다. 이런 불합리한 들여쓰기는 단락의 형식 표시에 혼란을 가져올 뿐 아무 소득이 없다.

우리의 많은 글에서는 이런 불합리하고 쓸모없는 들여쓰기를 하는 일이 많다. 어떤 이가 잘못 알고 써버릇한 것을 무비판적으로 본뜬 데서 빚어진 현상이다. 이런 일은 단락의 형식과 내용을 불일치시키는 요인이 되므로 하루 빨리 시정되어야 마땅하다.

단락의 형식 표시는 글의 내용 전개와 밀접한 관련을 가지고 있는 것이므로 인용의 경우와는 엄격히 구별하여야 한다. 이는 사소한 것 같지만 글의 짜임새를 엮어 가는 데는 중요한 구실을 하며 또 글을 읽고 이해하는 데도 중요한 구실을 한다.

② 단락의 형식과 내용을 일치시키지 못하는 이유

우리의 많은 글에서 단락의 형식과 내용의 일치 문제에 대한 의식이 박약

한 것이 사실이다. 그 까닭은 몇 가지로 분석이 될 수 있겠는데 그 주된 것만 들추어 보고자 한다.

첫째, 우리의 글쓰기 전통에서는 단락이라는 단위가 없었다는 점이다. 이상태 교수가 지적하였듯이 우리의 이른바 고전에는 단락 의식을 가지고 쓴 글이 없다(이상태, 「국어 교육의 기본 개념」). 그냥 하나의 생각이 떠오르는 대로 표현하였을 뿐이다. 하나의 주된 생각을 핵심으로 하고 그것을 떠받들어 심화하고 확대하도록 하는 사고 작용이 모자랐던 것이다. 비록 그런 집중적인 사고 작용의 전개가 간혹 있었다 하더라도 그것이 들여쓰기나 줄바꾸기 등으로 구분짓는 일은 없었다.

둘째, 일본 사람들의 영향 때문이다. 일본 사람들은 우리보다 서양의 문명을 더 일찍 받아들였다. 그리하여 일제 교육을 통하여 그들의 수입 문화의 일부를 우리에게 전해 주었다. 그런데 문장론에 관한 한 그들 자신이 단락 의식을 뚜렷하게 깨치지 못하고 있었다. 따라서 이런 일본 사람들의 글쓰기 영향을 다분히 받은 많은 우리 지식인들 역시 단락에 대한 확실한 의식 없이 글을 쓰게 된 것이다.

셋째, 사고 훈련이 모자라기 때문이다. 어떤 문제에 관해서 깊이 따지고 여러 각도에서 살펴서 그의 본질적인 면을 파고들어가는 사고 훈련이 모자란다. 한 소주제에 관해서 좀 더 진지한 태도로 깊이 파고든다면 그렇게 짧고 피상적인 단락이 되지는 않을 것이다. 그런데 문제를 따지고 생각하는 훈련을 쌓지 못한 사람들이 너무나 많다. 최근의 입시 위주의 비정상인 교육을 받은 사람들은 논리적 사고 훈련의 기회를 거의 가지지 못하였다. 이렇게 사고 훈련이 모자라면 문제를 파고들어 생각할 줄을 모르며 그 결과로 깊이 있고 무게 있는 단락의 형성이 어렵게 된다.

넷째, 현대의 간편주의의 경향 때문에 단락이 짧아지고 있다. 여기 간편주의란 모든 것을 간단하고 편하게 처리하고자 하는 마음가짐을 말한다. 길고 복잡하고 심각한 것은 피하고 엷고 가볍고 단순한 것을 바라고 즐기는 현대인의 사고방식을 말한다. 학문의 분야에서도 심오하고 보편적인 지식보다는 저널리즘적 태도로 가볍게 스치고 넘어가는 피상적 지식이 더 잘 팔린다.

이상과 같은 몇 가지 이유에서 단락의 길이는 종래보다 짧아지는 경향이 생기고 있다. 그 결과 너무 빈번하고 뜻없는 줄바꾸기가 유행하고 있다. 이는 현대인의 사고 방식을 점점 간편주의로 흐르게 하고 피상적 지식과 엷은 삶의 자세를 낳고 있다.

어떤 문장론에서는 단락의 형식과 내용이 일치되지 않는 글들을 합리화하기 위해서 '형식 단락'과 '내용 단락'이라는 말을 쓰고 있는 듯하다. 곧 내용적으로는 한 단락인데 형식으로는 여러 단락으로 나누어 서술하는 글이 있을 수 있다는 논리이다. 이것은 형식과 내용이 일치되지 않는 기성인들의 산만한 글들을 합리화하려는 궁여지책으로 나온 논법이다. 그러나 이것은 단락의 표시인 들여쓰기가 단락의 내용적 구분을 짓기 위해서 생긴 것임을 모르는 데서 나온 괴설이다. 차라리 그런 구별을 하려면 단락이라는 용어를 아예 쓰지 않는 편이 나을 것이다. 곧 우리 나라에서는 본래적 의미의 단락 이론은 없고 들여쓰기는 글의 호흡을 맞추기 위해서 임의로 하는 것이라고 하는 것이 더 솔직할 것이다. 단락 이론을 끌어 들이면서 그것을 망가뜨리는 괴설은 자가당착의 문장 이론일 뿐이다. 우리는 이 점을 깊이 반성하고 문장론을 바로 세우도록 해야 할 것이다. 저마다 딴소리를 하고 편법을 가지고 문장 이론을 주장해서는 혼선만 일으키고 남의 웃음거리만 될 것이다.

(3) 단락의 길이

단락의 길이는 얼마 만큼이면 적당한가? 이에 대한 답은 일정하지는 않다. 우선 단락은 그 소주제(문)를 충분히 전개시킬 만큼 길면 된다고 할 수가 있다. 곧 그 단락에서 다루고자 하는 중심 과제를 필요한 만큼 설명하거나 기술하고 논의할 정도의 길이어야 하는 것이다. 그렇지만 단락이 너무 길어져서는 곤란하다. 그렇게 되면 전개 내용이 지나치게 자상하거나 산만해지기가 쉽고 또 읽기에 지루한 느낌을 자아낸다.

단락의 알맞은 길이는 글의 성질이나 독자층에 따라 다소 차이가 있다. 글의 내용이 쉽고 가벼운 것이면 그 길이는 비교적 짧다. 그런 글의 독자는 길고 딱딱한 내용을 싫어하기 때문이다. 수필이나 소설 또는 신문, 잡지 등의 기사문 등이 이런 부류의 글이다. 이런 글의 단락은 평균 100~150단어 정도이다. 200자 원고지 한 장은 약 50단어가 쓰이므로 이는 200자 원고지로 2장에서 3장 정도가 될 것이다. 다음 표는 어떤 소설 작품(14단락)의 각 단락이 지니는 단어수를 적어 놓은 것이다.

〈표〉 단락별 단어수

단 락	단어수	%	단 락	단어수	%
1	102	5	9	219	9
2	185	8	10	63	3
3	39	2	11	36	2
4	439	18	12	49	2
5	238	10	13	319	14
6	82	4	14	79	3
7	333	14	합계	2,368	10
8	190	8	평균	169	

요컨대, 한 단락의 단어수는 36단어에서 439단어까지의 변화가 있다. 그것은 소주제의 성질이나 그 단락의 기능 등에 따른 것이다. 그런데 그 평균을 보면 169단어이다. 이는 우리의 200자 원고지의 3장 정도에 쓰인 단어수이다. 글의 내용이 학술적이고 전문적인 것이면 일반적으로 단락은 더 길어진다. 그것은 소주제를 더 철저히 다루고 깊이 있게 논술하기 때문이다. 이런 글의 길이는 평균 150~200단어 정도이다. 200자 원고지로 3장에서 4장 정도가 되는 것이다. 가벼운 글보다 원고지 1장 정도가 더 많음을 뜻한다.

9

글을 전개하는 원리

글을 전개하는 과정에서는 반드시 지켜야 할 3가지 요건 또는 원리가 있음은 이미 밝힌 바 있다. 주제 또는 소주제를 뚜렷이 드러내어 요지가 선명한 글이 되도록 하기 위해서는 다음 3가지 요건 또는 원리를 반드시 지켜야 한다는 것을 강조해 왔다.

- 재료 선택의 요건 또는 통일성unity의 원리
- 재료 배열의 요건 또는 연결성coherence의 원리
- 충분한 뒷받침의 요건 또는 강조성emphasis의 원리

이 3가지는 '수사학의 3대 원리'로 알려진 것으로서 모든 글을 쓰는 데 알아두어야 할 기본적인 사항인 것이다.

이 요건 또는 원리들에 대해서는 1부에서 다룬 바 있으므로 누구나 그 중요성을 인식하고 이미 그것을 익히고 있을 것이다. 이제껏 다루어 온 예문

들은 대부분 이들 원리에 따라 쓰였으며, 그것을 바탕으로 분석 평가되었다. 또한 이제까지 설명해 온 글의 구성이나 전개 과정에서도 사실상 이 원리가 바탕이 되어 왔다. 곧 우리는 이 3대 요건 또는 원리를 이미 여러 군데서 직접 간접으로 언급하고 다루어 왔던 것이다. 그런데 이들 요건이나 원리는 매우 중요한 것이므로 여기서 좀 더 분명하게 살펴서 더욱 확고히 익히도록 해야 할 필요가 있다.

1. 재료 선택의 요건 – 통일성의 원리

재료 선택의 요건 또는 통일성의 원리(이하 '통일성'이라 약칭함)는 글의 주제와 그것을 떠받들어 서술하는 모든 재료들이 내용적으로 일치를 이루어야 한다는 것이라 하였다. 가령 글의 주제가 '용감성'이라면 그 글에 쓰이는 모든 재료들은 그것과 관련되고 그것을 떠받들어 발전시키는 것들이어야 한다는 것이다. 비록 그 일부 재료, 이를테면 한 문장이나 한 단어라도 주제와 무관하거나 거슬리는 내용이 되어서는 통일성은 실현되지 않는 것임을 우리는 알고 있다.

이러한 통일성의 원리는 글의 요지, 곧 주제를 선명하게 나타내기 위해서 필요한 것이다. 글의 주제를 집중적으로 떠받들 수 있는 재료들만을 골라 써야만 초점이 뚜렷한 글이 되며, 결국 필자가 글을 통하여 나타내고자 하는 뜻이 독자에게 명확하게 전달되기 때문이다. 반면에 주제와 상관없는 재료들이 끼어든다면 주제에 대한 뒷받침이 갈라지고 혼선이 빚어지므로 요지가 불분명한 글이 되고 만다. 통일성의 원리는 두 단계로 나누어 생각해 볼 수가 있다. 하나는 글의 구성 과정과 관련된 것이고, 다른 하나는 각 단락별로 전개하는 과정과 관련된 것이다. 이 두 가지는 서로 밀접한 관계를 지니고 있으며 상호 보완하여 글 전체의 통일성을 이룬다.

(1) 글의 구성 과정과 통일성의 원리

통일성의 원리는 우선 글을 구성하는 과정에서 지켜야 한다. 모든 글은 주제를 구심점으로 하고 있으며 그것을 가장 선명하게 드러낼 수 있도록 재료들이 엮어져야 하기 때문이다. 이 문제에 대해서는 이미 구성 방법을 다루는 과정에서 설명하였으므로 여기서는 그 요점을 간추려서 정리하는 데 그친다.

① 주제와 관련된 재료만의 선택

글의 쓸거리 곧 제재를 선택하는 과정에서 주제와 관련된 것만을 고르고 그렇지 않은 것은 일체 버려야만 통일성이 지켜진다. 글의 소재나 그 밖의 관련된 재료는 널리 수집하여야 하지만 일단 주제가 결정된 다음에는 그것을 떠받들어 전개하는 데 필요한 것들, 곧 주제와 내용의 일치를 보일 수 있는 것만을 선택하여야 한다. 이를테면, 주제가 어떤 사람의 '성실성'이라고 한다면 그 사람의 성실성과 관련된 것(말, 행동, 배경, 일화 등)만을 고르고 그것과 관계없는 것은 모두 버려야 하는 것이다.

② 주제를 떠받드는 구성 항목의 설정

글의 구성 과정에서 주제를 떠받드는 주요 항목을 설정할 경우에 그러한 항목 하나하나는 주제를 직접 받치는 기둥이 되어야 한다. 이를테면, '성실성'이라는 주제로 글을 구성할 경우를 생각해 보자. 이 주제는 상당히 추상적이므로 그것을 구체화할 수 있는 하위 항목으로 분석해서 줄거리를 만들어야 한다. 이 때 각 항목은 주제를 가장 효과적으로 떠받드는 것이라야만 통일성이 실현된다. 그리하여 다음과 같은 항목이 예상된다.

- 강한 책임감
- 말과 행동의 일치
- 약속 이행
- 충실한 직분 이행

그러나 다음과 같은 항목은 통일성의 원리에서 벗어나므로 구성의 항목으로서 마땅치 않다고 할 수 있다.

- 겸손한 태도
- 정열적 성격
- 봉사 정신
- 용기 있는 행동

요컨대, 구성 과정에서 항목의 설정에서는 주제의 의미를 잘 파악하고 그것을 어느 방향으로 전개할 것인지를 결정해서 거기에 알맞은 항목만을 골라야 하는 것이다. 이런 점에 관해서는 글의 구성 과정에서 이미 익혀 왔다. 우리는 이런 통일성의 원리를 바탕으로 구성 작업을 해 왔던 것이다.

(2) 글의 전개 과정과 통일성의 원리

통일성의 원리에 따라 구성을 마치고 나면 글을 단락별로 전개하게 된다. 이런 단락별 전개 과정에서도 통일성의 원리를 철저히 지켜야 함은 말할 것도 없다. 글의 구성 과정에서 이루어진 구성의 개요에 나타난 항목을 충실하게 전개하여 글을 완성하기 위해서는 문단 하나하나의 형성에 통일성의 원리가 적용되어야 한다. 만일 그렇지 못하면 그 구성의 항목들이 주제에서 벗어난 방향으로 전개되고 말 것이다. 단락 전개에서 통일성의 원리를 지키려면 우선 소주제가 글 전체 주제의 발전에 충실히 기여할 수 있도록 마련되어야 한다. 이런 소주제는 글의 구성 과정에서 정해진 주요 항목을 바탕으로 마련되는 것이 상례이다. 한 항목 전체를 한 단락으로 다룰 경우에는 그 항목명 자체가 소주제가 될 것이므로 별문제가 없을 것이다. 가령, '성실성'이라는 주제를 가진 글의 구성 항목 중 하나인 '강한 책임감'을 한 단락으로 전개할 경우에는 그 항목명 자체가 바로 소주제가 된다는 것이다. 그러나 이 항목을 두 개 이상의 단락으로 나누어서 다룰 경우에는 주제와의 통일성에 어긋나지 않도록 각 단락의 소주제를 마련해야 한다. 가령, '성실성'이라는 항목을 몇 개의 단락으로 나누어 다룰 경우라면 각기 '개인으로서의 책임감', '공인으로서의 책임감', '국민으로서의 책임감' 따위의 소주제를 생각해 볼 수 있을 것이다. 이렇게 되면 각 단락의 소주제가 '성실성'이라는 큰 항목 내용과 일치된 전개가 될 수 있으며 나아가 글 전체 주제와 통일성을 이루게 될 것이다.

다음에 뒷받침문장의 선택에서는 무엇보다도 소주제를 충실히 떠받들어 전개할 수 있도록 해야 한다. 곧 뒷받침문장의 선택은 소주제와의 내 용적 통일성을 일차적 목표로 해야 한다는 것이다. 그렇게 되면 결과적으로 글 전체 주제와의 통일성이 이루어지기 때문이다. 이를테면, 소주제가 '개인으로서의 책임감'이라면, 이를 다루는 모든 뒷받침문장들은 한결같이 그것을 발전시킬 수 있는 내용이 되어야 한다. 그 중 한 문장이라도 그것과 어긋난 내용이 된다면 소주제와의 통일성이 깨지고, 결과적으로 글 전체 주제와의 일치성도 흠을 입게 된다.

(3) 단락의 전개 과정에서 통일성을 이루는 방법

단락의 전개에서 소주제(문)와 뒷받침문장과의 관계에 대해서는 앞에서 자세히 다룬 바 있다. 이 두 가지 요소는 사실상 통일성의 원리 밑에서 모든 단락을 형성해 나가는 것임도 여러 번 언급이 되어 왔다. 그런데 모든 단락의 전개에서 통일성을 철저히 지키는 일은 아무리 강조해도 지나치지 않는 핵심 과제다. 따라서 여기서 다시 한 번 실례를 통하여 확고히 다져 두도록 한다.

① 한정된 개념의 소주제일수록 통일성이 잘 이루어진다

단락의 전개에서 통일성을 이루려면 소주제를 되도록 한정된 개념으로 정해야 한다. 예를 들면, '감각의 발달'이라는 소주제보다는 '후각의 발달', '청각의 발달' 따위로 좀 더 한정된 개념으로 정해서 다루는 것이 통일성을 이루기가 쉽다. 전자와 같이 정하면 모든 감각의 발달에 관해서 다루어야 하기 때문에 뒷받침문장들을 한 곳으로 집중시키기가 그만큼 어려워진다. 그러나 다음 예문처럼 좀 더 한정된 개념을 소주제로 하면 통일성 있는 문단을 이루기가 비교적 쉽고 초점이 명확한 문단이 될 수 있다.

예문 1

돼지는 후각이 빼어나게 발달되어 있다. 멧돼지는 몇 십리 밖에 있는 포수의 화약 냄새를 맡고 일찌감치 도망쳐 버릴 정도로 후각이 발달되어 있다. 집돼지도 마찬가지로 냄새 맡는 기능이 매우 발달되어 있다. 예를 들면, 제 새끼와 다른 새끼를 구별하는 거나, 주인과 남을 구별하는 데에 주로 후각을 사용한다. 다른 동물이 침입했는지, 먹이가 들어왔는지를 알아차리는 데도 주로 후각을 이용한다. 발정 시기에 암, 수퇘지가 서로 접근하는 것도 주로 냄새 맡는 기능에 의한다.

– 윤화중, 「돼지의 신세」 중에서

위의 예문에서 보듯이 소주제를 '후각의 빼어난 발달'이라는 한정된 개념으로 정함으로써 통일성 있는 문단의 전개가 이루어지고 있다.

② 소주제는 되도록 단일 개념으로 정하는 것이 좋다

통일성 있는 단락을 이루기 위해서는 소주제를 되도록 단일 개념으로 정하는 것이 바람직스럽다. 가령, 소주제를 '그리움과 한'과 같이 복합 개념으로 정하는 것보다는 그리움 또는 한과 같이 단일 개념으로 해서 다루는 것이 통일성을 이루기가 쉬운 것이다. 두 개념에 초점을 맞추는 것보다는 한 개념에만 초점을 맞추는 것이 주제를 향한 집중력이 훨씬 강하기 때문이다. 다음 예문을 살펴보자.

예문 2

한국은 그리움의 나라다. 한국 사람은 어느 민족보다 그리움이 강렬한 문화 민족이다. 삶의 보람도 그리움에서 나오고, 슬픔의 달램도 그리움에서 나온다. 지난날의 시간 속에 아름다운 그리움의 감정을 불어넣은 천재들이 한국 사람이다. 그리움을 버린다고 하면 한국 사람은 삶을 버리는 것과 같고, 그리움을 벗기면 이 땅 위에서 한국 사람은 없어지는 셈이다. 가난을 달래는 힘도 그리움에서 나오고, 괴로움을 달래는 힘도 그리움에서 나오는 것이다. 살아서도 그립고, 죽어서도 그립다. 슬픈 일이거나 괴로운 일이거나, 즐거운 일이거나 궂은일이거나 한결같은 리듬으로 맑은 하늘을 우러러보면서, 슬픔에도 애통하지 않고 즐거워도 뛰지 않고 살아가는 밑바닥의 힘이 그리움에 있었던 것이다. 세계 인류 문화사에 던질 수 있는 한국의 얼은 이 그리움에 있다.

– 려증동, 「국어교육론」 중에서

③ 소주제를 향한 집중적인 뒷받침을 해야 한다

통일성을 이루기 위해서는 뒷받침문장 하나하나를 덧붙여 갈 때마다 소주제와의 연관성을 생각하고 소주제를 어떤 방향으로 전개하는 것인지를 의식해야 한다. 소주제를 풀이하는 경우인가, 합리화하는 경우인가 또는 예시를 하고 있는 것인가를 의식하면서 써 나가야 한다. 그와 같이 하려면 실마리가 되는 접속어를 마음속으로 되뇌면 도움이 될 것이다. 소주제를 풀이할 경우는 '다시 말하면', 합리화할 경우는 '왜냐하면', 예시할 경우에는 '예를 들면'과 같은 접속어를 길잡이로 삼아서 한 문장씩 이어나가는 방식으로 오로지 소주제를 집중적으로 뒷받침해야 한다.

이러한 통일적인 뒷받침을 위해서는 그 소주제에 대한 뒷받침이 다 이루어질 때까지 탈선을 해서는 안 된다. 곧 뒷받침 도중에 소주제를 잊어버린다든지 이탈하는 일이 있어서는 안 된다는 것이다. 다음의 예문을 보자.

예문 3

개는 어린이를 보호하도록 훈련시킬 수 있다. 이런 훈련을 시키는 첫 단계는 개로 하여금 어린이는 연약하다는 것을 알아차리도록 하는 일이다. 조련사는 개가 지켜보는 데서 여러 가지 어려움을 무릅쓰고 어린이를 구하는 시범 행동을 한다. 그런 행동을 되풀이하다가 어린이를 구하는 작업의 마지막 순간에 일부러 머뭇거린다. 개가 그 일을 수행하도록 유도하기 위함이다. 영리한 개는 바로 그것을 눈치 채고 그 일에 뛰어들게 되며, 그때부터 어린이 문제에 대하여 관심을 갖기 시작한다. 그렇게 되면 조련사는 어린이가 부딪칠지도 모르는 여러 가지 위험한 상황을 만들어 놓고 개를 본격적으로 훈련시킨다. 이를테면, 찻길에 뛰어든 어린이, 높은 곳에 올라간 어린이, 길 잃은 어린이 또는 물건을 잃은 어린이들을 도와 주는 일들을 개에게 훈련시킨다. 그러한 훈련으로써 영리한 개는 어린이의 어머니보다도 더 나은 보호자가 될 수 있다. 요즈음 개 조련사는 인기를 끌고 많은 수입을 올린다. 부모들이 어린이를 돌볼 시간이 적기 때문이다.

– 윌리스(1969)에서 번역

위의 단락은 대부분의 뒷받침문장들이 첫머리의 소주제문을 통일적으로 뒷받침하고 있다. 그러나 마지막의 두 문장은 소주제와 동떨어진 내용이 되어 통일성을 깨뜨리고 있다. 이것은 아마도 필자가 마지막에 가서 소주제문과의 관계를 잊어버린 데서 나온 실수일 가능성이 있다. 이러한 실수는 소주제를 집중적으로 뒷받침해야 한다는 생각이 모자란 데서 나온 것이다.

④ 통일성을 이루려면 단락의 형식과 내용이 일치되어야 한다

소주제와 뒷받침문장들이 일치되는 단락이 되기 위해서는 한 단락의 형식 안에는 한 소주제가 있어야 한다. 만일 한 단락 안에 두 개 이상의 소주제가 있게 되면 통일성 있는 단락이 되기 어렵다. 중심점이 둘로 갈라지기 때문이다. 다음 예문을 살펴보자.

예문 4

도로는 아스팔트가 아니고 돌길이다. 주먹 크기의 돌을 똑같은 모양으로 깔았다. 벽은 모두 흰 빛인데 대부분이 헐어서 누더기가 됐고, 골목길에는 돌계단이 많다. 돌계단도 가지런한 것이 없다. 자를 대지 않고 아무렇게나 쌓은 돌계단이다. 돌계단을 사이에 두고 집들은 다닥다닥 붙어있고, 창에는 빨래들이 걸려 있는가 하면 활짝 열려진 창문에는 고개를 내밀고 앞집 사람과 이야기하는 아줌마들도 있다. 머리에 바구니를 이고 생선을 팔러 다니는 소녀도 있고, 물을 긷는 아저씨, 공동 수도에서 함께 빨래하며 지껄이는 아낙들, 골목길을 누비고 뛰어다니는 어린이들… 구수한 리스본 생활 드라마가 가득찬 곳이다. 어디선가 정어리 굽는 냄새도 풍겨온다. 리스본 뒷골목의 포장마차 단골메뉴는 정어리 숯불구이다. 이 냄새를 맡으면 갑자기 소주와 김치 생각이 간절해진다. 조금 넓은 골목 어귀에는 노천 식당이 있다. 판때기 테이블 위에 비닐보를 깔았고, 누더기의 담벼락이 장식품 구실을 한다. 이곳에서 술과 음식을 먹는 서민들의 모습에서 문득 한국적 정감을 느낀다.

– 김윤기, 「리스본의 알파마 골목길」 중에서

윗글은 여러 가지 상황들이 한 문단의 형식 안에서 서술되고 있다. 그런데 이것을 2개의 단락으로 가르고 각기 소주제를 집중적으로 뒷받침하였더라면 더 통일적인 인상을 줄 수 있었을 것이다. 이를테면 밑줄 친 낱말부터 새로운 단락으로 하여 다루어야 했던 것이다.

2. 재료 배열의 요건 – 연결성의 원리

재료 배열의 요건 또는 연결성의 원리(이하 '연결성'으로 약칭함)란 글을 이루고 있는 모든 재료들이 주제를 가장 효과적으로 전개할 수 있도록 배열되어야 함을 뜻한다고 했다. 통일성의 원리가 알맞은 재료를 선택하는 요건이라면, 연결성의 원리는 그 선택된 재료를 적재적소에 배치하는 요건이 된다. 연결성의 원리는 통일성의 원리에 따라 선택된 재료들을 순리적으로 배열해서 글의 주제를 설득력 있게 드러내도록 하는 전개 원리인 것이다. 연결성의 원리는 통일성의 원리와 함께 글의 전개에서 가장 기본 되는 원칙이다. 아무리 내용이 훌륭한 재료라도 잘못 배치하면 주제를 효과적으로 전개할 수 없기 때문이다. 이는 마치 집짓기에서 좋은 재료라도 마땅한 자리에 쓰지 않으면 아무 소용이 없게 되는 경우와 같다. 글쓰기에서도 모든 제재, 곧 낱말 하나 문장 하나라도 주제를 가장 자연스럽고 합리적으로 전개할 수 있도록 배열하지 않으면 안 된다.

연결성의 원리는 글의 구성 과정과 단락별 전개 과정으로 나누어 생각할 수가 있다. 글의 구성 과정에서 각 항목을 배열하는 경우에 이 원리를 바탕으로 순서를 정함으로써 글 전체를 순리적으로 이끌어 갈 수가 있다. 단락별 전개 과정에서는 각 뒷받침문장들을 이어갈 때에 이 연결성의 원리를 충실히 따름으로써 소주제를 효과적으로 전개할 수가 있다.

(1) 글의 구성과 연결성의 원리

연결성의 원리를 이루는 데는 3가지 순서의 배열 방식이 있음은 이미 지적한 바 있다. 시간적 순서, 공간적 순서 또는 논리적 순서에 따라 글에 쓰일 재료를 순리적으로 배열하는 것이 연결성의 원리를 따르는 것이다. 시간적 순서에 따른 배열은 시간적으로 변화하는 재료 등을 다룰 경우에 그 발생 순서대로 배치하는 것이다. 또 일정 공간에 펼쳐진 사물을 다룰 때는 공간적 구도에 따라 재료를 순차적으로 배열하여야 마땅하다. 한편 논리적 순서에 따른 배열이란 주로 추상적 개념이나 명제들을 다룰 경우에 적용되는 것으로서 논리적인 관계에 따라 순리적으로 서술하는 것을 말한다. 그런데 글의 구성 과정에 적용되는 연결성의 원리는 이미 글의 구성에 관한 것을 설명할 때 사실상 익힌 바가 있다. 글의 주제를 몇 가지로 하위 구분하여 항목들을 정하고 적절히 배치하는 일에는 이 연결성의 원리가 작용되고 있었던 것이다. 그것은 그 구성 작업 자체가 시간적 순서, 공간적 순서 또는 논리적 순서에 따라 재료를 배치하는 일이었기 때문이다. 곧 우리는 글의 구성과 개요를 작성하는 요령을 터득하는 과정에서 이들 3가지 배열 순서를 충실히 따르도록 함으로써 글의 구성 과정에서 적용해야 할 연결성의 원리를 이미 터득하고 익혔다. 따라서 여기서는 이 문제에 관해서는 다시 언급을 하지 않는다. 다만 글의 구성 과정에서 시간적, 공간적 및 논리적 순서를 늘 길잡이로 삼고 거기에 따라 각 항목을 배치하여야만 글 전체가 순리적인 연결성을 이룬다는 것을 다시금 강조하는 바이다.

(2) 단락의 전개와 연결성의 원리

여기에서 중점적으로 살피고자 하는 바는 단락별 전개 과정에서의 연결성을 이루는 구체적인 방법이다. 이제 시간적 순서, 공간적 순서 및 논리적 순서에 따라 뒷받침문장들을 연결해 가는 방식을 실례를 통하여 익히도록 한다.

① 시간적 순서에 따른 배열 방식

단락 전개에서 시간적 순서에 따른 배열 방식이란 소주제를 전개하기 위한 뒷받침문장들을 시간적 전후 관계에 따라 배열하는 것을 말한다. 이 방식은 시간적 변화에 따라 움직이는 사물에 관해서 서술하는 문장들을 차례로 이어 가는 것이다. 곧, 사람의 행동, 사건 또는 기계 등의 움직이는 모습을 나타내는 문장들을 시간적인 앞뒤 관계를 따라 차례로 늘어 놓는 것이다.

예문 5

그 사람은 새벽부터 부지런하게 건강관리에 힘썼다. 그는 새벽이 되기가 무섭게 자리에서 일어났다. 간단한 체조를 한 다음에 세수를 하였다. 가벼운 운동복 차림으로 자전거를 타고 아침 공기를 가르고 달렸다. 한 삼십분쯤 힘차게 달린 끝에 목적지에 다다랐다. 넓은 운동장을 천천히 돌면서 몸을 풀고 동료들이 나타나기를 기다렸다. 이윽고….

윗글에서는 소주제문(첫 문장)을 전개하는 뒷받침문장들이 시간적 순서로 배열되어 있다. 이것은 자연적인 시간의 흐름에 따른 배열인 것이다.

다음 예문은 원자탄의 파괴력을 설명하는 데에 뒷받침문장들을 시간적인 순서에 따라 배열한 경우이다.

예문 6

원자탄의 파괴력은 점차적으로 나타나는 성질을 지니고 있다. 우리는 히로시마에 떨어졌던 20킬로톤짜리의 작은 폭탄에서 그것이 어떤 파괴력을 가진 것인지 알고 있다. 그 폭탄은 터지는 순간에 7만 명의 민간인(근처의 군사 시설에 있었던 일본

군인까지 포함한다면 훨씬 더 많을 것이다) 생명을 앗아갔다. 이 밖에 부상당했던 7만 명 가운데 많은 이들은 그 뒤에 죽었고 오늘날까지도 죽어가고 있다. 폭탄 자체가 이들 수십만 명을 직접 죽이지는 않았다. 곧, 사람들을 숯덩이처럼 타 죽게 하는 열 방사선이나 폭발 순간의 충격으로 그렇게 많은 사람이 한꺼번에 죽은 것은 아니었다. 강철이나 콘크리트 건물 안에 있었던 수많은 사람들은 그들 위에 허물어져 내린 벽이나 지붕에 깔려 죽었거나 불타는 건물이나 가스 파이프나 보일러의 폭발로 인한 화재로 타 죽었다. 부상당했던 사람들이나 부서진 벽돌 사이에서 아직도 생명이 붙어 있었던 사람들은 폭발에 따르는 무서운 폭풍 같은 화염을 피할 수가 없었다. 그리하여 그들의 생명과 시가지는 차례로 휩쓸려 버렸다.

– 오스트롬(1968)에서 번역

윗글의 소주제(문)는 첫 문장에 나타나 있다. 그런데 그 문장에서 '점차적으로 나타나는 성질'이라는 구절이 뒷받침문장들을 시간적 순서로 배열하게 만든 열쇠가 된다. 원자 폭탄의 파괴력은 폭발 순간에 일시적으로 나타나는 것이 아니라 그 뒤에 여러 가지 형태의 파괴 작용을 수반한다는 것이다. 그것들을 차례로 서술하는 뒷받침문장들은 시간적인 순서로 배열될 수밖에 없는 것이다.

시간적 배열의 방식을 사용할 경우에는 다음 몇 가지 사항을 유의해야 한다. 첫째, 시간적 순서는 일관성이 있어야 한다는 것이다. 〈처음 → 끝〉 또는 〈끝 → 처음〉의 어느 순서로 하는 것은 상황에 따라 결정될 문제이나, 한번 정하고 나면 그 순서를 함부로 바꾸지 말아야 한다는 것이다. 만일 아무 예고도 없이 순서를 바꾸게 되면 부자연스러운 연결이 되고 만다.

둘째, 시간적 배열은 소주제를 효과적으로 뒷받침하여 전개할 수 있도록 되어야 한다. 소주제의 전개와 관계없는 사건이나 사항은 비록 시간적 순서에 따라 늘어놓는다 하더라고 뒷받침의 효과가 잘 드러나지 않는다. 우리는 자기가 겪은 일상사 등을 처음부터 끝까지 말하는 경우가 많은데, 그것은 짜임새 있는 글이 되지 못한다. 어디까지나 어떤 일정한 소주제를 중심으로 그 내용들이 엮어져야만 비로소 좋은 글이 되는 것이다. 곧 재료를 시간적 순서대로 늘어놓되 하나의 소주제를 떠받들기에 알맞은 내용만을 골라서 집중적으로 배열하여야 하는 것이다. 가령, 다음 예문과 같은 경우를 보자.

예문 7

그는 아침 일찍부터 등산길을 떠났다. 집 앞에서 택시를 타고 전철역 앞에서 내렸다. 이리저리 두리번거리면서 같이 가기로 약속한 그녀를 찾았다. 그녀는 멀리서 달려오고 있었다. 시선이 마주치자 그들은 반가운 표정을 지었다. 전철을 타고 도봉산 입구에 내린 그들은 나란히 걸으면서 산등성이로 돌아들었다. 길이 점점 가팔라지자 뒤에 따라오던 그녀의 이마에는 땀방울이 맺혔다. 그래도 그들은 마냥 즐거운 마음으로 한발 한발 발걸음을 옮겨 놓았다. 이렇게 등산을 하는 동안 두 사람의 마음은 더욱 가까이 접근해 갔다.

윗글의 문장들은 시간적 순서에 따라 배열되어 있기는 하지만 어떤 소주제를 의식하고 그것을 집중적으로 뒷받침하기 위한 배열이 아니다. 단순히 시간적으로 늘어놓은 것에 지나지 않는다. 물론 이런 나열도 전혀 무의미한 것은 아니지만 뚜렷한 목표가 없다. 그러므로 이런 글에서 우리가 재미있고 뜻있는 것을 별로 느끼지 못하는 것은 당연하다.

그런데 윗글을 〈예문 7-1〉과 같이 고쳐 본다면 어떨까? 이 단락도 문장들을 시간적 순서로 배열하고 있는데 윗글과는 퍽 다른 느낌을 자아낸다.

예문 7-1

그는 휴일 아침 일찍부터 등산 준비를 서둘렀다. 여느 날과는 달리 모든 준비를 치밀하게 마친 그는 가벼운 발걸음으로 집을 나섰다. 전철역 앞에 내린 그는 이리저리 두리번거렸다. 하고 많은 등산객들 가운데서도 그녀가 다가오고 있음을 이내 발견했다. 그녀도 이쪽을 알아보고는 곧바로 다가오고 있었다. 시선이 마주치는 순간 그들의 얼굴에는 참으로 오랜만에 만나는 사람처럼 반가움이 넘쳤다. 단둘만이 홀가분하게 떠난다는 즐거움이 그들 마음속으로부터 동시에 솟구치는 순간이기도 했다. 전철을 타고 도봉산 입구에 내린 그들의 등산길도 전에 없이 날듯이 가벼운 발걸음이었다. 가파른 길로 돌아들면서 두 사람의 얼굴에는 땀방울이 맺히기 시작했지만 그렇게도 몸이 가볍고 상쾌할 수가 없었다. 무슨 까닭인지는 알 수 없지만 혼자서 외로이 산을 오를 때에는 상상도 할 수 없을만한 어떤 기운이 샘솟고 있음을 그들은 똑같이 느낄 수 있었다.

윗글도 소주제문, 곧 핵심 주제를 나타낸 문장은 찾기 힘들다. 사실상 어떤 문장도 주제를 꼭 집어 표현하고 있지 않다. 그렇지만 윗글은 초점이 더 명확히 떠오르고 있다. 그것이 표면화되지는 않았지만 잠재되어 있는 상태로 느껴지는 것이다. 말하자면 윗글은 '두 사람 사이에 사랑이 싹트고 있음'이 소주제로 파악된다. 그리하여 그것을 뒷받침하고자 그들의 행동을 서술한 뒷받침문장들이 시간의 순서에 따라 늘어놓아 있는 것이다.

요컨대 뒷받침문장들의 시간적인 순서에 따른 배열이란 어떤 특정한 소주제(표면화됐건, 잠재됐건)를 떠받드는 구실을 해야 한다. 그렇지 않고 단순히 시간적으로 나열하는 것은 무의미하다.

셋째, 시간적 배열은 다른 배열 방식, 곧 공간적 배열이나 논리적 배열 방식들과 적절히 혼합하여 쓰는 것이 바람직하다. 이를테면, 시간적인 순서로 배열하면서 중요한 지점에서는 공간적인 묘사를 한다든지, 그 지점에서 일어난 일의 원인이나 이유 등을 따져서 논의를 한다든지 하는 것이다. 이런 어울림이 없이 시간적인 배열만으로 된 단락은 자칫 무미건조한 내용이 되기 쉽다.

예문 8

그 두 사람은 언제나 정다운 사이였다. 오늘 아침에 그 두 친구는 길거리에서 마주쳤다. 약속이나 한 듯이 서로 달려가서 얼싸안고 어쩔 줄을 몰랐다. 마침 그곳은 횡단보도여서 사람이 바삐 건너가고 차들은 신호가 바뀌기를 기다리며 출발 준비를 하고 있었다. 그들은 그 긴박한 상황도 잊은 듯 서로 떨어지기를 못내 아쉬워하는 표정이었다. 이윽고 차들이 그들 앞에서 빵빵거리자 허겁지겁 보도 쪽으로 달려 나갔는데 그들의 손은 아직 떨어지지 않은 채였다. 그중 한 사람이 되돌아서 나온 꼴이 된 것이다. 그 바쁜 출근 시간이고 거의 매일 만나는 처지인데도 말이다. 이 촌극에서도 정 많은 한국 여성의 모습을 읽을 수가 있을 듯하다.

윗글은 첫 문장의 소주제를 그 뒤의 사건을 서술함으로써 뒷받침하고 있다. 이 사건의 서술에는 시간적 배열이 주가 되고 있으나, 건널목의 상황을 서술한 점은 공간적 배열에 속하며, 마지막에 덧붙인 설명 등은 논리적 배열에 속하는 것이다.

② 공간적 순서에 따른 배열 방식

공간적 순서에 따른 배열 방식이란 문단의 소주제를 전개하기 위한 뒷받침문장들을 일정한 공간적 순서에 따라 차례로 늘어놓는 것을 말한다. 공간적 순서는 위치에 따른 멀고 가까움, 방향에 따른 좌우 전후 순서, 높이나 깊이에 따른 배치 순서 등을 말한다. 이런 위치적 관계를 일정하게 정하고 거기에 따라 뒷받침문장들을 질서 있게 배열하는 것이 공간적 순서의 배열 방식이다. 공간적 배열에서 가장 유의할 점은 첫째, 한번 정한 순서를 일관성 있게 따라야 한다는 점이다. 이를테면, 어떤 장면을 묘사하는 경우에 가까이에서 멀리 가면서 근원법近遠法으로 할 수도 있고, 반대로 먼데서 가까이로 원근법으로 할 수도 있다. 그런데 그 순서를 정한 다음에는 도중에 마음대로 바꾸어서는 안 된다는 것이다. 그렇게 되면 묘사 내용에 혼선을 일으키게 되기 때문이다.

둘째, 공간적 배열의 경우도 일정한 소주제에 초점을 맞추어 뒷받침문장들이 나열되어야 한다는 점이다. 시선이 닿는 대로 이것저것 늘어놓아서는 핵심이 없는 글이 되고 말기 때문이다. 이를테면 어떤 사람의 얼굴을 묘사하는 경우라면, 어떤 점이 가장 두드러진 특징인지를 파악하고 그것을 하나의 소주제로 삼아서 집중적으로 뒷받침하는 문장들을 늘어놓아야 한다는 것이다.

예문 9

이 학교를 처음 방문하는 이는 누구나 아담한 여학교라는 인상을 받는다. 한국의 전통적인 건축 양식을 따라서 지은 교문은 육중한 편이지만 그 색상이나 형상이 오밀조밀한 맛을 풍긴다. 교문을 막 들어서면 보도 양편으로 꽃밭과 잔디밭이 펼쳐져 있다. 꽃밭에는 장미, 모란, 백일홍들이 울긋불긋하게 피어 있고, 잔디밭은 넓지는 않으나 곱게 손질되어 있다. 군데 군데 학생들이 앉아서 한가히 담소하거나 뒹굴고 있는 모습이 눈길을 끈다. 본관 근처에는 꽤 널따란 뜰이 있고 거기에는 갖가지 나무들이 들어서 있다. 은행, 무화과, 후박, 목련, 상나무 등이 무성한 녹음을 펼치고 있다. 이런 나무 그늘을 지나 본관 앞에 이르면 고색이 창연한 이끼와 담장 넝쿨이 건물을 휘감고 있다. 이런 교정의 분위기는 대개 널따란 운동장이 교문 안에 펼쳐져 있는 남자학교와는 대조적인 것이다.

– 최진영, 「지난날의 추억」 중에서

윗글의 첫 문장으로 표현되는 소주제문을 떠받드는 뒷받침문장들을 주로 공간적 순서로 배열하고 있다. 물론 여기에는 시간적 순서도 일부 개입되고 있으나 그것은 보조적인 구실을 하고 있을 뿐이다.

예문 10

언제나 황혼은 이 마을 서편에 있는 묵은 산장 밤나무 숲에서 걸어 나온다. 상소산에서 넌지시 내려온 산줄기가 묵은 산장을 병풍처럼 휙 둘러 황개재라는 작은 재가 되고, 나직한 황개재 너머로 푸른 하늘이 가로 길게 눕고, 그 하늘에 능금 빛으로 붉은 저녁놀이 삭은 뒤에야 황혼은 겨우 그 재를 넘어서 밤나무 숲을 거쳐 우리 마을을 찾아오게 된다.

– 신석정, 「촛불」 중에서

윗글은 황혼이 깃드는 정경을 공간적 배열로 전개한 것이다. 이 경우도 시간적 순서가 다소 개입된 면도 있으나 공간적인 상황에 더 중점이 놓이고 있다 할 것이다.

다음 예문도 시간적인 서술이 조금씩 곁들여 있으나 공간적 서술에 중점을 두고 있다. 기행문에서 많이 볼 수 있는 배열법이다.

예문 11

그림 같은 연화담, 수렴폭을 완상하며 몇십 굽이의 석계와 목벌(木伐)과 철책을 답파하고 나니, 문득 눈앞에 막아서는 무려 삼 백의 가파른 사다리 한 층계 한 층계 한사하고 기어오르는 마지막 발걸음에서 시야는 일망무제로 탁 트인다. 여기가 해발 오천 척의 망군대 – 아차 천하는 이렇게도 광활하고 웅장하고 숭엄하던가. 이름도 정다운 백마봉은 바로 지호지간에 서있고 내일 오르기로 예정된 비로봉은 단걸음에 건너뛸 정도로 가깝다. 그밖에도 유상무상의 허다한 봉들이 전시에 활거하는 영웅들처럼 여기에서도 불끈, 저기에서도 불끈, 시선을 낮은 아래로 굽어보니 발밑은 천인단애 무한제로 뚝 떨어진 황천 계곡에 단풍이 선혈처럼 붉다. 우러러보는 단풍이 신부 머리의 칠보단장 같다면 굽어보는 단풍은 치렁치렁 늘어진 규수의 붉은 치마폭 같다고나 할까. 수줍어 수줍어 생글 돌아서는 낯붉힌 아가씨가 어느 구석에서 금새 뛰어나올 것도 같다.

– 정비석, 「산정무한」 중에서

위 단락은 금강산 경치의 서술, 곧 공간적 서술이 주가 되어 있으나 필자의 목소리가 많이 끼어들고 있다. 또 장소의 이동, 곧 시간적 변화를 지적한 곳이 두 군데에 나타나 있다. 사실상 실제 글에서는 순수한 공간적 서술보다는 이런 여러 요소가 곁들여서 종합적인 서술이 되는 일이 많다.

③ 논리적 순서에 따른 배열 방식

단락의 전개에서, 뒷받침문장들의 논리적 배열은 위에 말한 시간적, 공간적 배열 방식을 제외한 모든 배열을 가리킨다. 소주제에 대해서 풀이하거나 따지거나 예시하는 뒷받침문장들을 순리적으로 늘어놓는 것이 논리적 배열이다. 예를 들면, 다음 예문의 전개에서 그런 논리적 순서에 따른 배열을 볼 수가 있다.

예문 12

지도자는 무엇보다도 안목이 뛰어나야 한다. 안목이란 사물을 바로 볼 줄 아는 눈을 말한다. 곧 사물의 본질이나 진상을 꿰뚫어 보고 바로 판단하는 통찰력이 바탕이 되는 바라봄을 뜻한다. 또 안목은 사물을 넓고 멀리 볼 줄 아는 능력도 포함된다. 이러한 안목은 우리의 일상생활에서부터 갖가지 사업이나 사회를 위한 경륜에 이르기까지 필수적인 요소가 된다. 예를 들어, 물건 한 가지를 사는 데도 안목이 있는 사람과 없는 사람은 다르다. 어떤 사업을 성공적으로 이끈 사람들은 다 남다른 안목을 갖추었던 사람이다. 모든 사업에는 새로운 아이디어와 치밀한 사업계획이 기본이 되는 것인데, 그것은 다 남다른 안목이 있어야만 훌륭한 것이 될 수 있기 때문이다. 예부터 살림에는 눈이 보배라고 한 것은 바로 이런 안목의 중요성을 갈파한 것이다. 뭇사람을 다스리고 뭇사람의 살림을 맡아서 이끌어갈 사회적, 민족적 지도자가 남다른 안목이 있어야 할 것은 더 말할 필요도 없다. 가령 세종대왕의 경우만 보더라도 그것은 충분히 입증된다. 한글, 측우기 등 과학 기술의 발전, 튼튼한 국방 정책들은 다 그 임금님의 뛰어난 안목에서 비롯되었던 것이다.

— 장세옥, 「지도자의 안목」 중에서

논리적 방식은 단독으로 쓰이기도 하지만, 한편으로는 앞에서 말한 시간적 배열이나 공간적 배열 방식에 따른 서술에도 많이 나타난다. 이러한 자연적 배열의 과정에서 설명이나 합리화 서술이 필요할 때는 이 논리적 배열 방식이 쓰이기 때문이다. 다음 예문은 시간적, 공간적 순서에 따른 서술에 논리적 서술이 개입되어 단락을 완성하는 경우이다.

예문 13

전주 중앙회관의 비빔밥은 맛이 있기로 유명하다. 중앙회관은 전주 시내 한복판에 자리 잡은 음식점으로 12, 3년 전부터 비빔밥을 전문으로 내놓고 있다. 이 집의 주방 주인 남궁정례 씨는 본디 전주역전의 오거리 명동 집에서 콩나물 비빔밥으로 손님들의 입맛을 끌었다. 그 뒤 이곳에 큰 건물을 짓고 본격적으로 독특한 비빔밥을 만들어 뭇사람의 미각을 돋우고 있다. 이집의 이층 별실에 자리하여 벽면의 고서화, 또 장 속에 진열된 여러 가지 골동품들을 감상하노라면 주방 부인이 손수 마련한다는 비빔밥이 상위에 놓인다. 바가지만한 곱돌 그릇에 담긴 비빔밥은 철따라 다른 재료가 눈에 띄기도 하거니와 얼른 살펴보아도 좋은 쌀로 지은 밥, 쇠고기 육회, 콩나물, 청포묵, 고추장이 갖은 양념으로 버무려 있다. 그 밖에도 시금치, 고사리, 도라지, 표고버섯, 녹두나물, 무생채, 미나리, 상추, 쑥대기, 오징어채, 해삼채, 밤채, 잣, 은행, 호도, 계란반자, 부추 등이 곁들여 있음이 눈에 띈다. 그런데 이들 재료들은 주방 부인의 각별한 정성으로 제철에 사들여 마련해 두었다가 쓰인다. 간장만 하더라도 5년 이상 묵혀 쓴 겹장이며, 참기름, 깨소금도 시장에서 파는 것을 바로 사다가 쓰는 것이 아니고, 제철에 상품의 깨를 사두었다가 잘 이루고 말려 기름집에 가서 직접 짜온 참기름이요, 또한 자기 손으로 빻은 깨소금이라는 것이다. 이윽고 수저를 들어 한 수저 내기를 잘 공글러서 입안에 덥석 넣어 씹기를 시작해 본다. 이 맛이라니 어떠한 한 마디로 표현할 수가 있으랴.

– 최승범, 「전주의 비빔밥」 중에서

윗글은 소주제문이 맨 앞에 나오고 그것을 뒷받침하는 이야기가 이어지고 있다. 이 이야기는 시간적 순서에 따라 배열되다가 '바가지만한 곱돌 그

룻에 …'에서부터 공간적 순서에 의한 묘사가 이어진다. 이윽고 '그런데 …' 에서부터는 주로 논리적 배열에 따른 설명이 쓰이고 있다. 요컨대, 이런 논리적 배열 방식은 설명이나 따짐이 필요할 경우에 두루 쓰이는 배열 방식이다.

논리적 배열은 기본적으로 3가지 방식으로 실행된다. 구체화의 순서, 일반화의 순서, 반전의 순서가 그것이다. 구체화의 순서란 일반적이고 추상적인 소주제를 내걸고 그것을 구체적으로 전개하여 풀이하는 뒷받침문장들을 늘어놓는 경우이다. 일반화의 순서는 구체적인 사실들을 먼저 내세우고 그것을 근거로 해서 일반적인 개념의 소주제를 이끌어내는 방식이다. 반전의 순서란 앞부분의 서술을 뒷부분에서 반대 방향으로 뒤집는 경우를 말한다.

구체화의 순서	일반화의 순서	반전의 순서
일반적 명제 (결론) ↓ 구체적 사실 (뒷받침)	구체적 사실 (뒷받침) ↓ 일반화 명제 (결론)	긍정 서술 (뒷받침) ↓ 반대서술 (뒷받침), (결론)

a. 구체화의 순서에 따른 단락의 전개

구체화의 순서로 단락을 전개하려면 앞부분에 소주제문을 제시하고 그것을 풀이, 합리화 또는 예시하는 따위의 문장들을 순리적으로 늘어놓도록 한다. 다음 예문에서는 상당히 포괄적이거나 추상적인 개념의 소주제(첫 문장)를 구체화의 순서로 전개하고 있다.

예문 14

한국어는 한반도 전역이 그 본거지이지만 세계의 여러 지역에 널리 퍼져 있다. 오늘날 한국어는 한반도 이외에 우리나라 사람들이 집단적으로 이주해 사는 만주, 시베리아, 일본, 미국 등에서도 상당히 많이 사용되고 있다. 남한에서 4천만, 북한에서 2천만, 그리고 만주 100만, 일본 60만, 미국 60만, 시베리아 수십 만 등 사용 인구도 세계 20위 이내에 들 정도로 상당히 많다. 만주에서는 우리나라 사람들만 다니는 학교가 따로 있고 교과서도 한글로 만들어 쓰며, 시베리아에서도 한글로 신문을 만들 정도로 우리말이 잘 이어져 가고 있다 한다. 미국에서도 로스앤젤레스 같은 곳은 많은 교민이 집단적으로 살고 있어서 한글로 된 간판이 즐비한 한국인촌을 형성하고 있으며, 따라서 국어 보존이 잘 될 것으로 예상된다. 다만 일본에서는 교민이 많은 데 비해 국어가 2세까지 이어지는 비율이 낮은데 이도 앞으로 우리나라에 대한 일본인들의 인식이 달라지고 일본에서의 교민들의 지위가 높아짐에 따라 차츰 사정이 좋아질 것으로 기대된다.

– 이익섭, 「한국어의 분포」 중에서

윗글은 한국어의 분포 상황이라는 일반 사항을 구체적으로 풀이하고 있다. 구체화의 순서란 바로 이런 것을 말한다.

다음 예문은 우리나라 사람들의 '기분적 성향'이라는 일반적 사항을 구체적으로 풀이하고 있다.

예문 15

우리 민족이 기분적인 성향이 농후함은 널리 알려진 사실이다. 우리는 수없이 기분이라는 말을 쓰고 있다. 기분 나쁜데, 기분 좋은데, 기분 잡쳤어, 그건 기분 문제야 따위 말을 입버릇처럼 뇌까리고 있는 것이다. 이런 말이 기분적으로 쓰이는 것과 발맞추어 행동 또한 기분에 좌우되는 일이 많다. 가령, 단체에 기분적으로 가입했다가 기분적으로 탈퇴하는 사람들이 얼마나 많은가. 단체의 목적을 신중히 검토하여 가입하는 것이 아니라 친구의 권유나 일시적 기분으로 가입하는가 하면, 또 사소한 일로 기분이 상하면 금방 탈퇴하고 마는 군상이 부지기수다. 우리 겨레의 단점으로 지적되는 속단(또는 졸속)이나 극단주의의 버릇도 사실은 이 기분적 성향 때문이다. 직감적으로 일을 처리하는 기분의 속성은 속단을 낳게 마련이며, 기분이라는 감성은 항시 격앙되기 쉬운 것이기에 극단에 흐르기 십상인 것이다.

– 조용란, 「감성주의」 중에서

위의 예문은 풀이, 합리화, 예시 등의 뒷받침문장들을 적절히 배열하여 추상적인 소주제문을 누구나 이해할 수 있도록 구체화하고 있다. 위에서 우리는 소주제문이나 그와 관련된 뒷받침문장을 구체적으로 풀이하는 경우를 보았고, 그 한 요령으로 다음과 같은 접속어를 속으로 되뇌거나 명시적으로 쓰는 것이다. 이 방법은 이미 설명한 풀이 방식에 해당한다.

곧, 즉, 다시 말하면, 바꾸어 말하면, 다른 말로 말하면

이런 접속어는 동일한 내용을 다른 말로 나타낸다는 뜻이다. 말하자면 내용적인 동일성을 나타낸다. 따라서 이것들은 뒤따르는 뜻풀이가 다른 뜻이 되지 않게 하는 길잡이 구실을 한다. 뜻풀이 문장을 쓸 때마다 이 접속어를 생각함으로써 동일 의미의 것을 마련해 갈 수가 있는 것이다. 그렇지만 모든 문장을 덧붙일 때마다 그런 접속어를 쓸 필요는 없다. 속으로 되뇌기만 하고 가끔 필요할 때만 표면화시키면 되는 것이다.

그런데 이런 접속어는 언제나 동일한 내용의 문장을 배열할 때에만 쓰도록 주의하여야 한다. 다음 예문과 같이 그런 접속어를 쓰면서 다른 내용이 문장을 연결하는 것은 비논리적인 것이다. '즉'이라는 접속어를 썼지만 그 앞과 뒤가 동일 내용이라고 보기 어렵기 때문이다.

예문 16

여기에서 우리는 균형 잃은 국가 발전의 모습을 본다. 즉, 전통과 변화의 마찰이 새로운 형식주의를 낳았고, 또한 편재된 물질의 풍요와 공허한 인간정신의 무기력 때문에 개체와 전체가 혼돈되는 자유로부터의 도피가 전개된 것이다. 그러나 사람이 진정으로 바라는 것은 역사가 그 가치를 보증하는 안정과 질서인 것이다.

– 김영훈, 「보수적 반성」 중에서

또 한 가지 주의할 일은 전개란 일반 명제의 뜻을 쉽게 풀이하는 것이어야

한다. 소주제문의 전개라면 그것을 어떻게든지 좀 더 쉽게 풀어서 독자로 하여금 쉽사리 접근할 수 있게 해야 한다. 그렇지 않고 더 어렵고 추상적인 표현이 된다면 뜻풀이는 역효과를 낼 뿐이다. 가령, 다음 예문과 같이 뒷받침 문장이 소주제문보다 오히려 더 알기 어려운 것이 된다면 곤란하다.

예문 17

일반적으로 입헌주의적 헌법으로 불리는 근대 헌법의 본질적 구조는 '모순과 조화의 논리'에 의하여 지배되고 있다. 프랑스 인권 선언 이후 근대적 헌법의 구조가 슈미트의 이른바 분할 원칙을 의미하는 기본권 제도에 의하여 국가 권력의 구성 영역과 개인의 자유 영역으로 이분되어 있는 것이 그 본질적 징표로 간주되고 있는 것과 같이 그 국가 권력의 구성에서 근대 국가의 헌법은 전혀 그 논리를 달리하는 두 개의 원리 곧 국민 입법의 원리와 권력 분립의 원리에 의하여 이분되어 있는 것이 그 특징으로 되어 있다.

– 한태연, 「권력 분립과 대한민국 헌법」 중에서

윗글에서 첫째 문장을 소주제문으로 볼 때에 뒤따르는 문장은 그것을 뜻풀이한 것으로 생각된다. 그런데 풀이가 문제를 좀 더 쉽게 만드는 효과를 내지 못하였다. 더욱더 추상적인 내용을 모호하게 늘어놓고 있는 느낌이다. 물론 전문가를 상대로 한 글이기 때문에 그런 서술이 되었다고 할지도 모르지만, 아무리 그렇다 하더라도 더 구체적인 풀이를 한다고 해서 나쁠 것은 없다. 어느 경우든 어렵고 추상적인 명제는 쉽고 구체적으로 풀어나가야 한다.

다음에는 소주제문의 내용을 합리화하여 펼치는 경우를 살펴보기로 한다. 소주제문이 보여 주는 명제가 과연 옳은 내용이며 타당한 주장인지를 밝힐 필요가 있을 때 이 방식이 쓰인다. 예를 들어, 소주제문이 '대기 오염은 심각한 문제다'라는 명제라면 그 근거를 대주는 따위다. 말하자면 '왜 그러냐?' 하는 의문을 풀어 주는 태도로 글을 펼치는 것이다. 소주제에 대한 자세한 풀이만으로 그치지 않고 그 타당성을 적극적으로 제시하는 전개 방식인 것이다.

예문 18

앞으로 새로 뽑힐 대통령은 비록 그 취임 선서에서가 아니더라도 국민 앞에서는 자신을 일컬어 꼭 저라고 해야 할 것이다. 선거에 앞서서는 골백번 절을 하며 자기가 겸허하게 저가 되는 국민과의 관계를 곧 주권의 임자인 국민의 높은 지위를 인정하는 체하다가 선거 뒤에는 오만한 나로 환원되는 것이야말로 배신이기 때문이다. 이녁을 나로 보는 대통령의 권위가 그 자리에 있는 이의 눈에 비친 헛것이라면 이녁을 저로 보는 대통령의 권위야말로 국민이 도장을 꽝 찍어 인정하는 권위다.

– 한창기, 「나와 대통령」 중에서

윗글은 소주제(문)를 뒤따르는 두 문장들이 그 근거를 보여주고 있다. 그 둘 중에 하나는 ' … 때문이다'로 그 근거 제시를 표면화시켰다. 또 다른 하나는 그런 형식이 없지만 내용으로 보아 근거 제시의 구실을 하고 있다.

b. 일반화의 순서에 따른 단락의 전개

일반화의 순서로 뒷받침문장들을 배열하려면 마지막에 가서 내세울 일반화된 소주제문의 근거가 되는 사항들을 앞에서 늘어놓도록 한다. 이것은 앞에서 다룬 미괄식 단락의 전개 방식과 비슷하다.

다음 예문은 구체적인 사항을 먼저 제시하고 마지막에 그것을 바탕으로 한 일반화를 보이고 있다.

예문 19

그는 언제나 청년 회관에서 청년들과 노소동락했다. 하루는 한 청년과 장기를 두고 있었는데 월남이 지게 되었다. 청년은 싱글벙글 웃으면서 "선생님, 이제는 지셨

지요?" 했다. 그러나 월남은 여전히 장기판을 내려다보면서 "천만에 내가 어디 졌느냐? 어서 두게."했다. 그리하여 몇 번을 더 두었으나 마침내 청년의 졸이 궁중에 들어가 "장야"하며 궁을 먹었다. 그제야 월남은 장기를 놓았다. 그러면서 월남은 "이제는 졌다. 아까 궁을 먹기 전에야 어디 졌던가?" 했다. 이 말은, 즉 청년들은 무엇이든지 이내 실망하지 말고 끝까지 버티고 싸워야 한다는 뜻의 교훈이었다. 이처럼 그는 놀면서도 청년들의 기백을 길러 주었다.

– 전택부, 「월남 이상재」 중에서

다음 예문은 토론의 효과를 다룬 글인데 토론 과정 등을 구체적으로 서술한 연후에 결론 명제에 도달하고 있다.

예문 20

토론 시간은 우리에게 여러 가지 문제를 생각하게 만든다. 또 이 시간은 세계의 시사 문제들에 관해서 독서를 많이 하도록 만든다. 그 뿐 아니라 이 시간은 다른 학생들과 여러 문제에 관해서 유익한 의견을 교환하는 기회가 된다. 이런 점만으로도 토론 시간은 이롭고 흥미가 있지만 그 토론의 과정도 그에 못지않은 바가 있다. 이 시간에 정치, 과학, 예술, 종교 문제들을 저마다 다른 처지에서 토론을 벌일 때 여러 가지 재미있는 일들이 일어난다. 그 가운데서도 얼마 전에 가톨릭 신자, 개신교 신도, 유태교인, 그리고 비종교인의 네 학생이 종교에 대한 각기 다른 견해를 펴며 열띤 토론을 벌였을 때는 듣기만 해도 시간 가는 줄을 몰랐다. 내가 아는 문제에 내 스스로 끼어 들어 소견을 펴거나 일대일로 주고받는 토론에 열중하게 될 때는 특히 신이 난다. 몇 주일 전에 예술의 가치문제에 관해서 토론할 때 나는 내가 평소에 읽고 생각했던 견해를 발표해서 학우들의 공감을 불러일으켰다. 그 때의 흐뭇한 느낌은 지금도 저버리지 못한다. 이 토론 시간은 모든 학생들의 관심과 참여도가 높아서 그 분위기는 어떤 시간보다 활기가 넘치고 끝나는 시간이 다가옴을 못내 아쉬워하게 만든다. 이런 점에서 토론 시간은 이번 학기 수업 시간 가운데 가장 보람찬 것이었다.

– 설리번(1980)에서 번역

윗글은 앞부분에서 개별적인 사항들을 차례로 내세우고 그것들을 바탕으로 마지막에 일반화된 명제로서의 소주제문을 이끌어 내고 있다.

c. 반전의 순서에 따른 단락의 전개

반전의 순서로 뒷받침문장들을 늘어놓으려면 문단의 앞부분에서는 긍정적인 내용을 상당히 늘어놓은 다음에 중간쯤부터 그 부정적인 면을 내세우고 뒷받침하여 결론을 뒤집도록 하는 것이다. 다음 예문에서 앞부분의 긍정적인 서술이 '그렇지만' 이라는 역접의 접속어가 나타나는 지점에서부터 반대 방향으로 나가고 있다.

예문 21

문예 비평가는 동시에 철학가가 될 수도 있고, 한 걸음 더 나아가서 도덕가나 종교학자도 될 수가 있다. 또 어떤 의미에서는 사회학자나 심리학자의 기능을 겸할 수도 있다. 비평가는 그만큼 깊고 넓은 학문과 인생의 전반문제에 관해서 관심과 식견이 갖추어져야 하며, 그것은 결국 인생을 다루고 있는 작품을 다각도로 고찰하고 올바른 가치 판단을 하는 데 도움이 될 것이다. 그렇지만 그들의 비평 활동이 문화 과학의 일반론에 그쳐 버렸을 때 그것은 결국 문예 비평의 퇴영 현상을 가져 온다. 이를테면, 만해(萬海)의 시를 통해 동양적인 불교 사상을 탐색한다든가, 박두진의 시에서 서구적 기독교 사상을 살펴보고, 또 거기서 평가(評家) 자신의 인생에 대한 관념을 추상화한다면, 그런 경우 비평가가 대상으로 삼고 있는 것은 어디까지나 종교적, 철학적 신념이지 시적 신념이라고 할 수 없다. 시의 소재가 되는 상상과 체험 내용에 대한 검토도 중요하겠지만, 이런 문제는 언제나 그 밑바닥에 언어와 구성의 문제를 깔고 있지 않는 한 헛된 탁상공론에 지나지 못할 것이다.

– 김시태, 「시와 신념의 문제」 중에서

위의 예문에서 보듯이 이 배열 순서에서는 '그러나', '그렇지만' 따위의 접속어가 뒤집음의 기점이 된다. 이 배열 순서에서 특히 유의할 점은 뒤의 부정적인 서술에서 앞의 서술을 뒤집을 만한 근거를 확고히 제시하여야 한다는 점이다. 만일 그렇지 못하고 뒤집기만 해서는 소주제 곧 결론적인 주장이 설득력을 잃는다. 곧 앞의 긍정적인 서술보다 뒤의 부정적인 서술이 더 타당한 점이 있어야만 그 소주제가 확고히 뒷받침된다는 것이다.

다음 예문도 첫 부분에서는 긍정적인 면을 제시하고 뒷부분에서 그렇지 않은 면을 가려서 논술하고 있는데 뒷부분의 서술에 역점을 둠으로써 설득력을 보이고 있다.

예문 22

신라 가요는 우리 문학의 원류이자 향찰(鄕札)로 표기된 특수한 문화 양식임엔 틀림없다. 또 그것이 한국 문학사의 벽두를 장식하는 가장 최고의 시가임도 주지의 사실이다. 이와 같은 문학사적인 중요한 의의 때문에 모든 신라 가요는 정당한 평가 이상의 극진한 대접을 받아 온 것이 지금까지의 거짓 없는 실정이다. 사실상 신라 가요 중에는 지금의 안목으로 보아도 그 질적인 우수성을 인정받아 마땅한 작품도 적지 않다. 그러나 14수 모두가 다 똑같이 높은 수준에 올려놓을 수 있는 그런 작품들은 아니다. 이들 작품 가운데는 신라 당시의 문학적인 척도로 평가하여도 대단치 않은 것으로 판별될 수밖에 없는 것도 있다. 이런 유의 노래까지도 그것이 희한한 문자로 표기되어 있다는 이유 때문에, 혹은 우리 문학사의 원류에 해당되는 희소가치의 작품이라는 이유 때문에 아무 분별없이 과도한 평가를 받아서는 곤란하다.

– 박노준, 『신라가요의 연구』 중에서

3. 충분한 뒷받침의 요건 – 강조성의 원리

충분한 뒷받침의 요건 또는 강조성의 원리란 주제와 가장 밀접한 관련이 있는 사항에 대해서는 특별히 두드러지게 서술해야 한다는 것이다. 우리가 말을 할 때에도 어떤 중요한 점에 대해서는 어조를 높인다든지, 되풀이해서 말한다든지 해서 강조하듯이, 글의 경우에도 그러한 강조의 서술이 필요하게 된다. 만일 글의 모든 부분이 평탄하게 펼쳐지면 필자가 나타내고자 하는 글의 요점이 잘 드러나지 않을 뿐 아니라 글의 전체 흐름이 단조로워질 수가 있다.

강조의 효과를 내는 방식은 대개 3가지로 나누어 볼 수가 있다. 서술 내용에 의한 강조, 위치에 의한 강조, 표현기교에 의한 강조가 그것이다. 이 방식들은 글 전체와 단락의 경우에 다 적용되나 여기서는 문단의 경우를 중점적으로 살펴보고 익히도록 한다.

(1) 서술 내용에 의한 강조법

서술 내용에 의한 강조란 소주제 또는 그것과 관련된 사항에 대해서는 그 중요도에 따라 되도록 상세하고 알차게 뒷받침하는 것을 말한다. 중요한 사항에 대해서는 되도록 충분한 서술을 해서 독자의 관심을 오래 붙잡아 두고 이해를 시키는 강조법인 것이다. 이런 충분한 뒷받침의 필요성에 관해서는 앞에서 여러 번 지적한 바 있지만 이것이 가장 중요한 강조법이 된다.

다음의 예문과 같이 허술한 뒷받침 내용으로는 소주제의 뜻이 두드러지기는커녕 잘 드러나지도 않는다.

예문 23

사람은 눈을 통하여 많은 값진 정보를 얻는다. 백 번 듣는 것이 한 번 보는 것만 못하다라고 말했듯이 귀보다는 눈으로 보고 배우는 것이 많다. 사람은 누구나 남의 소식을 듣는 것도 좋아한다. 옛날부터 남의 말을 엿듣기를 좋아하여 낮말은 새가 듣고 밤말은 쥐가 듣는다는 속담도 있지 않은가.

윗글의 첫 문장이 주제문이라 한다면 그 뒤의 단 한 문장만으로 뒷받침되고 있을 뿐이다. 그 뒤의 문장부터는 다른 이야기가 전개되고 있기 때문이다. 소식을 듣기 좋아한다는 서술은 앞의 것과는 전혀 다른 문제다. 이렇게 한 문단의 형식 안에 서로 다른 문제를 내걸고 한두 문장만으로 뒷받침하고 넘어가서는 강조의 효과가 전혀 없다.

위와 같은 글은 두 단락으로 나누어서 다루어야 하며, 앞부분은 적어도 다음과 같이 집중적인 뒷받침을 하여야 소주제가 뚜렷이 드러나고 설득력이 있게 된다.

예문 23-1

사람은 눈을 통하여 많은 값진 정보를 얻는다. 백문이 불여일견이라 하였듯이 귀보다는 눈으로 보고 배우는 것이 훨씬 효과적이다. 누구나 항상 경험하는 일이지만 TV로 본 기억은 라디오를 통해 들은 것과는 비교가 안 될 만큼 생생하게 오래도록 남아 있다. 또 귀로 들을 적에는 잘 모르거나 불확실한 일이라도 눈으로 직접 확인하고 볼 때에는 명확한 지식으로 간직이 된다. 더구나 귀로 들을 경우에는 전해 주는 사람의 주관이나 악의가 개입되어 정확한 정보가 손상되는 일도 있을 수 있으나 눈으로 보는 경우에는 그러한 염려가 거의 없다.

위의 예문에서처럼 분명한 소주제를 내걸 뿐 아니라 그것을 여러 면으로 생각하고 파고들어서 뒷받침을 하게 되면 필자가 드러내고자 하는 바가 충분히 표현 전달될 수 있는 알찬 글이 된다. 이런 것이 분량에 의한 강조법이다.

부질없는 줄바꾸기는 강조성을 약화시키는 결과를 가져 온다. 다음 예문에서처럼 단락을 충실히 발전시키지 않고 새 단락을 만들다 보니 어느 단락도 주제가 강조되지 않고 있다.

예문 24

방 안에 햇발이 확 퍼졌을 때 뻐꾸기 우는 소리에 옅은 잠이 깨었다. 가슴이 후들후들 떨렸다. '뻐꾸우욱 뻐꾸우욱'하는 소리도 나고 '뻑꾹 뻑꾹' 마디마디를 뚝뚝 끊어서 우는 소리도 들렸다.

어느 것이나 내겐 다아 서글픈 소리였다. 그 중에도 '뻐꾸우욱'하는 마디 없는 소리가 더 마음을 흔들었다. 뻐꾸기도 세상에 무슨 원통한 일이 있고 슬픈 일이 있는가 봐. 그렇지 않으면 어째서 저리 섧게 울랴.

문을 열고 뻐꾸기 우는 방향을 찾아보았다. 앞산 푸른 숲 그득히 서 있는 데서 우는데 그 숲 속엔 안개도 끼어 있어서 바람이 숲을 지날 때면 안개가 푸른 숲 위에 물결같이 넘실거렸다. 그런데서 뻐꾸기는 자꾸만 울고 있었다. 울어라. 울어라.

– 최정희, 「정적기(靜寂記)」 중에서

윗글은 모두 한 주제를 다루고 있는데 3단락의 형식으로 나뉘어 서술되고 있다. 따라서 어느 것도 강조 효과를 볼 수가 없고 주제의 통일적인 부각에도 문제가 있다.

(2) 위치에 의한 강조법

위치에 의한 강조법이란 글의 중요한 부분은 되도록 독자의 관심이 많이 집중되는 자리에 두는 것을 말한다. 단락의 경우로 말하면 소주제나 소주제와 관련된 중요한 내용은 독자의 관심이 모아질 수 있는 자리에 놓아둠으로써 강조의 효과를 높이게 된다.

일반적으로 단락의 첫머리는 강조 효과가 가장 큰 자리이다. 이 첫머리는 제일 먼저 독자의 시선을 받으며 심리적으로 긴장된 기대감을 불러일으키는 자리이기 때문이다. 따라서 단락의 소주제문이나 그와 관련된 사항은 이 첫 자리에 두면 강조 효과를 높일 수 있다. 두괄식 단락은 바로 이런 강조 효과를 내고 있는 것이다.

단락의 끝 부분도 역시 강조 효과가 큰 곳이다. 마지막 부분은 독자의 눈이 떨어지기 직전이므로 심리적으로 긴장되어 있으며, 관심의 집중도가 높다. 또한 이 부분에서 읽기를 마친 내용은 독자에게 여운을 남겨서 오래 기억되는 효과도 따른다. 미괄식의 단락은 이런 점에서 강조 효과를 보이고 있는 것이다.

첫머리와 끝 부분을 함께 활용하는 것은 그 강조 효과를 가장 크게 하는 방법이 될 것이다. 앞에서 말한 양괄식은 그 보기가 된다. 이런 양괄식이 소주제를 가장 강력히 돋보이게 하는 것은 강조성이 강한 첫머리와 마지막 부분에 그것이 놓이기 때문이다.

(3) 표현 기교에 의한 강조법

표현 기교에 의한 강조법은 반복법과 과장법이 대표적이며 그 밖에 도치법, 열거법, 점층법 등도 가끔 쓰인다. 여기서는 반복법과 과장법을 주로 다루고 그 밖의 것은 간단히 언급한다. 산문에서는 앞의 두 가지가 주로 쓰이기 때문이다.

① 반복법

반복법은 다음과 같이 어구나 문장들을 되풀이하거나 의미적인 면에서 되풀이를 하는 것이다.

예문 25

① 차디 찬 방, 깊고 깊은 바다, 멀고 먼 나라, 기나긴 밤

② 그 사람은 앞을 살피고 또 살피면서 조심스럽게 걸었다.

③ 사람은 겸손해야 한다. 곧 자기의 처지와 분수에 맞는 언행을 해야 하는 것이다.

④ 가을 하늘은 높고도 푸르다. 유리처럼 맑고 무어라 형용할 수 없이 청명한 하늘이 가을철에 펼쳐진다.

⑤ 글은 그 사람이다. 곧 글은 그 글을 쓴 사람의 사람됨을 드러낸다. 다시 말하면 글은 그 사람의 생각, 느낌, 삶의 양식, 인격 등 그 사람의 모든 면을 그대로 비추어 주는 거울이다.

위의 예문에서 ①,②는 어구의 되풀이고 나머지는 의미적인 면에서의 되풀이 강조를 보이고 있다. 특히 ⑤와 같은 경우에는 그러한 되풀이 방식으로 소주제를 펼쳐나가고 있다. '곧', '다시 말하면', '바꾸어 말하면' 따위의 접속어는 이런 되풀이 서술에 많이 쓰인다. 이런 경우에 유의할 점은 단순한 되풀이 해석이 아니라 그 소주제를 다른 각도에서 풀이함으로써 펼쳐나가는 것이 되어야 한다는 점이다. 이런 점에서는 일종의 풀이에 의한 전개 방식이다. 그러나 반복법은 남용하면 효과가 적어진다. 특히 설명문이나 논술문 따위에서는 상투적인 반복법을 많이 쓰면 글의 신뢰도를 오히려 떨어뜨리는 수가 있다. 이를테면, '너무 너무 좋다', '매우 매우 멋있는 사나이', '정말 정말 예쁜 꽃' 따위는 글의 진실도를 떨어뜨릴 수가 있다. 요컨대 반복법은 특별히 강조해야 할 경우에 한해서 절제해서 쓰도록 해야 그 강조 효과가 난다.

② 과장법

과장법은 사실보다 다소간 부풀려서 표현함으로써 강조의 효과를 노린다. 대체로 다음과 같은 것들이 그 예이다.

예문 26

① 하늘을 찌를 듯이 높은 산, 찌는 듯한 더위, 얼음같이 찬 마음
② 부모의 은혜는 산같이 높고 바다같이 깊다.
③ 운동장에는 사람들이 입추의 여지도 없이 꽉 들어찼다.
④ 그 사람은 담이 큰 사람이다. 말하자면 강철 심장을 가지고 있어서 총알이 날아와도 끄떡도 하지 않을 사람이다.

과장법도 남용을 하거나 너무 지나친 과장 표현을 하면 효과가 없다. '백발삼천장白髮三千丈'과 같은 과장법은 너무 지나친 과장이므로 실감이 없고, 글의 진실성을 의아케 만든다. 특히 논술문 등에서는 그런 과장법은 삼가야 한다. 그런 글에서는 사실에 입각한 근거를 제시해야 하므로 과장법은 오히려 그 신뢰성을 떨어뜨릴 염려가 있다.

그 밖의 표현 기교에 의한 강조법이란 반복법과 과장법 이외에 강조 효과를 내는 표현 기교(수사법)로서 다음과 같은 것들이다.

③ 도치법

도치법이란 주어와 서술어의 정상적인 위치를 바꾸어서 강조할 어구를 앞에 내세우는 표현법이다.

예문 27

① 무럭무럭 자라라 어린 새싹들이여.
② 피었네, 피었네, 무궁화가 삼천리금수강산에.

다음 예문도 도치법 등이 주가 된 강조법으로 쓰인 단락이다.

예문 28

나는 보았다. 내 머리를 가볍게 감싼 학생모자의 차양 밑으로 두 눈을 빛내며 나는 보았다. 그 진분홍 아스팔트 길 위를 맨발로 달리며 나는 보았다. 아직은 아무 것도 샘할 줄 모른, 다만 한 가지 '빵과 인간의 존엄성'을 외치는 연약한 꽃잎들 위로 무수히 날아드는 죽음의 화살, 허공을 가르는 불티, 도저히 믿을 수 없는 보이지 않는 손이 던지는 날선 비수가 있었다.

– 양성우, 「그 사월, 진달래 산천에」 중에서

④ 열거법

열거법은 어떤 사항을 강조하기 위해서 관련된 어구나 사항을 줄이어 내세우는 표현법이다.

예문 29

① 밥이며, 떡이며, 고기며, 과일이며 없는 것이 없다.
② 남자, 여자, 노인, 아이들, 성한 사람, 아픈 사람 할 것 없이 그 광장에는 수없이 많은 사람이 모였다가 흩어졌다 한다.

⑤ 점층법

점층법이란 표현 내용이 점차 고조되어 마침내 절정을 이루는 서술법을 말한다. 이것은 미괄식 전개법 또는 일반화의 전개법 등과 관련 있는 표현 기교다. 이것은 '절정의 순서order of climax'라 하기도 한다.

예문 30

대뜸 몽둥이를 들어서 그 볼기짝을 후려 갈겼다. 아우는 모로 몸을 꺾더니, 시나브로 찌그러진다. 뒤미처 앞정강이를 때렸다. 등을 팼다. 잊지 못할 만큼 매는 매웠다.

– 김유정, 「만두방」에서

예문 31

그가 상대방 여자에게 처음 시선이 간 것은 길모퉁이를 돌았을 때였다. 먼발치로 보이는 그 모습에서 이상한 예감이 그에게 떠올랐지만 설마하고 고개를 저었다. 그 여자가 여기에 나타나리라는 것은 상상도 할 수 없는 일이 아닌가. 그러다 점점 다가오는 그 여자에게 두 번째 시선이 간 순간 그는 눈이 똥그랗게 떠지고 흠칫 놀라고 말았다. 그러나 아직은 그 여자임을 확인하기에는 거리가 있었다. 그의 가슴은 뛰놀고 발걸음은 자기도 모르게 빨라졌다. '이거 어떻게 된 건가?' 드디어 발걸음은 오히려 얼어 붙은 듯 움직이지를 않았다. 두 시선이 마주치는 순간이었다.

위의 〈예문 30〉 〈예문 31〉에서 보듯이 점층법은 서술효과가 점차 고조되어 절정을 이루는 것이다. 문예 작품 등에는 이런 점층법이 활용되어 절정의 감동을 일으키는 기법이 쓰이는 일이 있다.

10

설명법과 설명문

설명법은 글을 전개하는 방법 가운데 하나이다. 글을 전개하는 방법은 그 목적기능에 따라 설명법, 논술법, 기술법(묘사법) 그리고 서사법 등 4가지로 나누어지는데, 설명법은 가장 많이 쓰이는 전개법이다. 설명법은 사물에 대한 해설을 목적으로 하는 전개법으로서 설명문의 기초가 된다. 곧 사물에 대하여 풀이하고 설명하는 숱한 설명문들은 이 설명법을 바탕으로 이루어지는 것이다. 따라서 여기서는 설명법에 관해서 중점적으로 익히도록 하며 나아가 설명문을 이루는 방식에 대해서도 알아보게 된다.

설명법은 사물에 관해서 알기 쉽게 풀이하는 전개법이다. 이를테면, '무엇이냐', '어떤 뜻이냐', '어떤 성질이냐' 하는 따위의 물음에 알맞게 대답하는 것이 설명법이다. 곧 설명법은 한 마디로 독자의 의문이나 궁금증을 풀어 주고 어떤 문제에 관해서 독자의 이해를 돕는 서술법이다.

설명법은 여러 가지 설명문을 쓰는데 주로 이용된다. 각종 교육 목적의 글, 신문 잡지 등의 해설 기사, 사전 등의 뜻풀이, 일반 사람들에 대한 계몽적인 글, 물품의 용도나 기계 등의 다루는 법을 소개한 설명서들은 대부분 설명문의 테두리에 든다. 이런 설명문은 기본적으로 설명법으로 이루어진다. 그 밖의 다른 종류의 글에서도 해설이 필요한 부분에는 설명법이 쓰인다.

설명법은 앞에서 다룬 바 있는 풀이 방식, 예시 방식과 기본적으로 동일한 것이다. 그런데 풀이 방식은 정의법, 비교 대조법, 분류법, 분석법, 인용법 등으로 세분될 수 있다. 따라서 여기서 다루는 설명법은 다음의 6가지로 나누어서 살핀다.

1. 정의법
2. 비교 대조법
3. 분류법
4. 분석법
5. 인용법
6. 예시법

이들 각 설명법은 단독으로 또는 서로 어울려서 단락의 소주제를 풀이하고 뒷받침하여 전개한다. 이제 차례로 익히도록 한다.

1. 정의법

정의법定義法은 소주제 또는 그것과 관련된 낱말에 대해서 뜻풀이를 하여 전개하는 방식이다. 소주제의 전개와 관련된 말 가운데 그 뜻을 명확히 밝혀야 할 경우에는 이 뜻풀이가 그 소주제를 전개하는 중요한 실마리나 방법이 된다.

정의법은 크게 2가지로 나누어진다. 하나는 낱말의 뜻을 간결하게 정의하는 것이다. 이것은 정식 정의formal definition라고 하는데 사전 같은 데서 볼 수 있다. 다른 하나는 정식 정의를 바탕으로 하되 필자 나름의 견해와 해석을 덧붙여 가면서 그 뜻을 다각적으로 풀이하는 것이다. 이것은 흔히 비정식 정의informal definition라 부른다.

(1) 정식 정의법

정식 정의는 정의 받는 부분과 정의하는 부분이 등식 관계를 이루도록 하는 것이다.

정의 받는 부분	정의하는 부분
사람	이성적 + 동물 〈변별 요소〉 〈범주〉

정의 받는 부분이란 정의하고자 하는 대상을 말한다. 가령 '사람'을 정의하고자 한다면 그것이 이 부분에 해당한다. 정의하는 부분은 그 대상인 '사람'에 대하여 뜻매김을 하는 쪽이다. 이 부분은 변별 요소와 범주로 이루어지고 있다. 범주란 정의 받는 부분이 일차적으로 속할 수 있는 범주를 가리킨다. 위에서처럼 '사람'에 대한 정의를 하는 경우라면 그것이 속할 수 있는 가장 가까운 범주인 '동물'이 될 것이다. 그런데 그 범주에는 다른 동물도 포함되므로 그런 것들과 구별 짓는 특징을 첨가할 필요가 있게 된다. 그것이 변별 요소이며, '사람'의 경우에는 '이성적'이라는 말이 그 구실을 할 수가 있다.

정식 정의는 정의 받는 부분과 정의하는 부분이 등식이 될 수 있도록 그 소속 범주와 변별 요소를 알맞게 고르는 것이 가장 중요하다. 그 소속 범주가 너무 커도 안 되고 작아도 안 되며, 또 변별 요소를 잘못 선택하여 다른 것들과의 정확한 구별을 짓지 못하여도 안 된다. 그렇게 하면 등식이 성립하지 못하여 잘못된 정의가 되고 만다.

우선 범주가 잘못 정해진 경우를 보자. 가령, 위의 경우에 범주를 '동물' 대신에 '생물' 따위로 한다면 그 소속 범위가 너무 넓게 될 것이고, '남자' 따위로 한다면 그 소속 범주가 너무 작아서 문제가 된다. 그렇게 되면

① 사람은 이성적 생물이다.
② 사람은 이성적 남자이다.

와 같은 명제가 되는데, 정의 받는 부분과 정의하는 부분이 등식을 이루지 못한다. 이는 ①,②의 선후 관계를 다음과 같이 바꾸어 보면 확인이 된다.

①-1 이성적 생물은 사람이다. (×)
②-1 이성적 남자는 사람이다. (×)

와 같이 불합리한 말이 되므로 ①,②가 바른 정의가 못된다. 또 변별 요소를 잘못 정하였을 경우에도 등식이 성립되지 못함으로써 바른 정의를 이루지 못한다. 가령, '이성적'이라는 변별 요소 대신에 '두 발 달린'이나 '서서 다니는' 따위와 같은 요소를 첨가한다면,

③ 사람은 두 발 달린 동물이다. (×)
④ 사람은 서서 다니는 동물이다. (×)

와 같은 불합리한 말이 되고 만다. 따라서 변별 요소를 알맞게 정하는 일도 정의를 하는데 매우 중요하다. 이상과 같은 점을 유의하면서 다음의 정의를 살펴보면 대체로 무난하다고 할 수가 있다. 양편을 바꾸어도 무난한 명제가 될 수 있기 때문이다.

정의 받는 부분	변별 요소	범주
사전	낱말의 뜻을 풀이하는	책
자서전	스스로 기록한 자기의	전기
전기	사람의 일생을 기록한	글
글	글자로 적은	말

(2) 비정식 정의법

비정식 정의는 유연하고 부드러운 표현으로 뜻을 서서히 밝혀가는 방식이다. 정식 정의가 수학 공식과 비슷한 것이라면, 비정식 정의는 그것을 말로 바꾸어서 풀이하는 것이라 할 수가 있다. 양자를 견주어 보면 비정식 정의의 특징이 잘 드러난다.

정식정의	비정식정의
사람은 말하는 동물이다.	사람이라는 것은 말하는 점에 그 특징이 있지 않을까? 사람 말고 말하는 능력을 가진 다른 동물이 없으니 말이다. 앵무새가 말을 하지 않느냐고 할지 모르지만, 그것은 말의 흉내이지 본격적인 언어 능력을 구사하는 것은 아니다. 오늘날까지도 많은 학자들이 사람을 빼고 동물 가운데 말하는 부류가 있는지 열심히 찾아보고 있지만, 결론은 사람만이 말하는 능력을 천부적으로 가지고 태어난다는 것이다.

비정식 정의는 말뜻을 여러 가지 각도에서 풀이하는 특징이 있다. 위의 예문에서도 짐작되듯이 비정식 정의는 정식 정의처럼 말뜻을 단순한 등식 관계로만 풀이하지 않고, 필자의 주관적인 견해나 해석을 곁들여 독자의 흥미를 불러일으키고 이해를 돕는다. 이런 비정식 정의는 그 뜻풀이와 관련된 것

은 얼마든지 활용하여 확대해 나갈 수가 있으므로 그 길이는 제한이 없다. 그래서 비정식 정의는 그것 자체가 문단이나 그 이상의 글 성분을 이룰 수 있다. '다시 말하면', '다른 말로 말하면' 따위의 접속어를 써서 그 해석을 여러 가지로 보여 주는 것은 일종의 비정식 정의의 방식이라 할 수가 있다.

(3) 정의법으로 단락을 전개하는 방법

정의법은 단독으로 또는 다른 설명법과 어울려서 단락을 이룰 수가 있다. 단락의 소주제나 그와 관련된 주요 낱말을 정의하는 것은 글의 내용을 전개하는 한 기본 방식이 될 수 있기 때문이다. 그런데 대개 정식 정의법을 사용할 경우는 정의법 단독으로보다는 다른 설명법과 어울려서 소주제를 전개하여 문단을 이루는 일이 많다. 한편 비정식 정의법의 경우는 단독으로 단락을 이루는 일이 비교적 많다.

다음 예문은 정의법으로 단락을 이루는 요령을 보여준다.

예문 1

언어는 일종의 기호이다. 기호란 어떤 의미를 표상하는 감각적 표시이다. '어떤 의미'는 기호의 내용이요, '감각적 표시'는 기호의 형식이다. 곧 기호는 일정한 내용을 나타내는 형식을 갖추고 있는 것이다. 여러 갈래의 수학 기호 또는 부호는 물론 교통 신호, 여러 가지 형태의 통신 부호들은 다 일정한 내용을 표상하는 형식을 갖추고 있는 기호들이다. 우리의 언어도 우리의 생각과 느낌이라는 내용을 표상하는 음성이라는 형식을 갖추고 있으므로 기호적인 성질을 가지고 있다.

위 예문의 소주제문(첫 문장)에 나타나는 '기호'라는 낱말을 뜻매김함으로써 뒷받침이 시작되고 있다. 이 뜻매김의 뒤에는 그것을 더 자세히 풀이하는 문장들이 이어지고 있다.

다음 예문도 또한 소주제문에 나오는 주요 낱말을 간단히 뜻매김하고 자세한 풀이를 덧붙인 경우이다.

예문 2

분주한 생활에 쫓기는 중년층 이후의 도시인에게는 레저 활동은 대단히 중요하다. 레저(leisure) 또는 로와지르(loisir)란 자기 일에서의 해방이란 의미를 갖고 있다. 우리말의 여가, 한가로움, 안일 같은 소극적인 의미는 없고, 더구나 한가한 시간 보내기와는 전연 의미가 다르다. 소크라테스는 '최상의 재산은 레저'라고 하여 이 레저가 학문을 위한 여가라고 했고, 아리스토텔레스는 인생의 목적을 '지식, 행복, 레저'의 세 가지로 구분하고, 레저는 지식과 행복을 얻기 위한 조건이며 인생의 궁극 목표라고까지 하였다.

– 이문호, 「운동 부족」 중에서

다음 예문은 소주제문 자체가 뜻을 매기고 뒤따르는 문장들은 그 뜻매김 문장을 풀이하는 구실을 하고 있다. 이런 단락은 그 낱말의 뜻풀이를 목적으로 하는 것이라 할 수가 있다.

예문 3

① 신호란 어떤 사건의 발생 또는 긴박성, 물건이나 사람의 출현 또는 정세의 변화 따위를 알리는 어떤 것을 말한다. ② 신호에는 일기 예보, 위험 신호, 행운 또는 불행에 대한 길흉 징조, 과거사에서 나오는 경고 따위가 있다. ③ 어느 경우나 신호는 우리 경험에서 주목되는 것 또는 예기되는 어떤 것과 밀접한 관련을 띠고 있다. ④ 신호는 그것이 나타내는 상황이 공간적으로나 시간적으로 떨어져 있을 경우라도 그 기능을 발휘한다.

– 카프란(1968)에서 번역

위 단락의 소주제문은 ①이며 그 자체가 신호에 대한 정식 정의이다. 그런데 이 정의의 범주에 해당하는 '어떤 것'이 자세히 밝혀져 있지 않으므로

②의 문장에서 보기들을 보여주고 있으며, ③④에서는 신호의 성격을 보충 설명하고 있다.

다음 단락은 낱말 정의의 필요성을 제기하고 거기에 답하는 정의법에 따라 전개되고 있다.

예문 4

우선 새말이란 무엇인가, 새말은 어떤 것을 지칭하는 것인가 하는 것부터 규정해야 할 필요가 있다. 새말이란 이미 있었거나, 새로 생겨난 개념이나 사물을 표현하기 위해 지어낸 말, 그리고 이미 있던 말이라도 새 뜻이 주어진 것을 통틀어 일컫는다. 다른 언어로부터 사물과 함께 차용되는 외래어도 여기에 포함된다.

– 남기심, 「새말(新語)의 생성과 사멸」 중에서

다음 단락은 어원의 파생 과정을 살핌으로써 그 뜻의 일면을 밝히는 예문이다. 낱말의 어원적인 의미는 현대의 의미와는 많이 달라지고 있지만, 그 기본적인 뜻을 이해하는 데 도움을 주는 일이 많다. 그래서 학술 서적이나 그 밖의 설명문에서 주요 낱말의 어원적 관계를 살핌으로써 그 실마리를 찾는 수가 많다.

예문 5

우리나라 속담에 '떡 줄 사람은 생각도 없는데 김칫국부터 마신다.'는 말이 있는데, 여기서 말하는 김칫국은 나박김치를 말하는 것이지 일반 김치의 국물을 말함이 아니다. 그러나 요즈음 사람으로 나박김치의 뜻을 알고 먹는 이는 거의 없는 것 같다. 나박김치의 나박은 곧 나복(羅蔔)의 변음이며, 나복은 무의 한자어이니, 나박김치는 무로 만든 김치를 말하는 것이다.

– 진태하, 「나박김치」 중에서

다음 예문은 속담에 나오는 말을 뜻매김하고 풀이하는 말을 덧붙여 단락을 이루고 있다.

예문 6

지어미 손 큰 것이란 정말 손이 큰 것이 아니라 비수실부(費手室婦)를 가리키는 것이니, 부인이 활수(滑手)한 것, 씀씀이가 헤픈 것을 비유한 말이다. 사실 밑 빠진 독이란 말이 있거니와 사내가 아무리 벌어들인다 해도 밑 빠진 독에 물 퍼붓기면 무슨 소용이 있으랴? 그의 일생은 도로(徒勞)가 되고 말 것이다. 더구나 요사이는 구두쇠 작전이라는 소비절약 운동이 활발히 전개되는 때이고 보면 어미 손 큰 것이 아니라 작고 알뜰한 손이 되어야 할 것이다.

– 박갑수, 「사라진 말, 살아남는 말」 중에서

위 예문에서는 일종의 비정식 정의와 그 밖의 설명법이 어울러 있다. 이런 전개법은 흔히 쓰이는 것 가운데 하나이다.

2. 비교법과 대조법

비교와 대조라는 말을 구별하여 쓰는 일이 있다. '비교comparison'는 두 사물이 얼마만큼 비슷한가를 보여주는 데 쓰고, '대조contrast'라는 말은 두 사물의 다른 점을 주로 지적해서 서로 어떻게 차이가 나는가를 드러내는 데 쓰는 것이다.

비교법比較法과 대조법對照法은 어떤 모르는 사항을 이미 알려진 사항과 비교하거나 대조하여 설명하는 데 쓰인다. 이를테면 상대방이 잘 모르는 '바위'라는 아이를 설명하는 경우에 이미 알려진 '나모'라는 아이와 비교하고 대조하여 쉽게 알 수 있도록 하는 따위이다.

다음 예문에서는 비교법을 써서 소주제문을 풀이하고 있다. 다른 풀이 방법도 곁들여지고 있지만 비교법이 주된 뒷받침을 하고 있다.

예문 7

법은 필요악이다. 법은 우리의 자유를 막고 때로는 신체적 구속을 하는 식으로 강제력을 행사하는 일이 많다. 이런 점에서 법은 달가운 존재가 아니며 기피와 증오의 대상이 되기도 한다. 그러나 법이 없으면 안전한 생활을 할 수 없게 되는 것이 우리의 사회 현실이고 보면 법은 없어서는 안 될 존재이다. 이와 같은 법의 양면성은 울타리와 비교될 수 있다. 울타리는 우리의 시야를 가리고 때로는 바깥출입의 자유를 방해하는 점에서 답답한 존재다. 그러나 부질없는 낯선 사람의 눈총을 막아 주고 악의에 찬 침입자를 막아서 가정의 안전하고 포근한 삶을 보장하는 점에서 울타리는 고마운 존재이다. 법은 이런 울타리처럼 달갑지 않은 면이 있으면서도 우리 사회에 없어서는 안 되는 필요성을 지닌 것이다.

– 서경환, 「법은 필요한가」 중에서

다음 예문도 비교법이 주가 된 단락이다. 새로운 양봉가가 벌에 가까이 하는 것을, 처음 대하는 여자와의 접촉 관계에 대비하고 있다. 이 경우에도 물론 다른 설명법이 곁들여지고 있음을 알 수 있다.

예문 8

양봉가가 부딪치는 또 하나의 문제는 새로 도착한 벌통의 꿀벌떼와 서로 친숙해지는 일이다. 실제로 이는 상당한 기술이 필요한 문제이다. 한 벌통의 벌떼들은 개성을 가진 단위체이다. 낯선 벌들이 그 벌통에는 들어오지 못하며, 또 그 벌들은 다른 벌통에 들어가는 일이 없다. 그런데 벌치는 이도 또한 개성을 지닌 자이다. 그렇다면 어떻게 이 두 개성을 지닌 자들이 친근하게 될 수 있을 것인가? 이 문제는 한 젊은이가 예민하고 다소 의심 많은 젊은 여성과 알게 되는 과정과 비슷한 점이 있다. 첫째로 젊은이는 그 여자로 하여금 자기의 존재를 알게 하되, 너무 가까이 접근하여 그 여자의 신경을 건드리지 않게 해야 한다. 그 여자가 자기를 알게 되었다고 생각되면 도서관 같은 데서 그 여자의 곁을 찾아가 공손한 태도로 만나볼 수 있을 것이다. 이때도 역시 그 여자에게 손이 닿을 정도로 가까이 가서는 안 된다. 이런 경우에 그는 그 여자가 자기를 남다른 존재로 관심 가질 수 있도록 몇 가지 각별한 행동을 보여 주게 될 것이 틀림없다. 이런 종류의 얌전한 접촉을 두세 번하고 나면, 그는 조금 더 대담하게 접근하여 이야기를 나눌 수 있게 된다. 벌의 경우에도 이와 같은 방식으로 조심스런 접근을 꾀한다. 벌통을 조금씩 깨끗이 쓰레질한다든지 벌통 입구에 있는 벌떼들 사이에 가까이 하는 다른 행동들을 보여 준다. 그렇게 되면 얼마 안 가서 두 개성은 서로 친숙하게 되고 오랜 친구처럼 즐거운 대화를 나눌 수 있을 것이다.

– 윌리스(1969)에서 번역

다음 예문들은 주로 대조법에 따라 한 단락을 이루는 경우이다. 〈예문 9〉는 말과 글의 차이를, 〈예문 10〉은 여자와 남자의 사고 유형의 차이를 뚜렷이 대조하고 있다.

예문 9

본질적으로 글은 말을 문자로 바꾸어 놓은 것이지만, 우리가 평소에 보통 쓰는 글의 표현 방식과 말의 표현 방식 사이에는 상당한 차이가 있다. 글로 표현하면 자연스러운 어휘가 말에 사용하면 어색하게 느껴지는 것들이 있고, 또는 말로는 표현할 수 있으나 글로는 묘사하기 어려운 내용이 얼마든지 있다. 우리가 글로 읽을 때는 자연스럽게 느껴지는 그녀, 아름답다, 즐겁다 등과 같은 평범한 단어들도 말로는 별로 사용하지 않으며, 친구 간 대화에 흔히 등장하는 '너 어제 뭘 했니?', '그거 니꺼니?' 등과 같은 표현은 대화체가 아닌 보통 글에서는 거의 찾아볼 수 없을 것이다.

– 송기중, 「문장 구조의 문제」 중에서

예문 10

여자는 남자와 사고 유형이 퍽 다르다. 여자는 대개 현재의 상태를 생각하는 경향이 있다. 남자가 미래에 눈을 두고 있는 것과는 다르다. 여자는 보통 가정, 사랑 그리고 안전성을 주로 생각한다. 이는 남자들이 모험과 성(sex) 문제를 중심으로 생각하는 것과는 대조적이다. 여자들은 조그마한 성취에도 퍽 기뻐한다. 남자들이 큰 성공을 거두지 않고는 만족하지 않는 것과는 또 다른 점이다.

— 윌리스(1969)에서 번역

비교와 대조를 어울려서 한 단락을 인상 깊게 전개하는 경우도 많다. 곧 두 사물의 비슷한 점과 함께 서로 다른 점을 들추어 설명의 효과를 더하는 것이다.

3. 분류법

분류classification란 하나의 큰 무리에 속하는 사물을 일정한 기준에 따라 더 작은 무리로 나누는 것을 말한다. 예를 들어, 어떤 학생이 가진 책을 갈래짓는 경우를 생각해 본다면 그 책 전체는 큰 무리에 해당한다. 그 책은 내용을 기준으로 나눌 수도 있고, 크기나 모양 또는 빛깔을 기준삼아 나눌 수도 있을 것이다. 이렇게 나눈 결과로 나타나는 것은 작은 무리가 된다. 이처럼 일정한 기준에 따라 큰 무리를 여러 개의 작은 무리로 나누는 것을 분류라고 하는 것이다.

학생의 책을 그 내용을 기준으로 분류하는 경우를 구체적으로 살펴 보기로 한다. 우선 큰 무리인 전체의 책은 교과서와 비교과서라는 작은 무리로 나눌 수 있을 것이다. 작은 무리들은 다시 각기 더 작은 무리로 나누어 볼 수가 있을 것이다. 이러한 분류 과정을 통하여 나타날 수 있는 결과를 표로 보이면 다음과 같은 모습이 될 것이다.

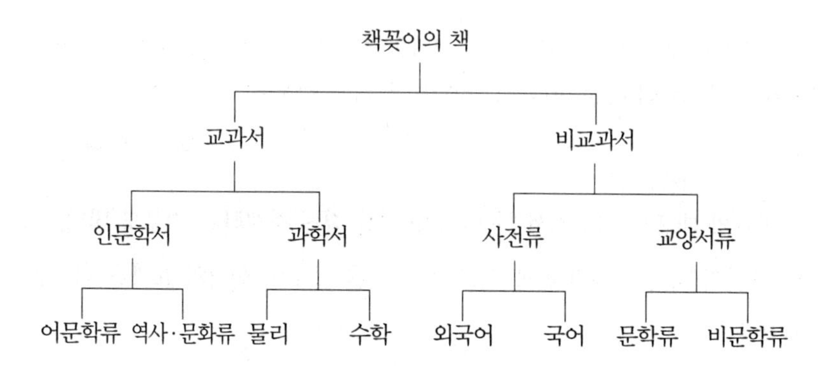

분류는 위에서 보는 바와 같이 반드시 정해진 기준, 곧 부류가 가진 어떤 특징을 바탕으로 나누어지는 것이라야 한다. 그렇지 않고 임의로 가르는 것만으로는 분류가 되지 못한다. 가령 책들을 10권, 20권 묶음으로 단순히 가르는 것은 분류가 아니고 임의 구분division이 될 뿐이다.

분류의 기준은 여러 가지로 달라질 수 있으며 거기에 따라 분류 결과도 각기 달리 나타난다. 위의 경우는 책의 내용을 바탕으로 한 분류였으나, 책의 크기에 따라 분류할 수도 있다. 그렇게 되면 책들은 그 크기에 따라 4.6판, 국판, 신국판, 4.6배판 따위의 여러 부류로 나눌 수가 있을 것이다. 또한 책 표지의 색깔에 따라 빨강, 파랑, 검정, 노랑들의 부류로 나눌 수가 있다.

한편, 위에서 본 바와 같이 일차 분류에서 생긴 작은 부류에 다시 다른 기준을 적용해서 하위 분류를 해 나갈 수도 있다. 이를테면, '교과서'라는 부류에 다른 기준을 적용해서 '인문학서'와 '과학서'로 분류하고, 또 양쪽에 다시 다른 기준을 적용시켜서 하위 분류를 할 수도 있는 것이다.

분류의 기준은 대상의 성질과 필요성에 따라 결정된다. 우선 분류 대상이 어떤 성질을 가지느냐에 따라 분류 기준의 범위가 정해진다. 가령 책이라면 분야별, 가치별, 형태별 따위의 기준이 될 수 있으며, 사람이라면 연령별, 학력별, 직업별 따위의 기준에 따라 분류할 수가 있다. 또 상품이라면 가격별,

용도별, 제조원별 기준을 생각할 수 있다. 그런데 이런 여러 기준 가운데서 하나를 골라 결정하는 것은 필요성이나 관심이다. 가령 시민을 대상으로 분류할 경우라면, 종교가는 일반 시민의 신앙적 성향을 기준으로 택하는 것이 십상이며, 사업가는 노동 능력 또는 소비 성향을 기준으로 택할 것이며, 사회학자는 연령이나 성 또는 계층에 따른 기준을 택하려 들 것이다.

(1) 분류의 체계

분류의 체계는 대체로 단순 체계와 복합 체계로 나누어 볼 수 있다. 전자는 흔히 2분법 체계dichotomy system이라 불리며, 후자는 3분법 체계trichotomy system 따위의 복잡한 분류 체계를 가리킨다. 단순 체계 또는 2분법 체계는 분류 대상이 되는 상위 부류를 두 갈래의 하위 부류로 나누어 가는 방식이다. 그 예를 보면 다음 그림과 같다.

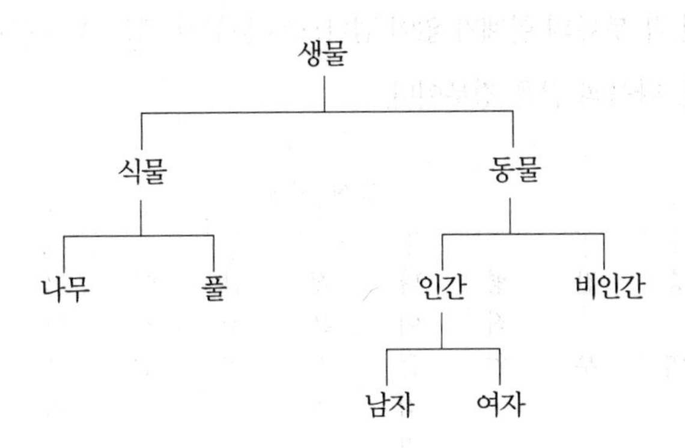

이런 2분법 체계는 부류의 대립 관계를 간단하고 정연하게 보여주는 이점이 있다. 그런 만큼 학문이나 그 밖의 목적으로 가장 흔히 쓰이고 있다. 그러나 그런 대립 관계가 이루어지는 부류에만 그치는 단점이 있다. 위에서 보는 바와 같이 동물을 인간과 비인간으로 나누는 따위는 임의성이 있으며, 더구나 인간은 2분법이 적용될 수 있지만 비인간 따위는 2분법적 분류가 계속되기 어렵다고 여겨진다.

복합 체계는 다음과 같이 3분법 또는 그 밖의 여러 갈래의 복합적 부류로 나누어지는 경우이다. 그 중에 비교적 많이 쓰이는 3분법의 예를 보면 다음과 같다.

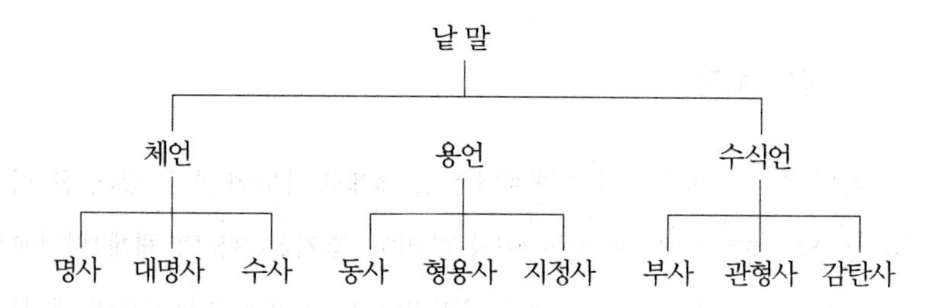

그런데 가장 조심할 것은 한 사항이 이 부류 저 부류에 겹쳐 들어가는 경우이다. 이는 한 사항이 여러 분류 기준에 적용됨으로써 생기는 잘못이다. 말하자면 각 부류의 한계가 없이 넘나드는 분류가 되는 것이 문제인 것이다. 이를테면, 다음과 같은 경우이다.

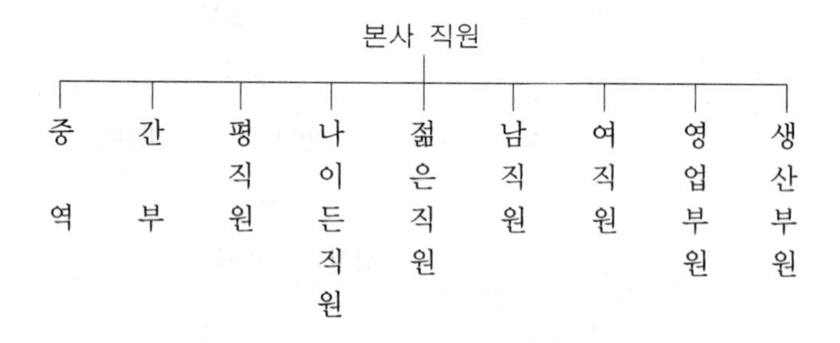

위 분류를 살펴보면 같은 직원이 겹쳐 들어가는 부류가 많다. 중역과 간부도 한계가 모호할 뿐 아니라 거기에 속하는 사람이 나이든 직원이나 젊은 직원 또는 영업부원이나 생산부원의 한 가지에 끼어들 수도 있다. 일반 직원도 마찬가지로 다른 부류에 겹쳐 들어갈 가능성이 많다. 따라서 위와 같은 분류는 불합리하다. 이러한 잘못을 피하려면 분류 기준을 잘 세워야 하고 그 상하 관계를 고려해서 체계적으로 해야 한다.

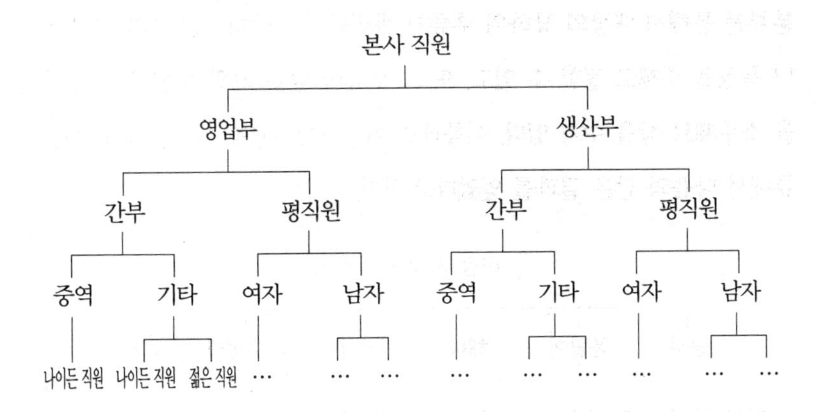

위 분류에서는 영업부와 생산부로 먼저 나누고 각기 '간부 또는 평직원으로 나누되 점차로 하위 기준을 적용해서 분류해 갔다. 이렇게 큰 기준과 작은 기준을 알맞게 적용해야만 부류들 간에 겹침이 없이 체계적인 분류가 이루어진다.

(2) 분류법으로 단락을 전개하는 방법

분류는 대상이 되는 부류가 지닌 속성을 밝혀 주는 구실을 한다. 책, 동물, 회사원들의 부류를 정해진 기준으로 분류해 가면 그것들이 지닌 성질들이 체계적으로 밝혀지게 된다. 이를테면 한 무리의 책이 있다고 할 때 그것을 그대로 두고 보아서는 어떤 성질의 책들이 모여 있는지 얼른 알 수가 없다. 그렇지만 책들이 지닌 각 속성에 따라 나누어 가보면 점차 그 특성이 밝혀진다.

이러한 분류에 따라 밝혀진 특성은 그 사물을 이해하는 데 도움을 준다. 따라서 글, 특히 설명적인 글을 쓰는 데는 그것이 매우 쓸모 있는 구실을 한다. 무엇보다도 분류는 주제나 소주제를 정하는 열쇠 구실을 할 수가 있다. 분류를 통해서 대상의 상하위 부류가 체계적으로 밝혀지면 상위 부류가 지닌 특징을 주제로 정할 수 있고, 또 그 부류에 딸린 하위 부류가 지닌 특성을 소주제로 삼을 수가 있다. 이를테면 어떤 시골 마을 사람들의 생업을 분류해서 다음과 같은 결과를 얻었다고 하자.

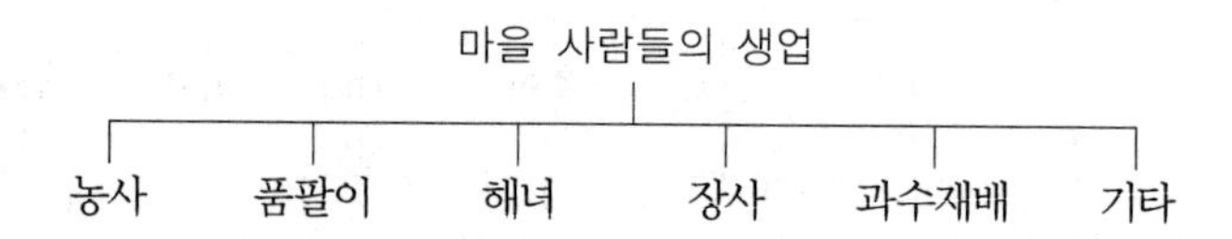

위와 같이 분류해 놓고 보면 그 생업의 성질로 보아 그 사람들이 모두 영세하고 고달픈 삶을 꾸리고 있음을 알 수 있다. 따라서 이 마을 사람들에 대한 글을 쓴다면 주제는 '가난'이나 '고달픔' 또는 그와 관련된 것으로 정할 수가 있다. 한편으로 이 글의 일부를 이루는 단락들의 소주제는 그 하위 부류 곧 소농, 품팔이 따위가 지닌 특징 가운데서 주제와 관련된 것을 골라잡아 쓸 수가 있다. 가령 주제를 '고달픔'으로 잡았다면 생업에 종사하는 사람들의 생활에서 주제와 소주제를 다음과 같이 마련할 수 있을 것이다.

제 목 : 어느 마을의 낮과 밤

주 제 : 고달픔

주제문 : 마을 사람들은 고달프다.

각 단락별 소주제

단락 1 : 쪼들린 삶

단락 2 : 몸으로 때우는 삶

단락 3 : 파도와의 싸움

단락 4 : 고달픈 다리

단락 5 : 정성으로 여는 열매

여기서 우리는 분류가 주제나 소주제를 마련하는 열쇠 역할을 하는 것을 보았다. 그런데 그것만으로 그친다면 글의 개요 곧 뼈대를 마련해 줄 뿐이다. 이를 바탕으로 살을 붙여 가면서 글을 써 나갈 때 비로소 명실공히 분류에 의한 전개가 이루어진다. 말하자면 분류를 표로 나타냄에 그치지 않고 각 단락별로 서술할 때 글이 된다. 또 그렇게 해야만 흥미가 있는 서술이 된다.

다음 예문은 분류를 바탕으로 하고 각 부류 마다의 특징을 서술함으로써 한 단락을 이루는 경우이다. '장서가'를 3가지로 분류해서 살펴봄으로써 장서가들의 한 특징을 밝히는 글이다.

예문 11

장서가는 3가지로 나누어 볼 수가 있다. 첫째는 읽지도 않고 거의 손도 대 보지 않은 전집물이나 베스트셀러 등을 모으는 사람이다. 이런 사람들은 실제로 책을 가지고 있는 것이 아니라 잉크를 묻힌 종이 묶음을 가지고 있을 뿐이다. 둘째는 숱한 책을 가지고 있으면서 일부는 읽고 대부분은 때도 묻히지 않고 깨끗이 보존하고 있는 사람이다. 이런 사람은 책을 좋아하기는 하나 그 겉모습에 더 관심을 쏟고 있는 것이다. 셋째는 가지고 있는 책의 분량이 많든 적든 모두 접히고 구겨지고 오래 봐서 일부는 떨어져나가기도 하며 페이지마다 손때가 묻고 줄이 쳐지기도 한 책들을 가진 사람이다. 이런 사람은 진짜 책을 가진 장서가다.

윗글에서 열쇠가 되는 것은 분류의 결과로 나온 '3가지 부류'이다. 이들 부류의 특징을 낱낱이 밝히고 부연하는 과정에서 한 단락의 글이 이루어지고 있다.

다음 예문은 우선 '사람의 유행'을 학설에 따라 3가지로 나누어 간단한 설명을 한 다음에 그 중에 한 유형에 초점을 두어 다루고 있다.

예문 12

딜타이(W. Dilthey)는 사람이 지닌 성격의 유형을 다음의 3가지로 나누고 있다. 그것은 감능적(感能的) 인간과 명상적 인간, 그리고 영웅적 인간형이다. 첫째 유형은 매사를 감성적으로 처리하며, 충동적인 생활을 영위하는 자들이다. 이들은 단체 생활이나 회의에서 분위기에 따라 협조적일 수가 있다. 둘째 유형은 앞서 와는 달리 침착하며 조용하게 당면 문제에 대처하는 명상적인 세계관을 가진 자들이다. 셋째 유형은 의지적인 영역이 우세하며 자신의 목적을 달성하기 위해서는 어떠한 장애 요소나 저항도 단호히 극복해 내는 과격한 성격의 소유자를 말한다. 이 3가지 인간형 가운데 사회생활에서 문제가 되는 것은 바로 셋째 유형이다. 여기 속한 이들은 얼른 보기에는 매우 활동적이고 적극적인 면이 있어 좋은 듯도 하지만, 얼마를 지나고 나면 생산적인 면보다는 그렇지 못한 결과를 초래하기가 일쑤다. 이들은 자기의 생각과 행동은 가장 정당하며 타당하다고 믿기 때문에 그 어떤 것보다도 우선해야 하며, 그렇지 않을 때는 비협조적이 되거나 아니면 방관자가 되어 버리고 만다. 이를테면 회의 같은 데서 논의해야 할 의제보다는 자신의 과시와 권위를 더 중요시함으로써 핵심적인 협동 문제보다는 자기중심적이고 주변적인 문제에 집착하여 아집을 부린다. 더구나 자기 의견대로 일이 되지 않았을 때는 우월감과 열등감이라는 이율배반적인 감성에 사로잡혀 분란을 일으키거나 비협조자가 되고 마는 것이다. 이런 유형의 사람은 교육계나 교회 등에도 볼 수가 있다.

— 정길남, 「권위주의」 중에서

다음 글은 '문체文體'가 기준에 따라 몇 가지로 분류되는 현상을 밝히고 있다.

예문 13

문체라는 같은 술어를 쓰면서도 사람들이 의미하는 것은 꽤 많은 차이들을 가지고 있고, 문체를 연구한다고 할 때에도 사람들이 다루는 내용은 서로 상당한 거리를 가진다. 비근하게는 간결체, 만연체, 강건체, 우유체, 건조체, 화려체 등으로 분류하여 문장을 논하는 것이 있는데, 이것은 문장으로부터 받는 다분히 주관적인 인상을 바탕으로 한 구분이다. 그런가하면 문장의 리듬을 가지고 문체를 얘기하기도 하고,

또는 이미지의 문제와 관련시켜 문체라는 말을 쓰기도 한다. 그리고 장르의 차이에 따라 표현 양식이 달라지는 것도 문체라 불리고, 어휘의 취사 선택 및 문법 양식의 선호 경향 등을 포함한 표현 특징들을 가지고 문체의 징표를 삼기도 한다.

– 김완진, 「한국어 문체의 발달」 중에서

윗글에서 보는 것처럼 분류에 따른 글은 그 서술 방식에서 여러 가지 설명을 덧붙이면서 펼치는 일이 많다.

4. 분석법

분석analysis이란 사물의 구조를 그 성분에 따라 나누어 밝히는 것이다. 분석은 하나의 구조를 대상으로 하고, 그것을 이루고 있는 각 성분을 나누어 살핌으로써 그 원리를 밝히는 것이다. 가령 시계와 같은 물체는 구조, 곧 유기적인 결합체로 볼 수가 있으므로 분석의 대상이 될 수 있다. 그 구조를 이루고 있는 각 부품들을 분해해서 그것들이 어떤 유기적인 관계를 가지고 있는가를 밝히면 분석이 된다.

분석은 앞에서 말한 분류와는 다르다. 분석이 구조를 대상으로 하는 데 반해서 분류의 대상은 사물의 부류(무리)인 것이다. 부류는 공통된 특징을 가진 물체의 단순한 집합에 지나지 않는다. 가령, 여기에 상당수의 돌이 있다고 할 때 그것들이 벽돌의 무리로만 간주되면 부류이다. 그러나 그것들이 서로 짜여서 벽을 이루고 있으면 그 벽돌들은 구조를 이룬다. 이런 구조는 그 성분의 일부만 빼내도 손상을 입으며, 또 많은 부분을 갈라내면 그 구조 전체가 분해되거나 해체되고 만다. 분석은 이런 구조를 뜯어보아 밝히는 것이므로 분류와는 대조되는 것이다.

다음 예문은 '말(언어)'을 그 주성분으로 분석한 경우이다.

예문 14

모든 말은 소리, 뜻 그리고 문법의 요소로 이루어진다. 우선 소리는 우리 입안의 발음 기관을 통하여 조음되는 음성이다. 이 소리는 공기를 타고 전파되어 듣는 이의 귓전을 울려 준다. 이 때 소리는 뜻을 담아서 운반하는 그릇(형식)의 구실을 한다. 이런 구실을 하는 소리가 없으면 우선 말의 형식이 존재하지 않는다. 뜻은 소리를 통하여 전달되는 말의 내용이다. 우리가 전달하고자 하는 생각이나 느낌이다. 이 뜻이 담기지 않은 소리는 빈 소리에 불과하고 말이 되지 못한다. 문법은 소리와 뜻이 어울리는 방식이다. 아무 소리나 뜻을 담지 못하며, 또 소리가 아무렇게나 연결되어서는 뜻을 전달하지 못한다. 소리와 뜻이 일정한 방식으로 어울려야만 뜻이 담겨서 전달된다. 그러니 문법 또한 말을 이루기 위한 필수 요소이다.

– 손세모돌, 「언어의 특성」 중에서

'말'을 하나의 구조로 보고 그 주성분으로 나눠서 낱낱이 설명하고 있다. 이런 점에서 이는 분석의 글이 된다. 그러나 다음 예문은 말을 부류로 보고 분류를 시도한 글이다.

예문 15

전 세계에 있는 수천 가지의 말은 각 문법적 성질에 따라 3가지로 나뉜다. 이른바 굴절어, 교착어 그리고 고립어가 그것이다. 굴절어는 어형 변화에 의하여 여러 가지 문법적 관계를 나타내는 말이다. 라틴어, 영어, 불어 같은 힌두어 계통의 말이 그 보기이다. 교착어는 토씨와 같은 문법 형태가 어간에 다닥다닥 붙어서 문법관계를 나타내는 언어이다. 한국어, 일본어, 만주어들이 그 보기이다. 고립어는 어형 변화나 토씨들이 발달되어 있지 않고 다만 어순에 의하여 문법 관계를 나타내는 언어이다. 중국어 계통이 그 보기이다.

– 우인혜, 「말에 대하여」 중에서

앞에서 분석은 사물의 구조를 대상으로 한다고 했다. 이런 구조 분석은 기본적으로 성분 분석과 기능 분석으로 나누어 볼 수 있다. 여기서 구조란 비단 가시적인 물체나 물질의 경우 뿐 아니라 추상적인 대상도 포함된다. 가령 여러 가지 속성으로 나누어 생각해 볼 수 있는 개념이라든지, 발단(원인), 과정, 결과라는 유기적인 관계 요소로 이루어지는 사건(행위) 따위도 일종의 구조로 간주될 수가 있다. 따라서 성분 분석이나 기능 분석은 이런 유형 무형의 구조가 지니는 구성 요소나 기능을 나누는 일이 된다.

(1) 구조의 성분 분석

성분 분석이란 대상이 되는 구조가 어떤 성분으로 이루어져 있는가를 밝힘으로써 구조 전체를 이해하고 파악하려는 분석 방법이다. 이를테면 물질의 성분, 기계의 구성체, 사회 조직의 구성원들을 가려내서 그것이 전체 구조와 어떤 관계를 이루는지를 밝히는 따위이다. 그 밖에도 경제의 유통 구조를 이루는 요소를 낱낱이 살핀다든지, 언어나 개념 또는 문화 현상을 이루는 주 요소를 가려내서 살피는 일, 그리고 예술 작품의 미적 구조를 이루는 요소를 찾아내는 것 따위도 성분 분석에 들 수가 있다. 사건 등의 원인, 경과 또는 결과에 초점을 두고 원인 분석, 과정 분석 또는 결과 분석을 시도할 수도 있다.

다음 예문은 '교육'이라는 개념이 내포하고 있는 요소들을 몇 가지로 성분 분석하고 그 성분들을 부연하고 설명하는 경우이다.

예문 16

교육은 사람의 인격을 형성하는 모든 면을 포괄한다. 교육은 무엇보다 사람의 지적 성장을 북돋운다. 우리로 하여금 상식에서 심오한 학문적 지식에 이르기까지 모든 지식을 습득하고 탐구하도록 하는 작용을 하는 것이 교육의 첫째가는 기능이다. 가정교육, 학교 교육 그리고 사회 교육으로 우리는 끊임없이 새로운 것을 배우고 아는 힘을 기른다. 또 교육은 우리의 인격 형성에 필수 요소인 온갖 덕을 쌓도록 가르친다. 착한 마음, 서로 사랑하고 협동하는 정신 등 사람으로서 가져야 할 모든 올바른 마음가짐과 행실을 기르도록 끊임없이 우리를 이끌어 가는 것이 교육의 구실인 것이다. 그뿐 아니라 교육은 우리의 몸을 건전하게 가꾸도록 작용한다. 건전한 정신은 건전한 몸에 있다고 하는 말과도 같이 건전한 육체는 매우 중요한 것이다. 아무리 심오한 지적 상징과 고매한 덕을 쌓았다 하더라도 몸이 약하다면 그것은 그 가치를 발휘하지 못한다. 이런 점에서 우리의 몸을 튼튼히 하는 기능도 교육에서 중요한 몫을 차지한다.

– 나효순, 「교육이란 무엇인가」 중에서

다음 예문은 '외래어 사용의 실태'를 분석한 경우이다.

예문 17

이런 견지에 서서 외래어가 쓰이고 있는 현상을 개관하면, 건축업, 복식업, 미용업 등과 같은 분야에서는 일본어가 많이 쓰이고, 방송, 스포츠, 제과업, 학생 사회 등의 분야에서는 영어 등 서구어가 비교적 많이 쓰이며, 불량배 등의 은어(隱語), 비속어(卑俗語) 가운데는 일본어 단어를 이용한 것이 있다. 이들 중에는 외국어인지 외래어인지 그 구별하기 힘든 것이 많으나 대체적인 경향은 위에서 언급한 면으로 나타나고 있다.

– 강신항, 「외래어의 실태와 그 수용 대책」 중에서

다음 예문은 한글의 특성을 분석한 경우이다. 곧 한글이 지니고 있는 우수한 면을 몇 가지로 분석하고 그 가운데 한 가지를 설명하고 있다.

예문 18

우리는 한글이 세계 문자 사상 다른 문자와 비교할 때 매우 조직적이며 과학적이고 독창적인 문자라고 하는 사실은 널리 알려져 왔다. 이익섭 교수 등 여러 내외 학자들이 한결같이 그 점을 지적하고 있다. 그 중에서도 한글이 제작 원리상 조직적이라고 한 점이 특히 주목할 만하다. 한글은 기본적인 글자를 바탕으로 모든 글자가 짜임새 있게 만들어지고 있는데 이 점은 다른 어떤 문자와도 색다른 특성인 것이다. 곧 여러 글자가 서로 관계없이 만들어진 것이 아니고 기본 되는 글자를 뿌리와 줄기로 해서 다른 글자들이 가지 쳐서 파생하는 방식으로 만들어졌다. 이를테면 자음은 'ㄱ, ㄴ, ㅁ, ㅅ, ㅇ'의 5자를 기본으로 하여 'ㅋ, ㄷ, ㅂ, ㅈ' 등 다른 글자들을 파생시키고, 모음의 경우에는 'ㆍ, ㅡ, ㅣ'자를 기본으로 삼아 'ㅗ, ㅏ, ㅑ, ㅕ' 등 모든 글자가 만들어지게 되었던 것이다. 이렇게 한글의 모든 글자는 그 제자(制字) 과정에서 유기적인 짜임새를 보이고 있는 것이다.

– 김충회, 「현행 KS 완성형 한글 코드의 문제점」 중에서

다음 예문은 원인 분석을 시도한 경우이다. 기존의 여러 설과 필자 나름의 견해를 바탕으로 한국이 일본보다 기독교가 번성하게 된 원인을 설득력 있게 분석하고 있다.

예문 19

왜 한국에서는 기독교가 뿌리를 내렸는데 일본에서는 그러하지 못한가. 그것을 풀이하는 '뜨거운 냄비의 미꾸라지' 설이 있다. 팔팔 끓어대는 냄비에 산 미꾸라지를 넣으면 튀어 나와 버린다. 그러하듯이 일본에서는 잔인한 천주교 박해로 뜨거운 냄비를 만들어 놓았기에 외면한다는 설이다. 우리나라에 얼마만한 박해가 있었는지 모르고 하는 해석이다. 일본보다 덜 뜨거운 한국의 미꾸라지 냄비는 아니었기 때문이다. 설득력 있는 해석으로는 다음 두 가지를 들 수가 있다. 일본에 기독교가 들어왔을 때 그것을 받아들일 기층민중(基層民衆) 틈에는 신도와 불교가 선점하고 있었기에 비비고 들어갈 틈이 적었다는 점이다. 이에 비해 한국의 기층에는 샤머니즘이 깔려 있었고 배타적이 아닌 샤머니즘은 기독교를 접속시키는데 관용했다는 점이다. 조선 민중은 기독교의 진리를 설명하면 이해하지 못하면서도 주기도문이나 아베마리아만을 외우고서 담담하게 순교에 임했다는 베르디 주교의 기록에서도 그 점을 엿볼 수가 있다. 둘째로 일본에 비해서 한국의 기층민중이 관리, 양반, 조상, 부권 그리고 외세로부터 수난을 많이 받았다는 점을 들 수 있다. 기독교는 피해자 편에서 구

제하고 용기를 주는 해방적인 면이 강하기에 귀의하게 됐다는 것이다. 굳이 여기에 서 다른 한 원인을 든다면 일본이 섬이라는 지정학적 조건 때문에 고대부터 폐쇄적이고 흘러들어 오는 외래문화에 인색했던데 비해 한국은 세계의 4대 문명권인 유럽, 중동, 인도, 중국과 연결되어 그 대륙 끝에 자루처럼 달랑 붙어 있는 반도이기에 그 모든 문화가 흘러 흘러 자루 속에 들어와서는 겹치고 쌓이고 섞이고 익고 삭고 하여 문화 수용에 관용했다는 점을 들 수 있다.

– 이규태, 「포겔의 한국인론」 중에서

(2) 구조의 기능 분석

기능 분석은 구조의 기능에 중점을 둔 경우이다. 성분 분석이 그 구조가 어떤 부분으로 이루어졌느냐는 물음에 답하는 것이라면, 기능 분석은 '그 구조가 어떤 작용을 하느냐?' 하는 물음에 답하는 것이라 할 수가 있다. 하기야 성분 분석도 기능면에 대하여 암시하고 때로는 직접 표현하기는 하지만 그 중점을 성분 가르기에 둔다는 점이 다른 것이다. 기능 분석도 성분에 관한 것을 언급하지만 한걸음 더 나아가 그것들이 구조의 일부로서 어떤 기능을 나타내고 있는지에 초점을 맞춘다.

다음 예문은 심장의 기능을 펌프에 견주어 분석한 경우이다. 이글을 살펴보면 그 기능면에 중점을 둔 분석임을 알 수 있다.

예문 20

몸의 모든 부분으로부터 모여든 피는 폐의 우심방에 이르고 정맥피는 밸브로 하여 우심실에 들어간다. 우심실을 나온 피는 폐 동맥들로 폐에 퍼 올려져 산화된다. 산화되어 깨끗해진 피는 다시 좌심방으로 돌아와서 밸브를 통해 좌심실로 내려간다. 이어서 큰 동맥을 통하여 몸 전체로 퍼져 나간다.

– 장세옥, 「심장이 하는 일」 중에서

심장의 부분들이 어떻게 이루어졌는가를 설명하기보다는 그 부분들이 어떻게 작용하고 있는가를 중점적으로 설명하고 있다.

다음 예문은 '신문의 기능'을 분석한 경우이다. 신문의 기능을 여러 측면에서 고찰하고 분석한 것이다.

예문 21

신문은 여러 방면에 역할을 하고 있다. 미국의 어느 사회학자는 말하기를 '신문은 경영자 측에서 보면 이익의 원천, 종업원이 보면 직장이 되며, 독자 측에서 보면 읽을거리가 되고, 실업가로 보면 광고의 수단이 된다.'고 하였다. 그런데 일반적으로 신문의 기능이라 하여 문제가 되는 것은 신문이 독자에 대하여 어떻게 작용하느냐, 또 그러한 작용의 결과 독자가 속하는 사회나 집단은 어떠한 영향을 받게 되느냐가 중요한 것이다. 대별하면 신문의 기능은 보도, 유도, 오락의 3가지로 구분된다. 지면상으로 이를 분석하면 뉴스 및 보도적 기능, 논설이나 단평 또는 익명의 논평 등과 같이 의견적 색채가 강한 것은 유도적 기능, 신문 소설이나 장기, 바둑란 또는 퀴즈 등은 오락적 기능이라 볼 수 있는 것이다.

– 곽복산, 「신문」 중에서

5. 인용법

인용법引用法은 알맞은 글이나 명언 등을 직접 인용하여 소주제에 대한 뒷받침 재료로 쓰는 것을 말한다. 인용법은 다른 사람의 글이나 말 등을 그대로 직접 인용해서 제시하는 데 그치는 것이다. 이런 점에서 인용법은 예시와는 구별된다. 예시는 실례나 일화 등을 간접으로 빌어다가 필자 나름으로 의미해석을 가미해서 쓰는 것이 보통이다. 이런 인용법은 대개 단락 전개의 일부를 이루며, 다른 설명법과 한데 어울려서 쓰인다.

예문 22

사람들이 잘못 알고 있는 사실 가운데 한 가지는 키 작은 사람은 육체적으로나 정신적으로 열등하다고 하는 따위이다. 윌리엄 포크너의 소설을 읽는 사람들 중에는 그가 5자의 작은 키를 가진 사람이라는 사실을 알면 놀라는 수가 많다. '그처럼 작은 사람이 그런 위대한 작품을 쓰다니요' 하고 감탄한다. 또한 미국의 가장 중요한 사람 가운데 하나인 해군 사령관이 5자 반의 키를 가진 사람이라는 사실을 알면 숱한 사람들이 불안해서 잠을 자지 못할는지 모른다. 그렇지만 키와 지능 사이에 어떤 관계가 있다는 것을 말해 주는 인류학적 증거는 아무것도 없다. 긴 다리는 농구 기량을 높여 줄 수는 있겠지만 지적 능력을 높여 주는 일은 없다. 키가 크고 또 천재라고 알려진 아브라함 링컨에게 어떤 이가 물었다. "사람의 다리는 얼마만큼 길어야 한다고 생각합니까?" 링컨은 간단히 대답했다. "난 언제나 다리란 땅에 닿을 만큼 길어야 한다고 생각합니다."

– 윌리스(1969)에서 번역

윗글의 마지막 부분에 인용된 링컨의 말은 매우 인상적이다. 인용법은 이런 명언을 빌려다가 소주제를 인상 깊게 전개하는 효과를 낸다.

다음의 예문은 대화를 인용하여 단락의 소주제를 전개하고 있다. 앞에서 지적한 바와 같이 이런 대화는 그 자체가 다른 단락을 이루는 것이 아니라, 어떤 소주제에 대한 뒷받침으로 쓰이는 것이다.

예문 23

삼팔선, 그것은 아무리 자세히 설명을 해 주어도 철호의 늙은 어머니에게만은 아무 소용없는 일이었다. "난 모르겠다. 암만해도 난 모르겠다. 삼팔선, 그래 거기에다 하늘에 꾹 닿도록 담을 쌓았단 말이냐, 어쨌단 말이냐. 제 고향으로 제가 간다는데 그래 막는 놈이 도대체 누구란 말이냐?" 죽어도 고향에 돌아가서 죽고 싶다는 철호의 어머니였다. 그리고는 "이게 어디 사람 사는 게냐? 하루 이틀도 아니고." 하며 한숨과 함께 무릎을 치며 꺼지듯이 풀썩 주저앉곤 하는 것이었다.

– 이범선, 「오발탄」 중에서

다음 글은 민요 및 그와 관련된 옛 전설을 인용하여 엮어진 것이다. 이런 전설은 글의 감칠맛을 더하는 효과를 낸다.

예문 24

시악시야 시악시야
밤나무에서 왜 우니
털을 뽑아 줄 테야.

털을 뽑아 준다는 것은 사타구니의 털을 뽑아 따끔따금 아프게 해준다는 말인데, 여기 담긴 이야기는 슬프다. 아주 먼 옛날 밤나무집 아들이 장가를 들었는데 그의 물건이 어떻게나 장대했던지 첫날밤에 신부가 아픔을 견디지 못하여 신방에서 뛰쳐나와 밤나무 밑에 가서 엉엉 울었다. 신랑집이 발칵 뒤집혔다. 사람들이 밤나무 밑에 가서 울고 있는 신부를 달랬다. 그래도 신부는 엉엉 울면서 막무가내였다. 사람들은 화가 나서 그러면 털을 뽑아버린다면서 알몸둥이 신부의 사타구니에서 털을 쥐어뜯었다. 그러자 이번에는 털 뽑는 아픔에 못 견딘 신부가 다시 신방으로 쫓겨 들어갔다. 사람들은 히히히 웃었다. 그 신부는 열 달 후에 떡두꺼비 같은 아들을 낳았다. 그 후부터 마을에 혼사가 있게 되면 사람들이 신방 앞에서 밤샘을 하며 이 민요를 부르게 되었다. 또 이 노래는 아들딸 많이 낳으라는 뜻으로도 쓰여졌다.

– 오탁번, 「새와 십자가(十字架)」 중에서

다음 예문은 다산 정약용의 「전론田論」 중에서 일부를 번역 인용하여 한 단락을 이루고 있다.

예문 25

여기에 밭 열 마지기를 가진 사람이 있다. 자식이 열 사람인데 한 사람은 세 마지기를 차지하고 두 사람은 두 마지기씩 차지하고 세 사람은 한 마지기씩 차지하였다. 그런데 나머지 네 사람은 차지할 것이 없어 부르짖으며 동동거리다가 굶어 길바닥에서 죽게 되었다. 그런데도 그 아비된 사람, 즉 임금과 수령은 팔짱만 끼고 여러 자식이 서로 치고 빼앗아서 제 것으로 만드는 것을 보면서도 금하고 단속하지 않는다면, 따라서 힘센 자는 더욱 차지하고 약한 자는 밀침을 당해 넘어져 죽게 된다면 그 임금과 수령된 자는 임금과 수령노릇을 잘한 것일까. 18세기 철학자 정약용은 그의 「전론」에서 이와 같이 땅의 분배 문제에 대한 심각성을 제기했다.

— 김미란, 「부자들의 땅따먹기」

윗글에서는 마지막의 소주제문을 내놓고는 원문을 그대로 번역 인용하고 있다. 비록 따옴표를 하지 않고 있으나 직접 인용과 마찬가지이다. 이처럼 경우에 따라서는 좋은 내용의 글을 상당 부분 인용하여 자기의 견해에 대한 뒷받침 재료로 활용할 수가 있다.

6. 예시법

예시법은 소주제나 그 관련 사항을 구체적인 사례를 들어서 설명하는 방식이다. 실제로 목격한 일, 옛날에 있었던 역사적인 사실, 전해 내려오는 고사나 설화, 다른 사람에게서 들은 이야기, 신문 잡지나 일반 도서 등에서 읽은 사건 등을 알맞게 골라 써서 주제나 소주제를 실증적으로 설명하는 것이 예시법이다. 이런 예시는 앞에 말한 인용법과는 서로 구분될 수 있다. 인용법이 원문 그대로 따오는 것이 상례인 데 반해서, 예시는 원문 내용이나 이야기 등을 그대로 따오는 것이 아니라 필자 나름으로 다시 엮거나, 또 때로는 해석을 덧붙여서 쓰는 것이 보통이다.

적절하고 실감 있는 예시는 추상적인 설명이나 분석보다 훨씬 효과적인 설명력을 드러낼 때가 있다. 예시는 깊은 인상과 실감을 불러일으킬 뿐 아니라 그 실증實證을 보여 주는 효과도 있다. 다음 예문이 그러한 구실을 하고 있다. '한국인의 멋'이 여러 문학 작품에서 등장하고 있음을 낱낱이 예시함으로써 소주제문을 방증하고 있다.

예문 26

이와 같이 우리의 음악, 무용, 회화, 공예, 건축 등으로부터 일상생활 도구, 의상, 음식물에 이르기까지 깃들여 있는 이 멋과 조화는 우리의 생리체질까지 제약하면서 발전하여 나왔기로 우리의 문학에서도 이 미의식이 반영되고 있음은 말할 나위도 없는 것이다. 누구나 잘 아는 춘향전에서 이 도령이 놀아난 것은 춘향이 기생의 딸이라는 사실을 알기 전에 그네 뛰는 춘향의 멋들어진 자태를 보는 그 순간에 반해 버렸고, 춘향이 이 도령에게 반한 것도 이 도령이 남원 부사의 아들이라는 사실보다 멋장이 이 도령에게 반한 것이었다. 방자는 방자대로 신멋이 들었고, 변학도는 변학도대로 텁텁한 멋이 있다. 이같이 우리의 고전 작품에 나오는 인물들은 다 제가끔 독특한 멋을 지니고 나타나서 울고 웃는다. 가끔 멋없고 싱거운 친구가 나타나서는 다른 모든 멋장이들의 멋을 더욱 빛나게도 하여준다. 뿐만 아니라 작품 구성에서도 멋을 부린다. 춘향전의 이 도령이 어사출두 하는 대목은 과연 멋들어진 광경이다. 멋있게 해치우는 것을 흔히 신난다 한다. 이 도령의 어사출두는 그야말로 신나게 멋있다. 마찬가지로 우리는 송강의 「관동별곡」에서도 송강의 멋을 흠뻑 맛볼 수 있다. 시조에서도, 고려가요에서도, 향가에서도 우리는 그 독특한 멋을 얼마라도 찾아 낼 수 있다.

– 정병욱, 「한국 고전의 재인식」 중에서

다음 예문도 역사적인 사례를 들어 보임으로써 소주제문(위대한 철학자들은 낡은 말들을 통하여 새로운 의미를 창조했다.)을 실감 있게 입증하고 있다.

예문 27

우리는 흔히 우리의 낡은 낱말들을 현대적인 새로운 사상을 담을 수 없는 헌푸대처럼 멸시한다. 그러나 위대한 철학자들은 오랜 낡은 말들을 통해서 새로운 의미를 창조했다. 이런 말들은 처음에는 이상하게 들릴는지 몰라도 점차 익숙해지고 이해되면 드디어는 자명한 뜻있는 말들이 되어 질 수 있는 것이다. 보기를 들면, 칸트의 이데아(idea)라는 말은 플라톤이 사용한 희랍 말이었는데, 그 후 죽은 말처럼 굳어 버린 것을 새로운 의미를 담아서 부활시킨 것이다. 키르케고르의 실존(existence)이라는 말도 종래 서양 철학이 전통적으로 사용해 오던 라틴말의 existential라는 말에 실존 철학적인 개념을 담아서 새로운 의미를 창조한 것이다. 현대 물리학의 원자(atom)라는 말도 희랍의 자연 철학자들이 사용하던 낡은 말인데, 그 동안 줄곧 여러 가지 의미들로 사용되어 오다가 오늘날에 와서는 물리학의 기초개념을 표현하는 말이 되었다. 그것은 처음부터 오늘날처럼 과학적으로 다듬어진 말은 아니었다.

– 이규호, 「말의 힘」 중에서

다음 예문은 비유적인 이야기를 예로 들어 주제를 전개하고 있다.

예문 28

이런 이야기가 있다. 옛날에 우산 장수와 짚신 장수를 아들로 가진 어머니가 있었는데, 이 어머니는 비가 오면 짚신 장사 아들이 장사가 안 될까 걱정하고 날씨가 좋으면 우산 장수 아들의 장사를 걱정하느라 하루도 마음 편할 날이 없었다. 그런데 어느 날 그 어머니의 마음에 변화가 일어났다. 그의 생각이 긍정적인 사고로 변화되었다. 비가 오면 우산이 잘 팔리겠다는 생각으로 즐거워하고 날이 좋으면 짚신이 잘 팔릴 것으로 기뻐했다고 한다. 이것은 생활환경이 변했기 때문에 일어난 것이 아니다. 오히려 그의 생각이 부정적인 생각에서 긍정적인 사고로 바뀌었기 때문이다. 바로 이 점이다. 소극적인 사고, 부정적인 사고는 인간에게 근심과 고통을 주며 성장도 기대할 수가 없는 것이다. 적극적인 사고, 긍정적인 사고를 가져야 기쁨과 즐거움을 누릴 수 있고 성장을 기대하며 위대한 일도 해낼 수 있게 되는 것이다.

– 이사무엘, 「긍정적인 사고」 중에서

앞에서 서술한 이야기를 바탕으로 하여 필자 자신의 견해를 설득력 있게 펴고 있다. 이런 예시는 비록 가공적인 것일지라도 독자의 마음을 실감나게 하는 효과가 있다.

다음 예문도 옛 이야기를 예로 들어 불교의 교리를 설파하고 있다.

예문 29

어느 날 석존께서는 다음과 같은 이야기를 하셨다. 옛날 어느 나라 국왕이 궁전을 신축하고 두 사람의 화가에게 두 벽에 벽화를 그리도록 하였다. 두 화가 중 한 사람은 다음날부터 부지런히 그리기 시작하였으나, 다른 사람은 상대의 벽화가 완성될 때까지 손도 대지 않고 벽면을 닦고만 있었다. 국왕은 벽화가 완성되었다는 말을 듣고 궁전에 나가 보았더니 한 면에는 아무것도 그려지지 않았다. 국왕이 진노하여 그 이유를 물으니 그 화가는 "소인도 화가입니다. 그렇게 무책임하지는 않습니다. 좀 더 가까이 와서 보아 주십시오"하였다. 그쪽으로 가보니 이 어찌된 일인가. 이쪽 면에도 훌륭한 그림이 국왕의 눈을 황홀하게 하고 있지 않은가. 저쪽 면의 그림이 잘 다듬어진 이쪽 면에 비추어지고 있었던 것이다. 석존은 다시 말하기를 두 사람의 화가란 다름 아닌 존자목련(尊者目連)과 사리불이니라 하셨다. 불교에서는 불심을 표현함에 있어 이 두 가지 방법을 이야기한다. 즉, 그 하나는 자기 창작이며, 다른 하나는 자기의 몰가이다. 전자는 자(自)가 타(他)에 오는 것이며, 후자는 타가 자에 오는 것이다. 결국 불심은 이렇게 자타(自他)의 융합에 의하여 진실을 표현할 수 있다는 것이다.

– 조맹렬, 「自己 융합」 중에서

다음 예문은 '고사'를 예시하여 소주제를 실감 있고 인상 깊게 전개하고 있다.

예문 30

나는 쾌도난마의 현실성을 별반 믿지 못한다. 물론 한칼로 잘라 말할 수 있는 일이 전혀 없는 건 아니다. 그러나 모든 현실이 한칼로 잘라진다고는 믿을 수 없다. 때문에 서양의 고사에 나오는 이른바 골디온의 매듭 또는 알렉산더의 매듭에 대해서도 쾌감을 느끼는 편은 아니다. 기원전 334년, 알렉산더 대왕이 골디온의 신전에 이르렀다는 데서부터 얘기는 비롯된다.

그 신전의 기둥엔 수레 하나가 단단하게 매어져 있었다. 그 매듭을 풀면, 온 세계의 왕이 된다는 예언이 전해 오던 터였다. 알렉산더는 그 매듭을 한칼로 베어버렸다. 편견으로 얼룩진 대학의 스케치처럼 가시(可視)의 현상에만 집착하는 무리들은 그걸 매듭을 푼 것이라고 해설한다. 어처구니없는 얘기다. 매듭을 하나하나 풀어가는

長征의 노고와 한칼로 베어버리는 단순의 척결이 도저히 같을 수는 없다. 잘린 매듭은 풀리지 않은 매듭을 그대로 간직하고 있었을 것임이 분명하다.

– 김중배, 「알렉산더의 매듭」 중에서

다음의 예문은 여러 동물의 예를 들어서 소주제문(첫 문장)을 뒷받침하고 있다.

예문 31

외모로 사람을 취하지 말라 하였으나 대개는 속마음이 외모에 나타나는 것이다. 아무도 쥐를 보고 후덕스럽다고 생각은 아니할 것이요, 할미새를 보고 진중하다고는 생각지 아니할 것이요, 돼지를 소담한 친구라고는 아니할 것이다. 토끼를 보면 방정맞아는 보이지만 고양이처럼 표독스럽게는 아무리 해도 아니 보이고, 수탉은 걸걸은 하지만 지혜롭게는 아니 보이며, 뱀은 그림만 보아도 간특하고 독살스러워 구약 작가의 저주를 받은 것이 과언이다 해 보이고, 개는 얼른 보기에 험상스럽지마는 간교한 모양은 조금도 없다. 그는 충직하게 생겼다. 말은 깨끗하고 날래지마는 좀 믿음성이 적고, 당나귀나 노새는 아무리 보아도 경망꾸러기다. 족제비가 살랑살랑 지나갈 때 누구라도 그 요망스러움을 느낄 것이요, 두꺼비가 입을 넙적넙적하고 쭈그리고 있는 것을 보면 누가 보아도 능청스럽다.

– 이광수, 「우덕송」 중에서

다음 예문은 예시법과 인용법을 함께 써서 글을 펼친 경우이다. 실증성과 실감이 더해지는 전개법이라 할 것이다.

예문 32

우선 사투리를 꼭 써야 효과적인 경우 또는 그것이 일반 청중으로부터 호응을 받을 수 있는 경우는 어떤 것인가? 이 문제는 여러 관점에서 여러 의견이 나올 수 있겠지만, 가령 다음과 같은 상황에서는 굳이 사투리를 써야할 필요가 있었다고 본다. 극의 배경이 서울의 문명과는 동떨어진 지역으로 설정된 경우라면 사투리를 씀으로써 토속적인 냄새를 한층 더 물씬 풍기게 한다. 얼마 전 방영된 '검생이의 달'은 전라남도 신안을 배경으로 한 드라마였는데 여기서의 전라 방언사용은 필수적인 것이었다고 본다. 서울물도 먹어 본 일 없고 그 고장을 뜨지 못한 채 고기잡이로 살아가는 이들의 생활을 그리는 이 작품에서 선택할 수 있는 유일한 언어는 그 고장의 말일 것이다.

그뿐 아니라 사투리의 사용은 작품의 전체적인 분위기를 특이하게 이끌어 가면서 테마를 부각시키는 효과도 있었다. 이런 경우 사투리의 사용은 전라 방언을 전혀 모르는 시청자들에게조차 친근미를 느끼게 한다. 심지어 '지랄하고 자빠졌네', '이년아, 니년 밥맛 떨어지면 애미는 살 될 줄 아냐?', '아따, 입이 짝 찢어져 부렀다. 제길헐' 따위 욕설도 참삶의 현장을 실감 있게 드러내는 묘사로 여겨져 거부감이 없었다. '난 옷도 젖었고 싸목싸목 걸어갈꼐니께 싸게 가보더라고', '하이고, 고기가 참말로 쏭쏭하여이' 등 귀를 솔깃하게 하는 어휘의 사용은 연기하는 이의 표정, 몸짓과 함께 극중 성격을 부각시키는 데 한 몫을 했다.

– 김미형, 「텔레비전을 보니 : 사투리의 모욕」 중에서

7. 여러 설명법으로 전개한 단락의 예문

앞에서 말한 여러 가지 설명법을 종합하여 단락을 전개하는 경우를 살펴본다. 정의법과 예시법, 비교법, 대조법 따위가 서로 어울려서 단락이 전개되는 일은 흔히 있다. 소주제의 중요성이 크면 클수록 여러 가지 설명법을 동원하여 충분히 뒷받침할 필요가 있게 된다. 다음 예문은 앞에 말한 여러 설명법이 종합적으로 쓰여서 소주제를 뒷받침하고 있는 경우이다.

예문 33

① 훔볼트가 일찍이 갈파한 대로 대학의 중심 기능은 학문의 깊은 연구이다. ② 학문이라는 말은 본디 모르는 것을 배우고 의심스러운 것을 묻는다는 뜻이다(君子學以聚之 問以辨之, 易經). ③ 학문에 해당하는 영어의 study나 philosophy 라는

말도 지식을 얻고자 마음을 쓰는 것 또는 지혜를 사랑하는 것이란 뜻이다. ④ 곧 학문이란 사람의 알려는 본성이 동기가 되는 지적 탐구 행위이다. ⑤ 우리를 에워싸고 있는 인간사와 자연의 이치를 알고 캐는 것, 한마디로 진리 탐구 행위가 학문이다. ⑥ 이런 진리 탐구로서의 학문은 그 동기가 순수한 것으로서 현실적, 물질적 욕망을 충족시키려는 행위와는 성질을 달리한다. ⑦ 얼핏 보면 비현실적이요, 이용 가치가 없는 일에 몰두하는 듯이 보이는 것이 순수 학문이다. ⑧ 그럼에도 불구하고 대학이 이런 순수 학문을 연구하는 것이 중심 기능이어야 함은 무슨 까닭인가? ⑨ 그것은 무엇보다도 인류 문화를 크게 발전시키고 인류 생활을 기름지게 하는 데는 이 순수 학문의 공이 오히려 크기 때문이다. ⑩ 순수 학문은 당장의 실리적 이용과는 거리가 먼 것처럼 보이지만 결과적으로 인류 문화 발전에 큰 발자국을 남긴다. ⑪ 말하자면 가까운 데의 작은 것을 목표로 하기 보다는 먼 데의 큰 것을 노리는 장거리포와 같은 효과를 내는 것이 순수 학문이다. ⑫ 예를 들면, 19세기 말에서 20세기 초엽의 원자 물리학의 연구는 당장의 현실적 이용 가치는 전혀 없어 보였다. ⑬ 다만 학자들의 지적 욕구에서 출발한 끝없는 진리의 항해처럼 보일 뿐이었다. ⑭ 그러나 그 순수 학문의 꾸준한 연구는 마침내 인류 역사를 바꾸어 놓은 원자력 시대를 낳고 말았다. ⑮ 만일 그때의 물리학자들이 당장의 이용 가치에만 집착하여 순수 학문의 연구를 중단해 버렸다면 어떻게 되었을 것인가? ⑯ 이런 점에서 대학은 순수 학문 연구의 전당이 되어야 할 필요성이 강조되는 것이다.

– 서정수, 「대학인의 자세」 중에서

윗글은 16개의 문장으로 된 긴 단락이다. 문장 ①은 소주제문이다. ②에서 ⑦까지는 소주제문의 주요 개념인 학문에 대하여 풀이해 보이고 있다. 이들은 대조법의 성격을 보이는 ⑥을 빼고는 대체로 정의법을 따르고 있다. ⑧에서는 소주제문 곧 대학이 (순수) 학문의 전당이어야 할 까닭을 물어 방향 전환을 표시한다. ⑨에 들어가 그것의 일반적인 해답을 제시했다. ⑩은 ⑨의 내용을 부연했고, ⑪은 비교법을 써서 ⑨를 뒷받침했다. ⑫에서 ⑮까지는 예시법을 써서 ⑨를 뒷받침했다. 곧 순수 이론 물리학이 인류 문화에 미친 성과를 보기로 들어 순수 학문의 가치를 증명하였다. ⑯은 다시 ①의 소주제문을 되풀이함으로써 양괄식 단락을 이루도록 하였다. 이 단락은 길고 복잡한 단락이므로 이처럼 마지막에 소주제를 다짐하는 양괄식이 알맞다. 위에서 본 바와 같이 한 단락을 전개하는 데에 정의법, 대조법, 비교법, 예시법들이 종합적으로 쓰이고 있는데, 이것이 종합적 설명법이다.

8. 설명문 전개 과정의 분석

설명문은 사실상 설명법으로 전개된 단락들이 이어짐으로써 이루어진다. 하나의 설명문에는 필요에 따라 여러 가지 설명 방식으로 전개되는 단락들이 글의 주제를 중심으로 엮어지게 된다. 이제 설명문의 실례를 통하여 그 작성법을 익히기로 한다. 아래 예문은 설명문의 실례와 그 전개 과정의 분석이다. 이 분석의 내용은 설명문 작성법을 터득하는 데 도움을 줄 것이다.

예문 34

불은 어두움을 몰아내는 빛을 주며, 추위를 가시게 하는 열기를 가져다준다. 또한 불은 음식물을 익히고 광물질을 녹이며 갖가지 기계를 돌리는 원동력의 구실을 한다. 말하자면 불은 우리 인간의 삶을 밝고 따뜻하고 또 편리하게 해주는 필수적인 에너지의 원천이 된다. 이러한 불이 우리의 민속에서는 어떻게 다루어져 왔는가? 예로부터 우리의 생활과 밀접한 관련을 가졌고 오행(五行), 금목수화토(金木水火土) 중에 한 자리를 차지하는 불이 우리 민속에서 매우 중요한 구실을 하였음은 말할 것도 없다.

글의 첫머리를 시작하는 도입 단락이다. 글의 목적을 언급하고 있다.

아직도 그 뿌리가 남아있기도 한 이 불에 얽힌 갖가지 민간풍습을 살펴보고자 한다.

옛날 어떤 사람이 시골에서 살다가 하루는 서울에 과거를 보러 떠났다. 가고 가다가 산중에서 그만 해가 저물어 밤을 새게 되었다. 바람 소리, 짐승 소리, 아니면 귀신 소리인지도 알 수 없는 흉흉한 소리가 들려오는 산중에서 그는 오도 가도 못하게 되었다. 자, 이 밤을 어찌 지낼 것인가? 이런 걱정 저런 두려움 속에서 머리카락이 쭈뼛해지며 온 몸이 오싹오싹 죄어 온다. 이때라, 저 멀리서 불빛 하나가 반짝, 빠안짜아악 하고 있지 아니한가? 이 무섭고 칠흑 같은 산 속에서 불빛을 발견한 것이다. 그 얼마나 반가웠겠는가? 이 불빛은 무엇보다도 희망을 가져다 준 것이었다. 어두움의 절망에서 삶의 희망을 던져준 것이 불빛임을 이 설화에서는 보여주고 있다.

본문의 첫 단락이다. 미괄식으로 전개되고 있다. 불이 희망을 가져다 준다는 소주제가 전개되었다.

이 사람은 불을 보고 허위단심 달려갔다. 전신이 마비되다시피 공포에 사로잡혔던 그가 그것을 순간적으로 떨쳐 버리고 불빛이 나타난 곳을 향하여 마구 달리는 용기를 얻은 것이다. 이 용기는 바로 그 불이 심어준 것임은 더 말할 나위가 없다.

이 단락은 미괄식으로 전개되며, 불이 용기를 준다는 소주제가 전개되었다.

다시 이 설화에서는 그가 불빛이 나타난 현장에 아무 거리낌 없이 이내 당도한 것으로 전해 주고 있다. 상식적으로 생각하면 이 사람의 뒤에 귀신이라도 따라 움직이며, 짐승이 해치러 달려들었을 성도 싶고, 절벽에라도 굴러 떨어졌을 것도 같으며, 아니면 하다못해 나뭇가

이 단락도 미괄식으로 전개되며, 앞의 일화가 암시하는 소주제를 유도하고 있다.

지나 가시덤불에 걸려 넘어졌음직도 하다. 그러나 이야기에는 그런 일이 전혀 드러나지 않고 있다. 곧 불이 나타나게 되면 온갖 자질구레한 것, 쓸모없는 것, 거추장스러운 것, 불필요한 것, 해가 되는 것은 다 사라져 버린다는 것을 암시한다. 다시 말하면 불은 온갖 장애물을 없애버리는 힘이 있음을 이 설화는 말해 주고 있는 것이다.

반전법에 따른 연결이다.

불이 장애를 없애 준다는 소주제가 제시되었다.

우리 민속에서는 불이 정화(淨化)의 기능이 있음을 역력히 나타내고 있다. 온갖 더러움이나 잡귀로 말미암은 재앙 또는 우환 따위를 깨끗이 씻어주고 몰아내는 기능을 불은 가지고 있다는 것이다. 예를 들면, 초상집에 다녀온 사람은 집에 들어설 때에 짚불 위를 훌쩍 건너뛰게 한다. 상가에 갔다 온 사람의 뒤에는 죽음이 따라 온다고 보기 때문이다. 길거리의 원귀, 객귀, 무주고혼(無主孤魂)이 묻어온다고 보았으며, 그로 말미암아 집안에 환자가 생기고 우환이 들끓는다고 여겼다. 이런 것들을 없애 버리려면 불에 태워야 한다고 믿어 왔다. 곧 불의 뜨거운 맛을 보여 주어 '앗, 뜨거워라' 하면서 온갖 잡귀들이 멀리 멀리 도망가게 한다는 것이다. 이 때 불은 귀신 세계의 불결함을 깨끗이 씻어서 인간 세계를 안전하게 보호한다고 여긴 것이다.

이 단락은 두괄식으로 전개되며, 불의 정화기능을 소주제로 앞에 내걸고 뒷받침하고 있다.

예시에 의한 뒷받침이 전개되었다.

간단한 인용법이다.

소주제와 관련된 표현이 보임으로써 양괄식의 전개 방식이다.

옛날 혼인식 때 신랑이 들어서면 재(간혹 볶은 콩)를 뿌린 풍습이 있었다. 깨끗하게 차려입고 대례석에 들어서는 신랑에게 어찌하여 재나 볶은 콩을 뿌린 것일까? 호사다마(好事多

풍습의 예시 단락이다.

摩)라고 좋은 일에는 나쁜 일이 끼어들기 쉽다. 기쁜 일, 웃는 일, 바쁜 일들 중에는 사람들의 마음이 들뜨게 되어 흉마귀(兇魔鬼)가 좀처럼 발각되지 아니한다. 그렇다고 내버려 두어서는 안 될 일이 아닌가? 그 예방으로서 재와 콩을 뿌린 것이다. 이들은 불 맛을 보았다는 점에서 공통성이 있는 것이다. 재는 얼마 전까지만 하여도 이글이글한 불잉걸(불이 이글이글하게 핀 숯덩이)이 타오르던 것이며, 볶은 콩은 불에 시달렸던 것이다. 따라서 이들을 던지는 것은 바로 불을 던진 것이다. 아마도 불을 직접 만지기가 곤란하여서 불잉걸을 상징하는 불의 대용물을 던진 것이리라. 후세에 신랑의 옷을 더럽힌다하여 이 풍습이 사라졌지만, 이것들을 던진 본뜻은 불잉걸을 던져서 신랑을 잡귀로부터 안전하게 보호한다는 데 있었던 것이다.

비교법이 쓰이고 있다.

이 단락의 소주제도 불의 정화기능과 관련된다.

불은 화끈한 번성을 뜻한다. 활활 타오르는 불길처럼 집안이나 사업이 번성함을 상징하는 것으로 옛날부터 믿어왔다. 새로 이사 간 집에 성냥을 선물하는 것, 초를 가져가는 것은 다 우리의 풍속이다. 불일 듯하라는 것이다. 비누나 세제 따위를 사 가는 것은 거품이 일듯이 집안 살림이 막 불어나라는 것인데, 원래는 불일 듯하라는 성냥이 더 알맞은 선물이었으며 비누는 일종의 변형이 된 것이다.

이 단락의 소주제는 불의 번성, 상징 기능이며, 두괄식으로 전개하였다. 주된 뒷받침 재료는 비교법이 사용되었다.

이사 갈 때는 꼭 불을 가져간다. 연탄을 피운 채로 가져가면 위험하기도 하건만 지금도 불과 함께 이사하는 풍습은 그대로 이어 오고 있다. 어찌하여 불을 가져가는 것일까? 우리나라의

이사 갈 때의 풍습을 뒷받침 재료로 한 미괄식 단락이다.

집안에는 여러 가택신(家宅神)이 있는데 그 중에 중요한 신이 부엌을 담당하는 조왕신이다. 이 신은 화신(火神)이며 건강신이며 여신(女神)이다. 부엌의 불 담당인 주부가 이사를 가면서 불을 팽개쳐버리고 간다면 결국 그 집의 조왕할머니를 버리고 가는 것과 같은 이치이다. 따라서 이사갈 때 불을 가져가는 것은 새집에서 피우기가 불편할까봐 그러는 것이 아니라, 민간 신앙 면에서 조왕신을 봉송하여 새 집에 좌정시킨다는 뜻이 있는 것이다.

필자의 소견을 중심으로 소주제 조왕신의 봉송이 제시되었다.

불과 관련된 풍습은 이밖에도 많다. 섣달 그믐밤에 집안 곳곳에 불을 거둔다. 이것은 광명 속에서 새해를 맞겠다는 뜻이다. 정월 대보름이면 달집이라 하여서 나무를 쌓아둔 채 불을 지른다. 묵은 것은 다 불타 버리고 저 불꽃처럼 새해 기운이 뻗치라는 것이다. '네 저고리 동정을 어서 뜯어라. 불태워 버리자.' 이러면서 동정을 뜯어 달집에 던진다. 이것은 동정만 태움으로써 옷 전체를 태우는 것을 상징한다. 때가 탄 지난해의 모든 것을 불살라버리고 새로운 옷으로 갈아입고 새 마음을 가진 새 사람이 되어 새해 농사를 짓고 새로운 구실을 하자는 뜻이다. 불은 이처럼 묵은 과거의 것들을 없애고 새로운 것을 예비하는 것을 뜻한다.

이 단락에서는 불과 관련된 그 밖의 풍습을 제시하였다. 이렇게 몇 가지 사항을 한 단락에서 다루는 것은, 그들이 공통 의미를 보이기 때문이며, 각 사항을 간단히 다루고자 함이다. 공통 의미, 곧 주제는 불이 새로운 삶을 준비하는 기능을 한다는 것이다.

일 년 중에 새 불이 시작되는 것은 한식날이다. 한식 때 찬밥을 먹고 조상성묘를 하면서 이날 하루만은 불을 쓰지 아니한다. 이것은 지난해의 불을 다 꺼뜨리고 새로운 불을 만들어 내기 위한 개화식(開火式)을 의미한다. 말하자면

새봄에는 새 불로 새 삶을 이끈다는 내용을 서술한 단락이다.

불에도 헌 불이 있고 새 불이 있으니 한식날을 계기로 새 불을 새봄에 만들어 일 년간 힘 있게 쓰자는 것이다.

이상에서 살펴본 바와 같이 우리 민간에서는 불이 인간의 삶과 관련된 중요한 기능이 있다고 여겨 왔다. 곧 불은 우리에게 희망과 용기를 주는 빛을 주며, 온갖 나쁜 잡귀를 쫓아 버림으로써 재앙을 막아 우리 삶을 안전하게 한다고 인정되어 왔다. 불은 번성을 상징하며, 조왕신을 의미한다고도 여겨 왔다. 이런 경우에 불은 재복을 좌우하는 기능이 인정된다. 또한 불은 묵은해의 낡은 것을 불살라 버림으로써 새해의 새 삶을 맞이하는 준비의 구실을 한다고 알려져 그것과 관련된 풍습이 새봄을 전후하여 시행되기도 했다. 결국, 우리 민속에서는 불이야말로 우리 인간의 삶을 희망차고 안전하게 발전시키는 기능을 지닌다고 여겨 왔다.

마무리 단락이다. 글의 내용을 간추리고 주제를 제시하였다.

주제가 집약되어 드러났다. 마지막 문장이 주제문이다.

– 최래옥, 「민속의 불」

11
논술법과 논술문

1. 논술법이란

논술법은 어떤 문제에 대하여 자기 나름의 견해나 주장을 내세우고 합리적으로 뒷받침하는 것이다. 설명법이 문제를 풀이하여 독자를 이해시키는 것이라면, 논술법은 자기의 독자적인 견해에 대하여 근거를 밝혀 독자를 설득시키는 것이다. 예를 들어, '종교'에 관해서 글을 쓴다고 하자. 설명법은 종교란 어떤 것이며, 어떤 종교들이 있으며, 종교는 어떻게 믿는 것인가를 풀이하여 독자를 이해시키는 데 주목적을 둔다. 이와는 달리 논술법에서는 그러한 해설에 그치지 않고 '사람은 왜 종교를 믿어야 하는가', '종교를 믿는 것이 바람직하다' 따위와 같이 자기 나름의 견해를 내세우고 그 근거를 조리 있게 밝혀 줌으로써 독자를 이해시켜 공감을 얻고자 한다.

다음의 〈예문 1〉에서 ①은 설명법을 바탕으로 한 것이고, ②는 논술법을 위주로 전개한 것이다. 이 두 가지를 자세히 살펴보면 양자의 차이점을 알 수 있을 것이다.

예문 1

① 사람의 일생은 매우 사소한 일로 말미암아 좌우되는 일이 많다. 일생을 판가름하는 계기는 큰 사건이나 전쟁 같은 것에서도 찾을 수 있지만, 얼핏 보기에는 아무것도 아닌 듯한 일들이 우리의 한평생을 운명 짓고 마는 일도 허다하다는 말이다. 유명한 소설가 모파상은 그의 「목걸이」라는 단편에서 이 점을 예리하게 형상화하였다. 가짜 목걸이를 진짜로 착각한 일, 곧 그 순간적인 사소한 잘못으로 말미암아 젊은 부부가 실로 10년이란 세월을 갖은 고초 속에서 보냈던 것이다. 이런 비극은 우리의 삶에서 얼마든지 있을 수가 있다. 어렸을 때 순간적인 부주의로 실족하여 불구자가 되어 일생을 한숨과 눈물로 보내는 일, 사소한 말다툼으로 살인까지 불러일으키는 일 등을 우리는 흔히 볼 수가 있다.

② 나는 사람의 운명이 매우 사소한 일로 좌우되는 일이 허다하다고 본다. 물론 여러 가지 큰 사건이 계기가 되어 우리의 운명이 판가름되는 수가 없는 바 아니지만 그보다는 오히려 대수롭지 않은 일로 일생이 좌우되는 수가 많다고 보는 것이 나의 견해이다. 어렸을 때 순간적인 부주의로 실족하여 일생을 불구자로 지내는 사람의 경우, 사소한 말다툼 끝에 주먹이 오고 가다가 살인까지 불러일으키는 비극 따위가 얼마나 많은가. 프랑스의 소설가 모파상은 「목걸이」라는 작품에서 이러한 인간 운명의 비극성을 예리하게 형상화하고 있다. 가짜 목걸이를 진짜 목걸이로 착각한 순간적인 잘못으로 10년의 세월이, 아니 일생이 무참히 허송되는 경우를 그 작품은 보여 주고 있다. 이러한 사례들은 인간의 운명이 사소한 일로 말미암아 결정되는 비극이 많다는 사실을 입증하고 있는 것이다.

①의 설명법에 의한 단락은 소주제문이나 그 뒷받침문장이 인생의 일면을 해설하는 데 주안점을 두고 있다. 그러나 ②의 논술법에서는 소주제문 자체가 강한 주장을 나타내고 있으며 뒷받침문장들은 그 주장의 타당성을 입증하는 데 주안점을 두고 있다. 곧 논술법에서는 주제문을 입증하거나 합리

화함으로써 독자가 거기에 동조하고 따라오도록 적극적으로 설득하는 기능을 보인다.

이런 논술법은 논술문 곧 논설문이나 논문의 가장 중요한 밑바탕을 이룬다. 논설문은 시사 문제 등에 대하여 독자적인 주장을 내세우고 그 근거를 밝혀 독자들을 설득시키는 글이다. 신문의 사설 따위가 그 대표적인 예이다. 논문은 대개 학문 연구 등의 결과를 발표하는 것으로서 새롭고 독창성 있는 견해가 드러나는 글이다. 이런 논설문이나 논문에서는 그 주장하는 내용도 중요하지만 그것을 조리 있게 펼치는 일이 그만 못지않다. 곧 이치에 닿도록 내용을 논리적으로 전개함으로써 독자를 설득하는 일이 더 중요하다는 것이다. 만일 논리성이 없고 조리가 없으면 그 주장을 독자들이 받아들이지 못하기 때문이다. 논술법은 바로 이런 논문이나 논설문을 쓰는 데 요구되는 서술법인 것이다.

그러면 논술법은 어떤 서술법이며 어떻게 그것을 익힐 수 있는 것인가? 여기서는 이 점에 관해서 되도록 자세히 설명하고자 한다. 논설문이나 논문 쓰기의 기초를 튼튼히 다지려면 무엇보다도 이 논술법을 철저히 익혀야 하기 때문이다. 또 논술법은 논리적 사고 능력을 기르는 데도 필수적이다. 오늘날 사고력을 합리적으로 기르는 일은 매우 중요하다. 선진 민주 국민으로 발돋움하려면 매사에 합리적인 일처리가 어느 때보다도 크게 요청되기 때문이다.

2. 논술법과 논리적 추론

논술법은 논리적 추론推論을 기본으로 하는 서술법이다. 논술법은 합당한 근거를 바탕으로 필자의 주장을 내세워서 독자를 합리적으로 설득하는 서술법이다. 그런데 그러한 합리적 설득은 논리학적으로 말하면 추론에 해당한다. 추론이란 이미 알려진 사실(근거)을 바탕으로 하여 새로운 주장을 합리적으로 펼치는 논리적 사고 작용이기 때문이다. 곧 논술법은 논리적 추론에 의한 사고 작용을 펴는 것이라고 할 수가 있다. 따라서 여기서는 먼저 논리적 추론에 대하여 먼저 알아보기로 한다.

(1) 논리적 추론

논리적 추론의 출발점은 '합당한 근거'이다. 의견이나 주장을 내세워서 논술하는 데는 납득할 만한 이유 곧 근거가 있어야 한다. 예를 들어, '정의는 반드시 승리한다' 또는 '경제 발전에는 정신적인 요인이 더 중요하다'와 같은 주장을 편다고 해 보자. 이런 주장이 상대에게 설득력을 발휘하려면, 왜 정의가 반드시 승리하며 경제 발전에는 왜 정신적 요인이 더 중요한지를 보여 주는 합리적인 근거를 제시하여야 한다. 그렇지 못하면 그 주장은 뿌리가 없으므로 다른 사람의 찬성을 얻지 못할 것이다.

논리학에서는 근거를 '전제前提'라 부르고 있다. 또 그런 전제 위에 전개되는 주장은 흔히 '결론結論'이라 부른다. 추론이란 그러한 전제를 바탕으로 해서 타당한 결론을 이끌어 내는 논리적 사고방법이다. 추론의 방식과 요건은 여러 가지가 있다. 여기서는 우선 간단한 예문을 들어서 풀이하고자 한다.

예문 2 _ 연역적 추론

① 모든 인간은 자유를 원한다. (대전제)

② 우리는 인간이다. (소전제)

③ 그러므로 우리는 자유를 원한다. (결론)

위의 〈예문 2〉에서 ①은 '대전제'라 한다. 이는 일반적으로 받아들여질 수 있는 보편적 진리(또는 사실)가 되어야 한다. 이 전제가 그런 성질을 지니지 않으면 추론의 바탕은 처음부터 흔들리고 만다. 말하자면 대전제는 추론의 일차적 근거가 된다. ②는 '소전제'라 한다. 이것은 대전제와 결론을 논리적으로 이어주는 구실을 한다. 만일 이 소전제가 없으면 결론에 '우리'라는 말이 자연스럽게 나타날 수가 없을 것이다. ③은 결론으로서 ①과 ②를 바탕으로 해서 합리적으로 이끌어낸 주장이다. 이런 결론은 ①과 ②의 두 전제가 합당하게 받아들여질 수 있을 때만이 확고하게 성립이 된다. 그 전제 자체에 의문이 있다면 결론은 물론 합리화될 수 없다.

〈예문 2〉의 추론은 일반화된 사실을 전제로 하여 특수한 사실을 추정해 낸 것이므로 '연역법演繹法' 또는 '연역적 추론'이라 한다. 이 연역적 추론은 기본적인 논리적 사고 유형으로서 우리의 일상적인 사고나 논술법에서 두루 쓰인다. 이에 대한 자세한 설명과 그것을 바탕으로 한 논술법에 관해서는 뒤에서 보일 것이다.

연역적 추론과는 반대로 특수 사실들을 바탕으로 해서 일반화된 사실을 추정해 내는 것을 '귀납법歸納法' 또는 '귀납적 추론'이라 부른다. 그것을 구체적인 예문으로 보면 다음과 같다.

예문 3 _ 귀납적 추론

1. ① 한국말은 소리, 뜻, 어법의 3요소로 이루어져 있다.
   ② 일본어도 그러하다.
   ③ 영어도 그러하다.
   ④ 중국어도 그러하다.
   ⑤ 아랍어도 그러하다.
   ⑥ 러시아어도 그러하다.
2. 모든 언어는 소리, 뜻, 어법의 3요소로 이루어져 있다.

〈예문 2〉의 1에 속하는 개별 사실들(①~⑥)을 바탕으로 하여 2의 일반화를 이끌어 냈다. 그런데 이 귀납법의 추론에서 일반화를 얻어내는 데는 현실적인 문제점이 있다. 개별 사실들을 얼마만큼 검토하느냐에 따라 그 확실성이 좌우되는 일이 많기 때문이다. 사실상 관련된 개별 사실을 많이 검토할수록 더 완벽한 일반화가 가능하게 될 것이다. 이런 문제에 관해서는 뒤에서 다시 설명하기로 한다.

이제까지 논술법에서 주로 쓰이는 논리적 추론에 관해서 간단히 살폈거니와 실제로는 그렇게 단순한 형식만으로 추론이 이루어지는 것은 아니다. 이에 관해서는 뒤에 좀 더 구체적으로 다루기로 하고, 우선 추리 작용의 예비요건으로서 명제에 관한 것을 살펴보기로 한다.

(2) 추론의 명제

논리적 추론은 합당한 전제와 결론으로 성립된다고 하였다. 이때 전제나 결론을 문장 형식으로 표현한 것을 명제命題라 한다. 앞의 〈예문 2〉에서 대전제, '모든 인간은 자유를 원한다'와 '우리는 인간이다'라는 소전제 그리고 '우리는 자유를 원한다' 따위는 다 명제가 되는 것이다. 결국 추론은 몇 개의 관련된 명제로 이루어진다고 할 수가 있다.

① 명제의 서술 형식

우리는 일상생활이나 사회 활동에서 여러 가지로 판단을 내린다. 이런 판단은 마음속으로 내리는 것인데, 그것을 문장 형식으로 표현하면 명제라 부른다. '나는 괴롭다', '민주주의는 실현되어야 한다', '세계는 소용돌이치고 있다' 따위의 생각이나 의견을 마음속으로 다지면 판단이 되고, 그것을 문장 또는 그 밖의 표현 형식으로 나타내면 명제가 된다.

그런데 이런 명제는 서술문 형식으로 이루어진다. 우리의 판단을 곧이곧대로 나타내면 서술문이 되기 때문이다. 의문문, 명령문 또는 청유문 따위는 명제를 직접 나타내지 못한다. 그런 것들은 판단 내용을 그대로 서술하지 않기 때문이다. 이를테면 '여자가 남자보다 더 현명합니까?', '여러분은 이웃을 사랑하십시오', '우리 서로 이해합시다' 따위는 명제 형식이 아니다. 이런 경우에 명제 형식으로 나타내려면 다음과 같이 표현 형식을 서술문으로 바꾸어야 한다.

- 여자는 남자보다 현명하다.
- 여자는 남자보다 현명하지 않다.
- 여러분은 이웃을 사랑해야 한다.
- 우리는 서로 이해하여야 한다.

② 전칭 명제와 특칭 명제

명제는 사물에 관해서 우리가 판단한 내용을 서술문 형식으로 나타낸 것이라 했다. 그런데 그 문제의 사물은 문장의 주어로 표시가 된다. 주어가 어떤 방식으로 사물을 가리키느냐에 따라 명제는 두 갈래로 나뉜다. 주어가 사물 전체의 부류를 가리키는 경우는 전칭 명제全稱命題라 하고, 사물의 일부를 가리킬 때는 특칭 명제特稱命題라 한다. 예를 들면,

- 모든 사람은 이성적 동물이다.
- 모든 식물은 수분을 섭취한다.

따위는 전칭 명제이고, 다음과 같은 것은 특칭 명제에 속한다.

• 어떤 사람은 똑똑한 축에 든다.
• 어떤 여자는 남자보다 키가 크다.

전칭과 특칭의 명제는 술부의 서술 내용에 따라 부정 명제가 될 수 있다. 이를 테면 다음과 같은 꼴이다.

• 모든 남자는 여자가 아니다.
• 모든 동물은 이성을 갖고 있지 않다.
• 어떤 사람은 착한 사람이 아니다.
• 일부 여자들은 결혼하지 않는다.

우리는 일상 말을 할 때나 글을 써 나가는 과정에서 이런 전칭과 특칭을 명확히 구분하지 않고 쓰는 일이 있다. 예를 들면, 어떤 젊은이가 버릇이 없는 것을 보고는 다음과 같이 말을 하는 수가 있다.

• 요즈음 젊은이들은 버릇이 없어.
• 요즈음 젊은이들은 예의를 몰라.

위와 같은 명제는 전칭인지 특칭인지 분명하지 않다. 그러나 조금만 생각해 보면 주어가 일부 젊은이를 가리키는 것이지, 전체 젊은이를 가리킨다고 볼 수는 없다. 따라서 정확한 표현을 하려면 분명한 특칭 명제로 하여 다음과 같이 나타내야 정확하다.

• 요즈음 일부 젊은이들은 버릇이 없어.
• 요즈음 젊은이들 중에는 버릇이 없는 이들이 더러 있어.

또 다른 예를 들면,

• 물가가 다 오른다.
• 사람들이 다 그러더라.

따위의 명제는 형식상으로 전칭 명제처럼 보이지만 사실은 그렇지 않은 경우이다. '다'라는 부사가 모든 경우를 다 포함한다고 볼 수 없기 때문이다. 따라서 이런 경우는 특칭 명제로 해야 사실과 부합된다.

한편, 다음과 같은 표현은 사실상 전칭 명제로 쓴 경우이다.

• 사람은 감정의 동물이다.
• 학생은 공부를 해야 한다.

이런 표현은 전칭 명제의 형식을 밟지 않고 있으나, 이때는 전칭 명제가 될 수 있다. '모든 사람' 또는 '모든 학생' 따위로 표현할 만한 것이기 때문이다.

요컨대, 우리는 일상생활에서 여러 가지로 생각하고 판단을 하며 또 그것을 명제 형식으로 나타내고 있다. 그런데 흔히 전칭과 특칭 명제를 혼동하여 부정확한 명제를 이루는 수가 있다. 그러나 논리적으로 정확한 추론을 하기 위해서는 먼저 정확한 명제를 이루도록 생각을 가다듬고 익혀야 한다.

③ 사실 명제와 당위 명제

명제는 사실의 단순한 서술이냐 아니면 말하는 이의 적극적인 의도를 표시하느냐에 따라 두 가지로 나누어 볼 수 있다. 전자는 사실 명제라 하고, 후자는 당위 명제라 한다. 사실 명제는 어떤 것이 사실임을 말하는 것이고, 당위 명제는 어떤 것이 이루어져야 함을 나타내는 것이다. 예를 들면,

사실 명제 : • 우리는 모두 한국 사람이다.
• 한국말은 배달겨레의 말이다.

• 이순신 장군은 만고 충신이다.

당위 명제 : • 모든 자식은 부모를 공경해야 한다.
• 우리는 모두 하느님을 믿어야 한다.
• 모든 사람은 양심을 속여서는 안 된다.

사실 명제와 당위 명제를 성립시키는 방법에는 차이가 있다. 그 차이를 바로 알아 두는 것은 양자의 특징을 이해하는 데 도움이 될 뿐 아니라 추론을 하는 데도 필수요건이다.

사실 명제를 성립시키는 데는 그것이 사실임을 밝히기만 하면 된다. 이를테면, '철수는 영희를 사랑한다'라는 사실 명제가 성립되는 데는 철수가 영희를 사랑함이 사실로 밝혀지면 된다. 그런데 '철수는 영희를 사랑해야 한다'와 같은 당위 명제일 경우는 철수가 영희를 사랑한다는 사실의 주장에 그치지 않고 사랑행위의 필요성을 내세우는 경우이다. 이런 당위 명제일 경우에는 사실의 입증보다는 사랑의 행위를 해야 할 근거를 충분히 제시해야 한다. 곧 당위 명제의 경우에는 명제 내용의 실천이 이루어지도록 설득력 있는 근거 제시가 필요하게 된다.

사실 명제와 당위 명제를 혼동하기 쉬운 경우가 있다. 그것은 형식상으로는 사실 명제인데도 실질적으로는 어떤 행동을 불러일으키는 당위 명제의 성격을 띠는 일이 있기 때문이다. 이를테면,

ⓐ 우리나라는 아직도 수출량이 적다.

이것은 분명히 사실 명제로서 표현상으로는 그 사실 이상이 드러나지 않고 있다. 그런데 위와 같은 말은 상황에 따라서는

ⓑ 우리나라는 수출량을 늘려야 한다.

와 같이 해석할 수가 있다. 그렇지만 논리적으로는 ⓐ와 ⓑ는 엄연히 구분되어야 한다. ⓐ는 ⓑ와 같을 수 없고, 다만 그 전제가 될 뿐이다. 바꾸어 말하면, ⓑ는 ⓐ를 전제로 이끌어 낼 수 있는 한 귀결이 될 뿐이고 필연적인 관계는 아니다.

일반적으로 논술법에서는 사실 명제와 당위 명제를 구분해서 써야 한다. 사실을 밝히거나 주장하는 것으로 그칠 경우는 사실 명제가 된다. 그런데 더 나아가 어떤 행동을 요구하는 주장을 하고자 할 때는 사실 명제를 전제로 하여 당위 명제를 성립시켜야 한다. 예를 들어,

ⓒ 한글은 우리의 가장 고귀한 보배다.

라는 명제로 그칠 경우는 어디까지나 사실의 표현에 그친다. 그것만으로는 한글을 가꾸거나 사랑해야 한다는 것을 반드시 의미하지 않는다. 그렇게 되려면 그 사실 명제를 바탕으로 한 당위 명제를 이끌어 내서 명시하는 것이 바람직하다.

ⓓ 한글은 우리의 가장 고귀한 보배다. 그러므로 우리는 그것을 더욱 가꾸고 사랑하여야 한다.

④ 바람직한 명제의 요건

추론은 한마디로 전제 명제를 바탕으로 결론 명제를 이끌어 내는 것이다. 따라서 무엇보다도 명제가 타당한 것이어야만 추론이 합당하게 이루어진다. 이제 명제가 갖추어야 할 바람직한 요건에 관해서 설명하기로 한다.

첫째, 명제는 간단명료한 것일수록 좋다. 명제는 되도록 간결한 문장형식을 밟아야 하고 나타내는 뜻도 뚜렷해야 한다. 명제가 복잡하고 긴 복합문이라든지 거기에 쓰인 낱말이 모호한 뜻을 가진 것이어서는 안 된다. 그렇

게 되면 뜻이 효과적으로 드러나지 않으므로 상대방을 설득하기 어렵게 된다. 예를 들어 보자.

- 우리의 처지는 괜찮은 편이다.
- 사람들이 합심 단결해야 할 것 같다.
- 글이라는 것은 어렵다면 어렵고 쉽다면 또 쉬운 것이다.
- 일이란 좋은 게 좋은 것이다.
- 국토 개발 사업은 이제까지도 그렇거니와 앞으로도 중지를 모아 수행해야 할 것으로 보는 바이다.

이상과 같은 표현들은 간명한 명제라 할 수가 없다. 명제는 간결할 뿐 아니라 명확한 단정적 표현이 바람직하다.

둘째, 명제는 각기 한 문장으로 표현하는 것이 바람직하다. 한 문장 안에 2가지 이상의 명제가 드러나는 것은 되도록 피하는 것이 간단명료한 논술이 된다.

- 국민은 납세와 병역의 의무가 있다.
- 교육은 지능 개발과 인격 도야를 목표로 한다.
- 정부는 국민이 국민을 위하여 만든 기관이어야 한다.
- 사랑은 기쁨과 슬픔의 원천이다.

위의 예들은 한 문장에 모두 2개 또는 3개의 명제가 복합되어 있다. 이런 명제도 때로는 필요하지만, 한 문장에 2개 이상의 명제가 있게 되면 각기 표현의 강도가 약화된다. 따라서 특히 강조하여야 할 주요 명제는 '국민은 납세 의무가 있다'와 '국민은 병역 의무가 있다'와 같이 명제마다 한 문장으로 나타내는 것이 좋다.

셋째, 사실 명제와 당위 명제를 한 문장으로 표현하는 것은 피하여야 한다.

- 그 여자는 정조 관념이 강하고 또한 마땅히 그래야 한다.
- 우리나라는 IT 강국이며 IT 기술을 발달시켜야 한다.

이런 따위는 복합 명제일 뿐 아니라 서로 성질이 다른 명제가 결합되어 있으므로 논지의 명확한 표현에 지장이 있다.

3. 논술법과 명제의 입증

논술법의 추론에서는 명제를 내세우고 그것을 누구에게나 설득시키는 것이 목표이다. 따라서 논술법에서 궁극적으로 내세우고자 하는 결론 명제는 말할 것도 없고 그 근거가 되는 전제 명제도 타당함을 논증하여야 한다. 그래야만 누구나 그것을 납득하고 따를 수 있다.

논술법에서는 이런 목표 달성을 위해서 명제마다 확고한 근거 제시를 해서 뒷받침하는 것이다. 이런 근거가 없이 막연히 명제만 내세워서는 누구나 선뜻 받아들이기 어렵다. 명제의 내용이 입증되지 않으면 그것을 바탕으로 내세우는 논술 전체 내용이 설득력이 모자라게 마련이다. 특히 결론을 이끌어 내는데 중요한 구실을 하는 전제 명제나 쟁점issue이 되는 명제는 확고히 논증되어야 한다.

예문 4

① 글을 쓰는 것은 사고력을 기르는 길이다.
② 우리는 사고력을 길러야 한다.
③ 그러므로 우리는 글을 써야 한다.

①과 ②를 전제로 삼아 ③의 결론을 이끌어 낸 경우이다. 여기서 ①과 ②는 ③의 결론을 이끌어 내는데 없어서는 안 될 명제이다. 이런 명제는 전제임과 동시에 쟁점을 다룬다. 쟁점이란 결론을 이끌어 내는데 결정적인 구실을 하는 요소이다. 곧 그것이 성립되지 않으면 결론을 타당하게 이끌어 내지 못하는 명제가 쟁점이다. 위의 경우에 ①, ② 가운데 하나라도 성립되지 못하면 ③은 타당한 결론이 못 되므로 그것들은 다 쟁점이 되는 것이다. 가령 ①이 성립되지 못하면 ②가 성립되더라도 ③은 얻어지지 못한다. 사고력을 기르는 데는 다른 방법이 있을 수 있기 때문이다. 한편, ②가 성립되지 못해도 ③은 타당한 결론이 못 된다. 우리가 사고력을 기를 필요성이 없다면 글쓰기를 할 필요가 없기 때문이다. 따라서 위의 경우에 전제나 쟁점을 나타내는 명제가 성립되는 것을 증명하는 일이 필수 과제가 된다.

입증 자료는 2가지로 나누어 볼 수가 있다. '사실 자료facts'와 '소견 자료opinions'가 그것이다. 사실 자료란 명제를 뒷받침하는 사실 그 자체를 말한다. 소견 자료란 다른 사람의 의견을 뜻한다. 목격자의 증언, 전문가나 권위자의 말 또는 이미 발표한 글이나 논문들에서 인용된 자료들은 모두 소견 자료이다.

(1) 사실 자료

사실 자료란 누구나 다 인정할 만큼 확고한 것을 말한다. 자신이 목격하고 경험한 일이라도 때로는 사실과 어긋나는 수가 있다. 우리 인간은 불완전한 존재이기 때문에 사실을 그릇되게 관찰하거나 파악하는 일이 있을 수 있다. 따라서 자신이 보았거나 경험한 일이라고 해서 다 확고한 것이라 할 수는 없다. 사실 자료는 그 출처야 어디든 객관적 타당성이 있어야 확고한 것이 된다. 곧 사실 자료는 다음과 같이 누구나 객관적으로 인정할 만한 것이어야 확실한 것이 된다.

① 실험적 사실

실험적 사실은 장치나 기구에 의거하여 객관적으로 입증된 사실을 말한다. 합당한 장치와 정확한 조작으로 이루어진 실험 결과에서 얻어진 자료는 신빙성이 높은 객관적인 사실 자료로 인정된다.

예문 5

체중 조절은 건강 유지의 기본 조건이다. 실험 결과에 따르면 평균 체중보다 10퍼센트 가량 가벼운 사람이 가장 사망률이 낮다. 평균 체중보다 10퍼센트 무거울 때 남자에게는 11퍼센트, 여자에게는 7퍼센트의 수명 감소를 가져온다. 이러한 실험 연구 보고는 우리가 체중 조절을 위하여 힘써야 할 것을 말해 준다.

위 단락은 실험적 사실을 자료로 하여 전제 명제(첫 문장)를 성립시키고 나아가 맨 끝의 당위 명제를 이끌어 내고 있다. 이런 실험적 사실은 명제 성립을 위한 튼튼한 바탕이 된다.

② 자연 법칙에 따른 사실

모든 물체는 아래로 떨어진다든지, 물이 섭씨 100도에서 끓는다든지 하는 사실을 말한다. 달 모양이 날짜(음력)에 따라 변하는 일, 밀물과 썰물의 현상도 모두 이에 속한다. 이런 자연 법칙에 따른 사실은 가장 보편성을 띤 확고한 사실로 인정되고 있다. 따라서 이 사실 자료는 어떤 명제를 뒷받침하는 데에도 결정적인 구실을 한다. 다음과 같은 예문이 그것을 보여준다.

예문 6

링컨이 변호사로 있을 때의 일이다. 재판정에서 어떤 증인이 그날 밤에 그 사건을 확실히 보았다고 했다. 링컨은 '어떻게 볼 수가 있었느냐?'고 물었더니 그 증인은 '달빛으로 보았다'고 했다. 이에 링컨은 금세 위증임을 증명할 수 있었다. 그는 역서(歷書)를 꺼내서 그날 밤 달이 없었음을 보여주었던 것이다.

위 예문의 경우처럼 자연 법칙에 따른 사실을 들어 자기의 주장을 뒷받침한다면 움직일 수 없는 논증을 할 수가 있다. 따라서 평소에 자연 과학이나 그 밖의 독서를 통하여 자연 법칙에 따른 사실을 많이 기억해 두는 것은 효과적인 논술법을 펼치는 데에 좋은 준비가 된다.

③ 보편적으로 인정되는 사실

누구나 일반적으로 인정하는 사실을 말한다. 예를 들면, '사람은 사회적 동물이다', '사람은 말하는 동물이다', '생물은 자체 생성력을 지닌다' 따위의 사실은 웬만한 상식인이면 다 사실로 받아들이고 있다. 따라서 자신의 명제가 이런 사실에 입각한 것임을 보여줄 수 있다면 효과적인 증명이 될 것이다.

예문 7

자기중심이 아닌 사람은 한 사람도 없다. 한 사람이 이 세상에서 살아가기 위해서는 스스로 자기를 중하게 여길 필요가 있다. 그러나 자기를 중하게 여기는 것과 자기중심과는 다르다. 자기중심으로 사는 데 집착하게 되면 다른 사람은 어떻게 되어도 좋다는 것과 마찬가지가 되어 자기 자신이 곧 법이고, 자기에게는 편리하고 이로운 것이 옳고, 그렇지 못하면 옳지 않은 것이 된다. 곧 우리들은 자기의 죄를 계산하는 저울과 타인의 죄를 다는 저울 두 개를 가지고 있다. 이기주의적 자기중심의 사고방식에 젖어있는 것이다. 이렇게 우리가 자기중심으로 사물을 생각하게 되면, 다른 사람은 아무래도 좋다는 생각과 연결됨으로써 죄를 범하기 쉽게 되는 것이다. 결국 인간의 자기중심적 사고방식은 죄의 온상이라고 할 수 있다.

– 미우라, 「빛속에서」 중에서

위의 예문은 일반적으로 인정되는 사실을 가지고 주명제(인간의 자기중심 사상은 죄의 온상이다)를 뒷받침하고 있다. 이런 여러 사실 자료가 보편성이 있을수록 내세우려는 주명제는 그만큼 설득력이 강화되는 것임은 말할 것도 없다.

④ 널리 알려진 역사적 또는 현실적 사실

역사적으로 널리 알려졌거나 현실적으로 인정되고 있는 사실은 논설문에서 많이 인용되는 입증 자료이다.

예문 8

우리말은 한자의 영향으로 제대로 피어나지 못하였습니다. 1500여 년 전부터 써오던 한자는 우리 국어에 지대한 영향을 끼쳐서 우리말은 한자에 쫓기고 변두리로 밀리는 결과를 초래하게 되었습니다. 가람은 강(江)에게 자리를 내주고 뫼는 산(山)에게, 하나 둘 셋은 일(一) 이(二) 삼(三)에게 밀리는 결과를 가져왔습니다. 심지어 아버지, 어머니라는 말까지도 각기 부친, 모친이라는 말에 밀릴 뻔했으며, 어버이라는 말은 부모라는 말에 치어 겨우 목숨만 지니게 되었습니다. 언니는 형님에게, 아우는 동생에게 거의 자리를 뺏기다시피 되었습니다. 더구나 이름, 나이, 집은 각기 성함, 연세, 댁 등의 한자어에 밀려 격이 낮은 말이 되고 말았습니다. 그 예를 들자면 끝이 없을 정도로 우리말은 한자어의 억눌림을 받아 왔습니다. 그 결과 우리말 큰사전에 실린 낱말의 60~70% 정도가 한자어가 되었습니다.

– 최기호, 「외국말 홍수의 실태와 그 대책」 중에서

윗글은 우리말이 한자에 밀려 제대로 발전되지 못한 점을 역사적 사실을 들어 입증하고 있다.

(2) 소견 자료

소견 자료는 제3자로부터 얻는 사실 자료이다. 직접 자신이 확인한 사실이나 일반적으로 널리 알려진 사실은 아니지만 제3자의 증언이나 서술에 따라 사실로 인정될 만한 것을 소견 자료라 말한다. 이런 소견 자료는 다른 자료와 마찬가지로 쟁점이 될 만한 것이어야 한다. 곧 결론 명제 성립에 결정적인 중요성을 가진 것이어야 한다. 그렇지 않은 것은 단순한 인용에 지나지 않을 뿐이고 논술법의 증거 자료 구실을 하지 못한다. 소견 자료의 선택에서는 다음 사항을 특히 유의해야 한다.

① 목격자의 증언

이것은 어떤 사건이나 사태를 직접 보고 확인한 사람의 말이나 기록을 가리킨다. 이 자료가 쟁점이 될 수 있을 때는 증언으로 채택이 된다.

목격자의 증언을 채택하는 경우에는 먼저 신빙성을 확인해야 한다. 증인이 어떤 여건 속에서 어떤 방식으로 사실을 목격했는지 살펴야 한다. 특히 그 과정에 잘못이 있는지 잘 알아보아야 한다. 다음에는 증인이 진실되게 증언하는지를 확인해야 한다. 아무리 정확히 관찰된 사실이라도 왜곡된 증언을 한다면 사실과 달라진다. 그 사람이 그 사건과 이해관계에 얽혀 있다든지 아니면 그것을 진실로 말할 수 있는 자유로운 처지가 못 된다든지 하면 허위로 말하게 된다.

예문 9

꽃동네에서는 매일 같이 사랑의 기적이 현실로 드러나고 있다. 이 꽃동네는 의지할 곳 없고 얻어먹을 수 있는 힘조차 없어 길가와 다리 밑에서 말없이 죽어갈 수밖에 없는 가장 가난한 사람들 1천9백여 명이 있다. 이분들은 자신들 힘으로는 살아갈 수 없기에 남의 도움이 절대적으로 필요하다. 이 늙고 병들고 의지할 곳조차 없는 이들을 위하여 고통과 죽음까지도 대신하고자 하는 이들, 곧 그야말로 사랑의 아름다움을 알고 말없이 실천하는 이들이 각지에서 모여들어 하나가 되어 살아가고 있으니 실로 현대판 사랑의 기적이 아닐 수 없다.

누가 시키지 않아도 매일 아침 청소를 하는 산영이 아저씨(이분은 말도 못하고 보지도 못하고 듣지도 못한다), 침을 흘리며 언어 구성이 힘들어도 꽃동네를 방문하는 분들의 신발을 하루도 쉼 없이 정리하는 삼룡이 아저씨, 자궁암에 걸려 심한 고통중이면서도 임종 환자들의 대소변을 받아내고 수발을 들어주던 미숙씨, 자신의 몸도 가누지 못하면서 더 못한 동료들의 손발이 되어주는 그들의 모습에서 살아있는 사랑의 참모습을 보게 된다.

매월 정성어린 회비를 납부하는 전국의 수십만 회원들, 사랑의 현장을 찾아 방학이나 휴가를 이용해 봉사하러 오는 젊은이들, 정년퇴직 후 남은 생애를 꽃동네 가족들을 위해 보내려고 찾아오는 분들, 돌아가시는 분들을 위하여 매월 수의를 정성스럽게 만들어 보내주는 분들이 있다. 더구나 명동 성당을 오르는 길목에서 동냥을 하는 뇌성마비 찬우 아저씨는 매일 구걸로 결핵에 걸린 부인과 함께 살아가는 처지에서 동냥하여 모은 돈을 꽃동네 회비로 가져 온다. 어떤 청소부는 십 원을 아껴야 살아갈 수 있는 가정형편이지만 꽃동네 가족들을 위해 쓰라고 오천 원씩 부쳐 준다. 손수레로 오징어를 팔면서 가녀린 손으로 천 원을 꼭꼭 접어 슬쩍 놓고 가는 할머니, 비가 오나 눈이 오나 곳곳마다 일일이 방문해 백 명 이백 명씩 꽃동네 회비를 모아오는 봉사자도 있다. 이런 모든 이의 정성은 우리의 가슴을 저미는 위대한 사랑의 완성이 아닐 수 없다.

– 윤숙자, 「사랑이 꽃피는 공동체 꽃동네」 중에서

사랑의 현장에서 그 실천을 목격하고 있는 이의 증언에 따라 꽃동네에서 사랑의 기적이 일어나고 있음이 입증되고 있다.

② 경험자의 증언

어떤 일에 관해서 경험해 본 사람이 들려주는 말이나 기록한 것을 가리킨다. 일의 성패나 성공 또는 갖가지 사건들과 관계되는 경험담 등은 산 증거가 될 수 있다. 이런 경험에 따른 증언도 액면 그대로 받아들이지 못할 경우가 있다. 그의 처지나 태도에 따라 결과는 얼마든지 달라질 수 있으며, 또 그 결과를 해석하는 데도 그의 주관이 끼어들 수가 있다. 그러므로 이런 의견 자료를 채택하는 데는 그런 점들이 감안되어야 한다.

예문 10

필자는 왜정 말기에 약 3개월쯤 궁벽한 산골에서 소학교를 다니다 말았지만 그때 배운 일본 노래의 몇 구절을 아직도 뜻도 잘 모르는 채 흥얼거릴 수 있다. 광복 후에 그 산골 소학교에 다시 다니면서 배운 것 중에서도 노래만 생각나고, 그 후 서울의 국민학교에서 배운 것 중에서도 기억나는 것은 노래와 우리말의 자연스런 가락이 깃들어 있는 시조와 동시 몇 편이다. 초등학교를 다닌 한국인은 다들 시조의 가락을 잘 알고 있고, 그 가락에 맞추어 많은 시조를 따로 외우고 있다(시조의 창을 안다면 얼마나 더 즐거울까!). 필자는 잠시 글방을 다닌 형님으로부터 '백주는 홍인면이요, 황금은 흑사심이라(白酒紅人面黃金黑士心)'는 멋진 한문 구절을 주워듣고 지금까지 기억하고 있는데, 당시의 필자가 한자를 알아서도 아니요, 뜻의 깊음을 알아서도 아니고 단지 형님이 흥얼거리는 가락이 귀에 배어서였다. 이처럼 우리는 유년기에 배운 일정한 가락에 따라 익힌 말이나 노래를 오랫동안 즐겨 기억한다. 그것은 청각적 심상의 재생이 가장 쉬운 것은 일정한 운율과 가락이기 때문이다. 따라서 필자는 아이 적에 따로 외우는 노래, 동요, 시조, 그리고 짤막하면서도 뜻깊은 말씀(격언, 속담 같은 것)이 훨씬 더 많았으면 얼마나 좋을까 하는 생각을 자주 한다.

— 이상섭, 「말의 가락의 중요성 : 국어 교육의 혁신을 위하여」 중에서

③ 전문가 또는 권위자의 의견

이는 어떤 일이나 사실을 그 방면의 전문가나 권위자가 나타내는 소견을 말한다. 이 소견 자료는 앞의 두 가지 경우보다는 훨씬 신빙성이 높은 증거로 인정을 받기 쉽다. 무엇보다도 그 일에 전문 지식이나 권위를 가지고 있으

므로 사실의 관찰이나 판단이 매우 정확하다고 할 수가 있다. 때에 따라서는 비전문가인 자신이 직접 보거나 경험한 경우보다 더 정확할 수가 있다. 더구나 그 방면에 명성이 높고 누구나 권위를 인정할 만한 사람인 경우에는 그 신빙도가 매우 높아진다. 왜냐하면 그런 사람은 함부로 말을 하지 않기 때문이다. 우리가 어떤 문제를 논술할 때 그 방면의 권위자나 전문가의 말이나 글, 논문 또는 저서를 인용하는 것은 바로 이 때문이다. 동서고금의 성인, 철인, 학자, 정치가, 예술가, 종교인 등의 말이나 글은 우리의 명제를 뒷받침하는 데 매우 유력한 자료 노릇을 한다.

그러나 아무리 전문가나 권위자라 할지라도 만능이 아닌 이상 잘못된 견해가 있을 수 있다. 저 유명한 공자나 석가의 말도 오늘날에 보면 문제점이 있을 수 있으며, 칸트나 토인비와 같은 권위자들의 말도 어떤 경우에는 그대로 받아들이기 어려운 경우가 있다. 따라서 권위자의 의견이라도 때와 장소에 따라 또는 사항에 따라 적절히 선택해서 인용되어야 한다. 그뿐 아니라 그것만을 가지고는 완벽하지 못할 수 있으므로 그것과 관련된 다른 사실 자료들을 보충하는 것이 안전하다.

예문 11

비가 오겠다, 안 오겠다던 일기예보보다는 비가 올 확률이 70%라고 숫자를 나타내는 요즈음의 일기 예보가 우산을 준비할 것인지 말 것인지에 대한 결정을 보다 쉽게 해 주고 있다. 실제로 세상의 모든 문제를 이처럼 수치화할 수 있느냐에 대해선 이론이 적잖다. 그날그날의 기분도 수치화할 수 있느냐는 반론이 나옴직하다. 오늘 기분이 괜찮다에서 73점이다와 같이 수치화하는 따위는 지나치다고 할 사람이 많을 것이다. 그러나 폭행죄의 경우 범죄의 죄질이 63점이어서 징역 6개월 20일에 해당하나 정상을 참작하여 46점이므로 징역 4개월 18일이라는 식으로 양형 과정의 객관화 연구가 시도된 지도 오래다. 또 생산성 향상이라는 막연한 구호보다는 작업시간 7% 단축으로, 비용 절감보다는 직접 노무비중부서 예산의 3배에 달하는 원가

절감으로, 품질 향상보다는 품질 관리 분임조에 작업자의 50% 참여 유도로 기업의 목표를 수치화하는 것이 보다 바람직할 것이다. 이것이 바로 생활과 경영 방식의 과학화의 길이라 할 것이다. 알고 있는 바를 측청하지 못하고 숫자로 나타내지 못한다면 그 지식은 막연하여 만족스러운 것이 되지 못한다고 말한 19세기 초의 엔지니어이며 수학자이자 물리학자인 켈빈은 "아는 바를 숫자로 나타내는 노력이 과학적인 사고방식의 시작이다"고 갈파한 바 있다.

– 김성인, 「과학적 사고와 수치화」 중에서

마지막에 인용한 권위자의 말은 글의 요지를 한층 강화하는 뒷받침 자료가 되고 있다. 이처럼 적절한 권위자의 말은 상당한 무게가 실린 논증 자료가 되는 것이다.

4. 논술법에 따른 글의 전개 방법

논술법에서 보통 쓰이는 추론의 방법은 크게 귀납법과 연역법으로 나누인다고 했다. 그런데 귀납법은 일반 귀납법과 유추로 나눠 볼 수가 있다. 이제 이들 두 가지 추론을 바탕으로 논술문을 쓰는 경우를 살펴보기로 한다.

(1) 귀납법에 따른 글의 전개 방법

귀납법은 적어도 두 개의 개별 사실이 있어야만 이루어진다. 가령, 한 반에 여학생이 둘이 있는데 그들이 다 우등생이라면 그 공통점을 뽑아서 '우리 반의 모든 여학생은 우등생이다'와 같이 말할 수가 있을 것이다. 이런 경우는 가장 단순한 귀납법적 일반화의 예가 된다.

그런데 실제로는 그런 단순한 경우보다는 더 많은 개별 사실을 대상으로 하여 일반화가 이루어진다. 가령, 어떤 사람이 처음으로 서양 사람을 만나 보았다고 하자. 그 사람은 무엇보다도 서양 사람의 코가 우뚝하다는 점에 눈길이 끌리게 되었다. 그는 그 뒤에도 서너 차례 서양 사람을 만나 보았는데 역시 한결같이 코가 큰 것이 하나의 두드러진 특징임을 발견하였다. 이럴 경우 그는 다음과 같이 결론을 내리게 될 것이다.

① 내가 본 모든 서양 사람은 코가 크다.

위와 같은 결론은 서양 사람 다섯 명의 코를 살피고 그것을 바탕으로 하여 마련한 것이다. 말하자면 5개의 특수 사실을 바탕으로 하여 이루어진 귀납적 추론이다. 그 뿐 아니라 ①과 같은 경우는 완전한 귀납적 추론, 곧 완전한 일반화가 된다. 여기서 완전한 일반화란 관련된 모든 특수 사실을 다 살펴서 이루어진 것을 말한다. 이런 귀납적 결론은 그 특수 사실의 살핌에 잘못이 없는 한 확고한 것이 될 수밖에 없다.

그런데 위의 ①과 같은 귀납적 일반화는 적용 범위가 너무 제한되어 있다는 점이 문제이다. 5개의 특수 사항을 넘어서서는 한 발자국도 더 적용될 수 없는 한계성이 있다. 이런 제한된 일반화는 보편성을 띤 지식을 찾는 지적 욕구를 충족시키기에는 모자란다. 그리하여 우리는 적어도 다음과 같이 결론을 내리려고 한다.

② 서양 사람은 모두 코가 큰 모양이다.

②와 같은 결론은 5개의 특수한 사항을 바탕으로 하여 '모든 서양 사람'에 적용될 수 있는 일반화를 시도한 경우이다. 귀납법이란 이처럼 한정된 경험을 바탕으로 하여 보편적 지식(진리)을 밝혀 보려는 논리적 발돋움이라 할

수 있다. 그렇지만 ②의 귀납법적 일반화는 아직도 불확실한 추정 단계에 머물러있다. 다만 5개의 특수 사실을 검토한 끝에 이루어진 일차적 추정에 지나지 않다. 그래서 '... 큰 모양이다'와 같은 불확실한 표현을 하고 있다. 그러나 우리의 지적 욕구는 이런 불확실한 지식에 만족하지 않는다. 그렇다고 ② 대신에 바로 다음 ③과 같은 확고한 명제를 내세우면 더욱 문제가 된다.

③ 모든 서양 사람은 코가 크다.

우리가 궁극적으로 바라는 바는 ③과 같은 확실한 명제이기는 하지만 다만 5개의 특수 사실만을 살피고는 곧장 확고한 일반 명제를 꾀한다는 것은 무리가 있다. 이런 무리한 결론을 내리는 것을 '논리적 비약logical gap'이라고 한다. 우리는 흔히 논리적 비약을 하기 쉬운데 이는 조심해야 할 함정이다. 가령, 한두 사람의 젊은이의 행동을 살피고는,

④ 요즈음 젊은이는 예의가 전혀 없다.

④와 같이 말하는 것은 논리적 비약이다. 또 어떤 회사의 제품을 한두 개 써보고는 다음과 같이 말하는 것도 논리적 비약이다.

⑤ 그 회사의 제품은 최고이다.
⑥ 그 회사의 제품은 모두 엉터리이다.

또한 한두 사람의 부패 정치인이나 관리의 비행이 신문에 보도되는 것을 보고는 '정치나 정부가 폭삭 썩었다'고 개탄하는 것도 성급한 논리적 비약에 든다.

그러면 논리적 비약을 하지 않고 ③과 같은 확고한 일반화를 하려면 어떻게 해야 하는가? 먼저, 관련된 특수 사실을 되도록 더 많이 살피는 일이

다. 특수 사실을 많이 살필수록 확고한 귀납법적 추론에 가까워지므로 그러한 시도가 일차적으로 요구되는 것이다. 위와 같은 경우에는 이미 살핀 다섯 사람 말고도 더 많은 특수 사례를 살피는 것이 바람직하다. 그렇지만 관련된 모든 특수 사례를 살피는 것은 문제가 있다. 모든 서양 사람을 다 직접 살피기는 현실적으로 어려울 뿐 아니라 그렇게 할 수 있다고 하더라도 그와 같이 해서 일반화를 하는 것은 비효율적이기 때문이다. 여기에서 우리는 다른 증명 방법을 동원하여야 할 필요를 느낀다. ③과 같은 경우에 관련된 특수 사항을 직접 검토하기는 스스로 한계가 있으므로 다른 보완적인 증명 자료를 추가할 필요가 있다. 이를테면, 서양 사람이나 서양에 다녀온 사람들의 말이나 글 또는 인류학자들의 견해들을 인용하는 따위이다. 말하자면 이런 보충적 소견 자료를 제시함으로써 ③의 일반 명제를 좀 더 확고히 성립시키는 것이다. 이는 간접적인 경험 영역에까지 확대하여 되도록 많은 특수 사례를 살피는 일이 된다. 다음 예문은 앞에서 말한 귀납적 추론을 바탕으로 이루어진 글이다.

예문 12

① 나는 오래 전 서울에 처음 올라왔을 때 거리에서 아주 이상하게 생긴 사람을 만났다. ② 키가 무척 크기도 했지만 우선 코가 그렇게 클 수가 없었다. ③ 그 사람은 외국 사람임이 분명하다고 직감했다. ④ 그 뒤에 서울거리를 거닐다가 그와 비슷하게 보이는 외국 사람을 만났는데 그도 코가 남달리 컸다. ⑤ 자세히 보니 그와 나란히 오고 있는 여자도 마찬가지로 코가 컸다. ⑥ 그 뒤에 따라 오는 젊은 남녀도 또한 코가 크다는 점이 나의 눈길을 끌었다. ⑦ 나는 그 뒤에도 그런 사람들을 가끔 만나게 되었는데 서양에서 온 사람이었다. ⑧ 서양 사람들은 모두 코가 큰 모양이구나 하고 내 나름으로 짐작을 했다. ⑨ 그 뒤 얼마 안 가서 나의 짐작은 틀림이 없다는 확신이 섰다. ⑩ 아니 오히려 지극히 상식화된 사실을 뒤늦게 깨닫는 부끄러움마저 느꼈다. ⑪ 내가 그 뒤에 많이 만난 서양 사람에게서도 예외를 찾을 수가 없었다. ⑫ 사

람들이 서양 사람을 '코쟁이' 또는 '코 큰 사람'이라고 하는 사실 말고도 서양 영화나 잡지들은 그것을 확증하고도 남음이 있었던 것이다.

위 예문의 쓸거리는 단순한 것이지만 귀납법에 의한 글의 전개 요령을 잘 보여주고 있다. 글 첫머리에 몇 가지 경험적 특수 사실이 자연스럽게 제시되고 있다. ①에서 ②까지의 문장들이 그런 역할을 하고 있다. 그러나 그것은 아직 추정적인 단계에 있을 뿐이다. 이어서 ⑨와 ⑩에서는 그 추정적인 일반화가 확고한 것이 됨을 우선 내세운다. 그런 다음에 뒤따르는 ⑪과 ⑫에서 그 보완 자료를 제시하여 뒷받침하고 있다. ⑪에서는 더 많은 특수 사례를 살피고, ⑫에서는 소견 자료를 보여줌으로써 ⑨와 ⑩의 일반화를 한층 더 확고한 반석 위에 올려놓고 있다.

귀납법에 따라 글을 쓰려면 위의 경우처럼 특수 사실을 검토하고 거기서 잠정적인 일반화를 꾀하고 다시 보충 증거를 내세워서 그것을 확고히 뒷받침하는 식으로 진행하면 된다. 여기서 말하는 잠정적인 일반화는 학문에서 말하는 가설 또는 이론과 비슷한 성질을 띤다. 그러한 단계에서는 임시적이고 추정적인 것으로서 확고한 일반화를 위한 한 디딤돌이 될 뿐이다. 그 뒤를 이어서 보충적인 증거가 충분히 갖추어지면 확고한 것이 된다. 이 잠정적인 일반화는 학문 연구에서 흔히 쓰이는 논술 방식의 실마리가 된다.

잠정적인 일반화는 관련된 특수 사실을 직접 살피고 검토하여 마련하는 경우가 많다. 이를테면 자연 현상, 경제, 정치 또는 사회 현실, 문화 현상들에서 비슷한 성질을 가진 사항들을 살핀 다음 그것들이 보이는 공통 성질을 뽑아내는 것이다. 다음 예문은 자연 현상을 관찰해서 일반 법칙을 귀납해 가는 과정을 보인다.

예문 13

아이작 뉴턴은 사과나무 아래를 지나다가 나무에서 사과가 떨어지는 사실에 주목을 했다. 늘 보아 오던 일이었지만 오늘따라 남다른 관심을 가지고 이 현상을 바라보게 되었다. 그는 다른 여러 가지 물건을 위에서 아래로 떨어뜨려 보았다. 그는 이런 물건들의 낙하 현상을 살핀 끝에 물건은 지구 표면에 수직으로 떨어진다는 사실을 발견하게 되었다. 곧 그는 가벼운 것이나 무거운 것이나 물건은 수직으로 떨어진다는 가설을 세울 수 있게 되었다.

윗글은 자연 현상에서 나타나는 몇 가지 사실을 바탕으로 그 현상 전체에 대한 일반 법칙을 귀납한 경우이다. 자연 현상에는 이른바 동질성uniformity of nature이 지배하고 있으므로 한 가지의 본질만 파악하면 전체에 적용되는 법칙이 마련된다. 자연 과학에서 귀납적 추론이 많이 쓰이는 이유는 바로 이 동질성에 따른 인과성causality이 있기 때문이다.

다음 예문은 역사적인 사실들을 바탕으로 일반화를 시도한 경우이다.

예문 14

"칼을 쓰는 자는 칼로 망한다."고 설파한 예수의 말씀은 하나의 보편적 진리로 믿어지고 있다. 이는 우리가 잘 아는 몇 가지 사례만 보아서도 알 수가 있다. 한때 나는 새도 떨어뜨릴 만한 기세로 세계를 무력으로 점거하던 나폴레옹은 결국 무력으로 멸망했다. 2차 대전을 일으켜 세계를 정복하려던 히틀러, 무솔리니 등도 다 연합군의 칼 아래 쓰러졌다. 또 아프리카, 남미 등에서 끊일 새 없이 무력으로 정권을 빼앗고 빼앗기는 권력 다툼도 바로 그 보기라 할 수가 있다. 합법적인 절차를 무시하고 총칼의 힘으로 정권을 빼앗는다는 것은 어느 경우나 비평화적 정권 교체의 전례를 남기는 것이 되며, 그것은 반드시 되풀이되고 만다. 작용과 반작용이 되풀이 되듯이 말이다.

– 유호석, 「순리적 삶」 중에서

위 예문은 귀납법적으로 도달한 일반적 사실을 먼저 내세우고 그 관련된 특수 사례를 뒤에 제시하는 방식을 보이고 있다. 곧 이 경우는 귀납적 추론의 과정과는 반대의 순서로 서술을 하고 있다. 그러나 귀납적 추론의 결과를 드러내는 데는 마찬가지이다. 말하자면 귀납적 사고를 두괄식으로 서술한 것이다.

다음 예문도 귀납법적 일반화를 두괄식으로 서술한 경우이다.

예문 15

모든 민족은 저마다 독특한 민족성을 지닌다. 한국인은 은근과 끈기라는 특성을 지닌다. 일본 사람은 성질이 급하고 잔인한 섬나라 근성이 있다. 중국 사람은 여유만만 한 대륙성 기질을 지닌다. 프랑스 사람은 예술적 기질이 풍부하고, 독일 사람은 정확성을, 영국 사람은 보수성을 띤다. 이런 특성들이 한 민족 전체에 예외 없이 적용되는 것은 아니지만 전형적인 성격을 보여 주는 것만은 틀림없다고 본다.

– 임건순, 「우리의 민족성」 중에서

위 예문에서 보듯이 귀납법에서 특수 사실로 든 사항들은 이른바 전형성 또는 대표성을 띤 것이어야 한다. 한 민족의 특성을 정의하는 데는 이러한 전형성이 있어야만 한다. 민족의 모든 구성원이 저마다 지닌 성격을 일일이 따지자면 끝이 없을 것이다. 따라서 이런 여러 성격 가운데 가장 대표적인 것을 골라서 들어야 한다. 이러한 전형성은 귀납법에서 반드시 생각해 둘 점이다.

이상의 예문들에서 보여 준 특수 사례의 제시는 글 쓰는 이 자신이 직접 관찰하고 검토한 사실에 바탕을 둔 것들이었다. 그런데 그 밖에도 간접적인 자료들을 바탕으로 특수 사례를 제시하는 수도 많다. 예를 들어, 통계적 조사 결과, 실험적 사실 또는 다른 사람들의 직관적 관찰들을 바탕으로 삼는 경우이다.

예문 16

작년 연말연시의 연휴 동안에 일어난 교통사고는 무려 250여 건이 되었다고 한다. 이러한 사고 건수는 재작년의 경우보다 20여 건이 늘어난 것이다. 이로 미루어 보아 금년의 경우에는 300건 전후의 교통사고가 발생될 것으로 추정된다.

위 예문은 통계 자료들을 바탕으로 해서 추정하는 경우이다. 이런 통계 자료는 개연성을 제공하는 구실을 한다. 확고한 추론의 자료는 못 되고 대체적인 짐작을 하는 데 필요한 근거 자료가 된다. 따라서 통계 자료를 특수 사항으로 처리하여 귀납하는 일반화는 확실성보다는 개연성을 나타낸다. 예년의 평균 강우량 등에 입각해서 금년의 강우량을 추정하는 따위도 이에 속한다. 이 경우도 역시 개연성이 주어질 뿐이다.

실험 결과를 바탕으로 하여 귀납적 추론을 하는 일은 학문 연구에서는 흔히 있는 일이다. 다음은 새로운 약에 관한 효능 실험의 결과를 귀납하는 경우이다.

예문 17

이 약은 우선 쥐 5마리에 투여했다. 암의 증상이 비슷한 그들 쥐에 한 달 동안 투여한 결과는 약 90퍼센트쯤의 치료 효과를 냈다. 그러면서도 아직까지는 별다른 부작용을 나타내지 않았다. 이로 미루어보아 이 약의 암 치료효과는 매우 놀랄 만큼 우수하다고 말할 수 있다. 다음 단계로는 사람에게 먹여 그 효능을 실험하는 일이다. 쥐의 경우에 성공적이라고 해서 사람의 경우에도 반드시 성공적이라고 할 수 없을 것이다. 그렇지만 이제까지의 예로 보면 사람의 암 치료에도 큰 효과가 있을 것으로 기대된다.

윗글은 새로운 암 치료약을 다섯 마리의 쥐에게 먹여 얻은 실험 사실을 가지고 약의 효능이 우수한 것으로 미루어 판단하였다. 쥐의 경우만은 틀림없는 사실이 되었다. 그러나 사람의 경우에는 아직 그러한 결론을 내리지 못하였다. 다만 예비적 추단만 할 수 있을 뿐이다.

다음 예문은 다른 이들의 소견 자료를 바탕으로 해서 귀납적 일반화를 한 경우이다. 이 또한 간접으로 얻은 특수 사실에 따른 귀납이다.

예문 18

예수는 사랑을 부르짖었다. 누가 왼뺨을 치면 다른 뺨을 내놓으라고 했다. 이웃과 하느님을 온 정성을 다하여 사랑하는 것이 삶의 최고 목표가 되어야 한다고 강조했다. 공자는 이른바 인의예지를 최고의 덕목으로 살아가야 한다고 가르쳤다. 석가는 대자대비, 곧 자비심을 발휘하는 삶만이 열반에 든다고 가르쳤다. 그 밖의 많은 성현과 위인들이 한결같이 그러한 정신적인 가치가 인생에서 가장 귀한 것이라고 내세웠다. 곧 그들은 사람이란 동물과는 달리 물질의 욕구나 본능의 충족을 목표로 살지 않고 정신적인 진선미의 가치를 추구하며 살아야 한다는 것이다. 이렇게 볼 때 인간에게는 본능이나 물질적인 것보다는 정신적인 것이 훨씬 더 가치가 있다고 결론을 지을 수가 있다.

– 정달영, 「인생과 가치」 중에서

윗글은 인류의 스승으로 일컬어지고 있는 분들의 소견을 귀납하여 '인간에게는 정신적인 것이 중요하다'는 일반화를 보이고 있다. 이런 소견 자료는 모두 올바른 것이라고 보기는 어렵지만 일반적으로 받아들여지고 있는 사실일 경우에는 상당한 증거력을 가진다. 그렇지만 그것에만 의존한다든지 남용해서는 안 된다.

(2) 유추에 따른 글의 전개 방법

유추類推, analogy란 하나의 특수 사실에서 다른 특수 사실을 이끌어 내는 추론이다. 예를 들면, 이미 알려진 갑이라는 특수 사실을 바탕으로 해서 을이라는 다른 특수 사실을 추정하는 것이다. 그러한 추정의 근거는 문제의 을 이 갑과 어떤 유사성이 있다는 점이다. 앞에서 우리는 귀납법을 말할 때 새로운 암 치료약의 효과에 관한 이야기를 예로 들었는데 그것은 유추적인 성질을 띤 것이다.

- 특수 사실 ① : 이 약은 쥐에게 90퍼센트의 효력이 있다.
- 특수 사실 ② : 이 약은 사람에게도 비슷한 효력이 있을 것이다. 그 근거는 쥐와 사람은 유사성이 있기 때문이다.

특수 사실 ②는 이 경우 추정적인 단계에 있을 뿐이다.

좀 더 일반화된 결론을 얻으려면 이런 유추적 추정을 출발점으로 해서 귀납적인 추론 과정을 밟아 나가야 한다. 곧 하나의 특수 사실에 그치지 않고 여러 특수 사실을 검토하여 모든 경우에 적용될 수 있는 일반적 추론을 이끌어 내야 한다. 이렇게 볼 때 유추는 귀납법의 한 특별한 경우 또는 약식 귀납법이라고 할 수가 있다. 그렇지만 유추는 본격적인 귀납적 추론의 출발점 또는 계기를 준다는 점에서 중요성이 있다.

유추는 일상생활에서 많이 쓰인다. 예를 들어, 한 어린 학생이 문법을 배우는 과정에서 동사의 어간에 '었'이라는 접미사를 붙이면 '먹었다'와 같이 과거형이 됨을 처음으로 알게 된다고 하자. 그런 경우에 그 어린이는 그것을 바탕으로 해서 다음 ①에서 보듯이 다른 비슷한 동시에도 '었'을 넣어서 과거형을 만들 수 있다는 추정을 하게 된다.

① 먹었다, 입었다, 울었다, 웃었다 …

이것이 유추이며, 이처럼 유추는 기지의 한 사실에서 출발하여 미지의 사실들을 예측하여 낼 수가 있으므로 상당히 생산적인 추론 방식이라 할 수가 있다. 그런데 유추는 이렇게 성공을 거두는 수가 있는 반면에 다음과 같은 경우처럼 실패하는 일이 또한 많다.

② 졸었다, 사었다, 하었다

②와 같은 경우에는 ①과는 달리 유추가 올바로 적용되지 않음으로써 벽에 부딪치게 된다. ②의 동사들은 '었'을 삽입시켜서는 안 되기 때문이다. 그렇지만 ②와 같은 경우를 겪게 되면 유추를 통하여 새로운 사실을 배울 수가 있다. 어떤 동사들은 일률적인 규칙의 적용을 받지 않는다는 점을 알게 되는 것이다. 이렇게 볼 때 유추는 우리가 새로운 사실을 배우는 계기를 마련하여 주기도 한다. 이러한 유추는 글을 쓰는 데도 활용되는 일이 있다. 이미 알고 있는 사항과 아직 모르고 있는 사항 속에 들어 있는 유사성을 자세히 검토하여 새로운 사실을 추정하는 글을 쓰는 것은 유추에 바탕을 둔 논술 방식이 되는 것이다. 그 실례를 하나 살펴보자.

예문 19

화성에도 사람이 살까? 이 문제는 많은 과학자들 사이에 논란이 되고 있다. 그런데 지금까지 발명된 아무리 큰 망원경이라도 화성에 생명체가 있는지를 직접 확인할 수 없다. 그러므로 우리는 지구와 화성을 견줌으로써 어떤 추정을 내릴 수밖에 없다. 지구는 하나의 축을 중심으로 하여 돌고 있는 공 모양의 유성으로서 태양 둘레를 일정하게 공전하고 있다. 지구는 얼마쯤의 원소로 이루어져 있으며 대기층이 있음으로써 생명체를 지탱한다. 화성도 태양을 일정한 궤도로 공전하고 있고, 태양과의 거리나 자전 주기도 지구와 거의 같다. 화성은 표면의 상태가 유성 중에서 지구와 가장 비슷하고 엷으나마 대기권이 있는 것으로 알려져 있다. 이런 점에 비추어 볼 때 화성에도 생명체가 있으리라는 추정은 상당한 근거가 있다고 할 만하다.

지구와 화성의 유사성을 바탕으로 화성에 생명체가 있을 것으로 유추하고 있다. 이러한 유추는 어디까지나 그 개연성을 추정케 할 뿐이고 어떤 확고한 증빙은 보여주지 않는다. 유추는 이처럼 금방 증명이 될 수 없는 사항의 추정에도 더러 쓰인다. 이런 추정도 경우에 따라서는 필요하다. 우리의 지적 욕구를 가능한 범위 안에서는 충족시켜 주는 구실을 하기 때문이다.

유추 작용을 할 때 중요한 것은 추정하려는 명제에 결정적인 근거가 되는 유사성을 찾는 일이다. 2가지 사항을 견주어 말할 때 양자의 유사성은 여러 가지 각도에서 말할 수가 있다. 그런데 어떤 특정 사실을 추정하는 데는 그 가운데 가장 관련 깊은 유사성을 근거로 삼아야 한다. 이를테면, 위의 〈예문 19〉에서 지구와 화성은 둘 다 대기권을 지닌다는 유사성 같은 것이다. 이 유사성은 생명체를 유지하는 일과 가장 밀접한 관련이 있기 때문이다. 지구와 화성이 지니는 그 밖의 유사성은 화성에 생명체가 있고 없는 문제와는 직접적인 관련이 없다. 무엇보다도 대기권 문제가 결정적인 구실을 한다. 따라서 유추에서는 이런 결정적인 성격을 가진 유사성을 찾아서 근거로 삼는 일이 필요하다. 또 다른 예로 두 학생이 외모가 비슷한 점이 많이 있다고 하자. 그러나 그것은 그 두 학생의 성적이 비슷할 것이라는 유추에는 직접적인 관련이 없다. 그것보다는 두 학생이 지능 지수가 비슷하다는 점이 두 학생의 성적이 비슷하리라는 추정에 좀 더 확실한 근거가 될 것이다.

(3) 연역법에 따른 글의 전개 방법

① 3단 논법

연역법은 일반 사실을 나타내는 명제를 전제로 하여 특수 사실을 드러내는 명제를 이끌어 내는 것이라 하였다. 누구나 인정할 만한 보편성을 띤 사실 또는 이미 널리 알려진 사실을 바탕으로 아직 알려지지 않은 특수한 사실을 결론으로 이끌어 내는 것이 연역법이다. 이제 연역법의 형식과 절차 그리고 그것을 바탕으로 논술법의 글을 이루는 방법에 대해서 구체적으로 살펴보기로 한다.

연역법은 기본적으로 3단 논법syllogism의 형식에 따라 그 결론을 이끌어 낸다. 3단 논법은 두 개의 전제와 하나의 결론으로 이루어지는 연역법적 추론 형식이다. 3단 논법의 기본적인 형식은 다음과 같다.

ⓐ 사람은 사회적 동물이다. (대전제)
ⓑ 그런데 우리는 사람이다. (소전제)
ⓒ 그러므로 우리는 사회적 동물이다. (결론)

ⓐ는 대전제, ⓑ는 소전제, 그리고 ⓒ는 결론이라 부른다. 이처럼 연역법은 이미 알려진 사실인 대전제를 바탕으로 하고 또한 이미 알려진 사실인 소전제를 매개로 하여 새로운 명제인 결론을 이끌어내는 것이다. 이런 3단 논법의 각 명제는 사람, 사회적 동물, 우리라는 3개념이 기본을 이루고 있다. 이 가운데 사회적 동물은 다른 두 개념을 포괄하고 있기 때문에 대개념이라 하고, 우리는 3개념 중에서 외연이 가장 좁아서 다른 두 개념에 포괄되므로 소개념이라 한다. 사람은 외연이 대개념과 소개념의 중간인 까닭에 중개념이라 한다. 이 중 개념은 대개념과 소개념과의 관계를 매개하여 결론을 이끌어 내는 구실을 하므로 매개념媒槪念이라 부르기도 한다.

이들 3개념과 3단 논법의 3개 명제와의 관계를 보면 중개념(또는 매개념)은 대전제와 소전제에만 나타나고 결론에는 나타나지 않는다. 또 대개념은 대전제와 결론에만 나타나고 소개념은 소전제와 결론 명제에 나타나서 그 주어가 되고 있다. 이 소개념은 결론에서 다루어지는 특수 사실을 가리키는 구실을 한다.

다음은 위에 본 3단 논법의 연역법을 바탕으로 한 글이다.

예문 20

사람은 사회적 동물이다. 일찍이 아리스토텔레스가 지적한 것처럼 사람은 누구나 사회 집단을 이루고 사는 존재다. 고기가 물을 떠나서는 살 수 없듯이 사람은 가정, 마을 나아가 국가라는 공동체를 떠나서는 하루도 살기 어렵다. 사람이 매일 먹는 음식, 입는 옷가지, 그리고 사는 집 등 삶의 기본 요소는 혼자의 힘으로는 도저히 마련될 수 없기 때문이다. 우리는 모두 이런 사람에 속함은 말할 것도 없다. 남녀노소 빈부귀천을 막론하고 모두 예외 없이 사람으로 자처한다. 그러니 우리는 모두 글자 그대로 사회적 동물이다. 우리는 다 같이 얽히고설키고 서로 돕고 뭉쳐서 살아가야만 하는 공동체적 운명을 지니고 있다. 곧 나는 너를 떠나서는 근본적으로 존재할 수 없는 것이다.

밑줄 친 부분이 3단 논법을 이루는 기본 명제이고 그 뒤의 문장들은 각기 그 명제들을 부연하거나 뒷받침하고 있다. 특히 첫 문장의 대전제에 대해서는 부연 설명과 함께 그 근거를 더욱 확고히 다지는 서술을 하고 있음이 주목된다. 비록 이 명제는 거의 상식화된 것이지만 어느 명제보다도 중점을 두고 독자의 공감을 얻도록 설명과 근거 제시를 하고 있다.

다음 예문도 3단 논법을 바탕으로 이루어진 비슷한 글이다.

예문 21

사람은 기본적인 인권을 가지고 태어난다. 프랑스 혁명 이후 이 천부적 인권 사상은 근대 민주 국가의 근본이념이 되고 있다. 독재 국가들에서는 이 기본권을 짓밟아 온 사례가 있으나, 그런 행위가 끊임없는 저항과 온 세계인의 지탄을 받아 왔다. 이러한 사실은 인권이 얼마만큼 신성불가침의 것인지를 반증하는 것이다. 그런데 여기서 말하는 사람에는 예외가 없다. 선한 사람이든 악한 사람이든, 자유롭게 사는 사람이건 감옥에 갇힌 사람이건, 어른이건 어린이건 차별이 있을 수 없다. 그러므로 일시적으로 나쁜 짓을 한 사람이라고 해서, 감옥에 있는 사람이라고 해서, 또는 아직 어린 사람이라고 해서 그 인권을 함부로 침해 받을 수는 결코 없는 것이다.

윗글의 첫 문장은 대전제를 나타내고 그 뒤의 세 문장은 그것을 풀이하여 뒷받침하고 있다. 이 전제는 일반적으로 받아들여질 만한 것이지만 그것을 다시 확고하게 뒷받침함으로써 독자의 인식을 한층 강화하고 있다. 그것은 추론의 성패를 좌우하는 대전제이기 때문이다. '그런데'로 시작되는 문장은 소전제이며 그 뒤 문장이 그 내용을 밝히고 있다. 이 소전제는 '그러므로'로 시작되는 결론을 자연스럽게 유도하는 구실을 하고 있다.

3단 논법은 위와 같이 전형적인 형식을 떠나서 아래와 같이 각 명제의 순서를 바꾸어 표현되는 수도 있다.

ⓐ 일부 사람은 사람대접을 받기 어렵다. (결론)
ⓑ 왜냐하면, 그들은 상식을 저버리기 때문이다. (소전제)
ⓒ 상식은 사람이 갖추어야 할 기본 지식이다. (대전제)

결론 명제가 맨 먼저 나오고 대전제가 끝에 나오는 형식을 보인다. 이렇게 결론이 먼저 오는 때는 그것을 '논제question'라 부르기도 한다. 이런 경우는 그 표현순서가 다르기 때문에 '그러므로' 대신에 ' 왜냐하면'이 쓰이게 된다. 결국, 3단 논법은 표현 순서가 비록 다르더라도 그 구성 요소가 제대로 갖추어지고 논리적인 관계에 무리가 없으면 된다. 이런 유형의 3단 논법에 따른 글의 예문을 들어보자.

예문 22

① 요즈음 사람 대접을 받기 어려운 사람들이 흔히 눈에 띈다. "사람이면 다 사람이랴, 사람다워야 사람이지"하는 말을 실감케 하는 이들이 적지 않다. 아는 어른을 보고도 인사를 하지 않는 청년, 쓰레기와 담배꽁초를 아무 데나 집어 던지는 사람, 더구나 몇십 분씩 줄서 있는 뒷사람을 아랑곳하지 않고 새치기를 하고도 부끄러워하기는커녕 자기가 무슨 날쌘 사람인 듯이 뽐내고 있는 무리들이 있다. 이들이야말로 사람다운 사람이라 볼 수가 없다. ② 그 까닭은 무엇보다도 그들이 상식 밖의 일

을 하고 있기 때문이다. ③ 상식이란 사람으로서 마땅히 알아 두고 실천해야 할 최소한도의 기본 지식이다. 지식은 감각적 지식, 상식, 기능적 지식 그리고 학문적 지식으로 구분될 수 있다. 상식은 기능적 지식이나 학문적 지식을 갖추지 못한 사람이라도 누구나 가지게 마련이며, 사람노릇을 하는 데 반드시 알아 두어야 할 사항들이다. 이를테면, 인사나 예의범절을 지킬 줄 아는 것, 공중도덕을 지킬 줄 아는 것, 사회질서를 지킬 줄 아는 것 따위는 다 사람을 사람답게 만드는 상식이다.

윗글의 첫 문장 ①이 결론 명제이고 문장 ②가 소전제이다. 그 뒤의 문장 ③은 대전제에 속한다.

② 생략 3단 논법

생략 3단 논법이란 구성 명제의 일부가 생략된 것을 말한다. 대전제, 소전제 또는 결론 명제 가운데 일부가 표면으로 드러나지 않는 경우이다. 우리는 앞에서 각 구성 명제가 갖추어져 있는 완전형태의 3단 논법을 살폈는데, 실제 글에서는 대전제, 소전제, 결론이 모두 갖추어진 경우는 오히려 드물다. 그 가운데 일부가 생략되는 것이 보통이다. 다만 이 때 생략이 가능하게 되는 것은 그렇게 해도 3단 논법의 추론에 실질적으로 지장이 없을 경우에 한정된다. 이제 생략 3단 논법의 예를 살펴보기로 한다.

a. 대전제가 생략된 경우

- 그도 사람이니까 (소전제)
- 죽었지요. (결론)

이 경우에 '사람은 모두 죽는다'라는 대전제가 생략되었다. 그것은 누구나 이미 알고 있는 명제이기 때문이다. 다음의 예문들도 대전제가 생략되어 있다.

• 어린애도 사람이니까 (소전제), 말을 할 수 있다. (결론)
• 예수는 하느님이니까 (소전제), 부활할 수 있었다. (결론)
• 그는 말이 많아서 (소전제), 실수하기 쉽다. (결론)

b. 소전제가 생략된 경우

• 국민은 나라를 지킬 의무가 있다. (대전제)
• 그러므로 나도 나라를 지킬 의무가 있다. (결론)

이 예문에서는 소전제 '나는 국민이다'가 빠져 있다. 그것이 쉽게 이해될 수 있기 때문이다. 다음 예문들도 소전제가 빠져 있다.

• 여자는 가사를 돌보아야 하니, (대전제) 민희도 가사를 돌보아야 한다. (결론)
• 사람은 혼자 살 수가 없으니, (대전제) 너도 혼자 살 수가 없다. (결론)

c. 결론이 생략된 경우

• 사람은 모두 예의를 지켜야 한다. (대전제)
• 민수도 사람이다(또는 민수도 예외는 아니다). (소전제)

위 예문은 '그러므로 민수도 예의를 지켜야 한다'라는 결론이 생략되었다. 이 생략된 결론은 암시되고 있다. 다음 예문들도 결론이 생략된 경우이다.

• 학생은 공부를 잘해야 하는데, (대전제)
  민수도 학생이다. (소전제)
• 좋은 날씨는 마음을 상쾌하게 하는데, (대전제)
  오늘은 날씨가 참 좋다. (소전제)

5. 논술법과 오류

논술법을 바탕으로 한 조리 있는 글을 쓰기 위해서는 위에서 살핀 귀납법이나 연역법을 잘 익혀서 쓰는 것이 첫째 요건이다. 그런데 귀납법이나 연역법을 잘 구사한다는 것은 결국 추론의 형식에 오류가 없도록 해야 함을 뜻한다. 추론 과정에 오류가 생기면 글의 전개에 논리적 비약이 발생하여 설득력이 없어지고 말기 때문이다. 그러면 어떠한 경우에 그러한 오류가 발생하는가? 여기서는 추론 과정에서 흔히 있을 수 있는 오류에 대하여 살펴봄으로써 글의 합리적 전개를 위한 기틀을 더욱 튼튼히 다져 나가기로 한다.

추론에서 문제되고 있는 오류는 여러 가지가 있으나 그 가운데 주로 논술 전개와 관련 깊은 것은 '재료의 오류'라고 하는 것이다. 이것은 각 명제에 사용하는 언어의 개념이나 전제 또는 결론의 명제 내용 자체와 관련된 오류를 말한다. 추론에 쓰이는 실질적 내용상의 잘못에서 생기는 것이 이런 재료의 오류이다. 이는 형식 논리학에서 주로 문제가 되는 '형식의 오류'와 구분된다. 형식의 오류란 3단 논법이나 귀납법의 추론 과정에서 나타나는 논리적 비약 등의 결함을 말한다.

(1) 연역법에서의 오류

① 언어 의미가 오용될 때의 오류

이 오류는 모호성을 가진 낱말을 잘못 사용함으로써 발생하는 오류를 말한다. 예를 들어, '종교'라는 말이 지닌 뜻을 잘못 사용하면 다음과 같이 엉뚱한 결론에 도달하게 된다.

• 공산주의자들은 막스 레닌주의를 신조로 삼는다. 그들은 그것을 믿고 또 실천한다. 그러므로 공산주의 국가도 종교의 자유가 있다고 할 수 있다.

윗글에서 '종교'라는 말은 무엇이나 믿는 것을 가리키는 뜻으로 쓰고 있다. 그렇게 해서 공산주의 국가에 종교의 자유가 있다는 엉뚱한 결론이 나오고 있는 것이다. 그렇지만 종교란 말의 본디 뜻은 내세관과 관련된 것이며 하느님을 믿는 것을 뜻한다. 특히 '종교의 자유'라는 말로 쓸 때의 그 말뜻은 그러한 것이다. 요컨대, 3단 논법의 형식을 갖추고 있으나 재료를 잘못 씀으로써 비논리적인 서술이 된 것이다.

다음 예문도 말뜻을 오용함으로써 발생하는 오류로 볼 수가 있다.

• 이 옷은 값이 싸다. 값이 싼 것은 쉽게 떨어진다. 그러므로 이 옷은 쉽게 떨어진다.

위 글은 '싼 것이라는 말뜻 때문에 오류가 생기고 있다. 사람들은 '싼 것'은 '나쁜 것'으로 알고 있지만 반드시 그렇지는 않으므로 논리적인 오류가 발생한 것이다.

② 개념이 묶일 때 생기는 오류

• 김 선생의 의견도 틀렸다. 민 선생의 의견도 틀렸다. 그러므로 선생들의 의견은 틀렸다.

위에서처럼 개별 사항에 적용되는 사실이라도 그들 전체에 적용하면 오류가 발생할 수 있다.

③ 개념을 나눌 때 생기는 오류

- 이 물체는 자동차이다. 자동차를 분해하면 엔진과 차체로 나뉜다. 그러므로 엔진과 차체는 자동차이다.

전체에 적용되는 사실을 그 구성 성분에 적용함으로써 오류가 생긴 것이다.

④ 순환 논증에 따른 오류

- 이것은 위대한 그림이다. 왜냐하면 모든 훌륭한 미술 평론가가 평하고 있기 때문이다. 훌륭한 미술 평론가란 이런 위대한 그림을 평하는 자이다.

결론에 나오는 '위대한 그림'이라는 말이 따로 입증되지 않고 순환되고 있다. 다음 예문에서도 핵심이 되는 말이 해결되지 않고 전제와 결론에 넘나들고 있다.

- 성서의 글은 모두 하느님의 말씀이다. 성서가 하느님의 말씀인 것은 성서에 쓰여 있기 때문이다. 그러므로 성서가 하느님의 말씀인 것은 의심할 여지가 없다.

'성서가 하느님의 말씀'이라는 사실을 증명하지 않고 전제와 결론에 돌려가면서 쓰고 있다. 이처럼 전제가 결론에 의지하고 또 결론이 전제에 의지하는 추론을 순환 논증에 따른 오류라 일컫는다. 이런 일은 흔히 발생하는 것이므로 유의해야 한다.

(2) 우연에 의한 오류

본질적인 일반 규칙을 특수한 경우에 잘못 사용하는 데서 생기는 오류이다.

- 우리는 외국에 있는 사람을 잘 모른다. 그런데 친한 친구가 외국에 가 있다. 그러므로 우리는 친한 친구를 잘 모른다.
- 동물은 본능대로 산다. 사람은 동물이다. 그러므로 사람은 본능대로 산다.

① 역우연의 오류

우연적인 특수한 사실에서 일반적이고 본질적인 것을 미루어 판단하는 데서 생기는 오류이다.

- 나는 음식을 먹고 병을 앓았다. 그러므로 음식은 해로운 것이다.
- 그 친구가 산에 갔다가 봉변을 당했다. 그러므로 산은 갈 데가 못 된다.
- 그가 운동을 하다가 다리를 다쳤다. 그러므로 운동을 해서는 안 된다.

② 논점을 바꿔서 생기는 오류

어떤 학설이나 의견을 반박할 경우에 그 내용의 잘못이나 논리적 모순 따위를 지적하지 않고 그것과 직접 관련이 없는 이유를 들어 문제의 핵심이 흐려지는 오류이다.

- 그 학설은 보나마나 틀린 것이다. 그 학설을 말한 사람은 이름도 알려져 있지 않다.
- 그 사람이 그 의견을 내 놓은 것은 그 내용적인 면보다는 다른 목적이 있었을 것이다. 그러니 그것은 보나마나이다.

• 그 사람의 말은 사실이 아닐 것이다. 그도 그 문제와 관련이 있으니까.

이상과 같은 서술은 흔히 들어 볼 수 있는데 모두 논점을 달리하여 엉뚱한 방향으로 추론을 이끌어 가고 있다.

(3) 인신 개입으로 인한 오류

사실이나 논지에서의 문제에 그 당사자의 신상 문제나 인격 문제를 끌어들이는 데서 생기는 오류다. 가령, 상대방의 주장을 논박할 경우에 그 주장 자체의 옳고 그름을 떠나 동기나 인격, 지위, 종교, 사생활, 사고방식 따위를 관련시켜 말할 때 범하는 오류이다.

• 그가 그것이 사실이라고 말한 것은 그의 종교관이나 사생활에서 비롯되었다.
• 자기 가정 일이나 잘 처리할 것이지, 사회 문제에 대하여 말하는 것 자체가 문제이다.
• 아직 나이도 어린데 무엇을 안다고 진리 운운하는 것인가.

한편으로, 자기의 주장이나 남의 주장을 변호하는 데 지위, 경력, 학력, 따위를 내세우는 경우도 마찬가지로 오류를 범한다.

• 내가 주장하는 것은 나의 오랜 경험과 지위가 뒷받침한다.
• 그런 권위자가 말하였으니 틀림없다.
• 경험자도 모르는데 겪어 보지도 않은 사람이 알리가 있는가.

따위가 그것이다. 이런 오류는 '권위에 의한 입증'과 관련되나, 아무리 권위 있는 사람의 소견이라도 절대적인 입증 자료로 사용하면 이런 오류에 떨어지기 쉽다.

(4) 대중의 감정에 호소하는 오류

냉철한 이성을 바탕으로 조리 있게 논의하는 것이 아니라 사람들의 감정에 호소하여 자기의 주장을 유리하게 이끌어 가는 데서 생기는 오류이다. 선동적인 정치가들이 흔히 범하는 오류이다.

- 여러분! 내가 이것을 주장한다고 해서 내 개인에 이익이 되는 것은 조금도 아닙니다. 다만 저 불쌍한 동포들, 헐벗고 굶주리는 사람들을 돕고자 하는 데 근본 취지가 있습니다.

따위로 주장 내용의 타당성 보다는 그것을 무조건 받아들이도록 대중의 감정을 움직이는 것이다.

(5) 근거 없는 원인 제시에 따른 오류

확고한 근거 없이 한 사실을 다른 사실의 원인으로 여기는 데서 나오는 오류이다. 시간의 앞뒤 관계만을 보고 전자가 원인이고 후자가 결과라고 속단하는 경우 따위이다. 이를테면, '까마귀 날자 배 떨어진다'의 속담에서 전자가 후자의 원인이라고 한다든지, 또는 '오늘 일이 실패한 것은 아침에 뱀을 보았기 때문이다'와 같이 근거 없는 미신을 바탕으로 결론을 내릴 경우이다.

한편으로 여러 원인이 있을 수 있는 경우에 한두 가지만을 내세우고 그것이 진짜 원인이라고 하는 경우도 이 오류에 속한다. 가령 어떤 사람이 약국에서 약을 사먹고 며칠 뒤에 죽었다고 할 경우에 그 약을 먹은 사실만이 유일한 원인이라고 주장하는 따위이다. 죽음에는 다른 원인이 얼마든지 있을 수 있으므로 확증 없이 속단하는 것은 오류가 될 수 있다.

6. 논설문을 쓰는 실제 요령

위에서 익힌 논술법은 주로 논설문에서 쓰인다. 논설문은 시사적인 문제에 관해서 소신을 펴서 독자를 설득하고 이끌어 가는 글이며, 어느 경우나 필자의 남다른 견해와 주장이 펼쳐지기 때문에 논술법의 서술이 활용되는 것이다.

여기서는 논설문을 쓰는 실제 요령을 중점적으로 익히기로 한다. 우리의 일상 삶에서는 학술적인 논문보다는 늘 부딪치고 있는 시사문제에 대해서 독자적인 견해를 펴나갈 기회가 훨씬 더 많다. 또 논설문은 특정한 전문 분야의 학자들을 상대로 한 것이 아니고 일반 대중을 상대로 하는 것이므로 웬만큼의 교양과 지식을 가진 이면 쓸 수가 있다. 논설문 작성의 기량을 알아보고자 하는 입사 시험 등에서 요구하는 논문이라는 것도 사실상 논설문에 해당한다. 그것은 어떤 전문적인 학술 연구 논문이 될 수 없기 때문이다.

요컨대 논설문은 우리가 좀 더 쉽사리 접근할 수 있는 비교적 짧은 논술문이고 또 일상 효용 가치도 넓은 글이다. 한편 이런 논설문 작성을 통하여 닦은 기량은 장차 학술 논문을 쓰기 위한 준비가 될 수도 있다. 이런 점에서 우리는 논설문 작성 요령을 우선적으로 다져 나가도록 한다.

논설문은 앞에서 다룬 논술법을 바탕으로 전개되는 점 이외에도 다루는 소재, 주제 그리고 구성에서 다른 글과 색다른 점들이 있다. 여기서는 논설문 쓰기에 앞서 이런 특징들에 관해서 알아두기로 한다.

(1) 논설문 소재의 특징

논설문은 미해결의 문제점이나 우리의 생활과 당장 관련되는 일들에 관해서 다루는 것이 보통이다. 논설문에서는 아직 확실하게 밝혀지지 않은 문제, 의견이 엇갈리거나 맞서 있는 문제, 우리의 삶에서 직접 관심을 가지고 해결해야 할 과제 등을 소재로 삼는다. 우리의 주위에는 이런 문제들이 많이 있다. 가정, 학교, 사회, 국가 그리고 세계의 모든 지역에서 벌어지고 있는 크고 작은 일들 가운데는 숱한 문젯거리들이 있다. 논설문에서는 이런 여러 문제들에 대하여 살펴봄으로써 주목을 끌 만한 문제점을 골라 소재로 삼는 것이다.

우리 주변의 일로서 논설문의 소재로 생각해 볼 수 있는 문제들을 예로 들어 본다면 다음과 같은 것들을 꼽을 수 있을 것이다.

① 교육 – 중, 고등학교의 평준화, 대학 입학 시험 제도, 사고력의 계발과 작문 교육, 과학 교육의 개선, 기능 교육, 조기 외국어 교육, 주입식 교육, 윤리 교육.
② 국어사용 – 국어 순화, 외국어의 남용, 한글 전용, 한자 혼용, 한글과 새 문화 창조, 한국어의 뿌리, 존댓말의 혼란, 젊은이와 속어.
③ 민주화 – 언론 자유, 대중 매체의 기능, 선거 제도, 정당 정치, 가족법의 개정, 노동법과 근로 조건, 지방 자치.
④ 종교와 전통 – 신앙의 자유, 교회의 타락과 난립, 미풍양속의 보존, 민속의 뿌리, 청소년 지도.
⑤ 도시화 – 환경오염, 도시 인구의 증가, 실업자 대책, 도시 교통 문제, 거리 질서 확립, 산림 녹화, 상·하수도 시설.
⑥ 경제화 – 수출 증대 방안, 생산성 향상, 농업의 현대화, 무역 적자, 납세 제도, 투기와 양도소득세, 인정과세, 관광 산업, 외화 낭비의 증대, 외국 부채.

위의 문제들은 물론 설명문으로 다룰 수도 있다. 그 문제들의 성격을 상세히 분석하고 밝혀 주는 데 그친다면 설명문이 된다. 그러나 그보다는 한 걸음 더 나아가 문제되고 있는 것들이 어느 방향으로든 해결되고 개선되어야 할 필요성이 다루어질 때에는 논설문의 대상이 되는 것이다.

(2) 논설문 주제의 특징

논설문은 그 주제에 독창적인 견해나 주장이 드러나야 한다. 논설문은 그 소재가 안고 있는 미해결의 문제점에 대하여 어떤 견해나 주장을 드러내기 위해서 쓰여지기 때문이다. 그러한 견해와 주장은 그 문제점의 해결책과 관련된 것이 바람직하며, 그것은 자연히 새롭고 독창적인 것일수록 가치가 있을 것이다. 따라서 논설문을 쓰기 위해서는 주어진 소재의 문제점을 잘 분석하고 어떤 새로운 해결책을 생각해 내어 그것을 주제로 삼아야 하는 것이다. 물론 처음부터 기발하고 참신한 해결 방안만을 주제로 삼을 수는 없겠지만 무엇인가 남다른 생각과 의견을 내세울 수 있도록 힘쓴다면 많은 경우에 가치 있는 주제가 마련될 수 있다.

이런 주제를 마련하는 데는 다음과 같은 과정을 밟으면 도움이 될 수 있을 것이다. 이를테면, '사회 질서'와 관련된 소재를 가지고 논설문을 쓰는 경우라면 우선 다음과 같이 여러 가능한 주제를 머릿속에 떠올려 본다.

① 사회 질서는 누구나 지켜야 한다.
② 사회 질서는 윗사람부터 앞장서 지켜야 한다.
③ 사회 질서는 마음으로부터 지켜야 한다.
④ 사회 질서는 자신부터 지키고 보자.
⑤ 사회 질서는 우리 삶의 거울이다.

위의 예문에서 ①②는 별로 새로운 점이 없으며 ③④⑤ 등은 상황에 따라서는 참신한 맛이 나는 주장이 될 수가 있을 것이다. 이렇게 검토를 한 다음에 어떤 것이 가장 호소력이 강할 것인지를 다시금 살펴서 정하도록 하는 것이다.

또 '현실 교육의 문제점'을 다루는 논설문을 쓴다고 해 보자. 이런 쓸거리를 바탕으로 한 주제(독창적 견해)는 여러 가지로 생각해 볼 수가 있다.

① 교육 목표를 상실하고 있다.
② 입시 제도에 매달려 방향을 잃었다.
③ 몸만 커진 채 체질은 허약하다.
④ 사고력 계발을 오히려 저하시킨다.
⑤ 창의력 계발에 역점을 두어야 한다.
⑥ 선생은 많아도 스승은 드물다.

①과 같이 막연하고 추상적인 명제를 내세우는 것보다는 ②~⑥처럼 좀 더 문제의 핵심을 파고드는 주제를 설정하는 것이 바람직하다. 문제를 예리하게 관찰하여 자기 나름의 통찰력을 발휘하도록 힘써야만 좀 더 참신한 주제를 찾을 수가 있다.

주제 설정과 관련하여 한 가지 더 유의할 일은 그것이 타당성을 가져야 한다는 것이다. 창의적인 내용의 주제라 할지라도 타당한 견해로서 받아들일 수 없는 것은 주제로 삼을 수 없다. 아무리 기발한 의견이라도 사리에 맞지 않거나 실현될 수 없는 공리공론이어서는 안 된다. 예를 들어,

① 여자는 여자 대학에만 진학해야 한다.
② 교육은 두뇌가 우수한 사람만 받아야 한다.
③ 인간의 평등은 모든 면에서 이루어져야 한다.
④ 참된 인간성을 회복하려면 과학 문명을 버려야 한다.

이런 견해는 일면 기발한 면이 있으나 이치상으로나 현실적으로 걸맞지

않다. 따라서 타당한 주제로 삼을 수가 없는 것이다.

(3) 논설문의 형식적인 특징

논문은 전통적으로 격식성이 두드러진 글이다. 글은 대개 각기 다른 양식을 지니고 있지만, 그 가운데서도 논문은 구성과 형식면에서 일정한 격식을 갖추도록 되어 있다. 논문은 본래 학술적인 연구 성과를 담는 중요한 그릇(형식)으로 여겨 왔으며 더구나 학위를 주는 데 필요한 요건이 되기도 했다. 그러므로 어느 글보다도 그 격식성이 중요시되었던 것이다.

논설문은 대개 비학술적인 짧은 논문이므로 개중에는 일반 수필과 비슷한 방식으로 쓰여지는 경우도 눈에 띈다. 그렇지만 논설문은 본시 논문의 한 가지이므로 전통적인 격식성을 어느 정도까지 갖추는 것이 상례로 되어 있다. 본격적인 논설문이 될수록 그만큼 더 격식성이 요구되고 있다.

논설문의 격식성은 2가지로 나누어 생각해 볼 수가 있다. 하나는 구성상의 요건이고, 다른 하나는 양식상의 요건이다. 구성상의 요건은 서론, 본론, 결론의 3단으로 구성되어야 한다는 것이다. 이 요건은 다른 글에서도 마찬가지이지만 논문이나 논설문에서는 거의 필수 요건으로 강조되고 있다. 양식상의 요건이란 체계적인 부호의 사용, 인용법, 각주법 등의 방식을 말하는 것이다. 이제 이 두 가지 요건에 관해서 알아보기로 한다.

① 논설문의 구성상 요건 - 서론, 본론, 결론

논설문은 서론, 본론, 결론의 3단 구성이 거의 필수 요소로 되어 있다. 간단한 약식 논설문에서는 간혹 이 요건이 무시되는 일이 있으나 웬만한 논설문이면 이 3가지 단계를 구분해서 내용 전개가 이루어진다. 따라서 논설문을 쓰려는 이는 이 3단 구성의 원칙을 알아야 할 뿐 아니라 그것을 실제로 구분해서 전개하는 방법을 익혀야 한다. 이제 그 실제 요령을 구체적으로 살피고자 한다.

a. 서론의 역할과 쓰는 법

논설문의 서론은 본론을 위한 예비적 서술이다. 본론에 들어가기에 앞서 그 길잡이 노릇을 하는 것이 서론이다. 그 역할을 구체적으로 풀이하면 다음과 같다.

- 논설문에서 지향하는 목표
- 본론에서 다룰 문제점의 제시
- 그 문제의 위치 설정
- 다룰 범위의 설정

위의 사항들은 논설문에서 다루려는 구체적인 내용을 전개하는 것이 아니라 입문적 방향 제시를 함으로써 그 글에서 할 일을 소개한다. 이렇게 입문적 소개에 그치는 것이 서론의 두드러진 특징이며 본론과 다른 점이다.

위의 사항들은 물론 모든 논설문의 서론에서 일률적으로 갖추어야 한다는 것은 아니다. 필요에 따라 그 가운데 일부가 선택되어 다루어지게 된다. 이제 각 사항별로 구체적인 예를 들면서 설명하고자 한다.

ⓐ 지향하는 목표 제시

논설문에서 지향하는 목표는 논설문의 첫머리에 제시하는 것이 바람직하다. 목표를 미리 밝히는 것은 길을 인도하는데 목적지를 미리 알려 주고 이끌고 가는 것과 마찬가지다. 그렇게 되면 덮어놓고 따라오라고 하는 경우보다 훨씬 가벼운 마음으로 따라갈 수가 있을 것이다. 특히 명쾌한 서술이 중시되는 논설문 등에서는 그러한 방향 제시가 필요하다. 필자가 우선 그 글의 방향과 목표를 마음에 새기고 나아갈 수가 있으므로 초점이 뚜렷한 글을 쓰는 데 도움이 된다. 또 독자 편에서 볼 때도 그 방향과 도착점을 미리 알고 읽어 갈 수가 있으므로 마음이 한결 가볍고 내용 파악에도 도움이 클 것이다.

예문 23

요즈음 날로 심각해지고 있는 청소년 문제에 관해서 몇 마디 소견을 펴고자 한다. 청소년 문제가 큰 사회 문제가 되고 있는 근본 원인과 그 대책은 어떤 것이 있을 수 있는지에 관해서 평소에 간직하였던 바를 이 기회에 제시하려는 것이다. 이 문제는 워낙 어려운 문제이므로 그 근본적 해결책은 누구도 선뜻 내놓기 힘들다. 그러기에 이 문제는 지혜를 모아야만 해결의 실마리를 찾을 수 있을 것으로 안다. 여기 감히 소견을 펴는 것도 그런 계기를 마련하는 데 도움이 되기를 바라기 때문이다.

– 김충효, 「청소년을 어떻게 보살필 것인가」 중에서

위 예문에서는 서론의 첫 단락에서 그것도 첫 문장에서 그 글의 본론이 지향하고자 하는 목표점을 뚜렷이 밝히고 있다. 그 뒤 문장들에서는 첫 문장에서 말한 내용을 구체화하고 부연해 줌으로써 독자에게 그 목표점을 더욱 잘 이해하도록 하고 있다.

다음 예문도 첫 단락에서 그 글에서 지향하는 바를 밝히고 있다. 비록 서론이라는 표제가 붙어 있지 않지만 내용적으로는 서론 구실을 하고 있는 것이다.

예문 24

모든 사물이 그러하듯이 언어도 시간의 흐름 앞에서는 변천의 운명을 면하기 어려운 것이다. 과거 우리 민족의 역사와 더불어 언어도 그 모습을 바꾸고 또 뜻이 변해서 오늘의 국어를 이루었을 뿐 아니라 현재 우리말도 미래를 향해 쉬지 않고 변하고 있는 것이 사실이다. 여기서 나는 국어가 시간의 흐름에 따라 변해온 자취를 찾아보고, 다음에 그 원인에 대해서 간략한 설명을 붙여 보려고 한다.

– 김형규, 「국어의 역사적 고찰」 중에서

비록 짧은 논설문이지만 무엇을 다룰 것인지를 지적해 주는 서론을 보여 주고 있다. 이런 방향 표시가 없이 곧바로 본론 속으로 들어가서 길다란 논의를 펴는 것보다는 독자의 마음을 훨씬 가볍게 해 줄 것이다.

ⓑ 문제점의 제시

본론에서 다룰 문제점의 제시는 앞에서 말한 '목표'를 더 구체적으로 밝히는 일이 된다. 본론에서 다룰 문제점들을 개괄적으로 또는 몇 항목으로 나누어서 제시하도록 한다. 이는 논설문의 줄거리를 대강 말해 주는 것이기도 하다. 이것은 역시 독자를 위한 친절한 길잡이 노릇을 하는 것인데 대개 긴 논설문일 경우에 필요하게 된다. 간단한 논설문에서는 생략해도 무방하다.

ⓒ 문제의 위치 설정

그 문제의 위치 설정은 대부분의 경우에 필요한 사항이다. 다룰 문제가 지금 어떠한 형편에 있는가를 간단히 밝혀 주는 것이다. 과거부터 현재까지 그 문제는 누가 어떻게 다루어 왔다든지, 앞으로 어떤 방향으로 다루어야 할 상황에 놓여 있는지를 지적하는 것이다. 곧 그 문제를 다루어 온 연혁을 밝히는 것이다. 이것은 앞의 '문제점 제시'와 함께 다룰 수도 있고 그것 대신에 제시될 수 있다.

예문 25

우리나라에서 도깨비에 대한 연구는 본격적인 업적은 없으나 몇 편의 연구 실적을 들 수가 있다. 일찍이 일본인으로서 「조선의 귀신」을 엮은 바 있는 무라야마는 당시 행정 기관을 통하여 얻어진 전국의 자료를 기반으로 해서 한국의 귀신을 정리한 바가 있다. 그 가운데 도깨비에 해당하는 괴석(怪石), 괴음(怪音), 괴화(怪火) 등에 언급을 하고 있으나 도깨비 자체에 대한 본격적인 연구라고는 할 수 없다. 역시 일본인으로서 한국의 풍속을 다룬 이마무라는 한국인의 미신과 종교에 대해서 언급하는 가운데 도깨비에 대해서도 말하고 있으나 너무나 단문이므로 스케치에 지나지 않았다.

그런데 최근에 와서는 임동권 씨가 「도깨비 考」라는 논문을 발표한 바가 있다. 이 논문은 문헌과 설화를 다루면서 도깨비의 종류와 형태 그리고 성격에 대하여 언급했다. 이 논문은 지면의 제한 때문인지 충분하게 다루지는 않았으나 문제점을 제기하여 연구의 길을 터놓았다는 점에서 높이 평가되어야 한다고 본다.

한편, 민간 신앙의 측면에서 장수근 씨는 도깨비와 재보신(財寶神)에 관해 논술했는데, 남해안 일대와 제주도에서 도깨비를 신성시하여 경배하는 실례를 들었다.

이상이 도깨비에 관한 이제까지의 연구 업적이다. 이제 이런 선행 연구를 바탕으로 하고 민속학적인 입장에서 민간 신앙과 관련지어 고찰할 것 같으면 그 본연의 실태를 어느 정도 밝힐 수 있지 않을까 한다.

– 최인학, 「도깨비의 민속학적 고찰」 중에서

ⓓ 범위의 설정

본론에서 다룰 범위의 설정도 많은 경우에 서론의 일부를 차지한다. 본론에서 어느 범위까지 다루겠다는 점을 밝히는 것이다. 이는 앞의 다른 항목을 말할 때 곁들일 수도 있으나, 특히 범위 제한이 중요하다고 볼 때에는 따로 그것을 명확히 밝히도록 한다. 이를테면 앞에서 제시한 많은 문제점들 가운데 몇 가지만 골라 다룬다든지, 아니면 그 문제점들을 모두 다루되 어떤 정도까지만 한정해서 다룬다는 것을 명백히 밝히는 것이다.

예문 26

북한의 어휘 연구는 한자어 등 외래어를 정리하여 고유어 중심의 어휘 체계를 수립하는 말 만들기 작업에 성과를 거두어 왔고 문법 연구는 철자법과 국어 교육을 효과적으로 뒷받침하기 위한 실천적 규범 문법을 확립하는 일에 많은 힘을 기울여 왔다. 이곳에서는 지금까지 나온 문법 관계 저술을 중심으로 북한 문법 연구의 흐름과 특징을 살펴보고자 한다.

– 고영근, 「북한의 문법 연구」 중에서

윗글은 서론의 일부인데, 북한 문법 연구의 주된 줄기를 지적하면서 그 글에서 다룰 문제의 범위를 설정하고 있다.

위에 풀이한 사항 이외에도 서론에서 밝힐 만한 것은 더 있을 것이다. 추가적 사항은 글의 성질이나 필자의 의도에 따라 취사선택할 문제이다. 그러나 그것이 논설문의 구체적인 내용면에까지 미쳐서는 안 된다. 무엇보다도 본론과 혼선을 빚어서 그 짜임새가 허술하게 되고 말기 때문이다.

b. 본론의 역할과 쓰는 법

본론은 서론에서 제시된 문제점들을 짜임새 있게 논술하여 결론을 이끌어 내는 일을 한다. 문제점별로 주어진 자료를 분석하고 종합하여 짜임새 있는 논술을 함으로써 논문의 내용을 펼쳐나가는 과정이 본론이다. 따라서 본론이야말로 논문에서 가장 중요한 가운데 토막이다. 서론이 다룰 대상을 도마 위에 올려놓는 기능을 지녔다면, 본론은 그것을 차례로 칼질을 하고 요리를 하여 음식을 만들어내는 과정이다. 그러면 이런 기능을 지닌 본론을 전개하는 과정에서 특히 유의해야 할 사항을 열거해 보기로 한다.

ⓐ 본론은 서론에서 제시된 목표, 문제점 그리고 다룰 범위들을 좇아서 전개되어야 한다. 서론은 본론의 나아갈 방향을 미리 제시한 것이므로 거기에 따라야 한다. 그것은 사실상 논문 쓰기의 길잡이가 되며, 또한 앞뒤가 맞는 짜임새를 이루는 데도 도움이 된다. 만일 그렇지 않고 서론에서 제시된 것들을 무시하거나 잊어버리고 본론을 전개한다면 앞뒤가 맞지 않는 꼴이 되고 말 것이다.

본론을 작성하는 과정에서 서론에서 제시된 바가 수정될 수는 있다. 서론에서 미리 설정한 문제점이나 논술 방향이 본론에 들어가 보니 잘못 되었거나 벽에 부딪치는 수가 있기 때문이다. 그럴 때는 깊이 생각하고 따져서 어느 한쪽 또는 양쪽을 조정해서 일치시켜야 한다. 곧 서론을 고치든지 아니면 본론의 서술 방향을 바꾸든지 해야 한다. 그리하여 본론이 완성된 뒤에는 서론에서 제시된 방향과 본론의 논술 내용은 일치되어 있어야 한다.

ⓑ 본론을 쓰는 데는 체계적인 하위 구분을 해서 줄거리를 미리 만드는 것이 바람직하다. 본론의 분량은 서론에 견주어 논술의 과정이 열 배쯤 길다. 그러므로 그 내용을 여러 갈래로 쪼개고 또 그것을 다시 나누어서 체계적으로 다루어 나가야 한다. 그러자면 막연한 가운데 붓을 들 것이 아니라 주제를 중심으로 한 줄거리를 짜는 작업이 미리 있어야 한다. 줄거리를 짜는 방법에 관해서는 앞에서 자세히 다루었으므로 여기서는 설명을 줄인다. 특히 본론의 분량이 많을 때에는 어떤 형태로든 줄거리를 마련하여 다루어야만 체계 있는 논술이 된다.

ⓒ 본론 줄거리의 각 항목에 대해서는 충분한 논의와 짜임새 있는 뒷받침이 있어야 한다. 각 항목을 필요에 따라 몇 개의 소주제로 나누고 각 소주제별로 한 단락씩을 전개해 나간다. 그런 각 단락의 전개에는 논술법이 주가 되며 필요에 따라서 설명법이나 서사법 등이 곁들이게 된다. 이러한 전개 과정에서는 적절한 자료와 논거를 되도록 충분히 활용해야 할 뿐 아니라 그것을 바탕으로 체계 있는 추론과 설득력 있는 결론이 나오도록 해야만 한다. 또한 비록 많은 뒷받침 자료가 있다 하더라도 그것을 짜임새 있게 연결하는 논리적 추론이 서툴러서는 좋은 논술이 되지 못한다. 다음 예문은 어떤 논문의 본론 가운데 한 단락이다. 자료와 논거를 활용하여 자신의 주장(소주제)을 합리적으로 전개하는 과정을 조심스럽게 살피기 바란다.

예문 27

말과 생각은 서로 밀접한 관련이 있으나 동질적인 것은 아니다. 양자의 관련에 대해서는 자고로 많은 이들이 관심을 나타낸 바 있다. 칼 야스퍼스는 "우리는 말과 더불어 비로소 생각할 수 있다"고 하여 말과 생각은 서로 분리될 수 없다고 보았다. 볼 노브도 "말은 생각의 통로"라고 말했다. 곧 생각은 마치 말이 마련하는 물길을 따라 흘러가는 물과 같다고 하였다. 이러한 견해는 지나친 데가 있다. 말과 생각의 관련성을 강조한 것은 이해가 가나 양자가 동질적인 것이라고 보는 데는 무리가 있다. 왜냐하면 말을 못 하는 동물에게서도 지적인 행동이나 사고 작용에 비길 만한 점이 발견되기 때문이다. 예를 들어, 켈러라는 사람은 침팬지가 높은 데 매달린 먹이를 손에 넣으려고 궤짝을 쌓기도 하고 2개의 장대를 잇는 행동을 관찰한 바가 있다. 이러한 행위는 미리 연습시킨 것도 아니며 또 쉽게 이루어진 것도 아니었다. 침팬지는 쓸모없고 어리석은 시행착오를 거듭한 끝에 한 때 그 일을 완전히 포기하여 버리고 말았었다. 그러다가 그는 갑자기 이 일을 해낸 것이다. 포기하고 있는 동안에 어떤 해결책을 찾아낸 것이다. 침팬지의 이와 같은 행위에 지적인 사고 작용이 끼어들지 않았다고 할 수는 없을 것이다. 말을 할 줄 모르는 침팬지가 이런 일을 해낸 것을 보면 생각이 말과 뿌리를 같이 한다고 볼 수는 없는 것이다.

– 서정수 / 노대규, 「말과 생각」 중에서

맨 앞에 내건 소주제문을 충분히 뒷받침하고 있다. 다른 이들의 견해나 관찰 또는 실험 결과 따위를 끌어 들여서 자신이 내세운 소주제문을 뒷받침한 쪽으로 활용하고 있다. 본론의 각 단락은 이런 식으로 작성하여 이어가면 한 편의 논설문이 되는 것이다.

c. 결론의 역할과 쓰는 법

결론은 서론, 본론에 이어 논문을 마무리 짓는 부분이다. 결론의 중요한 역할은 본론 부분의 논술 과정에서 밝혀진 요지를 간추려 보이는 데에 있다. 다시 말하면 그 논설문의 본론에서 어떠한 점들이 논의되어 어떤 내용이 가장 중요하게 드러났는가를 한 눈에 볼 수 있도록 하는 것이 주요 기능이다. 그 밖에 결론에서는 그 논설문에서 못다 다룬 점 등을 지적하고 다른 기회에 해결되기를 바라는 뜻을 덧붙이기도 한다. 그러나 본론에서 다루어지지 않은 문제를 덧붙여 논의해서는 안 된다. 만일 그렇게 되면 본론과 결론의 한계가 흐려지고 만다. 이제 결론의 기능과 그 쓰는 요령을 좀 더 구체적으로 알아보자.

ⓐ 결론은 '마무리'라고도 하는 것으로서 본론에서 논술하여 밝힌 요지를 간추려 보인다. 곧 본론에서 문제점마다 장이나 절마다 밝힌 요점을 간단하고 명료하게 적어 보인다. 이와 같이 하는 것은 본론을 미처 읽지 못한 독자라도 그 요지를 쉽사리 알게 하려는 데 있다. 그러므로 그 결론은 본론의 서술 과정에서 어떤 문제점에는 어떤 결과가 드러났는가를 한 눈에 볼 수 있도록 해야 한다. 이 경우에 간결하게 서술하되 그 요지가 드러나도록 하는 것이 바람직하다.

ⓑ 결론에서는 구체적인 논술이나 설명이 필요 없다. 본론에서 다루어지지 않은 문제는 결론에서 추가로 논의해서는 안 된다는 것은 위에서 지적하였다. 한편, 본론에서 다루어진 문제는 이미 충분히 논의되었으므로 결론 부분에서는 다시 논의할 필요가 없다. 다만 그 드러난 요지만 간추려 제시하는 데 그쳐야 한다. 그것을 또 자세히 설명할 필요는 없다. 본론에서 나타난 것과 중복이 되기 때문이다.

ⓒ 결론은 그 밖에 미진한 사항을 지적하거나 앞으로의 전망을 덧붙이는 역할을 한다. 위에서 말한 대로 본론에서 밝혀진 요지를 간추려 제시한 다음에도 대개 미진한 점이 남았다고 느껴지거나 앞으로 그것이 어떻게 처리되기를 바라는 마음이 생기게 된다. 그러한 점을 간단히 덧붙여 지적하면서 결론을 맺는 것이 보통이다.

예문 28

이제까지 우리는 국어의 문법적인 특징을 형태론적인 특징과 통사적인 특징으로 나누어 그 대체적인 윤곽은 살펴본 셈이라고 할 수 있다. 국어가 형태론적인 교착성을 띠고 있는 언어라는 것, 국어는 표제 – 말 언어라는 것, 국어는 주어뿐만이 아니라 주제가 일정한 문법적인 성분으로 정립된 언어라는 것, 국어는 경어법이 발달한 언어라는 것 등에 대해서 매우 소략하나마 조금씩은 언급하였다.

여기서 우리가 무엇보다도 강조한 것은 국어를 어떤 편견과 함께 바라보는 일은 하루속히 벗어나야 한다는 것이다. 이러한 결함은 형태소 분석에 있어서 두드러지는 것이었는데, 우리는 국어가 교착어라는 그 성격상의 특이성이 온전히 인식되어야 한다고 보았다.

국어의 문법적인 특징이란 일반적으로 국어만이 가지고 다른 언어는 가지지 못한 어떤 특이성을 가리키는 개념으로 받아들이기 쉽다. 그러나 국어도 분명 하나의 언어이기 때문에 언어로서 가지는 보편적인 특징을 다른 언어와 함께 공유하는 것이며, 또한 국어는 그 유형을 같이하는 혹은 그 계통을 같이하는 언어와 유형적인 특징을 공유하는 것이라고 할 수 있다.

– 임홍빈, 「국어의 문법적 특징에 대하여」 중에서

위의 예문은 결론의 요건을 다 갖춘 전형적인 예라 할만하다. 첫째 단락에서는 본론에서 다룬 요지를 간추려 한 눈에 볼 수 있게 하였으며, 둘째 단락에서는 그 가운데서도 가장 중요한 점을 지적하여 글의 핵심을 두드러지도록 하였다. 또 마지막 단락에서는 이 논제와 관련된 오해의 소지까지 밝혀놓았다. 이렇게 요령 있는 결론이란 글의 본문을 읽은 사람에게는 말할 것도 없고 미처 안 읽은 사람에게도 글의 요지를 환히 알아볼 수 있게 한다.

② 논설문의 양식상 요건 – 항목 부호, 인용법, 각주법 등

논설문에서 갖추어야 할 형식 요건은 2가지로 크게 나누어 볼 수가 있다. 곧 항목 부호의 체계적인 사용과 인용법, 각주법, 참고 문헌 목록의 작성 양식이 그것이다.

a. 항목 부호의 체계적인 사용

각 장, 절, 항 등의 부호를 체계적으로 사용하는 것을 말한다. 각 장, 절,

항이나 그 이하의 항목에는 체계적인 부호를 써서 표시하되 논설문 전체에 걸쳐 일관성 있게 해야 한다. 이런 부호 체계에 관해서는 '줄거리의 형식'에서 자세히 설명하였으므로 여기서는 줄인다.

b. 인용법, 각주법 및 참고 문헌 목록의 작성 양식

인용법의 양식이란 남의 글을 인용할 때 쓰이는 것이다. 여러 형태의 글을 인용할 때는 각기 통용되는 양식이 있다. 각주법이란 인용문의 출전을 밝힌다든지 어떤 추가 사항을 덧붙일 때에 본문 아래쪽에 따로 기입하는 방식이다. 참고 문헌 목록이란 그 글을 쓰는 데 인용했거나 참고한 문헌들을 목록으로 작성한 것을 말한다.

일반적으로 이런 양식들을 제대로 갖춘다면 그만큼 논설문의 품위가 높아지게 된다. 따라서 이런 형식적 요건에 관해서 확실히 알아 두어야 한다. 논설문뿐 아니라 모든 글을 쓸 때는 되도록 이들 형식 요건을 갖추는 것이 바람직하다.

(4) 논설문 전개 과정의 분석

다음 글의 전개 과정을 분석하고 있다. 이를 참고로 하여 논설문 작성 방법을 익히도록 할 것이다.

예문 29

우리의 산에 나무를 심어서 푸르게 가꾸는 일은 온 국민이 관심을 가지고 해야 할 일 가운데 하나이다. 그런데도 산림녹화 사업의 중요성에 관해서 바른 인식이 모자라며, 심지어는 이런 국가적 사업에 역행하는 일조차 눈에 띈	도입 단락으로서 서론 중의 첫 단락이다. 글의 목적과 주제를 암시하고 있다.

다. 이번 식목일을 맞아 산림녹화 사업의 중요성을 다시 새겨 보고 산을 푸르게 가꾸는 방법과 사후 관리 문제들에 관해서 소견을 말해 보고자 한다.

치산치수(治山治水)는 먼 옛날부터 나라를 다스리는 근본으로 삼아왔다. 산에 나무를 심어 푸르게 가꾸고 물의 관리를 잘하여 홍수를 막아내고 가뭄을 이겨내도록 하는 일은 어느 때나 변함없는 나라 다스림의 근본이 된다. 산과 물을 잘 다스리는 것은 곧 나라 전체를 잘 다스리는 터전을 마련하는 것이 된다. 이것은 해마다 연례행사처럼 겪고 있는 홍수와 가뭄의 피해로 말미암아 온 나라 살림이 뒤흔들리고 있는 사실만으로도 증명이 되고도 남는다.

서론의 성격을 띤 단락이다. 산림녹화의 의의와 중요성을 다뤘다.

산림녹화의 가치는 크게 두 가지로 나누어 생각할 수가 있다. 그 하나는 울창한 산림에서 얻어지는 경제적인 가치요, 다른 하나는 산야에 푸른 옷을 입혀서 아름답게 가꾸는 국토미화의 효과이다. 산림 녹화가 가져다주는 이 두 가지 측면은 나라 살림의 근본 문제와 직결되는 것으로서 온 국민이 매우 깊이 인식해야 한다.

본론의 첫 단락이다. 산림녹화의 가치를 두 가지로 나누고 그 중요성을 강조하였다. 주된 단락의 역할을 한다.

산림녹화에서 얻어지는 경제적 가치는 참으로 크다. 무엇보다도 산에 나무가 많아서 울창하게 되면 홍수 피해를 많이 줄일 수가 있다. 해마다 일어나고 있는 물난리는 산에 나무가 모자란 데 원인이 있다. 민둥산에서는 비가 내리자마자 한꺼번에 흘러내리고 말뿐만 아니라 산사태를 일으켜 강바닥을 얇게 만들어 버리고

주된 단락에서 제시한 첫째 과제를 구체적으로 전개하는 종속 단락이다. 그 요지는 첫 문장에 있으며 그 뒷받침은 합리화 방식으로 이루어졌다.

만다. 그렇지만 나무가 울창한 산에서는 나무들이 살아있는 저수지의 구실을 함으로써 빗물의 급격한 흐름을 막고 산사태로 인한 강의 범람을 방지할 수가 있다. 또 울창한 산으로부터 흘러 내리는 물은 비교적 맑기 때문에 농작물 재배에 유익할 뿐 아니라 도시의 식수 문제를 해결하는 데 도움을 준다. 또 한편으로는 산에 좋은 나무가 빽빽이 들어서 자라게 되면 우리 살림에 필요한 목재를 많이 생산해 낼 수가 있다. 현재 목재가 많이 모자라서 수입에 의존하고 있는 실정이므로 그 경제적 가치는 매우 크다고 아니할 수가 없다. 산이 국토의 7할을 차지하고 있는 우리나라인 만큼 우리의 노력으로 이러한 산의 경제적인 가치는 충분히 거둘 수 있는 것이다.

이 단락은 귀납적 추론으로 전개되고 있다. 산림녹화의 경제적 가치가 크다는 결론을 이끌어 내고 있다.

산림녹화가 국토를 아름답게 가꾸는 효과가 있다는 것은 더 말할 필요가 없을 것이다. 산은 나무가 그 옷이니 산에 좋은 나무가 울창하게 자란다는 것은 우리 산이 아름다운 비단 옷을 입는 것이다. 아울러 산이 푸르면 강물이 깊고 맑아지게 마련이니 산림녹화는 글자 그대로 금수강산을 이루는 필수 조건이 아닐 수 없다. 반면에 산에 나무가 별로 없고 보면 발가벗은 흉측한 몰골이 될 것이니, 이는 마치 헐벗고 가난한 우리 자신을 바라보는 것처럼 가슴 아픈 일이 아니겠는가. 그러니 산림녹화는 우리의 생활환경을 아름답고 기름지게 하는 일이 된다. 더구나 공해가 날로 심해지므로 숲으로 우거진 산은 우리의 안온하고 신선한 휴식처요 활력을

이 단락은 주된 단락에서 제기한 둘째 가치를 다루는 종속 단락이다. 산림녹화가 국토미화의 효과가 있다는 결론을 귀납법으로 전개하였다.

주된 단락과 두 단락은 산림녹화의 중요성을 제시함으로써 당위성의 대전제를 마련하였다.

되찾는 아름다운 자연휴식공간이 될 것이다.

우리나라의 산림은 아직도 빈약하다. 산지 면적이 많은 나라로서는 부끄러울 정도로 나무가 별로 보잘것없는 산이 많다. 옛날부터 시행되는 온돌난방으로 말미암아 많은 나무가 화목으로 쓰였기 때문이기도 하거니와, 나무를 정성들여 가꾸지 않은 데도 원인이 있다. 특히 6·25 동란 때는 작전상 이유를 빙자하여 나무를 함부로 손상시키는 일이 잦았었다. 그리하여 우리의 산은 한때 황폐할 대로 황폐한 지경에까지 이르렀었다. 다행히 근래에 와서는 난방 연료가 바뀌고 국민 의식이 점차 깨이면서 나무를 심고 가꾸는 운동이 적극적으로 전개되었다. 그 결과 사정이 많이 달라지고는 있지만 아직도 나무의 양과 질이 만족할 만한 단계에 이르기에는 요원하다. 더구나 산림을 오랫동안 계획적으로 가꾼 다른 나라에 비하면 우리의 산은 메마르고 헐벗은 축에 드는 것이다.

산림의 빈약함을 논술하면서 앞 단락의 대전제를 강화하는 구실을 한다.

비교법이 쓰인 대목이다. 강조를 위한 것이다.

우리가 시행하고 있는 산림녹화의 방법에도 문제점이 있다. 일 년 중에 식목일을 중심으로 일제히 나무를 심어오는 것이 산림녹화 사업의 전부인양 알고 있을 뿐 아니라 그것마저도 점차 형식적인 연중행사처럼 되어가고 있다. 온 국민이 나무를 심고 가꾸어야 한다는 의식이 절실하지 못하고 식목일을 맞아 마지못해 몇 그루의 나무를 심는 것이 고작이다. 그것도 일부 공무원이나 관계 직장인들만이 반 강제로 동원되고 있을 뿐이고 온 국민의 적극적인 참여는 전혀 볼 수가 없다. 이런 식목 행사만으로는 온 산

종래의 산림녹화방법의 문제점을 논술하고 개선책을 내세우기 위한 전제적 서술이다. 논술법상 귀납법에 속한다.

이 푸르러지기는 어렵다고 아니 할 수 없다.

산림녹화 사업을 효과적으로 추진하기 위해서는 좀 더 획기적인 방안이 마련돼야 한다고 본다. 첫째로, 식목일을 전후한 나무 심기에 온 국민이 마음속으로부터 우러나서 참여하도록 의식개발이 있어야 한다는 것이다. 하다못해 자기 뜰에 나무 한 그루라도 내 손으로 심어야 하겠다는 사랑의 정신이 길러져야 한다는 것이다. 둘째, 평소에도 국민들이 나무를 자기 식구처럼 심고 기르는 마음가짐과 실천 운동을 벌이도록 계몽하지 않으면 안 된다. 셋째, 산림 당국이나 관계 기관은 좀 더 능동적으로 좋은 수종의 묘목 생산과 보급에 힘써야 한다. 물론 이에는 국가 예산의 뒷받침이나 뜻있는 이의 과감한 투자 유치도 있어야 한다. 요컨대, 온 국민과 정부 당국이 선진국 국민과 같은 나무사랑의 정신을 가지고 가족이나 나라를 아끼고 위하듯 나무를 늘 심고 기르는 자세가 몸에 배도록 되어야 한다는 것이다.

산림녹화의 방안을 제시하였다. 이 단락의 내용이 글의 핵심을 이룬다. 필자의 견해가 나타나기 때문이다. 이런 주장이 설득력을 드러내는 근거는 앞에서 논술한 산림녹화방법의 문제점이 공감을 살 만한 전제 구실을 하기 때문이다.

산림녹화 운동의 가장 중요한 것 가운데 하나는 사후 관리이다. 심어 놓은 나무의 뿌리가 내려서 자라도록 관리를 잘 해야 한다는 것이다. 애써 심은 나무가 시들어 버리는 일이 많으며 심지어 어떤 지방에서는 숫자만을 채우기 위해서 아무 나무나 마구 심는다는 말까지 있다. 어떻든 심은 숫자에 비해서 녹화 효과가 잘 나타나지 않고 있는 것이 사실이다. 이렇게 심어 놓고 가꾸지 못할 바에는 처음부터 심지 않는 것만 못하다. 노력과 예산의 낭비에 불과하기

이 단락에서도 핵심적 내용을 내세우고 있다. 사후관리의 필요성을 강조한 점은 독자적 견해이다.

현실적인 문제점을 바탕으로 한 귀납적 추론을 함으로써 공감을 불러일으킨다.

때문이다. 따라서 앞으로는 나무를 심는 일 못지않게 나무가 튼튼하게 자라도록 돌보는 운동이 수반되어야 한다고 본다.

끝부분에서 소주제를 다시 한 번 강조하였다.

이 사후 관리 문제와 관련하여서 생각해야 할 일은 산 흙의 비옥화 시책이 시급하다는 점이다. 이미 널리 알려진 사실이다. 그 주원인은 물론 그동안 나무가 많이 들어서 있지 못하였기 때문이겠지만, 이런 상태대로 나무만 심는다면 잘 자라지 못할 수밖에 없다. 사실상 이미 심어놓은 나무들이 멀쩡하게 시들어가는 모습이 많이 눈에 띈다. 이런 점에서 땅의 비옥화를 위한 시책과 노력이 나무의 사후 관리와 함께 뒤따라야 한다고 본다.

사후 관리 문제와 관련된 근본적인 문제점을 제시하고 그 대책을 촉구하고 있다. 이것도 현실적 문제점을 바탕으로 한 귀납적 추론이므로 설득력이 있다.

이상에서 필자는 산림녹화 사업의 중요성과 효과적인 방법 등에 관해서 논술하였다. 산림녹화 사업은 경제적 가치나 국토 미화의 가치로 보아 매우 중요한 국가적인 일이라는 점을 앞에서 강조했으며, 산림이 아직도 빈약하다는 점과 종래의 녹화 사업의 비효율성 및 문제점을 지적하였다. 좀 더 효과적인 산림녹화를 추진하기 위해서는 온 국민이 자기 가족이나 나라를 사랑하는 것 못지않게 항상 나무를 심고 가꾸는 마음가짐을 지니도록 적극적인 계몽이 필요하며, 아울러 철저한 사후 관리와 산지 비옥화 시책이 절실하다는 것을 제창하였다.

마무리 단락이다. 글의 주제를 제시하고 뒷받침 서술로 주제를 상기시켰다.

– 서민환, 「산을 푸르게 가꾸자」

7. 시험 논문 작성 방법

우리는 앞에서 논문의 특징과 논술법에 관해서 자세히 살피고, 그것을 바탕으로 논설문을 쓰는 요령에 대해서 익히도록 하였다. 이로써 논설문을 쓰는 기초는 다져질 수 있으리라 본다. 이렇게 먼저 기본 과정을 착실히 다져두면 어떤 종류의 논설문을 쓰는 데도 어느 정도의 자신이 설 수 있게 됨은 더 말할 나위도 없다. 시험 논문을 쓰는 것도 그런 일반적 기초가 닦여져 있는 이상 특별히 어려운 일은 없을 것이다. 다만, 시험 논문은 특수한 목적과 제한된 여건 밑에서 쓰는 글이므로 일반 논문과 다소 다른 특성이 있다. 이제 그런 특성을 중점적으로 살피고 아울러 시험 논문을 쓰기 위한 준비와 작성 방법을 익히도록 할 것이다.

시험 논문은 입학 시험, 입사 시험, 공무원 채용 시험, 국가 고시 등에서 쓰이는 논문을 일컫는다. 이런 시험 논문은 그 정도가 다소 다르기는 하지만 그 목적과 특성 면에서 공통성을 지니고 있다. 이러한 공통점은 어느 시험 논문의 경우에나 적용될 수 있는 것이므로 시험 논문을 준비하는 이는 꼭 알아 두어야 한다.

시험 논문을 쓰게 하는 목적은 두 가지로 나누어 볼 수가 있다. 하나는 수험자가 지닌 지식과 판단력 등의 사고력을 알아보자는 것이고, 다른 하나는 그것을 얼마만큼 조리 있게 논술하여 표현하는 능력이 있는지를 살펴보자는 것이다. 전자는 내용적 측면이고, 후자는 논술 능력의 측면이다. 두 가지는 서로 밀접한 관련을 가지는 요소로서 어느 쪽도 소홀히 해서는 성공을 거둘 수가 없다. 아무리 내용이 좋아도 그것을 조리 있게 전개하지 못하면 값진 구슬을 잘 꿰지 못하는 결과가 될 것이며, 또 논술법은 잘 익혔다 하더라도 담은 내용이 너무나 빈약하면 허술한 논문이 될 수밖에 없다. 그러므로 시험 논문을 준비하는 이는 이 두 가지 측면을 고루 갖추도록 힘써야 한다.

(1) 시험 논문의 내용 갖추기

시험 논문은 다룰 문제가 주어질 뿐 아니라 수험생의 머릿속에 간직된 자료(지식, 사고력 등)만으로 한정된 시간 안에 써야 한다. 이는 여느 논문을 쓰는 경우와는 사뭇 다른 여건이다. 따라서 시험 논문의 내용은 이런 제약 조건을 충분히 고려하여 갖추지 않으면 안 된다.

시험 논문에서 다룰 문제가 미리 주어진다는 것은 쓸거리의 범위가 한정되고 주제의 성격도 거의 정해짐을 뜻한다. 따라서 수험생 입장에서 보면 내용의 틀이 미리 정해진 글을 써야 하는 것이다. 그뿐 아니라 아무런 참고 자료도 따로 주어지지 않으므로 평소에 다방면에 걸친 지식을 갖추고 있어야 할 필요성이 있다. 그런데 수험생의 능력과 평소의 시간적 여유는 한정되어 있으므로 모든 분야의 지식과 자료를 넉넉히 갖추어 놓기란 매우 어려운 일이다. 그러므로 가능한 범위 안에서 가장 효율적인 준비 방법을 강구해야 할 필요성이 있다. 그 준비 방법이란 다음 몇 가지로 간추려 볼 수가 있다.

① 예상되는 문제의 경향을 살필 것

자신이 지망하는 분야 또는 시험에서 출제되는 문제의 경향 등을 조사하고 살펴서 예상되는 문제들을 자기 나름대로 가려 모아 본다. 그런 다음에는 그 문제들을 다루는 데 도움이 될 만한 참고 자료를 되도록 많이 구하고 공부해 두어야 한다. 이를테면, 행정 기관과 관련된 시험이라면 법률, 행정학, 경제학 등의 분야를 중심으로 예상 문제들을 생각하고 대비한다든지, 회사 등의 입사 시험이라면 그 회사의 목적이나 채용 분야 등과 관련된 분야의 문제들을 중심으로 준비하는 따위이다. 또 정기적으로 실시하는 시험이라면 과거의 시험 문제들을 수집하여 살핀다면 그 대체적인 경향을 짐작할 수가 있다. 그리하여 그런 경향의 주요 문제들에 대한 집중적인 고찰과 연습을 통하여 상당한 대비가 가능하게 된다.

② 생활 주변 문제를 다룬 논문을 살펴 읽을 것

신문 등에 발표되는 사설, 잡지 등의 논설문 또는 단평, 해설 기사 가운데서 우리 생활 주변의 일과 관련이 있는 글을 읽는 것은 좋은 준비가 된다. 그런데 이런 글들을 읽을 때는 반드시 어떤 문제점을 어떻게 다루어서 어떤 결론을 제시하고 있는지를 주의 깊게 살펴야 한다. 그렇게 함으로써 다음 두 가지 점에서 큰 도움을 얻게 된다.

첫째, 논문에서 다룰 문제점을 찾고 가리는 안목을 날카롭게 가다듬을 수가 있다. 우리는 일상생활의 문제들을 평범하게 지나쳐 버리고 있는 경우가 많은데 사설 등을 읽으면 도처에 문제점이 있음을 깨닫게 되고, 그것을 다시 살피고 생각하기에 이른다. 곧 남의 글을 읽음으로써 우리는 평범한 생활 속에서 문제점을 발견해내는 예리한 감수성을 기를 수가 있는 것이다. 예를 들어, 도시의 공해문제에 대해서 많은 사람은 무심코 지나치고 있다. 그렇지만 그 문제가 어떤 형편에 놓여 있는지를 잘 알고 있는 이가 쓴 글을 읽은 사람은 문제의 심각성을 비로소 깨닫게 된다. 그뿐 아니라 이런 글을 읽고 일깨움을 받은 이는 다른 유사한 분야에도 그러한 문제점이 있지나 않는지 관심 깊게 살피게 된다. 우리 인간은 하나를 알면 다른 하나를 유추하여 알아내려는 심리 작용을 발휘하기 때문이다. 따라서 독서는 읽는 책의 내용을 알게 함은 물론 그것을 바탕으로 제2, 제3의 미지 사항을 알려는 관심과 의욕을 불러일으키는 효과를 내는 것이다. 책을 많이 읽으면 읽을수록 주위의 문제점을 관심 깊게 관찰하고 발견할 수 있는 감수성과 안목을 더욱 예리하게 가다듬을 수가 있는 것이다.

또한 관계 전문가들의 논문을 주의 깊게 읽으면 문제점을 분석하고 비판하여 처리하는 요령을 배울 수가 있다. 다룰 만한 문제점을 찾은 다음에도 그것을 올바로 분석하고 비판하는 지적 능력이 없으면 좋은 내용의 논문을 쓸 수가 없다. 그런데 그런 분석과 비판의 능력은 하루아침에 이루어지는 것은 아니다. 모든 사물을 꿰뚫어 보는 예리한 통찰력과 상당한 지식이나 교양이 그 바탕이 되기 때문이다. 오랜 시간을 두고 다방면에 걸친 지식과 교양을 쌓고 생각을 깊이 하는 생활이 지속되어야만 그런 사리 분석과 판단력이 고도로 이루어질 수가 있다. 그렇지만 어느 정도까지의 통찰력과 분석 비판 능력은 주위의 생활 문제를 다룬 남의 글을 주의 깊게 읽음으로써 가다듬을 수가 있다.

③ 평소 매사에 관심을 가지고 생각하는 습관을 기를 것

이는 다른 모든 글을 쓰는 경우에도 필요한 일이지만, 특히 논문을 준비하는데 요긴하다. 독서 등에서 얻은 지식과 견해는 아무리 훌륭해도 그것은 남의 것이지 나의 것이 되어 있지는 않다. 그런데 우리가 독서를 통하여 알게 되고 느끼게 된 일에 대하여 깊이 생각하고 비판을 해버릇하면 자기의 생각이 샘솟아 나게 된다. 남의 생각을 바탕으로 한 자기의 생각을 창조하는 결과를 낼 수가 있는 것이다. 그러나 남의 생각만 알고 들은 뒤에 자기 생각을 가미하거나 비판을 해보지 않으면 남의 생각만이 자신 안에 쌓여지고 자기 생각은 싹트지 않는다. 물론 남의 생각을 무조건 자기 생각으로 바꾸라는 뜻은 아니다. 남의 생각이 옳으면 거기에 동의함으로써 자신의 생각과 일치를 이룰 수가 있고, 만일 그르면 그것을 고치려는 자기 나름대로의 생각을 마련함으로써 독자적인 자기 생각이 생겨난다. 다음 예문을 살펴보자.

예문 30

얼마 전 TV에서 국악 명창 김소희 여사의 인터뷰 프로를 보고 있었다. 질문자는 김 여사의 '한(恨)'의 내용을 듣고 싶은지 두 번 세 번 '선생님의 한(恨)은 무엇이죠?' 하고 물었다. 시청자인 나도 그 대답이 자못 궁금해 귀를 기울였다.

'한이란 멋이죠.' 라는 그의 대답에 질문자도 놀랐겠지만 보고 있는 나도 놀랐다. 한이란 멋이라는 그는 판소리만이 아니라 한의 정의를 내리는 데도 절창(絕唱)이다. '그렇지, 멋이 없으면 한을 알 리 없고, 한이 없으면 멋도 모르렷다.' 라고 나는 생각했다.

국어사전에 보면 '원한'의 준말이 '한'이라고 나와 있으나, 원한이라 했을 때와 단지 한이라고 했을 때와는 약간 뜻이 다르다고 느껴진다. 원한이라면 상대방에 대한 원망과 복수심, 증오심과 같은 검은 감정을 느끼는데, 한이라 할 때는 특정한 상대를 넘어서서 자기 운명이랄까 인생 전체와 삶 그 자체에 대한 슬픔과 아픔으로 느껴진다. '한'을 '멋'이라고 표현하는 까닭은 이러한 초월적인 차원에서 나오는 감정이기 때문이라고 생각된다.

— 이남덕, 「맺힌 한 푸는 멋」 중에서

위 예문에서 앞부분은 남의 생각과 필자의 생각이 일치되는 경우이다. 이때도 그것은 필자의 생각이라 할 수가 있다. 우연하게 남의 생각과 일치된 자기 생각이기 때문이다. 뒷부분에서는 사전에 올라 있는 해석(사전 편찬자의 생각)과 자신의 생각이 다른 경우가 드러나 있다. 이때는 남의 생각으로 말미암아 자신의 생각이 새로이 태어나고 있는 것이다.

일상 사물을 대할 때도 관심을 가지고 살피며 생각을 많이 해야 한다. 특히 '왜?' 라는 물음과 '어떻게' 라는 의문을 가지는 삶의 자세를 가지도록 하여야 한다. '왜 사람들은 외국 물건을 좋아하는가?' 또 '그것을 어떻게 하면 막을 수 있는가?' 와 같은 물음을 스스로 던지고 그 해답을 생각해 보는 따위이다. 우리 주위에는 그 까닭을 이해하기 힘든 일이 매우 많고 또 어떻게 하였으면 좋을지 묘책이 얼른 떠오르지 않는 경우가 수두룩하다. 우리는 그런 일들에 관심과 의문을 가지고 생각하면서 살아가면 사려가 깊어지고 대화할 때나 글을 쓸 때에 남이 미처 깨닫지 못한 것을 지적할 수가 있다.

그런데 유감스럽게도 우리는 평소에 생각하는 습관이 모자랄 뿐 아니라 심지어는 그런 생각하는 행위 자체를 골치 아픈 일이라고 기피하는 일도 있다. 그러나 생각이란 늘 해버릇해야 깊어지고 가다듬어진다. 생각을 잘 안 하는 이는 뇌수기관에 녹이 슬어 사고력이 저하될 뿐 아니라 매사에 창의력이 없다.

요컨대, 논문을 쓰려는 이는 사물에서 문제점을 늘 찾고 또 그것을 올바르게 분석하고 비판하여 바른 해결 방법을 생각해 내는 힘을 길러야 한다. 매사에 생각하는 습성을 기르고 그것을 체계 있게 가다듬는 일을 게을리 해서는 안 된다. 논문이란 자기 나름의 생각, 곧 남보다 색다르고 조금이라도 더 깊은 생각을 펼치는 것이라는 것을 늘 염두에 두고 사색하는 일을 생활화하도록 해야 한다.

(2) 시험 논문의 논술 능력 가다듬기

위에서 우리는 시험 논문의 내용을 충실히 갖추는 방법에 관해서 살폈다. 이제, 마련된 내용을 효과적으로 논술하는 일에 관해서 살펴보기로 한다. 앞에서 다룬 논술법을 잘 익힌 이는 이미 그 기본 요령을 터득하고 있을 것이다. 여기서는 다만 시험 논문의 특성에 따른 논술법상 유의점을 중심으로 다루고자 한다.

① 주어진 제목이 가리키는 논제 핵심을 정확히 파악할 것

논술 제목으로 주어지는 문제는 쓸거리의 범위와 주제를 한정하여 나타낸다. 그러므로 주어진 문제의 뜻을 정확히 파악하여야만 쓸거리와 주제를 설정할 수가 있다. 다시 말하면, 출제자가 그 문제를 낸 의도를 명확히 알아차려야 한다는 것이다. 예를 들어, '대한민국 헌법의 특색을 논술하라'라는 논제가 주어진다고 하자. 그 핵심은 '헌법의 특색'이다. 헌법 일반에 대해서가 아니라 헌법이 가진 특색, 곧 다른 법이나 다른 나라의 헌법과 대비되는 특색에 한정되는 것이다. 이런 경우에 '특색'이라는 말을 놓쳐서는 논문의 초점이 흐려지게 된다. 또 다른 예로, '민족 사상과 3.1 운동에 관하여 논증하라'와 같은 논제라면 '민족 사상'과 '3.1 운동과 관련된 민족 사상' 또는 '3.1 운동으로 드러난 민족 사상'으로 그 핵심을 파악해야 한다. 이렇게 핵심을 명확히 파악해야만 그 글의 중심적, 곧 주제 설정의 방향을 잡을 수가 있다.

② 논제와 관련된 주제를 알맞게 정할 것

주제는 글을 펼치는 핵심이요, 지배 원리이므로 논문에서는 그것이 잘 설정되어야만 그 구심점 또는 초점을 올바르게 잡을 수가 있다. 시험 논문의 주제는 주어진 논제에서 대체적으로 암시되는 수가 많으나 논제가 바로 주제가 되는 일은 드물다. 따라서 대부분의 경우에는 논제가 암시하는 테두리 안에서 주제를 적절하게 설정해야 한다. 이를테면, '생활의 과학화에 관해서 논술하라'는 논제가 주어졌다고 해 보자. 이 논제는 쓸거리의 범위나 주제의 방향을 어느 정도 한정하여 암시하고 있다. 그러나 구체적으로 따져 보면 어디에 초점을 두고 그 논제를 다루느냐에 따라 주제는 다음과 같이 여러 가지로 생각해 볼 수가 있다.

논　　　제 : 생활의 과학화에 대하여 논술하라.
가능한 주제 : • 생활 과학화의 중요성
• 생활 과학화가 잘 안 되고 있는 원인
• 생활 과학화를 이루는 방법
• 생활 과학화를 통한 과학 정신의 함양

위에서 보는 것처럼 주어진 논제를 실제로 다루려고 하면 그 주제를 여러 가지로 설정할 수 있음을 알게 된다. 따라서 우리는 그 가운데 가장 적절하다고 생각되는 것 한 가지를 선택하도록 해야 한다. 이에는 출제자의 의도와 자신의 지식(자료)이나 능력이 고려되어야 할 것이다. 곧 논제의 근본 의미에 벗어나지 않는 범위 안에서 자기의 아는 지식이나 능력으로 다룰 수 있는 주제를 설정함이 바람직하다는 것이다.

다른 예문으로 '한국의 가족 제도에 대하여 논술하라'는 논제가 주어진 경우를 살펴보자. 이 논제에서 생각해 볼 수 있는 주제는 다음 몇 가지로 분석해 볼 수가 있다.

논　　　제 : 한국의 가족 제도에 대하여 논술하라.
가능한 주제 : • 한국 가족 제도의 특성
• 한국 가족 제도의 장점과 단점
• 한국 가족 제도의 문제점
• 한국 가족 제도의 개선책
• 한국 가족 제도의 현대적 의미

위와 같이 몇 가지로 가능한 주제를 생각해서 나열해 보고 그 가운데 알맞은 것 하나를 골라서 그것을 구심점으로 삼으면 되는 것이다.

다음과 같은 논제는 두 개념의 관계에서 주제를 파악하여야 할 경우이다. '종교와 사회', '인생과 학문', '문화와 전통' 따위는 양자를 대등하게 보고 다루는 것보다는 한 쪽이 다른 쪽에 미치는 영향 등에 초점을 두어야 한다. 이를테면, '종교와 사회에 대하여 논술하라'는 논제라면 종교가 사회생활이나 그 발전에 어떤 영향을 끼치는 등에 초점을 두는 것이 바람직스럽다. '인생과 학문' 그리고 '문화와 전통'도 비슷한 방식으로 상호 관계 속에서 주제가 설정되어야 할 것이다. 요컨대, 주어진 논제의 뜻을 잘 검토하여 가능한 몇 가지 주제를 생각해 본 다음에 출제 의도와 자기의 능력을 고려하여 하나를 선정하면 된다.

③ 주제를 중심으로 한 간단한 줄거리를 작성할 것

시험 논문에서는 시간적 제약이 따르므로 상세한 줄거리를 만들기는 어렵다. 가장 중요한 항목을 몇 가지로 나누어 대체적인 줄거리를 이루도록 할 수밖에 없다. 말하자면 주제를 몇 개의 하위 개념으로 분석해서 논술 진행의 징검다리를 삼도록 하면 된다.

위에 든 논제 '문화와 전통에 대하여 논술하라'의 주제와 줄거리를 작성하는 예문을 하나 생각해 보기로 한다. 이 논제에 대한 주제와 줄거리는 여러 가지로 생각해 볼 수가 있는데 그 가운데 한 가지 예문을 들면 다음과 같다.

예문 31

논제 : 새 문화와 전통에 대하여 논술하라.

주제 : 새 문화는 전통 문화를 승화시키는 것이라야 한다.

항목 : 1. 문화의 전환기적 상황

2. 전통 문화에 대한 두 극단론

① 전통 문화 무시론

② 전통 문화 숭상론

3. 외래문화와 전통 문화의 조화

4. 전통 문화를 바탕으로 한 새 문화의 발전책

위의 줄거리는 짜임새 있는 논술문을 이루는 뼈대의 구실을 할 것이다.

④ 줄거리의 각 항목을 논술 전개할 것

줄거리의 각 항목은 주제를 떠받드는 기둥의 구실을 하므로 그것을 하나씩 펼쳐서 이어나가면 주제가 효과적으로 떠받들어지는 글의 구조가 이루어진다. 각 항목을 전개하는 기본적인 요령은 앞에서 여러 가지로 풀이했으므로 자세한 설명을 줄인다. 여기서는 시험 논문의 전개에서 특히 유의할 사항을 중심으로 살펴보기로 한다. 위의 줄거리에 나타난 각 항목을 전개해서 그 주제를 떠받드는 논문의 예를 살펴보자. 각 단락의 숫자는 설명의 편의상 붙인 것이다.

예문 32 _ 논제 : 새 문화와 전통에 관해서 논술하라.

① 이 글은 새 문화는 전통 문화를 한층 높이 승화시키는 것이라야 함을 논의하여 밝히는 데 목적을 두고 있다. 근대 이후 이 땅에서는 주로 서구의 문물이 물밀듯이 흘러 들어왔으며 아직도 그 물결은 더욱 드세어지고 있다. 이런 외래 문물을 수용하여 새 문화를 이룩하는 과정에서는 오랫동안 우리의 생활양식을 지배해 온 전통적 문화와의 적지 않은 갈등이 빚어지게 된다. 그런데 우리는 전통 문화를 외래문화로 하루아침에 대치시키는 문화적 혁명을 할 수도 없거니와 그렇다고 전통 문화만을 내세우고 외래문화를 배격하는 쇄국주의 시대로 되돌아갈 수도 없다. 최선의 길은 전통 문화를 살려서 더욱 발전시키는 차원에서 외래 문물을 수용하여 새 문화를 창조하는 것이다. 이 글은 바로 이 점을 몇 가지 관점에서 명백히 밝히고자 하는 것이다.

② 우리는 현대에 접어들면서 문화의 전환기적 상황에 놓여 왔다. 개화기를 전후하여 유입되기 시작한 서구의 문물은 일제 시대를 거쳐 8.15 해방이 된 이후에 외래문화는 우리의 기존 가치 체계를 뒤흔들고 있을 뿐 아니라 심지어 전통 문화의 무시

와 폐기 현상까지도 빚고 있다. 말하자면 너무나 급격하고 강력한 외래 물결로 인해서 우리 전통 문화의 벽과 기둥이 허물어져 가고 있는 문화적 아노미(anomie) 현상이 벌어지고 있다.

③ 이런 문화의 전환기적 현실에서 전통 문화를 보는 눈에는 두 가지의 극단론이 있다. 하나는 무작정 전통적인 것을 무시하는 태도이다. 과거의 전통적인 것은 낡고 보잘것없고 시대에 뒤떨어진 것들이 대부분이므로 현대 사회에 별 소용이 없다는 것이다. 미신적이고 비생산적인 풍습이라든지 허례허식에 찬 재래의 생활 문화는 아무 짝에도 쓸모가 없다고 단정하는 것이다. 여기에 반해서 전통적인 것이면 무엇이든지 좋다고 하는 극단론이 있다. 이는 전자가 전통 문화를 무시하는 데 대한 반발에서 나왔거나, 아니면 고루한 전통 사상에 젖어 눈이 먼 데서 나온 극단론이다. 무당의 푸닥거리나 묻거리를 과신한다든지, 현대의 과학 기술을 외면하고 비능률적인 생산 방식을 예찬한다든지, 미신 사상에 젖어 모든 일을 불합리하게 처리하려 드는 일부 계층에서 그런 전통 숭상론을 볼 수가 있다. 우리 사회에는 이렇게 두 가지의 극단론이 공존하여 대립과 마찰을 빚는 일이 잦다.

④ 두 가지 극단론은 우리의 새 문화 발전을 위해서는 배격되어야 마땅하다. 전통 문화의 무시론은 아무런 주체성도 없이 자체 부정을 하는 것이다. 외래문화가 아무리 우월하더라도 전통적인 것을 뿌리째 도려내고 그 자리에 심는다면 남의 나무나 곡식을 심어서 가꾸는 꼴이 된다. 그 결과는 자기 땅이 남의 밭이 되어 주인이 바뀌고 마는 현상이 빚어지게 된다. 한편, 전통 문화만을 숭상하고 외래문화를 무조건 배격하는 것은 아무런 발전도 있을 수 없다. 오늘날처럼 모든 것이 급속하게 발전되어 가는 사회 구조와 생활양식에서, 그러한 묵은 전통 세계에만 집착하는 것은 현대 문명 생활을 버리고 산이나 동굴 속으로 파고드는 것과 마찬가지이다.

⑤ 여기에서 우리는 전통 문화와 외래문화를 조화하여 발전시키는 새 문화 창조의 길을 찾아야 할 필요성을 절감한다. 곧 전통 문화의 장점과 정신을 살려서 일층 발전시키는 차원에서 외래문화를 수용하여 접목해서 가꾸고 꽃피게 해야 한다는 것이다. 이는 앞에서 밝혀진 대로 어느 한 편을 완전히 무시하거나 버리고서는 문화 발전의 길이 따로 있을 수 없기 때문이다.

⑥ 전통 문화를 계승하여 승화시키는 차원에서 새 문화를 발전시키려면 우리는 어떻게 해야 할 것인가? 그 구체적인 방법론은 사실상 매우 어려운 과제이다. 여러

가지 현실적 어려움이 있을 뿐 아니라 저마다 각기 다른 견해를 드러내고 있기 때문이다. 그러나 다음 몇 가지 사항은 가장 기본적으로 실현되어야 할 과업이 된다.

⑦ 첫째, 전통 문화를 다각도로 깊이 연구하여 그 본질적 특성을 밝히는 작업이 필요하다. 이는 계승 발전시켜야 할 전통 문화의 성격과 테두리를 정하는 기준이 될 뿐 아니라 외래문화의 수용 기준이 된다. 이런 기준이 확립되지 않고 전통적인 것은 무엇이나 가치 있는 것으로 여긴다면 그 결과는 오히려 참된 전통의 가치를 흐리게 함은 물론 도리어 외래문화를 무분별하게 받아들이는 결과를 초래할 수밖에 없다.

⑧ 둘째, 전통 문화로서 계승 발전시켜야 할 문화유산을 가려내는 작업이 필요하다. 말하자면, 우리 전통 문화의 옥석을 가려내는 일이다. 위에 말한 기준을 토대로 비교적 보편성을 띤 전통적 문화 가치를 대표할 만한 것들을 다방면으로 골라내야 한다는 것이다. 석굴암과 같은 전통 문화재도 중요한 것이지만 우리의 서민적 생활 문화를 표상하는 숱한 전통 문화재를 다 가려내야만 하는 것이다.

⑨ 셋째, 외래문화는 위에 말한 우리 전통 문화의 특성을 기준으로 하여 수용되고 접목되도록 해야 한다. 곧 전통적 특성에 맞는 외래 문화를 위주로 받아들일 뿐 아니라 그것을 더욱 승화 발전시킬 수 있는 것을 중점적으로 취하여 동화시켜야 한다는 것이다. 반면에 전통적인 것과 배치되거나 미풍양속을 해칠 만한 소지가 명백한 것이면 비록 상당한 가치가 있는 것으로 알려진 것이라도 배격해야 한다. 그 선별 작업에는 실제로는 여러 가지 복합 요소가 개입되게 마련이므로 매우 어려운 것이다. 그러므로 이 일에는 많은 연구와 논의가 필요하다. 이렇게 해서 외래문화와 전통문화를 조화시켜 새 문화가 발전할 때 그것은 참된 우리 문화로서 꽃필 것이다.

⑩ 이상에서 논의한 것처럼 우리는 문화적 전환기에 처해 있는바 무엇보다도 전통 문화의 본질적 특성을 밝혀서 그것을 계승 승화할 수 있는 차원에서 외래문화를 수용하고 새로운 민족 문화 발전에 힘써야 한다는 것을 재삼 강조하고자 한다.

– 모범 답안 논술문 중에서

위 〈예문 32〉의 단락 ①은 서론으로서 주제를 간단히 제시하고 그것을 밝히는 것이 이 글의 목적이라고 내세우고 있다. 시험 논문일수록 가장 중요한 요소(곧 주제)를 맨 앞에 제시하는 것이 바람직하다. 단락 ②는 줄거리의 제1항 '문화의 전환기적 상황'을 다루고 있으며, 단락 ③과 ④는 제2항 '전통문화에 대한 두 극단론'을 펼치고 있다. ③에서는 극단론을 풀이하고, ④에서는 그것이 배격되어야 함을 주장하고 있다. 특히 후자에서는 그 이유를 들어 강하게 내세우므로 논술적 성격이 두드러진다. 단락 ⑤에서는 제3항 '외래 문화와 전통 문화의 조화'를 다루고 있다. 여기서는 앞에서 논술한 내용을 근거로 하여 결론을 제시하는 데 그치고 있다. 한편, 단락 ⑥은 제4항 '전통 문화를 바탕으로 한 새 문화의 발전책'을 제시하고 있는데, 그 뒤에 3개의 종속 단락 ⑦⑧⑨를 거느리고 있다. 곧 제4항목은 주 단락 ⑥과 그 뒤의 종속 단락으로 나뉘어 구체적으로 전개되고 있다. 마지막의 단락 ⑩은 이 글의 마무리를 하는 단락으로서 주제를 재강조하는 구실을 보이고 있다.

위의 예문에서 살펴본 것처럼 시험 논문은 자기 나름으로 타당한 주제를 설정하고 그것을 몇 가지 항목으로 나누어서 차례로 전개하면 되는 것이다. 곧 시험논문 작성은 논제를 정확히 파악하여 주제를 타당하게 정하는 일과, 그것을 짜임새 있고 조리 있게 논술하는 일 두 가지로 요약이 된다. 이 두 가지는 다 중요한 것이지만 어떤 점에서는 후자에 대한 훈련이 더 중요하다고 여겨진다. 시험 논문에서는 주제가 주어지므로 그것에 대한 어느 정도의 분석 능력과 웬만큼의 교양이 갖추어져 있으면 주제 설정이나 내용적 측면은 그런대로 마련이 된다고 할 수가 있다. 시험 논문이라는 제약 때문에 누구나 충분한 자료에 의한 내용을 갖추기는 어렵기 때문이다. 따라서 시험 논문의 성적 차이는 논술 능력에서 더 두드러질 수밖에 없게 된다. 곧 내용적인 면에서 큰 차이가 나타나지 않을 가능성이 짙은데 비해서, 논술 능력은 미리 충분히 익히고 닦을 수 있는 성질의 것이기 때문에 그 차이가 좀 더 뚜렷해질 것이라는 것이다.

다음 예문은 누구나 다 상식적으로 알 만한 논제를 다룬 경우이다. 그렇지만 논제의 의미를 분석하여 논술하는 면에서 많은 차이를 보일 수 있는 경우이다. 내용을 짜임새 있게 펼쳐나가는 논술 방식을 주의 깊게 익히고 터득하도록 힘쓴다면 시험 논문 작성의 요령이 많이 향상될 것이다.

예문 33 _ 논제 : 민주 정치에 관해서 논술하라.

민주 정치를 말할 때 가장 널리 인용되는 말은 아브라함 링컨 대통령의 다음과 같은 말이다.

"민주 정치는 국민의, 국민을 위한, 국민에 의한 정치이다."

곧 민주 정치는 첫째 국민의 정치요, 둘째 국민을 위한 정치며, 셋째 국민에 의한 정치라고 한 것이다.

링컨의 이 말은 민주 정치의 기본 상식으로 알려져 있다. 링컨 자신도 당시에는 평소의 생각을 간단히 정리하여 말해 본 것에 지나지 않았을는지도 모르나 이 말은 실제로 민주 정치의 가장 핵심 개념을 남김없이 나타낸 것이라고 할 수가 있다. 이제 이 점을 밝혀 따져 보고자 한다.

첫째, 민주 정치가 국민의 정치라고 한 것은 주권이 국민에게 있음을 뜻한다. 곧 민주 정치에서는 국민이 나라의 주인이며 정치의 주권자라고 한 것이다. 이는 민주 정치의 주권 소재를 뚜렷이 밝힌 법률적 개념의 규정이다. 오늘날 우리나라 헌법의 맨 첫 장에서 모든 권리는 국민으로부터 나온다와 같이 규정한 것은 바로 이 기본 원리에 바탕을 둔 것이다.

둘째, 민주 정치는 국민을 위한 정치라고 한 것은 정치의 목적 또는 기능을 규정한 것이다. 곧 민주 정치는 국민이 잘 살 수 있도록 정치를 해야 함을 뜻한다. 이런 점에서 이 규정은 민주 정치의 사회적인 개념에 해당한다. 국민이 모두 평화스럽고 윤택하게 잘살 수 있도록 모든 사회적 정책을 강구해야 하는 것이 민주 정치의 궁극 목표이다.

셋째, 민주 정치는 국민에 의한 정치라고 한 것은 정치의 방법을 정의한 것이다. 곧 민주 정치는 무엇보다도 국민 자신들에 의하여 다스려지는 것이라는 것이다. 이는 민주 정치의 정치적 개념에 속하는 것으로서 민주 정치방법의 특색을 분명히 드러내고 있다.

이상에서 본 바와 같이 링컨이 말한 민주 정치는 법률적, 사회적 그리고 정치적 개념의 세 가지 면을 규정하고 있는 것이다. 그런데 그 실질적인 운용상의 특성은 셋째 번의 정치적 개념이 가장 잘 드러내고 있다. 곧 민주 정치의 가장 두드러진 특색은 국민 자신이 자신들을 스스로 다스린다는 정치방법에서 볼 수 있다는 것이다. 이 점을 낱낱이 따져 보고자 한다.

첫째 번의 법률적 개념에서는 주권이 국민에 있다고 법률로 규정하고 있지만 그것이 사문화되어 버리는 수가 있다. 헌법에는 분명히 국민이 주인이라고 해 놓고도 일부 정치인들이 국민을 주인 대접하기는커녕 억압하고 굴복시키는 일이 실제로 많다. 둘째, 국민을 위한 정치라는 사회적 개념도 참된 민주 정치를 보장하지는 못한다. 국민을 위한 정치가 곧 민주 정치라고 한다면 예전의 왕도 정치, 근세의 나치나 파쇼, 볼셰비키 등도 그들 자신의 주장은 국민을 위한 정치이니 민주 정치라고 할 수밖에 없다. 또 민도가 낮을 경우에 대다수에 의한 민주 정치는 이른바 코끼리 정치가 될 뿐이다. 따라서 현명한 일인 독재자가 오히려 국민을 더 잘 살게 다스릴 수도 있는 것이다. 요컨대, 민주 정치가 단순히 국민의 정치라고 한 법률적 개념이나 국민을 위한 정치라고 하는 사회적 개념은 민주 정치만이 지니는 특성이 아닐뿐더러 그것이 민주 정치를 보장하는 장치나 방법상의 장치가 못 된다는 것이다.

그런데 민주 정치가 국민에 의한 정치라고 한 정치적 개념은 위의 두 개념과는 달리 민주 정치를 제도나 방법상으로 보장하는 기틀을 마련해 준다. 국민들 스스로 다스리는 정치 방법상 특성은 그것이 민주 정치인가 아닌가를 가장 뚜렷이 가려내 준다. 아무리 정치를 잘하고 국민을 위하여 힘쓴다 하더라도 국민 자신이나 국민들이 맡긴 사람이 통치하는 경우가 아니라면, 결코 민주 정치는 아닌 것이다. 비록 정치 방법이 미숙하고 실정을 하는 일이 있더라도 국민 자신이나 그 위임자가 다스리는 것이 민주 정치인 것이다.

그러면 국민이 국민을 스스로 다스린다는 것은 무엇을 뜻하는가? 이는 본질적으로 국민 자신들의 뜻으로 모든 것을 결정하고 실행하는 것을 말한다. 고대 희랍의 아테네에서는 시민들이 한 자리에 모여 모든 중요한 문제들을 다수결로 결정하고 집행인들을 뽑아 실천하도록 맡겼다. 이를 흔히 직접 민주 정치라고 부르고 있다. 그런데 국민의 수가 몇 백만, 몇 천만에 이르는 현대 국가들에서는 그런 직접 민주 정치는 비능률적일 뿐 아니라 실제로 매우 어렵기도 하다. 모든 국민이 모든 일의 결정에 직접으로 참여하기란 거의 불가능하기 때문이다. 그래서 국민들이 선거라는 방식으로 일정수의 대표자들을 뽑아서 그들로 하여금 나라의 중요한 일들을 결정하도록 맡기는 제도적 기구가 불가피하게 되었다. 이를 흔히 대의 정치라고 하는 바 일종의 간접 민주 정치의 하나라고 할 수 있다. 오늘날 대개의 국가들은 이런 대의 정치 제도로 국민 스스로 다스린다는 정치적 개념을 실천에 옮기고 있다.

이상과 같이 볼 때 현대의 민주 정치는 실제로 대의 정치라는 제도를 통한 정치라 할 수가 있다. 민주 정치를 하는 나라들은 대의 정치를 이루고자 의회를 만들고 그 의회에 국민의 대표자들을 모아 나라의 중요한 일들을 결정하고 국민 대다수의 뜻대로 정치가 이루어지도록 하고 있다. 이런 대의정치가 제대로 되어야만 민주 정치가 이루어지고 있다고 할만하다. 허울만의 관제 의회 또는 국민의 뜻을 대표할 수 없는 무리들이 모인 의회를 운영하는 나라들은 도저히 민주 정치 국가라 할 수가 없다.

– 모범 답안 논술문 중에서

위 예문에서는 우선 그 논술의 실마리가 되는 개념을 자세히 검토하여 분석하고 있다. 링컨의 말에 담긴 내용을 법률적, 정치적 및 사회적 측면에서 분석하고 각 측면을 논술 전개함으로써 논문 내용을 살찌게 하였다. 이런 분석이 없이 그저 평면적으로 설명을 덧붙이는 정도로는 논문의 내용이 천박한 상식론에 머물고 만다. 그런 분석을 통하여서 비로소 민주주의 개념의 가장 중요한 핵심 곧 '국민이 스스로 다스린다'는 점, 그리고 그 실제 방법으로 '대의 정치 제도의 확립을 불가피하게 한다'는 점을 합리적으로 이끌어 낼 수 있었던 것이다.

또 중요한 것은 논술 전개의 방법이 정연하다는 점이다. 위 예문은 단락이 저마다 소주제 하나씩을 일사불란하게 다룸으로써 전체 논문의 짜임새가 매우 정연함을 볼 수가 있다. 이런 논술의 정연성은 비록 내용에 모자람이 다소 있더라도 채점자의 마음을 끌기에 충분하다. 자기가 아는 바를 유감없이 잘 나타낼 수 있는 논술 능력이 인정되기 때문이다. 이런 논술 능력이 갖추어지지 못한 사람은 좋은 주제와 지식을 가지고도 그 표현이 서툴러서

채점자의 주의를 끌지 못하게 된다는 점을 생각할 때, 논술 능력을 닦는 일이 매우 중요한 것임을 다시금 느낄 수가 있다.

12

기술법과 기술문

기술법記述法이란 어떤 대상을 있는 그대로 그림 그리듯이 또는 사진 찍듯이 드러내 보이는 글이다. 필자가 알고 있는 지식으로 설명하는 것이 아니라 그 겉모양이나 빛깔 또는 외형적 특징을 글로 그려 보여 주는 것이 기술법이다. 이를테면, 여기에 하나의 책상이 있다고 한다면, 그 책상의 크기, 모습, 빛깔, 구조 등을 객관적인 관점에서 있는 그대로 글로 나타내 보이는 것이 기술법이다. 사람의 경우라면 겉모양, 옷맵시, 얼굴의 생김새, 몸집 등을 필자가 보는 대로 또는 객관적으로 주어진 자료 그대로 글로 나타내는 것이다. 여기서 중요한 것은 필자가 객관적으로 보는 겉모습이나 자료만을 대상으로 한다는 점이다. 만일 필자의 주관적 판단이나 해석이 끼어들면 순수한 기술법의 테두리를 벗어난 것이다. 다음 예문은 그러한 객관적인 기술을 보여 주고 있다.

예문 1

그 여자의 머리는 검고 윤기가 자르르했다. 산발로 늘어뜨린 검은 머리채는 얼굴을 거의 감싸고 있었다. 비둘기 알을 오똑하게 세워 놓은 듯한 하얗고 갸름한 얼굴의 위쪽에는 숱이 적지도 많지도 않은 눈썹이 그려 붙인듯하였다. 그 아래에는 은은히 반짝이는 눈동자가 자리를 잡고 있었다. 빚어 붙인 듯한 코는 전체 얼굴 모습의 균형을 깨뜨리지 않으려는 듯 조심스럽게 뻗어 있었다. 가볍게 닫은 두 입술은 엷은 핑크빛을 띠었는데 그 사이로 가끔 하얀 이가 쪽 곧게 드러나 보였다.

눈에 들어오는 빛깔, 모양, 상태 등이 있는 그대로 그려져 있을 뿐이고 필자 자신의 판단이나 설명이 끼어들지 않고 있다. 이러한 기술법은 다음과 같은 설명법과 견주어 보면 그 특징을 더 잘 알 수 있을 것이다. 다음 예문은 동일한 대상을 설명법으로 다룬 것이다.

예문 1-1

그 여자의 얼굴은 매우 아름답고 매력적이었다. 더구나 그 아름다움과 매력이 전형적인 동양미의 극치를 이룬다고 할 만하였다. 길게 늘어뜨린 검고 윤이 자르르한 머리, 비둘기 알을 오똑이 세워 놓은 듯한 하얗고 갸름한 얼굴은 은근한 동양적 아름다움과 매혹을 자아내게 한다. 숱이 적지도 않고 많지도 않은 그려 붙인 듯한 눈썹과 그 아래 은은히 반짝이는 검은 눈동자도 동양미의 요소임은 말할 것도 없다. 핑크빛을 띤 앵두 같은 입술하며 그 사이로 드러나는 하얀 이들도 그런 멋을 한층 더하였다.

위에서 보듯이 설명법에서는 거의 모든 내용이 필자 나름의 판단과 해석을 통해서 전달되고 있다. 이런 점은 필자의 주관적인 해석 없이 객관적 관점에서 있는 그대로 보여주는 데 그치는 〈예문 1〉의 기술법과는 다르다.

기술법은 시간적으로 변화하지 않는 사물의 모습을 대상으로 한다는 점이 또한 두드러진 특징이다. 사물의 움직이고 있는 모습에 중점을 두고 서술을 하면, 비록 그것이 객관적인 기술이라 할지라도 기술법은 아니다. 그것은 뒤에 말하는 서사법이 되어 버리기 때문이다. 그러나 움직이는 사물의 경우에도 정지된 상태에서의 모습에 초점을 비추어 서술하면 기술법의 글이 될 수 있다. 이런 때는 물론 그 부분만이 기술문이 된다. 다음의 글은 그러한 부분적인 기술문이 곁들여지고 있다. 글 전체적으로 본다면 서사문에 속하나 기술법이 군데군데 곁들여 있다.

예문 2

농구 선수로 알려진 청년이 이쪽으로 다가오고 있었다. 키가 줄잡아도 2미터는 될 듯하다. 내 앞에 가까이 오더니 멈춰서서 두리번거렸다. 눈은 한 쪽이 치켜 올라가 있고 코는 매부리 모양으로 끝이 좀 굽어 있었다. 얼굴 빛깔은 까맣게 그을어 동남아에서 온 사람 같았다. 그의 우람한 손등은 왕두꺼비를 연상케 하고 발에는 배 모양의 신발이 버티고 있었다. 이윽고 그를 찾아온 여인과 만나서 나란히 걸어 나갔다. 커다란 대학생과 초등학생이 손잡고 걸어가는 뒷모습을 남기면서 점차 멀리 사라져 갔다.

기술법은 일반적으로 '실용적 기술법(또는 전문적 기술법)'과 '암시적 기술법(또는 묘사법)'으로 나뉜다. 전자는 실용적 목적 또는 비예술적 목적을 위한 기술에 쓰인다. 어떤 사물에 관한 객관적 관찰 기록이나 사물의 구조들에 관하여 정확한 과학적 정보를 있는 그대로 나타내는 것이다. 암시적 기술법은 '묘사법描寫法'으로 알려진 것으로서 예술적 기술법이다. 실용적 기술법이 과학적 목적으로 쓰이는 것이라면, 예술적인 목적으로 쓰이는 것이 암시적 기술법이다. 이 묘사법이라는 기술법은 독자에게 어떤 객관적 정보나 지식을 전하기보다는 생생한 느낌과 현실감을 자아내게 하는 문학적 표현에서 흔히 볼 수가 있다.

1. 실용적 기술법

실용적 기술법은 여러 가지 사물에 관한 객관적 측정 기록, 과학적 관찰에 의한 자료 제시 또는 정보 제공 등에서 볼 수가 있다. 간단한 예로는 어떤 인물의 신상 기록 같은 것을 들 수가 있다. 이름, 나이, 성별, 거주지, 혈액형, 신장, 몸무게, 용모 등을 낱낱이 기록한 것은 실제적 기술법의 일종이다. 권투 시합 전에 두 선수의 체중, 팔의 길이, 전적, 주 무기 등을 적어 공개하는데 그런 것도 일종의 실용적 기술법에 속한다. 어떤 물품이나 기계 등에 관해서 규모와 성능 그리고 구조에 관해서 적어 놓은 것이 있다면 그런 것도 이 기술법에 속한다. 좀 더 학문적이고 복잡한 기술법으로는 기계 구조의 분석 기록, 화합물의 성분 분석 기록, 생물의 생태 기록 등을 들 수 있다.

다음 〈예문 3〉은 비교적 간단한 일상적 기술법의 글이고, 〈예문 4〉는 학문적 기술법의 예문이다.

예문 3 _ 일상적 기술법

이름 : 김갑돌, 생년월일 1990년 3월 5일(28세)
성별 : 남성
주소 : 서울특별시 성동구 화양동 20의 31
학력 : 한양대학교 인문대학 졸업, 동대학원 수료(문학 석사)
신장 : 170cm, 체중 : 60kg, 혈액형 : B형
종교 : 천주교
직업 : 교원
특기 : 없음

위 예문은 물론 일반의 형식으로 나타낼 수도 있다. 가령 '그 사람은 이름이 김갑돌이며, 나이는 28세요, 생년월일은 1990년 3월 5일이다….

예문 4 _ 학문적 기술법

비둘기의 특징은 다음과 같다. 부리의 뿌리 쪽이 연한 막으로 덮이고, 윗부리의 끝은 약간 볼록하고 굳으며 구부러져 있다. 날개는 길고 그것을 움직이는 가슴의 힘살은 크고 나는 힘이 세다. 발가락 중에 세 개는 앞으로, 한 개는 뒤로 향하는 것은 닭과 같으나 셋째와 넷째 발가락 사이에는 불완전하나마 물갈퀴가 있다. 음식물은 대개 콩, 곡식 종자 따위이다. 대개는 나무 위에 집을 짓고 한번에 두 개의 알을 낳으며 암수가 번갈아 부화시킨다.

위 예문들에서 보듯이 실용적 기술법은 그 대상의 특징적인 점들을 관측하고 살펴서 기록하는 것이다. 이 때 유의할 점은 어디까지나 객관적 사실의 제시에 그치고 그것에 대한 평가나 해석은 덧붙이지 말아야만 순수한 기술법이 된다는 것이다.

(1) 실용적 기술법의 전개법

① 정확성과 간결성이 있어야 한다.

실용적 기술법은 어떤 대상에 관하여 객관적이고 정확한 정보를 제공하는 것이 목표이다. 따라서 실용적 기술법에는 사물에 대한 정확한 관찰, 확실한 자료의 수집 그리고 공정한 서술이 있어야 한다. 다음의 〈예문 5〉는 상당히 정확한 관찰과 측정 자료를 가지고 쓰인 것이다.

예문 5

그는 키가 189cm 고 눈은 고리 모양으로 한 쪽이 치켜 올라가 있다. 코는 매부리 모양으로 끝이 좀 굽어 있다. 얼굴은 까만 빛깔이며 머리칼은 물결 모양으로 심한 곱슬머리이다. 그의 손등은 매우 커서 왕두꺼비를 연상케 하고 발에는 놀랍게도 큰 신을 신었다. 그 신은 보트라 할 만큼 크게 보인다.

한편, 실용적 기술법은 되도록 간결성이 있어야 한다. 아무리 정확한 관찰과 기술이라 하더라도 주어진 자료 전체를 모아 놓는다면 독자가 사실을 정확히 파악할 수 없으리만큼 복잡한 기록이 되어 버린다. 따라서 모든 세부 사항을 망라해서 사진 찍듯이 늘어놓아서는 안 된다. 그것보다는 여러 사항 가운데서 그 사물의 속성 파악과 인식에 가장 중요한 요소만을 골라서 나타내어야 한다. 기술하는 목적을 달성하는 데 가장 중요한 요소만을 최소한도로 골라서 나타내어야 간결한 글이 된다. 자질구레한 것들을 다 늘어놓아서는 그 사물의 특징을 파악하는 데 혼란을 가져오게 된다.

② 글의 목적에 맞도록 기술해야 한다.

어떤 목적으로 기술을 할 것인가를 먼저 정하고 거기에 알맞은 기술을 해야 한다. 예를 들어, 어떤 건물을 기술한다고 하면 무슨 목적으로 그 건물을 기술할 것인가를 먼저 정해야 한다. 단순히 건물의 모양이나 구조를 밝히기 위한 것인가, 그 건물을 팔려는 목적으로 기술할 것인가, 아니면 그 건물과 같은 건물을 새로이 짓기 위한 것인가 등의 목적을 정한 다음에 기술을 해야 한다. 그런 목적에 따라 기술 내용은 얼마든지 달라질 것이기 때문이다.

예문 6

경복궁의 북쪽에는 푸른 소나무에 싸인 북악산이 높이 솟아 있고, 남쪽에는 폭이 50척이나 되는 큰길이 있다. 광화문을 열면 문 앞에 돌난간으로 드높이 쌓은 넓은 단이 보이고, 그 위에 해태의 조각이 좌우로 세워져 있다. 다시 그 앞으로 육조가 벌여져 각 아문의 높이 솟은 대문들이 있고, 그 옆으로 긴 행랑이 벌여져 있다. 궁궐을 둘러싸고 있는 궁담은 화강석을 장방형으로 다듬어 쌓았으며 네 모퉁이에는 성루가 솟아 있어 궁궐의 별스런 외형을 이루고 있다. 정문인 광화문 다음에는 흥례문과 근정문이 있는데, 그 사이에 어구가 동서로 꿰뚫어 흐르고 있다. 이 내 위에는 돌로 조각한 금천교가 놓여 있다. 근정문을 들어서면 높은 석단 위에 서 있는 근정전이 보이고 이 전각 앞에는 정일품에서 정구품까지의 문무관이 서 있던 석태가 세워져 있다.

윗글은 경복궁의 모습을 밖으로부터 안으로 들어가면서 쓰고 있다. 경복궁을 들여다보고 있는 것처럼 중요한 구조물과 구도를 보이고 있다. 이는 경복궁을 모르는 이에게 그 모습을 알려 주는 목적으로 쓰인 글이다.

③ 기술의 순서를 알맞게 정해야 한다

어떤 사물을 효과적으로 기술하는 데는 그 순서를 어떻게 정하느냐 하는 문제가 있다. 예를 들어, 어떤 학교의 캠퍼스를 소개하는 경우에 어떤 순서로 구조물의 배치 상황을 늘어놓을 것인가 하는 문제가 생긴다. 정문을 들어서서 오른쪽으로 돌면서 기술할 것인지, 왼쪽으로 눈을 돌릴 것인지 순서를 적절히 정해야 하는 것이다. 이런 기술의 순서를 정하는 일은 대상의 성격과 필자의 의도, 독자의 수준 등 여러 가지 요인으로 결정된다.

기술의 순서를 정하는 요령은 여러 가지로 생각해 볼 수가 있다. 그 한 보기로 피아노에 관해서 글을 쓰는 경우를 생각해 보자. 이런 경우에 그 피아노에 대한 기본 정의를 우선 정할 필요가 있다. 그런 정의는 그 글에 직접 쓰는 것은 아니고 다만 기술의 윤곽을 정해 주는 구실만을 한다. 곧 글을 쓰는 길잡이로 삼는 것이다. 실제로 피아노는 다음과 같이 정의해 볼 수가 있다.

> 피아노는 모전(felt)으로 싸인 작은 망치가 일련의 쇠줄을 침으로써 넓은 음역의 소리를 내는 악기이다.

이 정의는 완벽한 것은 못 되지만 적어도 피아노의 본질적인 점을 나타내고 있다. 이런 정의는 피아노에 대한 기술의 길잡이로서 이용될 수가 있다. 이를 바탕으로 하여 쇠줄에 관한 것부터 기술하기 시작하여 모전으로 싼 망치 등의 순서로 기술해 나간다. 마지막에는 피아노가 가지는 음역의 범위, 음질 등에 이르기까지 하나씩 다루어 나간다. 이때 위의 정의를 다음과 같은 항목으로 늘어놓으면 하나의 줄거리가 될 것이다.

- 쇠줄과 소리판
- 건반과 페달의 작용
- 나무 상자

이런 항목을 하나씩(또는 더 세분해서) 기술해 나가면 알맞은 순서에 따른 기술법이 될 것이다.

(2) 실용적 기술법과 설명법

실용적 기술법은 본디 설명법과는 다르지만 설명의 효과를 내는 일이 많다. 예를 들어, 〈예문 6〉의 경복궁에 관한 기술은 경복궁을 모르는 이에게 좋은 설명의 구실을 하고 있는 것이다. 이는 사진이나 그림이 설명의 효과를 내는 것과 마찬가지이다. 필자가 자기 나름으로 해석하는 표현을 하지 않지만 기술된 내용은 독자가 이해하는 데 큰 도움을 주고 있는 것이다. 이런 점에서 기술법은 그 효과 면에서 설명법과 밀접한 관련을 가진다. 기술법의 이런 설명적 효과는 설명법의 글에 이용되는 수가 많이 있다. 설명법의 글에 그림이나 사진이 곁들여지는 것과 마찬가지로 기술법이 설명 목적으로 활용되고 있다는 것이다.

이처럼 설명법에 기술법이 곁들여져서 이루어지는 글을 '설명적 기술법'이라 부른다. 이런 글은 설명적 명제가 제시되고 그것을 뒷받침하기 위한 기술법이 따르는 방식으로 이루어진다. 우선 그 예를 보면 다음과 같다.

예문 7

① 남편의 서재는 그녀에게는 큰 골칫덩어리였다. ② 크고 작은 책들은 책상 위에 의자 위에 또는 방바닥 위에 널려 있었다. ③ 쓰레기통은 넘쳐나 있었고 담배꽁초들은 재떨이나 종이쪽지 위에 흩어진 채였다. ④ 방 한 쪽 귀퉁이에는 녹슨 골프채들이 세워져 있는가 하면, 유리창의 틀 위에는 망치와 못들이 놓여 있었다. ⑤ 깔끔한 그녀에게는 이런 혼돈의 광경은 얼굴의 주름살을 더욱 홈이 지게 하곤 했다.

– 버크 외(1943)에서 번역

윗글의 문장 ①은 소주제문인데 설명적 명제이다. 필자의 판단을 명제화한 것이기 때문이다. ②~④까지의 문장들은 모두 기술법으로 쓰여지고 있다. 서재의 어질러진 모습을 있는 그대로 드러내 보여 주고 있다. 이들은 ①의 소주제문을 뒷받침하는 구실을 효과적으로 해내고 있다. 이런 공간적 상황을 보여주는 데는 기술법이 알맞기 때문이다. 마지막 문장 ⑤는 ①을 풀이한 내용으로서 역시 설명적 명제이다. 필자의 견해 또는 판단이 개념적으로 드러나 있기 때문이다.

다음 예문도 설명적 기술법으로 쓰인 글이다. 묘사법이 주가 되었으나 군데 군데 설명이 곁들여 있다.

예문 8

날이 갈수록 내 눈은 도자기에서 떠나지 못하고 그 신비한 매력에 빠져 들어갔다. 이윽고 어느 날 거기에서 어떤 새로운 우주를 발견한 듯이 느껴지기도 하였다. 짙은 담갈색의 밑 부분은 대지요, 그것이 차츰 엷어지면서 뿌우연 허공이 펼쳐지고 그 위로 점차 담청색 창공이 높이 솟아올라 끝닿은 데를 몰라보겠다. 높고 낮게, 강하고 여리게, 짙고 연하게, 파도처럼 굽이치는 유려한 자태 속에 삼라만상이 응축되어 꿈틀거리고 있지 아니한가. 바라보고 있노라면 대지 위로 불쑥 붉은 해가 솟아오르는 듯도 하고 지평선 너머로 낙조가 물든 듯도 하다. 이름 모를 새들이 허공을 가르며 떼지어 날아가고 창공은 푸른 밤바다가 되어 대지 위로 밀려드는 것도 같다. 나는 이 한 점의 도자기에서 온갖 아름다운 자연을 두루 볼 수 있으며 혼탁한 세상을 잠시나마 잊을 수가 있다.

– 이정자, 「도자기」 중에서

윗글의 처음 두 문장과 마지막 문장은 설명적인 것이고 그 나머지 문장들은 주로 기술법을 써서 표현하고 있다.

실용적 기술법은 윗글처럼 설명법과 어울려 쓰이는 경우가 매우 많다. 순수한 기술법만으로 일관된 경우는 오히려 드물다. 그것은 기술법으로 쓰인 글의 의미(주제)를 한층 더 명확히 전달하는 효과가 있기 때문이다.

한편, 기술법은 설명법뿐 아니라 뒤에 말하는 서사법과도 어울려 쓰이는 일도 많다. 다음 예문에서 그것을 볼 수 있다.

예문 9

수돗거리 뒤편 한 깊은 골목에 정환형이라고 먼 친척 형님이 한 분 살고 있었다. 남농 (南農)과 쌍벽이라는 소송(小松) 문하 제자였는데 그때 스무 살쯤 청년으로 가늘고 자그마한 몸집, 희누르고 갸름한 얼굴에 긴 리젠트 머리를 기름 발라 단정히 빗어 넘기고는 단벌 정장을 언제나 반듯이 차려 입고 옆구리엔 커다란 그림판, 꼭 다문 작은 입, 눈은 잔뜩 내리깐 채 옆도 안 돌아보고 아침이면 똑같은 시간에 북적대는 수돗거리를 천천히 지나서 시내로 들어가곤 했다. (중략)

– 김지하, 「나의 회상 : 모로 누운 돌부처」 중에서

윗글은 설명법, 서사법에 기술법이 곁들여 인물의 생김새를 실감 있게 그려 주고 있다.

2. 암시적 기술법

암시적 기술법 또는 묘사법은 지식이나 정보를 전달하기보다는 생생한 느낌이나 현실감을 불러일으키는 점이 그 특색이다. 가령, 다음의 ①,②를 비교해 보자.

예문 10

① 빗방울이 유리창에 부딪친다.

② 벌써 유리창에 날벌레 떼처럼 매달리고 미끄러지고 엉키고 또그르르 궁글고 홈이 지고 한다.

– 정지용, 「비」에서

①,②는 동일한 사물에 대한 객관적인 기술인데, ②가 풍기는 느낌은 ①과는 전혀 다르다. ①은 비가 유리창에 부딪친다는 사실의 정보를 전해 주는 외에 별다른 감흥을 일으키지 않는다. 이와는 달리 ②는 그러한 정보 전달보다는 그 광경을 바라보는 데서 일어날 수 있는 아름다운 정서를 최대한 불러일으키는 효과를 내고 있다. 암시적 기술법이란 ②의 경우처럼 독자에게 어떤 감흥을 유발할 수 있도록 하는 것이다.

(1) 암시적 기술법의 전개법

① 예리한 감각을 길러야 한다.

암시적 기술법은 어떤 대상을 인상 깊게 기술함으로써 실감을 불러일으키는 방법이다. 이런 방법을 사용하려면 우선 사물에 대한 예리한 관찰력이 있어야 한다. 사물을 깊이 관찰하여서 무엇인가 인상적인 점을 스스로 느낄 수 있도록 되어야 한다. 예를 들어, 위의 〈예문 10〉의 ②와 같은 기술이 될 수 있었던 것은 필자가 빗방울이 떨어지는 모습을 예리하게 관찰하고 그러한 감수성을 지닐 수 있었기 때문이다. 빗방울이 떨어지는 것을 아무 생각 없이 피상적으로 보는 사람은 ①과 같은 기술이 고작일 것이다.

둘째로 언어적 표현 감각을 길러야 한다. 비록 예리한 관찰과 감각을 지녔다 하더라도 그것을 언어로 표현하는 기법이 세련되지 않으면 인상적인 글이 생겨날 수가 없다. 아무리 깊이 느낀 풍부한 정감이나 심상(이미지)이라도 그것을 언어로써 표현하지 못하면 성과를 거둘 수가 없다. 따라서 암시적 기술법에서는 언어 표현 감각을 예리하게 다듬는 훈련이 필요하다. 동일한 현상이라도 그것을 어떤 언어로 표현하는 것이 가장 인상적이고 아름다운 느낌을 줄 수 있는가를 익히도록 해야 한다. 가령, 어떤 특정한 소리에는 어떤 언어로 나타내는 것이 가장 실감 있게 느낄 수 있는가를 여러 가지로 시도해 보아야 한다. 또 빛깔, 냄새, 모양, 움직임, 진행 과정 등을 나타내는 데도 어떤 언어로 나타내는 것이 참신한 느낌과 아름다운 정서를 불러일으킬 것인가를 궁리해 보아야 한다. 이런 노력을 통하여 언어 감각이 예리해지며 점차 세련된 예술적 표현이 다듬어진다.

이태준의 「문장강화文章講話」에는 설명과 감각적 표현의 차이를 다음과 같이 보여 주고 있다.

설명	감각적 표현
바람이 몹시 차다.	바람이 칼날처럼 뺨을 저민다.
소리가 몹시 크다.	소리가 꽝 터지자 귀가 한참이나 멍멍했다.
석류꽃이 이쁘게 폈다.	석류꽃이 불덩이처럼 이글이글한 것이 그늘진 마당을 밝히고 있었다.

이처럼 감각을 날카롭게 기르고 그것을 또한 그대로 표현할 수 있는 언어 감각을 가다듬도록 노력하여야만 묘사력이 향상될 것이다.

다음 예문은 특히 '소리'에 대하여 예리하게 느끼고 정감 깊게 표현하는 묘사법으로 쓰인 글이다.

예문 11

밤 깊어 뜰에 나서니 날씨는 흐려 달은 구름 속에 잠겼고 음풍이 몸에 신선하다. 어디서 솰솰 소란히 들려오는 소리가 있기에 바람 소린가 했으나, 가만히 들어 보면 바람 소리만도 아니요, 물소린가 했더니 물소리만도 아니요, 나뭇잎 갈리는 소린가 했더니 나뭇잎 갈리는 소리만은 더구나 아니다. 아마 필시 바람 소리와 물소리와 나뭇잎 갈리는 소리가 함께 어울린 교향악인 듯싶거니와 어쩌면 곤히 잠든 산의 호흡인지도 모를 일이다.

– 정비석, 「산정무한」 중에서

다음 예문은 주로 빛깔에 관한 실감 있는 묘사를 보여준다. 이런 감각은 미술적 안목과도 관련된다 할 것이다.

예문 12

인가가 끝난 비탈 저 아래를 가로질러 흐르는 개천물이 눈이 부시게 빛나고 그 제방을 따라 개나리가 샛노랗다. 개천 건너로 질펀하게 펼쳐져 있는 들판, 양털같이 부드러운 마른 풀에 덮여 있는 그들 한복판에 괴물 모양 기다랗게 누워 있는 회색 건물 지붕 위로 굴뚝이 높다랗게 솟아 있고, 굴뚝 밑에서 노란 연기가 피어오르고 있다.

– 안원희, 「조그만 일」 중에서

② 두드러진 인상을 잡아야 한다

우리는 가끔 어떤 사람이나 사물을 대할 때 색다른 인상을 받는다. 그 사람이나 그 물건에서만이 느낄 수 있는 독특한 인상을 받게 되는 것이다. 예를 들어, 어떤 사람을 만나고 난 뒤에 우리는 가끔 다음과 같이 그 인상을 말하게 된다.

- 그 사람은 이마가 훤하고 키가 후리후리하다.
- 그 사람은 코가 크고 잘 생겼다.
- 여자는 얼굴빛이 하얗고 입이 야무지게 생겼다.
- 그 사람은 눈이 광채가 나고 날카로운 데가 있다.

또 어떤 사물을 보고 나서도 우리는 가끔 전체적으로 받는 인상을 다음과 같이 말하는 수가 있다.

- 저 집은 궁궐을 연상케 할 정도로 크고 우람하다.
- 저 자동차는 육중하면서도 재빠르게 보인다.
- 이 음식은 보기만 해도 침이 날 정도로 먹음직스럽게 생겼다.

이런 인상들은 그 사람이나 사물이 지닌 가장 두드러진 특징에서 비롯되는 것이 보통이다. 그 사람이나 사물이 지닌 가장 독특한 개성이 그런 인상을 우리에게 심어 주는 것이다. 이런 인상을 우리는 두드러진 인상이라고 부른다. 이런 두드러진 인상은 어떤 사람이나 사물을 식별하는 바탕이 되기도 한다. 가끔 어떤 사람이나 사물을 먼발치에서나 뒷모습에서도 확인하는 수가 있는데, 그것은 그가 풍기는 두드러진 인상 때문이다.

암시적 기술은 이런 두드러진 인상을 중심으로 이루어져야 한다. 사람이나 사물의 모든 부분을 다 끄집어내서 기술하기는 번거롭기도 하려니와 쓸모도 없다. 그 사물이 나타내는 두드러진 인상을 부각시켜 기술하여야만 그 개성과 특징을 간결하게 파악할 수가 있다. 따라서 어떤 대상을 기술함에는 우선 그 두드러진 인상을 주는 요소를 파악하고 그것을 중점적으로 드러내도록 해야 한다. 이는 기술의 기본 원칙에 속하는 일이다.

다음 예문은 밑줄 친 문장이 소주제문으로 요약될 수 있는 점, 곧 그 사람의 가장 두드러진 특징에 초점을 맞추어 묘사하고 있다.

예문 13

그는 가늘고 타원형인 얼굴을 지녔다. 굵고 곧은 갈색 머리 아래로 펼쳐진 이마는 윤이 나고 햇볕에 타서 약간 그을려 있다. 그의 짙은 눈썹은 머리 빛깔보다 어두운 편인데 양쪽 끝이 햇볕에 바랜 것처럼 붉은 기가 도는 금빛이다. 그의 연한 하늘빛 눈은 짧은 갈색 속눈썹으로 둘려 있다. 한쪽 눈이 다른 쪽보다 작게 보이는 것은 그가 곁눈질을 하는 버릇을 지녔기 때문인 듯하다. 그의 길고 곧은 코는 햇볕에 타서 살갗이 벗겨져 있다. 광대뼈가 튀어나온 뺨 언저리는 햇볕에 그을려 있으며, 코끝과 짧은 구레나룻 사이에는 커다란 반점이 보인다. 또 그의 코 바로 밑의 윗입술에는 흉터가 눈에 두드러진다. 그의 입은 상당히 크지만 입술은 얇으며 평소에 약간의 미소를 머금고 있다. 그의 턱은 깨끗이 면도가 되어 있으며 선이 뚜렷하다. 확실히 그는 우리의 호기심을 불러일으킬 만한 기이한 인상을 풍긴다.

(2) 기술법 묘사의 관점

우리의 눈앞에 펼쳐진 광경이라 하더라도 보는 각도에 따라 모습이 달라진다. 이를테면, 평평한 운동장을 보더라도 동쪽이나 서쪽에서 보는 모습이 다르고, 높은 데서 보는 것과 낮은 데서 보는 것이 저마다 차이가 있다. 정면에서 보는 것과 모퉁이에서 보는 것이 다르다. 이런 점에서 우리가 사물을 기술할 때는 일정한 관점이 정해져야 한다. 독자에게 사람의 모습이나 사물의 모양을 정해진 관점에 서서 그려 보여주어야 하는 것이다. 필자의 눈앞에 펼쳐진 것을 덮어놓고 독자 앞에 그려 보여서는 안 된다. 자신이 그 사물을 어떤 각도에서 보고 있는지를 뚜렷이 하고 그려야 한다.

예문 14

돌산 위에 자리 잡은 건물들은 영화에 나오는 옛 성의 모습처럼 보인다. 우뚝우뚝 솟아 있는 건물들 가운데는 잿빛 나는 돌집이 끼어 있다. 하얀색으로 산뜻하게 보이는 건물도 눈에 띈다. 우아한 핑크빛으로 단장한 집들도 섞여 있다. 크고 높이 올라간 건물들 주위에는 야트막한 건물들이 딸려 있기도 하다.

윗글은 필자가 어느 방향에서 어떤 쪽으로 바라보면서 묘사하고 있는지 분명치 않다. 그래서 그 정확한 모습이 전달되지 않는다. 그러나 그것을 다음과 같이 고쳐 보면 한결 뚜렷한 묘사가 될 것이다.

예문 14-1

북쪽으로 조그마한 강이 바라다 보이는 돌산은 영화에 나오는 옛 성의 모습처럼 보인다. 맨 아래 중간에 잿빛 나는 육중한 돌집이 남향으로 자리 잡고 있다. 그 왼쪽과 오른쪽에는 하얀 빛으로 산뜻하게 보이는 건물들이 우뚝우뚝 솟아 있다. 그 뒤로는 핑크빛으로 단장한 집들이 아래 건물들을 에워싸듯 들어서 있다. 이런 크고 높은 건물들을 거느리고 있는 것도 눈길을 끈다.

묘사의 관점은 대개 고정적인 관점과 움직이는 관점으로 나누어진다. 전자는 필자가 어떤 일정한 관점에 서서 좌우상하 또는 원근으로 바라다보면서 묘사하는 경우이다. 후자는 필자가 일정한 방향으로 움직이면서 관찰하여 묘사하는 경우이다.

① 고정적인 관점에서의 묘사

고정적 관점에서의 묘사란 한 자리에 서서 사물을 객관적으로 그려 나가는 것이다. 위의 〈예문 12〉나 〈예문 13〉은 고정적 관점에서 묘사된 글이며, 다음 예문도 같은 관점에서 묘사된 글이다.

예문 15

나의 눈길이 미치는 왼쪽으로는 옷장이 문이 열린 채로 있었다. 그 안에는 여름옷이 커버가 씌워져 걸려 있었고, 선반에는 구두가 가지런히 놓여 있었다. 그 옆의 화장대는 기숙사에 갈 때 물건을 거의 다 가져갔기 때문에 비다시피 되어 있었다. 다만 남아 있는 몇 가지 것들이 정돈되어 있었다. 거울 주위에는 고등학교 시절에 받았던 초대장, 쓰던 물건 그리고 기념품들이 아직도 붙어 있었다. 벽에는 학교 회화반에서 그렸던 그림이 걸려 있는데 강의 물빛이 너무나 푸르러서 이상하게 느껴진다.

윗글은 필자의 눈길이 미치는 범위 안에 있는 방안의 풍경을 일정한 순서에 따라 묘사하고 있다. 필자는 아침에 잠이 깨었을 때 침대에 누워 있었거나 앉아 있었던 것으로 짐작된다. 그 자리에서 움직이지 않고 눈길만 돌려가면서 묘사하고 있다.

한편 윗글에서 느껴지는 두드러진 인상은 대학 생활로 성장한 뒤에 집에 돌아와서 느끼는 독특한 감회라고 할 수가 있다. 이런 두드러진 인상과 분위기가 조성되지 않으면 초점 있는 묘사라 할 수가 없다.

② 움직이는 관점에서의 묘사

때로는 필자가 이동하면서 묘사하는 경우가 있다. 대부분의 경우에는 고정적인 관점에서의 묘사가 쓰이지만 이런 움직이는 관점에서의 묘사도 가끔 볼 수가 있다.

예문 16

우리는 모래 바닥에 가파른 돌벽으로 에워싸인 계곡을 따라 좁은 길로 들어섰다. 입구는 매우 거칠었다. 우리는 거친 돌벽을 기어오르기도 하고 딱딱한 바위로 된 붉은 모래톱(암초) 사이의 언덕에 깎아지른 듯한 낭떠러지를 따라 올라가야 했다. 그 길의 언덕배기는 칼날 같았으며 거기서부터는 거의 박혀지다시피 한 틈새를 비집고 내려왔다. 이 샛길은 떨어진 옥돌로 반쯤 막혀 있었고, 그 위에는 여러 종족들의 표시가 짓누르고 있었다. 그들은 이 길을 이용하였던 족속들이다. 그 후에는 나무들이 자랄 만한 장소로 변해 있었으며, 겨울에는 그곳에 퍼붓는 빗물받이가 되어 있었다. 화강암이 여기저기에 널려져 있고 고요한 물은 고운 은빛 모래 바닥을 드러내 보였다. 그 물길은 해이단으로 뻗쳐 있었다.

– 로렌스(1935)에서 번역

윗글에서는 한 사람이 계곡길을 오르고 그 고갯길을 넘어서 다른 쪽으로 내려가면서 묘사를 하고 있다. 이렇게 관점이 이동되는 데도 묘사에 중점이 놓였기 때문에 묘사법이 되는 것이다. 만일 그 이동 사실 자체에 중점이 놓이면 묘사문이라 할 수가 없고, 뒤에 말하는 서사문에 속할 것이다.

(3) 기술문을 쓰는 방법

기술문 또는 묘사문이란 기술법 또는 묘사법으로 이루어진 글을 말한다. 어떤 대상에 관해서 개념적인 설명을 피하고 그 모습을 있는 그대로 글로 그려 보여주는 것이 기술문 또는 묘사문이다. 그런데 실제로는 글 전체가 묘사법으로 써지는 일은 거의 없으므로, 묘사문은 한 토막글이거나 아니면 한 문단 정도의 것이 대부분이다. 이를테면, 어떤 수필이나 소설이 아무리 사실적인 방법으로 써진다 할지라도 그 내용 전체가 묘사법으로 전개될 수는 없는 것이다. 따라서 묘사문은 묘사법만으로 된 짧은 글이거나, 다른 전개법으로 이루어지는 글 가운데 곁들여진 묘사법의 글이라 할 수 있다.

한편, 넓은 의미의 묘사문은 묘사법이 주로 쓰인 글이라 할 수가 있다. 글 전체로 보아 설명법이나 논술법 또는 서사법보다는 기술법이나 묘사법이 가장 두드러지게 쓰인 글은 넓은 의미의 묘사문이라 할 수 있다는 것이다. 글 전체가 순수한 묘사법만으로 이루어진 것은 아니라 할지라도 다른 전개법보다 묘사법이 가장 많이 쓰인 경우는 묘사문이 된다는 것이다. 예를 들면, 다음 글에서처럼 다른 전개법이 군데군데 쓰이고 있지만 전반적으로 보아 묘사법이 주를 이루는 글은 묘사문의 범주에 넣을 수 있다.

예문 17

좋은 일기라도 하늘에 구름 한 점 없는 – 우리 사람으로서는 감히 접근치 못할 위엄을 가지고 높이서 우리 조그만 사람을 비웃는 듯이 내려다보는 그런 교만한 하늘은 아니고, 가장 우리 사람의 이해자인 듯이 낮게 뭉글뭉글 엉키는 분홍빛 구름으로서, 우리와 서로 손목을 잡자는 그런 하늘이다. 사랑의 하늘이다. 나는 잠시도 멎지 않고 푸른 물을 황해로 부어내리는 대동강을 향한 모란봉 기슭, 새파랗게 돋아나는 풀 위에 뒹굴고 있었다.

이 날은 삼월 삼짇, 대동강에 첫 뱃놀이 하는 날이다. 까맣게 내려다보이는 물 위에는 결결이 반짝이는 물결을 푸른 요릿배들이 타고 넘으며, 거기서는 봄 향기에 취한 행형색색의 선율이 우단보다도 보드라운 봄 공기를 흔들면서 내려온다. 그리고 거기서는 기생들의 노래와 함께 날아오는 조선 아악은 느리게, 길게, 유창하게, 부드럽게, 그리고 또 애처롭게 – 모든 봄의 정다움과 끝까지 조화하지 않고는 안 되겠다는 듯이 대동강에 흐르는 시커먼 봄물, 청류벽에 돋아나는 푸르른 풀어음, 심지어 사람의 가슴속에 봄에 뛰노는 불붙는 핏줄기까지라도 습기 많은 봄공기를 다리 놓고 떨리지 않고는 두지 않는다.

– 김동인, 「배따라기」 중에서

윗글의 줄친 부분은 묘사법이 아니고 설명법 또는 서사법이다. 그 밖에도 순수한 묘사법이라 할 수 없는 부분('흔들면서 내려온다' 따위)이 있으나 대체적으로 묘사법이 주가 된 글이라 할 만하다.

13

서사법과 서사문

서사법은 행동이나 사건을 있는 그대로 글로 엮어 나타내는 것을 말한다. 개인이나 여러 사람이 어울려서 벌인 행동이나 사람과 사물이 관련되어 일어난 여러 가지 사건들에 관해서 그 자초지종을 알려 주는 것이 서사법이다. '누가 무슨 행동을 했느냐?' 또는 '어떤 사건이 벌어져서 어떻게 되었느냐?' 하는 물음에 답하는 글을 쓰는 것이 서사법이라 할 수 있다.

예문 1

전철이 멎는다. 문이 열리고 많은 사람과 함께 나도 긴 통속으로 빨려 들어간다. 출입문 옆에 매미처럼 바싹 붙어 선다. 시간과 공간을 함께 호흡하면서 흘러가는 강물처럼 낯선 사람들과 한 덩어리로 엉긴다. 문이 열리면 사람들이 한 뭉치로 뭉쳐서 문 안으로 떠밀고 들어온다. 비좁은 공간에서 서로 몸을 맞대고 있다. 서로 다른 목적을 갖고 각양각색의 옷을 입고 매일 다른 사람과 함께 서서 달리는 이 시간도 인연이 아닐까?

– 신영자, 「글 바람 부는 곳」 중에서

비좁은 전철 안에서 일어나는 사건을 진행되는 차례대로 요령 있게 서술하고 있다. 서사법이란 이처럼 일이 벌어지는 광경을 시간적 차이에 따라 적어 나가는 것이다. 서사법에는 설명법이나 기술법(묘사법)이 곁들여지는 일이 많다. 순수한 서사법은 벌어지는 사건이나 행동을 객관적으로 전해주는 데 그치는 것이지만, 필자는 그 서술 과정에서 설명을 곁들여 사건의 의미를 표출하거나 행동자의 인물 됨됨이를 직접 소개하기도 한다. 또 사건이 벌어지는 자리의 광경을 그대로 기술하여 보여주는 묘사법을 써서 실감을 돋우기도 한다. 이런 경우는 '설명적 서사법'이라 하는 수도 있으나, 어떻든 글 전체로 보아 사건의 서술이 주된 목표인 이상 서사법에 속한다 할 것이다. 다음 글은 서사법을 주로 쓰면서 군데군데 설명법과 묘사법이 곁들여지고 있다.

예문 2

참기름을 짜러 방앗간에 갔다. 어느 손님이 수수 팔단지를 맞추었는지 방앗간 주인 내외가 바지런히 팥고물에다 수수 새알심을 굴리고 있었다. 고슬고슬하고 동글동글한 수수 팔단지를 보자 6.25동란 때 피난 갔던 두메산골이 눈에 선하고 그 때의 세 친구가 불현듯 그리워졌다.

외가 쪽으로 먼 친척이 산다는 중곡이라는 산골 마을로 물어물어 피난을 갔다. 마을 어귀로 들어서자 두 산 줄기 사이로 수정처럼 고운 개울물이 햇빛에 반짝이며 흐르는 모습이 눈을 부시게 했다. 한길은 어디에서도 찾을 수가 없고 논밭 사이로 실오라기처럼 가늘고 꼬불꼬불한 길이 이리저리 뻗어 있었다. 마을이래야 10호도 안 되는 초가집들이 띄엄띄엄 흩어져 있고 여기저기 곱돌이 뒹굴고 있었다. 우리가 만난 사람들은 모두 짚신을 신고 있었는데, 뒤에 안 일이지만 돌 자갈이 많아서 고무신이 배겨나지 못한다는 것이다. (중략)

아버지와 오빠는 산에서 나무를 베어다가 읍내에 내다 팔았다. 어머니는 칡넝쿨 줄기를 잘라다가 삶아서 껍질을 가늘게 뽑아 장날이면 나가 팔곤 했다. 이렇게 몇 푼씩 번 돈으로 보리쌀을 사다가 꽁보리밥을 지어 먹거나 밀가루로 수제비를 만들어 그날그날 연명하여 갔다. 난생 처음 하는 지게질로 아버지와 오빠는 밤이면 끙끙 앓았고 특히 열다섯 살 난 오빠의 어깨는 허물이 벗겨져 고생을 했다. 어머니의 곱던 손은 수세미보다 더 거칠어져서 내 등을 긁어 주면 그렇게 시원할 수가 없었다. 열 살의 나는 갓난 동생에게 미음을 끓여 먹이고 기저귀도 갈아 주고 날마다 등에 자리가 날 정도로 업어주곤 했다. 저녁 때 산에서 돌아온 어머니가 내 품에서 동생을 안아 가면 아이는 오히려 엄마의 낯이 설어서 울기도 했다. 더구나 어머니는 별로 잡수는 것이 없어 젖이 나오질 않으니 동생은 젖버듬을 하였다. 나는 그 때마다 밤이 이슥하도록 그 애를 업어서 달래야만 했다. (중략)

– 김길자, 「수수 팥단지」 중에서

윗글은 전쟁 때의 어려웠던 삶을 들려주고 있다. 등장인물이 여러 사람인데 그들의 행동들을 고루 다루어 전체적인 줄거리를 엮어간 솜씨가 상당하다. 더구나 군데군데 곁들인 묘사법은 이야기의 실감을 더해 주고 글맛을 돋우고 있다. 단순히 사건의 진행 과정만 들려주는 것보다는 이렇게 묘사법이나 설명법을 알맞게 곁들임으로써 더 나은 글이 될 수 있음을 알 수 있다. 또한 이 예문은 비록 문필가가 아니더라도 좋은 서사문을 쓸 수 있다는 점을 보여주기도 한다.

1. 서사법의 시간적 순서에 따른 전개

서사법은 행동이나 사건을 있는 그대로 적어서 나타내는 것이라 했다. 그런데 모든 행동이나 사건은 시작, 진행, 그리고 끝이 있게 마련이다. 곧 시간적 순차에 따라 이루어진다는 것이다. 예를 들어, 우리가 흔히 겪는 일들을 생각해 보자. 사람을 만나고 이야기하고 같이 어울리는 일, 함께 식사를 하고, 오락을 즐기는 일, 시험을 치르는 일, 운동이나 싸움을 하는 일, 사무 처리나 작업을 하는 일 등은 모두 우리의 행동이며 동시에 조그마한 사건이다. 뜻하지 않은 교통사고, 화재, 도난 사고, 더 크게는 전쟁도 모두 우리 인간의 행동으로 말미암은 사건들이다. 이런 모든 행동과 사건은 시간의 흐름과 관련을 가지고 진행된다. 따라서 서사법에서는 자연적인 시간의 흐름에 따라 행동과 사건을 엮어 나간다.

그런데 경우에 따라서는 실제 사건의 발생 순서와는 다르게 이야기를 엮어 나가는 일이 있다. 그러한 서사법은 작자가 의도적으로 이야기 순서를 꾸미고자 할 때 쓰인다. 이를테면, 어떤 이의 한 삶을 다루는 경우에도 다음과 같은 순서로 줄거리를 엮는 따위이다.

① 행복한 결혼식
② 두메의 가난한 태생
③ 소문난 재동
④ 꿈 많은 소년
⑤ 젊은 날의 낭만
⑥ 전쟁의 참담
⑦ 한 많은 여생

행복한 결혼식(①)이 먼저 나타나고는 어린 시절로 거슬러 올라가서 결혼이 있기까지의 이야기가 진행된다(②~⑤). 그 다음에는 다시 결혼 후에 벌어졌던 비극적인 이야기(⑥~⑦)로 이어지는 순서가 되고 있다.

이런 줄거리의 엮음은 소설이나 희곡, 영화 등에서 특별한 효과를 거두기 위해서 쓰여진다. 단조로운 자연적 시간 순서보다는 극적인 장면을 먼저 보여주고 그 과거와 미래 등을 색다르게 보여줌으로써 이야기에 흥미로움을 더해 보자는 의도로 그런 순서를 정하는 것이다. 이런 점에서 가끔 매우 유용한 수법이기도 하다. 그러나 그런 특별한 순서에 따른 이야기의 서술에는 혼선을 일으키지 않도록 유의해야 한다. 중간에 사건에서 처음으로 돌아가는 사실이 분명하게 드러나야 되고 그 뒤로 이어지는 것도 어김없이 드러나야 한다. 그렇지 않으면 독자는 혼동을 일으키기 쉽다. 특히 너무 갑작스런 시간적 순서의 바뀜이나 앞뒤로 빈번하게 뒤바뀌는 일은 금물이다.

요컨대, 서사법에서는 자연 발생으로 펼쳐지는 시간적 순서에 따라 이야기를 엮어 가는 것이 손쉽고 경우에 따라서는 한번쯤 순서의 일부를 바꾸어서 다룰 수도 있지만, 거기에는 혼란이 일어나지 않도록 주의해야 한다.

2. 서사법의 사건과 주제의 연관성

위에서 우리는 서사법에서는 시간적 질서가 바탕이 됨을 보았다. 그런데 그것만으로는 충분한 서사법이 될 수가 없다. 다루는 행동과 사건들이 어떤 의미, 곧 주제를 드러내도록 엮어지지 않으면 안 된다. 다시 말하면 서사법에서 다룬 행동이나 사건은 우리에게 무엇인가 색다르고 흥미 있고 가치 있는 것을 느끼거나 깨닫게 해 주어야 한다는 것이다.

앞에서 본 〈예문 1〉, 〈예문 2〉에서도 단순한 행동의 서술에 그치지 않고 그 의미가 나름대로 수렴되고 있음을 엿볼 수 있다. 그러나 다음과 같은 글에서는 단순한 사건의 기록에 그치고 있다는 느낌이 든다.

예문 3

윌슨 대통령은 1917년 4월 6일에 의회에 전쟁 메시지를 제출했다. 전쟁은 선포되었다. 그리하여 합중국은 그 최초의 커다란 전쟁 모험에 발을 내딛게 되었다. 1917년 4월 8일, 바로 그 이틀 뒤에 앨버트 메이필드가 일리노이 주의 메어리스 빌에서 태어났다. 그는 건강한 어린애였고 무럭무럭 자랐다. 휴전이 될 때까지는 22파운드의 체중을 가졌었다. 1918년 12월 12일 체르버그에서 뉴욕으로 돌아오던 전함 메이슨 호가 섬 밖에 떠다니는 수뢰에 부딪쳐 침몰하였다. 2백 16명이 희생되었다.

윗글에서는 여러 가지 움직임 또는 사태들이 시간적 순서로 나열되어 있다. 그런 점에서 일종의 서사법의 글인 것은 틀림이 없다. 그렇지만 그것들은 의미적으로 연결되어 있지 않다. 서로 긴밀한 관련성이 없이 나열되어 있는 움직임들에 불과하다. 이처럼 시간적 순서로 나열되었다 하더라도 앞뒤의 움직임들이 의미적으로 연관성을 가지지 못하면 전체적으로 어떤 주제를 드러내는 행동이나 사건을 이루지 못한다.

그러나 위 〈예문 3〉에서 다음과 같이 앞뒤의 사건이나 행동을 긴밀한 연결을 가지고 펼쳐 간다면 주제가 뚜렷이 떠오르게 된다.

예문 3-1

1917년 4월 6일에 윌슨 대통령은 의회에 전쟁 메시지를 제출했다. 전쟁이 선포된 것이다. 그리하여 합중국은 이제 그 최초의 커다란 모험에 뛰어들게 되었다. 1917년 4월 8일, 바로 그 이틀 뒤에 앨버트 메이필드가 일리노이 주 메어리스 빌에서 태어났다. 선전 포고를 알리는 메어리스 빌 꾸리아지의 호외 잉크가 마르기도 전에 앨버트는 이 험난한 세상 안에 모습을 드러내게 된 것이다. 그는 건강한 아이로서 무럭무럭 자랐다. 휴전이 될 무렵 그의 체중은 22파운드가 되었었다. 1918년 12월 12일 체르버그에서 뉴욕으로 돌아오던 전함 메이슨 호가 섬 밖에 떠다니는 수뢰에 부딪쳐서 침몰되었다. 2백 16명이 희생되었다. 여기에는 시드니 메이필드라는 포병 대위도 들어 있었는데 그는 본디 조용하고 얌전한 중년의 보험 외판원이었다. 그는 마침내 미망인과 어린 아들을 남기게 되었다. 그 아들이 바로 앨버트였다. 앨버트로서는 기억할 수도 없었던 그 전쟁에서 빚어진 비운 속에서 자라나게 되었다. 그 전쟁은 가정이라는 그의 작은 세계를 비운에 빠뜨렸고, 그의 어머니를 말없고 비통한 여인으로 만들었으며, 그에게 가난과 쓰라림을 안겨 주었다. 그뿐 아니라 그 전쟁은 그의 바깥세상에도 결정적인 영향을 끼치게 되었던 것이다.

위 예문은 움직임들이 서로 긴밀하게 연결되어 펼쳐지고 있다. 여러 가지 앞뒤 움직임들이 서로 관련을 맺고 엮어지고 있다. 앨버트가 전쟁으로 말미암아 받는 영향들이 어떤 것이며 얼마만큼 심각한 것인가에 대해서 계속 궁금증을 느끼게 해준다. 곧바로 사건들이 꼬리에 꼬리를 물고 이어짐으로써 우리의 관심을 고조시키고 있다. 이는 이야기가 우리에게 어떤 의미를 주고 있음을 말해 준다.

서사법에서 다루는 행동이나 사건들이 우리의 흥미를 끌고 의미를 느끼게 해주는 것은 그것들이 서로 인과 관계로 맺어지고 있기 때문이다. 여기서 말하는 인과 관계란 서로 이어서 발생하는 행동이나 사건들이 원인이나 결과로 작용되고 있음을 말한다. 곧 앞 사건이 바로 뒤따르는 사건의 원인이 되기도 하고, 그 반대로 앞 사건이 결과이고 뒤 사건이 그 원인이 될 경우도 있다. 또 하나의 사건이 뒤따르는 여러 사건들의 원인으로 작용될 수도 있고, 때로는 간접적인 관계나 다소 먼 관계로 맺어지는 수도 있다. 어떻든 여러 등장하는 사건들은 서로 영향을 주고받는 인과 관계로 맺어질 경우에 우리의 흥미를 끌고 어떤 의미를 느끼게 하여 준다.

우리가 일어나는 일들 사이의 인과 관계에 대해서 관심을 가지는 것은 본성적인 궁금증 때문이다. 우리는 어떤 행동이나 사건을 보았을 때 그 원인이나 결과에 대해서 줄곧 관심을 가지게 된다. 예를 들어, 어떤 영화의 첫 장면에서 젊은 남녀가 만나는 광경이 나타났다고 하자. '왜 만나는 것일까? 두 사람 사이는 어떻게 되어 갈까?' 이런 궁금증이 우리 마음속에 거의 자동적으로 일어난다. 이는 결국 그 만나는 행동(사건)의 원인과 결과를 알고자 하는 인간 본성으로 기인한다.

또한 우리는 이야기의 배경이나 등장하는 인물들에 관해서도 관심을 가지게 된다. '그들이 언제부터 어디서부터 알게 되었을까?', 그들의 나이, 학력,

출신, 성격, 능력, 용모 등에 관해서도 비상한 관심을 가지게 된다. 그런데 그런 것들도 따지고 보면 그들이 벌이는 행동이나 사건의 원인이나 결과에 대한 호기심과 관련된 사항들이다. 그런 배경이나 인물 됨됨이는 모두 사건의 원인이나 결과에 미치는 영향이 그만큼 크기 때문이다.

많은 사건은 원인과 결과의 양쪽이 다 흥미를 끌지만 경우에 따라서는 어느 한쪽에 관심의 초점이 놓이는 일이 있다. 결과가 이미 확실히 드러난 사건일 때는 원인이 무엇인가에 대해서 더 큰 관심이 집중된다. 가령 어린이의 유괴 사실이 확실해졌을 때 사람들은 왜 그런 끔찍한 일이 저질러져야 했는지를 알고자 한다. 그 밖에 방화 사건, 살인 사건, 비행기 추락 사건들이 일어날 때도 대부분 원인의 규명이 중요시된다. 반면에 어떤 사건이 벌어지고 있는 과정에서는 그 결과가 관심의 대상이 된다. 가령 두 사람이 싸움을 벌이고 있을 때는 어느 쪽의 승리로 끝날 것인가를 궁금해 한다. 중요한 시합, 선거 등의 문제들도 결과 쪽에 더 큰 비중이 놓이게 된다.

다음 예문은 교실에서 벌어진 일을 서술한 글의 일부인데 우리의 궁금증을 점증시키는 서술법을 보여 준다.

예문 4

지난 4월 어느 날, 강의실에서 생긴 일이다. 시간 중에 주마다 주어지는 과제물 조사를 하느라고 여느 때와 같이 학생들의 좌석을 돌면서 과제물을 평가하고 있었다. 과제물을 평가하자면 자연히 학생들의 태도며 복장이며, 글씨를 살피게 된다. 거의 반이나 조사가 끝날 무렵에 나는 하도 이상하도록 성장한 모습의 학생 앞에서 걸음을 멈출 수밖에 없었다. 머리는 이상한 빛깔로 염색을 했을 뿐 아니라 얼굴 화장이며 손톱은 무서운 생각이 들도록 길게 기른 데다 이상하리 만큼 찬란한 칠까지 발라 더욱 섬찍한 느낌이 온몸을 휩싸는 것 같았다. 보지 말아야 할 것을 본 것 같은 느낌이 들 뿐만 아니라 또한 민망스럽게도 느껴져서 그냥 지나치려 해도 발걸음이 옮겨지지 않았다. 간섭을 할까 하고 생각을 하니 잠깐 동안이나마 머뭇거리지 않을 수 없었다. 이해성 없고, 고루하고, 보수적인 훈장이란 평을 받을지도 모르며 또 젊은 학생들의 기분을 몰라준다고 야속해 할 수도 있는 일이기 때문이다. 그러나 도저히 그냥 지나칠 수 없다는 결정을 내리게 되었다.

– 진동혁, 「참된 아름다움」 중에서

겉보기에는 큰 사건인 것 같지 않으나 필자가 그것을 심각하게 느끼고 부각시키고 있으며, 또한 그 문제를 어떻게 해결할 것인지 머뭇거리는 과정이 서술되고 있어서 우리의 궁금증이 더해 감을 알 수 있다. 결심을 하고 행동에 옮겼을 때 학생의 반응이 어떻게 나올 것인지 거기에 따라 선생이 어떻게 대처할 것인지 궁금해지는 대목이다. 서사법은 이처럼 우리의 궁금증을 가중시켜 감으로써 이야기를 더욱 흥미 있게 끌고 가는 일이 많다.

서사법에서 다룬 행동이나 사건의 의미는 여러 가지가 될 수 있다. 우리가 어떤 사건에서 소박하게 느끼는 흥미나 재미에서부터 슬픔, 감동, 전율 등에 이르는 정감적 의미가 있는가 하면 교훈, 깨달음, 진리 등의 지적인 깨우침이나 의미가 될 수도 있다. 또한 그런 의미가 우리의 삶에 큰 영향을 주는 수도 있고 그렇지 않을 수도 있을 것이다. 그뿐 아니라 그 의미는 독자층이나 상황에 따라 여러 가지로 다른 반응을 일으킬 수도 있을 것이다.

이런 점에서 볼 때 기왕이면 좀 더 가치 있고 깊은 의미를 드러낼 수 있는 사건이나 행동이 다루어지는 것이 바람직하다고 할 수가 있다. 되도록이면 많은 이들이 색다른 감흥을 느낄 수 있을 뿐 아니라 지적인 면에서도 삶의 깊은 뜻을 새기고 깨우칠 수 있는 이야기가 펼쳐지는 것이 요망된다. 따라서 필자는 행동이나 사건이 지닌 의미를 깊이 살피고 그것을 잘 드러낼 수 있게 이야기를 엮어 나가도록 글 솜씨를 가다듬을 필요가 있다. 그렇게 함으로써 좀 더 차원 높은 주제를 지닌 서사법의 글을 써 낼 수가 있다.

3. 서사법의 3요소와 주제

서사법에서 부각시키는 행동이나 사건의 의미 곧 주제는 주로 다음의 3가지 요소를 통하여 드러나게 된다.

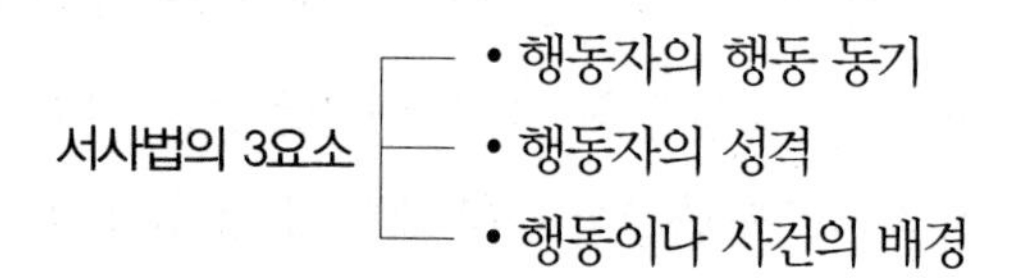

(1) 행동자의 행동 동기

서사법에서는 행동자가 보여주는 행동을 대상으로 하고 있다. 따라서 그 행동자가 왜 그런 행동을 하게 되는가를 분석하는 일은 매우 중요하다. 그것은 결국 그 행동이 가지는 의미와 직접적인 관련을 가지고 있는 것이다. 예를 들어, 임진왜란 때에 이순신 장군이 보여 준 행적을 다룰 경우를 생각해 보자. 우리는 그분이 갖가지 여건을 무릅쓰고 거북선을 만들고 왜적을 무찌르는 데 전무후무한 전공을 세운 사실을 다 안다. 이런 이순신 장군의 행적에서 우리는 여러 가지 의미를 찾을 수가 있다. 그것은 그분이 그와 같은 행동을 하게 되는 동기를 어떻게 분석하느냐에 달린 문제이다. 그분의 동기는 나라를 사랑하는 충정이 무엇보다도 강했다고 볼 수가 있다. 이 경우는 그분이 한 행동은 위대한 애국자적 행동으로 빛나는 것이다. 그분의 행동 동기가 무인으로서의 사명을 다한다는 점에 역점이 놓여 있었다고 하면, 그분은 위대한 무인으로서의 행동을 보여준 것이 된다. 그분이 만일 임금에 대한 충성심을 가장 큰 동기로 여기고 있었다면 그분은 무엇보다도 만고 충신으로서 추앙을 받게 될 것이다. 또 만일 그분이 이런 모든 동기를 동등하게 다 지니고 있었다면 그분은 위대한 애국자요, 무인이요, 충신이라는 3가지 영예를 모두 한 몸에 지니는 행동을 보여준 것이 된다. 사실상 그분은 그러한 위대성이 있는 것으로 인정되고 있다.

이런 역사적 사건이 아닌 문예 작품에서도 등장하는 인물들의 행동 동기는 그 작품의 주제와 가장 밀접한 관련이 있음을 많이 본다. 필자는 작중 인물의 행동에 특정한 동기를 부여함으로써 사건을 여러 가지로 펼치고 거기에 따라 자기가 내세우고자 하는 의미(주제)를 드러내는 것이다. 가령, 『춘향전』에서 이 도령이나 춘향이가 하는 행동에 각기 동기를 부여함으로써 작자의 의도가 뚜렷이 드러나고 있음을 우리는 안다. 춘향이의 행동에는 한 낭군에 대한 정절 의식이 가장 중심적 요소를 이루고 있다. 이 도령의 행동에는 여러 가지 동기가 개입되고 있지만 사랑과 신의 그리고 악인에 대한 징벌 의식이 주된 것으로 볼 수가 있다. 작품에 등장하는 인물, 특히 주인공들에 부여한 행동의 동기는 곧 필자의 의도이며 그것은 그 작품의 주제와 직결되고 있는 것이다.

이렇게 볼 때 서사법의 글을 쓰는 데는 등장하는 인물(들)이 어떤 행동을 보여줄 것이냐 하는 문제와 함께 그런 행동이 왜 나타나는가를 말해 주는 적절한 동기 부여가 매우 중요한 것임을 알 수가 있다. 한 마디로 무의미한 행동이 아니고 뜻있는 행동, 이유가 있는 행동이 되도록 해야만 그 행동이 가치 있는 것이 된다.

다음 글은 김홍섭이라는 유명한 판사의 일생을 다룬 서사문의 일부이다. 무엇보다도 그 인물의 값진 행동 동기에서 많은 감명과 일깨움을 받게 된다.

예문 5

김홍섭은 1915년 8월 28일 전북 김제군 금산면 원평리에서 아버지 김재운과 어머니 강재순의 외아들로 태어났다. 농민의 아들로 출생해 자란 그는 원평 보통학교를 수석으로 졸업하고 20살 때 홀로 전주로 가서 우연히 만난 일본인 변호사 사무실에서 4년 동안 잔심부름을 하며 공부를 더 계속할 기회를 기다렸다. 그는 일본인 변호사의 주선으로 1939년 일본 대학 전문부에 입학할 수 있었다. 그리고 그는 이듬해 8월 조선변호사 시험에 합격했다. 마음의 여유를 찾은 그는 일본 대학을 떠나 와세다 대학 문과에 청강생으로 등록, 문학과 철학 서적을 탐독하기도 했다.

김홍섭은 1941년 2월 귀국, 가인 김병로의 사랑을 받으며 함께 변호사 생활을 하던 중에 그의 추천으로 낭산 김준연의 셋째 딸 자선과 1944년에 결혼했다. 그는 일제의 다스림 아래서 변호사 업무를 통해 민족의 인권을 보호하는 데 주력했으며 해방된 조국에서는 서울지방검찰청 검사로 임명되었다. 신예 검사 김홍섭은 1946년 6월 좌익에 의해 저질러진 조선정판사 위조지폐사건 수사를 담당, 그 전모를 발표하여 사회에 충격을 주었다. 좌우익 세력이 피 흘리며 대결하고 실세를 쥔 권력의 향방을 가늠하기 어려운 상황에서 그는 우익으로부터는 수사에 간섭을, 좌익으로부터는 테러의 위협을 받았다.

그는 검사 생활 11개월 만에 사표를 제출, 가족과 함께 뚝섬에서 가건물을 짓고 자연 속에 파묻혀 최저생활이나마 꾸려나가기 위해 닭과 돼지를 기르고 채소를 가꿨다. 어제의 검사는 오늘 농민이 되어 돼지 새끼를 사서 부대에 넣어 어깨에 멨다. 그는 채소밭을 일구다 거름독에 걸린 일도 있다.

대법원장에 취임한 김병로는 이러한 김홍섭을 불러 '해방 조국에 할 일이 태산 같은 데 자네 같은 인재가 그렇게 시간을 보내서야 하느냐'고 크게 꾸짖었다. 김홍섭은 고심 끝에 가인의 의견을 좇아 1946년 12월 서울지방법원 판사로 임명됐다. 그는 1950년 11월 6.25 사변 중에 피난지 부산에서 서울고등법원 판사로 임명됐다. 그는 이어 서울지방법원 부장판사, 서울고등법원 부장판사, 전주지방법원장, 대법원판사, 대법관 직무대리, 광주고등법원장, 서울고등법원장 등 법관으로서 요직을 두루 거쳤다. (중략)

김홍섭은 법관으로서 사람이 사람을 재판할 수 있는가 하는 문제를 놓고 남다른 고민을 했다. 그는 서울지방법원 청사 2층 집무실에서 톨스토이의 소설 『부활』을 여러 차례 읽으며 작가와 더불어 이 문제에 대해 부정적인 결론에 도달한 일이 있다고 말했다. 그는 이러한 실존적 번뇌를 통해 법은 불가불 필요한 것, 재판은 최소한의 정의를 실천하기 위해서 없을 수 없는 것임을 긍정하고, 이를 위해 십자가를 지는 심경으로 법관의 임무를 수행했다.

1953년 9월 26일 명동성당에서 바오로란 본명으로 영세한 김홍섭은 법 가치를 인정하면서도 법에 내재된 진리의 근원을 찾기 위해 고심한 흔적을 일기에 단편적으로 남겼다. '1959년 11월 28일: 재판은 어렵다. 그러나 없을 수 없다. 양심과 신앙. 법과 종교. 1964년 1월 29일 : 영구법→자연법→인정법' 즉, 그는 법체계의 맨 밑바닥을 치는 실정법의 맹점을 파악하고 그것의 원형질인 영원한 진리의 법을 목말라 했다. 결국 그는 법의 원류(源流)에 도달, 사랑의 실천자요 사도 법관이란 이름으로 우리 앞에 나타난다.

좌익이 관여한 경주호 납북미수사건 공판에서 그는 "불행히 세계관이 달라서 여러분과 나는 자리를 달리하는 것입니다"라고 부드럽고 온화하게 모두(冒頭)를 꺼낸 후 친자식에게 타이르듯 그들의 처지를 이해하려는 자세였다. 피고인들은 눈물을 흘리며 순순히 진술했다. 재판장 김홍섭은 선고공판에서 "법의 이름으로 피고인 OOO을 극형에…" 라고 선고 하는 순간 목이 메어 머리를 숙인 채 한참 묵념을 했다. 그는 다시 말을 이어 "하느님의 눈으로 보시면 어느 편이 죄인일는지 알 수 없는 노릇입니다. 불행히 이 사람의 능력이 부족하여 여러분을 죄인이라 단언하는 것이니 그 점 이해하여 주시기 바랍니다."라고 덧붙였다. 30여명의 피고인들은(극형을 선고받은 3명까지도) 고개를 숙이고 뜨거운 눈물을 흘렸다. 이 재판은 법관도 피고인도 방청객도 함께 울어버린, 사법사상 처음 있었던 사례로 알려졌다.

김홍섭은 교도소를 찾아가 주요사건 – 자기가 담당한 사건이건 아니건 – 관련된 사형수들을 위로하고, 양서를 사서 넣어주며 그들을 신앙의 길로 이끌었다. 자유당 시절 권세를 누렸던 육군소장 김창룡을 살해한 육군대령 허태영, 간첩 박기택 등 그가 천주교로 입교시킨 사형수, 무기수들은 무수히 많다. '그는 서울교도소내의 전교 사업을 처음으로 편 법관이었다'고 전 교도관 고중열씨는 증언한다. 김홍섭은 정녕 사도법관이었다.

– 이태호, 「김홍섭 : 법과 양심과 진리의 생애」 중에서

윗글에서는 '법관도 피고인도 방청객도 함께 울어버린 사법사상 처음 있었던 사례'를 낳게 한 점 등 감동을 주는 사건은 무엇보다도 그 행동자의 차원 높은 신심과 사랑에서 우러나오고 있음이 잘 드러나고 있다. 곧 주인공의 비범한 행동이 어떠한 동기에서 이루어지고 있는지를 소상히 밝히는 데 역점이 놓여진 서사문이다. 우리는 일반적으로 행동이나 사건의 원인에 대해서 관심을 가지고 있는데 그 원인이 순수하고 거룩한 동기와 관련될 때 큰 감명을 받게 된다. 인간은 누구나 알게 모르게 그런 거룩한 경지를 지향하고 동경하고 있기 때문이다.

(2) 행동자의 성격

행동 또는 사건의 의미와 관련된 또 한 가지 요소는 행동자의 성격이다. 성격은 행동과 밀접한 관련이 있다. "성격은 그 사람의 운명이다"라는 옛말이 있듯이 사람의 성격은 그 사람의 행동에 대하여 지배적인 영향을 준다. 나쁜 성격에 좋은 행동이 기대될 수 없으며, 좋은 성격에서 나쁜 행동이 또한 잘 나오지 않는다. 돌배나무에는 돌배가 열리고, 참배나무에는 참배가 열리는 것과 마찬가지 이치이다. 따라서 서사법에서는 행동자의 성격을 매우 중요시한다.

성격은 대개 어떤 행동의 원인으로서의 구실을 한다. 어떤 사람이 불쌍한 사람을 사랑하는 행동을 한다고 할 경우에 그 사람을 다루는 서사법을 생각해 보자. 그 사람의 착한 행동에 관해서 이야기하면서 그 행동의 동기로서 신앙적인 것 또는 그 밖의 의도적 동기를 내세울 수가 있을 것이다. 그러나 그 사람의 성품도 그만 못지않은 관련을 지니고 있다. 아무리 동기가 훌륭하더라도 그런 착한 일을 하는 데는 거칠고 교만한 성품으로서는 거의 불가능하기 때문이다. 특히 그것이 일시적인 행동이 아니요 꾸준히 계속되는 것일 경우에는 그 성격적 요인은 매우 큰 몫을 차지한다. 앞에 말한 이순신 장군의 경우에도 그분의 성품과 밀접한 관련을 가진 것임은 더 말할 여지가 없다.

우리는 어떤 이의 행동을 이야기하는 데는 행동에 맞는 성격을 전제로 하고 다루어야 한다. 곧 그 행동과 동떨어진 성격, 도저히 그런 행동을 할 수 없는 성격이 전제가 되어서는 안 된다. 반면에 어떤 성격을 중시하여 드러내고자 할 경우에는 거기에 맞먹는 행동이 선택되고 제시되어야 한다. 그 성격으로서는 기대될 수 없는 행동은 특수한 이유가 없는 한 용납되어서는 안 된다. 예를 들어, 무려 전과 7범인 흉악범이 어떤 선량한 사람에게 양심적 행위를 하라고 타이르는 행동을 했다고 하자. 보통 상식으로는 이해가 어려운 행동임에 틀림없다. 그러나 그 사람이 오랜 감옥살이를 통하여, 특히 종교적 감화를 받고 인생의 참된 가치를 깨닫고 난 연후의 일이라고 한다면 문제가 달라진다. 일종의 성격 변화가 일어났다고 할 수 있는 특수한 경우이기 때문이다.

서사법에서 행동자의 성격을 나타내는 데는 두 가지 방식이 있다. 기술법이나 설명법에 의한 경우와 행위의 서술에 의한 경우가 그것이다. 기술 또는 설명 방식은 등장 인물에 관하여 용모, 마음가짐, 사고방식, 취미 등을 직접적으로 묘사하고 설명하는 것이다. '그의 용모는 인자하고 온화한 성품을 드러낸다'든지, '그의 마음은 비단결 같아서 남에게 모진 짓을 하지 않는다' 따위로 기술하거나 설명하는 것이다. 이런 기술이나 설명 방식은 서사법에 대한 보조적 기능을 한다. 행위의 서술 방법에 의하는 경우는 그 사람의 행동을 통하여 성격을 간접적으로 보이는 것이다. '그는 정직하다'고 말하는 대신에 다음과 같이 그의 행동을 보여준다. '그가 장관을 지내던 시절에 해외 경비를 쓰고 나서 나머지가 있으면 국고에 반납하곤 했다. 그는 이처럼 해외 경비를 남겨서 숱한 선물을 사가지고 들어오던 딴 사람들과는 남달랐다. 이런 행동을 보여줌으로써 그의 정직성이라는 성격을 드러내는 것이다.

둘째 방식으로 행동자의 성격을 드러내는 경우는 양자가 상호작용을 한다. 행동은 거기에 상응한 성격을 드러내고 반대로 성격은 거기에 맞는 행동을 유발하는 것이다. 문학 작품 따위에서는 어떤 행동이 성격 창조를 하고 그 창조된 성격의 지배를 받아서 필연적으로 특정한 행동이 이루어지는 일들을 흔히 볼 수 있다. 예를 들어, 어렸을 때 부모를 잃은 한 전쟁고아가 갖은 풍파 속에서 시달린 끝에 강인한 의지의 사나이로 자란다. 무쇠덩이와도 같은 굳고 차가운 성격으로 그는 유수한 사업가가 되고 마침내 재벌이 된다. 그러고도 그는 더욱더 큰 재산을 모으는 데 악착같은 행동을 그칠 줄 모른다. 이런 줄거리의 소설이 바로 성격과 행동의 상호 작용 관계를 잘 보여준다.

특히 어떤 등장인물의 전형적인 성격 창조가 주 목적으로 되어 있는 작품에서는 행동은 오로지 성격을 위해서 존재 가치를 지닌다. 이런 작품에서는 모든 행동들이 주인공의 성격을 드러내는 데 동원되고 있으며 그것과 관련 없는 행동은 없다. 그가 보이는 일거수일투족이 성격의 부각으로 집중된다. 이런 작품을 읽고 나면 그 주인공의 독특한 성격이 그의 여러 행동과 함께 인상 깊게 떠오른다.

다음 글은 소설 작품은 아니지만 인물의 성격이 행동을 통해서 잘 드러나고 있다.

예문 6

우리 집은 밥을 먹을 때 어른들과 오빠는 같은 상에서 먹었다. 우리들은 오빠가 먹는 상보다 조금 낮은 상에서 먹었다. 내 손이 맛있는 반찬으로 연거푸 가면 오빠는 상 밑으로 우악스럽게 주먹을 내밀었다. '지금은 아버지가 계시니까 이따가 보자, 너 죽을 줄 알아'라는 신호다. 밥 먹을 때 코만 한번 훌쩍여도 상 밑으로 '너 이따 보자'라는 주먹이 나왔다. 오빠의 주먹이 보이면 밥 떠넣고 반찬 집어 먹을 겨를도 없이 벌떡 일어나 밖으로 나와서 있는 힘을 다해 코 속에서 헛바람 소리가 날 때까지 코를 깨끗이 하고 다시 들어갔다.

오빠가 묻는 말에 모른다고 대답하면 그까짓 것도 모르느냐고 때리고 안다고 대답하면 잘 알지도 못하면서 아는 척한다고 때렸다. 나는 이렇게 억울하게 맞았지만 오빠에게 감히 대꾸 한 번 못하고 부동자세로 서서 맞아야만 했다. 울면 운다고 더 때리니까 말이다. 서너 살밖에 안 된 동생도 오빠한테 맞고는 울지 않고 가만히 있었다. 지금도 나는 억울하게 맞을 때 오빠를 호되게 혼내주지 않은 어머니가 야속하다. 이름 다른 자식(장손) 이라서 함부로 혼낼 수가 없었는지 어머니는 그런 오빠를 야단친 적이 없었다. (중략)

할머니는 늘 오빠에게 정성을 다했다. 인삼과 대추를 다려서 쓰다고 안 먹겠다는 손자와 실랑이를 벌였다. 어느 날 보약을 받아 든 오빠가 꽉 쥔 주먹을 나에게 내보이며 따라오라는 시늉을 했다. 뒤안 구석지로 데리고 가더니 약사발을 내밀었다. 겁을 잔뜩 먹었던 나는 약사발을 받아 단숨에 들이켰다. '할머니가 묻거들랑 내가 마셨다고 해'라는 엄포를 들으며 쓰디쓴 약을 얼굴도 찡그리지 못하고 마셨다. 이때부터 할머니와 어머니가 번갈아가며 이름 다른 자식을 위해서 정성스레 달인 보약은 자주 내 차지가 되었다. 그 때문인지 나는 지금까지 추위도 잘 안타고 감기로 고생해 본 기억이 없다. (중략)

– 여인언, 「어느 폭군」 중에서

윗글은 가정주부가 쓴 글의 일부인데 장손으로 특별대우를 받고 자라던 오빠가 동생들에게 폭군처럼 굴었던 행동을 재미있게 서술하고 있다. 별다른 설명을 덧붙이지 않고도 행동 서술 자체만으로도 그 인물의 성격이 실감 있게 표출되고 있다. 이는 그 인물의 행동 가운데 그 특유한 횡포를 드러내는 전형적인 점만을 골라서 집중적으로 배열했기 때문이다.

(3) 행동이나 사건의 배경

행동이나 사건이 벌어지는 자리와 환경적 여건 등을 배경이라 한다. 이 배경도 동기, 성격과 함께 행동이나 사건의 의미 형성에 밀접한 관련을 가진다. 첫째로, 행동이나 사건이 어디에서 일어나느냐에 따라 여러 제약이 따른다. 집에서 행동하는 경우와 밖에서 하는 경우가 다르며, 보는 이들이 적고 많은 자리가 같지 않다. 특수한 직장, 가정의 경우가 다르며, 국내외가 다르다. 예를 들어, 여름에 속옷 바람으로 집 안에서 행동하는 것은 문제될 것은 없지만 대문 밖만 나가도 크게 문제가 될 것이다. 따라서 행동을 말하는 데는 장소적 여건을 늘 고려하고 맞갖은 장소의 선택을 배려해야 한다.

둘째로, 환경적 여건도 행동이나 성격의 형성에 밀접한 관련을 가진다. 잔인한 흉악범의 행동과 성격은 그 자라난 환경과 많은 관련이 있음은 널리 알려진 사실이다. 어른이 된 이후에도 교원, 공무원, 군인, 사업가, 정치인 등의 행동, 말, 성격 등이 각기 다른 특색을 보이는 것은 일반적 경향이다. 그러므로 행동이나 사건의 이야기에서는 이런 환경적 여건을 고려하여야 한다. 만일 그렇지 않고 환경과 동떨어진 행동이나 사건이 벌어질 경우에는 거기에 대한 충분한 보완 조치가 있어야 한다. 독자는 일반 상식으로 작중 인물을 평가하기 때문이다.

위의 〈예문 3-1〉에서 전쟁이 끝난 뒤 메이슨 호의 침몰로 아버지를 잃은 갓난아이가 처한 환경적 여건은 그 아이의 성격 형성과 그에 따른 행동에 지대한 영향을 미칠 것으로 예상된다. 우리는 어린 메이필드가 어떤 성격과 행동을 장차 보여줄 것인지 자못 궁금하게 느끼게 된다. 그것은 그 환경적 여건이 매우 심각한 영향을 미치리라는 것을 짐작하고도 남음이 있기 때문이다. 또 앞의 〈예문 6〉에서 보인 '오빠'라는 인물의 성격과 행동도 그가 장손으로서 집안 어른들의 특별대우를 받는 가정 분위기에서 자란 것과 관련이 깊다. 그래서 윗글의 원문에서는 이 사실을 서술하고 있는데, 이런 배경의 서술은 그 인물의 성격과 행동의 원인 또는 그 의미를 이해하는 데 도움을 주게 된다. 나아가 그것은 사건 전체의 인과 관계에도 한 몫을 하게 되는 것이다.

서사법에서 이런 배경을 나타내는 데는 설명법과 묘사법을 빌어쓰는 일이 많다. 곧 서사법에서는 흔히 행동이나 사건을 서술하기 전에 시간과 장소 등의 여건이나 분위기를 묘사하거나 설명을 하는 것이다. 다음 예문은 그 전형적인 예이다.

예문 7

1895년 11월의 제3주. 런던은 짙은 안개에 덮여 있었다. 그 주간의 일요일에서 목요일까지, 베카 가에 있었던 우리 쪽의 집 창문에서 건너편 집들의 모양이 어렴풋이나마도 보이지 않을 정도로 안개가 시가를 휩싸고 있었다. 그 첫날, 홈즈는 집안에서 두꺼운 참고서에 색인을 경사지게 붙이며 보냈다. 둘째 날과 셋째 날엔 요즈음 마음 붙이기 시작한 일 – 중세 음악 – 로 하루를 견디어 냈다. 그런데 넷째 날 아침을 먹고 의자를 뒤로 밀어놓고 바깥을 내다보고 나서는 성급하고 활동적인 홈즈로서는 그 단조로운 생활을 더 이상 견딜 수가 없었다. 아직도 그 육중한 다갈색 안개의 소용돌이가 가시지 않고 기름기 같은 물방울이 되어 유리창에 엉키고 있었던 것이다. 그는 마침내 억누르고 있었던 정열이 끓어올라 손톱을 물어뜯어 보기도 하고 가구를 두들겨 보기도 하고 공연한 역정을 내기도 하며 방안을 초조히 돌아다니기도 하였다.

– 김국자(역), 코난 도일의 「부러스 – 파딩튼의 설계서」 중에서

이 글을 읽을 때 우리는 그 작중 인물이 어떤 행동을 벌일지 모르는 긴박감을 가지게 되는데 그것은 그 사람이 놓여 있는 환경적 배경 때문이다.

다음 예문은 근래에 글쓰기를 익힌 가정주부가 옛날 일을 회상하여 마련한 서사문이다. 그런데 이야기가 추석 명절이라는 특수한 배경과 관련되어

펼쳐짐으로써 흐뭇한 공감을 불러일으킨다.

예문 8

또르르르 또르, 짤짤 짜르르르, 잔디밭 풀섶에서 벌레들이 연일 흥을 돋울 무렵이면 중천에 떠오르는 달 모양이 어서어서 쟁반처럼 둥글어지기를 손꼽아 기다리게 된다. 우리 어릴 적에만 해도 이렇게 추석날이 다가오면 서울 한복판에서도 어디를 가나 그 환상의 추석 분위기는 무르익어 갔고 그날에 펼쳐질 이야기꽃이 한창 피어나곤 했다.

드디어 팔월 열나흘 날이 다가 왔다. 이날 나는 무척 바빴다. 오전반을 마친 나는 집에 오자마자 솔잎을 따러 갔다. 따라오겠다고 눈치를 보며 빼죽거리는 동생을 간신히 따돌리고 이웃집 친구와 함께 바구니를 들고 성북동 골짜기로 냅다 달려 갔다. 엄지, 검지, 장지 세손가락으로 솔잎을 잡아당기면 연한 배추 빛 끝이 뾰족하게 나오면서 쑥쑥 잘 뽑힌다. 가끔씩 끈끈한 송진이 묻은 고동색 잎받침이 붙은 채로 뽑히면 손끝으로 일일이 빼내야 했다. 소복이 늘어나는 솔잎을 꼭꼭 누르면서 얌전하게, 될 수 있는 대로 가지런히 놓으려 애썼다. 집에 가서 할머니와 어머니의 칭찬을 듣고 싶어서 배고픈 것도 잊고 친구의 바구니를 힐끔힐끔 보아가면서 부지런히 손을 놀렸다.

소나무를 따라 정신없이 다니다가 돌아갈 길마저 잃고 헤매던 우리는 해가 질 무렵에야 겨우 집에 당도하였다. 어머니는 올 추석 송편은 더 맛있겠다고 등을 두드려 주었고 할머니는 손녀딸을 누가 데려갈지 그 녀석 호박 떨어졌다고 하였다. 두 손으로 솔잎을 움켜쥐고 코를 대어보면 풋풋하고 싸리한 솔잎 향기가 가슴 깊이 스며들었다.

이윽고 마당 한쪽에 맷돌을 내어놓고 고모는 녹두를 갈고 할머니는 자배기 속이 커다란 생선으로 포를 뜬다. 지짐질하는 냄새가 집안 가득하다. 툇마루에는 씻어서 차례상에 올릴 과일과 밤, 대추가 소쿠리에 담겨져 있다.

쌀가루에 뜨거운 물을 부어가며 어머니의 그 큰손으로 둥그렇게 반대기를 지어 치대서 젖은 베보자기로 덮어 놓는다. 식구들이 마루에 둥그렇게 모여 앉아 할머니의 옛이야기를 들으면서 송편을 빚기 시작한다. 떡 반죽을 밤톨 만하게 떼어 손바닥에 마주 굴려서 옹심이를 만든다. 가운데를 오목하게 벌려 속을 채운 다음 입을 오드린다. 정성껏 만들어서 서로 자기 것을 내보이면 할머니 솜씨는 구수해 보이고 어머니 솜씨는 얌전하다. 내가 만든 것은 작고 귀여웠다. 송편을 잘 빚어야 예쁜 딸 낳는다는 할머니 말씀이 솔깃하여 자꾸만 예쁘게 만들려고 애썼다.

동글동글하고 갤쭉한 송편이 커다란 두레반과 목판에 가득히 채워지면 어머니는 가마솥에 시룻번으로 시루를 고정시키고 솔잎 한 켜 놓고 송편 얹기를 번갈아 하여 하나 가득 채운다. 아궁이에 장작을 어슷어슷 들여 놓고 쏘시개에 불을 지펴 타닥거리며 벌겋게 타오르는 불꽃에 얼굴이 화끈거릴 때쯤엔 시루에서 뜨거운 김이 오르고 열어 놓은 부엌문 바깥은 어느새 어둠이 깔린다.

이윽고 나는 신나게 펌프질을 하여 찬물을 통에 철철 넘치도록 받아 놓는다. 그러면 어머니는 다된 송편에서 솔잎을 떼어내며 이 물에 재빨리 씻어 소쿠리에 건져서 참기름을 반지르하게 발라 놓는다. 계피향이 은은한 팥송편, 간간하고 고소한 녹두 송편도 있다. 내가 만든 깨송편을 골라내어 한입 꼭 깨물어 오물오물 먹어본다. 존득존득하고 솔잎 내가 솔솔 나는 고소한 송편이 감칠맛이 난다. 송편이 다 되기까지 나도 한 몫 한 것이 어쩐지 어깨가 으쓱했다.

어머니는 미리 손질해 놓은 한복을 꺼내어 머리맡에 내어 놓는다. 동생은 색동저고리에 진분홍 치마이고 내 것은 노랑 저고리에 다홍치마다. 두 손으로 발과 씨름을 하며 신어야 할 하얀 버선도 있다. 코끝이 빨갛고 꽃무늬가 꼭꼭 박힌 고무신을 사 온 아버지는 우리 딸들이 내일은 더 예쁘겠다고 하며 웃었다. 동생들은 꽃고무신을 손에 끼고 엎드려서 방을 기어다녀 보기도 했다.

밤늦도록 잠도 안 자고 어머니를 따라다니며 일손을 돕다 보면 문득 앞집 기와 지붕 위로 덩그렇게 떠오르는 달이 내 마음을 공중으로 덥석 안아 올려 가슴 부풀게 하였다. 또한 앞뜰, 뒤뜰, 마루나 방 어디를 가나 세월 만난 듯 풍성하게 갖추어진 음식과 옷가지를 따라 내 마음은 끝없이 흐뭇하고 뿌듯하였다. 이렇게 마냥 즐겁고 행복하기만 했던 내 마음의 까치 추석은 이렇게 지새어 갔다.

그러나 세상은 너무나도 서글프게 변했다. 명절이나 평일이나 다를 바 없이 별 감흥을 못 느끼는 요즘 아이들을 볼 때 마냥 안쓰럽기만 하다. 작은 것에도 기뻐하고 가슴 두근거리던 옛날 우리들의 그 소박함을 되살려 줄 수는 없을까? 올 추석에는 딸아이와 장도 보고 쌀을 담가 송편도 빚어볼까 한다. 지금 생각만 해도 가슴이 설레는 내 마음의 까치 추석을 이들에게도 조금이나마 되살려 주고 싶은 마음이 불현

듯 일고 있다. 나의 잊지 못할 그 추억이 늘 변함없는 하늘의 별들처럼 다시금 반짝 반짝 빛나게 하고픈 마음 간절하기만 하다.

– 이상일, 「까치 추석」 중에서

이 글의 모든 소재들은 '까치 추석'이라는 특수한 상황에 어울리도록 선택되었고 또 어릴 때 겪었던 명절 분위기를 잘 살려 주는 서술을 하고 있다. 동일한 재료요 줄거리라도 우리 모두가 공유하는 정감, 특히 동심 세계의 아름다움을 되살리는 분위기가 조성될 때 글의 효과는 커지는 것이다.

4. 서사법과 시점

서사법은 행동 또는 사건을 이야기하는 것이므로 이야기를 하는 사람이 있게 마련이다. 행동자 또는 사건의 관계자가 직접 그 내용을 이야기하는 수도 있고, 제3자가 그것을 이야기하는 수도 있다. 가령, 탄광의 갱이 무너져서 그 속에 갇혔다가 사흘만에 나온 사람이 자기의 체험을 이야기할 때는 행동자 또는 사건 관계자가 직접 이야기하는 서사법이 된다. 그런데 이 사건을 자세히 취재한 사람이 그 경위를 제3자적 입장(시점)에서 이야기할 수도 있다. 전자는 '1인칭 시점'이라 하고, 후자는 '3인칭 시점'이라 한다. 서사법의 시점은 이 두 가지로 크게 나누어 볼 수가 있다.

(1) 1인칭 시점

1인칭 시점은 실제 이야기나 소설 따위에서 흔히 볼 수 있는 것이다. 행동이나 사건에 관계한 사람이 직접 이야기해 나가는 경우이다. 이런 경우는 행위자와 화자(또는 필자)가 일치된다. 이야기 내용에는 '나' 또는 '우리'라는 대명사가 주로 쓰인다.

예문 9

퇴근 시간의 종로통은 사람들의 물결로 하여 거의 밀리어 다니다시피 걷게 된다. 어느 날 그런 인파 속에서 K박사를 만났더니 내일 그 댁에 모임이 있으니 초대한다고 하면서 "꼭 오셔야 합니다." 했다. 나는 무심코 헤어지는 인사로 "네! 고맙습니다. 틈이 나면 가겠습니다." 한즉 K박사는 가려다 말고 대뜸 돌아서서 정색을 하며 하는 말이 "시간이란 남는 것이 아니요 쪼개 써야 하는 것이니 꼭 틈을 만들어 주셔야 합니다." 순간 나는 무엇에 얻어맞은 기분으로 그 진리로운 언어와 우정에 위압되어 "네! 꼭 가겠습니다. 시간은 있어요. 없어도 만들어야죠." 하고는 다시 군중에 휩싸여 버렸다. 사람 속에 섞여서 둥둥 떠다니면서 귀갓길에 K박사의 말을 다시 되뇌어 본다. '참으로 시간이란 할애해 쓰는 것이지 남는 것은 아니렷다.' (중략)

아무리 과학이 발달되어도 시간만은 어쩔 수 없는 것이렷다. 언젠가 트루먼은, "인간이 대자연을 거의 모두 정복하였다. 하늘을 정복하고 물을 정복하고 – 그러나 아직 시간만은 정복 못하고 그 앞에서 무릎을 꿇지 않을 수 없더라." 하였지만 인간은 지혜가 아무리 초비상으로 발달한다 해도 시간의 우주 섭리만은 극복할 수 없는 것이다.

– 김지용, 「시간은 할애하는 것」 중에서

윗글에서 보듯이 '나' 곧 필자가 행동자가 되어 실제로 보고 듣고 생각하고 행동하고 말한 것을 적어 가고 있다.

1인칭 시점도 세부적으로 따져 보면 몇 가지로 구분될 수가 있다. 우선 위의 〈예문 8〉이나 〈예문 9〉에서처럼 이야기하는 이가 그 이야기 속의 주행동자(또는 주인공)나 그에 가까운 자리에 있는 사람일 경우가 그 한 가지이다. 이야기 속의 여러 사람 가운데 필자인 '나'가 가장 중요한 행동자로서의 행동을 보이면서 자기 행동을 중심으로 이야기를 엮어 가는 것이다. 많은 자서전적

이야기나 자기의 경험담이나 겪은 일을 말하는 경우가 이에 해당한다. 소설 작품 가운데서도 이런 시점에서 쓰여진 예는 많다. 예를 들면, 대니얼 디포의 「로빈슨 크루소」, 헤밍웨이의 「무기여 잘 있거라」, 이상의 「날개」, 김동인의 「배따라기」 따위이다. 이런 시점을 '1인칭 – 주행동자의 시점'이라 한다.

1인칭 시점의 또 한 가지 유형은 이른바 '1인칭 – 관찰자의 시점'이다. 이 시점은 말하는 이가 이야기속의 주 인물이지만 주인공은 아닌 입장(시점)에서 이야기를 전개하는 방식이다. 예를 들면, 김동인의 「광화사」에서 1인칭 화자인 '여'가 주인공인 화공의 이야기를 하는 경우, 또 주요섭의 「사랑방 손님과 어머니」에서 여섯 살 난 어린애 '박옥희'가 주인공인 어머니에 대하여 이야기하는 따위이다. 이런 방식에서는 이야기하는 이도 그 행동이나 사건에 참여하는 시점을 취하지만 그것은 주요 인물의 행동이나 성격을 이야기하는 보조자적 시점이 될 뿐이다. 소설의 경우가 아니더라도 아들의 시점에서 아버지의 됨됨이를 이야기하는 경우, 학생의 눈과 입을 통해서 선생의 행동을 이야기할 경우 등에 쓰일 수가 있다. 또 어떤 이의 일생을 다루는 전기적인 글에서 필자가 그 사람과 사귀고 같이 행동하던 일을 중심으로 엮어 나갈 때도 이 시점의 글이 된다.

(2) 3인칭 시점

3인칭 시점은 행동이나 사건에 직접 참여하지 않은 제3자가 이야기를 하는 것이다. 그런데 이 시점도 세부적으로 따지면 여러 가지로 구분될 수가 있다. 그 중 가장 대표적인 두 경우를 보면, '전지적 시점'과 '제한된 전지적 시점'으로 나누어 볼 수가 있다.

전지적 시점은 이야기하는 사람이 행동자들의 모든 것을 다 아는 시점에서는 경우이다. 작중 인물들의 용모, 행동, 동기, 성격, 배경 등을 모두 다 아는 처지에서 이야기를 엮어 나간다. 그러나 이 방식은 소설과 같은 창작적인 글에서 주로 쓰인다. 여러 인물을 설정하고 그들이 생각하고 행동하면서 살아가는 내용을 작가가 꾸며서 이야기하는 경우이므로 작가는 모든 것을 알 수밖에 없다. 이런 시점의 글에서는 작가는 어느 부분도 모를 것이 없이 다 알고 이야기를 펼치게 된다.

전지적 시점은 역사적 사건이나 자서전적인 서사문에서도 쓰인다. 이 방식이 주로 쓰이는 것은 창작적인 글의 경우이지만, 역사적 사실이나 어떤 인물의 과거 삶은 과거사에 속하므로 그 내용을 충분히 아는 작가는 전지적 시점에서 이야기를 써 나갈 수가 있는 것이다. 이 경우에는 물론 작가가 모르는 문제가 있을 수 있으며, 그것을 의문점으로 보류하면서 아는 범위 안에서만 전지적 시점에서 다룰 수가 있을 것이다. 이제 이 경우를 예를 들어 보기로 한다.

예문 10

헐렁헐렁 소리를 내며 조 선달이 그날 판 돈을 따지는 것을 보고 허 생원은 말뚝에서 넓은 휘장을 걷고 벌려 놓았던 물건을 거두기 시작하였다. 무명실과 주단 바리가 두 고리짝에 꼭 찼다. 멍석 위에는 천 조각이 어수선하게 남았다. 다른 축들도 벌써 가진 전들을 걷고 있었다. 약빠르게 떠나는 패도 있었다. 어물장수도, 땜쟁이도, 엿장수도, 생강장수도 꼴들이 보이지 않았다. 내일은 진부와 대화에 장이 선다. 축들은 그 어느 쪽으로든지 밤을 새며 육, 칠십 리 밤길을 타박거리지 않으면 안 된다. 장판은 잔치 뒷마당같이 어수선하게 벌어지고, 술집에서는 싸움이 터져 있었다. 주정꾼의 욕지거리에 섞여 계집의 앙칼진 목소리가 찢어졌다.

– 이효석, 「메밀꽃 필 무렵」 중에서

위 예문에서 보듯이 필자는 작중에 나오는 모든 인물과 행동, 상황 등을 전지적 시점에서 다루고 있다. 특히 이처럼 여러 사람의 행동을 한꺼번에 내려다보는 듯이 이야기하는 것을 '파노라마적 시점'이라 부르기도 한다. 전체적 양상을 한눈에 바라보면서 촬영하는 것과 같은 방식이기 때문이다.

다음의 예문처럼 옛날의 전설 등을 소재로 하여 이야기를 엮어 나갈 경우에도 전지적 시점이라 할 수가 있다. 그 이야기의 자초지종을 다 알고 엮어 나가기 때문이다.

예문 11 _ 스님의 꿀단지

옛날에 어떤 나이 많은 노장 스님이 꿀단지를 벽장 속에 감추어 두고, 동자 스님 몰래 혼자만 꺼내 먹고 있었습니다. 동자 스님은 노장 스님이 몰래 꿀 먹는 시간에 맞추어 문 밖에서 기다리고 있었습니다. 노장 스님 이 벽장문을 열어 꿀을 떠먹으려 하자 문을 와락 열었습니다. 당황한 노장 스님은 이렇게 거짓말을 하였습니다.

"이것은 너 같은 어린애가 먹으면 죽는다. 그래서 안 주는 거야."

그러던 어느 날 노장 스님이 외출을 했습니다. 동자 스님은 벽장 속의 꿀을 다 퍼먹어 버렸습니다. 그리고는 빈 꿀단지 옆에 노장 스님이 아끼고 아끼는 벼루를 깨뜨려 놓고 스님이 오기를 기다렸습니다. 이윽고 노장 스님이 돌아와서 동자 스님에게 야단을 쳤습니다.

"이 벼루는 왜 깨뜨렸느냐?"

"스님, 집안 청소를 하다가 잘못해서 스님의 벼루를 깨뜨렸어요. 스님이 아끼는 벼루를 깨뜨려서 차라리 죽으려고 애들이 먹으면 죽는다는 저 단지 안에 든 꿀을 모두 먹어 버렸어요. 그리고 이렇게 죽기만을 기다리고 있습니다."

노장 스님은 아무 말도 못했습니다.

– 김용덕, 『연꽃초롱 꿈초롱 2』 중에서

제한된 전지적 시점은 이야기하는 이가 작중에 등장하는 일부 인물에 한정하여 초점을 맞추는 경우이다. 모든 작중 인물을 알고 전지적으로 다루는 것이 아니라 한 사람(또는 한정된 몇 사람)만을 잘 아는 태도로 이야기를 펼쳐

나간다. 이때는 물론 그 밖의 작중 인물은 그 초점이 되어 있는 인물을 통하여 간접적으로 알아볼 수 있게 된다. 다음 예문과 같은 것이 그 예문이다.

예문 12

소변을 보고 돌아오는 대로 성만은 줄곧 방안에 죽치고 누워 부엌에서 달그락거리고 있는 아내의 거동에 귀를 대고 있었다. 아내의 거동이 이날 밤 따라 더욱 수상하여 그는 갯제를 지내러 가자고 도출이가 부르러 왔지만 몸이 아프다고 도리질을 보낸 터였다. (중략)

아내는 마루에서 잠시 달그닥거리다가 부엌으로 갔다. 부엌에서 마루로 왔다. 더 오랜 동안 달그닥거리다가 부엌으로 갔다. 성만은 잠든 체하고 있었다. 어느 집에서 한밤중이 겨워야 지내는 차례를 아내는 벌써 차려 놓고 있었다. 일찌감치 지낸다고 흉허물을 하고 싶은 생각은 없었다. 아랫마을 사람들은 모두 초저녁에 차례를 지내기도 한다던 것이니 말이었다. 성만으로서는 이날 밤 내내 아내의 거동을 살피기만 하면 그만이었다.

– 한승원, 「아래 김서방」 중에서

위 예문에서 보듯이 성만이라는 작중 인물의 행동에만 초점이 맞추어져서 이야기가 전개된다. 다른 작중 인물인 아내는 성만의 행동과 생각을 통해서만 드러나고 있다. 이름을 부르지 않고 아내라고 한 점에서도 그것을 엿볼 수 있다. 아내는 성만이라는 프리즘을 통하여 간접적으로 비추어지고 있다. 요컨대, 윗글은 작품에 등장하는 일부 인물에 한정하여 초점을 맞추는 '제한된 전지적 시점'으로 펼친 경우이다.

5. 서사문을 쓰는 방법

앞에서 익힌 서사법을 바탕으로 서사문을 쓰는 요령을 다지기 위해서 몇 개의 예문을 살피기로 한다. 서사문은 행동이나 사건을 시간적 순서에 따라 엮어 나가는 글이므로 우리가 가장 많이 접하고 또 쓰기 손쉬운 면도 있다. 그러나 위에서 지적한 바와 같이 동일한 이야기라도 뜻이 깊고 우리에게 감흥과 감명을 일깨워줄 수 있는 글은 앞에서 본 서사법의 요령을 온전히 익혀서 평소에 많이 써버릇할 뿐 아니라 다른 이들의 글을 많이 읽고 그 요령을 더욱 알차게 체득해야만 가능할 것이다.

다음의 예문은 이상재 선생의 일화를 서사법으로 나타낸 글이다. 그 서술 과정에는 설명법이 곁들여지고 있으나 전체 줄거리로 보아 서사문이다.

예문 13

월남 이상재 선생은 유머 감각이 뛰어난 분이었다. 실존주의의 아버지라고 불리는 키에르케고르가 "유머 있는 응답은 늘 심오한 의미를 낳는다"고 말한 적이 있는데, 월남 선생이 곧잘 하던 바도 그런 경우에 속했다고 여긴다.

하루는 일본인 신문 기자가 선생을 찾아 와서 "일본의 오오구마는 125세까지 살겠다고 했고, 중국의 오정방은 150세까지 살겠다고 했는데, 선생은 몇 세까지 살 수 있습니까?" 라고 희롱조로 질문을 던졌다. 이 말을 듣고 선생은 "이왕 세상에 태어났으면 영원히 살아야지, 그까짓 125세나 150세가 뭐 그리 대수롭다고 그러시오?" 하며 받아 넘겼다. 질문을 던지고 밑천도 못 건진 일본 기자는 슬그머니 자리를 피하고 말았다. 이때 선생이 영원히 살겠다고 한 것은 그 기자의 고약한 생각을 쏘아주려는 의도도 있었지만, 자신이 영생을 믿는 기독교 신자였기 때문이기도 했다. (중략)

또한 월남 선생이 병상에 누워서 임종을 앞두고 있을 때 그를 찾아온 일본 형사에게 "자네는 내가 지옥에 가도 따라올 텐가? 나는 천당에 갈 만한 사람이 못되네." 라고 하였다. 평소에 선생을 따르던 제자들이 문병을 왔을 때도 "아마 나는 영원히 죽지 못할 거야. 내 팔자에 이렇게 편안하게 누워서 죽을 수 있겠느냐?"고 우스갯소리를 했다. 이처럼 월남 선생은 임종하는 그 순간까지도 자유자재로 유머를 구사할 만큼 마음의 여유를 가진 분이었다.

– 전택부, 「평생을 애국으로 산 월남 이상재」 중에서

요컨대, 서사문은 사건이나 일화를 서사법에 따라 서술함과 아울러 설명법 등을 곁들여 그 사건이나 일화의 의미를 해석하여 들려주는 방식으로 쓰여지는 것이 상례이다. 물론 사건만을 서술하고 그 의미는 독자가 짐작하도록 하는 글도 있으나 그런 경우는 드문 편에 속한다.

다음 예문은 어릴 적에 있었던 사건을 회상하여 쓴 서사문이다. 이 글은 소재와 사건의 배경이 독특해서 우리의 흥미를 끄는 바가 있다.

예문 14

2학년 2학기가 되었다. 늦은 가을을 맞아 작문 담당의 와타나베 선생은 우리들에게 자유 제목으로 작문을 지어 내라고 했다. 이 선생은 동경 대학 출신의 웅변가로서 이 학교의 부교장직도 맡고 있었다.

나는 '나의 희망과 농업학교' 라는 제목으로 공책 6페이지쯤 되는 긴 작문을 썼다. 작문 내용은 주로 교장 선생이 학교 운영을 잘못하는 것 같다는 비판이었다. 쉽게 말해 교장을 까고 교육 방침을 비판하는, 당시의 학생 신분으로서는 도저히 쓸 수 없는 글이었다. (중략) 심지어는 교장 선생이 관존민비의 사상을 학생들에게 강조하고 있으니 매우 유감스럽다는 것까지 지적하였다. 교장 선생은 걸핏하면 학생들에게 졸업하고 고향으로 돌아가면 군청 서기나 혹은 면사무소 서기가 되라고 하면서 왜 농업학교에서 훌륭한 농업기술을 배워 고향에 가 일등가는 독농가가 되라는 말은 않는가? 하고 비판하였다. (중략)

나는 이 글을 써놓고도 작문 공책을 내놓을까 말까 몹시 망설이다가 '나의 바른 양심의 소린데 뭐' 하는 생각이 불끈 오기처럼 솟아나 그대로 내놓았던 것이다. 지난번 상급생과의 싸움에서의 승리를 통해서 정의를 위해서 용기 있게 행동하여야 한다는 확신을 얻은 때문이기도 하였다.

한 주일이 지난 후 작문 시간이 다시 돌아왔다. 와타나베 선생은 작문 공책을 한 아름 안고 교실로 들어와 학생들에게 되돌려 주었다. 그런데 어찌된 영문인지 내 작문 공책은 돌려주지를 않는 것이었다.

'아이구, 내 작문이 드디어 걸렸구나.'

어린 마음에 가슴이 철렁 내려 앉는 듯했다. 그런데 와타나베 선생은 위엄 있는 목소리로 말문을 열었다.

"조용해요. 내가 작문 하나를 읽어 줄 테니, 잘 들어 봐요."

그는 고마쓰 교장 선생의 비리를 지적하여 쓴 나의 작문을 웅변적인 어조로 유창하게 다 읽었다. 학생들은 숨을 죽인 채로 듣고 있었다. 어떤 학생은 힐끔힐끔 나를 쳐다보곤 했다.

내 작문을 시원스레 다 읽은 와타나베 선생은 큰 소리로 말했다.

"여러분 똑똑히 들어요. 여러 학생들의 작문은 대체로 천고마비의 가을 하늘이 밝고 푸르고 어쩌고 하면서 남의 글 흉내를 낸 글들이 많았는데, 그런 글은 죽은 글이야. 그런데 공병우 군의 글은 매우 색달라. 내용이 살아있는 진짜 작문이란 말이다. 그런 점을 참작해서 오늘 작문 시간에도 자유 제목을 또 줄 테니 한 번 더 써보도록 해요. 공 군의 작문은 압록강일보에 보내어 신문에 실리도록 할 테니 신문에 나거든 다시 잘 읽어 보도록 해요."

나는 이 같은 칭찬의 평보다는 만일 교장 선생께서 이 사실을 알게 될까봐 걱정이 되어 마음이 조마조마했다. 와타나베 선생은 이야기를 끝내자마자 교실을 나가버렸다. 나는 작문 공책도 없이 만약 교장 선생이 이 일을 알면 어쩌나 하고 한 시간을 초조하게 보냈다. (중략)

이 같은 작문 파동이 있은 지 사흘째 되는 날, 예측했던 대로 사환이 내게 와서 저녁 식사 후 교장 사택으로 오라는 교장의 지시를 전하는 것이었다. 나는 속으로 '이제 올 것이 왔구나' 하면서 한숨을 쉬었다. 이번에는 퇴학이 틀림없다고 생각했다. 당시의 관례로는 교장이 학생을 교무실로 불러, 여러 선생들 앞에서 큰 소리로 꾸중을 하면 용서를 받을 학생이고, 퇴학을 시키기로 한 학생은 따로 사택으로 불러 조용히 타일러서 누구도 모르게 집으로 돌려보내는 것이 예사였기 때문이다. (중략)

드디어 나는 교장 선생 앞에 무릎을 꿇고 앉았다. 고양이 앞의 쥐가 된 기분이었다. 퇴학을 어떤 방식으로 나한테 말씀하실 것인가 그것만이 남은 문제였다. 이윽고 교장의 말씀이 떨어졌다.

"너는 앞으로도 1년을 더 다녀야 이 학교를 졸업하겠지만, 이미 너는 졸업생과 동등한 실력이 있다고 본다. 이 학교를 더 다닐 필요가 없어. (중략) 의사가 된다는 것은 그리 쉬운 일이 아니야. 알겠나? 그래서 너한테 묻고 싶은 게 있어. 치과 의사, 어때 해 볼 생각은 없나?" (중략)

교장 선생의 말은 너무나 뜻밖이었다. 그래서 나는 교장 선생의 말을 도저히 액면 그대로 믿을 수가 없었다. 교장의 꿍꿍이속이 무엇인가를 알게 된 것 같았다. 역시 예측한 대로구나. 결국 나를 내쫓겠다는 말이구나. 나는 속으론 이렇게 생각하면서도 입 밖으로는 아무 말도 못하였다. 교장은 나에게 손수 차까지 권하면서 계속해서 부드러운 말씨로 치과전문 학교를 적극 추천하는 것이었다. (중략)

다른 학교로 옮기겠다는 학생이 있으면 왕방울 같은 눈을 부라리며 호통을 치던 바로 그 교장 선생이 이렇게 인자하게도 나에게는 두 군데씩이나 갈 수 있도록 허락을 해 주었으니 도무지 믿어지지가 않았다. 고마운 생각보다 의아하다는 생각이 앞섰다. 그것도 바로 자신을 비판한 학생에게 온정이 넘치는 특혜까지 주겠다니 어안이 벙벙해질 수밖에 없는 일이었다. (중략)

– 공병우, 『나는 내식대로 살아왔다』 중에서

윗글은 그 소재와 배경이 특이할 뿐 아니라 서술 방식도 서술문의 특성을 잘 드러내고 있다. 특히 교장의 태도에 대한 의외성을 점층적으로 부각시킴으로써 독자의 흥미를 계속 이끌어 가고 있는 점이 돋보인다. 서사문에서는 이처럼 독자의 관심과 기대감을 계속 붙잡아 둘 뿐 아니라 점층적으로 고조시키는 수법이 중요하다.

다음 글은 스승과 제자의 만남을 통하여 일어났던 일들을 소재로 한 서사문이다.

예문 15

옛날부터 전해오는 어떤 사제 간의 사랑 이야기 한 토막을 우선 말하고 싶다. 어떤 학동이 서도를 배우겠다고 스승의 문하에 든 지 20년이 흐르도록 스승은 그 서생에게 결코 붓을 잡지 못하게 하였다. 서(書)를 학(學)과 예(藝)의 단계에서 그치고 도(道)에까지 이르게 하지 못할 인물인지라 쌀 됫박이나 받고 글씨를 팔아먹을까 염려하여 냉엄하게 교육했음이었다.

스승은 타계하고 그 임종의 유서에서 스승은 그의 비문 쓸 사람으로 이 서생을 지목했고, 서생은 기어이 스승의 서도를 잇는 후계인이 되나 오랜 세월 후 자신의 임종이 다가올 때, 숱한 제자들을 풀어 비싼 값에 옛날의 자기 작품들을 다 사들여 그 모두를 불태우고 자신도 함께 눈을 감는다.

'서가 학과 예에 머물러서만은 안 되고 반드시 도에 이르러야 한다.'는 스승의 말씀이 임종의 시각에 이르러서야 자신의 언행으로 수렴되었다는 이야기이다.

나는 아주 가끔 이 이야기 속의 스승과 제자의 위치에, 나의 스승 심춘섭 선생님과 나를 투영시켜 보곤 한다. 내가 어찌 감히 스승의 도를 죽기에 이른들 다 수렴할 수 있겠는가마는, 그러나 저 서도인의 그 서생에게 했던 그 냉엄과, 무언으로 기다리는 인내의 모습을 나의 스승은 고루 갖추고 내게 냉엄하셨기 때문이다. (중략)

대모와 대녀의 인연을 맺고 또 4년을 같은 구내에서 사는 동안 나는 대모님과 더불어 단 한 번도 따뜻한 대화나 잔정을 나누어 본 일이 없다. 그러면서도 내가 평생 대모님을 잊지 못하는 데에는 다음과 같은 이유가 있다. 곧 대모님은 언어 한 마디, 몸짓 한 번에 이르기까지 하느님의 현존을 묵상함으로 인한 지상적 사물에서의 해탈 같은 자세를 보여 주셨고, 그러한 언행의 이모저모가 서서히 내 마음 안에 자리잡아 보이지 않는 힘으로 나를 이끌어 주셨기 때문이다.

오랜 세월이 흐르고 대모님의 이모저모가 마음 깊이 실오리 같은 샘물의 핏줄이 되어 내 전신을 흐르되 그러나 피차 오고가는 일도 없이 30년 가까이를 살아오는 동안 나는 염체 없이 어느 사이에 대모님의 도는 따르지 못하고 오직 그분 언행의 일면만을 도둑질하듯 훔쳐버린 못난 제자가 되어버린 느낌이다.

강의 후에 웬 학생이 뛰어나와 이렇게 말한 적이 있다. ' … 심춘섭 선생님을 아십니까? 제 모교 교장 선생님이신데, 교수님이 말씀하시는 모습과 걸음새와 표정 등이 꼭 심 교장 선생님과 너무 닮으셨습니다.' 또 어느 때 이렇게 묻는 사람이 있었다. '심춘섭 장학관님을 아십니까? 말씀하시는 모습이 그분을 닮으셨습니다.' 어여쁘고 청초하고 그러나 가을서리처럼 매웠던 젊은 시절의 선생님 모습, 나는 마치 그분의 입모습, 눈매, 걸음걸이를 배우러 학교에 다녔었는지도 모른다. 따라서 그분 외모 중의 어느 일면이 서서히 나에게 의상처럼 입혀졌다 하더라도 전적으로 부인할 수만은 없을 듯싶다. 어찌 그분의 외표(外表)뿐이겠는가? 그분의 철학과 인생관마저 내 두뇌와 골수에 사무쳐 내것의 일부가 되어버렸는지도 모른다. (중략)

그분이 내 인생 철학의 온상이요, 종교와 신앙의 동기가 되어 주신 그만큼 나도 내 제자들에게 산고의 아픔을 거쳐 자식을 세상에 내놓아 공헌하는 그런 스승의 역할을 감히 꿈꾸어 볼 수 있을 것인가? 부끄럽기 짝이 없다. 나도 훌륭한 스승이 되고 싶다. 내 스승이 훌륭하셨기 때문이다. (중략)

세월은 흐를 것이다. 내 스승도 하느님께 가실 것이고 나도 또한 스승의 뒤를 이어 하느님께 갈 것이다. 그러나 인간 생명의 장수와 단명은 결코 생리적인 목숨의 장단에 있는 것이 아니다. 한 인간이 남기고 간 아름다운 추억을 지니고, 이미 가신 분을 기억하고 그리워하는 사람이 많을수록 하느님 앞에서 계산되는 한 인간의 연령은 길고 긴 것이다. 그분의 언행을 재현하는 제자들의 나이를 합한 것이 그분의 연세가 아니겠는가?

– 이인복, 「내 언행에 뿌리가 있다면」

윗글에서는 서두에서 보인 옛 이야기와 자신의 행동을 견주어 매우 인상적인 서술을 하고 있다. 전체적으로 자신이 스승을 닮아 가고 있는 과정을 자연스럽게 들려주면서 자신의 의지를 드러내고 있다. 그러한 필자의 의도 곧 주제는 행동에 대한 적절한 설명을 간간이 덧붙이는 과정에서 표출되고 있다. 이런 설명을 적절히 구사하면 글의 깊이를 더해 주게 준다. 그러나 너무 속이 뻔한 교훈적인 설명은 오히려 글의 품위를 떨어뜨릴 수도 있으므로 유의할 일이다. 윗글에서처럼 그 행동의 의미를 필자 나름으로 음미하는 자세로 되도록 간결한 설명을 곁들이는 것이 좋다.

따라서 서사문 작성법을 본격적으로 익히기 위해서는 소설 작품 등 전형적인 서사문을 쓰는 훈련을 쌓아야 할 것이다. 곧 소설 작법 등을 따로 공부하고 작품을 쓰는 습작 과정을 거쳐야 한다. 그러나 웬만한 서사문은 앞에서 익힌 서사법을 바탕으로 얼마든지 쓸 수가 있다고 본다. 문제는 얼마만큼 열심히 공부하고 많이 써보느냐에 달렸다 할 것이다.

14
문장 가다듬기

1. 주어와 서술어의 가다듬기

모든 정상적인 문장은 주어와 서술어로 이루어진다. 주어란 한 문장에서 다룰 문젯거리이고 서술어는 주어에 대해서 풀이하는 내용이다. 이를테면 '꽃이 아름답다'와 같은 문장에서 '꽃'은 그 문장에서 풀이하고자 하는 주어이며, '아름답다'는 그 주어가 어떻다고 풀이하는 서술어이다. 이 두 가지 가운데 어느 한쪽이 없다면 온전한 문장이 되지 않는다.

(1) 주어와 서술어를 갖출 것

문장은 주어와 서술어를 제대로 갖추는 것이 바람직하다. 특히 글을 쓰는 데는 이 두 가지의 기본 요소를 갖추어 쓰도록 해야 한다. 주어와 서술어는 일상 대화에서처럼 서로 이해될 수 있을 때는 생략되는 일이 있다. 이런 경우에는 어느 한편이 겉으로 나타나지 않아도 문장의 뜻이 전달될 수 있기 때문이다. 그러나 글을 쓸 경우에는 주어나 서술어가 생략되면 글의 뜻이 잘 드러나지 않는 일이 많다.

다음 예문에서 그런 예를 볼 수 있다.

예문 1

① 철수는 친구를 만나서 길거리에서 한참 이야기를 하였는데 인사도 없이 떠나가 버렸다.

② 지난 30일 새벽 2시 강도들이 칼을 들고 가정집에 침입하여 시계, 금반지 등 시가 3000여만 원 어치의 금품을 빼앗아 달아났는가 하면, 그날 새벽 5시경에는 출근길에 가방을 날치기 당하는 화를 입었다.

위의 ①에서는 주어가 뒷부분에서 모두 빠졌기 때문에 누가 인사도 없이 갔는지 명확하지 않다. 더구나 ②에서는 '가방을 날치기 당하는 화를 입은' 주어가 밝혀져 있지 않다. 문맥상으로 보면 앞부분의 '강도들'이 주어인 것처럼 느껴지기도 한다. 그렇지만 그 주어는 강도들일 수는 없고 다른 피해자일 것이다.

다음 예문들에서는 서술어가 함부로 탈락되어 문장의 의미가 모호해진 경우이다.

예문 2

① 그 젊은이는 금강 정보사의 직원으로 있으면서 카메라로 기계 시설 전부를 촬영, 기술을 습득한 후에 같은 종류의 공장을 그것도 같은 서울 바닥에서 차린 데서 발단되고 있었다.

② 그의 아버지는 아들에게 큰 기대를 아들은 자나 깨나 남달리 공부를 부지런히 했다.

③ 그들은 날마다 적당한 운동과 체육 이론을 열심히 연구하였다.

①에서는 주어(그 젊은이) 하나에 여러 개의 서술어가 연결된 것도 문제이지만, '발단되고 있었다.'라는 서술어에 대한 주어는 다른 주어(사건 따위)이어야 하는데 그것이 나타나 있지 않기 때문에 매우 어색한 문장이 되었다. ②에서는 주어(아버지)에 대한 서술어가 빠졌으며, ③에서는 '운동'에 대한 서술어가 빠져 있다. 이렇게 한 문장 안에서도 앞뒤 절의 서술어가 다를 경우에는 각기 밝혀서 적어야 한다.

다음 예문에서는 서술어의 일부가 무단 탈락되어 불분명하고 불합리한 문장을 빚는 경우이다.

예문 3

연습 부족을 핑계로 등판을 꺼려 온 장 선수는 5와 3분의 2이닝을 던지는 동안 23명의 타자를 맞아 커브볼 등 변화구로 피안타 2, 4사구 5, 3진 4개를 탈취, 그의 진가를 보여 주었다.

위 예문에서 '…를 탈취'와 같은 표현은 '…를 탈취하여'와 같이 해야 할 것이지만, 그보다는 그 앞의 '피안타 2, 4사구 5'에 적절한 서술어가 생략되어 버림으로써 글의 뜻이 모호하다. 문맥상으로 보면 그것들이 다 '탈취'의 목적으로 여겨지기도 한다. 그렇게 되면 논리적으로 모순이 된다. 따라서 윗글의 일부 곧 '변화구로…'는 적어도 '변화구로 안타 2개와 4사구 5개를 허용하고, 3진 4개를 탈취하여' 정도로 쓰여야 정상적인 문장이 될 것이다.

다음 〈예문 4〉의 ①도 서술 표현이 충분치 못함으로써 어색한 문장이 되고 있다.

예문 4

① 신문은 정치, 경제, 사회, 문화 등의 우리 주변 일들이 모두 기사 대상이다.
② 신문은 정치, 경제, 사회, 문화 등의 우리 주변 일들을 모두 기사 대상으로 삼는다.

위 예문에서 ①의 서술 부분은 ②에서와 같이 전개되어야 주어와의 자연스런 일치를 이룰 것이다.

(2) 주어와 서술어는 간결할 것

주어나 서술어는 간결할수록 좋다. 주어나 서술어가 너무 길고 복잡하면 그 뜻이 잘 드러나지 않기 때문이다. 먼저 주어가 너무 긴 경우를 보자.

예문 5

① 나라의 일꾼으로서 최선을 다하여 열심히 일하고 자기 책임을 다하고 있는 우리 젊은이가 여기 모였습니다.
② 나라의 일꾼으로서 최선을 다하는 우리는 열심히 일하고 자기 책임을 다하는 젊은이입니다. 이런 우리들이 여기 모였습니다.

위의 ①과 같은 문장은 주어가 너무나 길어서 좋은 문장이 못된다. 이런 경우는 ②처럼 긴 주어의 일부를 끊어서 간결하게 만들고 나머지 부분은 서술어 쪽으로 보내는 것이 낫다. 그 결과 서술어가 길어지면 알맞게 끊어서 두 개의 문장으로 나타낸다. 이것은 한 예이지만, 일반적으로 주어 쪽에 긴 수식어를 붙이는 것보다는 서술어의 형식으로 바꾸어 풀이하는 편이 낫고, 하나의 긴 문장보다는 몇 개의 간결한 문장으로 나누어 표현하는 것이 여러모로 바람직하다.

다음에는 서술어가 너무 길고 군더더기가 많이 끼어든 경우를 살펴보고 가다듬는 요령을 익히도록 하자.

예문 6

폭이 넓다라는 뜻은 간접적 사회생활에서 오는 남(친구)에 대한 이해와 포용력이 있어서 교우 관계를 자신이 이끌어 나갈 수 있는 힘이 있다는 것이며, 내용이 깊다란 뜻은 직접적 사회생활에서 오는 자신에 대한 사회가 요구하는 사회인으로서 성실한 생활을 하여 교우 관계에 힘을 줄 수 있다는 것이다.

– 학생의 글에서

윗글은 너무 긴 서술어를 한 문장에 포함시키고 있다. 대개 한 문장 안에 3개가 넘는 접속절이 내포되면 복잡한 문장이 되기 쉽다. 이런 경우에는 다른 문장으로 가르는 것이 바람직스럽다. 윗글의 일부 군더더기를 빼고 고쳐 써보면 다음과 같이 될 것이다.

예문 6-1

폭이 넓다라는 말은 남(친구)에 대한 이해와 포용력이 있어서 교우 관계를 자신이 이끌어 나갈 수 있는 힘이 있다는 뜻이다. 내용이 깊다는 것은 사회인으로서 성실한 생활을 하여 교우관계에 영향력을 줄 수 있다는 뜻이다.

위의 〈예문 6〉에서 '직접적 사회생활에서 오는', '자신에 대한 사회가 요구하는' 따위는 군더더기이다. 이런 것 때문에 서술어가 필요 없이 길어졌음을 유의할 일이다.

(3) 주어와 서술어를 뚜렷이 연결할 것

주어와 서술어의 연결이 명확해야 좋은 문장이 된다. 말거리인 주어와 그것을 풀이하는 서술어는 바늘과 실처럼 한데 이어져야 그 기능을 올바로 드러낼 수 있기 때문이다. 그런데 가끔 보면 두 가지가 잘못 연결되었거나, 어디까지가 주어이고 어디서부터 서술어인지 잘 분간되지 않는 문장이 눈에 띈다.

예문 7

그 사람의 사회적 지위의 높고 낮음에 앞서 얼마만큼 대인 관계가 바람직하냐 하는 것이 사회 직종에 따라 차이는 있지만 일반적으로 말해온다.

– 학생의 글에서

윗글의 주어는 '… 바람직하냐 하는 것'이고 서술어는 '일반적으로 말해온다'로 여겨진다. 그런데 이 경우의 주어와 서술어는 자연스럽게 연결되지 않는다. 그것은 '말해온다'와 같은 동사는 그런 말을 하는 '사람'과 직접 연결될 수 있는 말이기 때문이다. 또한 주어가 너무 길고 뜻이 잘 드러나지 않으며, 주어와 서술어의 사이에 너무 긴 수식 구절이 끼어든 것도 양자의 관계를 느슨하게 만드는 원인이다.

다음 글에서도 주어와 서술어의 연결 관계가 불분명하다.

예문 8

요즈음 한창 인기 있는 조아람 가수, 가정적으로 오래 전부터 말이 있어 오던 이달샘 양, 아무도 모르게 지난 12월 20일 꽃방 웨딩홀에서 돌이 씨가 주례하여 결혼식을 올렸다는 뒷소문이다.

– 주간지 기사에서

윗글은 주어와 서술어의 연결 관계가 상당히 복잡하다. 얼른 보아 가지고는 어디까지가 주어이고 어디서부터 서술어가 되는지 알기 어렵다. 이런 느슨한 주어와 서술어의 연결은 문장의 뜻을 모호하게 만든다.

위 예문을 다음과 같이 고쳐 써 보면 그 뜻이 훨씬 더 명료하게 드러난다.

예문 8-1

요즈음 한참 인기 있는 조아람 가수는 이달샘 양과 가정적으로 오랫동안 말이 있어 오던 사이였다. 그들은 지난 12월 20일 꽃방 웨딩홀에서 돌이 씨의 주례로 결혼식을 감쪽같이 올렸다는 뒷소문이 있다.

〈예문 8-1〉처럼 몇 개의 간결한 문장으로 나누어서 서술하면 주어와 서술어의 관계는 훨씬 명확하게 드러나게 된다. 이와는 반대로 길고 복잡한 사연을 한 문장으로 무리하게 나타내려하면 〈예문 8〉처럼 주어와 서술어의 관계가 희미하게 되고 만다.

다음 예문에서처럼 앞 뒤 구절의 주어가 함부로 바뀐다든지, 서로 관계가 없는 구절이 한 문장 안에 이어질 때에도 주어와 서술어의 연결이 자연스럽지 못하다.

예문 9

① 철수는 인숙에게 성경을 선물로 주었는데, 그 보답으로 철수에게는 허리띠를 선사하였다.

② 만호는 평소에 독서를 즐기고 있는데, 광호는 낚시질은 별로 즐기지 않았고, 고기가 입질도 할 낌새가 전혀 안 보였다.

②-1 만호는 책은 재미있게 읽었는데 낚시질은 재미가 없었다. 낚시질에서는 고기가 입질도 할 낌새가 전혀 안 보였기 때문이다.

①에서는 뒷 절에서 주어가 바뀌고 더구나 나타나지 않기 때문에 서술어와의 연결이 어색하게 되었다. 앞뒤 구절의 주어는 되도록 바꾸지 않는 것이 좋으며, 부득이 바꿀 때에는 그것이 문장에 드러나야 한다. ②에서는 처음에 등장한 주어는 '만호'인데 그것이 '광호'로 바뀌었다가 마지막에는 '고기'

로 또 바뀌었다. 이렇게 주어가 문장 가운데서 함부로 바뀌면 매우 부자연스러운 문장이 되고 의미전달에 혼선을 빚기 쉽다.

한 문장 안에서는 되도록 단일 주어에 대한 풀이로 일관하는 것이 좋다. 물론 서로 대조적인 표현을 할 경우는 다른 주어를 대립적으로 내세울 수 있지만, 대개는 한 주어를 가지고 계속 언급하는 것이 바람직하다. 따라서 ②와 같은 문장은 ②-1과 같이 고쳐 보면 훨씬 자연스러울 것이다.

앞의 두 주어는 대립적으로 내세우고 마지막 부분은 다른 문장으로 함으로써 주어 바뀜이 자연스럽게 느껴지도록 하였다.

2. 수식어를 알맞게 쓰는 법

여기서 수식어라고 하는 것은 관형어, 부사어 및 그와 비슷한 기능을 가지는 구절(구 또는 절) 등을 통틀어 일컫는다. 관형어와 관형절은 주로 뒤따르는 체언(명사 등)을 수식한다. 부사어와 부사절은 뒤따르는 용언(동사, 형용사 등)이나 다른 부사 또는 문장 전체를 수식한다. 이를테면,

예문 10

① 저 하늘에 뜬 뭉게구름이 서쪽 산 위로 움직이고 있다.
② 그 아이는 매우 예쁜 옷을 얌전히 입고 자랑스럽게 걸어갔다.

위 예문의 ①에서 밑줄 친 것은 관형어이고 ②에서 밑줄 친 것은 부사어에 해당한다. 수식어는 주어나 서술어가 되는 체언이나 용언들을 알맞게 꾸며서 문장의 내용을 더욱 알차고 뚜렷하게 하는 기능을 보인다. 수식어가 없이도 문장은 이루어질 수 있으나, 그런 문장은 잎이나 가지가 없는 나무처럼

그 내용이 메마르기 쉽다. 그러나 수식어가 너무 길거나 잘못된 것일 때에는 도리어 문장의 뜻을 흐리게 만들 수가 있다. 따라서 수식어를 알맞게 쓰는 일은 매우 중요하다.

(1) 간결한 수식어를 사용할 것

수식어는 간결한 것이 바람직스럽다. 수식어가 길고 복잡해지면 수식어 자체의 비중이 너무 커지므로 수식을 받는 주어나 서술어의 본뜻이 도리어 잘 드러나지 않게 된다. 이것은 마치 치장을 너무 지나치게 함으로써 얼굴의 참 모습이 오히려 잘 드러나지 않게 되는 경우와 같다.

예문 11

과거 고위직을 지낸 바 있는 지금은 근엄한 교육자로서 젊은이들 앞에 의젓이 서 있으면서 여생을 보람 있게 보내고 있기도 한 김광수 선생은 인생회고담을 기자에게 털어놓았다.

— 신문 기사에서

윗글은 수식어가 몇 고비를 넘으면서 이어지고 있다. 이렇게 주어를 한정하는 수식어가 길면 문장의 머리 부분이 무거워서 읽기가 어렵고 그 뜻도 뚜렷이 드러나지 않는다.

이런 경우에는 그 핵심이 되고 있는 '김광수 선생'을 앞에 내세우고 그 앞에 늘어놓은 수식어를 서술어 쪽으로 돌리고, 두 문장 정도로 갈라서 나타내는 편이 자연스럽다.

예문 11-1

김광수 선생은 과거에 고위직을 지낸 분으로서 이제는 젊은이들 앞에 의젓이 서 있는 근엄한 교육자다. 이렇게 여생을 보람 있게 보내고 있는 선생은 기자에게 인생 회고담을 털어놓았다.

다음 〈예문 12〉의 ①은 수식 구절이 제대로 이어지지 않음으로써 글의 초점이 흐려지게 되었다. 그것을 적절히 조정하여 ②처럼 고쳐 써보면 좀 더 초점이 뚜렷한 문장이 될 수 있다.

예문 12

① 4월, 시대적인 어려움 속에 살고 있는 우리 모두의 갈등과 불안에, 또 남달리 젊기 때문에 겪어야 하는 정신적 불안을 덜어줄 만한 축제의 광장을 마련해 주어야 하지 않을까?

② 시대적인 어려움 속에 사는 우리 모두는 갈등과 불안을 안고 있다. 거기에 남달리 젊기 때문에 겪어야 하는 정서적 불안이 겹쳐 있다. 4월을 맞아 이런 우리의 갈등과 불안을 덜어줄 만한 축제의 광장을 마련해 주어야 하지 않을까?

다음 문장도 첫머리의 수식어가 너무나 장황하다. 그 때문에 문장의 균형이 깨뜨려져 있다. 그뿐 아니라 수식 내용도 주절과 잘 맞지 않는다.

예문 13

극락전이 해체 복원(83년)됐고, 요사이 불사가 진행 중이어선지 안내판도 없고 등도 파괴된 채로 아직은 경내가 어수선하지만 산사의 정밀(靜謐)이 심신을 정화시켜준다.

윗글의 주절은 '산사의 정밀이'부터이다. 그 앞의 장황한 서술은 모두 수식절(종속절)에 해당한다. 이런 문장 구성은 매우 산만할 뿐 아니라 수식 내용 자체도 초점이 흐리다. 다음과 같이 고쳐보면 훨씬 간결하고 인상적인 문장이 될 것이다.

예문 13-1

산사의 경내는 안내판도 없고 등도 파괴된 채로 아직 어수선하다. 극락전이 해체 복원(83년)된 지 얼마 안 된데다가, 요사이 불사가 진행 중이기 때문이리라. 그렇지만 이 산사의 정밀한 분위기는 심신을 정화시켜 주고도 남는다.

(2) 수식의 범위가 뚜렷한 수식어를 사용할 것

수식어는 그 수식의 범위가 뚜렷하게 쓰여야 한다. 특히 피수식어가 둘 이상일 경우에는 수식의 기능이 어디까지 미치는지를 명확히 알 수 있게 되어야 한다.

예문 14

① 그 가수는 아름다운 목소리와 몸매를 지녔다.
② 그는 사랑하는 그 여자의 언니를 만났다.

①과 같은 문장에서는 '아름다운'이 '목소리'만을 수식하는지, '몸매'까지도 수식하는 것인지 뚜렷하지 않다. 대개의 경우 한 수식어는 바로 뒤의 말을 꾸미게 된다. 따라서 그 뒤의 말까지 수식하는 것을 확실히 드러내기 위해서는 '아름다운, '목소리와 몸매'와 같이 하든지, 수식어를 그 앞에도 하나 더 써서 '아름다운 목소리와 예쁜 몸매'처럼 하는 것이 바람직하다. ②에서도 '사랑하는'이 그 바로 뒤의 '그 여자'를 수식하는 것이 상례지만 간혹 '언니'가 수식 대상일 수도 있다. 이런 때는 '사랑하는' 다음에 쉼표를 찍는 것이 좋다.

수식어는 그 수식 대상을 선명하게 한정해야 한다. 그렇다면 수식하는 내용이 뚜렷해야 하며 필요 이상의 수식 어구가 나열되어서는 안 된다. 다음 예문의 수식어는 수식 목적을 충분히 달성했다고 할 수가 없다.

예문 15

또 이제는 학생 잡지들이 요란한 옷차림뿐 아니라 결코 바람직스럽지 못한 머리 모양이며 화장까지 부추기면서 광고 못지않게 호화로운 화보 기사의 모델들이 파마머리나 화장을 하고 등장하는 예가 너무 흔하다.

윗글에서는 끝 부분의 '… 하는 예가'의 앞에 부가되는 수식어들이 너무나 장황하고 여러 갈래로 나뉘어 있다. 그래서 수식 내용의 초점이 흐려지고 있는 것이다.

(3) 수식어는 수식되는 대상 바로 앞에 둘 것

수식어는 피수식어의 바로 곁에 두는 것이 원칙이다. 국어의 수식어는 일반적으로 피수식어의 앞에 오게 된다.

예문 16

① 그는 노래를 잘 부른다.
② 그는 노래를 부른다.
③ 그는 잘 노래를 부른다.

①이 정상적이고, ②와 같이 하는 일은 거의 없다. 그뿐 아니라 수식어가 피수식어와 떨어지지 않고 그 바로 앞에 두는 것이 상례이다. 따라서 ③과 같이 하는 것은 바람직하지 않다.

3. 조사와 어말어미의 바른 쓰임

(1) 조사의 바른 쓰임

조사는 낱말들을 결합시켜서 문장이라는 구조를 만드는 문법 요소이다. 이런 문법 요소가 없이 낱말들만 늘어놓아서는 정상적인 문장이 이루어지지 않는다. 조사는 뒤에 말하는 어말어미(문말어미) 요소들과 함께 문장의 문법적 기능과 형식을 결정하는 구실을 하는 것이다.

글을 쓸 때에는 이 조사라는 문법 요소를 잘못 쓰거나 함부로 빠뜨리면 올바른 문장이 되지 못한다. 다음의 예문들은 이런 조사의 쓰임에 문제가 있는 문장들이다. 예문을 잘 살펴보고 잘못된 점을 바로잡아 보자.

예문 17

① 글 쓴다는 게 꼭 그렇게 어려운 일은 아니야. 주제 하나 잡아 가지고 줄거리 만들어 펼쳐가면 다 돼.

② 그 사람이 친구가 참 좋은 사람이지요.

③ 친구 사이의 빌려 주는 돈은 불화가 일으키기 쉽다.

④ 그는 자기 집의 있는 물건을 남에 집으로 가져갔다.

⑤ 날마다 아이들의 독서가 정신적 성장에 필요하다.

⑥ 학생들의 수업이 끝나면 모두 집이 간다.

⑦ 그 아이는 학생으로써 자가용으로서 등교한다.

⑧ 나라의 말의 문제는 온국민의 관심사다.

⑨ 국민에 드리는 글과 겨레에 바치는 시

⑩ 교통사고로부터 어린이를 보호하자.

위의 예문에서, ①은 조사가 거의 다 빠져 있어서 일상 대화체로는 무방할지 모르나 글쓰기에서는 곤란하다. ②의 '그 사람이'는 '그 사람의'로 고치는 것이 자연스러우며, ③의 '친구 사이의'는 '친구 사이에'로, '불화가'는 '불화를'로 고쳐야 한다. ④에서는 '집의 있는'은 '집에 있는'으로, '남에 집으로'는 '남의 집으로'로 해야 한다. 일반으로 조사 '의'는 체언 앞에, '에'는 용언의 앞에 쓰인다. ⑤는 몇 가지로 해석될 수가 있는데, '날마다 독서가 아이들의 정신적 성장에 필요하다' 정도로 고치면 자연스러운 문장이 될 것이다. ⑥의 '학생들의'는 '학생들이'로 하면 더 나을 듯하며, '집이'는 '집에'로 고쳐야 한다. ⑦의 '으로써'는 수단과 방법을 나타내고 '으로서'는 자격을 나타내므로 서로 맞바꾸어야 한다. ⑧에서는 조사 '의'가 반복되어서 다소 어색하다. 이런 경우에는 한쪽을 줄이든지, 아니면 다른 말로 바꾸는 것이 낫다. 이를테면, '나라 말의 문제' 또는 '나라의 말에 대한 문제' 따위로 하는 것이 더 나을 때가 많다. ⑨의 조사 '에'는 어느 경우나 '에게'로 하는 것이 문법에 맞다. '국민'이나 '겨레'와 같이 사람의 뜻을 가리키는 말에는 '에게'를 쓰고 사물에는 '에'를 쓰기 때문이다. ⑩은 표어로 쓰인 일이 있는데 아무래도 어색하다. '로부터'라는 조사를 쓰는 것보다는 '차들이여 어린이를 보호하자.' 따위로 하는 것이 나을 것이다.

특히 관형격 조사 '의'의 중복 사용을 하지 않도록 해야 한다. 우리말에서 관형격 조사 '의'의 반복 사용은 어색한 문장을 만든다. 또 때로는 의미적 모호성을 빚기도 한다. 따라서 '의'의 반복 사용은 삼가도록 하여야 한다. 곧 다음과 같이 바꾸는 것이 바람직하다.

- 나라의 발전의 문제 → 나라 발전의 문제
- 공자나 예수의 말씀의 뜻 → 공자나 예수님 말씀의 뜻
- 위의 예문의 경우에 → 위 예문의 경우에
- 한국의 근대화 시책의 이모저모 → 한국 근대화 시책의 이모저모

(2) 어말어미의 바른 쓰임

문장 서술어의 끝에 붙는 문법 형태는 조사와 함께 매우 중요한 문법 요소이다. 이 형태들은 대체로 종결 형태와 연결 형태(접속어미)로 나누어진다. 전자는 문장을 끝맺는 구실을 하고 후자는 구절을 이어서 접속문을 만드는 구실을 한다. 이들의 사용에서 특별히 유의해야 할 점에 관해서 알아보도록 한다.

① 문장체의 종결 형태

글에서 쓰이는 문장의 종결 형태는 일상의 말에서 쓰이는 것들과는 다소 다른 경우가 있다. 특히 존대 말씨와 관련된 표현들이 글에서는 독특하게 쓰인다.

예문 18

① 훈민정음은 세종대왕이 만들었다.
② 우리는 왜 서로 사랑해야 하는가?
③ 독자여, 우리 젊은이들의 늠름한 모습을 바라보라.
④ 이제 우리가 왜 독서를 많이 해야 하는지를 생각해 보자.
⑤ 선생은 학생에게 가르침을, 제자는 스승에게 존경을 주고받는다.

위에서 보듯이 글에서는 어느 경우나 이른바 '해라체'와 비슷한 형태의 어미들을 쓴다. 그런데 이것은 '평어체'라고도 하는 것으로서 글에서 두루 쓰이는 일종의 '문장체'이다. 이것은 대화체의 경우처럼 상대방을 낮추는 뜻을 드러내는 것은 아니다. ①을 '세종대왕께서 만드셨습니다.'처럼 표현하는 것은 보통의 문장체가 아니다. ②의 '하는가'는 흔히 쓰는 문장체의 의문 형태이다('해라체'의 '하느냐'와는 다르다). ③에서 '독자여'는 문장체에 자주 쓰이는 호격이며, 그것을 '독자여러분이시여'와 같이 하는 일은 드물다. 또 '바라보라(어간+라)' 형태의 명령형이 글에서 많이 쓰이고, '바라보아라'(어간+아라/어라) 형태는 잘 쓰이지 않는다. ④의 '보자'는 구어체와 동일한 형태이나, 그 의미는 해라체가 아니다. ⑤는 이런 문장체의 어미와 관련된 표현은 일반적으로 존대 형태를 쓰지 않는다는 것을 보여 준다. 곧 '선생은' 대신에 '선생님은', '선생님께서는'과 같이 한다든지, '스승에게'를 '스승께'로 하지 않아도 된다. 다만, 특정한 상대자에 대한 글, 이를테면 서간문체나 그와 비슷한 문체를 쓰는 경우에는 예외이다.

② 잘못 쓰기 쉬운 연결 형태

문장의 연결 형태 가운데 잘못 쓰기 쉬운 것들의 예를 살펴본다. 다음에서 괄호 안과 같이 쓰는 것은 잘못이다.

예문 19

① 이번 올림픽 대회에는 가장 많은 선수가 참가함으로써(*참가하므로) 큰 성황을 이루었다.
② 오늘 날씨가 따뜻하므로(* 함으로써) 들에 나가겠다.
③ 그 학생은 부지런하므로 성적이 좋게(* 좋기) 마련이다.
④ 나라가 발전하도록(*발전하게) 국민들이 열심히 일했다.
⑤ 그는 착한 사람이 되려고(*될려고) 종교를 믿었다.
⑥ 다음 주일 10시에 모임을 가지고자(*가지고저, *가지고져)하니 모여주시기 바랍니다.
⑦ 다음 월요일에는 간부들의 모임이 있사오니(*있아오니) 참석하시기 바랍니다.
⑧ 우리는 무슨 일을 하든(*하던) 최선을 다해야 한다.
⑨ 비록 힘이 들더라도(* 들드라도) 하던(*하든) 일을 마쳐야 한다.
⑩ 우리가 나아갈 길은 이 길밖에(*뿐이) 없다.

위의 예문에서 ①의 '함으로써'는 '해가지고'의 뜻이고 ②의 '하므로'는 '하기 때문에'라는 뜻임을 유의하면 바로 쓸 수 있다. ③의 '-게 마련이다'는 '게 되어 있다'의 뜻이니 '-게'를 '기'로 바꾸면 안 된다. ④의 '-도록'과 '게'는 서로 교체될 경우도 있으나, 대개 뒤에 긴 구절이 올 때는 '-게'는 어색한 문장을 만든다. 일반으로 접속문에서는 '도록'이 자연스럽게 쓰이고 사동문에서는 '게'가 알맞다. ⑤의 '-려고'를 '-ㄹ려고'로 잘못 쓰는 일이 많은데, 사투리이니 유의해야 한다. ⑥에서도 '고자'가 표준어이고 '고저'나 '고져'는 잘못된 쓰임이다. ⑦의 '-사오니'는 '많사오니 '없사오니'처럼 어느 경우나 통일 형태로 써야 한다. ⑧의 '든'은 '든지'와 같은 것으로서 선택의 기능을 지닌 어미이다. 이렇게 '-든지'로 바꾸어질 수 있는 선택의 뜻일 때는 언제나 '든'으로 써야 하며, 그밖의 뜻일 경우에는 ⑨에서처럼 모두 '더', '던'으로 해야 한다. ⑩의 '밖에'를 '뿐이'로 잘못 쓰는 일이 있는데, 이는 사투리의 영향이다. '뿐'을 쓰려면 '길 뿐이다'라고 해야 맞다.

③ 연결 형태의 알맞은 쓰임

한 문장 안에 연결 형태를 너무 많이 쓰는 것은 바람직스럽지 않다. 문장의 내용이 복잡해지고 글의 초점이 흐려지기 때문이다.

예문 20

나의 생각을 요약해 보자면, 바람직한 교우관계는 상대방을 존중하며, 이기적 생각을 배제하고, 서로 도움을 주고받을 수 있고, 믿음을 가져야 한다는 것이다.

– 학생의 글에서

위의 예문에서처럼 한 문장 안에 많은 구절이 연결되고 더구나 그 내용이 체계가 없게 되면 문장의 뜻이 희미해진다. 이런 경우에는 적절히 나누어서 몇 개의 문장으로 만드는 것이 낫다. 다음 예에서도 한 문장 안에 연결어미가 너무 많이 쓰였다. 좀 더 자연스런 문장이 되도록 바로잡을 필요가 있다.

예문 21

정답 평균이 40.5퍼센트였으니 놀라울 수밖에 없는 것을 또한 접어둔다고 하고 다른 여러 가지 문제도 있어서 사회적으로 문제가 되어 신문에서 떠들 우려가 농후한 것은 고사하고 당장 문제되는 일도 한두 가지가 아니다.

위와 같은 문장은 두 문장이나 세 문장으로 나누어서 간결하게 쓰는 것이 바람직하다.

④ 접속어의 알맞은 쓰임

국어에서는 앞에 말한 연결 형태와 관련된 접속 형태가 쓰이고 있다. 그 예를 보이면 다음과 같다.

그러나, 그리고, 그런데, 그래서, 그러니까, 그래도, 그러면,
그렇다면, 그렇지만, 그럴지라도, 및, 또한

이들은 대부분 연결 형태를 바탕으로 이루어진 것들이다.

예문 22

① 그이는 책을 읽고 글을 썼다.
그이는 책을 읽었다. 그리고 (그이는) 글을 썼다.
② 그들은 서로 죽도록 사랑했으나 결혼을 못했다.
그들은 서로 죽도록 사랑했다. 그러나 결혼을 못했다.
③ 그 아이는 책과 연필을 가졌지만 쓰지 못한다.
그 아이는 책 및 연필을 가졌다. 그렇지만 쓰지 못한다.

즉, 연결 형태를 가지고 한 문장으로 쓰는 대신에 두 문장으로 나누어 쓸 때에는 이들 접속어가 사용된다. 사실상 국어에서는 연결 형태(어미)가 발달되어 있어서 이들 접속어는 많이 쓰이지 않는 실정이다. 곧 특수한 경우가 아니고는 접속어를 써서 단문들을 연결하지 않는 것이 상례다. 따라서 이들 접속어를 남용하는 것은 자연스러운 문장이 되지 못하는 일이 많다. 더구나 다음 예문처럼 문장마다 접속어를 쓴다든지 종결 형태와 중복해서 쓰는 것은 마땅치 않다.

예문 23

내가 언젠가 시내에서 만난 적이 있는 그 젊고 발랄한, 그리고 다소건방지기도 한 사내아이가 내 앞에 오늘 나타났다. 그러나 그 사람은 아무 말도 않고 앉아 있다. 그런데 그와 같이 온 사람이 말을 꺼냈다. 그래서 나는 다소 놀라는 표정을 하였다. 그러니까 그 사람도 좀 어색한 모양이었다. 그리고 한참 시간이 흘렀다. 그렇지만….

위 예문에서처럼 문장마다 접속 형태를 쓰는 것은 문장의 흐름을 오히려 막는 역효과를 낸다. 이런 접속어가 없이도 자연스러운 연결이 될 경우에 접속어를 쓰는 것은 군더더기에 불과하다. 특히 '그리고'와 같은 접속어는 아무 의미가 없는 것이므로 특별한 경우가 아니면 구태여 쓸 필요가 없다. 이 접속어가 없이도 인접한 두 문장은 자동적으로 이어지기 때문이다. 다음 예문을 살펴보자.

예문 24

① 그 두 사람은 이야기를 마치고 서로 헤어졌다.
② 그 두 사람은 이야기를 마쳤다. 그리고 서로 헤어졌다.
③ 그 두 사람은 이야기를 마쳤다. 그들은 서로 헤어졌다.
④ 그 두 사람은 이야기를 마쳤다. 이윽고 서로 헤어졌다.

위와 같이 짧은 문장의 연결에서는 ①이 가장 자연스럽다. ②와 같이 '그리고'를 그 사이에 개입시킨 문장은 사실상 ③에서처럼 접속어를 안 쓰는 경우와 다를 바 없다. 따라서 그런 무의미한 것을 쓰는 것보다는 상황에 따라서 ④와 같이 적절한 부사어를 골라 쓰는 편이 낫다. '이윽고' '곧' '악수를 나누고서', '인사도 없이' 따위와 같은 부사어를 써서 의미적으로 긴밀한 연결을 하는 것이 바람직스럽다.

4. 알맞은 낱말을 쓰는 요령

(1) 알맞은 뜻의 낱말을 사용할 것

낱말은 문장의 뜻을 형성하는 밑감이다. 조사나 연결 형태 등의 문장이 문법적 형식을 이루는 요소라면, 낱말은 문장의 실질적인 의미를 결정하는 요소이다. 따라서 낱말을 잘 골라쓰는 것은 문장의 의미를 정확히 드러내는 일이 된다. 반면에 낱말을 잘못 쓰면 이상한 뜻의 문장이 되거나 바른 뜻을 전달하지 못하는 문장이 되고 만다.

낱말은 꼭 들어맞는 의미를 나타내는 것을 골라 써야 한다. 프랑스의 문호 플로베르는 "한 사물에는 한 낱말밖에 없다."고 말한 적이 있다. 이는 어떤 일이나 물건에 관해서 표현할 경우에는 가장 적절한 의미의 말을 골라 써야 한다는 것을 강조한 것이다. 알맞은 뜻의 낱말을 골라 쓰려면 낱말의 뜻을 정확히 알고 그 용례를 올바로 익혀야 한다. 무엇보다도 좋은 글을 많이 읽을 뿐 아니라 모르는 낱말이 있을 때는 사전을 통하여 그 뜻을 정확히 익히는 습성을 길러야 한다. 다음 예에서는 체언을 알맞게 쓰지 못한 경우를 보여준다.

예문 25

① 이 기계 중에서 TV는 우리 생활의 용품이 되었다.
② 그 원인의 많은 이유가 이 기구에 있다.
③ 오늘 햇빛이 무척 따뜻합니다.
④ 그 남자의 미모가 빼어난다.
⑤ 중국은 일찍부터 정신 문명이 발달되었다.
⑥ 어렸을 때부터 감정 순화 교육을 시켜야 한다.

위의 예문 가운데. ①의 '기계'와 '용품'은 잘못 쓰인 말이다. 전자는 '가전제품', 후자는 '필수품' 정도로 하는 것이 낫다. 기계는 대개 어떤 공작에 쓰이는 것이 상례이며, '용품'은 대체로 소모품 등에 쓰인다. ②에서는 '원인'과 '이유'라는 말의 뜻을 분간하지 못하고 썼다. 전자는 어떤 결과가 일어난 까닭을 가리킬 때 곧 '화재의 원인' 따위와 같이 쓰이고, 후자는 행동이나 주장의 근거를 말할 때, 곧 '방화를 한 이유' 등과 같이 쓰이는 말이다. 따라서 '원인의 이유'는 말이 되지 않는다. ③의 '햇빛'은 '햇볕'으로 해야 한다. 전자는 '햇살(광선)'을, 후자는 '양기'를 뜻한다. ④의 '미모'는 여자에 대하여 쓰는 말이며, ⑤의 '문명'은 물질적인 면에 쓰이고 정신적인 면에는 문화가 쓰이므로 적절치 않다. ⑥의 '감정'은 '정서'로 바꾸어야 한다. 정서는 대개 감정보다 더 다듬어지고 순화된 감성을 가리킨다.

다음은 용언이나 부사 등의 낱말이 잘못 쓰인 예들이다.

예문 26

① 그 사람은 술을 너무 마셨다.
② 이 꽃은 너무 아름답고 저 하늘은 너무 높다.
③ 막 운동을 마친 그의 얼굴은 흥분되어 있다.
④ 그 집은 왼쪽으로 두 번째인데, 둘째 번이나 가 보았다.

⑤ 그는 앞으로 자빠졌다.

⑥ 해가 뜨려고 동쪽 하늘이 환하게 밝아 온다.

①의 '너무'는 동사를 직접 수식하는 부사가 아니므로 잘못 쓰였다. '너무 많이'와 같은 형식으로 쓰여야 한다. ②의 '너무'는 본래 정도가 지나침을 뜻하게 때문에 '매우'나 '참으로' 정도로 바꾸는 것이 낫다. ③의 '흥분되어'는 '상기되어'로 함이 낫다. 얼굴이 약간 달아 오른 정도의 표현에는 '상기되다'라는 말이 알맞다. ④의 '두 번째'와 '둘째 번'은 맞바꾸어야 한다. 전자는 '차례'를, 후자는 '번수(횟수)'를 나타내기 때문이다. ⑤의 '자빠졌다'는 '넘어졌다'로 해야 맞다. ⑥의 '환하게'는 발광체가 나타났을 경우에 쓰이므로 '훤하게'로 바꾸는 것이 알맞다.

(2) 비슷한 뜻의 낱말을 가려 사용할 것

다음에 맞대놓은 낱말들은 그 뜻이 비슷한 점이 있으나 서로 일치하지는 않으므로 구별하여 써야 할 경우가 있다. 평소에 그 차이점을 익혀 두도록 해야 정확한 표현을 할 수 있다.

① 아래 : 밑 : 바닥
독 : 항아리
세상 : 세계
스승 : 선생
글 : 글자
자취 : 자국
안 : 속
바가지 : 쪽박
사발 : 대접
슬기 : 꾀
죽음 : 주검
도랑 : 개천 : 시내

② 발달 : 발전
개발 : 계발
발견 : 발명
순서 : 질서
절충 : 타협
지식 : 지혜 : 정보

탐구 : 탐색 : 연구　　　물질 : 물체
원한 : 한　　　주제 : 제목
재료 : 자료　　　대화 : 회화 : 담화
습관 : 관습 : 인습　　　서문 : 서론

③ 가르치다 : 가리키다　　　비끼다 : 비키다
꽂다 : 박다　　　넘어지다 : 자빠지다
두다 : 놓다　　　아끼다 : 저축하다
쫓다 : 좇다　　　털다 : 떨다
쏟다 : 엎지르다　　　당기다 : 끌다
빼다 : 뽑다　　　꺾다 : 꼬부리다

④ 환하다 : 훤하다　　　튼튼하다 : 든든하다
슬프다 : 서럽다　　　유쾌하다 : 상쾌하다
착하다 : 얌전하다　　　예쁘다 : 곱다

⑤ 어서 : 빨리　　　우뚝 : 오뚝
슬쩍 : 살짝　　　덜렁덜렁 : 달랑달랑
슬렁슬렁 : 살랑살랑　　　줄곧 : 곧장

(3) 비슷한 형태의 낱말을 혼동하지 말 것

다음에 맞대놓은 낱말들은 형태가 닮은 데가 있으나 그 뜻이 다르므로 구별하여 쓰도록 해야 한다.

① 구슬 : 구실　　　이랑 : 고랑
이물 : 고물　　　닻 : 돛

② 붙이다 : 부치다　　　바치다 : 받치다
담다 : 담그다　　　비치다 : 비추다

(4) 쉬운 낱말을 찾아 사용할 것

글이란 되도록 쉬운 말로 쓰는 것이 바람직하다. 일반적으로 글로 쓴 내용은 누구나 쉽게 읽을 수 있어야 하기 때문이다. 따라서 어려운 한자어나 낯선 외국말 따위를 많이 써야 글의 품위가 높아진다고 생각하는 것은 잘못이다. 그런 어려운 말이나 확실히 모르는 낱말들은 독자에게 필요 없는 부담을 주고 글을 딱딱하게 만들 뿐이다.

① 어려운 한자어를 피할 것

어렵고 딱딱한 한자어는 되도록 피하고 일상에서 사용하는 쉬운 한자어나 부드럽고 쉬운 우리말로 표현하는 것이 바람직하다.

예문 27

① 금일 오전, 불의의 차량 사고로 인하여 5명의 교통사고가 발생, 그 중 중경상자는 인근 의료 기관에서 응급치료중이라고 보도되었다.

② 오늘 오전에 뜻하지 않은 차 사고로 말미암아, 5사람이 다치거나 숨졌다. 그 가운데 다친 사람들은 가까운 병원에서 응급 치료를 받고 있다고 알려졌다.

위의 ①은 어려운 한자어가 많이 쓰인 옛날식의 글이고, ②는 쉽고 부드러운 우리말이 주로 쓰인 글이다. 어느 것이 바람직한 것인지는 더 말할 필요도 없다.

② 어려운 표현 방식을 피할 것

다음과 같은 경우는 일부러 어렵게 나타내는 표현들이다. 그것들을 쉬운 말로 나타내면 알아듣기도 좋고 말맛도 훨씬 나아진다.

- 화재로부터 위협을 받고 공포에 전율하고 있다.
  → 불이 날 위협이 있어 무서워 떨고 있다.
- 한 시간의 수면 후에 휴식을 취하니 전신이 경쾌하다.
  → 한 시간을 잔 뒤에 쉬고 나니 온몸이 나를 듯이 상쾌하다.
- 시는 사상의 정서적 동가물이다.
  → 시는 정서적 사상이다.
- 불순물을 부착하고 가두를 활보함은 파렴치한 작태다.
  → 깨끗지 못한 것을 달고 길거리를 나다니는 것은 염치없는 짓이다.
- 내가 기억하고 있는 바에 의하면 그 동조자도 오류를 범하고 있다.
  → 내 기억으로는 그와 같이 행동한 사람도 잘못을 저지르고 있다.

요컨대, 어렵고 잘 안 쓰는 한자식 표현은 부자연스러우며, 쓸데없는 외국말을 섞어 쓰는 것은 일반 독자에게는 필요 없이 부담을 주게 된다. '적的'이라는 접미어를 남용하는 것도 말을 어렵게 하는 결과를 빚는다. 다음에서처럼 되도록 그것을 피하는 것이 나을 때가 많다.

- 그는 다방면적으로 재능이 있어서 장래적으로 유망하다.
  → 그는 여러 방면의 재능이 있어서 장래 유망하다.
- 정신적, 물질적 및 경제적 측면에서 궁극적으로 문제시된다.
  → 정신, 물질 및 경제의 측면에서 마침내 문젯거리가 된다.
- 가급적 마음적으로 편하도록 조처하였다.
  → 될 수 있는 대로 마음이 편하도록 마련하였다.

15
다듬어 쓰기

1. 다듬어 쓰기의 중요성

다듬어 쓰기推敲란 글을 일차 쓴 다음에 그것을 다시 검토하고 손질하는 것을 말한다. 맨 처음에 쓴 원고인 초고를 다시 읽어 보면서 내용이나 표현 형식상의 잘못을 바로잡거나 모자란 점을 기우고 고치는 것이 다듬어 쓰기이다. 아무리 주의 깊게 쓰인 글이라도 다시 검토하여 보면 바로잡거나 기워야 할 사항이 발견되게 마련이다. 글이라는 것은 우리의 생각과 느낌을 나타내는 데 그렇게 이상적인 도구가 못되기 때문이다. 또한 아무리 글 솜씨가 훌륭한 사람이라도 처음부터 흠잡을 수 없는 완벽한 글을 쓰는 일은 자고로 거의 없다. 오히려 그런 사람일수록 더욱 많이 다듬는 노력을 아끼지 않았다고 말할 수 있다. 요컨대 다듬어 쓰기란 글을 쓰는 데 빼놓을 수 없는 절차로서, 내용이나 표현 형식을 마지막으로 기우고 손질하여 되도록 흠이 적은 글 곧 좀 더 나은 글을 이루도록 하는 마무리 작업이다.

예부터 내려오는 명문장은 숱한 다듬어 쓰기를 거쳐서 이루어졌다. 중국의 소동파蘇東坡가 「적벽부赤壁賦」라는 유명한 글을 짓고 났을 때였다. 친구가 찾아와 며칠만에 지었느냐고 물었다. 그는 "며칠은 무슨 며칠, 지금 단번에 지었네."라고 말하였다. 그래서 그 친구는 과연 천재적인 문필가라고 감탄을 했다. 그런데 소동파가 밖으로 잠깐 나간 사이에 자리 밑이 두두룩한 데를 들춰 보니까 고치고 또 고치고 한 초고가 한 삼태나 쌓여 있었다. 이는 소동파 같은 명문가로서도 「적벽부」라는 글을 단번에 쓴 것이 결코 아니었음을 말해준다. 여러 날을 두고 고치고 또 고친 끝에 비로소 그런 유명한 글로 만들어 갔던 것이다. 더구나 구양수歐陽修 같은 중국의 문호는 다듬어 쓰기를 자랑으로 여기고 누구보다도 애써서 그것을 실행하였다. 그는 초고가 되면 그것을 반드시 벽에다 붙여 놓고 들어가고 나올 때마다 읽어 보고 고쳤다 한다. 러시아의 작가 투르게네프는 어떤 작품이든지 쓰게 되면 곧 발표를 하지 않고 책상 서랍에 넣어 두고 석 달에 한 번씩 내어보고 고쳤다고 한다. 고리키도 체호프와 톨스토이에게서 문장이 거칠다는 비평을 받고 나서는 다듬어 쓰기를 누구보다도 열심히 하였다. 그래서 그의 친구가 "그렇게 자꾸 고치고 줄이다가는 작품이 어떤 사람이 태어났다, 사랑했다, 혼인했다, 죽었다의 4마디만 남지 않겠나?"라고 말했다는 이야기도 있다. 그만큼 고리키의 다듬어 쓰기는 끝이 없을 정도였던 것이다. 이상의 여러 일화에서 확실히 알 수 있는 바와 같이 동서양의 문호라 일컫는 사람들이 명문 명작품을 낳을 수 있었던 밑바탕에는 다듬어 쓰기라는 갈고 닦는 작업이 밑받침이 되고 있었던 것이다.

우리 범인으로서는 더구나 다듬어 쓰기가 무엇보다 중요한 일 가운데 하나가 되어야 한다. 글을 쓰는 데는 영감이 있어야 한다든지, 글재주가 있는 사람은 단번에 명문을 쓴다든지 하는 것은 실제와는 거리가 먼 말들이다. 그런 영감이나 문필의 재주는 쓰고 또 쓰고 다듬고 하는 동안에 도달된 경지가 되는 것이다. 만일 노력 없이 명문이 나왔다는 것이 사실이라 하면 그것은 우연으로 돌릴 수밖에 없다. 우리는 그런 우연을 바라고 글쓰기를 수련해서는 안 된다. 글쓰기도 다른 모든 인간사와 마찬가지로 꾸준한 노력과 숱한 시행착오를 거쳐서 이루어지는 인생 과업이 되는 것이다. 예를 들어, 한 폭의 그림을 그리는 데 화가의 피나는 수련, 한 줄의 글씨를 낳기에 쏟는 서예가의 숱한 운필 수련의 역정을 우리는 알고 있다. 글쓰기의 경우에도 그만 못지않은 노력과 피나는 역정의 수련이 있어야만 멋있는 글 나아가 명문이 빚어질 수 있는 것이다.

2. 다듬어 쓰기의 방법

다듬어 쓰기의 방법은 일정한 것이 있는 것은 아니다. 초고를 여러 번 고치고 다듬어 보면 자기 나름의 효율적인 방법을 터득할 수가 있다. 그런데 대체로 다음과 같은 절차와 요령에 따라 다듬어 쓰기를 해나가는 것이 효율적이라 볼 수가 있다.

(1) 글 전체의 검토와 다듬어 쓰기

글 전체의 내용과 짜임새를 검토하고 고치고 기울만한 점이 없는가를 살피는 것이다. 좀 더 구체적으로 따져보면 다음 몇 가지로 나누어 볼 수가 있다.

첫째, 주제나 목적의 타당성을 재검토한다. 물론 확신을 가지고 주제나 목적을 설정했고 그것을 여러 면에서 전개하여 글을 일단 썼음이 사실이다. 그렇지만 글이 다된 이 마당에서도 다시 한 번 그것을 음미하고 그 타당성 여부를 고려해 보아야 한다. 주제가 너무 진부하거나 독자와의 고려에서 목적이 잘 맞는지 여러 면에서 냉정하게 바라보아야 한다. 만일 그 결과 심히 불만스럽다고 판단되면 그것을 바꾸어 보도록 해야 한다. 그걸 바꾸어도 잘 되지 않을 정도이면 글을 처음부터 다시 쓰는 것도 주저하지 말아야 한다. 특히 글쓰기의 경험이 적은 사람은 다시 쓰기를 꺼려해서는 안 된다. 그것은 어떤 의미에서는 글쓰기의 좋은 훈련 과정이 될 수도 있기 때문이다.

둘째, 글의 짜임새를 재검토하고 다듬어 쓴다. 주제와 목적이 타당하다고 인정되면 글의 짜임새가 그것을 가장 효율적으로 나타내고 있는 것인가를 살펴야 한다. 아무리 주제가 값지고 참신할지라도 그것을 잘 드러내는데 실패하면 모처럼의 옥이 빛을 보지 못한다. 주제를 타당한 하위 범주로 구분했는가, 각 하위 범주는 짜임새 있게 전개되었는가, 그것들이 전체 주제를 집중적으로 떠받들고 있는가 하는 점들을 일일이 따져 보아야 한다. 만일 그렇지 못하면 주제의 하위 범주 구분을 다시 조정하고 또 그 각 부분의 전개 방식이나 접속 관계 등을 적절히 고쳐서 모든 부분이 주제를 향하여 수렴될 수 있도록 해야 한다.

셋째, 글의 길이와 내용적 분량을 검토하고 조정한다. 글의 주제를 전개하는 데 글 전체의 길이가 적절한가를 살핀다. 주제가 상당한 비중을 가지는 것인데도 그것을 너무 짧고 불충분하게 다루어서는 안 된다. 또 반대로 간단한 내용의 주제를 장황하게 전개하는 것도 문제이다. 또 이런 점을 다시 한 번 생각해 보고 적절한 내용의 분량이 되도록 글의 길이를 조정하여야 한다. 또한 글의 길이 조정에는 발표할 기관의 요청이나 지면상 제약 등도 고려되어야 한다.

(2) 단락별 검토와 다듬어 쓰기

문장 전체의 주제와 짜임새를 검토하고 다듬어 쓴 다음에는 각 단락별로 살펴 나가도록 한다. 단락은 글 전체에서 차지하는 비중이 매우 크므로 충분한 검토가 필요하다.

첫째, 각 단락의 소주제는 적절한가를 재검토한다. 소주제는 주제의 하위 범주 가운데 하나이므로 그 점을 살펴본다. 곧 그 단락의 소주제가 전체 주제의 일부를 나타낼 수 있는 개념인가를 따져 보는 것이다. 다음에는 소주제가 한 단락에서 다룰 수 있는 개념으로서 적절한가를 생각해 본다. 너무 큰 개념인가, 아니면 너무 작은 개념은 아닌가를 살펴보는 것이다. 만일 그 결과가 불만족스러우면 소주제를 적절히 조정하고, 거기에 따라 필요하면 단락 전개 내용도 바로잡거나 보충하도록 해야 한다.

둘째, 단락의 소주제가 충분히 펼쳐지고 있는가를 검토하고 다듬어 쓴다. 단락은 소주제를 정점으로 하는 토막글이다. 따라서 그 토막들의 정점인 소주제가 충분히 드러나도록 전개하고 있지 않다면 과감하게 고치도록 해야 한다. 그런 단락은 글 전체 내용 전개에 도움이 되기는커녕 해롭게 하는 것이기 때문이다.

셋째, 단락 사이의 연결성을 검토하고 다듬어 쓴다. 단락은 글 전체의 일부를 이루는 전개 단위이므로 다른 단락들과의 순리적인 연결이 되어야한다. 아무리 한 단락으로서는 잘 전개되었다 할지라도 인근 단락과 호응하여 글 전체 주제를 떠받들도록 이루어지지 않으면 글 전체의 짜임새에 큰 흠집을 만들게 된다. 따라서 각 단락이 서로 잘 연결되어 펼쳐지는 내용이 되도록 살피고 필요한 손질을 해야 한다.

(3) 문장별 검토와 다듬어 쓰기

단락별 검토와 다듬어 쓰기를 한 다음에는 각 문장별로 살펴보아야 한다. 앞에서 설명한 내용을 바탕으로 해서 잘못된 문장, 어색한 문장, 뜻이 모호한 문장 들을 찾아서 바로잡고 개선하는 데 힘써야 한다. 이 문장별 검토에서는 대체로 다음 몇 가지 점을 특히 유의해야 한다.

첫째, 각 문장의 구성은 문법적으로 틀리지 않는가를 살펴야 한다. 대체로 어색하게 느껴지는 문장은 문법적으로 잘못이 있는 것이다. 따라서 읽어가는 도중에 비정상적인 느낌을 주는 문장은 그러한 잘못이 있다고 보고 되살펴 보아야 한다. 그런 문장은 어순이나 어미 또는 토씨 그리고 접속 형태 등의 차례로 이상이 없는가를 따져서 고치도록 해야 한다.

둘째, 뜻이 모호한 문장이 아닌가를 유의해야 한다. 수식어 등이 잘못 쓰이면 문장의 뜻이 여러 갈래로 해석되기 쉽다. 그런 문장은 재조정하여 하나의 뜻이 되도록 다듬어 써야 한다.

셋째, 길고 복잡한 문장이 되지 않도록 해야 한다. 문장이 너무 길고 수식어가 많은 문장은 대개 읽기도 어렵고 초점이 흐린 것이 보통이다. 그런 문장은 자칫 글의 핵심을 흐리게 하고 짜임새를 해칠 우려가 있다. 그런 문장은 2개 이상의 단순 문장으로 나누고 불필요하게 긴 수식어는 줄이도록 하는 편이 낫다.

넷째, 문장에 쓰인 각 낱말 중 부적당한 말은 골라서 바꾸도록 해야 한다. 뜻이 불분명한 말, 흔히 쓰지 않는 말, 특히 딱딱한 한자식 어투, 비속한 말, 외국어나 외래어 등이 쓰여 있으면 바꾸도록 해야 한다. 되도록이면 어감이 좋은 낱말이나 실감나고 친근감 있는 우리말로 고쳐 쓰도록 힘써야 한다. 이는 현대 감각의 문장으로서 갖추어야 할 필수 요건 가운데 하나이다.

다섯째, 구두점이나 띄어쓰기, 그리고 맞춤법이 틀린 것이 없는지를 마지막으로 살펴야 한다. 이런 것들은 사소한 것 같지만 품위 있는 글을 이루는 데는 소홀히 해서는 안 된다. 모든 글은 이러한 형식이 갖추어져야만 한다. 아무리 내용이 훌륭하더라도 구두점이나 맞춤법이 틀려 있으면 첫눈에 실격이 될 수 있다.

(4) 마지막 검토

이상의 검토와 다듬어 쓰기를 일단 마친 다음에는 다시 한 번 전체적으로 훑어보고 점검을 해야 한다. 미처 살피지 못한 점이 있을 수도 있고, 다듬어 쓰기를 하는 동안에 잘못된 것이 있을 수도 있기 때문이다. 이 마지막 검토를 거쳐서 전체적으로 확인하고 다짐하여 원고를 가뿐한 마음으로 제출할 수 있도록 되어야만 한다. 이 단계를 소홀히 하면 크게 후회하는 일이 종종 있으므로 특히 유의해야 한다.

제3부

1부와 2부에서 익히고 가다듬은 글쓰기 능력을 바탕으로 3부에서는 여러 가지 글을 쓰는 솜씨를 더욱 갈고 닦기로 한다.

문장력을 갖춘 이가 가장 많이 쓰게 되는 수필을 비롯하여 기행문, 기사문, 보고문 등을 쓰는 능력을 한결 드높이도록 할 것이다.

그 밖에 학술 논문 등 전문적인 글을 쓰는 요령과 글의 양식에 대해서도 상당한 수준까지 몸에 익히도록 할 것이다.

여러 가지 글을 쓰는 법과 양식

16

수필을 쓰는 법

1. 수필이란 어떤 글인가

수필隨筆은 여러 가지로 뜻매김되고 있다. 붓 가는 대로 쓰는 글이거니, 나이 지긋한 교양인이 살아가면서 체험하고 생각하며 느끼는 바를 담담히 적어 가는 글이거니, 유머와 재치가 번득이는 글이거니, 우아한 정감을 운치 있는 필치로 나타내는 글이거니…. 수없이 많은 이들이 저마다의 관점에서 수필을 정의하고 있다.

우리는 여기서 그런 다양한 수필의 뜻매김을 일일이 거론하고 따지는 일을 시도하지 않는다. 그런 다종 다양한 뜻매김은 수필을 막 써 보려는 이들을 친절하게 인도하는 등불이 되기보다는 오히려 앞길을 더욱 아리송하게 만드는 일이 많기 때문이다. 우리는 그런 뜻매김 과제는 전문가들의 수필론에 미루고, 어떻게 하면 수필을 좀 더 잘 이해하고 또 맵씨 있게 쓸 수 있는지, 그 바른 길을 찾는 일로 곧바로 들어가고자 한다. 우리의 주된 관심사는 처음부터 수필의 모든 면을 총체적으로 파악하려는 시도를 하기 보다는 그 기본적인 특성부터 실례를 통하여 살펴 나가면서 점차적으로 수필 솜씨를 가다듬는 데 있다.

(1) 넓은 의미의 수필과 좁은 의미의 수필

수필은 일정한 양식에 매이지 않고 자유로이 쓰는 산문이라는 특성을 지닌다. 일정한 양식이란 주로 시, 소설, 희곡 따위의 전통적인 문학 양식을 말한다. 수필은 그러한 양식에 맞추어 짓는 문학 작품이 아니라 필자의 생각이나 느낌을 자유롭게 펼치는 산문이라는 것이다. 수필을 흔히 '붓 가는 대로 쓴다'라고 한 말은 무엇보다도 이런 양식상의 특성을 지적하는 것이라 할 것이다. 그런데 이 말을 글자 그대로 받아 들여 아무렇게나 무질서하게 쓰는 것이 수필이라고 생각해서는 안 된다. 그렇게 되어서는 우선 글이 안 되고 말 것이니 수필이 될 수는 없다. 수필도 글인 만큼 글이 갖추어야 할 일반적인 짜임새를 지녀야 함은 말할 것도 없다.

수필이 시나 소설, 희곡 등의 문학적 양식에 매이지 않는 글이라고 했을 때, 그 말이 가리키는 범주는 매우 넓다. 단편적인 소감을 적는 신변잡기에서 논설문이나 평론 심지어는 소논문에 이르기까지의 갖가지 성격의 산문이 다 이 수필이라는 말에 포괄될 수 있기 때문이다. 수필에 해당하는 에세이essay도 소논문류의 글까지 포함하여 가리키고 있음은 널리 알려진 사실이다. 이렇게 수필이 갖가지 산문들을 포괄적으로 가리키는 경우에 그것은 흔히 넓은 의미의 수필 또는 에세이라 부르고 있다.

이런 넓은 의미의 수필은 다시 두 가지로 나누어 다루는 일이 있다. 격식적인 수필formal essay과 비격식적인 수필informal essay이 그것이다. 전자는 소논문, 논설문, 평론 따위의 글로서 비교적 지적知的 관심이 강하고 객관적인 성향을 지니게 된다. 후자는 흔히 신변잡기, 감상문, 인물평, 시평 등과 같이 주관적이고 정감적(상상적)인 성격을 띠는 글들을 가리킨다. 우리가 흔히 말하는 수필은 이 비격식적인 부류에 속하는 것이다. 곧 주관성과 정감성이 비교적 짙은 글을 우리는 수필이라 부르는 것이 상례이다. 이는 좁은 의미의 수필 또는 일상 수필이라 부를 수가 있다.

(2) 수필의 기본 특성

수필이 전통적 문학 양식에 매이지 않는 산문이라는 것은 구체적으로 무엇을 말하는가? 그것은 수필이 시나 소설, 희곡 등과 구별되는 몇 가지 기본 특성이 있음을 뜻한다. 곧 수필은 일반적으로 의미의 직접성, 사실에 대한 풀이, 단편성 등의 특성을 드러냄으로써 시나 소설 등과 구별된다. 이 특성은 물론 넓은 의미와 좁은 의미의 수필 전반에 걸치는 것이다. 우리의 관심사는 주로 일상 수필이지만 이러한 기본 특성을 알아 두는 것은 수필을 좀 더 잘 이해하고 그것을 써나가는 데 도움이 될 수 있을 것이다.

① 의미의 직접성

수필이 의미의 직접성을 지닌다는 것은 수필의 의미, 곧 주제를 직접 전달해주는 것을 말한다. 그 글을 쓴 근본 의도가 무엇이며 무엇을 나타내고자 한 것인가를 독자에게 뚜렷하게 직접 알려 주도록 쓰는 것이 수필이라는 것이다. 이것은 시나 소설, 희곡 등과는 대조를 이루는 점이다. 가령, 시의 경우에는 운율의 조직이라든지 이미지의 구성 등을 통하여 함축적으로 그 의미를 나타낸다. 또 소설이나 희곡의 경우에는 이야기에 나오는 인물의 성격, 행동, 배경 등을 통하여 간접적으로 의미를 전달해 준다. 그러나 수필의 경우에는 읽고 나서 그 주제가 무엇인지 바로 떠오르지 않는다든지 알쏭달쏭하게 느껴질 정도가 된다면 그 글은 이미 수필의 영역을 벗어난다고 보는 것이다. 수필은 그 쓰인 의도가 분명히 그리고 바로 독자에게 전달되는 것이 그 첫째가는 특성으로 꼽힌다.

다음 글은 삶의 한 부분을 소재로 한 수필인데 그 핵심적 의미를 직접 알고 느낄 수 있게 이야기해 주고 있다.

예문 1

새해 벽두에 허리가 말썽이다. (중략) 많이 그런 것은 아니나 앉았다 일어서면 뻑뻑하고 시큰거려 돌아가신 부모님 사진 앞에 올리는 세배도, 모처럼 찾아 준 젊은 글벗들과의 맞절도 그냥 어물어물 적당히 넘겨 버리고 말았다. 그러니 이번 정초 연휴는 내내 죄송하고 미안한 마음의 연속이었는데, 하루 저녁엔 불현듯 저 공초 오상순 선생이 입버릇처럼 하시던 말씀이 생각났다. 생전의 선생은 처음 만나는 사람이건, 열 번을 만나는 사람이건, 만날 때마다 모두에게 딱 한 가지로 하신 말씀이 있었으니 "반갑고 고맙소. 고맙고 반갑소"라는 것이었다. (중략)

그런데 이러한 종류의 말씀과 만날 적엔 으레 특별한 경험을 겪게 된다. 그것은 말씀 뒤에 극명하게 떠오르는 어떤 매우 감동적이며 경이로운 것을 보는 일이다. 예를 들면, "가난한 자에게 복이 있나니"라는 예수 말씀 뒤에 떠오르는 세상에서 가장 크고 따뜻한 눈물 글썽거림이나, "내 시신은 산자락이나 들판에 버려둬라. 하늘과 땅을 관으로 삼을지니"라는 장자 말씀 뒤에 떠오르는 세상에서 가장 넉넉한 웃음지음 등이다. 물론 공초 선생의 말씀 뒤에도 똑똑히 떠오르는 것이 있다. 그것은 이 세상에서 가장 깊은 허리굽힘이다. 사람과 사람의 만남은 사람의 삶을 이렇게도 하고 저렇게도 한다. 허리 뻣뻣하게 세우는 미움과 불신의 만남은 사람의 삶을 차고 살벌하게 만들고, 서로 허리 굽히는 반가움과 고마움의 만남은 그것을 화평하고 윤기 있게 만든다.

그런즉 평소 사람과의 만남을 오직 반가움으로 이룩할 줄밖에 몰랐고 오직 고마움으로 이룩할 줄밖에 몰랐으며, 늙어 칠십에 세상 떠나는 병석에서도 "반갑고 고맙소. 고맙고 반갑소"라는 그 한 말씀 끊이지 않으셨던 공초 선생의 넋은 거의 성자와 동렬이었다고 해도 지나침이 없다. 다시 말해서 공초 선생의 허리굽힘이야말로 이 세상에서 가장 깊은 것이었다고 해도 전혀 지나침이 없다.

– 전봉건, 「반갑고 고맙소」

윗글은 우리의 일상사에서 체험하고 느끼고 생각하는 바를 그대로 들려줄 뿐이고 어떤 이야기 줄거리를 꾸며서 그 의미를 간접적으로 시사하지 않는다.

다음 글에서도 얼핏 보아 싸움 이야기를 들려주는 듯하지만 필자는 그 의미를 집약해 주고 있음을 볼 수 있다.

예문 2

나는 어린 시절을 소읍에서 보냈는데, 저녁나절이 되면 으레 이웃집 어디에선가 싸움이 시작되는 것을 보게 된다. 입에 담지 못할 욕설이 오고 가다가 드디어 육탄공세에까지 발전한다. 사람들은 우우 둘러서서 일면은 뜯어말리고, 일면은 재미있어 하면서 구경한다. 또 싸움은 이웃 간 뿐 아니라 부부간일 경우도 많다. 부부간에 자주 싸움이 있는 경우에는 대체로 가난한 집이다. 셋방살이에 날품팔이를 하는 집일수록 싸움이 잦다. 간신히 간신히 몇 달을 별러 장만한 가구가 그날은 또 와장창하고 깨지는 날이다. 남편이 아내의 목이라도 조르는지 끽끽하고 숨넘어가는 소리가 나면 아무리 부부싸움이라도 이웃집 사람이 그 집으로 들어가 말리지 않으면 안 된다. 비록 어저께 대판 싸운 이웃집이라도 그러지 않을 수 없다. 말리면 아내는 이제 원군을 얻은 듯이 더욱 앙칼진 소리를 세워 그 간에 맞은 분풀이를 다 해댄다. 부부싸움은 그리하여 그날 저녁 그 이웃들에게 재미있는 얘깃거리가 된다. 한 달을 두고도 그러한 해프닝이 여러 차례에 걸쳐 일어나지만 그렇다고 해서 그들이 헤어지는 예는 결코 없다. 걸핏하면 맞고 밟히고 하던 어느 아낙네의 말이 지금도 생각난다. 그렇게 모질게 학대받을 바에야 뭘 보고 그 고생을 하며 사느냐고 묻는 이웃에게, "더러운 정 때문 아잉기요" 했다. 그렇다. 그 더러운 정이다. 우리가 이 국토에 사는 것도 그 아낙네와 같은 운명으로 사는 것이 틀림없다. 그 더러운 정 때문에 살고 있는 것이다.

– 김상태, 「더러운 정」중에서

윗글은 수필의 한 단락이지만 그 소주제를 통하여 독자에게 뚜렷한 의미 전달을 하고 있다. 짜임새 있는 글에서는 이렇게 각 단락이 각기 가다듬어진 의미(소주제)를 집약해 줌을 알 수 있다.

② 사실성

수필은 이미 있는 사실을 바탕으로 그것을 풀이하거나 그것과 관련된 자신의 의도나 느낌을 덧붙여 주는 면에 중점을 둔다. 다시 말하면 수필은 허구적虛構的 세계를 대상으로 하는 것이 아니라, 사실 그 자체에 대해서 무엇인가 언급하고 해석하는 것이다. 수필은 희곡이나 소설에서 볼 수 있는 것처럼 필자의 상상으로 지어낸 이야기를 다루는 글이 아니라는 것이다.

문학을 창조적인 것과 해석적인 것으로 나눈다면, 전자는 시, 소설, 희곡 등이고 후자는 수필이 대표격이다. 시나 소설 등이 창조적인 것은 존재하지 않는 것을 필자가 상상으로 만들어내는 것이기 때문이다. 이런 창조 세계는 현실적으로 가능한 것이기는 하지만 실제로 존재하는 것은 아니다. 수필은 이런 가능한 상상 세계를 대상으로 하지 않고 현실적으로 엄연히 존재하고 있는 사물에 대하여 자기 나름의 견해와 풀이를 하거나 정감을 드러내는 것이다.

다음 수필은 자신이 밟아 보고 걸어 보고 바라본 사실에 뿌리박고 생각과 느낌의 나래를 펴고 있다.

예문 3

이 벼랑을 오르면 고원처럼 능선이 남쪽으로 뻗는다. 서울의 동쪽을 다시 동서로 가르는 칼등이 된다. 고지를 점령한 지휘관과도 같은 심정으로, 서쪽으로 세계에서도 인구 많기로 유수한 도시 대 서울을 굽어본다. 다른 곳은 별 볼품도 없는 집으로 그득 찼어도, 그래도 아직 까지는 늘 푸른 숲으로 체면을 유지하고 있는 남산과 서울의 얼굴 북악 -서울의 특징을 단적으로 나타내는 - 사이는 무어라 해도 서울의 심장부다. 그러나 그 곳을 몇 겹으로 푹 덮어버린 검은 기운은 가슴을 묵직하게 해 준다. 여말(麗末)의 학자 한 분은 "춘설이 자자진 골에 구름이 머흐레라." 하고 읊었거니와, 이를 '대도시 서울 위에 검은 기운 머흐레라.'라고나 할까. 저 검은 기운은 그 전날, 몇만 대의 각종 차량 엔진에서 뿜겨 나온 배기가스와 밤새껏 몇십만 개의 굴뚝에서 쉬지 않고 내뿜은 각종 연기, 가스가 혼합되어 저렇게도 마치 하나의 성층권 같은 것을 이루고 있을 게다. 그런즉 저 검은 층을 훨씬 벗어난 곳에 빛나는 태양과 맑은 공기를 만끽할 수 있는 이상향이 비로소 전개될 것 아니겠는가. 외국의 도심지에 수십 층 아니 백 층을 넘는 고층 건물이 서는 이유를 잘알 수 있을 것 같다. 그래 어떤 이는 산 위에 세운 영세민 아파트야말로 배기가스의 위험을 벗어난 좋은 환경이라고 했다. 그럴 법한 이야기다.

- 이응백, 「아침 등산」 중에서

근래에 와서 수필의 문학성이 고조된 나머지 수필과 허구의 관계가 논의되는 일이 있다. 그런 논의에서 지배적으로 나타나는 견해는 수필은 어디까지나 필자 자신의 생활과 경험 속에서 캐내고 가다듬어진 사실적 자료를 직접 소재로 삼아야 한다는 것이다. 이는 수필의 비허구성이라는 점이 아직도 흔들리지 않고 있음을 뜻한다 할 것이다. 만약 수필에도 꾸며진 이야기가 곁들여질 수 있다고 한다면 그것은 소설도 아니요 수필도 아닌 얼치기가 되고 말 가능성이 농후하다. 그렇게 되는 날이면 수필에 나타난 진솔한 이야기들 마저도 믿으려 들지 않고 고개를 갸우뚱거리는 현상이 벌어지고 말 것이다. 수필의 설 자리가 근본적으로 흔들리고 마는 위기를 맞을는지도 모른다. 이

점과 관련하여 다음의 예문을 생각해보자.

예문 4

나는 그분을 사랑한다. 나에게 좋은 일이 생겼을 때, 우선 그분에게 알려서 그분이 기뻐하시는 모습을 보는 게 나의 첫 번째 일이다. 만약 그분이 안 계셔서 나의 좋은 일을 첫 번째로 알릴 고장을 잃는다면 나의 좋은 일은 얼마나 허망할 것인가. 그분의 파란만장한 80평생을 헤아리면 절절한 연민으로 가슴이 아리다.

– 박완서, 「살아있는 날의 소망」 중에서

만약 이런 마음의 티 없는 고백을 담은 수필이 허구적인 것으로 의심을 받는다면 어떻게 되겠는가? 더구나 필자가 소설가이기에 더욱 문제는 심각해질 것이다. 수필이 가장 원초적인 그 사람의 진면목을 표출하는 글이라 할 때 허구는 그림자마저 서리지 않는 적나라한 사실만이 그 소재가 되어야 마땅할 것이다.

③ 단편성

수필이 단편성 또는 미완결성incompleteness을 지닌다는 것은 그 대상을 부분적으로 또는 가설적으로 다룬다는 것이다. 곧 우리의 삶이나 사물을 다룰 경우에 그 전반에 걸쳐 남김없이 파고들어 분석하고 종합하는 방식으로 서술하지 않음을 뜻한다. 이러한 접근 방식은 시나 소설, 평론 등과는 대조를 이룬다. 이들 작품에서는 아무리 인생의 단면을 그렸다 하더라도 그 나름대로 완성된 유기적인 통일체를 이루게 된다. 그러나 수필은 그 대상을 하나의 통일체로 파악하고 서술하기보다는 일정한 각도에서 비추어진 일면만을 스치고 넘어 가는 자세로 접근하는 것이다.

이러한 수필의 특성은 에세이란 말의 원 뜻이 '시험적인 글'이었다는 점과 관련이 있다. 이를테면, 학술 논문은 필요한 모든 자료를 완벽하게 모으고 또 가능한 모든 분석을 다해서 문제의 뿌리를 온전히 빼려는 자세로 쓰여진다. 그러나 수필에서는 주어진 여건 하에서 어떤 한 면을 들추어 지적하고 넘어가거나 가능한 해결점을 찾는 가벼운 시도쯤으로 이야기를 전개해 가는 것이다. 다음과 같은 글에서 이런 수필의 특성을 엿볼 수가 있다.

예문 5

초야의 필부라 할지라도 나보다는 언제나 남의 시선을 두려워했던 것이다. 거기에서 소위 외면치레나 체면이라는 풍습이 생겨난 것이다. 스코필드 씨의 말대로 한국인은 자기 아내가 죽은 것보다도 체면이 손상되는 것을 더 두렵게 생각하는 민족이었던 것 같다. 남의 이목이 두려워 열녀가 되고 남의 눈초리가 무서워서 효부가 되는 수도 많다. 내가 나를 어떻게 생각하느냐 하는 것보다 남이 나를 어떻게 생각하는가에 더 많은 관심을 쓰며 살아 왔다.

또한 우리는 자신의 표정을 언제나 감추며 살아 왔다. 자기 자신에 대해서 말하는 것보다는 언제나 남의 일을 말하기 좋아한다. "하늘엔 총총 별도 많고 우리네 세상엔 말도 많다"는 민요를 들어봐도 그렇다.

– 이어령, 「우리와 나의 혼용」 중에서

윗글에서는 우리 민족성의 일부분을 필자 나름대로 가벼이 진단하고 있다. 학술 논문처럼 그 이유와 증거를 남김없이 모아 논술하는 일이 없이 자기의 눈에 비친 대로 자기 나름의 관점에서 언급을 하고 있을 뿐이다. 만일 필자가 이 글을 좀 더 완성된 모습으로 다루기 위해서 그 자료와 증거를 보강하고 좀 더 철저히 분석하고 논리 정연하게 체계화하여 서술한다면 한 편의 학술 논문이 될 수도 있을 것이다. 그러나 수필로 다룰 때에는 그런 노력이 반드시 필요치 않으며, 어디까지나 단편적이고 가설적인 시도로 그치게 되는 것이 상례다.

수필의 이러한 단편성은 수필이라는 글이 가지는 한 이점으로 꼽히기도 한다. 수필은 학술 논문 등과 같은 철저한 탐구의 자세를 보여 주지는 못하지만 단편적이기 때문에 오히려 여러 가지 문제들에 대하여 손쉽게 접근하여 부딪칠 수 있는 장점이 있는 것이다. 우리가 사는 사회와 생활 주변에는 많은 문제점들을 안고 있다. 개중에는 학술 논문이나 소설 등으로 다루어야 할 성질을 띤 것들도 적지 않을 것이다. 그러나 그것은 그렇게 쉬운 일이 아닐 뿐 아니라 전문가가 아니고는 엄두를 내기도 힘들다. 이런 경우에 수필의 구실은 매우 클 수밖에 없다. 우리가 그저 스치고 넘어갈 수 없는 문제들에 대하여 비전문가의 관점과 비전문적인 수법으로도 무엇인가 해결점을 찾으려는 시도를 수필은 얼마든지 가능케 하기 때문이다.

2. 일상 수필을 쓰는 방법

위에서 살핀 수필의 기본 특성을 바탕으로 하여 수필을 쓰는 실제 요령을 익혀 보기로 한다. 위의 논의에서 짐작이 되듯이 수필이란 우리가 이제껏 가다듬은 문장력만 있으면 어렵지 않게 쓸 수 있는 글이다. 우리가 이제껏 중점적으로 닦아 온 글쓰기 솜씨는 사실상 수필을 쓰기 위한 것이라 해도 과언이 아니다. 우리가 다루는 일반 글은 거의 수필의 범주에 들기 때문이다. 이제 우리의 글 솜씨와 바로 앞에서 살핀 수필의 특성을 바탕으로 수필을 써나갈 단계에 와 있다.

이 시점에서 한 가지 강조할 일은 처음부터 수필을 잘 써보겠다는 욕심을 부려서는 안 된다는 점이다. 무슨 기발한 생각이나 감동적인 내용을 담으려는 허영이 앞설 때 붓은 움직이기 어렵다. 첫술에 배부르랴 하는 심정으로 첫걸음부터 착실하게 내어 디딜 때 의외로 발걸음은 빨라진다는 것을 깊이 새겨 둘 필요가 있다.

더구나 문학적인 운치나 아름다운 정경 묘사나 격한 서정을 쏟아 부으려는 자세를 가져서는 안 된다. 흔히 감정이 고조되기 쉬운 나이의 필자는 그런 함정에 빠지지 않도록 조심해야 한다. 글이라면 꽃처럼 아름답고 꿈같은 낭만이 서린 정경을 펼쳐주는 것이라고 여기는 소녀적 문학관을 떨쳐 버려야 한다. 무릇, 아름답게 꾸미고자 애쓴 글 가운데는 실감이 적고 알맹이가 없으며, 말초적 감각을 건드릴 뿐 깊은 차원의 상념이나 정서를 담지 못하는 것들이 많다. 어디까지나 차분한 마음가짐으로 자신의 생각과 느낌을 있는 그대로 과장 없이, 꾸밈없이 진솔하게 고백해 나갈 때 오히려 독자를 감동케 한다는 것을 잊지 말아야 한다. 이런 점에서 현대의 수준 높은 수필은 지나친 서정이나 멋부림 같은 것을 값지게 보지 않는다는 것을 미리 알아 둘 필요가 있다.

(1) 일상 수필의 종류

우리가 익히려는 수필은 일상적으로 쓰는 수필을 말한다. 이는 앞에서 말한 좁은 의미의 수필에 해당한다. 그런데 이런 일상 수필도 다루는 대상 또는 소재의 성격에 따라 몇 가지로 나누어진다.

① 감상문류 : 수상(隨想), 감상문, 신변잡기 등
② 평설문류 : 시사평, 인물평 등 가벼운 비평이나 해설문
③ 그 밖의 특수 수필류 : 기행문, 보고문, 서간문, 일기문, 회고록, 자서전, 수기, 전기(傳記) 등

감상문류는 가장 대표적인 일상 수필에 속한다고 할 수 있다. 주관적이고 체험적인 필자의 진면목이 드러나는 수필이기 때문이다. 평설문류는 특

별 기능의 수필이다. 단순한 감상이나 느낌을 적는 데 그치지 않고 가벼운 비평이나 풍자를 곁들이는 글이다. 그런데 이것은 필자의 주관적 관점에서 단편적으로 드러나는 비평에 그치고, 학문적 또는 전문적 차원에서의 본격적인 평론과는 다르다.

한편, 특수 수필류의 글들도 대개 수필의 한 종류로 여겨지는 것들이다. 그런데 이들 가운데 단순히 자신만이 보는 사사로운 기록이나 편지 등은 수필로 인정되기 어렵다. 가령 여행 중에 기록한 비망록이라든지 단순한 보고기록 같은 것은 수필로 인정되기 어려운 면이 있다. 또 자서전 등은 특별한 목적으로 쓰여지는 것들일 뿐 아니라 완성된 통일체로서의 글인 경우가 많으므로 일상 수필과는 별도로 다루어져야 할 것이다.

우리가 중점적으로 익혀야 할 수필은 위 ①과 ②에 속하는 것들이다. 가장 흔히 쓰고 또 수필다운 수필의 특성을 보이는 것들이기 때문이다. ③의 것들은 대부분 그 쓰는 요령을 따로 다루고 있으며(17장, 18장), 마지막의 자서전류는 특수 목적의 것이므로 여기서는 다루지 않는다.

(2) 일상 수필의 소재적 특성

일상 수필의 소재는 필자 자신의 진면목을 드러내는 삶의 조각들이다. 필자의 자연관, 인생관, 사회관, 습성, 취미, 교양과 이상 등 그 사람의 모든 것들이 그 쓸거리가 될 수 있다. 그런데 앞에서 본 바와 같이 수필은 이런 것들을 전체적으로 또 완성된 통일체로 다루는 것이 아니므로 어떤 대상이든 일정한 각도에서 바라보면서 느끼고 생각하는 과정에서 문득 떠오르는 감상, 한 생각, 한 의견 등을 소재로 하는 것이다.

이러한 소재는 우리가 가장 흔히 부딪치는 생활의 단면이요 생각의 조각들이다. 삶의 주된 터전인 가정사, 주위에서 늘 관찰되는 자연과 동물, 아이들의 모습, 사람의 얼굴이나 생김새, 자기가 일상 쓰는 문구나 가재도구 등 어떻게 보면 극히 하찮고 일상적인 것들이다. 말하자면 생활 주변에서 우리의 눈에 들어오는 것은 어떤 것이라도 수필의 쓸거리가 될 수 있다.

예문 6

나는 금붕어를 좋아한다. 우리 집 어항에는 일 년 열두 달을 두고 금붕어가 살아 있다. 내 머리가 아무리 복잡하다고 해도 유유히 떠있는 금붕어를 보면 마음이 가라앉고 침착해진다. 무슨 불안과 불평이 있더라도 이 금붕어를 보면 가장 평화스러운 심경이 되고 만다.

또 금붕어는 이 밖에 다른 두 특징이 있다. 하나는 입을 딱딱 벌려 물을 들이킨다. 마치 동서 대양을 다 삼킬 듯이 입을 벌리며 잠시도 쉬지 않고 일을 하는 것이다. 마치 사람으로 치면 호흡과 같은 것이다.

또 다른 특징은 자나 깨나 눈을 부릅뜨고 눈을 감는 법이 없다. 그래서 우리 조상이 자물쇠를 만들 적에 대개가 물고기형으로 만들었다. 잠자지 않고 언제나 눈을 뜨고 지켜 도둑이 자물쇠를 침범하지 못하게 한다는 뜻이라고 한다.

언제나 눈을 바짝 뜨고 정신을 차려야 한다. 눈 감으면 코 베어간다는 세상이라는데, 그래서 나는 이 금붕어를 좋아하고 기르기에 애를 쓴다.

– 현제명, 「봄을 기다리는 마음」 중에서

우리가 무감각하게 보아 넘기기 쉬운 금붕어를 소재로 하여 훌륭한 수필이 이루어지고 있음을 볼 수 있다.

다음 글도 우리가 주위에서 일상 보는 얼굴을 소재로 해서 어떤 사상을 발굴하려는 시도를 보인다.

예문 7

이 세상에 아름다운 것이 있다는 것은 확실히 사는 보람을 느끼게 하는 원천이 된다. 푸른 하늘과 맑은 공기, 우거진 삼림, 눈부신 각종의 꽃들, 그리고 여러 가지 형태의 이해와 애정! 만일 이러한 것들이 없다면 우리의 인생은 얼마나 쓸쓸하고 허전할 것인가. 사람의 미모도 그러한 삶의 보람을 느끼게 하는 아름다움의 하나다. (중략)

아름다운 얼굴을 보고 있으면 이상한 충격을 느낀다. 황홀한 즐거움 같기도 하고 외로운 슬픔 같기도 한 감정의 물결이 인다. 흡사 감동적인 예술을 대했을 때와 같이-이것은 미모도 하나의 예술적인 형상임을 말하는 것일까. 만일 그렇다면 이것은 누구의 창작도 아닌 신의 우연한 은총일 뿐이다. (중략)

어떠한 미모도 화장을 잘 못하거나, 그것을 게을리 하면 그 아름다움은 거세된다. 화장은 부족의 보충이요, 무질서한 것의 통일이기 때문에 불완전한 자연적인 미를 완전한 창작적인 미로 개변시킨다. 잠자는 사람의 얼굴이 아름답지 못한 것은 방치에서 오는 의지의 불통 때문이다. 화장에 의해서 미모가 더 한층 확실해질 수 있다는 것은 미모는 자연적 형상이기보다는 의지적 형상임을 말한다. 아무리 못난 얼굴도 화장에 의해서 어느 정도 예뻐질 수 있다는 것은 아무리 불미한 정신의 소유자라도 의지의 힘으로 그것을 고칠 수 있는 것과 마찬가지다. 그러므로 미모는 하나의 신의 우연한 은총이기보다는 오히려 그 자신의 창조적인 노력에 의한 산물이라고 말할 수 있다. (중략)

모든 사람들은, 특히 미모에 예민한 사람들은 스스로 자기가 미모이기를 원한다. 호수에 비친 자기 얼굴의 아름다움에 스스로 도취되었던 희랍 신화의 나르시스처럼 자기도 미모이기를 원한다. 그러나 모든 사람들은, 특히 여성들은 자기가 얼마만치 미모가 될 수 있는가를 모르고 있다. 제가끔 나르시스가 될 수 있다는 것을 모르고 있다. 그러나 자기가 나르시스인 것을 알려 주는 사람은 반드시 존재한다. 그 사람을 찾아내느냐 못 찾아내느냐 하는 것만이 자기의 미모를 알게 되는 열쇠가 된다. 자기가 나르시스임을 알려 주는 사람을 얻게 된다는 것은 자기의 인생을 완성시킨 것이나 다를 것이 없다. 그렇다면 옳은 미모는 자기 인생의 스스로의 완성 위에 있는 것인가.

– 조연현, 「미모의 사상」 중에서

일상 수필의 소재 가운데는 얼핏 보아 생활 주변의 일이 아닌 듯이 보이는 것들도 포함되는 일이 있다. 특히 앞에 말한 평설류 수필의 소재 가운데 그러한 면이 보인다. 시사 정치 문제, 환경 문제, 일반 사회관계 문제, 교육과 철학 또는 종교 윤리 문제 같은 것들도 이런 수필의 대상이 되는 일이 있다. 그러나 이런 것들을 다루는 경우에도 그 뿌리는 우리의 생활 반경에 속하는 문제로 굴절되는 것이 상례이다. 정치 문제를 다룰 경우에도 정치인의 관점에서 정치 그 자체로서 논의하는 것이 아니며, 철학의 문제를 다룰 경우에도 철학적 관점에서 철학을 학문적으로 따지는 것이 아니다. 정치를 쓸거리로 하는 경우에 필자가 만일 정치가인 체한다든지, 철학을 다루는 경우에 그가 만일 철학자인 체하고 다룬다면 이미 그것은 수필의 범주를 벗어나며 수필로서의 특성은 사라져 버릴 수도 있다.

다음 예문은 동양인의 기질 문제를 소재로 하고 있으나 우리의 일상 문제처럼 차분히 다루고 있다.

예문 8

동양인은 정신을 차려 가질 때는 지혜와 정을 늘 함께 종합해 가졌다. 중뿔나는 일이 없게 지혜는 언제나 단독으로 서는 일이 없이 늘 민족과 인류를 넉넉히 축이고도 남을만한 정을 대동했고 정은 또 언제나 제일의 친구인 지혜와 동행해서만 성립했었다. 그렇기 때문에 지혜는 칼날같이 날카롭거나 송곳같이 뾰족하지는 못했으나 사람을 살리기엔 족했고 정은 또 눈에 띄게 아기자기한 수작을 보이진 못했어도 김소월도 일찍이 말한 것처럼 "심중에 남아 있는 말 한마디는 끝끝내 마저 하지 못하였구나." 해, 죽은 뒤에도 우리 주위를 해일(海溢)해 남을 만큼 변덕 없었던 것이다.

— 서정주, 「내 시(詩)」 중에서

다음에는 철학의 문제를 다룬 수필의 예를 예문으로 한다. 이때도 철학을 철학자의 관점에서 다루는 것이 아니라 생활면과 관련하여 바라보는 것이다.

예문 9

철학을 철학자의 전유물인 것처럼 생각하고 있는 사람들이 많이 있다. 그러나 그렇게 생각하는 것도 무리한 일은 아니니, 왜냐하면 그만큼 철학은 오늘날 그 본래의 사명, 곧 사람에게 인생의 의지와 인생의 지식을 교시하려 하는 의도를 거의 방기하여 버렸고, 철학자는 속세와 절연하고 관외에 은둔하여 고일한 고독경에서 오로지 자기의 담론에만 경청하고 있기 때문이다. 이와 같이 철학과 철학자가 생활의 지각을 완전히 상실하여 버렸다는 것은 참으로 슬픈 일이다. 그러므로 생활 속에서 부단히 인생의 예지를 추구하는 현대 중국의 양식의 철학자 임어당이 일찍이 "내가 임마누엘 칸트를 읽지 않은 이유는 간단하다. 석 장 이상 더 읽을 수 있었을 적이 없기 때문이다."고 말했는데, 이 말은 논리적 사고가 과도의 발달을 끝까지 이루어내고, 전문적 어법이 극도로 분화한 필연의 결과로서 철학이 정치 – 경제보다도 훨씬 후면에 퇴거되어 평상인은 조금도 양심의 가책을 느끼지 않고, 철학의 측면을 통과하고 있는 현대 문명의 기묘한 현상을 지적한 것으로서, 사실상 오늘에 있어서는 교육이 있는 사람들도 대개는 철학이 있으나 없으나 별로 상관이 없는 대표적 과제가 되어 있는 것을 부정하기 어렵다.

그러나 나는 물론 여기서 소위 사변적, 논리적, 학문적 철학자의 철학을 비난 공격하는 것이 목적이 아니다. 나는 오직 이러한 체계적인 철학에 대하여 인생의 지식이 되는 철학을 유지하여 주는 현철한 일꾼의 철학자가 있었던 것을 알고 있으며, 그러한 의미에서 철학자만이 철학을 가지고 있는 이상 모든 생활인은 그 특유의 인생관, 세계관, 즉 통속적 의미에서의 철학을 가질 수 있다는 것을 다음에 말하고자 함에 불과하다.

철학자에게 철학이 필요한 것과 같이 속인에게도 철학은 필요하다. 왜냐하면 한 가지 물건을 사는 데에 그 사람의 취미가 나타나는 것같이 친구를 선택하는데 있어서도 그 사람의 세계관, 즉 철학은 개재되어야 할 것이요, 자기의 직업을 결정하는 경우에도 그 근본적 계기가 되는 것은 물론 그 사람의 인생관이 아니어서는 아니 되겠기 때문이다. 가령 우리들이 결혼이라는 것을 한번 생각해 볼 때 한 남자로서 혹은 한 여자로서 상대자를 물색함에 있어서 실로 철학은 우리들의 상상할 수 있는 것보다는 훨씬 많이 지배적이고도 결정적인 역할을 하게 됨을 알 수 있을 것이요, 우리들이 어떠한 방식으로 생활을 설계하느냐 하는 것도, 결국은 넓은 의미에서 우리들이 부지중에 채택한 철학에 의거하여 실행하게 되는 것이다. 우리들이 생활권내에서 취하게 되는 모든 행동의 근저에는 일반적으로 미학적 내지 윤리적 가치 의식이 깔려 있는 것이니 생활인의 모든 행동은 반드시 어느 종류의 의미와 목적에 대한 관념을 내포하고 있다. 모든 사람은 소위 이상이라는 것을 가지고 있고, 그러한 이상이 각인의 행동과 운명의 척도가 되고 목표가 되는 것은 물론이려니와, 이상이란 요컨대 그 사람의 철학적 관점을 말하는 것이며, 그 사람의 일반적 세계관과 인생관에서 온 규범의 한 파생체를 말하는 것이다.

– 김진섭, 「생활인의 철학」 중에서

(3) 일상 수필의 주제적 특성

수필이 글인 이상 주제가 없을 수 없다. 산문의 대표격인 수필이 알맹이가 없는 빈껍데기라고 할 때 그 존재는 우리에게 아무런 의미가 없다. 종래 수필을 가리켜 붓 가는대로 쓰는 글이거니, 심지어 "산만과 무질서의 무형식이 수필의 특징(김진섭)"이라고까지 지적했던 일이 있었다. 이런 잘못된 수필관은 수필이란 주제마저 갖추지 않아도 된다고 하는 오해를 불러일으킬 소지가 있다. 그러나 자고로 수필다운 수필로 인정되는 글들은 어떤 형태로든 우리 마음에 파문을 일으킨다.

수필의 주제는 앞에서 지적한 바와 같이 직접적인 방식으로 전달되며, 그 내용은 '알림', '밝힘', '바로잡음' 등으로 요약된다. 필자가 주위의 사물에 대하여 보고 생각하고 느끼는 바를 독자에게 직접 알려주는 구실은 많은 수필에서 볼 수 있다. 또 어떤 사물이 지닌 속성이나 의미에 대하여 필자 나름대로 해석하고 밝혀 주는 것도 수필의 한 구실이다. 한편 수필은 주위의 여러 사태가 지닌 문제점 등을 지적하고 잘못된 것을 바로 잡기 위해서 비판을 하는 일도 있다. 이런 '바로잡음'의 경우에는 대개 은근한 몸짓으로 그 뜻을 암시하기도 하고 따끔한 찌름의 형태를 빌기도 한다. 또는 빗대어 꼬집는 풍자로 후려치기도 하며, 익살과 유머의 형태로 웃음 짓는 분위기를 조성하여 일깨우기도 한다. 이 밖에 수필은 우아한 정감이나 서정적 감흥을 조성하여 우리 마음을 흐뭇하고 즐겁게 해주는 역할도 한다.

수필의 주제는 이처럼 다양한 모습으로 드러나지만 대체로 '지적 성향'과 '정감적 성향'의 것으로 나누어 볼 수 있지 않을까 한다. 수필이 본디 산문정신에서 출발한 이상 그것이 드러내는 의미는 지적인 경향을 띠는 경우가 많다. 사실상 대다수의 수필은 이런 부류에 든다고 할 것이다. 그러나 한편으로는 문학예술로서의 일면을 짙게 부각시키는 수필들이 있다. 이런 수필들은 우아한 정감 또는 서정적인 요소가 중요한 자리를 차지하고 있다. 물론 이런 경향의 수필의 경우에도 지적, 사상적 의미가 없는 것은 아니다. 그러나 어느 편인가 하면 우리로 하여금 아름다운 감흥을 짙게 느낄 수 있게 해주는 기능이 더욱 두드러지는 것이다. 여기서는 이 두 가지 성향으로 대별하여 수필이 우리에게 주는 의미를 살펴보기로 한다.

① 지적 성향의 주제

다음 예문은 우리로 하여금 무엇인가 깨닫게 해 주는 바가 있다. 곧 어느 편인가 하면 지적인 면이 번득이는 수필이라 할 수 있다.

예문 10

편안하고 자유롭게 살기로 말한다면 미국보다 더 나은 나라가 있을까 하고 생각한다. 하긴 미국 외에 다른 나라에 살아본 적이 없으니 알 도리가 없지만 무엇보다도 우선 사람을 선의로 대한다. 거짓말이 탄로 나기 이전까지 아무리 거짓말을 하더라도 믿어 주려 한다. 사리에 닿지 않으면 자기편이라도 편을 들지 않는다. 대통령이고 장군이고 검사고 날품팔이고 간에 법 앞에는 모두 평등하다. 아무리 권리가 있다고 해서 마피아 단원이 아닌 이상 법 이외의 함부로 다른 사람을 위협하지 못한다. 아무리 싼 임금 노동자라고 해도 일만 열심히 하면 최소한의 식생활에 걱정이 없다. 노후도 특별히 걱정할 필요가 없다. 연금 제도가 잘 되어 있기 때문이다. 나는 미국에 4년 동안 있었지만, 한 번도 싸우는 꼴을 못 보았다. 영화에서는 걸핏하면 치고받고 하지만 그것은 영화에서만 가능한 일이다. 어디까지나 합리적으로 일을 처리하려고 한다. 그러다가 안 되면 법의 심판을 받는다.

이렇게 좋은 나라인데도 이민 간 대부분의 교포들이 하는 말로는 재미가 없단다. 한국처럼 아기자기한 재미가 없단다. 한국에서는 귀족이나 하는 골프를 마음대로 할 수 있는 데도, 한국에서는 사장이나 타는 근사한 자가용을 가지고 있는 데도, 좋은 술, 맛있는 과일, 연한 고기를 마음대로 먹을 수 있는 데도, 이 한국의 재미를 못 잊어 한다. 추억이니까 더욱 그럴 수도 있겠지만 사실은 좁은 공간에서 부비며 싸우며 뒹굴던 그 더러운 정을 못 잊어 하는 것이다. 진흙 같은 현실 속에서 한참 뒹굴다 보면 신물도 나지만, 그 속을 떠나서 생각하면 그게 오히려 그리운 것이다. 그것이 한국이라는 좁은 국토에 사는 우리들의 운명이다.

서로의 얼굴에다 더러운 진흙을 잔뜩 쳐 발라서 누가 누군지도 알아보지도 못하는 두 사내, 싸움이 끝나고 났을 때 서로의 모습이 하도 가관이라 웃고 서 있는 서부극의 두 사내, 우리들은 현실적으로 그런 놀음을 지금도 하고 있는 것이다.

– 김상태, 「더러운 정」 중에서

윗글은 우리 민족 본성의 일면을 일깨워 주고 있다. 이것은 지성적 관찰과 사고에서 우러나오는 사상인 것이다. 특히 이 글은 이런 주제를 드러내는 데 어떤 서정성이나 운치 같은 것을 고려하지 않고 간결하게 이야기를 전개시키고 있다. 말하자면 이 글은 흔히 말하는 수필의 정감적 멋부림과는 거리가 있다. 또한 덧붙일 일은 이 글은 그 일부 단락인데도 글 전체의 주제가 표출이 되고 있는 점이다. 짜임새 있게 전개된 글은 이처럼 일부 단락에서도 글 전체의 주제를 엿보게 한다. 그것은 그 글의 모든 단락이 전체 주제를 중심으로 긴밀히 짜여 있기 때문이다. 이런 점에서 이 글은 글 전체를 읽어도 주제가 좀처럼 떠오르지 않는 산만한 짜임새의 글과는 크게 대조를 이룬다.

수필의 주제는 풍자와 익살을 통하여 더욱 인상 깊게 드러나는 일이 있다.

이 점은 본시 수필 문학의 특징처럼 여겨지고 있으며, 수준 높은 본격 수필일수록 그런 특성이 두드러지기도 한다.

예문 11

(전략) 감각 기관에 접수된 이 상반된 풍경이 말해주는 것은 무엇인가. 잔칫집에 벌어진 난장판 싸움인가. 진짜 잔치라도 멋있게 벌여도 좋은 알부자라도 되는가. 아니면 빚더미에 올라앉은 속빈 강정인가. 현실은 알부자도 그리 속빈 강정만도 아닌 것에 가까운 것인지도 모른다. 한 가지 분명한 것은 번들거리는 고층 빌딩들과 거리를 가득 메운 자동차들을 소유하지 못한 사람들이 이 사회의 다수라는 사실이다. 여기서 부자의 흡족한 너털웃음소리가 커지면 커질수록 빈자의 불만에 찬 고함소리가 비례하여 증폭된다.

정치란 무엇인가. 떡을 나누어주는 행위라고 쉽게 말할 수 있다. 사회는 어찌 보면 욕망의 각축장이기도 하다. 서로 떡을 많이 먹겠다고 야단법석을 부린다. 지금 이 땅은 떡싸움으로 열이 달아올라 있다. 좀 더 많이 먹으려고 내지르는 고함소리도 만만치 않지만, 자기의 몫에 억울함을 느끼는 사람들의 절규가 매우 심각하다.

물론 그 떡은 단순한 물질적 떡만은 아니다. 비물질적인 여러 가지 가치들도 사람들의 욕망의 대상이다. 경제 정의와 정치 민주화는 바로 물질적 떡과 비물질적 떡을 바르게 나누는 두 가지 원리다.

권력이란 바로 그 떡을 나누는 칼이며 권력을 쥔 사람들은 바로 그 칼을 손에 쥐고 있는 사람들이다. 지금 이 땅에 분노의 열이 달아오르는 까닭은 간단하다. 손에 칼을 쥔 사람들이 '엿 장수 마음대로' 엿 자르듯이 이 땅의 떡을 마구 잘라대고 있기 때문이다.

권력자들이 서 있어야 할 정위치는 공인의 자리다. 공은 사를 넘어선 곳에 있다. 엿장수는 사요, 엿장수 마음대로 하는 것은 공적 행위가 아니다.

이 땅은 지금 각종의 엿장수들로 들끓고 있다. 여러 가지 패거리들의 두목들과 떼거지들과 그 왕초들이 이곳저곳에 포진하고 있다. 공직에 앉은 사람들은 많으나 공인다운 공인이 이 땅에 과연 얼마나 되는가. 자기 패거리에게만 더운밥을 대접하고 그 외 사람들에게는 찬밥만 먹이는 것은 공인이 아니다.

공직에 앉은 사람들이 직무 유기할 때 사람들은 제 밥그릇 챙기는 일에 혈안이 되어 앞뒤를 못 가리는 세상이 되고 만다. 공인이 없는 나라에 도덕성과 사회기강이 제대로 확립될 수 없다.

– 이명현, 「지금 이 땅에 공인이 있는가」 중에서

윗글에서 '엿장수 마음대로'라는 비유는 풍자적인 꼬집음의 효과를 드러내고 있다. 이런 익살스런 표현은 그 주제를 더욱 인상적으로 표출하는 것임을 알 수가 있다. 또한 이 글의 주제 표출에는 독특한 문체적 특성도 한 몫을 하고 있다.

다음 글은 영국 수필의 대가인 찰스 램이 쓴 글의 한 토막이다.

예문 12

내 어렸을 때 그들이 일하고 있는 것을 보는 것은 얼마나 신비스러운 기쁨이었던가. 저만한 크기의 꼬마가 어떤 방법을 쓰는지는 모르나, 지옥의 입과 같은 그 속으로 들어가는 것을 보고, 그렇게도 많은 어둡고 숨 막히는 동굴들, 그 무서운 지옥을 더듬어 지나가는 것을 상상 속에서 그들을 쫓으며, '이제 틀림없이 그는 영원히 돌아오지 못할 것이다' 라고 생각하고는 몸서리치고, 다시 햇빛을 보고 지르는 그의 희미한 외침을 듣고는 소생하는 듯싶었으며, 드디어(얼마나 즐거웠던 일인가) 집 밖으로 뛰어 나와서 검고 기괴한 자태가 무사히 밖에 나타나서, 정복한 성곽 위에서 깃발을 휘날리듯이 의기양양하게 자기 장기인 장사 도구들을 내두르는 것을 꼭 제때에 볼 수 있었다는 것은 얼마나 신비로운 기쁨이던가. 내가 전에 들은 이야기로 생각되는데, 어떤 고약한 굴뚝 청소부가 언젠가 고래솔을 가진 채로 굴뚝 속에서 헤어나지 못하고, 그 고래솔이 풍세(風勢)의 방향을 가리키는 것이 되어 버렸다는 이야기이다.

– 램, 『굴뚝 청소부』 중에서

다시 살아난 듯이 나타난 굴뚝 청소부의 우스꽝스러운 모습에서 우리는 미소를 머금지 않을 수 없다. 수필에서는 이렇게 우스우면서도 웃지 못 할 장면을 보게 되는데 이것이 익살이요 유머라는 것이다.

다음의 글에서도 우스우나 웃지 못 할 장면이 드러나고 있다. 일종의 희화戱畫가 벌어지고 있음을 본다.

예문 13

첫 번 일은 어려서 시골 어느 상가에 갔더니, 상주가 스틱을 양손에 맞쥐고 서서 소위 곡을 하는데, 그 '어이 어이' 하는 소리가 울음이 아니라 단조로운 베이스의 유창한 노래였다. 그러면서 한편으로는 여러 사람의 조상(弔喪)을 받으며, 한편으로는 부의금 수입 상황을 집사자(執事者)에게 물어보며, 또 가인(家人)들에게는 잔일 기타 무엇을 지휘하며, 그러다가 문득 생각이 나면 또 '어이 어이' 끝날 줄 모르는 경음악이다. 나는 그것이 하도 우스워서 그야말로 나도 모르게, 만당(滿堂)의 조객(弔客)이 모두 침통한 얼굴로 묵묵히 앉아 있는 중에 돌연히 '하하하' – 한자로 번역하면 呵呵大笑를 그대로 발한 것이다. 그래, 동네 늙은이에게 단단히 꾸중을 듣고 자리를 쫓겨 나와 뒷산에 올라 또 한바탕 남은 웃음을 실컷 웃은 기억이 있다.

– 양주동, 「웃음에 대하여」 중에서

위에 지적한 것처럼 수필은 여러 가지 방식으로 우리에게 무엇인가 느끼게 하고 생각하게 하고 미소를 짓게 하고 따끔한 맛을 보게도 한다. 이런 수필의 작용은 주제와 직접 간접으로 관련되는 요소들이다. 우리가 수필을 읽거나 쓰는 것은 바로 이런 수필의 여러 구실 때문인 것이다.

② 정감적 또는 심미적 성향의 주제

수필은 정적이고 상상적인 특성을 주제로 하는 경우도 또한 적지 않다. 곧 우아함과 서정적인 경향을 띤 서술을 함으로써 아름다운 쾌감과 감흥을 불러일으키는 수필이 적지 않다. 이런 수필은 흐뭇한 정감을 맛보게 하는 심미적 분위기를 조성한다. 이 정감적 분위기 속에 지적인 빛이 은은히 번득인다면 금상첨화일 것이다.

예문 14

육로로 수천 리를 돌아온 시절의 선물 송이(松茸)의 향기가 한꺼번에 가을을 실어 왔다. 보낸 이의 마음씨를 갸륵히 여기고 먼 강산의 시절을 그리워하면서 나는 새삼스럽게 눈앞의 가을에 눈을 옮긴다.

남창으로 향한 서탁(書卓)이 차고 투명하고 푸르다. 갈릴리 바다의 빛도 그렇게 푸를까. 벚나무 가지에 병든 잎새의 가지가 늘었고, 단물이 고일대로 고인 능금송이가 잎 드문 가지의 젖꼭지같이 쳐졌다. 외포기의 야국(野菊)이 만발하고, 그 찬란하던 채송화와 클로버도 시든 빛을 보여 간다.

그렇건만 새삼스럽게 가을을 생각지 않은 것은 시렁 아래 드레드레 드리운 청포도의 사연인 듯싶다. 언제든지 푸른 포도는 익었는지 안 익었는지를 분간할 수 없게 하는 까닭이다. 익은 포도알이란 방울방울의 지혜와 같이 맑고 빛나는 법인 것을, 푸른 포도에는 그 광채가 없다.

– 이효석, 「청포도의 사상」

우아한 아름다움이 그득히 풍겨 나오는 글이다. 한 폭의 그림이나 서경시를 읽는 듯한 분위기를 맛보게 하는 흐뭇함이 느껴진다. 이런 수필은 아름다움을 우리에게 선사하는 것이 그 주된 소임이라고 할 것이다.

다음 글은 '봄' 특히 고향의 봄에서 느끼는 우아한 서정을 다루고 있다.

예문 15

봄은 참으로 교묘하게 우리 곁에 다가와 서고는 한다. 봄이 겨울 사이를 파고드는 낌새를 알아차리기란 여간 어렵지 않다. 개나리가 피고 진달래가 필 때면 봄은 이미 제2악장을 연주하고 있을 때다.

고향의 봄은 논물의 물결을 타고 왔다. 겨우내 앉은뱅이(우리는 썰매를 이렇게 불렀다) 와 팽이의 링크였던 논은 어느새 가득히 물이 넘실거리고 있었다. 아직 싸늘하기만 한 대관령 바람에 파르르 떨던 잔물결은 분명 봄의 리듬이었다. 논우렁이가 기동(起動)을 하고, 그러면 우리는 그것을 맨발로 주우러 다녔다. 아, 그 시리던 발. 봄은 그렇게 차갑게 왔다.

고향의 봄은 길에서도 왔다. 고향은 눈 고장. 세배를 다닐 때면 눈길로 다니곤 했다. 한 쪽은 녹아 질척거리고, 그러면 아직 덜 녹은 쪽 눈을 밟으며 다녔다. 그러다가 이번에는 그 쪽이 질척거리고 먼저 난 길은 뽀송뽀송한 길의 탄력, 그것은 분명 봄의 리듬이었다.

고향의 봄은 창호지 바른 남창(南窓)으로도 왔다. 그리도 인색하던 햇볕이 자글자글 창호지 위에도 빛났다. 정말이지 한 겨우내 우리는 모자라는 햇볕을 찾아 얼마나 웅크리고 지냈던가. "해야 해야, 정지 밖의 햇물 먹고 빵떠라." 담벼락에서 햇볕을 쪼이다가 해가 구름에라도 들어가면 우리는 이렇게 주문을 외우곤 하였다. 그 햇볕이 지금 창호지에 가득 차서 눈부시다. 행랑채 지붕이 만들어 내는 그림자도 한결 선명해지고 길어졌다.

양지 바른 밭둑의 풀포기들도 눈여겨보아야 한다. 풀은 의외로 추위에 강하여 정월 대보름쯤엔 이미 연주를 시작한다. 추위에 얼면 어는 대로 그 안쪽 속잎은 파릇이 제 영토를 만든다. 그 점잖은 소나무도 가만히 있지 못한다. 역시 군자답게 은은히 솔잎 색깔이 밝음을 더해 가는 것이다.

봄은 이렇듯 분명히 제1악장에서부터 시작된다. 그런데 이즈음 나는 어디에서부터 봄을 듣는가. 대개는 목련이 그 망울의 첫 번째 껍질을 벗고 우유빛 속털을 드러낼 때쯤일 것이다. 때로는 그것도 놓치고 이미 흰 꽃잎이 모습을 드러낼 때, 그리고 개나리가 노랗게 뒤덮일 때부터일 것이다. 또 1악장을 놓쳤다고 아쉬워하는 사이에 앞산 국립묘지 벼랑에선 진달래가 불타고, 아파트 주변은 제비꽃, 민들레꽃들이 목청을 높인다.

마음이 바빠지게 마련이다. 어디 가까운 교외의 냇가라도 찾아가 버들가지라도 보고 와야겠다고 마음을 챙긴다. 그러나 그것이 그리 쉬운 일인가. 때를 놓치고 고작 쐐기처럼 털이 숭숭한 늙은 버들가지라도 볼 수 있는 해는 그나마 운이 좋은 해다.

놓친 제1악장을 다시 찾아 듣는 길이 아주 없지는 않다. 오대산 언저리의 강원도 영서 지방은 거의 1년의 반은 겨울인 것이다. 겨울이 적어도 한 달은 일찍 오고 한 달은 늦게 간다. 서울에서 진달래가 다 질 무렵에도 그곳은 아직 겨울이 머무르고 있다. 그곳으로 가는 것이다. 신기하게도 아직 얼음장 밑으로 흐르는 물소리를 들을 수 있으며, 이제 막 지휘자의 지휘봉이 움직이기 시작하려는 찰나를 잡을 수 있다. 의자를 옮겨 앉으며 낙조의 아름다움을 반복하여 즐기는 행복을 누리는 것이다.

그러나 자리를 옮겨 앉으며 맞는 봄은 역시 제 맛이 아니다. 마치 스코어를 다 아는 게임을 녹화 중계로 보는 것 같다고나 할까. 숨을 죽이며 막이 오르기를 기다리는 마음 졸임이 곁들이지 않기 때문일 것이다.

봄을 먼저 찾아나서는 일도 권장할 일이 못 된다. 난생 처음 재작년 3월 제주도에 간 일이 있다. 벚꽃, 유채꽃에 도취하였다가 돌아와 맞는 그해 서울의 봄은 얼마나 싱겁던지. 봄 하나를 도둑맞은 기분이었다.

한 해는 선암사의 매화꽃을 구경하고 온 일도 있다. 어느 화백이 해마다 거르지 않고 그곳 매화꽃 구경을 다녀온다는 이야기가 하도 멋지게 들려 큰마음 먹고 아예 떠나는 길에 아내와 함께 선운사, 송광사까지 들러 상춘(賞春)의 길을 떠났던 것이다. 과연 선암사의 매화는 상상을 초월하는 장관이었다. 해마다가 아니라 한 해에도 몇 번씩 가볼 만한 절경이었다. 그러나 그 해 서울의 봄은 또 얼마나 초라하였던가.

봄은 덤벙덤벙 뛰며 하이라이트로 들을 곡이 아니라고 생각한다. 전곡을 처음부터 듣되, 아주 미묘한 구석구석까지 하나도 놓치지 않아야 한다. 그리고 무엇보다도 중요한 것은 지휘봉이 움직이기 시작하면서 들릴 듯 말듯 섬세하게 울려나오는 제1악장의 첫 부문을 놓치지 않는 일이다.

올봄은 좀 단단히 준비를 하자. 정장을 차려 입고 귀를 높이 세우고 숨소리도 죽이고 만반의 준비를 갖추자. 그러나 봄은 어디로 돌아 벌써 내 등 뒤로 저만큼 파고 들어왔는지도 모른다. 이 F석(席) 서울에서 그 섬세한 첫음들을 듣겠다고 기대하는 것은 무리일지 모른다. 완벽한 봄맞이를 위해서는 역시 S석 고향으로 가야 하는 것일까.

그리고 보면 고향의 봄은 빨갛디 빨간 작약의 새순과 상사화(우리는 그것을 난초라 불렀다)의 깨끗하디 깨끗한 연두빛 새순으로 시작되었다. 흙을 사르르 헤치며 내미는 그놈들의 속삭임을 듣지 못하면서 봄을 들었다고 할 수는 없는 일이다.

정말 앞으로 몇 번 더 봄을 맞이할 수 있을까. 겨우 몇몇 주제와 하이라이트만을 들으며 남은 봄을 보낼 수는 없지 않겠는가. 전원에 귀거래(歸去來)를 할꺼나. 그리하여 귀가 더 어두워지기 전에 지금까지 지나쳐 버렸던 구석진 음들까지 새로운 경이로 알아들으면서 완벽한 전곡을 되풀이 되풀이 듣고 싶다.

– 이익섭, 「교향곡 봄 제1악장」

윗글은 우리 의식의 그윽한 심연에 흐르는 흐뭇하고 포근한 정감을 불러 일으킨다. 이 수필에서 서술되는 봄의 정경들은 적어도 고향이 있는 세대들에게는 그 시절 그 곳으로 꿈길처럼 둥둥 떠가고 싶은 심정을 돋운다. 이처럼 서정적 수필은 흐뭇한 정감의 세계로 우리를 이끌어 가는 손짓이 있음을 새삼 느낄 수 있다. 또한 이 수필에서는 어떤 화려하고 요란한 몸짓이 없이, 고요하고 은은히 울려 퍼지는 교향곡처럼 우리의 심금에 사뿐히 와 닿는다. 이것이 수필 본래의 한 참모습이 아닐까 한다.

최근의 수필에서는 짙은 서정성을 띤 것들이 많다. 특히 시인들이 쓰는 수필에서 그런 분위기가 두드러진다. 다음 수필은 우리의 끔찍한 비애를 되새기는 서정성이 짙게 풍기고 있다.

예문 16

젊은이들아. 이미 몇 번째인지, 나는 그대들에게 글월을 또 띄운다. 그러면서 먼저 이 생각을 한다. 이 글은 이미 늦었고 그대들의 주소를 바로 찾을지가 의문이라고.

6.25사변이 터지던 해, 나는 대학의 졸업반이었고 그땐 누구나 주소가 바뀌었었다. 하늘은 포성이 쪼개지고 땅 위엔 아무 데나 죽은 이가 버려져 있었다.

그 시절, 죽음은 참 시시했지. 죽음 때문에 울기엔 이미 너무나 눈시울이 말라 있었고 우수수 쏟아지는 낙엽 같은 무상을 어이없도록 헤프게 뿌려 주었었다.

단지 하나뿐이던 내 사내 동생도 그 무렵에 생명을 잃었으며 나이 고작 열아홉이었다. 외아들이 숨진 사실을 알았을 때 어머니는 제일 먼저 나를 바깥으로 내보내셨다. 죽음의 충격을 당시 병약하여 간간이 피를 뱉던 내게서 되도록 제거해 주려는 배려 때문에.

어머니의 표정은 너무도 엄숙하여 감히 거역할 수가 없었다. 그렇다고는 해도 젊은이들아. 경황 중에 무턱대고 사람이 갈 수 있는 곳이란 어디인가? 젊은이들아. 우리의 도정은 언제나 묘하고 기막히다.

1951년 9월 29일.

– 김남조, 「또다시 띄우는 편지」 중에서

근래에 수필이라는 이름으로 쓰여지는 글 가운데는 시적 서정을 거의 그대로 담으려는 시도가 엿보인다. 특히 일부 여류 시인들의 수필에서 그런 경향이 심하다. 이 점에 대해서 최태호는 다음과 같이 단호히 비판하고 있다.

> "수필 문학에 이른바 시적인 표현에 애쓰는 것들을 본다… . 숙명적으로 산문 정신 위에 서는 수필에 서정시를 담으려는 것은 어리석은 일이라 아니할 수 없다(최태호, 『수필 작법의 실제』 중에서)."

과연 수필을 서정시의 연장 아니면 아류쯤으로 여기는 경향은 그리 바람직스러운 일은 아니라고 생각한다. 우선 다음의 몇 예문을 살피면서 그 까닭을 들추어 보고자 한다.

예문 17

12월은 그 누군가를 만나고 싶은 달이다.

오래 잊혔던 얼굴. 망각의 바다에 떠내려가 이제 그 기억조차 희미해진 사람일지라도 우연히 거리에서 마주치고 싶다.

가슴에 채 그 영상이 자리 잡히지도 않은 첫사랑을 떨리는 몸짓으로 고백하던 앞집에 살던 그 소년 .

밤마다의 노랫소리. 이웃집들이 함께 어울려 한 여름의 달밤을 흥취로 익어가게 하던 해맑은 노래들. 노래를 부르면서 은연중 친해 갔고 정이 들었던 서운동 사람들. 그 가운데서 가장 진한 그리움으로 그를 꼽고 싶다. 그는 지금 어디서 무엇을 하고 있을까. 이렇게 한 해가 저무는 12월의 고갯마루에 설 때면 느닷없이 그가 보고 싶어지는 것은 어인 일인가.

미루나무와 하모니카. 동산교회로 오르는 길목의 아카시아 숲과 구름다리, 양편에 핀 이름 모를 꽃들과 얕은 언덕의 크로버 무더기. 우리들은 교회에서도 늘 함께 성가대에 참석하곤 했었지.

또 한 해가 가고 있다는 사실은 그에의 그리움을 그만큼 더해 가고 있다는 것이 된다. 12월이 가기 전에 기적처럼 먼 타향에서 돌아오듯 그가 내 앞에 홀연히 나타나 준다면….

12월은 화해하고 싶은 달이다.

어쩌면 작은 오해와 불만들이 쌓여 등을 돌렸을지도 모르는 나의 친지들과 따뜻한 악수를 나누며 너그러운 미소를 짓고 싶다. (중략)

– 변영희, 「12 월」 중에서

물론 윗글이 시라고는 할 수 없겠지만 다분히 시적 요소를 갖추려는 의식적 노력이 엿보이는 반면, 산문 정신에서는 그만큼 멀어져간 느낌을 지울 수 없다. 단락 형성이 없이 개별 문장을 뚝뚝 잘라 세워 놓은 점이라든지, '오래 잊혔던 얼굴' '밤마다의 노랫소리' 등 어구 형식의 표현을 많이 써서 시적 여운을 풍기려는 시도가 도처에 표출되고 있다.

다음 글도 저명한 여류 시인의 수필인데 시적인 감흥을 드러내려는 의도가 넘치고 있다. 단락의 구분은 완전히 무시된 채, 들여쓰기나 줄바꾸기는 필자의 정감과 시적 여운을 나타내는 느낌표나 운율 표시 정도로 활용되고 있다.

예문 18

사춘기 적 나는 내 얼굴에 심한 열등감을 느꼈다. 얼굴만이 아닌 내 모든 것과, 나아가선 나와 관계되는 주위환경 모두가 맘에 들지 않아 심히 불만스러웠지만, 그 중 얼굴에 가장 심한 콤플렉스를 가졌던 것은 아침마다 거울을 봐야했기 때문이었으리.

꿈꾸고 그리는 내 모습은 천재적인 두뇌에 세계적인 미인이어야 했는데, 실상 마주보는 나는 그리고 꿈꾸는 모습과는 정반대가 아니었던가.

차라리 태어나지도 말 것이지.

이런 극단적인 불만으로 나는 사진 찍기를 거부했다. 그래서 사춘기적 사진이 거의 없다.

나뿐만이 아니라 우리 반 애들 대부분이 이런 불만을 토로했다.

얼굴이 유난히 검은 깜상 이정자도 검은 얼굴을 몹시 부끄러워했고, 너무 납작한 얼굴의 납작보리 이정자도 그랬다.

키가 작아 맨 앞에 앉는 꼬마 이정자는 작은 키와 코멘 목소리를 비관했다. 코멘 소리야 지금 같으면 불어 회화에 아주 좋을 텐데. 그땐 그걸 몰랐으니 – (우리 반에는 이정자가 많아서 이렇게 별명을 붙여 구별하였기 때문에 아직도 기억에 생생하다).

딸애가 국민 학교에 입학했을 때였다.

예비 소집일에 담임 선생님을 소개받고 돌아오면서, 나는 꼬마 딸에게 너희 선생님 얼굴을 기억하여 찾아갈 수 있겠느냐고 물었더니, 특징이 하나도 없어서 보자마자 잊어버렸다고 대답하지 않던가!

엄청난 대답에 나는 얼마나 놀랐는지, 여섯 살 아이의 생각이 어찌 나보다 나은지, 속으로 감탄을 했었다.

아니 역시 아이는 어른의 아버지라고. 아니야, 내 딸은 곧 어른인 나의 어머니라고.

그렇다. 못생길 바엔 왕창 못생긴 편이 좋다. 그래야만 한번만 보고서도 절대로 못 잊어버리게 시리.

근데 나야말로 딸의 말대로 인상적인 특징이라곤 전혀 없는 그저 그렇고 그런 얼굴이니….

그날 이후, 나는 못생김에 대한 참가치를 인식하게 되었다.

따라서 기찬 미인이 못될 바엔 기찬 박색이 오히려 매력적이라는 소신(?)을 갖게 되었고.

생각이 이렇듯 확고해지니 돼지 눈엔 돼지만 보인다고 못생긴 얼굴을 예찬할 수 있는 증거자료도 발견되지 않는가.

아니 전에는 무심히 듣고 본 자료가 내 소신의 증거로 보이기 시작했다.

그 중 두 가지만 들면, 곧 신라의 시조 박혁거세의 왕비인 알영 북부여왕 금와(金蛙)이다. (중략)

– 유안진, 「차라리 태어나지 말 것을」 중에서

윗글의 소재는 재미가 있고 그 내용은 산문적인 데가 있다. 못생김을 아쉬워하는 소녀들의 심정은 현실의 산문성에서 오는 것이니 말이다. 그래서 서정적 감흥을 담뿍 쏟아서 멋을 부리지 않고 단락이라는 가닥을 이루어 차분히 서술했더라면 오히려 은은히 와 닿는 파문이 더 증폭되지 않았을까 한다. 물론 이는 관점에 따라 차이가 있을 수 있는 견해인 만큼, 격앙되기 쉬운 꿈 많은 소녀들에게는 그런 운문적 요소들의 곁들임이 더 효과적일 수도 있었을 것이라는 점을 배제할 수는 없을 것이다.

다음 글은 시적 표현 요소들이 더욱 강하게 부각되고 있다. 문장 하나하나가 시적 상념과 여운을 수반하면서 이어지고 있다.

예문 19

사랑하게 된다.

누구나 한번쯤은 사랑을 하게 된다. 사랑하므로 하늘이 보이고, 사랑하므로 꽃잎이 찢기는 아픔에 공감한다. 사랑하게 될 모든 사물은 생명을 갖게 되고, 사랑하게 되는 그 순간에 무위의 알이 깨어지고 새로운 혼이 탄생한다.

사랑을 알게 될 때 비로소 완전한 생명을 갖는다. 새로운 목소리, 새로운 시선, 새로운 능력이 생기게 된다. 넉넉해서 풍부해지며 무엇이든 용서하게 되고 자신을 보편화시킨다.

사랑을 하게 된다.

사랑을 하면서 사랑의 모습에 궁금증을 가지며, 사랑을 하면서 사랑의 감정에 서투르게도 된다.

사랑하는 사람들을 보아라.

보잘것없는 풀잎 하나, 떨어지는 나뭇잎 하나, 예기치 않게 불어오는 바람에도 그는 지나치지 않는다. (중략)

– 신달자, 「사랑은 침묵의 언어인가」 중에서

윗글은 전체 수필의 일부이거니와 전편이 마치 일종의 시와도 같이 펼쳐지고 있다. 그러나 문제는 각 문장이 내용적으로 곧 논리적으로 이어지지 못하고 있다는 점이다. 예를 들면, '사랑하므로 하늘이 보이고, 사랑하므로 꽃잎이 찢기는 아픔에 공감한다'와 같이 명제가 불쑥불쑥 제시되고 있는데 앞뒤 문장으로 그것을 이해하고 따라가기에는 너무나 추상적이고 개념적이다. 물론 자세히 읽고 생각한다면 무엇인가 짚이는 것이 없는 것은 아니다. 그러나 그것은 시의 경우이지 수필의 특성은 아니지 않는가. 수필이 주는 의미는 직접적으로 뚜렷이 드러나야 한다고 할 때 말이다.

위의 세 수필과 같은 글에서는 공통적으로 드러나는 문제점이 있다고 여겨진다. 물론 그 필자의 문학관이나 소신에 따라 쓰여진 글인 만큼 문외인으로서 왈가왈부할 수는 없는 문제일지 모른다. 그러나 문장 이론의 관점에서 보면 몇 가지 점을 지적하지 않을 수 없다. 우리의 수필이 그런 경향으로 흘렀을 때 심각한 현상이 벌어지지 않을지 걱정되기 때문이다.

첫째로, 글의 형식면에서의 문제점이다. 우리의 많은 글에서도 그렇지만 특히 위의 글들에서는 단락의 형식인 한 칸 들여쓰기와 줄바꾸기가 글의 호흡이나 운율을 나타내는 표시로 전용되고 있다. 그래서 이 글들은 그 형식면에서 시와 산문이 뒤섞여 있는 듯한 느낌을 준다. 그 결과로 산문의 내용적 전개 단위인 단락의 경계표시(들여쓰기)의 기능에 혼선을 빚게 되었다. 그것은 한편으로는 단락의 표시로 쓰이면서 다른 한편으로는 글의 운율적 효과를 나타내는 기호로도 쓰이고 있기 때문이다. 여기에서 우리는 위와 같은 무질서한 들여쓰기와 줄바꾸기가 문장 이론상 심각한 문제점을 던지고 있음을 실감하지 않을 수 없다. 따라서 적어도 산문을 쓴다고 할 때는 그 형식을 지탱하는 기호의 기능을 함부로 무시하는 일은 지양해야 함을 강조하지 않을 수 없다.

둘째로, 윗글들은 그 전개 방식에서 단락 또는 문단 구성을 통한 짜임새 있는 전개가 이루어지지 않고 있다. 단락이라는 것은 누누이 지적한 바와 같이 그 전체 주제의 일부(곧 소주제)를 펼치는 단위이다. 흔히 각 개별 문장이 글의 전개 단위로 알고 있는데 사실은 그것들이 합쳐져서 이루는 단락이 글의 전개 단위이다. 각 개별 문장은 주제 전개에 직접 참여하는 것이 아니라 단락을 형성하여 글 전체의 주제 발전에 일익을 담당하도록 하기 때문이다. 이는 마치 각 병사가 소대장이라는 중심인물을 정점으로 하여 소대라는 조직 단위를 이루는 것과 같다. 이는 각 병사의 힘을 한데 모아 조직에 의한 전투력을 강화하기 위함임은 말할 것도 없다. 마찬가지로 글의 전개에서도 각 개별 문장을 흩트려 놓는 것보다는 한 핵심 사상(소주제)을 정점으로 하여 집중 배열함으로써 표현력을 강화하는 것이다. 그러니 위의 글들처럼 빈번한 줄바꾸기와 들여쓰기로 각 문장을 제각기 흩트려 놓는 것은 문제가 아닐 수 없다. 물론 형식은 흩어져 있지만 내용적으로 연결이 되면 마찬가지라고 할지 모른다. 그러나 형식은 내용적 흐름이나 짜임새에 중대한 영향을 미친다는 것을 간과해서는 안 된다.

셋째로, 위의 글들은 내용적으로도 깊은 맛이 덜하다는 점이다. 마치 여기저기 패인 곳에만 물이 조금씩 고인 땅바닥처럼 글 전체가 옅은 느낌을 준다. 그것은 무엇보다도 단락 구성을 통한 짜임새 있는 전개가 모자랐기 때문이라 여겨진다. 단락 전개 방식에서는 각 단락마다 글 전체의 일부를 이루는 핵심 내용을 내세우고 그것을 부연하고 구체화하고 합리화하는 과정을 거치기 때문에 자연히 그 내용이 깊어지게 마련이다. 그런데 위의 글들에서는 그러한 단락 전개 방식을 무시하고 각 개별 문장만으로 내용을 펼쳐 갔으니 글의 내용이 옅어지게 마련인 것이다. 비록 정감이나 정서적 표현의 경우라 할지라도 각 개별 문장 하나하나를 따로 세워 시각적 강조 효과를 노리는 것보다는 핵심되는 정감을 정하고 그것을 집중적으로 가다듬고 심화하도록 관련 문장들을 한 데 모아 엮어서 전개했어야 했다. 무릇 지식이나 사상이나 정적 감흥이나를 막론하고 그것을 심화하고 강화하는 길은 단락이라는 전개 단위를 통하여 상념을 집약적으로 나타내야만 한다는 것이다.

이상과 같은 고언苦言은 위의 글들을 포함한 우리의 모든 글이 좀 더 짜임새 있고 깊은 내용을 담는 그릇이 되도록 해야 한다는 바람에서 나온 것이다.

우리 다같이 우리글의 합리적 전개 문제, 특히 단락 중심의 전개 방식에 대해서 한 번쯤 생각해 보아야 한다. 특히 세련된 수필을 써 보려는 이는 짜임새 있는 전개법을 터득해야만 좀 더 알차고 깊고 찌름 있는 글이 된다는 것을 생각해야 할 것이다. 이를 위해서는 저명한 기성인들의 글이라고 해서 무턱대고 따라 가는 재래식 사고방식을 지양하고 좀 더 합리적인 문장 이론의 기본기부터 착실히 다져 나가는 노력이 필요하다는 것을 강조한다.

(4) 수필의 전개 방법 – 설명법, 논술법, 기술법, 서사법

수필을 쓰는 경우에는 어떤 전개법도 자유로이 사용할 수가 있다. 설명법, 논술법, 기술법(묘사법), 서사법 등 어느 전개법이나 적절히 사용하는 것이 수필의 한 특징이다. 이는 수필이란 설명문도 될 수 있고, 논설문도 될 수 있으며, 기술문이나 서사문도 될 수 있음을 뜻한다. 그런가 하면 한 수필 안에서도 이들 전개법을 임의로 선택하여 쓸 수 있으므로 각 전개법을 종합적으로 쓸 수 있다는 이야기도 된다. 요컨대, 수필의 전개법은 어떤 특정한 전개법에 매이지 않는 자유로운 것이라 할 것이다. 이제 수필과 각 전개법과의 관계를 살펴보기로 한다.

① 설명법과 수필

수필이 설명법만으로 일관한다든지 너무 해설조의 글이 되는 것은 달가운 일이 못 된다. 그렇게 되면 글의 내용이 너무 개념적이고 추상적인 것이 되기도 하려니와 자칫 교과서적이고 교훈적인 성격으로 변질되어 버릴 가능성이 있다. 따라서 수필에서 설명법을 쓸 경우에는 너무 뻔히 들여다보이는 자상한 풀이에 치우친다든지 또 누구에게 한 수 가르쳐 준다는 자세를 보여서는 안 된다. 말하자면 너무 설명 티가 나는 글은 수필의 단편성에도 어긋나는 만큼 경계해야 할 일이다.

또한 수필에서 쓰는 설명법은 너무 딱딱하고 도식적인 방식이 되지 않는 것이 좋다. 이를테면, '첫째로, 둘째로,…' 따위와 같이 조목조목 나누어 설명한다든지, 지나치게 분석적인 태도로 꼬치꼬치 들추어내는 방식도 수필의 유연성을 감소시키는 수가 있다. 요컨대, 수필은 다음 예문에서처럼 설명을 하되 되도록 가벼운 태도로 설명의 냄새가 너무 지나치게 풍기지 않도록 하는 것이 이상적이다.

예문 20

타조는 키가 3m나 되고 급하면 시속 90km까지 나는 새 중에서는 덩치가 가장 크고 발이 가장 빠른 새이다. 다리는 굵고 실해서 걷어차기로 들면 하이에나 같은 짐승은 내장까지 터뜨려 버리는 정도란다. 그런데도 동물원 타조를 보고 있으면 무서울 거라는 느낌보다는 맹할 거라는 느낌이 앞선다. 몸 크기에 견주면 대가리가 코믹할 정도로 작아 보이기 때문일 것이다. 타조에게는 재미있는 습성이 있는 것으로 전해진다. 위급해지면 딴에는 직진한답시고 달리는데도 마침내는 거대한 원을 그리고 만다는 습성이 그것이다. 동물학자들은 근거 없는 소설이라고 일축한다지만, 내가 말하고자 하는 것은 우화의 문법이지 동물학의 논리가 아니다.

타조가 거대한 원을 그리며 달리게 되는 사정은 이런 모양이다. 타조는 두 다리로 달린다. 인간의 두 다리 힘이 그러듯이 타조의 두 다리 힘 역시 똑같을 수가 없다. 힘이 같지 않은 두 다리로 달리다 보면 몸은 힘이 약한 쪽으로 쏠리게 마련이다. 방향을 수정할 새도 없이 꽁지 빠지게 도망치는 타조는 이렇게 해서 거대한 원을 그리게 된다는 것이다. 허풍이 심한 사냥꾼이라면 추격은 뭣하러 해, 공포만 빵빵 쏘면서 기다리면 타조가 사막을 한 바퀴 돌고 스타트라인으로 되돌아올 걸…. 이런 소리를 하고 다녔을 법하다.

두 다리로 달리기는 인간도 마찬가지이다. 하지만 인간은 달리면서도 끊임없이 방향을 의식하고 이를 수정한다. 눈 쌓인 벌판에 비행기를 불시착시킨 비행사가 제 동아리 있는 쪽을 겨냥하고 엎어지고 자빠지면서 종일 벌판을 헤매고 정신을 차리고 보니 그 비행기의 잔해 있는 곳으로 되돌아와 있더라는 슬픈 이야기도 있기는 하다. 그러나 비행사가 헤맨 곳은 방향 수정의 가늠자가 없는 눈 쌓인 벌판이었다. 벌판만 아니었다면 비행사가 그랬을 리 없을 터이다. 하지만 정말 그럴까.

의식화라는 말을 이럴 때 한번 써보면 안될까? 실하디 실한 다리로 달릴 줄만 알았지 제 주법(走法)을 의식화 할 줄은 모르는 타조…. 이런 의미에서 타조는 파멸의 씨앗을 제 습관에 담고 사는 슬픈 새다. 하지만 파멸의 씨앗을 제 습관에 담고 사는 게 타조뿐이겠는가! 천방지축 달릴 줄만 알았지 사냥꾼이 스타트라인에서 기다리는 줄 모르는 게 타조뿐이겠는가!

– 이윤기, 「타조의 비극」

윗글은 타조의 습성과 관련된 이야기를 설명하면서 그것과 현실적 비극을 견주어 은근하면서도 찌름이 있는 일깨움을 주고 있다. 수필의 진수를 맛보게 하는 글이다. 수필에서의 설명법은 이처럼 그 의미를 부각시키는 바탕을 이루는 것이 바람직스럽다.

다음 예문은 설명법이 많이 쓰이고 있으나 자기의 소견을 뒷받침하는 방향으로 활용되고 있다. 더구나 합리화 서술이 곁들이고 있어서 설명 티가 거의 드러나지 않는다.

예문 21

때로는 홀로 있는 시간을 가져 봐야 한다. 현대의 도시 사람들은 더욱 그러해야 할 것 같다. 우리는 너무 많은 사람들과 함께 있고, 쉴 새 없이 소음과 잡일과 사람에게 우리를 빼앗기며 사는 것은 아닐까. 그래서 결국 자신과 대면하는 기회는 갖지 못하고 바쁘게만 사는 게 아닐까.

따지고 보면 바쁘지 않아도 될 일을 괜히 바쁘게 하며, 바쁜 것이 곧 성실한 것인양 착각을 하며, 바쁜 데서 위로받고 보람을 찾으려 하진 않는가. 그러나 어리석은 바쁨이 얼마나 많으며, 바쁘지 않을 일에 바쁜 경우도 얼마나 많은가?

도시인의 특징 중 한 가지는 홀로 있기를 거부하는 것이 아닐까. 홀로 있으면 괜히 뒤지는 것 같고, 손해 보는 듯 불안스럽고, 허전하여 스스로 자신을 지탱할 수가 없는 듯 보인다. 그래서 용건 없이 전화 걸고, 거리를 빈둥거리고, 쇼핑을 하고, 찻집을 기웃거리게 되진 않는가. 홀로서는 견딜 수 없어 TV나 라디오를 틀고, 음악을 듣는다. 그 어떤 소음이나 잡음에게 떠맡겨야 안심이 된다. 어느새 우리는 이렇게 자기의 주인이 되지 못하도록 길들여져 버렸는가.

조용히 홀로 있어야 비로소 보이는 자기 모습을 모르며 사는 우리. 조용히 홀로 있으면서 자기를 바로 보고 자신을 바로 이해하는 시간을 갖지 못하며 살기 때문에 애써 바쁘게 살아왔으나 결국은 자기를 해체하는 데 열심 부려 온 것이 아닐까. 어느 날 어느 시간에 문득 이 사실을 깨닫게 되면 우리는 곧장 정신신경과 병동으로 가야 되진 않을까?

홀로 있는 시간을 갖지 못함으로써 자신을 과소 과대 평가하거나, 타인의 이미지나 특징을 자기의 것인 양 착각하며 사는 것은 아닐까.

– 유안진, 「홀로 있는 시간 갖기」 중에서

이 글은 산문 형식을 갖추었으며 차분한 자세로 우리에게 이야기해 주고 있다. 설명법뿐 아니라 서사법 또는 가벼운 논술법까지 곁들여 가며 우리의 공감을 조용히 불러 일으킨다.

② 논술법과 수필

수필에서 논술법을 쓰지 말라는 법은 없지만 너무 철저한 논술법을 써서 사리를 따져 들어가는 것은 그렇게 바람직스럽지 않다. 그것은 무엇보다도 수필의 경쾌한 맛을 감소시키고 학술 논문과 같은 전문적인 글로 바꾸어 버리기 때문이다. 그렇다고 수필이 근거를 무시한 의견을 허용한다는 뜻은 아니다. 필자로서는 어떤 근거와 이유를 바탕으로 견해를 내세우되 그 근거는 삼단 논법 같은 형식논리를 통해서 남김없이 밝히는 것보다는 간단히 지적하거나 관련된 사실 등을 들어서 간접적으로 시사하고 넘어가는 방식을 쓴다는 것이다. 이는 어디까지나 수필의 단편성이라는 특성을 살려서 누구나 가벼운 마음으로 접근할 수 있는 글이 되도록 하기 위함인 것이다.

다음 글은 정연한 논리가 바탕이 되고 있다. 이런 점에서 이 글의 전개법은 논술법의 성격을 띠고 있다 할 것이다. 과연 그러한지 읽어 보자.

예문 22

우리 교과서가 광신적인 종교 집단의 교리 문답서보다 더 엄격한 진리관을 흔히 학생들에게 주입시킨다는 사실은 이미 널리 알려져 있다. 그것이 민족 반역자의 손으로 쓰여진 것이건 독재자의 반민주적인 억압을 정당화하는 것이건 한번 교과서에 실린 글은 유일무이한 진리로 학생들의 머릿속에 주입된다. 이 글을 절대적인 진리로 받아들이지 않는 학생은 교과서에서 출제된 시험에서 좋은 성적을 받지 못하고, 좋은 성적을 받지 못하는 학생은 좋은 내신 성적을 받을 수 없을 뿐 아니라 좋은 대학이건 나쁜 대학이건 도대체 대학 문턱을 밟을 길이 없어지고, 대학에 못 가면 출세의 길이 막히는 세상이므로 결국 낙오자로 전락한다.

그뿐만 아니라 이 엄격한 교과서적 진리 체계는 학생들의 의식을 분열시키고 학생들로 하여금 이중의 가치관을 갖게 하여 인격적 파탄에 이르게 한다. 다들 잘 알다시피 학생들은 중학교와 고등학교를 거치는 동안에 스물이 넘는 친일 민족 반역자들의 글을 국어 교과서에서 접하게 된다. 어느 날 학생들은 자기가 좋아했던 시인이 교과서에 실린 순수시 말고도 일본 천황 폐하에게 충성을 맹세하고, 대동아 공영권을 이루려는 성전에 이 땅의 젊은이들을 내모는 선동적인 참여시를 쓴 사람이라는 것을 발견하게 된다. 자, 이 사태를 어떻게 해석해야 할까? 선생님한테 여쭈어 보니 작품과 사람은 떼어서 보아야 한다고 한다. 그러니까 사람으로서는 훌륭하지 못해도 훌륭한 시를 쓸 수 있다고 믿어야 한다. 과연 그럴까? 그렇다면 나쁜 사람이 좋은 일을 한다고 믿어야 한다. 또 말과 행동이 일치하지 않으면 행동보다도 말을 판단 기준으로 삼아야 한다. 어른들도 그렇게 생각했으니까 그 사람의 글을 교과서에 실었겠지. 이렇게 해서 전도된 가치관을 갖게 되는 경우가 하나! 교과서에 실린 글이 아주 공갈이기는 한데, 시험에 문제가 날 때는 점수를 잘 받아야 하니까 마음속에서 옳다고 생각하는 답과는 정반대인 답을 교과서적인 진리에 따라서 쓰고 쓰고 하다 보니 교과서도, 그 교과서를 가르치는 교사도 그 교과서를 교사로 하여금 가르치게 하는 이른바 자유 민주주의 사회의 신성함도 못 믿게 될 뿐 아니라 도대체 기성세대를 신용할 수 없게 되는 경우가 하나!

어디 그 뿐일까. 우리가 당면하는 모든 삶의 문제에서 주체와 상황에 따라서 여러 가지 해답이 있을 수 있지만 교과서에서 출제된 시험문제에는 정답이 오직 하나가 있을 뿐이다. 한 문제에는 정답이 오직 하나 있을 뿐이라는 이 획일적인 진리관에 따르면 정부의 통일 정책에 부응하는 통일 논의가 아닌 모든 통일 논의는 그릇된 것이라는 결론이 나온다(그런데 아직 정부의 통일 정책은 수립되지 않았다). 다시 말해서 주체와 상황을 무시한 획일주의적인 진리관은 학생들을 폭력적인 국가기구가 뒷받침하는 이념적 폭력에 순응하는 비민주적인 사회 구성원으로 길러내기 쉽다. 이러고도 이 땅이 민주화되기를 바라는 것은 마치 삶은 밤 심어 놓고 싹 나기를 기다리는 꼴과 같다고 할 수도 있다.

이런 상황에서 모든 교과서를 비판적인 시각으로 재검토하도록 학생들을 지도하는 것은 시각을 다투는 일이다. 성경이나 코란이나 불경 같은 종교의 경전조차 신자들 사이에서 비판적인 재해석의 대상이 되는데, 교과서가 무슨 절대 진리의 체계라고 신주단지처럼 모셔 놓고 경배를 드려야 한단 말일까.

– 샘이 깊은 물, 「논설」 중에서

윗글을 읽고 났을 때 딱딱한 논설문이라는 느낌은 거의 없다. 여러 재미있는 희화적 사례가 나타나 있을 뿐 아니라 조금은 익살이 곁들인 독특한 문체로 이야기를 펼치고 있기 때문이다. 사실상 논설문이라기보다는 평설적 수필이라 해야 제격인 글이다. 이런 글이 오히려 논리적 조리를 표면에 내세우는 경우보다 우리 마음에 더욱 인상 깊게 와 닿는다. 수필에서의 논술법이란 이런 방식으로 나타나는 것이다.

③ 기술법과 수필

기술법 또는 묘사법을 지나치게 사용하는 것도 문제가 될 수 있다. 수필의 경우에도 기술법 특히 묘사법을 써서 아름다운 정경이나 사물의 모습 등을 그려 보여 주는 것은 실감을 더하고 글맛을 북돋우어 주는 것은 틀림이 없다. 그러나 그것은 부분적으로 또는 설명법이나 서사법 등과 함께 어울려서 써야 효과가 있다. 묘사법만으로 일관된 글일 경우에는 수필의 한 특성인 의미 전달의 직접성을 벗어나기 쉽다. 또 묘사법이 지나치게 되면 표현 기교에 치우치는 인상을 주어 수필의 소박한 멋을 오히려 해치는 결과를 가져올 수도 있다.

다음 글은 묘사법을 통하여 아름다운 정경을 보여준다. 이 경우의 묘사법은 그 글의 소재나 주제와 어울린다.

예문 23

산은 더 말할 것도 없습니다. 어지간히 푸릅니다. 내가 좋아하는 푸른 소나무가 한참 우거져 있습니다. 봄에는 진달래꽃 치마가 온 산에 펄렁입니다. 뻐꾹새가 축하 노래를 하면 꽃구름은 둥둥 시집을 갑니다. 산 너머로 훨훨 갑니다. 고로쇠나무 물은 위장병에 좋다고 봄날에 많이 받아먹고, 송구라 하여 소나무를 꺾어 껍질을 벗기고 나무에 묻은 물을 감아 먹는 봄날의 입맛은 참 좋습니다. 넓은 들판의 언덕에 쑥을 캐는 바구니들이 얼마나 정다운지 모릅니다. 논을 가는 황소울음 한 곡조는 온 들판에 울려 퍼집니다. 거름 위에서는 입김 같은 하얀 김이 모락모락 핍니다. 억센 머슴이 똥오줌을 잘 뿌려 준 보리들이 쑥쑥 자라는 봄보리 밭고랑에는 뜨거운 사랑 숨결이 숨 가쁘기도 합니다. 질세라 보리도 알을 뱁니다. 종다리도 아득한 밀어를 속삭입니다. 하얀 빨래가 소박한 바지랑대 위에는 잠자리 부부가 여름 한낮에 잠자고 있습니다. 삽사리는 이웃집 검둥이한테 놀러 가서 다정하게 지냅니다. 아랫도리를 다 내논 아이들의 콧물이 죽 흘러 있는 얼굴은 꾀죄죄합니다. 고놈들 고추가 아무데나 오줌을 눕니다.

– 오동춘, 「그리운 소꿉각시들」 중에서

이 대목은 아름다운 농촌의 정경을 눈앞에 펼쳐 주고 있는 부분이다. 이 묘사법의 부분은 서사법이 곁들여지고 있어서 서서히 움직이면서 그려 주고 있다. 그런데 비록 아름다운 묘사라도 그 수필 전체에 걸쳐 있다면 문제가 있을 것이다. 그러나 이 글에서는 이런 묘사 부분이 글 첫머리에만 나타나 있어서 그 배경을 설정하는 구실을 하고 있을 뿐이다.

다음 글의 둘째 단락에서는 자연의 아름다움을 묘사함으로써 자연의 중요성을 밝히고 그것을 앞장서 보호하자는 주장을 펼치는 바탕으로 삼고 있다.

예문 24

올 봄에 한번 만날 줄 알았더니 서로가 바삐 사느라 그대로 세월만 보내고 말았습니다. 이번 봄은 유난히도 날씨가 변덕스러워 부풀어 오른 꽃망울과 새 움들이 많이 놀라며 더러는 상처를 입었을 듯싶습니다. 나도 속옷을 벗었다가 다시 꺼내 입기를 몇 차례 되풀이했으니까요.

엊그제부터 내 산거(山居)의 둘레에는 진달래가 만발입니다. 진달래는 봄 숲에 풀어놓은 선연하고 눈부신 물감입니다. 겨울 동안 침묵의 산이 안으로 가꾸고 간직해 온 가장 은밀한 속뜻을 따뜻한 햇살과 부드러운 바람결 앞에 더 어쩌지 못해 드러내 보인 혼의 빛깔입니다. 진달래는 그 어떤 꽃보다도 이 땅의 우리 산야에 어울리는 꽃입니다. 한라산 자락에서부터 저 백두 영봉에까지 이 강산 어디서나 한결같이 피어나는 정다운 꽃입니다.

이다음 허리가 꺾인 우리 강산이 하나로 다시 이어질 때 나라의 꽃만은 진달래로 했으면 좋겠다는 생각을 나는 언제부터 해왔습니다. 지금 북쪽에서 진달래를 국화로 삼았다고 해서 꺼릴 것은 조금도 없습니다. 자연의 꽃에 무슨 사상과 이념이 들어 있겠습니까. 사람들이 자기들 멋대로 갖다 붙인 그런 이름에 사로잡힐 것은 없습니다.

철따라 꽃이 피어나고 열매가 맺는 자연 현상을 눈여겨보고 있으면, 자연이 우리 인간에게 얼마나 고마운 존재인가를 온 가슴으로 받아들이게 됩니다. 만약 이런 자연이 없이 인간의 도시로만 이 지구가 가득 채워졌다면 얼마나 답답하고 삭막할까요. 상상만으로도 끔찍한 일입니다. 자연이 없이는 인간은 한시도 살아갈 수 없습니다. 따뜻한 햇볕과 맑은 물과 신선한 공기와 바람, 향기로운 흙과 푸른 숲과 나무들은 이무런 보상이나 요구도 없이 그저 베풀기만 합니다. 그런데도 이런 고마운 자연을 오늘의 인간들은 어리석게도 얼마나 허물고 더럽히면서 학대하고 있습니까. 배은망덕도 유분수지요. 자연이 인간 생활의 수단일 수는 없습니다. 자연은 인간이 기대어야 할 영원한 고향입니다. 자연은 살아 있는 어머니이고 또한 우리 몸이고 영혼이기도 합니다.

수십억 년을 거쳐서 이루어진 태양계에서 유일하게 생물이 기대어 살 수 있는 아름다운 초록의 대지인 이 지구에 우리가 살아 있다는 것은 놀라운 생명의 신비이고 고마움이 아닐 수 없습니다. 그런데 이런 신비와 오랜 역사를 지닌 지구가 2백년이라는 짧은 기간 동안 서양의 산업화에 따른 소위 물질문명의 깃발 아래 얼마나 엄청나게 파괴되고 있는지 되돌아볼 줄 알아야 합니다.

– 법정, 「생명의 잔치에 동참하라」 중에서

묘사법은 이렇게 단독으로는 쓰이지 못하고 다른 서술법에 곁들여지고 있는 것이 보통인데 글의 실감을 불러일으키거나 실상을 이해시키는 데 한 몫을 하게 된다.

④ 서사법과 수필

수필에서는 서사법만으로 일관하는 것도 바람직스럽지 않다. 서사법은 행동이나 사건이 벌어지는 자초지종을 이야기하는 것인데 그것만으로 그쳤을 때 그것은 수필이라기보다는 소설이 되고 말 것이다. 이런 경우 그 주제는 직접 드러나지 않고 간접적으로 시사될 뿐이니, 의미 전달의 직접성이라는 수필의 특성은 드러나지 않을 것이다. 따라서 수필에서는 서사법을 많이 활용하기는 할지라도 그 의미가 직접 전달되도록 적절한 설명을 곁들이는 수가 많다. 또한 사건의 서술이 너무 단조롭게 되지 않도록 하기 위해서는 묘사법도 적절히 활용하는 것이 필요할 것이다.

다음 글은 필자 자신의 일상 행동을 서술하면서 그 나름의 즐거움을 찾고 있다. 그런데 행동의 앞뒤에는 적절한 설명법을 써서 그 의미를 표출시키고 있다. 만일 그 행동의 서술만으로 그쳤다면 이 수필의 가치는 바로 찾을 수 없을지 모른다.

예문 25

아무리 세상을 일러 고해(苦海)라 하지만, 인생의 어천만사(於千萬事)가 다 괴로운 것만은 아니다. 잠시 담배 한 대를 피워 물고 가만히 생각에 잠기노라면, 개중에는 더러 자잘한 즐거운 일이 없지도 않으니, 이 아니 즐거운가.

삼복염천에 피서는 못 가고 곧장 집 안에서만 앉아 배기자니 울화가 터지고 온몸에 땀이 비오듯 한다. 부득이 원고지와 볼펜을 들고 다방에라도 나갈까 하고 집을 나섰더니, 횡단보도 앞에 사람들이 구름같이 서 있다. 무거운 걸음이 차차 가까워지자 마침 내가 오기를 기다렸다는 듯 드디어 순경이 호각을 불고 파랑 불이 켜진다. 이 아니 즐거운가. 다방의 밀폐된 도어를 밀고 들어섰으나 물만 먹고 사는 붕어족들이 초만원이다. 하는 수 없이 다시 돌아서려는데, 저쪽 에어컨 앞에 앉았던 한 쌍의 젊은 남녀는 마침 그들의 대화가 끝났던지 자리를 비우고 일어섰다. 이 아니 즐거운 일인가.

아직 즐거운 대화의 여운이 남아 있을 법한 그 의자에 앉아 이열치열을 빙자하여 더운 커피 한 진을 시켜 놓고, 원고지를 펼치고 이미 마감이 지난 글을 구상한다. 좀처럼 생각이 떠오르지 않더니 재떨이를 갈아 놓고 돌아서는 여자의 그 마네킹 같은 무표정에서 문득 한 구절이 떠오른다. 놓칠 세라 서두를 써 놓고 잠시 붓방아를 찧는데, 그 다음은 흡사 누에가 실을 풀어 고치를 치듯, 거침없이 소올솔 풀려 나온다. 이리하여 단숨에 한 편의 글을 탈고하게 되었으니, 이 아니 즐거운가.

– 김상옥, 「이 아니 즐거운가」

다음의 예문은 필자의 경험 사실을 서사법으로 제시한 다음에 그것을 바탕으로 소신을 내세우고 있다.

예문 26

몇 년 전의 일이다. 어린 조카아이가 죽어간다는 말을 듣고 급히 가보니 입과 코에서 피가 마구 쏟아져 솜으로 닦아 놓고 부모들은 옆에서 울고만 있었다. 평소에 단골로 다니던 유명한(?) 모 소아과 병원에 갔더니 병명도 알 길이 없고 살릴 가망이 없다고 치료조차 해주지 않아 그대로 돌아왔다는 것이다. 유영한 의사의 말이니 절대적이라 믿고 다른 병원에는 갈 생각도 않고 임종만 기다리고 있다는 것이다. 이 어리석은 부모를 나무라고 모 대학 병원으로 황급히 애를 데리고 갔다.

어처구니없게도 의사의 진단은 간단히 내려졌다. 그 애가 손으로 코딱지를 파다가 콧속의 혈관이 터져 피가 나오게 되었고 그것이 넘쳐서 목구멍으로 해서 입으로 나온다는 것이다. 지혈을 하고 링거 주사를 꽂아 놓으니 금방 원상회복이 되었다.

20여 년 전에는 이보다 더 기막힌 일도 있었다. 지금 대학에 다니고 있는 우리 집 큰아이가 생후 6개월이 되었을 때 이상한 증세가 있어서 크고 유명한 소아과에 찾아 갔더니, 독감 기운이 뇌로 가서 이러니 크게 염려할 것 없다는 진단을 내리면서 그 자리에서 네 대의 주사를 놓아 주고 또 약을 주었다. 그런데 천운이 도와 진짜 실력 있는 모 소아과를 찾아 가게 되어 진짜 병명을 어렵게 찾아내고 극적으로 생명을 구할 수가 있었다. 알고 보니 이 병은 그런 독감이 아니라 장중첩(intussusception)이라는 것으로서 24시간 안에 손을 쓰지 못하면 생명을 구할 수 없는 무서운 병이었던 것이다.

주사를 네 대나 놓고 약을 준 이 의사는 아예 치료조차 거부해 버린 의사보다는 성의를 보인 것은 사실이나 두 의사가 실력이 모자란 점에서는 마찬가지다. 진짜 실력 있는 의사와 비교했을 때 참으로 한심한 사람들이라 아니할 수 없다. 더구나 이런 의사들 때문에 얼마나 많은 환자들이 억울하게 희생을 당하였을까를 생각하면 아찔하다.

의사가 오진을 하면 사람이 죽거나 불구가 되고, 판사가 오판을 하면 억울한 옥살이를 하거나 목숨을 잃는 경우가 생긴다. 기업체가 제품을 잘못 생산하거나 시장 판단을 잘못하게 되면 파산을 하게 되고, 더 크게는 정부의 경제 시책이 잘못되면 국민 경제가 어렵게 되거나 국력이 손상을 입는다. 이런 중대한 결과는 다 담당자의 실력에 달린 것임은 말할 것도 없다.

실력이 있는 사람과 실력이 없는 사람은 쉽사리 판별되지 않는다. 그렇기 때문에 실력 없는 자가 실력이 있는 자가 앉아야 할 자리에 앉아 능력밖의 일을 맡을 수도 있게 된다. 특히 사회가 혼란하고 인재 활용의 묘(妙)가 결여된 경우에 이와 같은 현상은 두드러지게 나타난다. 다만, 바둑이나 운동 경기와 같이 승패가 정확히 계산될 수 있는 것들에서는 실력이 없는 자가 함부로 행세할 엄두를 못 낼 뿐이다.

요즈음 흔히 열과 성을 내세우고 열성을 다하면 모든 것이 다 되고 애국할 수 있다고 생각하고 있는 사람이 많은데 이는 큰 잘못이다. 쉬운 예로 바둑의 경우 9단이라면 순식간에 볼 수 있는 수를 18급은 아무리 열성을 다해서 하루 종일 아니 1년간 들여다보아도 알 수 없으며, 또 아무리 불타는 애국심을 가지고 열성을 다한다 해도 보통 사람이 100m을 10초에 뛸 수는 없다.

또 한 예를 들어 보자. 자동차 경주 트랙의 커브를 돌 때는 정확히 180km의 속력을 낼 수 있어야 한다. 만약 그 속력이 181km이면 자동차가 전복되고 179km이면 1등을 못한다. 그런 고속으로 달리면서 속력이 얼마인지는 엔진 소리를 듣고 알게 되는데, 그 엔진 소리는 귀로 들을 수는 없으니 몸으로 들을 줄 알아야 한다. 이것은 '남과 여'라는 영화에서 그 주인공인 자동차 경주 선수가 한 말이다. 이것은 전문가의 능력이 어떤 것인가를 단적으로 말해 주고 있다.

고도로 전문화된 오늘날의 우리 사회에서도 모든 분야에서 180km의 엔진 소리를 몸으로 들을 수 있는 실력자가 주인공이 될 수가 있고 그런 이들이 열성을 다할 수 있을 때 우리는 남보다 앞서가는 국민이 될 수 있지 않을까.

– 장재식, 「실력의 차이」

윗글은 뜻깊은 체험 사실들을 제시하고 그 의미를 설득력 있게 부각시키고 있다. 서사법과 설명법이 알맞게 조화를 이루면서 글의 주제를 효과적으로 전개한 것이다. 특히 이 글에서 보여준 여러 실례는 독자의 뇌리에 오래 남을 수 있으리라 본다. 또한 이 글은 각 단락이 알맞게 구성되어 짜임새 있게 전개됨으로써 글의 품위를 더하고 있다. 수필이란 이렇게 내용도 좋아야 하지만 그것을 짜임새 있게 엮어서 전개하는 솜씨 또한 그에 못지않아야 한다.

한편, 서사법에서 많이 쓰이는 대화의 인용법도 마찬가지로 그것만으로 일관하거나 지나치게 많이 쓰는 것도 문제이다. 대화의 인용은 행동 진전의 실감을 돋우고 흥미를 더하는 효과가 있다. 그러나 그것이 너무 많고 필자의 목소리, 곧 적절한 설명이 미약하면 수필의 주관성, 곧 개성미가 무디어지고 말 가능성이 있다.

다음의 예문에서처럼 주제와 밀접한 관련이 있는 대화만을 최소한도로 인용하는 것이 좋다.

예문 27

어제 S병원에서 본 일이다. 칠팔 세밖에 안 된 여자아이가 죽었다. 폐렴으로 하루는 집에서 앓고, 그리고 그 다음날 오후에는 영안실로 떠메어 나갔다. 밤낮 사흘을 지키고 앉아 있었던 어머니는 아이가 죽는 것을 보고 정신을 잃었다. 깨어 보니 죽은 애는 이미 영안실로 옮겨가 있었다. 부모는 간호사더러 영안실을 가리켜 달라고 청하였다.

"영안실은 다 잠그고 아무도 없으니까, 가 보실 필요가 없어요." 하고 간호사는 톡 쏘아 말하였다. 퍽 싫증난 듯한 목소리였다.

"아니 그 애를 혼자 두고 방을 잠가요?"
하고 묻는 어머니의 목소리는 떨렸다.

"죽은 애 혼자 두면 어때요?"
하고 다시 톡 쏘는 간호사의 목소리는 얼음같이 싸늘하였다.

이야기는 간단히 이것이다. 그러나 나는 그때 몸서리쳐짐을 금할 수가 없었다. '죽은 애를 혼자 둔들 어떠리!' 사실인즉 그렇다. 그러나 그것을 염려하는 어머니의 심정! 이 숭고한 감정에 동정할 줄 모르는 간호사가 나는 미웠다. 그렇게까지도 간호사는 기계화되었는가?

나는 문명한 기계보다도 야만인 인생을 더 사랑한다. 의학적에서 볼 때 죽은 애를 혼자 두는 것이 조금도 틀린 것이 없다. 그러나 어머니로서 볼 때에는 더 써서 무엇하랴? 어머니를 이해하지 못하고 동정할 줄 모르는 간호사! 그의 그 과학적 냉정함이 나는 몹시도 미웠다. 과학 문명이 앞으로 더욱 발달되어 인류 전체가 모두 다 냉정한 과학자가 되어 버리는 날이 온다면 나는 그것을 상상만 하기에도 소름이 끼친다.

정! 그것은 인류 최고 과학을 초월하는 생의 향기이다.

– 주요섭, 「미운간호사」

윗글에서처럼 대화는 가장 결정적인 구실을 하는 것만으로 한정하고 거기에 따른 필자의 주관적 해석이 적절히 덧붙는 것이 수필의 묘미이다.

(5) 수필의 개성미

수필은 다른 글에 비하여 필자의 개성미가 유난히 두드러진다. 무릇 글은 필자의 독특한 생각이나 느낌을 드러내는 것이지만, 수필의 경우에는 그 개성적인 면이 한층 더 강하게 부각된다. 수필다운 수필일수록 필자만의 입맛과 멋이 짙게 풍기게 된다. 그것은 수필은 주관성을 그 주요 특성으로 하기 때문이다. 모든 수필의 소재는 필자의 주관적인 눈과 생각과 느낌을 통하여 독특하게 요리되는 것이다. 그리하여 수필은 필자만이 간직한 입맛과 멋이 번득이는 특산물이 되어 남들에게 진정 새로운 맛으로 선보이게 되는 것이다.

이런 개성미는 처음부터 타고나는 것은 아니다. 아무리 평범한 삶의 주변일지라도 늘 유심히 살피고 사색을 하는 자세로 바라보는 가운데 자기도 모르는 사이에 자신의 세계가 싹트고 길러진다. 이렇게 자신의 삶속에서 꾸준히 자라난 느낌과 생각의 나무와 열매가 햇빛을 보게 될 때 자기의 수필이 태어나는 것이다. 흔히 말하기를 인생의 쓴맛, 단맛을 다 맛보고 경륜이 풍부해져서 자기가 선 다음에야 비로소 훌륭한 수필이 써진다고 한 것은 바로 이런 점을 지적하는 것이다. 이는 말할 것도 없이 훌륭한 수필을 쓰는 요건의 하나라고 할 수 있다. 그러나 그렇게까지 풍부한 경험의 경지에는 아직 못 미치었다 하더라도 자기만이 보고 느끼고 생각하는 눈과 세계가 열리도록 꾸준히 애쓰는 과정에서 수필이라는 개성의 나무와 열매는 계속 자라날 수가 있다. 다음 예문은 필자의 개성미가 얼마만큼 두드러지는가를 잘 보여주고 있다.

예문 28

이 하늘을 향하여 두 팔을 뻗치고 그리고 소리를 지르면서 뛰는 그들의 유희가 내 눈엔 암만 해도 유희같이 생각되지 않는다. 하늘은 왜 저렇게 어제도 오늘도 내일도 푸르냐. 산은, 벌판은 왜 저렇게 어제도 오늘도 내일도 푸르냐는 조물주에게 대한 저주의 비명이 아니고 무엇이냐.

– 이상, 「권태」 중에서

아이들이 하늘을 바라보고 두 팔을 들고 소리를 지르는 모습이 이 필자의 눈에는 푸르름에 대한 저주와 비명으로 비치고 있다. 가난한 아이들의 뜻없는 행동, 그리고 산과 들과 하늘이 다 같이 푸르냐는 사실을 이렇게 느끼고 표현한 것은 이 필자가 아니고는 찾아보기 힘들 것이다.

수필이란 이런 독특한 개성미가 넘칠수록 멋있고 값지다고 할 수 있다. 우리는 당장 이런 멋있는 명 수필을 쓰기는 힘들지 모른다. 그렇지만 그러한 경지에 이르려고 꾸준히 노력하는 과정에서 주옥같이 빛나는 열매를 문득 거둘 수도 있으리라 믿는다.

3. 수필과 문체

수필을 본격적으로 쓰려면 자기 나름의 문체를 터득하도록 하는 것이 바람직스럽다. 모든 수필에서 독자적인 문체가 반드시 드러나는 것은 물론 아니다. 그러나 수필가에 따라서는 자기 나름의 문체를 익혀서 그만이 지닌 독특한 맛과 멋을 풍기는 일이 있다. 앞에 말한 수필의 개성미는 그 내용적인 면에서 드러나는 것을 뜻하는 것이지만, 그 표현 면에서는 다분히 자기 나름의 문체와도 밀접한 관련을 가진다.

(1) 문체의 특성

문체文體란 한마디로 문장의 구성 양식을 말한다. 문장의 구성 양식이란 그 문장의 구성 요소인 낱말이나 문법 요소가 배열되고 어울리는 짜임새를 말한다. 곧 문체는 그 문장에 쓰이는 낱말이나 문법 요소에 따라 특정 지워지기도 하고, 동일한 재료라도 그것을 어떤 순서로 배열하여 짜임새를 이루느냐에 따라 각기 달리 형성되기도 한다. 문체라는 말은 관점에 따라 여러 가지 뜻으로 쓰이고 있지만 기본적으로는 이처럼 한 문장을 이루는 구성 요소들의 선택과 그 배열로 특징지어지는 구성 양식을 가리키는 것이다.

예문 29

① 우리가 독립신문을 오늘 처음으로 출판하는데 조선 속에 있는 내외국 인민에게 우리 주의를 미리 말씀하여 아시게 하노라. – 독립신문 창간호 사설

② 우리 文典을 읽을지어다. – 유길준, 『대한 문선』

③ 古人들은 흔히 盲目으로 追從하고 直譯으로 降參하는者 많더니 今人들은 혹 海外의 左翼이란 先驅者의 言論에 盲目으로 追從하는者 많어 그 境遇와 歷史와 現實의 情勢란者가 같으되 다른 眞境秘義를 미쳐 모르는者 적지 않은 터이다.

– 安民世, 「調書開進論」

④ 한 겨레에게는 둘도 없이 큰 자랑이요, 세계 사람들은 알면 알수록 놀라는 문화재가 한글이다.

– 김정수, 『한글의 역사와 미래』

①은 개화기에 쓰여진 순한글 문장이지만 낱말의 선택과 어순 그리고 문법 요소들이 오늘날과는 달리 나타나고 있다. ②는 문장의 구성 요소들이 독특하게 배열되고 또 낱말이나 문법 형태도 현대의 것과는 사뭇 달리 선택되었다. ③은 딱딱한 한자 낱말이 주로 선택되어 쓰였고 어법도 지금의 것과는 차이가 있다. ④는 한자어보다는 우리의 순수한 말을 골라 썼고 또 낱말과 구절들이 이루는 배열 관계가 독특하다. 이처럼 문장을 이루는 구성 요소들의 선택과 그 배열로 결정되는 문장의 구성 양식을 문체라 하는 것이다.

이런 문체는 각기 독특한 느낌이나 말맛을 자아내게 한다. 동일한 내용을 나타내는 문장이라도 그 구성 요소의 선택이나 배열에 따라 각기 다른 느낌을 드러내는 것이다. 이를 테면, 앞의 ①②③④를 각기 다음과 같이 바꾸어 보면 근본 의미는 동일하지만 말맛이 달라짐을 알 수가 있다.

예문 29-1

①-1 우리가 오늘 독립신문을 처음으로 발간하거니와 조선 안에 있는 내외 국민들에게 우리의 주장을 미리 펴서 알려 주고자 한다.

②-1 우리 문법책을 읽어야 한다.

③-1 옛 사람들은 흔히 맹목적으로 따라가고 직역을 해서 알아차리는 이들이 많더니…

④-1 한글은 우리 민족에게는 둘도 없는 큰 자랑거리이고, 온 세계 사람들이 알면 알수록 놀라게 되는 문화재이다.

이런 구성상의 변화는 본래의 의미를 근본적으로 바꾸어 놓지는 않았지만 그 말맛이나 느낌상의 풍김이 상당히 다르게 만들고 있다.

이상에서 짐작되는 바와 같이 문체는 시대적으로 또는 동시대라도 필자에 따라 각기 달리 나타날 수 있다. 우리의 관심사는 그런 문체 전반에 걸친 논의가 아니고 수필 쓰기와 관련하여 알아 두어야 할 기본적인 문체인 것이다.

문체를 형성하는 기본 요인은 ①과 같이 나누어 볼 수가 있다. 이런 기본 요인 이외에 문체를 형성하는 주요 요인은 ②와 같이 나눠볼 수 있다.

① 문장 성분의 선택과 배열 방식
- 낱말의 선택
- 문법 요소의 선택
- 구성 요소의 배열

② 수사학적 방식
- 문장의 길이
- 감성의 농도
- 표현의 강도

이 밖에도 문체를 특징짓는 요소는 많이 있을 수 있으나 주된 것은 위와 같은 것들이다.

① 문장 성분의 선택과 배열 방식에 따른 문체

문체는 문장을 이루는 낱말이나 문법 요소(토씨, 끝씨 등)의 선택 방식에 따라 결정되는 일이 많다. 이는 마치 집을 지을 때 어떤 재료를 쓰느냐에 따라 각기 다른 특색을 드러내는 건축물이 되는 것과 마찬가지 이치이다. 딱딱한 한자어를 많이 썼던 옛날 문장과, 부드럽고 일상적인 낱말을 주로 쓰는 현대 문장은 그 느낌이 다름은 누구나 알 수 있다. '하도다', '할지어다' 따위의 끝씨(종결어미; 말끝, 씨끝)를 써왔던 옛글과 '한다', '해야 한다' 따위의 현대 말씨에는 그 차이가 많이 나타난다. 이런 느낌의 차이는 문장을 구성하는 재료의 선택에서 오는 문체적 차이인 것이다.

문체를 특징짓는 또 한 가지 요인은 문장 구성 요소들의 배열 방식이다. 동일한 낱말이나 문법 요소로 이루어지는 문장이라도 그것들을 어떤 방식으로 배열하느냐에 따라 각기 다른 문체적 효과가 드러나기 때문이다. '그이는 드디어 나를 버리고 떠났다'와 같은 문장의 어순을 바꾸어서, '나를 버리고 떠났다, 그이는 드디어'와 같이 말한다면 그 느낌의 차이가 달라짐을 알 수가 있다.

a. 낱말의 선택에 따른 문체

문체는 낱말의 선택에 따라 각기 달리 나타나게 된다. 이를테면 한자어를 많이 쓴 '국한혼용체'가 있는가 하면, 그렇지 않고 순수 우리말을 되도록 많이 쓴 '한글체' 따위가 그 예문이다. 전자의 예는 위에서 본 안민세의 「讀書開進論」과 같은 글이요, 후자는 위의 김정수의 글 같은 것이다. 국한혼용체로 된 글의 예를 하나 더 들어 보자.

예문 30

上記 '웃음의 죄' 세 件에 있어서 나는 어지간히 웃음의 자유와 無罪性을 역설한 셈이다. 그러나 이러한 笑權擁護論 자인 나로서도 코웃음, 알랑웃음, 더구나 曹操, 李林甫 流의 奸笑, 劍笑, 따위는 단연 증오, 拒斥함이 무론이요, 한 웃음 나아가 일체의 作爲, 虛構의 웃음 – 기실 웃음 아닌 웃음에 대하여는 결정적으로 보이콧(不買)의 태도로 임함이 나의 확고한 처지이다.

– 양주동, 「웃음에 대하여」 중에서

무애 양주동은 앞의 안민세와 더불어 한자어를 많이 쓰면서 구수한 맛을 풍기는 문체를 구사하였다.

한편, 한글체 문체의 다른 예는 다음에서 볼 수가 있다. 거의 동시대에 쓴 글이지만 낱말 선택이 크게 다르다.

예문 31

"어머니!"
하는 이 말은 얼마나 우리 인간에게 부드럽고 따뜻한 감명을 주는 것인가? 뱃속에 있던 것은 그만두고라도 세상에 떨어진 뒤로부터 사람이 가장 깊은 인연을 가진 이는 어머니다.

아무리 몹시 다쳐서 울다가도, 아무리 심술이 나서 몸부림을 치다가도 어머니 품에 안기어 어머니 젖을 빨게 되면 울음도 멎고, 애기는 어머니의 품에서 낙원을 발견하는 것이다.

어머니는 어린것의 피난처요, 호소처요, 선생이요, 동무요, 간호사요, 인력거, 자동차, 기차 대신이요, 모든 것이다. 밥 주고, 물 주고, 옷 주고, 버선 주고, 사랑 주고, 참외 주고, 떡 주고, 누룽갱이 긁어 두었다 주고, 놀다가 들어오면 과자 주고, 동네 잔칫집에 가서 가져온 빈대떡(평양말로 지짐) 주고 모든 것을 어머니가 준다.

– 전영택, 「나의 어머니」에서

이 글에서는 쉽고 부드러운 일상 우리말을 골라 씀으로써 딱딱한 한자어를 많이 쓴 경우와는 대조를 이루고 있다. 요즘의 문체는 부드럽고 친근한 단어를 찾아서 쓰는 경향이 점차 늘어나고 있다.

b. 문법 요소의 선택에 따른 문체

문법 요소란 토씨나 끝씨 등 문장을 이어 주거나 끝맺는 구실을 하는 요소를 말한다. 이런 문법 요소들은 실질적인 뜻을 가지고 있지 않지만 문장의 문법적인 형식을 갖추게 하는 기능을 보이는 것이다.

예문 32

① 이 책 참 재미있다 너.
② 이 물건은 참으로 쓸모가 많습니다.
③ 이 사람이야말로 유능하고도 정직한 사람이 아닐 수 없다.
④ 산이 아름답기로는 금강산을 능가할 산이 어디 또 있겠는가?

⑤ 우리나라도 얼마 안 가서 통일이 되고야 말 것입니다.

⑥ 우리는 무엇보다도 선거를 공정하게 치러야만 하는 것입니다.

⑦ 남북통일은 우리의 염원이자 지상 명령임을 다시금 천명하는 바입니다.

⑧ 하느님 우리의 소원을 이룩하도록 은총을 내려 주소서.

①에서처럼 토씨가 생략되고 또 문장 끝에 '너'와 같은 말이 도치되어 나타나는 것은 그것이 구어체임을 금방 알 수 있게 한다. ②는 문법적으로 잘 갖추어진 문장이며 끝씨 '습니다'가 쓰임으로써 윗사람에게 하는 말씨로 드러나고 있다. ③은 조사 '야말로'와 함께 부정의 부정 형식을 써서 강조성을 보이는 문체가 되어 있다. 또 ④는 설의법을 써서 강조 효과를 드러내는 문체로 되었다. ⑤는 '고야 말다'와 같은 끝맺음으로 강조를 하고 있다. ⑥과 ⑦은 '는 것입니다' 또는 '는 바입니다'와 같은 끝맺음법을 쓰고 있다. ⑧은 기도문과 같은 글의 문체이다. 이처럼 토씨나 끝맺음법 등을 적절히 씀으로써 원하는 문체적 효과를 낼 수가 있다.

이런 문법 요소의 선택으로 특징지어지는 글의 예문은 다음에서 볼 수가 있다.

예문 33

아무리 사람이 만물의 영장이라 한들 때로는 미물에 미치지 못하는 일이 있다. 저 날짐승 까치란 놈을 보라. 그가 집을 높이 지으면 그 해에 바람이 적고, 또 얕게 지으면 그 해에 풍우(風雨)가 대작한다 하니 묘한 일이다. 그리고 그들이 그 여린 부리로써 나뭇가지를 하나하나 물어다가 집을 짓되, 비 한 방울도 새지 않는다 하니 어찌 그들의 슬기와 솜씨를 서투른 기상 예보나 목수, 미장이에 비기리. 이 또한 묘하고 묘한 일이로고.

– 김상옥, 「묘한 일, 묘한 일」 중에서

윗글에서 '하니, 짓되, 비기리, 일이로고' 따위는 끝씨를 적절히 선택하여 감성적 효과를 특이하게 드러내고 있다.

이상에서 말한 문장 구성 요소의 선택에 따른 문체는 언어학적인 관점에서의 문체라고 할 수 있다. 언어적 표현은 대개 논리적 요소와 감성적 요소로 갈라지는데 전자는 언어의 일차적 기본 의미에 속하고 후자는 상황에 따라 덧붙여지는 느낌스런 요소이다. 어머니, 사랑, 우리 따위의 낱말을 들었을 때 우리가 인식하는 의미는 대개 일치되지만 그 말에서 풍기는 느낌이나 이미지는 각기 다를 수가 있다. 이런 경우에 이들을 모친, 애정, 오등吾等으로 바꾸어 보면 기본 의미는 같지만 그 느낌은 상당히 달라짐을 알 수 있다. 또 문법 요소의 경우에도 동일한 기본 의미를 가진 형태들이 각기 다른 감성적 표현 효과를 달리하고 있음은 위에서 본 바와 같다. 이렇게 동일한 인식적 의미를 가진 말이 여러 느낌스런 차이에 따라 다양한 표현 효과를 나타낼 경우에 언어학에서는 그것을 문체적 차이라고 설명한다.

이런 점에서 동일한 의미를 가진 낱말이나 의미를 임의로 선택하여 쓰는 것은 문체를 이루는 기본 바탕이 되는 것이다. 수필이나 문학적인 글에서 말하는 문체는 이보다는 더 다양하고 깊은 차원의 것이지만 그러한 문체를 이루는 한 기본적 요인은 이 구성 요소의 선택과 밀접한 관련을 가지는 것이다.

c. 구성 요소의 배열 방식에 따른 문체

문장을 구성하는 성분을 배열하는 순서에 따라 각기 다른 문체가 형성될 수 있다. 주어와 서술어의 위치를 바꾼다든지, 수식어를 뒤로 옮긴다든지 해서 어순에 변화를 주게 되면 색다른 어감을 주는 문장이 이루어질 수 있다. 다음 예문은 특수한 어순을 써서 벅찬 슬픔을 드러내고 있다.

예문 34

사랑하는 아들 봉근아? 네가 지난해 2월 22일 오후 6시, 이 세상을 떠난 지 바로 한 해가 되었다. 네가 숨을 끊은 날 나는 네 무덤에 와서 네 넋을 부른다.

네 몸이 이미 썩었으니 그 몸에 네 넋이 없음을 알건마는 네 간곳을 모르니 네 무덤에서밖에 어디서 부르랴.

– 이광수, 「鳳兒祭文」 중에서

어순의 변환에 따른 문체도 일종의 언어학적인 문체에 속한다. 동일한 기본 의미의 문장이 그 구성 방식이 달라짐으로써 다양한 감성적 표현 효과를 드러내기 때문이다. 어순의 변환으로 나타나는 감성적 표현 효과가 커질 경우에는 수사학적인 면에서도 상당한 비중을 차지한다. 그래서 추도사나 감격적인 환영사 등의 영탄적인 글에서는 이 방식이 많이 쓰이고 있다. 또 이 방식은 강조적 표현 효과도 드러내는 일이 많다. 이런 점에서 이 구성 요소의 배열 방식도 문체를 특징짓는 한 기본 요인이 되는 것이다.

② 수사학적 방식에 따른 문체

문체는 위에 말한 언어학적 요인 이외에 수사법상의 차이에 따라 결정되는 일이 또한 많다. 여기서 말하는 수사법상의 차이란 문장 성분의 길고 짧음, 표현의 강도 및 감성 표현의 농도들을 가리킨다. 이런 수사법상의 차이에 따른 문체는 글의 효과를 다양하게 드러내며 문학적 양식에서도 중요한 자리를 차지한다. 이 수사법상 차이에 따른 문체도 앞에 말한 언어학적 방식을 바탕으로 한 면이 많지만 거기에 다음의 몇 가지 요인을 가미하여 이루어진다.

a. 문장의 길이에 따른 문체

문장의 길이에 의한 문체는 대개 길고 짧은 문장의 배합에 따라 이루어진다. 동일한 내용을 표현하는 데 짧은 문장으로 간결하게 나타내는 경우가 있는가 하면, 긴 문장으로 나긋나긋 이끌어가는 경우도 있다. 전자를 '간결체簡潔體'라 부르고 후자는 '만연체蔓衍體'라 부른다. 간결체는 수식어 등을 되도록 줄이고 또 접속 형태를 되도록 적게 씀으로써 단순문 형식으로 되는 경향이 있다. 이와는 달리 만연체에서는 수식어나 접속 형태를 되도록 많이 써서 글의 호흡을 길게 끌어가는 것이다.

다음 글은 간결체에 속하는 글이다. 각 문장이 별다른 수식어가 없이 단도직입적으로 서술되고 있다.

예문 35

세상에 제 일을 남이 알까 봐서 능청스럽게 속이려는 무리가 많다. 남을 속이려 하는 그것이 벌써 제게 용납되지 못한 증거다. 철인(哲人)이 별사람이 아니다. 나 혼자만 아는 속에 부끄러울 것 없는 분이다.

– 정인보, 「마음의 절제」 중에서

김동인의 글에서도 간결체 문장이 많이 나타나고 있다.

예문 36

우리 방에서 나갔던 서너 사람도 돌아왔다. 영원 영감도 송장 같은 얼굴로 돌아왔다. 나는 교도관이 돌아간 뒤에 머리는 앞으로 향한 대로 손으로 영감을 찾았다.

– 김동인, 「태형」 중에서

그런데 근래의 글에서는 이렇게 단순문에 가까운 문장들만이 이어지는 간결체는 보기 힘들다. 너무 단조로운 글이기 때문인 듯하다.

다음 예문은 만연체에 속하는 글이다. 글의 흐름이 유장하고 호흡이 느리나 나긋나긋한 멋이 있다.

예문 37

유별나게 긍지와 자존심이 강한 내 어머니께서는 친정이 남에 없이 초라한 꼴을, 비록 자식에게게 망정 보이기가 싫으셨는지 나를 외가로 데리고 가는 일은 대단히 드물었다. 나의 외가에 대한 추억은 실로 위에 적은 이야기로 다하는 것이니, 벽계를 끼고 천산과 마주앉아 오히려 신화를 사랑하는 저 조그마한 초로(草蘆)가 그렇게도 못 가서 애를 죄는 이 외손주를 맞이하기에 얼마나 인색하였던가는, 이로써도 족히 짐작하고 남음이 있으리라.

– 김동명, 「국추기」 중에서

다음 글은 길고 짧은 문장을 적절히 배합하여 글의 호흡을 조절하면서 독특한 맛을 내고 있다. 어떤 글인가 하면 만연체의 맛을 풍기면서도 박자가 급해질 때도 있어 느리기만 하지는 않다.

예문 38

그런들 어찌하며 저런들 어쩌겠습니까. 하여간 봄은 왔습니다. 우주의 운행은 그것을 관장하고 있는 섭리자에게 맡기고, 우리는 눈앞에 전개된 봄의 설렘에 떨 수밖에요. 다만 이 설렘은 언제나 두 가지 색깔을 띠고 이 땅에 나타났다는 경험을 올해도 도리 없이 기억해야겠습니다. 닳아 빠진 문자에 '춘래불사춘'이라는 것이 있지요. 바로 그겁니다. 지금까지 이 바닥의 봄은 노상 이 말을 되새기게 하였으며, 실지로 신문이나 방송에는 '봄은 왔으되 봄 같지 않다'는 뜻의 고사 숙어가 어김없이 등장했습니다.

– 최일남, 「양시론의 시고 떫은 맛」 중에서

윗글은 장단의 조절 외에, '어쩌겠습니까', '떨 수밖에요', '바로 그겁니다'와 같은 단축형을 써서 글의 박진감을 돋우는 수법도 쓰고 있다. 이렇게 해서 독특한 문체를 형성하고 있다.

b. 감성 표현의 농도에 따른 문체

문체는 사실 그대로를 담담히 적는 데 역점을 두는 것과, 짙은 정서적인 표현을 위주로 하는 것으로 가르는 수가 있다. 전자는 종래 '건조체乾燥體'라 한 것으로서 흔히 과학적 서술이나 사실 보고서 등과 같이 과장된 수식어나 군소리를 빼고 있는 사실을 그대로 정확하게 전해 주는 글을 가리킨다. 후자는 '화려체華麗體'라 한 것으로 글귀를 되도록 아름답게 꾸미고 미사여구나 비유법 등을 비교적 많이 씀으로써 읽는 이의 감흥을 북돋우어 주는 문체이다. 이런 문체의 글은 시인이나 다정다감한 예술가 등의 글에서 흔히 볼 수 있다.

다음 글은 건조체에 속하는 글이라 할 수 있다.

예문 39

우리 조선 가정의 온돌제도는 인조조(仁祖朝) 이후로 전국에 보편화되었다. 그 전에는 한절(寒節)이라도 큰 병풍과 두터운 자리로 마루 위에서 거처하고 노인과 병자를 위하여 혹 온돌 한두 칸을 설치하였을 뿐이었다고 한다.

인조 때 서울 사산(四山)에 송엽(松葉)이 퇴적(堆積)하여 화재가 잦으므로, 김자점이 꾀를 내어 인조께 품(稟)하고 오부(五部) 인민에게 명령하여 모두 온돌을 설치하게 하였다. 따뜻하고 배부른 것을 좋아 하는 것은 사람의 상정이라, 오부의 받은 명령을 일국(一國)이 봉행(奉行)하게 되어 송엽(松葉)을 처치하려던 것이 송목(松木)까지 처치하게 되었다.

– 홍명희, 「온돌과 백의」 중에서

한편, 다음 예문은 이른바 화려체의 예이다. 이런 문체의 글은 대개 구구절절이 감성이 무르익어 떨어지는 듯한 분위기를 자아낸다.

예문 40

사막을 걷는 듯한 마음입니다. 밤빛을 넘어 흩어지는 외로움이 또다시 등잔 밑에 서리입니다. 내 마음은 곡예사와 같습니다. 그 千이요 또 萬인 요술의 변화를 알 수 없는 것 같이 내 맘의 명암(明暗)도 이루 헤아릴 수 없습니다.

거리에 쏟아진 등불은 밤의 심장을 꿰뚫고 얼크러진 정렬에서 헤어나지 못하는 사람들의 꿈같은 이야기는 이 도시의 감각을 미쳐 날치게 하거늘…. 이러한 거리에서 내 어찌 홀로 사막을 걷는 듯한 마음입니까.

– 이선희, 「곡예사」 중에서

c. 표현의 강도에 따른 문체

글의 표현이 꿋꿋하고 억센 느낌을 주는 표현이 있고 이와는 반대로 부드럽고 다정한 느낌을 풍기는 문장이 있다. 전자를 종래에 '강건체剛健體'라 하였고 후자는 '우유체優柔體'라 한 바 있다. 논설문 등과 같이 개념적이고 논리적인 방식으로 상대방을 강력히 설득하는 글이 강건체에 속한다고 할 것이다. 반면에 개념적인 낱말이나 논리적인 서술법을 피하고 부드러운 표현으로 펼쳐 가는 것은 우유체 또는 온화체라고 할 수 있을 것이다.

다음 예문은 다소 감성에 흐르는 면이 있기는 하지만 강력한 설득력을 드러내고자 한 강건체의 글이다.

예문 41

청춘! 이는 듣기만 하여도 가슴이 설레는 말이다. 청춘! 너의 두 손을 가슴에 대고 물방아 같은 심장의 고동을 들어 보라. 청춘의 피는 끓는다. 끓는 피에 뛰노는 심장은 거선(巨船)의 기관같이 힘 있다. 이것이다. 인류의 역사를 꾸며 내려온 원동력은 꼭 이것이다. 이성은 투명하되 얼음과 같으며 지혜는 날카로우나 갑 속에 든 칼이다. 청춘의 끓는 피가 아니더면 인간이 얼마나 쓸쓸하랴? 얼음에 싸인 만물은 죽음이 있을 뿐이다.

– 민태원, 「청춘 예찬」 중에서

한편, 다음과 같은 글은 비록 한자어가 많이 쓰이기는 하였으나 위의 글과는 달리 부드럽고 다정다감한 느낌이 풍기는 우유체의 글이다.

예문 42

혼자 어슬렁어슬렁 자하(紫霞)골 막바지로 오른다. 울밀(鬱密)한 송림 사이에 조금 완곡은 하다 할망정 그다지 준급(峻急)하다고 할 수는 없는 길이 우뚝하게 솟은 백악(白嶽)과 엉거주춤하게 어분 드리고 있는 인왕산(仁王山)과의 틈을 뚫고 나가게 된다. 울툭불툭한 바위 모서리가 반들반들하게 닳았다. 이 길, 이 바위를 이처럼 닳리느라고 지나간 발부리가 그 얼마나 되었으리. 그것이 짚신 시대로부터 고무신이나 구두 시대까지만 치더라도 한량이 없을 것이다. 그리고 그 한량이 없는 발부리들도 이 바위와 같이 흙이나 먼지가 되어버리고 만 것과 되어버리고 말 것이 또한 한량이 없을 것이다. 두보(杜甫)의 공구 도척(孔丘 盜拓)이 구진애(俱塵埃)라는 시도 이걸 말함이 아닌가 한다.

– 이병기, 「승가사」 중에서

다음 글도 부드럽고 다정다감한 느낌이 흐르는 우유체 글이다.

예문 43

'나보기가 역겨워 가실 때에는 말없이 고이 보내드리오리라. 영변에 약산 진달래꽃 아름 따다 가실 길에 뿌리오리라.' 속에는 산화공덕(散花功德)의 지극하고 숭고한 마음씨가 담겨 있으며, '가시는 걸음걸음 놓인 그 꽃을 사뿐히 즈려밟고 가시옵소서' 하는 대목에선 피학(마조히즘)과 가학(사디즘)의 냄새가 풍기지만, 당사자들은 이것을 모두 다 순수한 사랑으로 감싸고 있어 이별의 슬픔이 아름다움으로 승화되고 있다. 비록 떠나가는 자는 더 나은 생활의 출발점으로 별리를 받아들이고, 남는 자는 하루를 천년처럼 기다려야 하는 시발점으로 받아들인다는 차이는 있을지라도, 양자가 다 아름답고 훌륭한 내일을 바라고 있다는 점에서는 일치한다. 이별이 슬프기야 하지만 그것이 나만이 겪는 것도 아니고, 또 처음 당하는 것도 아닌 바에야 그것을 딛고 일어설 수 있는 꿋꿋한 자세를 내면 깊숙이 간직하면서 '아아, 님은 갔지만은 나는 님을 보내지 아니하였습니다.'고 서슴지 않고 토로할 때, 그 누군들

깊은 감동에 사로잡히지 않을 수 있겠는가?

— 이인섭, 「별리(別離)」 중에서

(2) 문체 선택의 문제

위에서 본 바와 같이 문체는 여러 가지 요인으로 각기 특색 있는 글을 이루는 바탕이 되는 것이다. 이런 문체는 각기 필자의 개성이나 취향 또는 글의 성격이나 목적에 따라 선택될 수 있을 것이다.

이제 여기서 언급하고자 하는 것은 일반 수필의 경우에 어떤 문체를 익혀 쓰는 것이 바람직스러운가 하는 문제이다. 본시 수필은 필자의 개성미가 두드러지는 글인 경우가 비교적 많기 때문이다. 특히 여기 말하는 일반 수필은 우리의 생활 주변의 일들을 소재로 하는 경향이 많고 자기 나름의 견해와 감상을 진솔하게 표출하는 것이 보통이다. 이런 점에서 수필을 쓸 경우에는 자연히 필자의 개성과 글의 성격에 잘 어울리는 문체를 고려하게 되는 것이다. 말하자면 그 내용면에서 필자의 특성이 그대로 드러나는 글인 만큼 그것을 담는 그릇 또한 거기에 부합되어야 이상적이라는 것이다.

근래 우리나라에서 쓰여지고 있는 수필은 다종다양하며 각기 그 나름의 문체를 드러내고 있다. 이들 수필이 보이고 있는 문체들의 특성을 간추리면 대체로 다음과 같다.

① 낱말과 문법 요소의 선택과 배열 방식

a. 낱말 선택에서 쉽고 부드러운 일상용어를 주로 쓴다.

b. 문법 요소, 곧 조사나 끝씨 등도 자연스런 일상 형태를 즐겨 쓰는 경향이 짙다. 대부분 평어체가 쓰이고 경어체는 특별한 경우에 나타난다.

c. 성분의 배열도 특별한 경우가 아니고는 정상적인 어순이 지배적이다. 이

것도 자연스런 일상 문장을 주로 쓰는 현대 수필의 한 특징이라 할만하다.

② 수사법과의 관련

a. 문장의 길이 면에서는 간결체와 만연체의 중간 정도로 자연스런 글의 모습을 보이는 것이 상례다. 이 점에서도 의식적인 만연체를 시도하는 일은 드물고 그렇다고 해서 단순문만이 이어지는 글도 거의 없다.

b. 이른바 건조체와 우유체의 경우에, 건조체보다는 우유체에 속한다고 할 만한 글이 훨씬 많다. 그러나 그것이 본격적인 의미의 우유체, 곧 의식적으로 쓰인 우유체라기보다는 상황에 따라 그런 경향이 드러나는 것이 보통이다. 건조체는 학문적이고 사무적인 글에서 많이 쓰이는 만큼 수필에서는 자연히 덜 쓰이는 것이 사실이다.

c. 이른바 강건체와 화려체는 현대 수필에서는 잘 나타나지 않는 문체다. 전자는 논설문 따위에 주로 쓰이는 만큼 수필에서는 거의 나타나지 않을 수밖에 없으며, 후자의 경우는 특별한 감상적인 글이 아니고는 드문 편이다. 그것은 지나친 정서나 감상 어린 글은 자칫 과장적이고 기교적인 면에 흐르기 쉽기 때문일 것이다.

요컨대 현대 수필은 극히 자연스런 일상 문장이 주류를 이룬다는 것이다. 종래 전문 수필가나 문학가들에 의하여 쓰이던 수필의 특수한 문체는 거의 드러나지 않는 경향이 있다고 할 것이다. 이는 현대 수필은 소수의 수필 전문가의 전유물이 아니고 숱한 비전문인들이 일상적으로 쓰는 글로 저변확대가 되었기 때문일 것이다. 물론 이 경우 수필 전문가들이 쓰는 문학적 차원의 수필과 일상 수필을 구별하여 말할 수도 있을 것이다. 그러나 그 한계는 극히 모호해지고 있는 상태이다.

여기 수필가 최태호의 현대 수필의 특성에 관한 지적을 인용해 두고자 한다.

"수필을 논할 때 흔히들 그 운치韻致를 말한다. 분명히 말해서 현대의 수필은 점점 운치를 잃어가고 있는 것이다. 그러나 이 운치라는 것도 예전의 풍류風流를 오늘날의 그것으로 강요받을 수 없는 것과 같이 현대의 메커니즘의 운치는 오히려 속도로 대치되어가는 것 같기도 하다. 생활양식과 태도가 그만큼 달라졌다고 생각하면 구태여 운치를 내려고 가장된 문장을 조작하는 것 자체가 수필의 본도本道에서 벗어나는 것이 아닐까 생각한다."(최태호, 「수필 창작의 실제」 중에서)

17
기행문을 쓰는 법

1. 기행문의 특징

기행문은 여행 중에 보고 느끼고 생각한 바를 글로 적은 것이다. 여행은 우리에게 신선하고 생기 넘치는 기쁨을 가져다준다. 늘 변화 없이 지내던 따분한 일상의 삶을 훌쩍 떠난다는 것은 기분 전환의 기회가 되며, 자연과 미지의 세계를 접하는 데서 오는 즐거움을 맛보게 한다. 이런 참신하고 가슴 뿌듯한 여행의 즐거움을 다른 이와 함께 나누려는 의도에서 쓰는 것이 기행문이다.

기행문에서 가장 중요한 요소는 자기 나름의 독자적인 느낌이나 생각의 표현이다. 새로운 사물이건 잘 알려진 풍경이건 간에 보는 관점에 따라서는 얼마든지 독특한 견해나 감상이 나올 수 있다. 아무리 명승고적을 탐방한다 할지라도 이런 새로운 각도에서의 관찰과 감상이 없으면 기행문의 쓸거리가 되지 못한다. 누구나 평범하게 느끼고 생각할 만한 것은 다른 이에게 전해 줄 만한 가치가 없기 때문이다. 반면에, 숱한 사람들이 가보고 또 기행문을 남긴 곳일지라도 자기 나름의 관점에서 새롭게 느끼는 바가 있으면 훌륭한 기행문의 소재가 발견될 수 있다. 다음 기행문을 보자.

예문 1

경주야, 경주야, 너는 멀리 온 손들에게 옛 생각의 슬픔을 자아내고, 백발 학자에게 연구의 자료를 제공하고, 홍안 학생에게 경이의 탄식을 피우게 하는 것으로 자족하다 하는가? 각간 선생 묘 앞에서 김씨 후예의 석축을 수리 보완함을 보았고, 숭신전 앞에서 석씨 후손의 비문 새로 새김을 보았다. 이러한 일도 자손 된 자의 할 바 아님은 아니로되 이는 다 자손 된 도리의 소극적 방면이다. 조상의 유업을 더욱 위대하게 하며 조상의 명예를 더욱 드러나게 하려면 모름지기 적극적 방면에 자손 된 도리를 행할지니 산업의 발달도 좋거니와 그보다도 먼저 교육의 진흥이 더욱 좋다. 나는 이러한 옛 서울의 땅에 어줍잖은 중등교육의 기관 하나도 없음을 개탄하고 장래에 동경대학의 설립을 꿈꾸었다.

– 최현배, 「경주 기행」 중에서

필자의 독자적인 느낌과 희망이 드러나고 있다. 이처럼 기행문에는 남이 미처 느끼지 못하였던 새로운 생각이나 느낌이 나타나야 한다.

기행문은 쓰는 목적에 따라 크게 2가지로 나누어 볼 수 있다. 견문기적 기행문과 특정한 목적의 답사기가 그것이다. 물론 더 잘게 나눌 수도 있지만 다른 것은 이 두 가지에 포함될 수 있다. 견문기적 기행문은 우리가 흔히 말하는 기행문 또는 여행기라 하는 것이다. 이것은 특별한 업무나 연구 목적 따위에 구애받지 않고 자유로이 느끼고 살핀 바를 적는 여행담이다. 이런 글에서는 대개 여행 중에 받은 흥미 있고 아름다운 인상 또는 여느 지방에서는 못 느끼던 신기하고 유별난 점이 주로 다루어진다. 대개의 경우 여행에서 보고 느낀 바를 바탕으로 한 흥미진진한 수필의 맛이 풍기는 것이 견문기의 특색이다.

특정한 목적의 답사기는 학술 조사 또는 시찰 따위의 사명을 띠고 정해진 지역을 탐방하거나 답사한 기록을 말한다. 이런 답사기는 탐방 목적에 충실하여야 하므로 그 내용이 사무적이고 전문적인 것이 보통이다. 이런 글은 일반 대중의 관심과 흥미는 끌기 어렵고 전문 분야의 사람들에게 새로운 자료로서의 구실을 하게 된다.

여기서는 견문기적 기행문을 중심으로 살펴보기로 한다. 이 기행문은 앞에서 지적한 것처럼 여행 중의 체험을 자료로 하는 수필이다. 되도록 가벼운 마음으로 즐겁게 여행하는 것처럼 읽고 느낄 수 있는 글이다.

2. 기행문을 쓰는 방법

견문기, 곧 흔히 말하는 기행문을 쓸 때는 다음 몇 가지를 유의하여야 한다. 자기 나름대로 써도 한 편의 기행문이 될 수 있지만 좀 더 세련된 기행문을 마련하는 데는 아래의 사항들을 귀담아 둘 필요가 있다.

첫째, 기행문에는 집을 떠나는 감상이 나타나야 바람직하다. 기행문은 어디로든 떠나야 이루어질 수 있는 글이므로 출발을 둘러싼 느낌과 생각이 서술되게 마련이다. 그 느낌이란 대개 즐거움과 기대에 찬 것들이다. 그런 것을 전혀 느끼지 못하고 막연하게 또는 담담한 심정으로 여행을 떠나서는 기행문이 나오기 힘들 것이다. 그런 무딘 자세로 떠난다면 여행에서 많은 것을 느끼고 받아들일 수가 없기 때문이다. 따라서 기행문은 보통 떠나는 즐거움과 기대를 한 단락이나 두 단락으로 다루는 것이 상식이다. 이는 또한 독자의 관심을 불러일으키는 작용을 하기도 한다. 다음 보기는 여행을 시작하면서 받은 감상을 적은 것이다.

예문 2

여행은 연정과 비슷하다. 그날 그날의 생활을 인생의 사업이라고 한다면 여행은 인생의 즐거운 예술이다. 아름다운 것이다. 아름다움에 도취하는 것이요, 아름다움에 도취하여 생의 희열을 느끼는 것이다. 생활이 인생의 산문이라면 여행은 분명히 인생의 시다. 여행의 진미는 인생의 무거운 의무에서 잠시 해방되는 자유의 기쁨에 있다. 일상적 의무의 사슬에서 생활의 중압에서 잠깐 벗어나는 데 의미가 있다.

여행은 우선 떠나고 보아야 한다. 이것저것 생각하다가는 여행은 할 수 없다. 행운유수(行雲流水)가 곧 여행의 정신이다. 무엇에도 구애되지 않은 자유의 심정을 맛보기 위해서 우리는 여행을 떠난다.

– 안병욱, 「남해 기행」 중에서

윗글은 기행문의 첫머리에 여행이 주는 삶의 아름다움을 적은 것이다. 다소 개념적인 서술이기는 하지만 바쁜 시간을 내어 여행을 하는 이에게는 공감이 가는 내용이다.

모든 기행문에 이런 떠나는 즐거움을 꼭 넣어야 한다는 법은 없지만 그 글에 독자의 흥미를 불러일으키는 구실을 한다는 점에서 바람직스러운 사항이다. 아름답고 즐거운 기행문이 되려면 그 여행을 떠남과 함께 즐거운 기대감도 따를 필요가 있기 때문이다.

둘째, 기행문에는 가는 길이 드러나도록 하면 좋다. 어디에서 어디로 간다는 여정이 서술되는 것이 바람직하다는 것이다. 기행문을 읽으면 독자도 따라가 보는 것같이 가는 길을 훤히 나타낼 필요가 있는 것이다. 그렇게 되면 독자는 그 글을 읽으면서 여행을 같이 하는 것처럼 느낄 수가 있을 것이다. 그러나 가는 길을 너무 자세하게 적어 여행 길잡이의 설명서처럼 되어서는 안 된다. 그렇게 되어서는 오히려 기행문의 맛이 줄어들고 만다. 그런 만큼 기행문에서는 필자의 느낌이나 묘사를 곁들이면서 자연스럽게 길을 밝혀 주는 것이 좋다.

예문 3

우리가 탄 차는 만수대, 을밀대를 거쳐서 모란봉을 돌고 흉부를 거쳐 해암산 서쪽을 스쳐서 대성산 동쪽으로 내달아 동북을 바라보면서 강릉으로 가게 되었습니다.

다음 예문은 가는 길을 몇 단계로 나누어서 간단히 밝히면서 감상을 적고 있다.

예문 4

나는 20㎏ 내외의 배낭을 짊어지고 8월 1일 아침에 한국산악회가 주관하는 하계 학생 지리산 등반 훈련대 약 30명의 뒤를 따라 태극호에 올랐다. 구례군에 내리자 기다리고 있던 대절 버스를 타고 약 20분 후에 화엄사 입구에 닿으니 이 유곡엔 어느덧 황혼이 스미어 들고 있었다. (중략)

오르고 또 올라 우리는 비로소 화엄사 주변을 일목요연하게 부감할 수 있는 지점의 한 바위에 다다랐다. 그런데 이 그럴듯한 바위엔 또 그럴듯한 전설이 하나 붙어 있었다. 그 옛날 어떤 노인이 지리산을 찾는 길에 우리들처럼 여기 잠깐 쉬었다가 간 일이 있었더란다. 그런데 그 노인의 생각으론 이렇게 몸이 가뿐해진 것은 아마 거기서 눈썹 하나를 뽑아 버린 탓이려니 했다는 것이다. 자기가 거기서 잠깐 쉬었다 일어섰기 때문에 새 기운이 난 것이라는 것은 꿈에도 생각하지 않고. 그래서 그 뒤로부터 이 바위를 사람들이 눈썹바위란다고.

이상한 이름의 바위가 지닌 전설도 그럴싸하다는 이야기를 주고받으며 최후의 5분간을 채찍질하여 한숨에 달리니, 앞질러 속칭 무냉기머리 재에 오른 선발대의 고함치는 모습이 아득히 보이기 시작했다. '이젠 다 왔나보다' 라는 생각에 기쁨과 새 원기가 뒤범벅이 되어 숨가쁘게 뛰어갔더니, 어느 새 노고단이 손아귀에 들어오는 한 지점에 이르고 말았다.

– 정종, 「지리산 종주기」 중에서

위의 둘째 단락처럼 길목에 얽힌 전설이나 재미있는 이야기를 간단히 곁들이는 것도 좋다. 그러나 이야기가 꽤 긴 것일 때는 다른 단락으로 잡아서 그것을 다루어야 한다. 단순히 가는 길을 위주로 한 경우는 일화가 너무 긴 것은 삼가는 것이 좋다.

셋째, 기행문에는 그 지역만의 특색을 나타내는 것이 상례이다. 그 지역만이 가진 자연 환경, 풍토, 생활, 산업, 문화, 역사, 지리적 여건 등이 무엇인가를 관찰하여 알아보고, 그것들에 초점을 맞추어 글을 써야 한다는 것이다. 그러한 남다른 점이 없다면 기행문은 아무런 매력이 없을 것이기 때문이다. 가령, 다음 기행문에서처럼 그 지역의 특색에 대해서 필자 자신이 감격적으로 파악하고 그것을 중점적으로 서술하도록 힘써야 한다. 그래야만 독자는 필자와 함께 여행하는 느낌을 가지고 기행문을 읽게 될 것이다.

예문 5

다도해의 아름다운 산광수색(山光水色) 앞에 나의 빈약한 철학은 완전히 침묵하고 말았다. 존재가 곧 기쁨이요, 생이 곧 법열(法悅)이요, 내가 지금 여기 있다는 사실이 곧 해탈이요, 구제요, 축복이었다. 생 즉 열이었다. 내 주변에서 나와 같이 바다를 바라다보는 사람들이 모두 선남선녀였다. 모두 여정 삼매경이었다. (중략)

구름 위에 의젓하게 솟은 한라산을 바라보면서 차는 달린다. 석다(石多), 풍다(風多), 여다(女多)가 제주의 삼다(三多)라더니 과연 돌이 많은 곳이다. 수시 도처에 돌이다. 집 울타리도 돌, 밭 울타리도 돌, 무덤 울타리도 돌, 길가에도 돌, 산에도 돌.

제주도에는 또한 도처에 칸나꽃이다. 성산포 근방에서부터 서남 2백여 리 자동차 도로 연선에 내 키만큼 큰 붉은 또는 노란 칸나꽃이 줄을 이어서 탐스럽게 피어 있다. 가도 가도 칸나, 칸나. 서울 같으면 꺾느라고 야단법석이겠지만 십리 길에 인적이 한두 사람 보일까 말까 하는 이 벽지에 꺾을 사람도 없다. 사람들이 보아 주거나 말거나 연년세세로 칸나꽃은 피었다가는 지고 또 피었다가는 진다.

– 안병욱, 「남해 기행」 중에서

넷째, 기행문은 지역 특색의 배경을 소개하면 좋다. 그 지역의 특색을 소개할 뿐 아니라 그 배경을 조사하여 두었다가 밝혀 주는 기행문이 흔히 있다. 왜 이 지방만이 그런 특색을 가지게 되었는지를 여러 각도에서 알아보고 소개하는 것이다. 가령, 역사적 사적지라면 그 유래를 역사적으로 따져 볼 것이고, 그 밖의 생활 문화와 관련된 것이라면 그 지역의 풍습, 생활환경, 사람들의 성격 등을 고찰함으로써 그 까닭을 밝힐 수 있을 것이다. 기행문에서는 가능한한 이런 배경을 소개하는 것이 바람직스럽다. 물론 그것은 너무 전문적이고 장황한 내용일 필요는 없다. 만일 그렇게 되면 기행문이 마치 학술적인 글처럼 되어 경쾌한 기행문의 범주를 벗어나기 때문이다.

예문 6

문학으로나 종교로나 또는 미술이나 각 방면을 통하여 이 배달이란 영천(靈泉)이 필연적으로 홀홀 있습니다. 그러나 피가 다르고 사정이 다름을 따라서 제각기 구별이 나고 차이가 생겼습니다. 처지가 같지 않고 환경이 같지 아니함을 좇아서 별별의 특색과 특징이 있습니다. 그래서 고구려는 회화로, 신라는 조각으로, 각각 그 문화의 특색을 대표하는 것과 같이 백제 문화의 정수는 건축에 있습니다. 지금 찾아가는 평제탑이 이러한 의미에 있어서 실로 귀중한 보물이외다. 탑 앞에 발을 멈추니 사양(斜陽)은 황혼을 재촉합니다. (중략)

춘풍추우 1120년간의 외로운 잔해를 목전에 대하였습니다. 소조한 가을에 시든 석양에 넘어질 듯이 서 있는 이 탑은 욕언불토(欲言不吐)하는 한 많은 고영이외다. 적적한 옛터에, 거친 벌판에, 생각하는 듯이 이 탑은 오중(五重) 10미터의 청태 낀 고영이외다. 규모는 웅대하고 구조는 유현하다 합니다. 그리하여 이제 오히려 찬란한 백제 당대의 예술이 어떠하였음을 알리는 터이외다.

– 설의식, 「백제 수도 기행 초」 중에서

위의 예문에서처럼 풍물의 유래와 가치 등을 살피고 넘어가는 것은 기행문의 흥미와 값어치를 더하는 것이다.

다섯째, 기행문에서 다룬 지방의 특색을 다른 지방, 특히 우리의 것과 어떻게 다른가를 견주어 서술하는 것도 바람직스럽다. 그 지방의 자연 환경이나 생활과 문화가 다른 지방이나 우리의 것과 견주어 비슷한 점, 대조되는 점을 가려보고 우리가 특별히 느끼고 관심을 가져야 할 것이 무엇인가를 지적하는 것이다. 이것은 외국 여행기 등에서는 상당히 중요한 비중을 차지한다.

다음의 예문은 남한산을 독특한 안목으로 관찰하고 늘 가까이 보는 북한산과 대조함으로써 그 특색을 두드러지게 서술하였다.

예문 7

북한산이 영특하고 준수한 남성미를 가진 호방한 산이라면, 남한산은 부드럽고 평범하면서도 어느 구석 느긋하고 너글너글한 맛을 주는 어머니 젖가슴 같은 모성애를 가진 믿음직스런 듬직한 산이다. 산 모양은 마치 삿갓을 젖혀 놓은 것과 같기 때문에 옛 사기에 그 형상이 앙립(仰立)과 같다한 곳도 있다. 서울 동북에 만장의 기염을 뱉으며 우줄거리 솟은 진산 북한산과, 띠 같은 푸른 물굽이 남북 한강을 가운데로 두고 동남에 아리감직 청대(靑帶)를 눈썹에 지은 듯 둥두렷이 구름 밖에 누워 바다 같은 창궁(蒼穹)을 손질해 부르는 남한산은 한 쌍의 좋은 부부 같은 대조다.

– 박종화, 「남한산성」 중에서

다음 예문은 다른 나라를 여행하면서 우리의 처지와 비교해서 소감을 나타내고 있다. 이 글이 쓰여진 당시만 해도 우리의 처지는 참으로 비참하였기에 공감을 불러일으킬 만했다.

예문 8

덴마크에서 알뜰한 인간의 피나는 영위(營爲)의 자취를 뽑아낸다면 두말할 것도 없이 살벌한 자연은 미친 늙은 여자의 헐벗은 몸뚱이가 두엄자리에 쓰러져 있는 것처럼 참담해 보일 것이다. 참으로 덴마크의 촌토(寸土)에 이르기까지 덴마크 사람들의 국토애가 스며들어 미화되고 걸어진 것이다. 납덩이같이 무서운 하늘 아래서 끊임없이 불어오는 바람 속에 가지가지의 조국 찬미의 노래와 인생 찬미의 노래는 일년 사철 어디서나 들려온다.

우리를 돌아보라. 푸른 하늘, 다사로운 날볕 아래 절승의 산들은 그대로 알몸뚱이가 되어 찢어진 살을 여지없이 드러내어 신음하고 있으며, 아름다운 강들은 모래로 목이 메어 노래를 잃어 버렸고, 기름진 언덕들이 수천 년 깊이 잠든 채로 있다. 그리고 골짜기마다 가난에 쪼들린 농민들이 한숨에 시들어 있지 않는가. 덴마크 사람들의 눈으로 본다면 세계에서 풀 수 없는 수수께끼 중에 이것이 아마 첫째가는 것이 될 것이다. 한국과 덴마크 두 나리에 있어서 하늘이 준 자연은 어찌 이다지도 다르며, 사람이 만든 현실은 또한 어찌 이렇게도 멀리 떨어져 있는가!

– 유달영, 「덴마크의 인상」 중에서

요컨대, 기행문에서는 자기 나름의 독특한 관찰과 사색이 있어야 하며 그 특색을 소개하되 우리의 것과 견주는 경지에까지 이르도록 하는 것이 바람직하다. 아무리 낯설고 새로운 땅과 풍물을 소개할지라도 필자 자신의 독자적인 솜씨로 요리되지 않으면 별 쓸모가 없다. 평범한 객관적 사실 그대로만 적어 놓은 것은 지리책이나 여행의 길잡이 책에서도 볼 수 있다. 더구나 오늘날은 교통수단이 발달되어 웬만한 곳은 대부분의 사람들이 가 볼 수가 있으므로 독특한 관점에서 쓰이지 않는 기행문은 독자에게 줄 것이 별로 없다. 반면에 흔히 가 볼 수 있는 곳이고 동일한 정경일지라도 필자 나름으로 보고 느끼고 깊이 생각함으로써 그것이 우리의 것과 어떻게 다르고 같은지를 보여 줄 때 기행문의 가치는 커지는 것이다.

이처럼 독특한 느낌이나 생각을 담으려면 여행을 하는 동안 세심한 주의력을 가지고 모든 사물을 살필 뿐 아니라 왜 그런가 하는 것을 곰곰이 생각해 보아야 한다. 이를테면, 이 지방에는 어떤 까닭으로 그런 식물이 자라나게 되었으며, 그 특색은 어떤 것이며, 또 그와 같은 특색은 어디에서 유래하며, 무엇을 뜻하는 것인지를 여러모로 알아보고 자기 나름대로 생각을 해 보도록 해야 한다. 그런 노력 없이 주마간산으로 여행을 해서는 좋은 기행문을 쓸 수가 없다.

마지막으로 기행문은 너무 전문적이고 역사적인 고증이나 논술은 피해야 한다. 기행문은 흔히 어느 지점이나 사물의 역사적인 배경이나 얽힌 이야기들을 다루게 된다. 그러한 역사적 배경은 그 지방의 특색을 이해하는 데 도움을 주고 기행문의 가치를 높이는 것이 사실이다. 그렇지만 그런 역사적인 고증에만 치우친 나머지 전문 서술로 흐르면 곤란하다. 그러한 전문 목적을 띤 학술 기행문이라면 모르지만, 견문기에서는 지나친 전문성은 바람직스럽지 않다. 기행문은 어디까지나 가벼운 마음으로 여행하는 심정으로 읽힐 수 있어야 하기 때문이다.

우리나라 기행문은 주로 사적지에 대한 여행기가 많았기에 역사적 배경 서술이 상당한 비중을 차지한다. 그래서 역사적 배경에 대한 지식을 갖추지 않은 사람은 기행문을 못 쓰는 것으로 착각하기도 쉽다. 그러나 그것은 기행문이 갖추어야 할 필수 조건은 아니다. 역사적 사적지에 관한 것이라 하더라도 가벼운 마음으로 알고 넘어 갈 수 있는 지식으로 한정하는 것이 좋다. 되도록이면 흥미 있는 일화를 중심으로 적되 반드시 자기의 느낀 점을 덧붙여야 한다. 또 그 역사적 사실은 웬만한 지식인에게는 상식이 되어 있는 경우가 많으므로 그 내용을 장황하게 늘어놓아서는 쓸모가 없다. 대체로 다음 보기 정도로 다루는 것이 좋다.

예문 9

7월 30일, 밤 9시 목포에서 경주호를 탔다. 제주 도착은 31일 아침 4시경. 바람이 없고 해상은 잔잔하다. 미구에 우수영에 이르자 큰 배가 동요하기 시작한다. 여기는 이 근역에서 가장 물살이 빠르고 위험한 곳이라 한다. 우수영. 이순신 장군이 왜적을 물리친 역사적 해전장이다. 하늘에 별은 총총하였으나 해상은 칠칠 암흑이었다. 좌우 양쪽 등대에서 파란 불빛이 명멸한다. 여기가 우수영. 기울어지는 국가의 쇠운을 한몸으로 떠받들면서 성(誠)과 지(智)와 용(勇)을 기울여 진충보국의 의를 다한 이순신 장군의 이 역사적 유적을 지날 때 나는 갑판에 저립(佇立)하여 시공을 초월한 상념에 사로잡혔다. 나는 남해 해상에서 그윽한 여정에 싸여 나라의 큰 기둥이었던 고인의 늠름한 모습을 내멋대로 머릿속에 그려 보는 것이다.

– 안병욱, 「남해 기행」 중에서

윗글처럼 역사적 사적의 유래는 간단히 소개하고 거기에 대한 자기의 독자적인 감회나 견해를 나타내도록 해야 한다. 이미 상식화된 역사적 유래나 배경을 장황하게 설명하는 것으로 그친다면 어떤 점에서는 독자를 얕보는 일이 될 수도 있다.

18

보고문과 기사문을 쓰는 법

1. 보고문을 쓰는 방법

(1) 보고문의 특징과 종류

보고문報告文은 맡은 바 임무에 관하여 관계자에게 알리는 글을 말한다. 어떤 임무를 맡은 사람이 그것을 수행하고 그 내용이나 결과를 상사나 관계자에게 알려주는 글이 보고문이다. 보고문의 필자는 임무를 맡은 사람이고 그 독자는 보고를 받는 사람이다. 또 보고문의 소재 또는 주제는 맡은 임무와 관련된 사항이다. 따라서 보고문은 필자와 독자 그리고 글의 소재와 주제가 한정되어 있는 글이다.

보고문은 보고자에게 맡겨진 임무 내용에 따라 크게 3가지로 나누어진다. 업무 보고, 현지답사 보고, 조사연구 보고가 그것이다. 여러 가지 보고는 이 3가지 가운데 하나에 속하게 된다.

업무 보고는 행정 업무, 회사 업무, 그 밖의 업무 등 여러 가지로 나누어질 수 있다. 그러나 맡겨진 일의 경과나 결과를 관계 기관에 알린다는 점에서 공통성을 보인다. 그 대표적인 것은 행정 업무 보고이다.

현지답사 보고란 사태가 발생한 현장에 나가서 그 진전 상황을 면밀히 관찰하고 진상을 파악하여 보고하는 것이다. 이것은 현지에 출장한다는 점과 특수한 사태와 관련된 보고라는 점이 일반 업무 보고와 다르다. 이 보고는 행정 기관, 연구 기관, 언론 기관 등과 관련된 각종 답사 조사에서 주로 쓰인다.

연구조사 보고는 연구자가 맡은 바 연구 과제에 관해서 조사, 실험, 탐색 등의 방법으로 면밀히 연구를 하여 그 결과를 관계 기관이나 일반에게 알려 주는 것이다. 이 보고도 행정 기관, 연구 기관, 그 밖의 산업 기관 등과 관련된다.

(2) 보고문의 양식

보고문은 대체로 일정한 양식에 따라 작성된다. 그 양식은 일반적으로 다음 5가지 요소로 이루어진다.

① 보고 일련 번호
② 보고 날짜
③ 보고 하는 사람
④ 보고 받는 사람
⑤ 보고 내용

(3) 보고 내용의 작성 요령

보고문의 양식 가운데 가장 핵심적인 부분은 보고 내용이다. 보고문은 사실상 이것 때문에 존재하는 것이며, 이것에 따라 보고문의 가치가 결정된다. 따라서 이 보고 내용의 작성 요령을 터득하는 것이 보고문 작성의 근본이 된다.

보고 내용의 작성에서는 대체로 다음과 같은 사항을 유의하여야 한다. 보고문의 종류나 내용에 따라 다소 달라질 수 있겠지만 원칙적으로 모든 보고문의 작성에서 지켜야 할 사항이므로 잘 익혀 두어야 한다.

① 육하원칙(5W1H)에 따라 되도록 상세히 기술한다. 곧 언제, 누가, 어디서, 무엇을, 왜, 어떻게 처리했다는 것을 남김없이 나타내야 완벽한 내용의 보고가 될 수 있다. 이 원칙은 경우에 따라 융통성 있게 적용할 것이지만, 이것을 염두에 두고 한 가지라도 중요한 사항이 빠지지 않도록 해야 한다.

② 되도록 항목별로 정리하여 간결하게 나타내는 것이 좋다. 중요한 사항에 항목 번호를 붙여서 간결하게 기술함으로써 그 요점이 환히 드러나도록 한다. 보고문은 일반 글보다는 다분히 사무적인 글이므로 필요 이상의 수식어나 과장된 표현은 삼가고 간단명료하게 써야 한다.

③ 객관적인 관점에서 사실에 입각한 기술이 되어야 한다. 보고 내용은 보고받는 사람이나 기관에 판단 자료를 제공하는 것이므로 무엇보다도 사실에 부합된 것이라야 한다. 그렇지 못하고 보고자의 주관적인 생각이나 추측만으로 꾸며진 보고는 중대한 과오를 일으킬 위험이 있다. 따라서 보고자는 개인 감정, 선입관, 주관적 판단, 불공정한 태도 등을 일체 개입시키지 말고 공명정대하게 사태를 정확히 파악하고 기록해야 한다. 만일 보고자의 개인 의견을 제시해야 할 필요가 있을 때는 그것은 사실 보고 내용과 별도로

첨부해야 한다.

2. 기사문을 쓰는 방법

(1) 기사문의 특징

기사문記事文이란 어떤 사건이나 상황에 관해서 객관적으로 서술하여 알리는 글이다. 곧 기사문은 독자를 염두에 두고 그들이 어떤 사건이나 특정한 상황에 관해서 가지고 있는 궁금증을 정확히 풀어주는 글이다. 이런 점에서 기사문은 독자의 관심거리가 될 만한 소재를 다루게 되며, 그 내용을 있는 그대로 정확하게 서술하여 전달하는 글이 된다.

기사문은 신문의 사건 기사가 대표적이다. 잡지나 주간지 등도 기사문을 싣는 수가 있지만 가장 많은 기사를 다루는 것은 신문이다. 그래서 기사문 하면 신문 기사를 연상하리만큼 되어 있다. 또한 신문 기사문 중에도 사건을 직접 보도하는 사건 기사가 전형적이다. 어떤 사태에 관해서 기자나 평론가가 해설하는 해설 기사라는 것도 있으나 본격적인 기사문은 아니다. 따라서 여기서는 신문의 사건 기사문을 중심으로 살핀다.

신문의 사건 기사문은 그 소재, 구성법 및 전개법이 일반 글과 다른 특색이 있다. 이들을 차례로 살펴보기로 한다.

(2) 기사문의 소재와 구성법

① 기사문의 소재

기사문은 일반 대중 독자의 특별한 관심거리가 될 수 있는 사건 곧 새로

이 발생한 사건들로서 일반의 주목을 받을 만한 사실을 소재로 한다. 특히 신문 기사문은 독자의 관심을 끌 만한 특이한 사건이나 새로운 정보 또는 소식을 중점적으로 다룬다. 흔히 말하기를 '개가 사람을 물면 기삿거리가 될 수 없지만 사람이 개를 물면 큰 기삿거리가 된다'고 하는 것은 바로 이런 점을 풍자적으로 지적한 것이다.

우리 사회에서 일어나는 큼직한 폭행 사건, 화재 사건, 강도 사건, 살인 사건, 강간 사건 등은 모두 우리 사회 전체에 영향을 줄 수 있다. 한편 이런 어두운 면뿐 아니라 사회 모두가 알아 두어야 할 미담이나 선행 등을 행한 일들도 기삿거리가 될 수 있다. 학문 예술 등 문화 발전과 관련된 행사들도 우리의 관심을 끌 수 있는 것들이 많다. 기사문은 이런 사회 각계에서 발생하는 일들을 소재로 다룬다.

② 기사문의 구성법

기사문은 일반적으로 역피라미드 순서로 구성된다. 이것은 두괄식 단락의 구성 요령과 비슷한데 그것과는 또 다른 면이 있다. 기사문은 제목까지 포함하여 구성되기 때문이다. 일반적으로 기사문은 다음과 같은 순서로 구성된다.

- 표제 또는 제목
- 줄거리 또는 요약
- 본문

이러한 구성 방식을 우선 실례를 통하여 살펴보기로 하자.

예문 1

> **주말 전국 12곳 산 불** (본제목)
> **한라산 등 임야 62ha 불태워** (부제목)
>
> 가을 가뭄이 계속되고 있는 가운데 지난 12일과 13일 2일 동안 전국에서는 모두 12건의 크고 작은 산불이 발생, 임야 62.7ha가 불탔다. (줄거리)
>
> 13일 오전 9시 반경, 제주시 해안동 한라산국립공원 내에서 원인을 알 수 없는 산불이 일어나 12시간 동안 약 20ha 가량의 장목 지역을 태운 뒤 이날 밤 9시 반경 꺼졌다.
>
> 오후 1시 10분경, 남제주군 대정읍 상모리 모슬봉 근처 김경운 씨(50)의 과수원에서 어린이들이 땅콩을 구워 먹다 불을 내 임야 2ha를 태우고 1시간 만에 꺼졌다.
>
> 오후 2시 45분경, 경북 청송군 현서면 도동 마을 뒤 분봉산 중턱에서 원인 모를 산불이 나 임야 1ha를 태우고 16시간 30분만인 13일 오전 7시 20분경 진화됐다. (본문)

a. 표제(제목)

위의 기사문에서 맨 앞의 큰 글씨로 쓰인 2줄이 표제이다. 첫 줄의 더 큰 글씨로 쓰인 것은 '본제목'이고 아래의 작은 글씨로 된 것은 '부제목(부제)'이다. 대부분의 기사문에서는 원제목 외에 하나 이상의 부제가 붙게 된다. 아주 작은 기사에서는 원제목 하나만을 붙이는 일도 물론 있다.

표제는 기사의 내용을 압축한 어구나 문장이다. 표제는 기사의 내용을 되도록 간결하게 나타내되, 그것만으로도 기사의 전체 내용을 대략 짐작할 수 있도록 작성되는 것이다. 이러한 표제는 일반 글이나 책의 제목과는 다르다. 일반 글의 제목은 글의 내용과 관련을 가지기는 하지만 그 전체 내용을 압축하거나 요약하는 기능을 보이는 경우는 드물기 때문이다.

b. 줄거리(요약)

위의 기사문에서 표제 다음에 한 단락으로 쓰인 글이 기사의 줄거리 또는 요약이다. 이것은 기사의 내용을 글로 요약한 것으로서 어떤 일이 어떻게 벌어졌는지를 개략적으로 나타낸다. 말하자면 표제로 암시된 내용을 다소 구체화한 것이 이 줄거리이다. 줄거리는 표제와 함께 기사의 요지를 간결하게 드러내는 구실을 하는 것이다.

c. 본문

기사의 본문은 기사의 내용을 되도록 상세히 기술하는 부분이다. 표제에서 처음 드러난 기사 내용은 줄거리에서 대체적으로 서술된 다음에 본문에서 본격적으로 전모가 상세히 밝혀지게 된다. 본문에서는 독자의 궁금증이 다 풀릴 수 있도록 자초지종이 자세히 밝혀지는 것이다.

요컨대, 사건 기사문은 3단계의 구성 방식으로 쓰여지는 것이다. 이런 점에서 신문 기사는 동일 내용을 3번에 걸쳐 나타낸다고 한다. 표제를 통하여 어떤 성질의 기사인지 드러내고, 그 내용을 줄거리에서 간추려서 서술하고, 본문에 가서 내용 전체를 상세히 밝혀서 서술함으로써 사건의 전모를 구체적으로 나타내는 것이다.

(3) 기사문의 전개법

기사문은 이른바 육하원칙으로 전개된다. 이것은 주로 본문 기사문의 작성과 관련된 것인데 다음과 같이 6가지 관점에서 내용을 전개하는 것이다.

① 언제
② 누가(또는 무엇이)
③ 어디에서
④ 무엇을
⑤ 왜(또는 어째서)
⑥ 어떻게

위와 같은 6가지 물음에 답한다는 생각으로 서술하는 것이 육하원칙에 따른 전개법이다. 물론 그 순서는 변동이 있을 수 있고 또 일부 생략이 되는 수도 있으나 원칙적으로 6가지의 물음을 염두에 두고 기사문이 작성된다.

〈예문 1〉 기사문의 본문을 보면 대체로 이런 육하원칙에 따라 쓰여지고 있음을 알 수가 있다. 〈예문 2〉 기사문도 이런 육하원칙에 따라 쓰여졌다.

예문 2

고속도로 상에서 충돌 사고

트럭이 승용차를 들이받아

차체 부서졌으나 인명 피해 없어

지난 주말 고속도로 상에서 덤프트럭이 앞서가는 자동차를 앞지르다가 뒤쪽에서 부딪쳐 차체가 크게 부서지고 자동차에 탔던 사람이 다쳤으나 인명 피해는 없었다. 이 사고로 한때 통행이 일부 마비되어 한 시간 만에 회복되었다.

지난 토요일 오후 5시경, 천안을 떠나 대전으로 내려가던 덤프트럭(운전자 신승용 씨)이 천안 망향 휴게소에서 남쪽으로 약 500미터 떨어진 지점에서 앞서 가던 소나타(한승준 씨가 운전)를 앞지르려다가 뒷부분을 들이받아 자동차의 차체가 크게 부서지는 사고가 발생하였다. 이 사고로 자동차에 타고 있던 승객 한기춘 씨는 부상을 입었으나 운전자는 무사하였다. 한기춘 씨는 현재 대전 성심병원에서 입원 치료중이나 비교적 경상인 것으로 알려졌다. 한편 이 사고로 사고 지점의 경부 고속도로 한 차선이 약 1시간가량 막혀 교통 혼잡을 빚었다.

19

학술 논문과 리포트 쓰는 법

1. 학술 논문의 특징

학술 논문이란 학문적 연구 결과를 논술한 일정 양식의 글을 말한다. 학술 논문은 흔히 연구 논문research paper 또는 논문paper이라고 부르며, 인문과학, 사회과학, 자연과학 등 각 분야에 걸쳐 학문상의 문제점을 체계적으로 논의하여 규명하는 글이다. 이런 학술 논문은 다루는 문제가 특수하고 전문적인 것이며 그 체재와 양식 면에서도 일정한 격식을 갖추는 글이다. 또한 학술 논문은 그 방면의 전문가나 상당 수준의 전문 지식을 가진 독자를 대상으로 쓰여지게 된다.

학술 논문은 신문이나 대중 잡지에 오르내리는 논설문과는 구별된다. 논설문은 논문이라 부르는 수도 있으나 교양논문 또는 시사평론이라 하여 학술 논문과 구별한다. 논설문은 주로 사회의 시사적 문제점들 곧 정치, 경제,

문학, 예술, 교육 등의 주요 관심사에 대하여 해설, 비판하거나 소신 피력을 위주로 한다.

논설문은 문제를 본격적으로 파고들어 규명하기보다는 그 일반적 성격이나 한 측면을 다루며, 또 일반 대중 독자를 상대로 하여 설득한다는 것이 그 특징이다. 이런 점에서 볼 때 학술 논문은 논설문과는 상당한 차이가 있음을 알 수가 있다. 무엇보다도 학술 논문에서는 문제를 학구적으로 깊이 파고들며, 그 본질적 성격을 되도록 다각적으로 분석 고찰하고, 아울러 입증자료를 가능한한 광범위하게 수집하여 객관적이고 확고부동한 독창적 결론에 도달하려는 것을 목표로 삼기 때문이다.

이런 학술 논문의 특징을 좀 더 구체적으로 밝혀 보면 대체로 다음과 같다. 첫째, 논제가 중요한 문제점이어야 하고 다루는 이론과 방법도 일정 수준의 것이어야 한다. 각기 학문적 분야에서 새로 등장한 문제점, 이미 다루었던 것으로서 미진한 문제점 또는 잘못 다루어진 문제점을 골라 그 논제로 삼는 것이다. 그것을 다루는 이론과 방법론이 새롭고 독창적이거나 적어도 일정 수준의 것이어야 한다.

둘째, 논술의 과정에는 체계적이며 객관적인 분석과 종합 그리고 충분한 자료를 바탕으로 한 입증이 있어야 한다. 곧 논술법에 입각한 체계적인 전개가 이루어져야 함과 아울러 입증 자료를 가능한 한 광범위하게 수집하여 논술을 확고히 뒷받침하여야 한다. 이 자료는 논제와 관련성이 있는 원자료primary data뿐 아니라 다른 필자의 논저에서 인용한 2차 자료secondary data를 망라한다.

셋째, 논문 작성자가 독창적으로 도달한 결론이 반드시 있어야 한다. 이는 논문의 생명이라 할 수 있다. 그렇다고 이 결론은 비약적이고 무리한 것이어서는 안 된다. 그것은 새로운 독창성을 지니되, 타당성 있는 이론과 방법을 바탕으로 하여야 하고, 확고한 입증 자료로 뒷받침되어야 하며 또한 합리적 논술법으로 도달한 결론이어야 하는 것이다.

넷째, 일정한 형식 요건을 갖춘 것이어야 한다. 논문의 내용을 효과적으로 표현, 전달하기 위해서는 일정한 격식, 관용적인 표현 양식, 체계적인 부호, 구두법 및 정돈된 문장 구성 등의 외형적 요건을 제대로 갖추는 품위 있는 글이어야 한다는 것이다.

본격적인 논문은 이상의 여러 특징과 요건을 제대로 구비한 것이라야 한다. 물론 그것들을 완전히 갖춘 논문은 쓰기 쉽지 않겠지만 적어도 우리는 그것을 이상으로 삼아 정진하여야 하는 것이다.

2. 학술 논문의 종류

학술적 논문은 내용, 형태 또는 목적에 따라 여러 갈래로 나누어 볼 수 있다. 여기서는 편의상 일반 연구 논문, 졸업 또는 학위 논문, 보고 논문 등으로 나눠서 설명한다.

(1) 일반 연구 논문

일반 연구 논문이란 무릇 학자나 연구원이 자기 분야의 학술지나 논문집 등에 발표하는 학술적 논문을 말한다. 논문의 분량, 내용적 수준이나 형식적 요건은 각양각색이지만 각기 전공 분야의 권위 있는 학술지나 저명한 논문집에 수록된 일정 수준을 갖춘 논문을 가리킨다. 이런 논문은 각기 분야의 학문 발전에 계속 공헌을 하고 있는 연구 활동의 열매들로서 대표적인 논문 형태이다.

(2) 졸업 논문 또는 학위 논문

졸업 논문graduation thesis이란 대개 대학 학부를 졸업할 때 쓰는 논문을 말한다. 학위 논문은 학위를 청구하는 논문이다. 박사 학위 논문 및 석사 학위 논문이 그 주된 것이다. 졸업 논문이나 학위 논문도 다루는 대상이나 논술 방식 및 엄격한 격식을 갖추는 글이라는 면에서는 일반 연구 논문과 별 차이가 없다. 다만 다음과 같은 몇 가지 특색이 있다.

첫째, 학위 또는 졸업 논문은 소정의 학구 과정에 대한 결실을 표시하며, 아울러 앞으로의 학문 활동을 위한 수련을 목표로 한다. 가령, 졸업 논문으로 말하면, 대학 4년간의 학업 과정에서 배우고 닦은 학문적 결실을 논문 형식으로 나타내는 것이며, 아울러 논문의 작성 과정에서 겪게 되는 갖가지 탐구와 논문 구성의 수련을 통하여 졸업 후의 연구 활동에 필요한 능력과 자신을 기르도록 하는 것이다. 석사 학위나 박사 학위 논문의 경우는 좀 더 높은 차원의 연구 성과가 집약되는 것이며 앞으로의 연구 활동을 위한 직접적인 바탕이 된다. 사실상 이들 학위 논문은 일반 학계 진출을 위한 시발점이 될 뿐 아니라 그 자체로써 학계에 기여하기도 한다.

둘째, 학위 또는 졸업 논문은 학위 수여 기관의 규정과 지도 교수의 감독 밑에 쓰여지며 심사 위원들의 심의를 거쳐서 완성되므로 내용적 수준과 형식적 요건이 상당 수준까지 갖추어지게 마련이다. 학생은 논문 작성의 바른 목표를 깨닫고, 광범한 자료의 수집과 분석 및 체계적인 논술을 함과 동시에 지도 교수나 심사 위원들의 지시를 충실히 받들어 수준 높은 논문이 이루어지도록 최선을 다해야 하는 것이다.

셋째, 학위 논문이나 졸업 논문은 학술지 등에 발표되는 일반 논문과는 달리, 단행본과 비슷한 독립된 체재를 갖춘다. 일반적으로 겉표지와 표제지가 붙고 또 일정한 양식의 심사 승인서 따위가 첨부된다. 그러한 형식은 학위 수여기관의 규정이나 양식에 우선 따르되, 그렇지 않은 것은 일반 관례에 맞추어 작성된다.

(3) 보고 논문

각 전문 분야의 조사, 연구 답사, 관측 또는 실험 보고 등을 말한다. 곧 보고 논문은 특정한 기관에서 그 연구 활동과 관련해서 쓰여지는 특수한 논문이다. 그래서 보고 논문은 일정한 과제와 지침이 주어지고 거기에 따라 쓰여지는 것이 특색이다. 또한 보고 논문에는 보고자, 피보고자, 보고의 목적, 보고 날짜 등이 필수적으로 나타나야 한다. 그러나 그 내용의 구성과 논술 방식은 일반 논문의 경우와 대체로 같다. 연구 성과를 체계적으로 논술한다는 면에서는 보고 논문도 예외가 될 수 없기 때문이다.

3. 리포트의 특징

리포트report란 학부, 석사, 박사 과정의 학생들이 주어진 과제에 대하여 학습, 조사 연구한 내용을 논술하는 소논문을 말한다. 이것도 일종의 보고 논문에 속한다고 할 수 있으나 일반 보고 논문과는 다른 특수성이 있다. 무엇보다도 학습과 연구 수련의 목적으로 쓰여지는 것이 리포트이기 때문이다.

이 리포트의 목적은 지적 탐구 방법의 익힘과 그 결과를 체계적으로 논술하는 훈련을 쌓게 하는 데 있다. 물론 리포트는 미숙한 재학생에 의하여 작성되는 만큼 내용과 논술 방식이 미비한 것이 대부분이다. 사실상 여러 면으로 제약을 받는 소형 논문일 수밖에 없다. 그러나 학생들이 진지한 태도로 리포트 작성을 힘쓴다면 추후 졸업 논문이나 학위 논문 작성 시에 많은 도움이 될 것이다.

리포트의 내용 및 양식상의 특징은 기본적으로 일반 연구 논문의 경우와 같다. 대개 주제와 제목 등이 주어지는 점이 일반 논문의 경우와 다르지만 그 밖의 논문 내용의 구성법, 논문 전개 방법 그리고 논문이 갖추어야 할 양식상의 특징은 일반 논문의 경우와 사실상 동일한 것이다. 물론 리포트는 지적 수준과 자료에 한정성을 가진 학생이 시험적으로 작성되는 논문인 만큼 그 수준 면에서 뒤떨어지는 것은 어쩔 수 없을 것이다. 그러나 능력과 자료 및 시간이 허락하는 한에서는 일반 학술 논문을 목표로 하는 것이라 할 수 있다. 곧 리포트는 일반 학술 논문을 이상으로 하고 거기에 가까운 특성을 갖추려는 것이라 할 것이다.

이런 점에서 좋은 리포트를 작성하고자 하는 이는 여기 설명하는 일반 학술 논문 작성법을 주의 깊게 익혀 두도록 해야 한다. 구성의 요령, 논문 전개법 그리고 인용법, 주석법, 참고 문헌 작성법 등을 잘 익혀 두어서 리포트를 작성하는 데 활용하여 깔끔한 논문이 되도록 계속적으로 수련을 쌓아 가야 한다. 그렇게 되면 이 과정을 통하여 일정 수준의 학문 연구의 기반이 모르는 사이에 닦아질 것이다.

4. 논문의 주제와 제목

(1) 논문의 주제와 제목의 관계

논문의 주제theme, subject란 논문에서 다루어지는 핵심 내용을 가리킨다. 이는 논지論旨라고도 하는 것으로서 논술을 통하여 분석, 해결 또는 입증하고자 하는 문제의 초점이 된다. 가령, '대원군의 성격'이라는 제목으로 논문을 쓴다고 할 때에 주제는 여러 가지로 정할 수 있을 것이다. 성격 중 어떠한 성격이냐에 따라 얼마든지 다른 논문이 가능하기 때문이다. '풍운아적 성격', '완고한 성격' 등 좀 더 한정된 문제점을 찾아 낼 수가 있는 것이다. 이때 만일 필자가 그 중에서 전자를 택하여 풍운아적 성격에 초점을 두고 논술을 한다고 하면 그것이 곧 그 주제가 되는 것이다.

이러한 주제는 제목과 구별된다. 주제는 논문에서 다루려는 문제의 내용상 초점을 가리키는 것임에 반하여 제목은 논문을 외형적으로 표상하는 '이름'이다. 물론 제목도 논문 내용을 표상하는 것인 만큼 주제와 직접 간접으로 관련을 가진다. 그러나 주제는 필자의 심중에(또는 논문의 내용 중에) 파악된 정신적 개념인데 반하여 제목은 주제와 관련을 가지되 논문 서두에 언어적으로 '표현된 말'이라는 점이 다른 것이다. 예를 들어, '대원군의 풍운아적 성격'이라는 주제를 정했다면 그것은 필자의 심중에 간직된 개념으로서 논문의 전개 방향과 목표를 지배할 것이다. 그러나 제목은 그것과 관련을 가진 내용(물론 동일한 내용이라도 무방함)이되, 일정 형태로 표면화시킨 것이 된다. 곧 '대원군의 특이한 일면' 또는 '풍운아 대원군' 따위로 논문 서두에 적어놓으면 제목이 된다.

주제는 논술 전개의 최고 지향점으로서 모든 자료의 선택과 배열을 지배하는 지도 이념이다. 논문의 기술 내용은 모두 이 주제를 중심으로 전개되어야 하며, 모든 자료는 그것을 뒷받침하도록 집약 배열되어야 한다는 것이다. 가령, '대원군의 풍운아적 성격'을 주제로 하는 논문이라면 모든 자료의 선택과 배열 전개는 모두 '풍운아적 성격'을 지상 목표로 하여 이루어져야 한다. 그 주제와 관련이 희박한 것은 아무리 가치가 있는 것이라도 배제되어야 한다. 그러므로 논문을 쓰려면 무엇보다도 먼저 적절한 주제를 결정 파악하여야만 한다. 이러한 주제의 설정 없이는 논문은 그 나아갈 방향과 목표를 찾지 못하는 것이다.

그러면 주제는 어떻게 정하는 것인가? 적절한 주제를 고르기란 쉽고도 어려운 일이다. 전문가들 중에는 주제가 많지만 미처 다루지 못한다고 비명을 올리는가 하면, 반면에 초학자들은 다룰 만한 주제가 발견되지 않는다고 막연해 한다. 이는 마치 공부를 늘 하는 학생은 공부할 것이 많다고 하는데, 반면에 공부를 하지 않는 학생은 공부할 것이 없다고 말하는 것과 같은 현상이다. 문제를 늘 찾고 다루는 사람에게는 문젯거리가 꼬리에 꼬리를 물고 나타나지만, 그렇지 않은 사람에게는 문젯거리가 보이지 않는 것이다.

(2) 논문의 주제를 마련하는 방법

논문의 주제를 찾는 요령은 일반 글에서 주제를 정하는 경우와 기본적으로 동일하다(5장 참조). 다만, 논문의 경우는 다루는 분야가 전문성을 띤 것이므로 다소 특수한 면이 있다. 이제 이런 점을 중심으로 그 주제를 찾아 정하는 요령을 간단히 살핀다.

첫째, 논문의 주제를 찾으려면 학구적 관심과 열의를 가지고 그 분야의 문제점들을 살펴보아야 한다. 자기의 전공 분야의 여러 문제에 대하여 깊은 관심을 가지고 그것을 찾아 해결하겠다는 열의 있는 학구적 자세가 절실히 필요하다. 그러한 관심과 열의가 있는 한 적절한 주제는 도처에서 발견되게 마련이다.

둘째, 전문 분야의 내외 고금 업적을 늘 살펴보아야 한다. 관심과 열의를 바탕으로 하여 해당 분야의 논문, 저서 등을 계속 읽고 동향과 수준을 두루 살펴야 한다. 그래야만 새로운 문제, 미처 해결 안 된 문제, 미비한 문제, 잘못 다루어진 문제 등이 드러난다. 이런 노력이 없이는 자기 전공 분야라도 무엇이 문제이고 무엇이 미해결의 문제인지 알지 못할 것이니 주제가 떠오르지 못한다.

전공 분야의 문헌을 조사 연구하는 일은 다루려는 문제의 윤곽이 결정되기 전은 물론 결정된 후에도 다 같이 필요하다. 다루려는 문제의 방향과 윤곽이 결정되기 전에는 그것을 찾기 위하여 되도록 광범위하게 문헌 조사를 하여야 하고 때로는 기본 이론의 공부도 필요하다. 그러는 동안에 다루고자 하는 문제가 차차 뚜렷하게 떠오르기 때문이다. 다루려는 문제의 방향과 대체적인 윤곽이 결정된 뒤에는 그것과 관련된 분야의 문헌을 집중적으로 살펴서 주제를 더욱 확실히 정한다. 아울러 충분한 뒷받침 자료를 얻도록 배려하면서 문헌을 좀 더 구체적으로 살펴 나가야 한다.

셋째, 관계 지도자와 상담을 주저하지 말아야 한다. 문헌 등을 살펴서 주제를 스스로 결정한 것도 중요하나, 그에 못지않게 유익한 방법은 지도교수, 학계의 지도자, 그 밖의 전문 학자나 선배에게 주제에 대하여 상의해 보는 일이다. 특히 논문이나 리포트를 처음 써 보는 이들에게는 적절한 지도를 받는 일이 절실히 필요하다. 자기의 생각에 자신이 있다고 느껴지는 경우도 일단 지도자와 상의해 보는 것이 바람직하다. 그렇게 함으로써 미처 느끼지 못했던 점을 깨우침 받는 경우가 많기 때문이다.

지도자와 상담해 보는 데 유의할 점 중의 하나는 시기를 잘 택하는 것이다. 자신의 탐색이 전혀 없이 처음부터 조언을 받을 수도 있고, 자기가 어느 정도의 탐색을 해 본 후에 상의를 할 수도 있다. 늘 접촉하는 교수나 선배라면 수시로 상의를 해볼 수 있으나 그렇지 못한 경우에는 자신이 먼저 탐색을 해본 끝에 최종적으로 상의를 하고 지도를 받는 일이 유익할 것이다. 필자의 의견으로는 우선 본인 스스로 문제 선택을 모색하고 지도자의 의견을 들어 최종 결정짓는 것이 자주적 학구 활동력을 기르는 데 도움이 되리라 본다.

넷째, 주제는 될 수 있는 대로 범위가 한정된 것이라야 한다. 주제의 범위가 넓은 것이면 논술의 자료가 많아야 되고 구성 전개가 복잡성을 띤다. 가령 ① 대원군 ② 대원군의 성격 ③ 대원군의 완고한 성격의 3과제를 비교해 본다면, 그 다룰 범위에 상당한 차이가 있음을 알 수 있다. ①은 대원군에 관한 모든 사실이 총망라되어야 하며, ②는 그의 성격 전체에 관하여 논술하게 된다. ③에서는 그의 성격 중에서 일부인 완고성만 다루면 되므로 범위가 좁아지고 초점을 맞추기가 쉬어진다.

다섯째, 논문의 주제는 명확한 개념을 나타내는 것이라야 한다. 그 개념이 불명확한 것이면 초점이 흐린 사진처럼 모호하다. 그런 경우 논술 전개의 지향점이 확실하지 못하여 산만한 논문이 되기 쉽다. 가령, 완고한 성격과 풍운아적 성격이라는 두 주제를 비교해 볼 때, 후자의 경우에는 그 개념이 더 불투명함을 알 수 있다. 그것은 풍운아라는 말 자체가 명확한 개념을 띤 것이 아니기 때문이다. 이렇게 주제의 개념이 필자에게 불명확하면 논술의 지향점을 설정하기가 어려워지는 것이다.

5. 자료의 수집

(1) 자료의 종류

주제를 논문의 생명이라 한다면 자료는 그 생명을 유지 발전시키는 육체가 된다. 아무리 훌륭한 정신력을 가진 생명이라도 육체가 빈약하여서는 그 기능을 제대로 발휘하지 못하는 것과 같이 논문도 주제를 전개시키고 뒷받침하는 자료가 알맞지 않으면 보잘 것 없는 것이 되고 만다.

자료의 수집은 '일반 자료 수집'과 '특정 자료 수집'으로 나누어 볼 수가 있다. 전자는 주제나 제목이 결정되기 이전에 이루어지는 것으로서 되도록이면 광범위하게 수집하는 것이다. 광범위한 자료는 주제를 확고히 결정하는 바탕이 되는 것이다. 후자 곧 특정 자료 수집은 주제나 제목이 결정된 이후에 그것을 뒷받침하여 서술할 수 있는 내용의 것이다. 이 자료는 되도록 구체적이고 실용성 있는 것이어야 하며, 이미 수집된 자료의 보완 구실을 할 수 있는 것이어야 한다.

또 자료는 1차 자료primary data 또는 원자료와 2차 자료secondary data로 나누어 볼 수도 있다. 전자는 자신이 새로이 발견하는 자료이고 후자는 남이 연구하여 발표한 소견 또는 문헌 자료이다. 가령, 자신이 발굴하여 얻은 구석기 시대의 유물 자체는 1차 자료가 될 것이고, 그것에 대하여 다른 학자가 연구하여 발표한 논문이나 저서에 나타난 견해는 2차 자료가 되는 것이다. 이 두 가지는 서로 보충적인 구실을 하는 것이므로 어느 것도 소홀히 할 수 없는 것이다.

논문의 자료는 관계 문헌, 실험, 답사, 실물 채집, 구두 연구 발표 등에서 수집할 수 있다. 논문의 필자는 자기가 필요한 자료를 얻기 위하여 조직적인 계획을 세워서 관계 문헌 목록의 작성, 필요한 실험, 현지답사 등을 하여야 한다. 이러한 자료의 수집 방법은 자료의 종류에 따라 각기 특수한 요령과 기술이 필요하다. 여기서는 각 분야에 공통적으로 쓰이는 문헌에 의한 자료의 수집 방법에 관하여 예를 들어 설명하고자 한다.

한편, 수집된 자료는 그것을 잘 간직하여 활용하여야 한다. 그렇지 않으면 수집된 자료가 헛되고 말 것이니 그 효과적인 보관이 또한 매우 중요하다. 자료의 보관도 자료의 성격에 따라 여러 가지로 나뉜다. 여기서는 문헌 자료를 취재 보관하는 요령을 설명한다.

(2) 문헌 자료의 수집 방법

① 일반 사전, 백과사전, 전문 사전 및 개론서(입문서) 등에서 주제와 관련되는 항목을 찾아본다. 일반 사전이란 간단한 어휘적 의미를 찾아보는 것이며, 백과사전은 여러 분야의 전문 지식을 쉽게 풀이한 교양 사전이다. 전문 사전은 국사, 철학, 경제학 사전 등이 있는데 각 분야별 전문 내용이 비교적 자세히 풀이되어 있어서 그 연구에도 도움을 준다. 이러한 사전에서 관계 사항을 찾아보면 주제의 개념과 일반적 성격을 좀 더 명확히 파악하는 데 도움이 되는 수가 많다.

다만 이들 사전류에 나타나 있는 내용은 이미 나타난 연구 성과를 알기 쉽게 풀이한 것이므로 그 자체가 연구 논문의 대상이 되기는 어렵다. 한편, 관계 분야의 개론서를 들추어서 다루고자 하는 문제와 관련 있는 부분을 주의 깊게 살펴본다. 이러한 개념 파악 과정은 특히 초심자인 학생들에게는 반드시 필요하리라고 본다.

② 관계 문헌 목록을 작성한다. 위에 말한 사전이나 개론서 또는 수중에

있는 관계 논문, 저서를 살펴보면 그 후면에 참고 문헌 목록이 있다. 거기에 실려 있는 제목들을 살펴보아서 자기가 다루려는 문제와 관련된 제목의 문헌들을 골라 일차적인 목록을 작성토록 한다. 이 목록에는 되도록 많은 참고 문헌이 수록되도록 여러 가지 문헌을 조사할 필요가 있다.

이렇게 일차 목록이 작성되면 그 문헌 내용에 대한 검토를 해야 한다. 그 일차 목록은 제목만 보고 작성한 것이기 때문에 실제로 그 문헌을 찾아 내용을 살펴보노라면 자기의 논제와 관련이 없는 것이 나타날 수 있다. 이런 문헌은 일단 제외하여야 할 것이다. 한편, 이런 검토 과정에서는 새로운 문헌 목록을 찾아서 추가할 수도 있다. 일차 목록에 수록된 논문이나 저서를 구해서 보게 되면 그 후면에 또 다른 참고 문헌이 실려 있기 때문이다.

이렇게 작성되는 문헌 목록은 관계 참고 문헌을 총망라하도록 힘써야 한다. 관계 저서는 물론이요, 학술지, 월간, 계간, 일간 등 정기간행물에 수록된 관계 논문, 팸플릿, 공문서 등 손이 미치는 한 여러 각도로 관련 문헌을 찾아서 검토하여 수록하여야 한다. 이러한 문헌 중에 일부를 고의로 또는 부지불식간에 빠뜨리게 되면 추후에 중대한 오류를 범할 가능성이 있다. 많은 시일과 노력을 희생해서라도 관련된 주요 문헌은 반드시 얻어 보려는 정신이 매우 바람직하다.

③ 참고 문헌은 최선을 다하여 구해 얻어야 한다. 목록이 작성되면 도서관, 연구실, 개인 장서 및 서점(국내 및 외국 서점)을 두루 다니면서 문헌을 구독, 수집해야 한다.

④ 일단 구한 문헌은 주의 깊게 살피고 필요에 따라 정독한다. 첫째, 책의 서문이나 서론을 읽고 그 책의 목적과 의도 또는 내용상 특징을 알아보아야 한다. 둘째, 목차를 살펴서 책의 개요를 따져보고 관련된 항목을 발견하도록 한다. 셋째, 관련된 항목 중 적어도 몇 개를 면밀히 읽고 자기의 주제와 관련

된 참고 문헌이 될 수 있는 것인지를 검토한다. 넷째, 자기의 논제와 밀접한 관련을 가진 것이면 전체적으로 더욱 면밀히 독파하여야 한다.

6. 논문의 구성상 특징과 개요의 작성법

(1) 논문의 구성상 특징

논문은 전통적으로 격식성이 두드러진 글이라 했다. 글은 대개 각기 다른 양식을 지니고 있지만, 그 가운데서도 논문은 구성과 형식 면에서 반드시 일정한 격식을 갖추도록 되어 있다. 논문은 본래 학술적인 연구 성과를 담는 중요한 그릇(형식)으로 여겨 왔으며, 더구나 각 학위를 주는 데 필요한 요건이 되기도 한다. 그러므로 어느 글보다도 그 격식성이 중요시되는 글인 것이다.

논문의 격식성은 우선 그 구성상의 요건에서 드러난다. 그것은 서론, 본론, 결론의 3단으로 구성되어야 한다는 것이다. 이 요건은 다른 글에서도 마찬가지이지만 학술 논문에서는 필수 요건으로 강조되고 있다. 이 구성상의 요건은 논설문의 경우에도 갖추어져야 함을 보았거니와 학술 논문의 경우에는 그보다 더 엄격히 요구되는 것이다.

그런데 이 구성상의 특징에 관해서는 이미 논설문 작성 요령을 설명하는 과정에서 자세히 다룬 바 있다. 따라서 여기서는 그 중요성을 상기하는 데 그친다.

(2) 개요의 작성 방법

수집한 자료를 다시 검토하고 정리하여 일정한 순서로 배열함으로써 논문의 구성 작업을 마치면 그 결과를 개요로 나타내도록 한다. 논문의 구성은 6장 글의 구성법과 개요의 작성법을 참조하되 다만 앞에 말한 3가지 구성의 요건 곧 서론, 본론, 결론을 갖추도록 하면 된다. 또한 구성의 결과를 개요로 작성하여 나타내는 요령도 6장에서 자세히 다룬 바 있다. 이 구성과 개요의 작성 방법은 논문의 경우에도 기본적으로 동일하므로 여기서는 따로 다루지 아니한다. 다만 구성 작업의 결과로 이루어진 개요의 예를 보임에 그친다.

예문 1 _ 개요 작성의 실례

제목 : 새로운 수학의 도입을 위한 한 연구

주제 : 미국의 새로운 수학 과정의 특징을 내용, 조직 및 교수법의 면에서 고찰하는 것.

1. 서론
2. 새로운 수학 과정의 특징
   (1) 수학 교육의 변화를 초래한 요인
   (2) 내용과 조직
   (3) 교수 방법
3. 새로운 수학 과정에서의 덧셈의 지도
   (1) 초등 수학의 덧셈의 학습 내용과 조직
   (2) 덧셈의 지도 방법
      ① 집합에 의한 덧셈
      ② 수직선에 의한 덧셈
      ③ 수의 몇 가지 기본적인 원리
         a. 교환 원리
         b. 결합 원리
         c. 항등 원리
         d. 덧셈의 개념
      ④. 덧셈의 우의적 해석
         a. 합으로 나타내기

b. 받아올림이 있는 경우의 합으로 나타내기

4. 결론

위 예에서 보는 바와 같이 논문의 개요는 본문이 서론, 본론 및 결론의 3 부분으로 구성되고 그 가운데 본론 부분이 2개 장으로 나뉘어 모두 4장으로 이루어져 있다. 만일 본론이 더 자세히 나누어져 3개 장이나 4개 장으로 구성된다면 거기에 서론과 결론의 각 1개 장을 합쳐서 모두 5개 장이나 6개 장으로 이루어지는 논문이 될 것이다.

이상과 같은 요령으로 주어진 논문 주제에 맞추어 개요가 일단 작성되면 거기에 따라 글을 전개시켜 나가면 된다. 물론 글을 전개하는 과정에서 개요 일부를 개선하여 나갈 수 있다. 처음 작성한 개요에 따라 글을 전개해 나가면서 불합리하다고 생각되는 것이 있으면 도중에 얼마든지 달리 바꾸어 볼 수 있는 것이다. 그렇지만 집필 착수의 바탕은 첫 개요이므로 글을 순조롭게 전개하기 위해서는 첫 개요를 잘 작성하도록 힘쓰는 것이 바람직하다.

7. 논문의 집필과 체재

논문 주제의 선정, 필요한 자료의 수집과 보관 그리고 구성과 개요 작성 등이 이루어지면 논문을 실제로 써갈 수 있는 준비가 되었다고 할 수 있다. 이렇게 일단 준비가 되면 그것을 바탕으로 내용 전개를 해서 논문을 이루도록 하는 집필 단계로 접어들 수가 있다. 집필 과정에서는 준비 과정에서 마련된 것을 발판으로 해서 논술을 해나가되 필요에 따라 자료의 보충, 개요의 수정, 개선 등을 하면서 논문을 완성하도록 하는 것이다.

논문을 써나가기 위해서는 우선 논문을 이루는 일반적 체재를 알고 거기에 맞추어 내용을 전개해야 한다. 논문은 전통적으로 지켜 내려오는 체재가 있으며 거기에 따르는 필요 사항은 논문에 따라 다소 차이는 있지만 대부분의 논문에서 공통으로 나타나고 있다. 이는 마치 우리가 정복을 입을 때 대체로 공통되는 옷 모습이 있는 것과 마찬가지다. 우리는 논문을 쓸 때는 이런 체재를 구성하는 항목들을 익혀서 실현함으로써 논문의 세련된 모습을 갖추도록 해야 한다.

만일 그렇지 못하고 아무렇게나 내용을 전개해서는 품위 있는 논문이 될 수가 없다. 리포트와 같은 약식 논문이라도 그 주요 사항들을 최선을 다해서 갖추도록 힘써야만 좋은 논문으로 인정을 받을 수 있다.

논문은 일반으로 다음의 여러 항목으로 된 체재를 갖추도록 되어 있다. 물론 경우에 따라 그중 일부 항목과 그 배열 순서는 다소 달라질 수 있다. 그러나 학위 논문 등 중요한 학술 논문에서는 거의 다 필요한 사항이다. 리포트의 작성에서도 그 주요 사항은 갖추도록 힘써야 한다. 그래야 논문의 체재를 갖출 수 있기 때문이다.

예문 2 _ 논문의 일반적 체재

1. 서두(preliminary)
   ① 표제지(title page)
   ② 머리말(perface) 또는 일러두기(explanatory notes)
   ③ 차례(table of contents)
   ④ 수표 목록(list of mathematical tables)
   ⑤ 도표 목록(list of diagram)
2. 본문(the text)
   ① 서론(introduction)
   ② 본론(main body)

③ 결론(conclusion)

3. 참고 자료(the reference material)

① 부록(appendix)

② 참고 문헌 목록(bibliography)

논문의 일반 체재는 서두, 본문 및 참고 자료의 3부문으로 크게 나누어지고 각기 몇 가지 항목으로 이루어짐을 볼 수 있다. 3부문 중 내용상으로 보면 본문이 가장 중요한 것이지만 논문의 체재 상 서두와 참고 자료의 각 항목도 소홀히 해서는 안 되는 요소이다. 이제 이들을 차례로 설명한다.

(1) 서두

서두序頭는 본문 앞에 붙는 사항으로서 경우에 따라 그 중 일부는 생략하는 수도 있으나, 표제지와 차례(목차)는 거의 필수 요소로 되어 있다. 아래에 각 항목의 기능과 그 작성법을 간단히 설명한다.

① 표제지

제목과 필자명 등을 기입한 첫 지면을 말한다. 일반 논문, 졸업 또는 학위논문의 양식이 다르다.

a. 일반 논문의 표제지

논문의 제목, 필자 명 및 원고 제출일자를 기입한다. 그 예문은 용지 한 장의 중앙부에 적당한 간격을 두고 균형 있게 기입한다. 그 밖의 사항은 표제지에 기입하지 않는 것이 원칙이다. 학생의 리포트 등에서는 소속 대학, 과명, 학년 따위를 기입할 필요가 있게 된다.

b. 졸업, 학위 논문의 표제지

논문의 제목 및 필자명 이외에 각 기관의 규정에 따라 몇 가지 사항이 추가된다. 또한 그 뒷장에는 논문의 인증서가 첨가된다. 그 양식은 대개 학위 수여 기관에서 주어지므로 거기에 따르도록 한다.

② 머리말 또는 일러두기

머리말은 서문, 서언 따위로 부르기도 한다. 논문을 쓰게 된 일반적 동기, 주요 착안점, 필자의 특정인에 대한 사례의 말 등이 포함될 수 있다. 그러나 논문의 내용에 대한 언급은 본문 중의 서론으로 미루어야 한다. 곧 머리말 또는 서문은 본론의 일부인 서론과 구별해서 써야 한다. 간단한 논문에서는 머리말 또는 서문은 생략되는 수가 있다.

일러두기는 글을 완성하는 과정에서 도움을 받은 분들에게 감사의 표시를 하는 것이다. 대개 이런 감사의 표시는 머리말의 끝에 덧붙이기도 하지만 머리말에서 다른 내용의 언급이 없이 이 감사 표시만을 할 경우에는 일러두기가 되는 것이다. 일러두기에서는 논문이나 책을 읽는 과정에서 알아 두어야 할 사항, 예컨대 약자나 특수 기호 등에 대한 풀이를 하는 경우도 있다.

③ 차례

차례는 논문 내용의 주요 항목 표제를 체계적으로 표시해 놓은 것이다. 차례는 항목 부호, 항목 명, 면수의 3요소로 구성된다. 그 부호와 표현 방식은 여러 가지가 있으나 대체로 다음의 몇 가지가 많이 쓰인다.

논문의 차례는 장, 절, 항의 3단계 표제만 표시하는 것이 보통이다. 비록 본문의 전개에서는 그 이하의 하위 항목으로 나누어져 있다 하더라도 차례에는 위의 3단계만 표시하는 것이 상례이다. 간단한 논문에서는 장 표제 한

가지만 표시하는 수도 있다.

차례의 양식은 사용하는 부호의 종류에 따라 여러 가지로 나누어질 수가 있는 데 그중에 다음 세 가지가 많이 쓰인다.

a. 장절식

장절식은 종래에 많이 쓰는 방식으로서 '제1장' '제1절' 따위 부호를 쓰고 이어서 표제명을 붙인다.

예문 3

서문 ········· 1
제1장 서론 ········· 3
제2장 언어 기술의 가치 ········· 8
    제1절 말하기 ········· 8
        가. 정신 능력의 척도 ········· 9
        나. 의사 전달의 구조 ········· 15
        다. 말하기의 숙달 방법 ········· 20
    제2절 쓰기 ········· 26
        가. 쓰기의 중요성 ········· 26
        나. 쓰기 숙달의 방법 ········· 30
    제3절 듣기 ········· 40
        가. 듣기의 중요성 ········· 45
        나. 듣기의 숙달 방법 ········· 50
제3장 결론 ········· 60
부록 ········· 64
참고문헌 ········· 70

서문이나 부록 등은 부호를 쓰지 않고 맨 왼쪽에(위의 부호와 동위)에 표시한다. 절 및 항 부호는 차례로 그 위 부호의 위치보다 한자씩 안쪽으로 밀어 넣어 표시하는 점을 유의할 것이다. 위 예에서 '가' '나'는 항목 부호이다.

b. 수문자식

장, 절, 항 부호를 각각 'I', 'A', '1' 등의 숫자와 문자를 교대로 써서 표시하는 방식이다. 이는 6장 개요의 작성법을 참조하면 된다.

c. 숫자식

아라비아 숫자만을 나열하여 쓰는 방식이다. 최고의 항목을 '1'이라 한다면 그 바로 아래 항목은 '1.1'로, 그 다음은 '1.1.1' 따위로 표시한다. 이 방식은 어느 항목이나 부호만으로 소속을 알아볼 수 있는 이점이 있다. 가령 '2.2.1'이라면 '제2장 제2절 제1항'을 표시하는 것이다.

목차의 형식과 체계는 위의 3가지 가운데 하나를 골라 쓰도록 하는 것이 상례이다. 그런데 이것은 글의 구성 단계에서 결정되는 개요의 체계에 따르는 것이어야 한다. 글의 개요가 장절식을 따라 작성되어 있고 거기에 따라 논문 내용이 전개되어 있으면 목차도 그 체계에 맞추어야 할 것이고 수문자식으로 개요가 작성되었으면 그것이 목차에도 나타나야 한다.

④ 수표목록

수표란 숫자로 이루어진 표를 말한다. 숫자적 통계 등을 알기 쉽게 표로 나타내는 것이다. 이러한 수표가 많이 있을 때는 수표 제목 앞에 번호를 붙여 목록을 만들어야 한다. 그러나 그 수가 몇 개에 불과할 때는 목록을 제시하지 않아도 된다.

1. 연도별 인구 증가율
2. 연도별 식량 증산율
3. 수출량 증가 현황
4. 원자료 수입 현황
5. 외화 가득률 증감

⑤ 도표 목록

도표란 사진, 그래프, 그림 등으로 이루어진 표를 말한다. 이런 도표가 많을 때는 역시 목록을 작성하여 제시하여야 한다. 그 작성 요령은 수표의 경우와 비슷하다. 다만, 수표와 도표 목록을 한데 섞어서 표시하지 않도록 해야 한다.

1 직업별 근로자의 구성비 그래프
2. 임금 증가 현황 대비 도표
3. 남녀별 구성비 그림
4. 직업별 노무자 증감 대비 곡선

(2) 본문

본문은 논문의 노른자위요 알맹이다. 내용상으로 보면 이 본문이 논문의 실체가 된다. 따라서 논문의 성패는 본문의 구성 여하에 달렸다. 본문은 일반적으로 서론, 본론, 결론으로 구성된다. 이들의 기능과 작성 요령은 이미 11장에서 다룬 바 있는 논설문의 경우와 기본적으로 동일하다. 여기서는 주로 학술 논문이 지닌 특성을 간단히 언급한다.

① 서론

서론은 앞에서 설명한 머리말 또는 서문과는 다르다. 머리말은 본문과는 직접 관련이 없는 서두에 속하는 것인데 반해서 서론은 본문의 일부를 이루는 요소이다. 흔히 서론을 머리말과 혼동하는 일이 있다. 특히 서론을 머리말이라고 잘못 알고 표제도 그와 같이 붙이는 수가 있는데 이는 잘못된 구성이다. 서론은 우리말로 쓰자면 '첫머리(들어가는 첫머리라는 뜻)'라든지 '들어가기' 등으로 해서 그 이름을 머리말과 구분하도록 해야 마땅하다. 한자어로는 서론 또는 서설이라고 하는 것이 상례이다. 그러나 서언序言이라는 말을 쓰는 것은 문제가 될 수 있다. 이 용어는 서문 곧 머리말과 동일한 뜻으로 쓰일 수 있기 때문이다.

서론은 본문에 속하나 일종의 예비적 논의 또는 입문적 서술이다. 뒤에 나올 본론 전개를 위한 길잡이 구실을 하는 것이 서론인 것이다. 따라서 여기서는 본론에서 다루어질 문제를 구체적으로 다루어서는 안 된다. 서론에서 본론의 문제를 논의하게 되면 양자의 구분이 어려워져서 논문의 체재가 흐트러지게 된다. 서론은 어디까지나 본론에 들어가기 위한 예비적 서술 또는 방향 제시에 그쳐야 한다.

서론에서는 우선 논문의 목적을 밝히고 본론에서 다루어질 문제의 일반적 성격과 범위를 한정한다든지, 적용될 이론이나 방법론의 간단한 풀이 등이 제시되기도 한다. 또 다루어진 문제에 대한 연혁을 개관하여 문제의 현 위치를 밝히는 것도 이 서론의 구실이다.

서론의 분량은 대체로 본론의 8분의 1 정도가 보통이다. 서론을 지루하게 끌고 나가는 것은 논문이 머리만 크고 몸집이 작은 결과가 된다. 거듭 강조하거니와 본격적이고 구체적인 논의는 본론으로 미루고 서론에서는 간략하게 예비적 논의를 함에 그쳐야 한다.

② 본론

본론은 논제를 본격적으로 논술 전개하여 논문 내용을 완성하는 부분이다. 개요에서 제시한 항목 구분에 따라 다루어질 문제를 체계적으로 논의하여 차례로 그 귀결점을 이끌어 내도록 한다. 우선 각 항목 표제를 내걸고 제시된 문제에 대하여 설명, 분석, 종합, 논술, 비판, 비교, 입증 등 필요한 갖가지 방식으로 내용을 펼쳐 나가면서 매듭을 지어 나가는 것이다.

본론의 전개 과정은 대개 내용적인 요건과 형식적인 요건으로 나누어 볼 수가 있다. 이 두 가지는 모든 논문의 본론 전개에서 필수적으로 갖추어져야 한다.

a. 내용적인 요건

본론의 전개에서는 개요에 제시된 대소 항목을 차례로 다루어 나가되 필요에 따라 적절한 단락 구분을 해서 전개하도록 한다. 우선 본문 첫 장에 속하는 소항목을 몇 단락으로 나누어 다룰 것인가를 정하고 각 단락에 주어지는 소주제를 집중적으로 전개한다. 이런 방식으로 각 항목을 차례로 전개해 나가도록 함으로써 전체 내용을 짜임새 있게 엮어 나가야 한다.

논문이란 독자의 합리적 이성에 호소하여 글의 내용을 설득시키는 것이므로 논술법에 관해서 잘 익혀 두어야만 한다. 아무리 훌륭한 자료와 주제일지라도 그 전개 과정에서 조리가 없고 논리성이 모자라면 좋은 논문이 될 수가 없다. 따라서 각 주요 명제를 충분히 입증할 뿐 아니라 그것을 바탕으로 이끌어내는 결론이 논리적으로 모순되지 않고 타당한 것이 되도록 논술을 펴나가야 한다.

본론 전개에서는 우선 1차 자료를 충분히 분석 검토하여 활용하도록 해야 한다. 자신이 직접 수집한 1차 자료는 여러 각도에서 분류 또는 분석하여 논제를 입증하는 구실을 하도록 해야 한다. 그러한 분석 검토가 없이 입증 자료를 잘못 사용해서는 확고한 논술이 되지 못한다. 또한 그 명확성을 덧보이게 하기 위하여 그 분석 결과를 적절한 수표나 도표를 만들어 제시하는 것도 필요할 것이다. 이때도 물론 그런 예시만 제시하는 데 그쳐서는 안 되고 알맞은 설명과 논의가 따라야 한다.

2차 자료 곧 다른 사람의 연구 업적을 적절히 인용하여 입증 자료를 보강하는 일도 소홀히 해서는 안 된다. 특히 초학자는 많은 이들의 연구 업적을 두루 섭렵하여 그 요지를 파악하고 인용함으로써 자신의 논제를 입증하는데 보완적으로 활용해야 한다. 이 때 유의할 것은 아무리 권위 있는 사람의 견해라도 그것을 무비판적으로 적용해서는 안 된다. 이를테면, 그것이 자신이 드러내고자 하는 견해와 어떤 관계에 있는지를 설명하고 그 근거를 제시하면서 인용하도록 하지 않으면 안 된다. 더구나 인용 자료가 자신이 직접 수집하여 분석한 것보다 월등히 많아져서는 안 된다. 그런 경우에는 자기의 독창적 견해가 사라지고 남의 견해를 소개하는 결과를 빚게 될 수 있다. 따라서 남의 업적을 인용할 때는 자기의 견해에 대한 보완적 구실을 할 수 있는 것만을 빌려 오는데 그치도록 해야 한다. 또 때로는 자기의 견해와 반대되는 견해를 인용하여 그것을 적절히 비판함으로써 자기 견해에 대한 보완적인 구실을 하게 할 수도 있다. 그러나 이 경우에는 충분한 논거에 입각한 타당한 반박 논술이 있어야만 한다. 어떤 선입견이나 단순한 검토만으로 남의 업적을 그르다고 판단해서는 절대로 안 된다.

논문을 쓰는 이는 이런 논리적 전개 방식을 몸에 배도록 해야만 한다. 이를 위해서는 평소의 논리적 사고 방식 훈련을 적극적으로 쌓아야 한다. 무릇 우리의 생활에서 '왜?'라고 하는 물음을 스스로 제기하고 그것을 누구나 납득할 수 있게 합리적으로 대답하거나 서술할 수 있도록 생각하는 일을 습관화해야 한다. 우리나라 사람은 일반적으로 감성적인 면은 잘 발달되어 있으나 논리적인 면이 모자라다는 평을 듣는데 그것은 본성적으로 그런 것이 아니라 평소에 논리적 사고훈련이 모자랐기 때문이다. 이런 훈련을 쌓은 이는 논리적이고 설득력 있는 말과 글을 사용하고 있음을 우리는 주위에서 많이 볼 수 있기 때문이다. 따라서 우리는 이 점을 늘 염두에 두고 논리적 사고 훈련을 쌓는 데 각별한 노력을 기울이도록 해야 한다. 논리적 논술법의 기초만 마련되어 있으면 조만간 상당한 수준의 논문을 엮어 낼 수 있는 바탕이 든든하게 마련되는 것이다.

b. 형식적인 요건

첫째, 각종 문장 부호들의 사용법을 깔끔하게 익혀야 한다. 마침표, 쉼표, 각종 괄호, 따옴표 등의 부호 사용법에 대해서 소홀히 하는 것은 글쓰기의 기본적인 요건을 저버리는 것이다. 특히 정확한 표현과 엄격한 격식을 중요시 하는 논문 작성에서는 문장 부호를 제대로 못쓴다는 것은 있을 수 없는 일이다. 따라서 논문을 쓰려는 이는 문장 부호의 사용법부터 확실히 익혀 두어야 한다. 이 문제에서도 자기의 기존 상식(더구나 잘못된 상식)에만 의존하다가는 잘못되기 십상이다.

둘째, 본문을 쓰는 과정에서는 인용법, 각주법, 참고문헌 목록 작성법 등의 양식을 잘 알고 써야 한다. 그러한 형식 요건을 무시하고는 논문이 될 수 없다. 아무리 훌륭한 내용이라 하더라도 이러한 표현 양식상의 요건을 모르고서는 그것이 제대로 빛을 내지 못한다. 특히 논문과 같이 엄격한 격식 또는 양식을 필요로 하는 글에서는 내용 못지않게 형식 요건이 중요하다는 것을 명심해야 한다.

③ 결론

결론이란 본론에서 논의한 결과를 간추려 놓은 것을 말한다. 결론이라는 부분은 본문을 마무리하는 맺음말의 구실을 하는 것이다. 초학자 중에는 본론에서는 논의만 벌려 놓고 결론은 보류하여 두었다가 여기 결론 부분에서 다루는 것으로 잘못 아는 수가 있다. 그러나 논문의 결론은 사실상 본론의 전개 과정에서 이미 제시되게 마련이다. 각 항목별로 또는 전체적으로 목표하는 결론은 본론에서 밝혀지게 되는 것이다. 따라서 결론 부분에서는 본론에서 밝혀진 요점 또는 논의의 결과를 간추려서 모아 놓음으로써 본론 내용의 요지를 쉽사리 알아 볼 수 있게 하는 것이다.

또한 결론에서는 본론을 쓰고 난 뒤의 문제점을 제시하여 후일의 연구를 시사하는 수도 있다. 곧 미해결된 점, 미진한 점, 남아있는 문제 등 관련 문제를 제시하여 필자 자신이나 다른 관심 있는 이의 계속적인 연구에 대한 전망을 덧붙이는 일이 있다.

그러나 결론에서는 새로운 논의를 추가해서는 안 된다. 본론에서 다루어지지 아니한 문제를 결론 부분에서 새로이 논의하는 일이 있어서는 안 된다는 것이다. 결론 부분은 본론의 곁방이나 연장이 되어서는 안 되기 때문이다. 본론을 쓰고 난 이후에 미처 다루지 못한 점이 발견될 때에는 본론으로 다시 돌아가서 추가 논의를 하든가, 아니면 결론 부분에서 그것을 미처 다루지 못한 사항으로 밝히는 데 그쳐야 한다. 모든 구체적 논의는 본론 부분의 소관이고 결론 부분의 소관이 아니기 때문이다. 이것은 본론과 결론의 역할을 가르는 기준이 된다. 이 기준이 무시되면 본론과 결론의 한계가 없어지고 만다. 결론 부분에서 새로운 논의를 해서는 안 되는 이유가 바로 여기에 있는 것이다.

(3) 참고 자료

참고 자료란 논문의 본문 다음에 부수되는 요소들이다. 격식을 갖춘 논문에서는 대개 한 두가지 참고 자료가 있게 마련이다. 그 중에서 '참고문헌 목록'만은 반드시 있어야 한다.

① **부록**

부록은 본문 내용과 관련이 깊은 추가 자료이다. 본문 중에 들어가기에는 분량이 많다든지, 적당한 삽입 장소가 없는 자료를 부록에 모아 놓는다. 예를 들면, 공식집, 어휘집, 큰 사진이나 그림, 수표 등 여러 가지 종류가 있다. 이 부록은 필수 요소는 아니므로 필요에 따라 첨부하면 된다.

② **참고 문헌 목록**

참고 문헌 목록은 본문 작성 중에 직접 참조하거나 인용한 문헌을 목록으로 작성한 것이다. 참고 문헌들은 논문 작성에 중요한 구실을 한 것이므로 그 출처를 밝히는 목록을 반드시 제시해야 마땅하다. 참고한 문헌인데도 그 목록 제시를 하지 않으면 남의 업적을 무단으로 도용한 셈이 되는 것이다. 이 목록에서는 그 밖에 논문의 준비 과정에서 읽었거나 간접적으로 참고가 되었다고 생각된 문헌도 제시할 수 있다. 그러나 전혀 보지도 않은 문헌들을 참고한 것처럼 과시하기 위하여 목록 속에 넣는 일은 온당치 않다.

문헌 목록의 작성에서는 일반으로 통용되는 양식을 따라야 한다. 각자 마음대로 목록을 작성해서는 안 되며 그런 목록을 논문에 제시하는 것은 논문을 쓰는 자격이 모자람을 드러내는 것이다.

인용문의 필자명 및 제목

일러두기 1. 아래에 표시한 여러 필자의 글은 이 책의 예문으로 인용되었음을 밝혀 둡니다. 귀중한 글을 인용하면서 일일이 사전 허락을 받지 못한 점 죄송스럽게 생각합니다. 다만, 문장력 향상을 바라는 이들에게 도움을 주신다는 뜻에서 널리 양해하여 주시기 바랍니다.

2. 인용문 중에는 일부만 발췌한 것들이 있습니다. 이는 설명의 편의상 또는 지면 관계상 부득이한 일이었으니 이점 또한 양해 있으시기 바랍니다.

3. 필자명과 간행 연도만 표시된 것(이를테면 이기문 외 1983)은 뒤의 참고문헌 목록에서 해당 항목을 찾으면 자세한 것을 알 수 있습니다.

강신항. 「외래어의 실태와 그 수용 대책」, 이기문 외 1983.
강은교. 1984. 「문 앞에서」, 〈누가 풀잎으로 다시 눈 뜨랴〉. 문학세계사.
고영근. 1988. 「북한의 문법 연구」, 〈국어생활〉 15.

공병우. 1989. 〈나는 내식대로 살아왔다〉. 대흥사.

곽복산. 1963. 「신문」〈대백과사전〉. 학원사.

곽종원. 1977. 「지식과 산지식」〈사색과 행동의 세월〉. 정음사.

김국자, 역. 1964. 코난 도일의 「부러스 - 파딩튼의 설계서」.

김길수. 「실재하는 사랑」, 〈가톨릭신문〉.

김길자. 「수수 팥단지」.

김남조. 「또다시 띄우는 편지」, 유안진 외 1989.

김 덕. 「우리말 사랑과 정치」.

김동리. 「수목송(樹木頌)」, 노산문학회 1979.

김동명. 「국추기(掬雛記)」, 장백일 1977.

김동인. 「배따라기」.

_____. 「태형(笞刑)」.

김미란. 1990. 「부자들의 땅 따먹기」, 〈평화신문〉(3/25).

김미형. 1991.「텔레비전을 보니: 사투리의 모욕」, 〈샘이깊은물〉 5.

김상옥. 「이 아니 즐거운가」, 김상옥 1975.

_____. 「묘한 일, 묘한 일」, 김상옥 1975.

김상용. 「그믐날」, 이태준 1940.

김상태. 「꿈」, 김상태 1985.

_____. 「더러운 정」, 김상태 1985.

김상희. 「아집(我執)」.

김석득. 「국어 순화에 대한 반성과 문제점」, 유창균 1979.

김성인. 1990. 「과학적 사고와 수치화」, 〈동아일보〉(4/25).

김수업. 1978. 〈배달 문학의 길잡이〉. 금화출판사.

김시태. 1978. 「시와 신념의 문제」, 〈현대시와 전통〉. 성문각.

김시헌. 「고목(古木)」, 장백일 1977.
김애자. 「나의 옛집」.
김영훈. 「보수적 반성」.
김영희. 1981. 「가슴으로 사는 사람들」, 〈샘터〉 12.
김완진. 「한국어 문체(文體)의 발달」, 이기문 외. 1983.
김용덕. 1986. 〈연꽃초롱 꿈초롱〉. 전예원.
김용직. 「용서와 망각」, 〈동아일보〉.
김원룡. 1980. 「한국의 미」, 문교부 편. 〈고등 국어〉 3.
김윤기. 1988. 「리스본의 알파마 골목길」, 〈여로〉 9.
김은국. 「갓난애는 왜 우는가」.
김 정. 1979. 「쟁이의 숨결」, 〈샘터〉 2.
김정수. 1990. 〈한글의 역사와 미래〉. 열화당.
김정흠. 1972. 「이발 유감」, 〈동아일보〉(4/27).
김종호. 「욕구(欲求)」, 독서신문사 1979.
김중배. 1984. 「알렉산더의 매듭」, 〈동아일보〉(1/28).
김지용. 「시간은 할애(割愛)하는 것」, 수도여사대교수실. 1974.
김지하. 1991. 「나의 회상: 모로 누운 돌부처」, 〈동아일보〉(5/23).
김진섭. 「생활인의 철학」, 장백일 1977.
김충회. 1989. 「현행 KS 완성형 한글 코드의 문제점」, 〈국어생활〉 18.
김충효. 「청소년을 어떻게 보살필 것인가?」.
김태길. 1980. 「인간의 존엄성과 성실성」, 문교부 편. 〈고등 국어〉 3.
김형규. 1969. 「국어의 역사적 고찰」, 〈국어사〉 백영사.
김형석. 「무엇이 젊음인가?」.
김형효 1976. 「민중은 어디에 있느냐」, 〈뿌리깊은나무〉 4.

나효순. 「국어 순화의 길」.

______. 「교육이란 무엇인가?」.

남기심. 「새말(新語)의 생성과 사멸」, 이기문 외 1983.

려증동. 1985. 〈국어 교육론〉. 형설출판사.

문도채. 「균할머니」, 노산문학회 1979.

민태원. 「청춘 예찬」, 장백일 1977.

박갑수. 1979. 〈사라진 말, 살아남는 말〉. 서래현.

박노준. 1982. 〈신라 가요의 연구〉. 열화당.

박목월. 1971. 〈문장의 기술〉. 현암사.

박신언. 1983. 「고통의 의미」, 〈조선일보〉(4/2).

박완서. 1990. 〈살아있는 날의 소망〉 오늘의 책.

박종홍. 「학문의 길」.

박종화. 「남한산성」, 곽종원 외. 1966.

변영희. 1991. 「12월」, 〈수필문학〉 1.

법정. 1991. 「생명의 잔치에 동참하라」, 〈샘터〉 5.

서갑열. 「사신(私信)」.

서경환. 「법은 필요한가」.

서민환. 「산을 푸르게 가꾸자」.

서봉연. 1983. 「침묵은 미덕인가?」, 〈동아일보〉(8/26).

서정수/노대규. 1983. 〈말과 생각〉. 한양대출판원.

서정수. 1971. 「사랑의 본질」, 〈수도사대학보〉 140.

______. 1971. 「대학인의 자세」, 〈수도사대학보〉 144.

서정우. 1983. 「나랏말 누가 지킬 것인가?」, 〈동아일보〉(8/16).

서정주. 「내 시(詩)」, 노산문학회 1979.

서지암. 「삶의 목적」.

______. 「선도하는 정치」.

서진환. 「우리의 인사말」.

설의식. 「백제 수도 기행 초」, 곽종원 외 1966.

손세모돌. 「언어의 특성」.

송건호. 「개화의 선각자: 서재필」.

송기중. 1984. 「문장 구조의 문제」, 〈정신문화연구〉 23.

신달자. 「사랑은 침묵의 언어인가」, 신달자 1991.

신상철. 「승자와 패자」, 〈조선일보〉.

신석정. 「촛불」, 장백일 1977.

신영자. 「글 바람 부는 곳」, 한양수필문우회 1990.

신영철. 1983. 「사랑하는 제자들아」, 〈동아일보〉(8/26).

심재기. 「뜻이 깊다는 것」, 심재기 1990.

______. 「속담은 진리인가?」, 심재기 1990.

안민세. 「독서개진론(讀書開進論)」, 이태준 1940.

안병욱. 「산의 철학」.

______. 「남해 기행」, 곽종원 외 1966.

안병희. 「한자 문제에 대한 정책과 제설」, 이기문 외 1983.

안원희. 「조그만 일」.

양성우. 1981. 「그 사월, 진달래 산천에」, 〈샘터〉 4.

양주동. 「웃음에 대하여」, 장백일. 1977.

여인언. 「어느 폭군」, 한양수필문우회 1990.

염상섭. (1930) 1970. 「삼대」, 〈한국대표문학선집 3〉 삼중당.

오동춘. 「짚신 정신」, 노산문학회 1979.

_____. 1986. 「그리운 소꿉 각시들」, 〈무엇을 심고 살까〉. 강나루.

오탁번. 1978. 〈새와 십자가(十字架)〉. 고려원.

우인혜. 「말에 대하여」.

유길준. 1909. 〈대한 문선〉 한성.

유달영. 「덴마크의 인상」, 곽종원 외 1966.

유승삼. 1976. 「과자 – 달콤한 폭력」, 〈뿌리깊은나무〉 5.

유안진. 「홀로 있는 시간 갖기」 유안진 1986.

_____. 「차라리 태어나지 말 것을」, 유안진 외 1989.

유호석. 「순리적 삶」.

육명심. 「당신도 사진작가가 될 수 있다」.

윤구병. 1976. 「방정환과 마해송」, 〈뿌리깊은나무〉 5.

윤숙자. 1991. 「사랑이 꽃피는 공동체 '꽃동네'」, 〈동아일보〉(3/23).

윤화중. 1980. 「돼지의 신세」, 〈뿌리깊은나무〉 1.

이광수. 「우덕송」.

_____. 「봉아제문(鳳兒祭文)」, 이태준 1940.

이규태 . 1991. 「반딧불」, 〈조선일보〉(3/28).

_____. 1991. 「보겔의 '한국언론'」, 〈조선일보〉.

이규호. 1968. 〈말의 힘〉. 제일출판사.

이기문. 「독립신문과 한글문화」, 이기문 외 1990.

이남덕. 「맺힌 한(恨) 푸는 멋」.

이명현 . 1991. 「지금 이 땅에 공인(公人)이 있는가」, 〈동아일보〉 (5/4).

이문호. 「운동 부족」.

이범선. 「오발탄」.

이병기. 「건란(建蘭)」.

______. 「승가사(增伽寺)」, 이태준 1940.
이사무엘. 1990. 「긍정적인 사고」, 〈기독교신문〉(6).
이 상. 「권태」, 임종국, 편. 1968. 〈이상전집〉. 문성사.
이성남. 1980. 「요새 입는 한복」, 〈뿌리깊은나무〉 1.
이상섭 .1990. 「말의 가락의 중요성 : 국어 교육의 혁신을 위하여」, 〈진리 자유〉(연세대) 7.
이상일. 「까치 추석」, 한양수필문우회 1990.
이상헌. 1991. 「철이 덜든 아버지」, 〈천주교서울주보〉(4/14).
이상회. 「주체성과 쇼비니즘」.
이선희. 「곡예사」, 이태준 1944.
이양하. 「무궁화」, 곽종원 외 1966.
이어령. 「울음에 대하여」 이어령 1986.
______. 「'우리'와 '나'의 혼용」, 이어령 1986.
이유미. 1990. 「백두산의 두메양귀비와 구름국화」, 〈샘이깊은물〉 10.
이유방. 「고향 유감」.
이윤기. 1991. 「타조의 비극」, 〈조선일보〉(2/24).
이은상. 「웃음의 철학」, 노산문학회 1979.
이응백. 1988. 「아침 등산」, 〈기다림〉. 한샘.
이익섭. 「표준어의 기능」 이기문 외. 1983.
______. 1986. 「한국어의 분포」, 〈국어학개설〉. 학연사.
______. 1989. 「교향곡 〈봄〉 제1악장」, 〈문학사상〉.
이인복. 1984. 「내 언행에 뿌리가 있다면」 〈샘터〉 11.
이인섭, 「별리(別離)」.
이정자. 「도자기」, 한양수필문우회 1990.

이창배. 「전주 초방(初訪)」, 장백일 1977.
이태호. 1991. 「김홍섭: 법과 양심과 진리의 생애」, 〈평화신문〉(5/5).
이해인. 1984. 「일상의 길목에서」, 〈샘터〉 9.
이효석. 「메밀꽃 필 무렵」.
_____. 「청포도의 사랑」, 장백일 1977.
이희승. 「청추수제」, 장백일 1977.
임건순. 1991. 「우리의 민족성」.
임옥인. 「눈물의 빛깔」.
임홍빈. 1985. 「국어의 문법적 특징에 대하여」, 〈국어생활〉 2.
장금숙. 「끈끈한 인정 살맛 느껴」.
장세옥. 「지도자의 안목」.
_____. 「심장이 하는 일」.
장재식. 1984. 「실력의 차이」, 〈주간매경 〉(4/19).
장희옥. 「자연의 고마움」.
전봉건. 「반갑고 고맙소」.
전영택. 「나의 어머니」, 장백일 1977.
전택부. 1985. 〈이상재의 평전〉. 범우사.
_____. 「평생을 애국으로 산 월남 이상재」, 전택부 1985.
정달영. 「인생과 가치」.
정 종. 「지리산 종주기」, 곽종원 외 1986.
정길남. 1986. 「권위주의」, 〈기독신보〉(8/23).
정병욱. 1982. 〈한국 고전의 재인식〉. 신구문화사.
정비석. 「산정무한」, 문교부 편. 1970. 〈고등 국어〉 2. 9.12,
정원식. 1983. 「생각하는 경험」, 〈조선일보〉(3/24).

정인보. 「마음의 절제(節制)」, 장백일 1977.
조덕현. 1980. 「마지막 승자(勝者)」, 〈샘터〉 8.
조명렬. 「자기(自己) 융합」.
조연현. 「침실의 사상」, 조연현 1977.
______. 「미모의 사상」, 곽종원 외 1966.
조용란. 「감성주의」, 노산문학회 1979.
조윤제. 「은근과 끈기」, 문교부 편. 1970 〈고등국어〉 3.
주요섭. 「미운 간호부」, 양주동 외 편. 1966.
진덕규. 1983. 「상식이 지배하는 정치」, 〈조선일보〉(8/25).
진동혁. 「참된 아름다움」, 수도여사대교수실 1974.
진태하. 「나박김치」.
차배근. 1991. 「급할수록 돌아가라」, 〈조선일보〉.
최기호. 「외국말 홍수의 실태와 대책」, 국어순화추진회 1986.
최래옥. 1988. 「민속에서의 불」, 〈전력문화〉 1.
최승범. 「전주의 비빔밥」.
최익철. 「행복은 아주 드물다」, 〈훈화집〉.
최인욱. 「단편 소설의 특질」, 문교부 편. 1980. 〈고등국어 〉 3.
최인학. 「도깨비의 민속학적 고찰」.
최일남. 1989. 「'양시론'의 시고 떫은 맛」, 〈샘이깊은물〉 3.
최정희. 「정적기(靜寂記)」.
최진영. 「지난날의 추억」.
최현배. 「경주 기행」, 곽종원 외 1966.
최호진. 「국민경제의 발전책」, 문교부 편. 1970. 〈고등국어〉 2.
한배호. 1976. 「민중이 정치의 주인이 되기까지」, 〈뿌리깊은나무〉 6.

한승원. 「물아래 김서방」.

한창기. 1980. 「'나' 와 대통령」, 〈뿌리깊은나무〉 12.

한태연. 「권력 분립과 대한민국 헌법」.

현재명. 「봄을 기다리는 마음」, 장백일 1977.

홍명희. 「온돌과 백의」, 이태준 1940.

도야마/外山滋比古. 1948. 〈日本語の論理〉. 東京; 中央公論社.

미우라/三浦績子. 1972. 〈빛속에서〉. 황필련 역. 가톨릭출판사.

칸수, 무하마드. 「스승이 걸어야 할 길」.

버크 외/Birk, Otto, et al. 1943.

램/Lamb, Charles 「굴뚝 청소부」, 이창배(역). 장백일 1976.

로렌스/Lawrence T. E. 1935. *seven Pillars of Wisdom.*

오스트롬/Ostrom, J. 1968.

설리반/Sullivan, K. E. 1980.

윌리스/Willis, H. 1969.

〈독립신문〉 창간호 「사설」.

〈동아일보〉 「횡설수설」.

〈샘이깊은물〉(1990/5) 「논설/교과서 비판 금지를 비판한다」.

______. (1989/3) 「논설/우리나라 땅과 우리 집 땅」.

그 밖의 주요 예문(필자 미표시)

「개의 훈련」

「새 문화와 전통에 관하여」

「민주 정치에 관하여」

「교육의 기본 정신에 대하여」

참고 문헌 목록

강신항. 1991. 〈현대 국어 어휘사용의 양상〉. 서울: 태학사.

고려대학교 출판부, 편. 1975. 〈논문작성법〉. 서울: 고려대 출판부.

곽종원 외 편. 1966. 〈문장대전〉. 서울: 신태양사.

교양교재편찬작문분과위원회, 편. 1991. 〈국어작문〉. 서울: 서울대 출판부.

국어순화추진회 엮음. 1986. 「우리말 순화 토론회」(국어순화추진회).

권오천 외. 1976. 〈논문작성법: 자연계〉. 서울: 한양대 출판부.

그리스도교와 겨레문화회, 편. 1991. 〈그리스도교와 겨레문화〉. 기독교문사.

김경실. 1991. 〈사랑멀미〉. 서울: 한강문화사.

김기홍 편저.〈논문 작성 이렇게 하라〉. 서울: 성광문화사.

김민수. 1985. 〈민족어의 장래〉. 서울: 일조각.

김병규 외. 1977. 〈한잔 차에 잠긴 세월〉. 서울: 범우사.

김봉군. 1980. 〈문장 기술론〉. 서울: 삼영사.

김상옥. 1975. 〈시와 도자(陶磁)〉. 서울: 아자방.

김상태 .1982. 〈문체의 이론과 해석 〉. 서울: 새문사.

______. 1985. 〈참말과 거짓말 사이〉. 서울: 대방출판사.

김열규. 1981. 〈어떻게 읽고 쓸 것인가〉. 서울: 홍성사.

김영일. 1981. 〈문장의 작법과 이론〉. 서울: 장학출판사.

김용운. 1981. 〈일본인과 한국인: 또는 칼과 붓〉. 서울: 뿌리깊은나무.

김재철. 1988. 〈그리운 청산〉. 서울: 민음사.
김지용/진동혁, 편. 1971. 〈문장생활의 심화〉. 서울: 선명문화사.
김해성 외. 1980. 〈문학개론〉. 서울: 새문사.
남영신. 1991. 〈지역패권주의 한국〉. 서울: 도서출판 새문사.
남영신 엮음. 1989. 〈우리말 맞춤법 표준어 사전〉. 서울: 한강문화사.
노산문학회, 편. 1979. 〈웃음의 철학〉. 서울: 도서출판 새밭.
대한문장연구회, 편. 1956. 〈논문작법 요결〉. 서울: 세문사.
독서신문사 편 . 1971. 〈생각하는 생활〉. 서울: 독서출판사.
_____. 1979. 〈나의 중심개념〉. 서울: 독서신문사.
문덕수. 1968. 〈신문장강화〉. 서울: 성문각.
박목월. 1971. 〈문장의 기술〉. 서울: 현암사.
박문희. 1983. 〈독서 감상문은 이렇게 쓴다〉. 서울: 모음사.
박영준/이한직/방기한. 1958. 〈현대 문장 강의〉. 서울: 선진문화사.
박완서. 1990. 〈살아있는 날의 소망〉. 서울: 오늘의 책.
박정훈 외. 1991. 〈내탓이오〉. 서울: 보성출판사.
박종국. 1984. 〈세종대왕과 훈민정음〉. 서울: 세종대왕기념사업회.
방기한/장경학, 편. 1957. 〈논문사전〉. 서울 : 선진문화사.
뿌리깊은나무사 엮음. 1983. 〈한국의 발견: 전라남도〉. 서울: 뿌리깊은나무사.
서정수. 1985. 〈작문의 이론과 방법 : 단락과 논술법을 중심으로〉. 서울: 새문사.
서정수/노대규. 1983. 〈말과 생각〉. 서울: 한양대 출판부.
수도여사대 국문과, 편. 1978. 〈대학작문〉. 서울: 형설출판사.
수도여사대 교수실, 편. 〈수련꽃 필 때 : 교수 수필집 2〉. 서울: 수도사대출판부.
신달자. 1991. 〈살아있는 한 사랑하리라〉. 서울: 고려원.
심재기. 1990. 〈나맛말쓰믈 스랑ᄒᆞ노라: 한국어를 위한 명상〉. 서울: 우진출판사.
양주동 외, 편. 1966. 〈한국 수필문학 전집〉. 서울: 국제문화사.
어효선/홍문구, 편. 1965. 〈생활작문 지도〉. 서울: 교학사.
연세대 대학원, 편. 1983. 〈논문작성법〉. 서울: 연세대 출판부.
오동춘. 1986. 〈무엇을 심고 살까〉. 서울: 강나루.
유안진. 1986. 〈그리운 말 한마디〉. 서울: 고려원.

유안진 외. 1989. 〈0에서 하나까지〉. 서울: 홍익출판사.
유창균. 편. 1979. 〈국어의 순화와 교육〉. 정신문화연구원.
윤오영. 1978. 〈수필문학 입문〉. 서울: 관동출판사.
윤재근. 1990. 〈莊子, 철학우화 1: 학의 다리가 길다고 자르지 말라〉. 서울: 둥지.
윤태영. 1960. 〈논문작법 신강〉. 서울: 지성사.
이건청. 1986. 〈한국전원시 연구〉. 서울: 문학세계사.
이규태. 1977. 〈한국인의 의식구조, 상/하〉. 서울: 문리사.
이기문 외. 1983. 〈한국어문의 제문제〉. 서울: 일지사.
______. 1990. 〈한국어의 발전 방향〉. 서울: 민음사.
이기옥. 1986. 〈하늘을 이고 땅을 디디며〉. 서울: 교음사.
이상섭. 1976. 〈말의 질서〉. 서울: 민음사.
이상태. 1978. 〈국어 교육의 기본 개념〉. 서울: 한신문화사.
이승훈. 1986. 〈너의 행복한 얼굴 위에〉. 서울: 청하.
이어령. 1972. 〈세계문장대사전〉. 서울: 삼중당.
______. 1986. 〈흙속에 저 바람 속에 : 이것이 한국이다〉. 서울: 문학사상사.
______. 1990. 〈말〉. 서울: 문학세계사.
이인모. 1959. 〈문체론: 이론과 실천〉. 서울: 동화문화사.
이태준. 1940. 〈문장 강화〉. 경성: 문장사.
이화여대 교양한국어 편찬위 편. 1970. 〈교양한국어〉. 서울: 이대 출판부.
이희승. 1975. 〈먹추의 말참견〉. 서울: 일조각.
이희승/안병희. 1989. 〈한글 맞춤법 강의〉. 서울: 신구문화사.
장백일. 편. 1976. 〈세계 명수필선〉. 서울: 현암사.
______. 편. 1977. 〈한국 명수필선〉. 서울: 현암사.
장재성. 1989. 〈교단을 위한 문장론 개설〉. 제주: 제주문화사.
전택부. 1985. 〈세상은 달라진다〉. 서울: 범우사.
정재도. 1981. 〈국어의 갈길〉. 서울: 문결출판사.
정지용. 1988. 〈정지용전집 2: 산문〉. 서울 : 민음사.
조연현. 1980. 〈문장론〉. 서울: 형설출판사.
1968. 〈현대문학사〉. 서울: 인간사.

1977. 〈조연현 문학전집 〉 6권. 서울: 어문각.
조용란. 1982. 〈더듬거리며 하는 말〉. 서울: 성요셉출판사.
최태영 .1989. 〈한글 맞춤법 강해〉. 서울: 숭실대 출판부.
최태호. 1962. 수필창작의 실제. 〈수필문학〉 1991. 1
한국교원대 어문교육연구소, 편. 1990. 〈문장의 이론과 논문작성〉. 서울: 장학출판사.
한양대 국문과 교수실, 편. 1985. 〈대학작문〉. 서울 : 한양대 출판부.
한양대 출판부, 편. 1979. 〈논문작성법: 인문 사회계〉. 서울: 한양대 출판부.
한양수필문우회, 편. 1990. 〈마음의 나래를 펴고〉. 서울: 교음사.
한용운. 1990. 〈한용운 산문선집〉. 서울: 현대실학사.
황희영. 1975. 〈졸업논문작성법〉. 서울: 형설출판사.
外山滋比古. 1948. 〈日本語の論理〉. 東京: 中央公論社.
三浦陸子. 1972. 〈빛 속에서〉. 黃必連, 역. 서울: 가톨릭출판사.
_____. 1978. 〈좁은 문을 향하여〉. 김찬국, 역. 서울: 삼민사.
原田敬一, 譯. 1969. 〈MLA 英語論文의 手引〉. 東京: 地星堂書店.
校下隆. 1972. 〈現代論理入門〉. 東京: 大修館書店.
Andrews, Deborah C./Margaret Brickle. 1978. *Technical Writing*. New York: Macmillan Publishing Co.
Arapoff, Nancy. 1970. *Writing through Understanding*. New York: Holt, Rinehart and Winston.
Baker, Sheridan. 1980. *The Complete Stylist and Handbook*. New York: Harper & Row, Publishers.
Birk, Otto, et al. 1943. *Basic Principles of Writing*. N. Y.: Pitman.
Brooks & Warren. 1970. *Modern Rhetoric*. New York: Harcourt, Brace.
Brown, P. 1964. Writing: *Unit-Lessons in Composition*. Boston: Ginn & Co.
Chatman, Seymour, ed. 1971. *Literary Style*. N. Y.: Oxford Univ. Press.
Decker, Randall E. 1966. *Patterns of Exposition*. Boston: Little, Brown.
Doremus/Lacy/Rodman. 1956. *Patterns in Writing*. N. Y.: Holt & Co.
Freeman, Donald 1981. *Essays in modern stylistics*. N. Y. : Methane & Co.
Ghele, Quentin/Duncan Rollo. 1977. *The Writing Process*. N. Y.: St. Martin's.

Gelb, J. 1963. *A Study of Writing*. Chicago: The Univ. of Chicago Press.

Gorrell/Laird. 1972. *Modern English Handbook*. Englewood Cliffs: Prentice Hall.

Hogrefe, Pearl. 1963. *The Process of Creative Writing*. N. Y.: Harper & Row.

Kaplan, Charles. 1968. *Guided Composition: A Workbook of Writing Experiences*. New York: Holt, Rinehart.

Lawrence, T. E. 1935. *Seven Pillars of Wisdom*. Double day & Co.

McCrimmon, James. 1957. *Writing with A Purpose*. Cambridge: The Riverside.

Ohlsen, Woodrow/Hammond, Frank. 1970. *From Paragraph To Essay*. New York: Charles Scribner's Sons.

Ostrom, John. 1968. *Better Paragraphs*. San Francisco: Chandler Publishing Co.

Perrin, Porter. 1965. *Writer's Guide and Index to English*. Chicago: Scott.

Robinson, Lois. 1967. *Guided Writing & Free Writing*. N. Y.: Harper & Row.

Schwartzmann, Mischa/Thomas Kowalski. 1969. *Through the Paragraph*. Englewood Cliffs: Prentice-Hall.

Sebeok, Thomas. 1960. *Style in Language*. Cambridge: The M.I.T. Press.

Smith, Forrest. 1969. *A Dictionary of Freshman Composition*. Totowa: Littlefield Adams & Company.

Sullivan, Kathleen. 1980. *Paragraph Practice*. New York: Machillan.

The University of Chicago. 1982. *The Chicago Manual of Style*. 13th Edition, Revised and Expanded. Chicago: The University of Chicago Press.

Turabian, Kate. 1966. *A Manual for Writers of Term Papers*, Theses and dissertations. Chicago: The University of Chicago Press.

Warriner, John. 1961. *Advocated Composition: A Book of Models For Writing*. New York: Harcourt, Brace & World, Inc.

Weaver, Richard. 1974. *A Rhetoric and Composition Handbook*. New York: William Morrow & Company, Inc.

Wilcox, Kakonis. 1969. *Forms of Rhetoric*: Ordering Experience. McCraw-Hill.

Willis, Hulon. 1969. *Structure, Style, and U sage*. N. Y. : Holt Rinehart.

"국어 작문서의 수준을 분명히 한 단계 올려놓은 무게 있는 저서"

이익섭(서울대 국문과 교수)

나는 어느 자리에서 우리나라에서도 저자 이름이 박힌 작문 참고서 또는 작문 이론서가 나와야 한다고 주장한 바 있다. 최근에 무게 있는 작문 이론서 및 참고서들이 간행되기 시작하였다. 그 중에서도 서정수 교수의 《생각하는 힘을 기르는 문장력 향상의 길잡이》는 가장 많은 정성을 쏟아 만든 책, 가장 충실한 책으로서 그러한 업적을 고대하던 우리를 더 없이 기쁘게 해 준다.

이 책을 읽어 보면 그것이 결코 짧은 시일에 이루어진 것이 아님을 여러 곳에서 찾아 볼 수 있다. 그리고 남들이 써 놓은 책들을 이리저리 재조합하여 손쉽게 만든 책이 아님은 더욱이 쉽게 깨달을 수 있다. 각계각층의 글에서 뽑은 예문 300여 편을 적절히 분석하여 예시해 준 일 하나만으로도 이 책이 얼마나 오랜 시간을 투자하여 만든 책인지를 알 수 있거니와, 책 한구석 한구석마다 지은이의 남다른 정성이 스며들어 있음을 느낄 수 있다. 국어 작문 이론서의 수준을 분명히 한 단계 올려놓은 이 무게 있는 책을 쓴 지은이에게 먼저 진심으로 경의를 표하는 바이다.

이 책은 단락(문단)에 상당한 역점을 두고 있다. 소주제를 중심으로 하여 하나의 단락이 짜이고 그것들이 모여 하나의 글이 되는 과정을 여러 곳에서 풍부한 예문을 들어 치밀하게 제시해 주고 있다. 나는 이 점이 이 책의 가장 큰 장점이며 이것이 우리 작문 교육에 가장 크게 기여할 점이라 생각한다. 나는 평소에 우리나라 사람에게 가장 인식이 덜된 것이 단락의 개념이며 이것이 바로 우리글의 짜임새를 망그러뜨리는 가장 큰 요소라는 점을 지적하고 있다. 따라서 지금부터는 단락이 제대로 지켜진 글이 우리 주변에 많아져야 할 단계라고 생각하며 이 점에서 이 책이 크게 기여할 것을 기대한다.

"사고력과 문장력 향상을 뚜렷한 목적으로 한 작문 지도서"

이상섭(연세대 영문과 교수, 문학평론가)

서정수 교수는 '첨단' 국어학자이면서도 놀랍게 국어 작문 교육에 열성을 보이는 학자이다. 그는 이번에 다시금 더욱 세밀하고 방대한 《생각하는 힘을 기르는 문장력 향상의 길잡이》를 세상에 내어놓았다. 그 동안 국내에는 "문장 강화", "문장의 기술", "글짓기 요령" 등 다소 고전적인 제목의, 다소 막연한 목적을 가진 책들이 나오기는 하였으나, 이 책처럼 사고력과 문장력을 향상시킴을 뚜렷한 목적으로 한 작문 지도서는 없지 않았나 싶다.

필자는 그 첫째 부분에 특히 흥미가 당긴다. 문장력을 기르기 위한, 따라서 생각의 힘을 돋우기 위한 단계들을 자세히 다루는 이 부분이야말로 국내의 유사 문헌에서 찾아보기 어려울 것이다. 글쓰기는 생각하기를 떠나서는 있을 수 없다. 많은 "문장 강화" 따위들이 생각하기를 자극하기보다는 감상적인 문구를 완상하게 하는 것으로 그침에 반하여, 이 책은 글의 이유와 목적을 논리적으로 뚜렷이 할 것을 강조한다. 요즈음 감상적인 미문으로 된 여류 수필집이 베스트셀러가 되곤 하는데, 그런 글이 감정의 풍부를 가져다주는지는 몰라도 논리적, 합리적 사고의 견실함을 주지는 못하며, 오늘의 국어 교육에서 절실히 필요한 것은 사고 능력에 기초한 작문교육인 것이다. 이 점에서 이 책은 오늘날의 대중적 인기를 끄는 문장에 대한 경고이기도 하다.

이 책의 또 하나의 돋보이는 특징은 300에 가까운 적절한 예문들로써 글짓기의 세밀한 문제들을 설명하고 있다는 것이다. 1930년대로부터 최근에 이르기까지 각종 원천에서 논의의 적절성을 우선 고려하여 인용하였다.

“글짓기의 바른 자리를 찾아 주는 획기적인 길잡이
이 책 한 권으로 글짓기의 확고한 기준을 마련”

심재기(서울대 국문과 교수)

한양대의 서정수 교수가 《생각하는 힘을 기르는 문장력 향상의 길잡이》라는 책을 펴냈다. 신국판 600여 쪽에 이르는 두툼한 것이다. 그는 글짓기 교육의 바른 자리를 찾기 위하여 일찍이 『작문의 이론과 방법』이라는 책을 간행한 바 있으므로 이 책이 첫 번째의 문장력 지침서는 아니지만 그렇기 때문에 그전 것보다 더욱 알차고 효과적인 가르침에 이르는 책이 되었다. 그는 이 책에서 글짓기가 감성의 발로로부터 나오는 것이 아니고 이성적 사고의 결과임을 힘주어 말한다. 이성적 사고, 곧 생각하는 힘을 바탕으로 하였기 때문에 시적 상상력보다는 논리적 전개와 체계적 구성능력을 배우도록 유도한다. 그는 단호하게 주장한다. ‘뜨거운 가슴’보다는 ‘냉철한 머리’가 문장력 향상의 길잡이라고. 우리가 글짓기의 바른 자리를 찾기 위하여 이런 식으로 말하고 가르치는 사람을 얼마나 고대하여 왔는가는 새삼스럽게 말할 필요가 없을 것이다. 바람직한 글짓기는 끊임없는 훈련에 의하여 완성되는 것이기 때문이다. 이제 그 훈련을 위하여 서 교수의 이 ‘길잡이’를 선택한다면 분명 “시작이 반”이라는 격언의 의미를 감동적으로 체험할 것이다.

이 책은 세 편의 합본형식을 취하고 있다. 1부에는 문장력 향상의 기초 과정으로 되어 문장력의 기본기를 익히는 원리와 방법을 제시하였다. 여기에서 선명한 주제와 빈틈없는 짜임새, 품위 있는 형식이 어떤 것인가를 깨우치게 되어 있다. 2부에서는 1부에서 다진 기본기를 다양하게 훈련시키면서 문단의 운용방법, 설명문, 논술문, 서사문의 기본특성에 익숙하게 한다. 그리고 3부에 가면 수필, 기행문, 보고문, 기사문, 학술논문에 이르기까지 모든 지식인들이 일상생활에서 만나게 되는 다양한 종류의 글을 서슴없이 지을 수 있게 이끌고 있다.

"글 잘 쓰게 하는 뛰어난 처방 책 전체에 걸쳐 '단락' 개념을 특별히 강조"

김상태(이화대 국문과 교수, 문학평론가)

작문의 이론과 방법에 이어 이번에 서정수 교수가 새로 펴낸《생각하는 힘을 기르는 문장력 향상의 길잡이》는 처음 책에 견주어 더 상세하고 많은 새로운 자료가 보충되어 있어, 작문 이론서나 지도서의 출간이 엉성한 요즈음에 큰 주목을 받고 있다. 이 책은 세 부분으로 나누어져 있는데 1부와 2부에서는 작문의 일반 기초이론과 그 실천 방법을 예를 들어 설명하고, 3부에서는 몇몇 장르의 글을 골라 좀 더 명료하고 논리성 있게 글을 쓸 수 있는 방법을 제시한다.

이 책 전체에 걸쳐 저자가 특별히 강조하고 있는 것은 "단락" 개념이라고 생각된다. 학생들은 말할 것도 없고 이름난 저명인사들조차 이 단락 개념이 명료치 않은 것을 흔히 보는데 한국의 작문 수준이 한 단계 높아지려면 무엇보다 이 개념이 확고해야 된다는 것이 저자의 생각이다. 선진국에서 출간되는 책들이 어느 장르의 글이나 상관없이 대체로 단락이 정확함은 우리에게 좋은 귀감이 되고 있다.

여태까지 나온 작문 책은 대개 문인들의 손으로 쓰였다. 따라서 작문이라면 으레 문예문을 상정하였고, 또 문장도 아름다운 문장을 쓰는 데에 그 주된 의도가 실려 있었다. 그러나 이 책은 경우가 전혀 다르다. 우선 저자인 서정수 씨는 국어학자이다. 따라서 이 책은 감성적인 문장보다는 논리적인 문장을, 아름다운 문장보다는 바른 문장을 쓰는 데에 그 역점을 두고 있다.

분명히 말하지만 이 책은 제목 그대로 "생각하는 힘을 기르는 문장력 향상의 길잡이" 구실을 톡톡히 할 것이다. 비록 작문에 소질이 없는 사람도 이 책의 과학적이고 조직적인 방법에 따라 글을 써간다면 큰 효과를 볼 것을 확신한다.

글을 쓰는 과정을 통하여
생각하는 힘을 기르도록 함과 동시에,
글을 펼치는 구체적인 절차와 방법을
소상히 이끌어 주는 길잡이가 되도록 하였다.